MIRA®

Der Preis dieses Bandes versteht sich einschließlich der gesetzlichen Mehrwertsteuer.

Umwelthinweis:
Dieses Buch wurde auf chlor- und säurefreiem Papier gedruckt.

Liebesreise in die Ägäis

MIRA®

MIRA® TASCHENBUCH
Band 15034
1. Auflage: August 2009

MIRA® TASCHENBÜCHER
erscheinen in der Cora Verlag GmbH & Co. KG,
Valentinskamp 24, 20350 Hamburg
Deutsche Taschenbucherstausgabe

Titel der englischen Originalausgaben:
Love's Labyrinth

erschienen bei: Mills & Boon Ltd., London

For Love of a Pagan

erschienen bei: Mills & Boon Ltd., London

Deceitful Lover

erschienen bei: Mills & Boon Ltd., London

Published by arrangement with
HARLEQUIN ENTERPRISES II B.V./S.àr.l.

Konzeption/Reihengestaltung: fredebold&partner gmbh, Köln
Umschlaggestaltung: pecher und soiron, Köln
Redaktion: Ivonne Senn
Titelabbildung: Getty Images, München
Satz: Buch-Werkstatt GmbH, Bad Aibling
Druck und Bindearbeiten: CPI – Ebner & Spiegel, Ulm
Printed in Germany
ISBN 978-3-89941-597-1

www.mira-taschenbuch.de

Jessica Hart

Verliebt in meinen griechischen Feind

Roman

MIRA®

1. KAPITEL

Schleudernd kam der Wagen am staubigen Straßenrand zum Stehen. Courtney stieg aus und blies sich verzweifelt einige hellbraune Härchen aus dem Gesicht. Ein platter Reifen war wirklich das Letzte, was sie jetzt gebrauchen konnte!

Der an einer Seite herabgesunkene Wagen sah genauso aus, wie sie sich fühlte: ein Häufchen Unglück. Ihr war heiß, und sie war müde und erschöpft, nachdem sie sich stundenlang an das Lenkrad geklammert hatte, als könne sie allein durch ihren Willen das Auto dazu bringen, auch die nächste Steigung zu nehmen.

Hilflos sah sie die Straße hinunter, die sich verlassen den Hügel hinaufschlängelte. Weiter unten hörte sie den Linienbus näher kommen. Nicht, dass sie vom Fahrer Hilfe erwarten konnte! In den letzten vierzig Minuten hatte er sich einen Spaß daraus gemacht, im Schneckentempo vor ihr her zu kriechen und sie nicht überholen zu lassen, bis es ihr in einem gewagten Manöver endlich doch gelungen war. Jetzt sah sie den Bus nach der letzten Haarnadelkurve auf sich zukommen. Als er in einem Wirbel von Staub an Courtney vorbeifuhr, drückte der Fahrer verächtlich auf die Hupe, und sie blickte ikeuchend und hustend hinterher.

Seufzend rieb sie sich den Staub aus den Augen und sah sich um. Die „Weißen Berge“ machten ihrem Namen alle Ehre, ihre Gipfel waren noch jetzt im Mai schneebedeckt. Im Gegensatz zu den Küstenebenen war dies hier eine unwirtliche Gegend. Für Courtney, die an das sanfte Grün in England gewöhnt war, hatte die Landschaft eine wilde Schönheit, die sie gleichzeitig faszinierte und befremdete. In dem intensiven, glasklaren Licht konnte sie sich gut die kretischen Unabhängigkeitskämpfer vorstellen, die bekannt für ihren Heldenmut waren.

Nachdem das Motorengeräusch des Busses in der Ferne verklungen war, wurde es so still, dass Courtney die Bienen in den Thymianbüschen summen hörte. Sie war allein, bis auf eine Ziegenherde, die neben der Straße graste und mit dem Klingeln ihrer Halsglocken hin und wieder die Stille unterbrach. Ein Ziegenbock hob kurz den Kopf und sah Courtney unbeeindruckt an, bevor er sich wieder dem saftigen Gras zuwandte.

Genau so hatten ihre Eltern sie angesehen, als sie ihnen mitteilte, sie werde den Sommer über auf Kreta arbeiten. Überhaupt konnte sie sich nicht erinnern, irgendwann irgendjemanden beeindruckt zu haben. Schon als Kind hatte sie sich damit abgefunden, unauffällig zu sein, besonders im Vergleich zu ihrer Schwester. Ihre, Courtneys, Haare waren von einem undefinierbaren Braun, und ihre verträumt blickenden Augen schienen mal grau und dann wieder blau zu sein. Und für besonders intelligent oder gar praktisch oder attraktiv hielt sie sich nicht. Sie war einfach nur Courtney.

„Normalerweise sehe ich besser aus", sagte sie laut zu dem Ziegenbock. „Aber ich habe einen harten Tag hinter mir." Sie war seit sechs Uhr morgens auf den Beinen, und alles, was schiefgehen konnte, war schiefgegangen. Das Taxi war zu spät gekommen, der Zug unterwegs liegen geblieben, das Flugzeug verspätet gestartet. In Iraklion hatte man ihr ein altersschwaches Auto gegeben und ihr gesagt, sie müsse noch einmal vier Stunden über haarsträubende Straßen fahren, und zwar in genau entgegengesetzter Richtung als sie wollte. Und jetzt noch die Reifenpanne!

Unglücklich betrachtete sie ihre zerdrückten Shorts und das dicke Sweatshirt, über das sie im klimatisierten Flugzeug froh gewesen war, sich für diese Hitze jedoch als viel zu warm erwies. Sie fühlte Schweiß ihren Rücken hinunterrinnen und wusste, dass ihr Gesicht gerötet war und der Pony ihr feucht auf der Stirn klebte. Hätte sie ein Hemd an, könnte sie das Sweatshirt einfach ausziehen, doch sie trug nicht einmal einen BH. Und schließlich konnte sie ihre Stelle nicht gut halb nackt antreten!

Courtney überlegte. Warum sollte sie sich eigentlich nicht umziehen? Es war niemand da, der sie beobachten konnte, außer den Ziegen, und die zählten nicht. Obenauf in ihrem Koffer lag eine ärmellose Bluse, die sie schnell herausnahm und griffbereit auf den Sitz legte, für den Fall, dass doch plötzlich ein Auto auftauchen sollte. Aber es war weit und breit kein Mensch zu sehen.

Der Ziegenbock ignorierte sie, als sie sich mit einem erleichterten Seufzen das Sweatshirt über den Kopf zog. Typisch, dachte Courtney resigniert. Sie könnte nackt herumlaufen, ohne dass jemand sie beachtete! Das schien wohl ihr Schicksal zu sein. Selten schenkte man ihren großen, verträumt blickenden Augen und dem feingeschnittenen, herzförmigen Gesicht einen zweiten Blick – es sei denn, sie lächelte. Dann fragten sich die Leute verwundert, warum sie sie nicht schon vorher bemerkt hatten.

Auf den Ziegenbock hatte allerdings auch ihr Lächeln keine Wirkung, und so streckte sie ihm beleidigt die Zunge heraus und genoss für einen Moment die leichte Brise auf ihrer nackten Haut, während sie in das verlassene Tal hinunterblickte. Schließlich griff sie widerstrebend nach der Bluse und schlüpfte hinein. Der Stoff war leicht und kühl, und sie fühlte sich etwas mehr in der Lage, mit dem platten Reifen fertig zu werden.

Während sie das Ersatzrad aus dem Kofferraum holte, stieg Courtneys Stimmung. Schließlich war sie nach Kreta geflogen, um zu beweisen, dass sie allein zurechtkommen konnte, auch wenn ihre Eltern überzeugt waren, sie in einer Woche wieder zu Hause zu sehen. Aber sie würde ihnen schon zeigen, dass sie kein hoffnungsloser Fall war, wie alle glaubten!

Doch ihre Begeisterung verschwand, als sie entdeckte, dass das Ersatzrad ebenso platt war wie der andere Reifen, wenn nicht noch platter. Langsam dämmerte ihr, dass sie tatsächlich in der Klemme saß, und Tränen der Enttäuschung und Erschöpfung stiegen ihr in die Augen. Mit aller Macht trat sie gegen den Reifen. „Verdammtes Ding!"

„Damit kommen Sie auch nicht weiter", erklang da eine verächtliche Stimme hinter ihr, und Courtney fuhr herum, zu Tode erschrocken.

Ein Mann stand zwischen den Dornenbüschen am Hang neben der Straße, eine dunkle Gestalt, wie aus dem Nichts aufgetaucht. Er trug ein Gewehr, dessen Lauf nach unten zeigte, und in seinem Gürtel steckte ein Messer. Mit seinem schwarzen Hemd und den hohen Stiefeln schien er die Verkörperung der berühmten kretischen Freiheitskämpfer zu sein, über deren Mut, Wildheit und Leidenschaft sie so viel gelesen hatte. Nur der „sariki" fehlte, das schwarze Tuch der kretischen Männer, in dessen Fransen Knoten geknüpft waren als Symbol für Tränen der Trauer.

„Was ... Wer sind Sie?", fragte Courtney stockend und wich entsetzt zurück, als der Mann leichtfüßig auf die Straße sprang. Sein finsteres, markantes Gesicht mit der Adlernase und dem energischen Mund und die Aura ungezähmter Härte, die ihn umgab, ließen sie erschauern. Er schien ein Teil dieser Landschaft zu sein, wild und gefährlich.

„Ich heiße Lefteris Markakis", sagte er so bestimmt, als müsse jeder diesen Namen kennen. Courtney erwiderte jedoch nichts.

Sie schluckte. In ihrem bisherigen, gutbürgerlich englischen Leben hatte sie noch nie eine echte Bedrohung erfahren, und dieser Mann – Lefteris Markakis – weckte in ihr den Eindruck, als stehe sie plötzlich einem Tiger in freier Wildbahn gegenüber.

„Was tun Sie da mit dem Gewehr?", fragte sie nervös, während ihr das Herz bis zum Hals klopfte. Im Nachhinein fiel ihr auf, dass er ein fehlerloses, fast akzentfreies Englisch gesprochen hatte, was eigentlich ein gutes Zeichen sein sollte. Doch als sie seinen finsteren, abschätzigen Blick bemerkte, fühlte sie sich alles andere als beruhigt. „Und weshalb können Sie so gut Englisch?"

„Durch meine Geschäfte", sagte er mit verächtlicher Gleichgültigkeit, die gut zu seinem arroganten Gesichtsausdruck passte. „Und was mein Gewehr angeht – ich bin auf der Jagd, wenn auch bisher erfolglos, wie Sie sehen." Seine dunkelbraunen Augen funkelten spöttisch. „Keine Angst, despinis. Ich mag englische Mädchen zwar nicht, aber deshalb erschieße ich sie doch nicht gleich."

„Woher wissen Sie, dass ich Engländerin bin?", fragte Courtney verwirrt.

Lefteris machte eine Kopfbewegung zum Ziegenbock hin. „Ich habe gehört, wie Sie mit ihm sprachen", sagte er, und sein Ton ließ keinen Zweifel, wie lächerlich er es fand, dass jemand mit einem Ziegenbock redete.

Courtney warf dem Tier einen vorwurfsvollen Blick zu, dann

schoss ihr das Blut in die Wangen. Wenn dieser Mann ihre Unterhaltung mit dem Tier gehört hatte, musste er auch gesehen haben, wie sie ihr Sweatshirt auszog … „Sie hätten sich bemerkbar machen können!"

„Keine Sorge." Lefteris betrachtete sie spöttisch. „Ich bin nicht an Ihrem Körper interessiert, so attraktiv er auch ist. Als Sie ihn allerdings so öffentlich zur Schau stellten, war mir, noch bevor sie den Mund öffneten, sofort klar, dass Sie Engländerin sind!"

„Ich habe mich nicht zur Schau gestellt!", protestierte Courtney wütend und erschauerte insgeheim bei der Vorstellung, dass er sie beobachtet hatte. Woher nahm er das Recht, so mit ihr zu sprechen? „Ich habe mich nur umgezogen, weil mir heiß war!"

„Nun, auf mich wirkte es anders. Ich kam gerade über den Hügel, als Sie sich den Pullover auszogen und mir Ihren verführerischen Rücken zuwandten. Es sah so gekonnt aus, dass ich glaubte, Sie hätten mich bemerkt", sagte er, ohne seine Verachtung zu verbergen.

„Natürlich nicht!" Courtney errötete verlegen. „Hätte ich gewusst, dass jemand mich beobachtete, hätte ich mich bestimmt nicht umgezogen!"

Lefteris Markakis schien unbeeindruckt. „Und warum dauerte es dann so lange, bis Sie sich diesen – Fummel anzogen?" Er betrachtete einen Moment ihre Bluse. „Diese dünnen Dinger lassen doch mehr sehen, als sie verhüllen. Oder haben Sie es gerade deshalb ausgesucht?"

Courtney fühlte seinen Blick brennend auf ihrem Körper. „Mir war ganz einfach heiß!" Ihre Stimme bebte vor Wut und Demütigung. „Warum sonst hätte ich mich umziehen sollen?"

„Vielleicht, weil Sie hofften, dadurch Hilfe zu bekommen", erwiderte er bissig. „Welcher Mann würde schon an einem halbnackten Mädchen vorbeifahren? Engländerinnen scheinen nichts dabei zu finden, ihren Körper anzubieten, wenn sie dadurch Geld sparen können. Doch leider muss ich Ihnen sagen, dass ich solchen Verlockungen gegenüber immun bin. Ihre Mühe war also ganz umsonst."

Die Abneigung und Verachtung in seiner Stimme hatten Courtney bisher nur betroffen gemacht, doch jetzt regte sich ihr Stolz. Für wen hielt dieser Mann sich eigentlich? „Und ich muss Ihnen sagen, dass es mir ganz egal ist, was Sie denken!“, entgegnete sie. „Ich brauche keinen Mann, der mir den Reifen wechselt, und eine Lektion über meine Kleidung schon gar nicht! Ich komme gut allein zurecht!“

Ihr Gesicht war blass vor Erschöpfung, doch sie hielt den Kopf hoch, und ihre blauen Augen sprühten Funken. Lefteris jedoch schien nicht beeindruckt, während er den Blick von ihrem weichen braunen Haar, das sich aus dem Zopf gelöst hatte, über ihre schlanken Beine bis zu den staubigen Sandalen gleiten ließ.

„Das bleibt abzuwarten“, sagte er. „Aber hilflos auszusehen haben Sie bestimmt lange geübt, stimmt's?“

Courtney wusste nicht, ob sie lachen oder vor Wut explodieren sollte. Sie wusste, dass sie nicht besonders praktisch veranlagt war, aber ihr vorzuwerfen, sie verhalte sich absichtlich so … „Ich wollte den Reifen gerade selbst wechseln“, begann sie kalt. „Es wäre sinnlos gewesen, auf die Hilfe eines Mannes zu warten – besonders, wenn die Einwohner hier alle so höflich sind wie Sie!“

Lefteris betrachtete sie aus hart blickenden Augen. „Wenn Sie wirklich allein zurechtkommen – warum wechseln Sie den Reifen dann nicht?“

„Ich kann nicht.“ Courtney biss sich auf die Lippe.

„Das dachte ich mir! Und jetzt erwarten Sie wahrscheinlich, dass ich Ihnen aus Mitleid helfe?“

„Bitte – wenn Sie mit zwei platten Reifen mehr anfangen können als ich“, erwiderte sie kurz angebunden. Als er misstrauisch die Augenbrauen zusammenzog, fuhr sie fort: „Der Ersatzreifen ist auch kaputt.“

Lefteris legte sein Gewehr auf dem Wagendach ab und untersuchte den am Boden liegenden Reifen, als traue er ihrem Urteil nicht. Sein arrogantes Selbstbewusstsein reizte und verunsicherte Courtney gleichzeitig.

„Mit dem würden Sie tatsächlich nicht weit kommen.“ Er richtete sich auf. „Warum haben Sie ihn nicht überprüft, bevor Sie sich in eine so einsame Gegend wagten?"

Courtney war fast überrascht, dass er ihr nicht vorwarf, sie habe den Reifen selbst aufgeschlitzt, um einen gutgläubigen Mann dazu zu bringen, ihr zu helfen. „Ich komme direkt vom Flughafen in Iraklion." Selbst in ihren Ohren klang das, als wolle sie sich verteidigen. Lefteris erinnerte sie an ihre Schwester Ginny. Beide gehörten zu den Menschen, die ihr Leben fest im Griff hatten. Ginny hätte natürlich daran gedacht, das Ersatzrad zu kontrollieren, und selbst wenn sie gezwungen gewesen wäre, sich auf offener Straße umzuziehen, hätte garantiert niemand sie beobachtet. Courtney unterdrückte ein Seufzen. „Ich habe eben vermutet, das Auto sei in Ordnung."

„Vermutungen sind immer gefährlich", sagte Lefteris. „Besonders auf Kreta."

„Was Sie aber nicht davon abhält, jede Menge Vermutungen über mich anzustellen", entgegnete Courtney bissig. Sie lehnte sich gegen den Wagen und fuhr sich mit dem Unterarm über die feuchte Stirn. Ihr war heiß, und sie war erschöpft und gereizt und wünschte sich, er würde endlich gehen, damit sie ganz für sich allein weinen könnte.

„Weil ich bisher nur schlechte Erfahrungen mit englischen Frauen gemacht habe." Er nahm sein Gewehr vom Wagendach. „Wohin wollen Sie eigentlich?"

„Zu einem Dorf namens Agios Georgios", sagte sie müde. „Kennen Sie es?"

„Natürlich."

Natürlich. Wahrscheinlich kannte er ohnehin jedes Dorf auf Kreta. „Kann ich es zu Fuß erreichen?"

„Nein." Lefteris betrachtete ihre zusammengesunkene Gestalt. „Es liegt hinter dem Hügel am anderen Ende des Tals. Und Sie sehen nicht so aus, als würden Sie weiter als zur nächsten Kurve kommen."

Courtney hatte das Gefühl, selbst das sei zu weit für sie. Unglücklich sah sie die Straße entlang, die sich verlassen ins Tal hinabwand und sich in der Ferne verlor. Es konnte Stunden dauern, bis jemanden vorbeikäme, der sie mitnehmen konnte.

Mühsam richtete sie sich auf. „Es bleibt mir wohl nichts anderes übrig, als zu laufen, wenn ich nicht hier übernachten will."

„Mein Wagen steht auf einem Feldweg dort hinten." Lefteris nickte kurz in Richtung des Hügels. „Sie kommen besser mit mir."

Welch freundliche Einladung! „Ich gehe lieber zu Fuß", verkündete sie ebenso schroff. „Nach allem, was Sie über englische Mädchen gesagt haben, will ich Sie nicht dazu verleiten, mir zu helfen!"

„Keine Sorge. Trotz Ihres einladenden Striptease kann ich Ihrem Charme sehr gut widerstehen."

„Warum bieten Sie mir dann an, mich mitzunehmen?"

„Weil ich keine andere Wahl habe. Obwohl Sie Engländerin sind, kann ich Sie schlecht hier lassen. Sonst kommt möglicherweise ein leichtgläubiger Mann vorbei, den Sie in Ihre Falle locken können – was ich keinem wünsche! Bei mir besteht zumindest nicht die Gefahr, dass Sie mit Ihren Verführungen zum Ziel kommen."

„Sehr charmant!" Courtney kochte vor Wut. „Vielen Dank, Mr. Markakis, aber lieber laufe ich die ganze Nacht zu Fuß!" Trotzig holte sie ihren Koffer aus dem Auto, zog den Zündschlüssel ab und machte sich auf den Weg, ohne sich noch einmal umzublicken.

Dieser Lefteris Markakis war wirklich unverschämt arrogant und unhöflich! Was gab ihm das Recht, so mit ihr zu reden? Vor lauter Wut merkte sie zuerst nicht, wie schwer ihr Koffer war und dass die Straße stetig anstieg. Doch schon nach kurzer Zeit musste sie ihre Last absetzen, um sich den Schweiß von der Stirn zu wischen.

Bienen umsummten die Stechpalmen und Salbeibüsche, die neben der Straße trotz des kargen Bodens in verschwenderischer Fülle gediehen. Als Courtney einen Blick zurück riskierte, stand der Wagen verlassen da. Lefteris war verschwunden.

Umso besser, dann konnte er sie in ihrer Erschöpfung wenigstens nicht sehen! Dennoch war sie ein wenig enttäuscht, dass er sie so einfach ihrem Schicksal überließ. Er musste doch gesehen haben, wie müde sie war und dass sie in dieser verlassenen Gegend kaum eine andere Mitfahrgelegenheit bekommen würde. Courtney sah verzweifelt den Hügel hinauf. Wäre dieser Tag doch nur schon vorbei! Vor ihrem inneren Auge sah sie ein hübsches, kleines Häuschen mit einer Dusche und einem weichen Bett. Sie musste nur die Villa Athina erreichen, dann würde alles in Ordnung kommen. Sie nahm den Koffer auf und machte sich wieder auf den Weg.

Keuchend hatte Courtney gerade eine zweite Rast eingelegt, da hörte sie hinter sich Motorengeräusch und wandte sich hoffnungsvoll um. Doch das Lächeln gefror ihr auf den Lippen, als sie sah, wer am Steuer des blitzenden Geländewagens saß, der die Straße heraufbrauste und schließlich neben ihr hielt.

Lefteris stieg aus. „Nun kommen Sie schon", sagte er und nahm ihr den Koffer aus der Hand, um ihn hinten auf die Ladefläche neben ihren Ersatzreifen zu werfen. „Ihr Stolz wird Ihnen auch nicht helfen, wenn es erst einmal dunkel geworden ist."

Courtney betrachtete ihn feindselig. Mit welcher Arroganz er sich ihres Gepäcks bemächtigte und annahm, sie würde aus Dankbarkeit vor ihm auf die Knie fallen! Andererseits konnte er sie in kurzer Zeit zur Villa Athina bringen. Beim Gedanken an ein Bett zögerte Courtney, zumal sich jetzt auch ihr leerer Magen meldete. Hoffentlich hatten die Leute von „Discovery Crete" etwas zu essen für sie dagelassen …

Lefteris öffnete die Beifahrertür und beobachtete amüsiert den Kampf zwischen Stolz und Versuchung, der sich auf Courtneys Gesicht spiegelte. „Nun? Wollen Sie mitkommen oder nicht?"

Die Versuchung siegte. Courtney warf ihm einen vernichtenden Blick zu, bevor sie einstieg. Er brauchte ihr wirklich nicht so deutlich zu zeigen, wie sehr er ihre Demütigung genoss!

Als er sich neben sie auf den Fahrersitz des zweifellos sehr teuren und komfortablen Wagens schwang, betrachtete sie ihn aus den Augenwinkeln und fragte sich, womit er wohl sein Geld verdiente. Obwohl er angezogen war wie ein Mann aus den Bergen, schien er mehr als ein einfacher Jäger zu sein, zumindest seinem Auto nach zu urteilen. Der entschlossen wirkende Zug um seinen Mund ließ sie erschauern. Was immer sein Beruf war, er schien ihn mit größter Rücksichtslosigkeit auszuüben.

Lefteris startete den Motor, und der schwere Wagen brauste mühelos die steile, gewundene Straße hinauf. Unwillkürlich musste Courtney daran denken, wie sie mit ihrem Auto im ersten Gang durch die Haarnadelkurven gekrochen war und sich nicht getraut hatte, den Bus zu überholen. Lefteris dagegen fuhr, als gehöre ihm die Straße. Ihm hätte der Busfahrer bestimmt sofort Platz gemacht!

„Ich heiße Courtney Shelbourne", sagte sie schließlich unsicher, um die peinliche Stille zu unterbrechen.

Er warf ihr einen spöttischen Blick zu. „Sehr englisch. Sind Sie wirklich so englisch wie Ihr Name, Courtney Shelbourne?"

„Das kommt darauf an, was Sie für englisch halten", erwiderte sie vorsichtig, und er lachte hart auf.

„Nun, zumindest englische Mädchen halte ich für verräterische, ausschweifende und unmoralische Abenteurerinnen, die andere benutzen, um das zu bekommen, was sie wollen."

„Aber ich bin nicht so!", protestierte Courtney, betroffen von der Bitterkeit in seiner Stimme.

„Nein? Und wie sind Sie dann?"

Courtney zuckte hilflos die Schultern. Sie wusste, was ihre Eltern sagen würden: schüchtern, dumm, zerstreut, unzulänglich. „Ich bin eben einfach nur … gewöhnlich."

Plötzlich wurde sie sich seiner Nähe allzu bewusst. An ihm war nichts gewöhnlich, weder seine Hände, die leicht auf dem Lenkrad ruhten, noch seine kraftvolle Gestalt oder seine markanten Gesichtszüge. Er hatte dichtes schwarzes Haar, und die ausgeprägte Nase und der rücksichtslos wirkende Zug um seinen Mund verliehen ihm ein stolzes, grimmiges Aussehen. Courtney musste sich zwingen, den Blick abzuwenden. Sie verspürte ein merkwürdiges Gefühl im Magen und hoffte, es würde nur vom Hunger kommen.

„Würde sich ein gewöhnliches Mädchen in aller Öffentlichkeit ausziehen?", erkundigte er sich schneidend. „Ein griechisches Mädchen würde dies sicher nicht tun, aber in England gelten vielleicht andere Anstandsregeln."

Courtney wünschte sich gereizt, das Sweatshirt anbehalten zu haben. „Und in Griechenland anscheinend andere Regeln der Gastfreundschaft“, erwiderte sie bissig. „Ich hoffe nur, die Bewohner von Agios Georgios sind freundlicher als Sie!“

„Sie werden wohl kaum lange genug hier bleiben, um das feststellen zu können!“, entgegnete er. „Ich gebe Ihnen einen Tag, bevor Sie enttäuscht zur Küste zurückkehren, zu den Bars und Discos, die für Sie und Ihresgleichen den Urlaub ausmachen!“

„Ich bin nicht auf Urlaub hier“, sagte Courtney kalt. „Sondern, um in diesem Sommer in Agios Georgios für Touristen zu kochen.“

Zu ihrer Befriedigung schien ihn das zu überraschen. „In Agios Georgios? Aber es liegt völlig abseits der Urlaubsgebiete!“

„Also wie geschaffen für Leute, die dem Touristenrummel entgehen wollen.“ Ein Blick auf die verlassene Landschaft überzeugte Courtney, dass die Gegend für solche Urlauber genau richtig war. „Unsere Gäste wollen wandern oder malen oder seltene Pflanzen und Tiere beobachten, ohne sich in dieser Einsamkeit um das Einkaufen und Kochen zu sorgen. Dafür werde ich zuständig sein.“ Courtney hoffte, ihre Worte würden zuversichtlicher klingen, als sie sich fühlte. Kochen konnte sie zwar wirklich gut, doch der Gedanke, möglicherweise die Gastgeberin spielen zu müssen, beunruhigte sie. Auf den Dinnerpartys ihrer Eltern hatte sie immer verlegen herumgestanden und nicht gewusst, was sie sagen sollte.

„Da bin ich skeptisch“, erwiderte Lefteris bissig. Er betrachtete zuerst die wilde Landschaft, dann Courtney und schüttelte den Kopf. „Agios Georgios ist doch bestimmt nicht der Ort, den Sie sich vorstellten, als Sie nach Kreta kamen, oder?“

„Nein.“ Courtney erinnerte sich an ihre Enttäuschung, als der Repräsentant von Discovery Crete in Iraklion ihr gesagt hatte, dass sie nach Agios Georgios fahren solle, und ihr auf der Landkarte das Ende einer schmalen, kurvigen Nebenstraße in den Weißen Bergen zeigte.

Courtney hatte protestiert. „Aber man hat mir doch versprochen, ich würde in der Nähe von Knossos arbeiten! Dieses Agios

Georgios ist ja am anderen Ende der Insel!“

Der Mann zuckte die Schultern. „Tut mir leid, aber so sind meine Anweisungen. Villa Athina gehört einem der Partner von Discovery Crete. Falls also ein Mann namens Nikos Papadakis auftaucht, seien Sie nett zu ihm.“ Er reichte ihr einen Stapel Papiere und die Landkarte. „Agios Georgios ist nicht auf der Karte verzeichnet, aber Sie können es nicht verfehlen.“ Er lächelte grimmig. „Es liegt ganz am Ende der Straße.“

Und es lag auch weit entfernt von den Minoischen Ausgrabungsstätten, um derentwillen Courtney eigentlich hergekommen war. Sie seufzte. „Ich glaubte, man würde mich in den Osten Kretas schicken“, sagte sie zu Lefteris.

„Das dachte ich mir. Die Touristenzentren dort bieten Mädchen wie Ihnen mehr Möglichkeiten, und auch Ihre Kleidung würde besser dorthin passen.“ Wieder ließ er geringschätzig den Blick über ihre Bluse und die Shorts gleiten. „In Agios Georgios ziehen sich die Frauen etwas dezenter an.“

Courtney errötete und verschränkte unwillkürlich die Arme vor der Brust. Hoffentlich waren die anderen Dorfbewohner toleranter als Lefteris Markakis. Und dabei hatte Ginny ihr immer vorgeworfen, ihre Kleidung sei langweilig und altmodisch. Das bewies einmal mehr, dass Courtney es keinem recht machen konnte! Unauffällig sah sie an sich herunter und fragte sich, was Lefteris so anstößig fand. Ihre Bluse war zwar luftig, aber keineswegs unanständig, und die weichen Baumwollshorts reichten fast bis zu den Knien. Jetzt, da sie saß, waren sie allerdings ein gutes Stück hoch gerutscht, und Courtney zog sie verstohlen ein wenig herunter.

Endlich hatten sie den höchsten Punkt des Hügels erreicht. Wie lange sie wohl dafür gebraucht hätte, zu Fuß, mit dem schweren Koffer? Vielleicht hatte es sich doch gelohnt, sich mit Lefteris' abfälligen Bemerkungen abzufinden. Die Straße führte nun stetig bergab in ein üppiges grünes Tal, eingezwängt zwischen kahlen Hügeln und den steilen, mit Pinien bewachsenen Hängen der Weißen Berge, die weiter oben in Felsen übergingen und deren Gipfel mit Schnee bedeckt waren.

Aus einer Schlucht am anderen Ende des Tals entsprang ein Fluss, der sich seinen Weg zwischen zwei Dörfern hindurchbahnte. Das eine lag hoch zwischen den Pinien, das andere erstreckte sich zwischen Olivenhainen und Weingärten an den sonnenbeschienenen Hängen der gegenüberliegenden Hügel.

„Das ist Agios Georgios“, sagte Lefteris. Verwundert über die plötzliche Wärme in seiner Stimme, warf Courtney ihm einen scharfen Blick zu und überlegte, ob sich unter dieser rauen Schale vielleicht doch ein warmer, liebenswerter Kern verbarg. Doch schon im nächsten Moment verwarf sie diesen Gedanken, denn Lefteris zog misstrauisch die Augenbrauen zusammen.

„Ich wüsste nicht, dass hier jemand ein Haus für den Sommer vermietet hat. Vielleicht haben Sie sich geirrt?“

„Ich habe mich nicht geirrt!“, erwiderte Courtney entrüstet. Für wie dumm hielt er sie eigentlich? Sie kramte in ihrer Tasche nach den Papieren, die sie in Iraklion bekommen hatte. „Hier, sehen Sie: Villa Athina, Agios ...“ Sie schrie auf, als Lefteris so hart auf die Bremse trat, dass sie in ihren Sitz zurückgeschleudert wurde. „Was ist los?“, fragte sie atemlos.

Anstatt ihr zu antworten, entriss er ihr das Blatt und blickte ungläubig darauf, bevor er es zerknüllte und einige Worte auf Griechisch hervorstieß. Als er sich ihr zuwandte, war Courtney beinahe froh, dass sie nichts verstand, denn die Wut in seinen Augen sagte genug.

„Soll das ein Witz sein?“

„E ... ein Witz?“, wiederholte sie stockend. „Natürlich nicht. Warum?“

„Wenn es einer ist, dann kann ich nicht darüber lachen“, sagte er grimmig und glättete das Stück Papier, das er vorher zerknüllt hatte, um es noch einmal zu lesen. „Wer ist das – Discovery Crete?“

„Die Gesellschaft, für die ich arbeite“, sagte sie vorsichtig, immer noch verunsichert durch seine seltsame Reaktion. „Was ist denn nur los?“

„Die Villa Athina liegt auf meinem Besitz, das ist los!“, stieß er finster hervor.

Sie betrachtete ihn ungläubig. „Aber das kann nicht sein! Das Haus gehört doch ..."

„Nikos Papadakis", beendete Lefteris den Satz für sie. „Ja, das stimmt." Er sagte es scheinbar gleichgültig, doch sein finsterer Gesichtsausdruck ließ Courtney insgeheim schaudern. Instinktiv rückte sie ein Stück von ihm weg.

„Ich verstehe nicht", sagte sie hilflos, „hat er Ihnen nicht erzählt, dass er das Haus vermieten will?"

Lefteris wandte sich ihr zu und sah sie voller Verachtung an. „Gerade Sie müssten doch wissen, warum Nikos Papadakis mir nichts davon gesagt hat!"

„Wovon reden Sie eigentlich?"

„Nun spielen Sie nicht die Unschuldige! Sie wissen, dass ihm das Haus gehört, und um mir diesen Streich zu spielen, muss er Sie eingeweiht haben. Er weiß ganz genau, sobald er mir ein englisches Mädchen direkt vor die Nase setzt – ganz zu schweigen von Touristenmassen, die tagtäglich an meiner Terrasse vorbeimarschieren –, würde ich alles versuchen, um dieser Sache ein Ende zu machen. Und genau das werde ich auch tun."

„Ein Ende machen?", wiederholte Courtney, jetzt völlig verwirrt.

„Ja. Weder Sie noch sonst irgendjemand wird den Sommer auf meinem Grund und Boden verbringen."

„Aber warum haben Sie das Haus dann überhaupt verkauft?"

„Das habe ich nicht. Eine Engländerin war dafür verantwortlich, eine dieser rücksichtslosen, unschuldig wirkenden Frauen mit einem Herzen aus Stein, die sich mit Nikos zusammentat, um das zu bekommen, was sie wollte." Lefteris warf Courtney verächtlich das zerknüllte Papier in den Schoß und startete den Motor. „Und deshalb werde ich nicht zulassen, dass sich noch einmal ein englisches Mädchen vor meiner Nase zur Schau stellt."

„Sie wären wirklich der Letzte, vor dem ich mich zur Schau stellen würde!", erwiderte Courtney bissig. „Ich fürchte, Sie werden sich an meinen Anblick gewöhnen müssen, denn das Haus ist bis Oktober ausgebucht."

„Das bleibt abzuwarten." Lefteris presste die Lippen zusammen. „Wenn Sie glauben, ich lasse Sie und Nikos den ganzen Sommer durch meinen Garten wandern, dann haben Sie sich geirrt!"

„Es wird Ihnen nichts anderes übrig bleiben", entgegnete sie mit einer Zuversicht, die sie nicht empfand. „Ich bin schließlich nun einmal hier."

„Aber nicht lange, Courtney Shelbourne", sagte Lefteris Unheil verkündend. „Nicht lange."

2. KAPITEL

Sie fuhren durch die Olivenhaine mit ihren knorrigen Bäumen, deren dunkle Blätter an der Unterseite silbrig schimmerten. Überall blühten Wildblumen, doch Courtney hatte keinen Blick für die Schönheit ringsum.

Die Arroganz dieses Mannes ist unglaublich, dachte sie wütend. Meinte er wirklich, sie würde gehorsam und unterwürfig nach Hause fahren – nur, weil sie Engländerin war? Selbst wenn er schlechte Erfahrungen mit einem englischen Mädchen gemacht hatte, brauchte er das noch lange nicht an ihr auszulassen. Es hatte ihren ganzen Mut erfordert, nach Kreta zu kommen, und nun war nichts so, wie sie es sich vorgestellt hatte. Ihre Träume von einem ruhigen, kleinen Haus mit einer sonnigen Terrasse und netten, gastfreundlichen Nachbarn lösten sich in Luft auf, als sie den finsteren Mann neben sich betrachtete. Courtney seufzte. Es sah ihr ähnlich, mitten in einer Art Blutfehde zu landen!

Courtney hatte fast erwartet, Lefteris Markakis werde sie in Agios Georgios sofort aus dem Auto werfen. Doch stattdessen fuhr er durch das Dorf zu einer Werkstatt, vor der mehrere Motorräder in allen Stadien der Reparatur aufgebockt standen. Ein Mechaniker mit den lockigen Haaren und ebenmäßigen Gesichtszügen einer griechischen Statue bastelte am Motor eines schrottreifen Lieferwagens herum.

„Sie bleiben hier. Ich mache das schon", sagte Lefteris kurz angebunden und stieg aus. Er hob den Ersatzreifen von der Ladefläche und unterhielt sich angeregt mit dem Mann, der ihn wie einen alten Bekannten begrüßte.

Courtney ignorierte seine Anweisung und stieg ebenfalls aus. Sie war sehr gut in der Lage, die Reparatur ohne seine Hilfe zu veranlassen! Das Wörterbuch schon in der Hand, wurde ihr plötzlich bewusst, dass sie sich nur lächerlich machen würde. Lefteris konnte offensichtlich alles viel besser erklären, als es ihr selbst in Englisch gelungen wäre. Verlegen zog sie sich zurück und fühlte sich verzweifelt unbehaglich in dem Bewusstsein, dass ihr Zopf sich halb aufgelöst hatte und sie dringend eine Dusche brauchte.

Als der Mechaniker ihr einen Blick zuwarf und grinste, war sie sicher, dass Lefteris ihm erzählt hatte, wie sie mit dem Ziegenbock geredet und sich die Kleidung vom Leib gerissen hatte. Sie hob den Kopf und versuchte, ihre Verlegenheit hinter einer hochmütigen Miene zu verbergen.

„Geben Sie Sifis die Autoschlüssel", sagte Lefteris schließlich. „Er wird beide Reifen reparieren und Ihnen den Wagen morgen zurückbringen."

„Und wohin?", fragte sie, erleichtert, aber auch verärgert, weil er ihr die Dinge einfach aus der Hand genommen hatte.

Er betrachtete sie, als wäre sie nicht ganz bei Sinnen. „Natürlich zur Villa Athina. Dorthin wollten Sie doch, oder nicht?"

„Ja, schon, aber nach allem, was Sie gesagt haben, dachte ich, Sie würden mich nicht hineinlassen."

Er seufzte ungeduldig. „Ich werde verhindern, dass das Haus von Urlaubern benutzt wird, aber Sie kann ich wohl kaum ohne Unterkunft auf der Straße stehen lassen."

„Wie großmütig von Ihnen!", fauchte sie.

Er kniff die Augen zusammen. „Das Haus gehört Nikos Papadakis, und Sie können bleiben, bis er Ihnen selbst sagt, dass Sie gehen müssen – was nicht sehr lange dauern wird, denke ich. Also geben Sie Sifis jetzt die Schlüssel."

Courtney gehorchte und murmelte widerwillig einen Dank. „Für jemanden, der mich so schnell wie möglich loswerden will, sind Sie sehr hilfreich."

„Desto eher können Sie wieder abfahren", erwiderte er unverblümt und stieg in sein Auto. „Und jetzt bringe ich Sie sogar zur Villa Athina. Da Sifis Sie nun gesehen hat, wird man uns miteinander in Verbindung bringen, solange Sie hier sind. Daher kann ich Sie leider nicht Ihrem Schicksal überlassen."

„Deshalb wollten Sie also, dass ich im Wagen bleibe! Sie nehmen mich nur mit, weil Sie Ihren Ruf wahren wollen?"

„Seien Sie froh darüber." Lefteris startete den Motor. „Mit dem schweren Koffer wäre der Weg eine ziemliche Tortur für Sie."

Courtney betrachtete ihn finster. Er wäre tatsächlich fähig, sie einfach auf der Straße stehen zu lassen! „Nun, warum sollte ich Ihr Angebot nicht wahrnehmen?", sagte sie hochmütig.

„Von einer Engländerin hätte ich auch nichts anderes erwartet."

Nach der nächsten Kurve musste er hinter einer Herde von Schafen bremsen, der eine alte, ganz in Schwarz gekleidete Frau langsam folgte. Sie hörte das Motorengeräusch, drehte sich um und lächelte zahnlos, als sie Lefteris erkannte, der sich aus dem Wagen lehnte, um sie zu begrüßen.

Die alte Frau betrachtete Courtney interessiert aus scharf blickenden dunklen Augen, während sie sich wortreich mit Lefteris unterhielt. Lachend hob sie die Hände und presste sie sich dann in einer dramatischen Geste gegen die Brust, und Courtney sah verwundert, dass Lefteris plötzlich lächelte. Seine Warmherzigkeit traf sie so unvorbereitet wie ein elektrischer Schlag, und sie hielt unwillkürlich den Atem an. Sie hatte ein kaltes und rücksichtsloses Lächeln erwartet, doch stattdessen spiegelte sich auf seinen Gesichtszügen Heiterkeit wider. Sie fragte sich unwillkürlich, wie es wohl sein müsste, wenn er sie so anlächelte.

Doch dazu würde es nie kommen. Er hatte ihr ja sehr deutlich zu verstehen gegeben, was er von ihr hielt. Courtney unterdrückte ein Seufzen und betrachtete gedankenverloren die Schafe, die inzwischen die Straße verlassen hatten und unter den Olivenbäumen inmitten von Wildblumen grasten. Warum nur hatte Lefteris eine solche Abneigung englischen Mädchen gegenüber? Es musste doch einen Grund für dieses Vorurteil geben …

„Courtney?"

Erschrocken wandte Courtney ihre Aufmerksamkeit wieder Lefteris zu, der sie mit einem seltsamen Ausdruck in den Augen betrachtete. „Das ist Dimitria", sagte er widerwillig, und Courtney wusste, dass diese Vorstellung nicht seine Idee gewesen war.

Dimitria nickte ihr zu. „Yiassou!" Sie strahlte und sagte kichernd etwas zu Lefteris, bevor sie vom Wagen zurücktrat und ihnen zum Abschied zuwinkte.

„Was hat sie gesagt?“, erkundigte Courtney sich neugierig.

Er zögerte kurz. „Sie findet Sie sehr hübsch“, sagte er schließlich, und Courtney sah ihn verblüfft an.

„Mich? Hübsch?“

„Nun tun Sie nicht so, als habe Ihnen noch nie jemand gesagt, dass Sie hübsch seien!“, entgegnete er höhnisch.

Das hatte tatsächlich noch keiner getan. Neben ihrer Schwester bemerkte sie ohnehin niemand. Ginny war blond und wunderschön. Sie hatte einen makellosen Teint, makellose Zähne und ebenso makellose grüne Augen. Wer würde da einen Blick an mausbraune Haare und einen verträumten Gesichtsausdruck verschwenden?

„Einige Männer finden Ihre unschuldige Miene sicher attraktiv“, fuhr Lefteris geringschätzig fort, als Courtney schwieg, und warf ihr einen flüchtigen Blick zu. „Aber ich habe schon vor langer Zeit gelernt, dass sich hinter einem hübschen Gesicht meist ein Herz aus Stein verbirgt.“

Inzwischen war er etwa einen Kilometer hinter dem Dorf von der Asphaltstraße auf einen unbefestigten Pfad abgebogen, der wieder in die Hügel hinaufführte. Vor einer hohen honigfarbenen Steinmauer hielt er schließlich. Lefteris stieg aus, öffnete ein großes Holztor und winkte Courtney ungeduldig hindurch.

Es war, als betrete sie eine Oase. Eine flache Steintreppe führte zwischen Hibiskus und Oleander hinauf zu einer breiten, von Weinranken umgebenen Terrasse, hinter der man das Haus nur erahnen konnte. Unterschiedlichste Bäume – Orangen- und Zitronen-, Feigen-, Mandel- und Maulbeerbäume – bildeten mit ihrem üppigen Grün einen reizvollen Kontrast zu den dahinter liegenden kahlen Hügeln.

Courtney vergaß ihre Abneigung Lefteris gegenüber und drehte sich begeistert zu ihm um. „Wie wunderbar!“ Das stellte all ihre Vorstellungen in den Schatten. „Ich hätte nie gedacht, dass es so sein würde!“

Sie lächelte ihm strahlend zu, und ein merkwürdiger Ausdruck erschien in Lefteris’ Augen. Doch als er zum Haus hinübersah, verfinsterte sich seine Miene wieder. „Ich hätte nicht gedacht, dass es Ihnen gefallen würde. Eine andere Engländerin fand es hier viel zu ruhig und abgeschieden und unerträglich langweilig." Bei der Erinnerung daran verzog er das Gesicht.

Courtney war entsetzt, dass jemandem dieser wunderschöne Ort missfallen konnte. „Oh, ich werde mich hier sehr wohl fühlen!"

„Nicht, wenn es nach mir geht", sagte er unverblümt. „Übrigens, dies ist mein Haus. Die Villa Athina liegt dort drüben."

Er deutete durch die Orangenbäume auf ein düsteres Gebäude. Im Gegensatz zu seinem Haus machte es einen vernachlässigten, abweisenden Eindruck, und Courtney wurde ganz mutlos. War das die hübsche, kleine Villa, von der sie geträumt hatte?

Lefteris beobachtete sie mit grimmiger Genugtuung, und sie bemühte sich, ihre Enttäuschung zu verbergen. „Dann – dann werde ich mal auspacken", sagte sie zuversichtlicher, als sie sich fühlte. Ihren Koffer in der Hand ging sie auf das Haus zu, drehte sich aber um, als Lefteris sie beim Namen rief.

„Courtney? An Ihrer Stelle würde ich mir nicht die Mühe machen auszupacken."

In der Villa Athina roch es muffig, und der schwache Schein der nackten Glühbirnen erhöhte noch den düsteren Eindruck. Die kahlen Steinfußböden waren so dick mit Staub bedeckt, dass Courtney Fußabdrücke hinterließ, als sie in wachsender Verzweiflung durch die vernachlässigten Zimmer ging. Das Haus war geschickt um fünf Schlafräume und ein Badezimmer erweitert worden, doch alles wirkte unbewohnt und verlassen. In einem kleinen Schlafzimmer im Obergeschoß bezog Courtney schließlich das Bett mit der klammen Bettwäsche, die sie in einem muffig riechenden Holzschrank fand. Und obwohl die Dusche nur einen armseligen Wasserstrahl von sich gab, fühlte Courtney sich hinterher erfrischt, wenn auch nicht unbedingt sauberer.

Später saß sie in der düsteren Küche und versuchte, ihren knurrenden Magen zu vergessen. Die Leute von Discovery Crete hatten anscheinend nicht angenommen, sie könne nach ihrer Ankunft so etwas wie Hunger verspüren, denn im ganzen Haus war nichts Essbares zu finden. Tatsächlich schien überhaupt niemand an ihre Ankunft gedacht zu haben.

Inzwischen war es fast neun Uhr abends, und obwohl sich Courtney erschöpft fühlte, wusste sie, dass sie nicht würde schlafen können, bevor sie nicht etwas gegessen hatte. Um sich abzulenken, ging sie auf die Terrasse. Doch das warme Licht in den Fenstern von Lefteris' Haus und die verlockenden Bratengerüche machten alles nur noch schlimmer.

Sehnsüchtig sog Courtney die einladenden Düfte in sich auf. Ob sie hinübergehen und Lefteris um etwas zu essen bitten sollte?

Nein, lieber würde sie verhungern, bevor sie Lefteris Markakis um etwas bat! Doch der Gedanke ließ sie nicht mehr los. Bestimmt würde er ihr doch ein Stück Brot und einen Kaffee nicht verweigern?

Courtney kaute unentschlossen auf der Unterlippe, bis der Duft nach gebratenem Lamm sie ihren Stolz vergessen ließ. In Gedanken an Lefteris' verächtliche Kommentare über ihre unpassende Kleidung zog sie statt Shorts und Bluse einen weiten grünen Rock an, der ihr fast bis zu den Knöcheln reichte, und ein langärmeliges weißes T-Shirt. Dann warf sie sich eine Strickjacke über und bürstete sich die Haare, bis sie ihr weich und glänzend auf die Schultern fielen.

Vor Lefteris' Haustür zögerte Courtney unbehaglich, doch schließlich siegte ihr knurrender Magen. Sie straffte die Schultern und klopfte. Als sich drinnen Schritte näherten, hätte sie beinahe die Nerven verloren, doch da öffnete Lefteris auch schon. Er hatte sich umgezogen und trug jetzt eine maßgeschneiderte Hose und ein helles Hemd, was ihn elegant und weltgewandt aussehen ließ, ohne seine Männlichkeit zu beeinträchtigen. Courtney blickte ihn an, und vor Verblüffung über diese Verwandlung konnte sie kein Wort herausbringen.

Für einen Moment wirkte er überrascht, dann aber – wie üblich – wieder spöttisch. „Welchem Umstand verdanke ich dieses Vergnügen?", fragte er langsam. „Lassen Sie mich raten …"

„Ob ich ... Ob ich wohl etwas zu essen von Ihnen borgen könnte?“, brachte Courtney schließlich unsicher hervor. Inzwischen bereute sie ihren Entschluss schon. „Ich habe nichts mitgebracht, und im Haus sind keine Vorräte.“

„Das überrascht mich nicht. Es ist seit Jahren unbewohnt.“ Nach kurzem Zögern trat er zurück und bedeutete ihr einzutreten. „Sie kommen genau zur richtigen Zeit. Ich wollte gerade essen.“

„Aber ich möchte nicht stören“, sagte sie hastig. „Wirklich nicht – ein Stück Brot würde mir schon reichen.“

„Und dafür haben Sie sich extra umgezogen?“

„Nur damit Sie nicht glauben, ich wolle Sie für eine Scheibe Brot verführen“, entgegnete sie wütend. Seine Kleidung schien jedenfalls keine Auswirkungen auf seinen Charakter zu haben!

Er ließ den Blick abschätzig über sie gleiten. „Und dabei würde Ihnen das in dieser Aufmachung viel eher gelingen!“

Courtney riss die Geduld. Sie verabscheute diesen Lefteris Markakis! „Ich dachte, Sie seien gastfreundlich genug, mir etwas zu essen zu borgen, aber ich habe mich offensichtlich geirrt!“ Ihre jetzt sturmgrauen Augen blitzten wütend, doch als sie sich zum Gehen wandte, packte er sie am Handgelenk.

Sie spürte seine Hand fest und warm auf ihrem Arm, bevor er sie langsam losließ. „Sie irren sich nicht“, sagte er, einen seltsamen Ausdruck in den Augen, als überrasche ihn ihr plötzlicher Ausbruch. „Sie essen mit mir.“

„Ich will es aber nicht“, erwiderte Courtney, verwirrt, wie heftig sie auf seine Berührung reagiert hatte.

„Aber ich will es.“ Lefteris wandte sich um und rief etwas in Richtung Flur. Jemand mit fröhlicher Stimme antwortete. „Katina wird für zwei decken“, erklärte er auf die ihm übliche arrogante Art, die Courtney so aufbrachte.

Zuerst wollte sie wütend protestieren, doch die köstlichen Düfte aus der Küche ließen ihr das Wasser im Mund zusammenlaufen, und sie schwieg. Einerseits hatte sie ihre Prinzipien, andererseits – mit diesem Mann zu essen bedeutete schließlich nicht, dass sie ihn mögen musste, oder?

Als er die Doppeltür zum Wohnzimmer öffnete, hatte sie ihren Entschluss gefasst und ging hoch erhobenen Kopfes an Lefteris vorbei. Der riesige, mit einer Balkendecke versehene Raum wurde von einem eindrucksvollen Rundbogen geteilt, kühle Fliesen bedeckten den Boden. Das sanfte Weiß der Wände passte im Ton genau zu den breiten kostbaren Sofas, auf denen Kissen in weichen Pastelltönen lagen. Niedrige Tischchen, antike Truhen und große Terrakottavasen bildeten einen wirkungsvollen Kontrast zu modernen Gemälden und Lampen und verliehen dem Raum einen Eindruck geschmackvoller Eleganz.

Courtney setzte sich auf den Rand einer Couch und versuchte, ihr Erstaunen über diesen unerwarteten Luxus zu verbergen. Das Einzige, was ihr in diesem Raum missfiel, war der Mann, der ihr jetzt ein kleines Glas mit einer farblosen Flüssigkeit reichte, die wie purer Alkohol roch. Als Courtney vorsichtig einen winzigen Schluck nahm, bekam sie einen Hustenanfall und betrachtete das Glas argwöhnisch.

„Das ist Raki", erklärte Lefteris, der sie abwartend beobachtet hatte. „Er sollte Sie aufwärmen – obwohl Sie das angesichts Ihrer funkensprühenden Augen anscheinend gar nicht nötig haben. Sie sehen ganz anders aus, wenn Sie ärgerlich sind", fuhr er fast nachdenklich fort und fügte dann unvermittelt hinzu: „Warum sind Sie geblieben?"

„Weil ich hungrig bin", gab Courtney freimütig zu. Als ein amüsiertes Funkeln in seinen Augen erschien und er leicht den Mund verzog, glaubte sie einen atemlosen Moment, er würde lächeln, und sie trank schnell einen winzigen Schluck Raki.

„Zumindest sind Sie ehrlich." Sein Blick wurde wieder hart. „Oder vielleicht scheint es auch nur so. Sind Sie wirklich so unschuldig und ehrlich, wie Sie vorgeben?"

„Ja", entgegnete sie schroff, ärgerlich auf sich, weil sie erschauerte, sobald er sie ansah. „Wie gesagt, ich bin ein ganz gewöhnliches Mädchen. Diesen Job habe ich nur angenommen, weil ich einen Sommer auf Kreta verbringen möchte."

„Aber wenn Sie so unschuldig wären, wie Sie tun, hätten Sie

nichts mit Nikos Papadakis zu tun", sagte er.

Der Raki hatte nicht nur eine wärmende Wirkung, sondern verlieh ihr auch einen unerwarteten Mut. „Er vermietet doch nur sein Haus. Was könnten Sie dagegen haben?"

„Sie haben selbst gesehen, wie nahe die Häuser beieinander liegen. Ich will nicht, dass Horden von englischen Touristen den ganzen Sommer direkt an meiner Terrasse vorbei zur Villa Athina marschieren."

„Und warum haben Sie Nikos dann das Haus überlassen?"

„Das habe ich nicht. Ich habe es meinem Bruder geschenkt." Ein harter Ausdruck erschien in Lefteris' Augen. „Seine Frau verkaufte Nikos das Haus, bevor sie nach England zurückkehrte. Ich hatte Christos gewarnt, keine Engländerin zu heiraten, weil ich gute Gründe hatte, ihnen zu misstrauen. Aber er wollte nicht hören."

Er verzog bitter den Mund, und Courtney war froh, als die stämmige Haushälterin Katina erschien und sie lächelnd ins Esszimmer bat, das ebenso elegant und geschmackvoll eingerichtet war wie der Wohnraum. Courtney saß Lefteris gegenüber und überlegte, ob sie sich am anderen Ende des langen Tisches nicht wohler fühlen würde als in seiner aufgezwungenen Nähe.

Während sie ihn unter gesenkten Wimpern betrachtete, fragte sie sich, warum er in all diesem Luxus allein lebte. Er war schätzungsweise Ende dreißig, offensichtlich wohlhabend und erfolgreich, und Courtney musste widerwillig zugeben, dass er mit dem dunklen markanten Gesicht und seiner arroganten Art gefährlich attraktiv wirkte.

Was hatte er gemeint, als er sagte, gute Gründe zu haben, Engländerinnen zu misstrauen?

Energisch sagte sie sich, dass seine dummen und unbegründeten Vorurteile ihr schließlich ganz egal sein konnten. Und der Anblick der mit Reis, Rosinen und Pinienkernen gefüllten Weinblätter, die Katina in einer köstlichen Joghurtsoße angerichtet hatte, ließ sie schnell ihren Stolz vergessen.

„Nun, wie finden Sie die Villa Athina?", erkundigte Lefteris sich boshaft. „Nicht ganz wie erwartet?"

„In Ordnung, wenn ich erst sauber gemacht habe“, entgegnete Courtney, entschlossen, ihn nicht merken zu lassen, wie verloren sie sich bei der ersten Besichtigung des Hauses gefühlt hatte.

„Ersparen Sie sich die Mühe.“ Er schenkte ihr Wein nach. „Ich werde Nikos nicht einfach gewähren lassen. Abgesehen davon wären Sie und all die leichtgläubigen Touristen, denen Nikos das Geld aus der Tasche gezogen hat, im Osten der Insel, zum Beispiel in Agios Nikolaos, wo es ein richtiges Nachtleben gibt, viel besser aufgehoben. Sie haben mir doch selbst gesagt, dass Sie lieber dorthin gefahren wären.“

Courtney legte ihre Gabel nieder. „Aber nicht wegen des Nachtlebens, sondern wegen der minoischen Ausgrabungsstätten.“

„Ausgrabungsstätten?“ Lefteris zog erstaunt die Augenbrauen hoch.

„Ich möchte Archäologin werden“, gestand sie.

„Wie ungewöhnlich!“ Er betrachtete sie lange, und zum ersten Mal wirkte er wirklich interessiert. In ihrem langen Haar spiegelte sich das Licht der Lampen, und ihre Augenfarbe wechselte zwischen Blau und Grau, als sie seinen Blick unerschrocken erwiderte. „Für einen akademischen Typ hätte ich Sie nicht gehalten.“

„Das bin ich eigentlich auch nicht“, gab Courtney zu. „Aber seitdem ich von Theseus und dem Minotaur gelesen habe, will ich mehr über die Minoische Geschichte wissen.“ Eifrig lehnte sie sich vor, nicht ahnend, wie schön die Begeisterung ihre Gesichtszüge machte. „Deshalb bin ich nach Kreta gekommen. Ich habe mich an der Universität beworben, aber bei meiner Prüfungsangst … Wenn ich also auf Kreta mein Wissen erweitern und vielleicht später bei einer Ausgrabung mithelfen kann, könnte ich es noch einmal versuchen und vielleicht die Aufnahmeprüfung bestehen.“

„Ein Grund mehr für Sie, in den Osten zu gehen, wo all die großen Ausgrabungsstätten sind.“ Lefteris wirkte, als versuche er, unwillkommene Gedanken hinter kühler Gleichgültigkeit zu verbergen. „Eine Stelle als Köchin im Westen Kretas würde Ihnen bei der Prüfung wahrscheinlich nicht viel helfen.“

„Ich weiß.“ Courtney lehnte sich zurück, und über ihr Gesicht huschte ein Schatten. „Beim Einstellungsgespräch versicherte man mir, man werde mich an einen Ort in der Nähe von Knossos schicken. Dann hätte ich die Einkäufe und Essensvorbereitungen morgens erledigen und nachmittags die Ausgrabungen besichtigen können. So hätte ich vielleicht Kontakte bekommen, um mich an einer Ausgrabung zu beteiligen. Leider schickte man mich hierher. Die Weißen Berge sind zwar wunderschön, aber minoische Stätten sind hier recht dünn gesät!“

„Dann sollten Sie mir dankbar sein“, sagte er.

Sie blickte ihn erstaunt an. „Dankbar? Warum?“

„Wenn keine Gäste kommen, hätten Sie Zeit, nach Herzenslust in den Ruinen herumzugraben!“

„Das kann ich mir nicht leisten.“ Courtney drehte das Weinglas in der Hand. „Ich habe nur wenig gespart, und deshalb war der Job bei Discovery Crete meine große Chance, nach Kreta zu kommen.“ Die Anzeige in der Zeitung war ihr wie die Antwort auf all ihre Gebete erschienen. „Sie haben mir das Flugticket besorgt, und alle zwei Wochen werde ich bezahlt. In Agios Georgios habe ich zumindest nicht viel Gelegenheit, mein Geld auszugeben, und werde daher hoffentlich viel sparen können, um hinterher noch einige Zeit auf Kreta zu bleiben. Außerdem hat man mir ein zeitlich unbegrenztes Rückflugticket nach London versprochen.“

„Aber bis dahin hängen Sie ohne Geld hier fest, nicht wahr?“

Courtney errötete. Lefteris klang genau wie ihr Vater: gereizt und erstaunt, dass jemand so leichtgläubig sein konnte. „Etwas Geld habe ich schon.“

„Genug für ein Rückflugticket?“

„Ich werde keines brauchen“, erwiderte sie hitzig. Sie würde ihm nicht sagen, wie wenig Geld sie hatte, nämlich gerade genug, um sich mit Vorräten einzudecken. Der Vertreter von Discovery Crete, der die erste Touristengruppe brachte, sollte ihr alle Auslagen erstatten und sie außerdem für die ersten zwei Wochen bezahlen.

Während sie sich schweigend das Lammragout in der köstlichen Artischockensoße schmecken ließ, versuchte Courtney zu vergessen, wie wenig sie über Discovery Crete wusste. Sie war so begierig gewesen, endlich nach Kreta zu kommen, dass sie die Warnungen ihrer Eltern in den Wind geschlagen und den erstbesten Job angenommen hatte, der sich ihr bot.

Lefteris schwieg ebenfalls, doch als Katina Kaffee servierte, stand er auf. „Wir trinken den Kaffee auf der Terrasse."

Auch Courtney stand auf und lächelte Katina zu. „Efharisto", sagte sie, stolz, eins der wenigen griechischen Wörter sagen zu können, die sie sich mühsam beigebracht hatte. „Vielen Dank, es war köstlich!" Katina erwiderte ihr Lächeln entzückt.

Als Courtney sich zu Lefteris umwandte, ertappte sie ihn, dass er sie mit einem seltsamen, fast verwunderten Blick betrachtete. Doch gleich darauf war dieser Ausdruck verschwunden, und sie zuckte die Schultern und folgte Lefteris auf die Terrasse. Seine Feindseligkeit war zwar schwer zu ertragen, aber das gute Essen war es wert gewesen! Sie fühlte sich viel besser, und mit ihrer Stimmung wuchs auch ihr Selbstbewusstsein. Wenn er erst einmal sah, wie ruhig und unaufdringlich sie war, würde er die Situation sicher akzeptieren.

Die Nacht war kühl, und ein heller Mond strahlte am sternenklaren Himmel. Als Courtney sich auf eine Holzbank setzte, spürte sie trotz ihrer neu gewonnenen Zuversicht, wie die Spannung zwischen ihnen zurückkehrte.

Lefteris hatte neben ihr Platz genommen. Beim Anblick seiner gebräunten Hände, die die winzige Kaffeetasse hielten, erinnerte Courtney sich erschauernd, wie er ihren Arm berührt hatte. Sie versuchte sich auf ihre Tasse zu konzentrieren, doch unwillkürlich musste sie immer wieder sein markantes Profil betrachten, seinen energischen Mund. Sein Anblick war ihr schon so vertraut, dass sie sicher war, sein Gesicht auch mit geschlossenen Augen vor sich sehen zu können. Und dabei wusste sie nicht mehr von ihm, als dass er sie verwirrte. Die schwarz gekleidete Gestalt, die aus den Hügeln aufgetaucht war, passte so gar nicht zu dem weltgewandten Geschäftsmann in dieser luxuriösen Umgebung. Ihn umgab eine Aura von Entschlossenheit, Stolz und arrogantem Selbstbewusstsein, die sie ärgerte. Doch wenn sie an sein seltenes Lächeln dachte, an die Heiterkeit in seinen Augen, wünschte sie sich, ihn besser zu kennen.

Als er unvermittelt den Kopf wandte und ihrem Blick begegnete, sah Courtney schnell weg. „Warum so nachdenklich?“, erkundigte er sich spöttisch.

„Ich habe mich gerade gefragt, was Sie wohl beruflich machen“, antwortete sie freimütig.

„Müsste es nicht eher heißen: wie viel Geld Sie haben?“, erwiderte er schroff. „Haben Sie sich denn nicht danach erkundigt, bevor Sie hierher kamen? Oder interessiert es Sie erst, seit Sie mein Haus gesehen haben?“

„Ich habe so etwas eben nicht erwartet, das ist alles.“ Erneut stieg Gereiztheit in Courtney auf.

„Wenn Sie es unbedingt wissen wollen – ich bin Geschäftsmann und Inhaber mehrerer Firmen.“

„Was für Firmen?“, fragte sie misstrauisch.

Er zog spöttisch die Augenbrauen hoch. „Vor allem solche für Anlageberatung, ich bin aber auch an Nachrichten- und Reiseagenturen, Immobilienfirmen und ... natürlich Reedereien beteiligt.“

Courtney verzog absichtlich keine Miene. Natürlich? Er erwartete also tatsächlich, dass sie seinen Namen kannte.

Lefteris deutete ihren Gesichtsausdruck falsch. „Vielleicht wäre es doch besser gewesen, ein wenig netter zu mir zu sein? Obwohl Sie einen vielversprechenden Anfang gemacht haben, als Sie heute Abend an meiner Haustür erschienen. Da wussten Sie wahrscheinlich schon, wer ich bin, aber Ihr Temperamentsausbruch hat Ihnen alles verdorben, stimmt's? Um an mein Scheckbuch zu kommen, müssen Sie noch einiges hinzulernen!“

Courtney wurde blass vor Wut. „Ich bin weder an Ihnen noch an Ihrem Geld interessiert.“ Sie stellte ihre Tasse ab und stand auf. „Ich danke Ihnen für das Essen, aber deshalb werde ich noch lange nicht freundlich sein zu jemandem, der unhöflich, unangenehm und voreingenommen ist! Nur, weil Sie ein oder zwei Engländerinnen getroffen haben, die Sie nicht mochten, heißt das nicht, dass wir alle schlecht sind!“

„Nein?“ Er stand ebenfalls auf und war ihr jetzt beunruhigend nahe. „Wollen Sie mich etwa eines Besseren belehren?"

Courtney strich sich nervös die Haare aus der Stirn. „Es ist unfair, mich und die Gäste der Villa Athina zu verurteilen, weil Sie schlechte Erfahrungen mit jemandem gemacht haben, der zufällig aus dem gleichen Land kam!"

„Ich halte mich lieber an das, was ich selbst erlebt habe. Ich habe gesehen, wie Sie sich schamlos in aller Öffentlichkeit ausgezogen und sich ein kostenloses Abendessen erschlichen haben. Wie wollen Sie mir beweisen, dass Sie wirklich das nette Mädchen sind, das Sie mir vorspielen?"

„Im Lauf dieses Sommers werden Sie es vielleicht von allein merken", sagte Courtney mutig, obwohl seine Nähe ihr das Herz bis zum Hals schlagen ließ. Doch als sie einen Schritt zurückwich, packte er sie am Handgelenk und zog sie zu sich heran.

„Vielleicht dauert es gar nicht so lange." Mit undurchdringlicher Miene sah er ihr in die weit geöffneten Augen, in denen sich Angst und Hilflosigkeit spiegelten. Und dann beugte er sich unvermittelt vor und presste den Mund auf ihre Lippen.

3. KAPITEL

Die Beine gaben unter Courtney nach. Sie stöhnte auf und krallte die Finger unwillkürlich in den weichen Stoff seines Hemds. Wie hatte sie diesen warmen, sanften, erregenden Mund jemals für hart halten können?

Ohne nachzudenken, klammerte sie sich an Lefteris, berauscht von dem Gefühl seiner Lippen auf ihren, fasziniert und entsetzt über die Welle der Erregung, die sie mit sich in einen gefährlichen Strudel zu reißen drohte. Lefteris war so groß, so überwältigend stark, und sie lehnte sich an ihn, instinktiv nach Schutz suchend, während seine Berührungen ihr heiß das Blut durch die Adern jagten. Sie wollte sich befreien, doch stattdessen trieb eine gefährliche Leidenschaft sie immer weiter zu ihm hin.

Lefteris flüsterte etwas und hob den Kopf, und sie blickten sich an, beide schwer atmend. „Nicht schlecht, Courtney", sagte er schließlich. „Aber es braucht mehr als einen Kuss, um mich zu überzeugen, dass Sie nicht wie die anderen sind!"

Einen Moment sah sie verwirrt zu ihm auf, bis sie plötzlich begriff: Er hatte sie geküsst, um ihr etwas zu beweisen, und sie, sie hatte sich an ihn geklammert wie eine liebeskranke Närrin! Die Demütigung trieb ihr das Blut in die Wangen. Sie wusste kaum etwas über diesen Mann, und was sie wusste, gefiel ihr nicht. Dennoch hatte sie sich so von ihm küssen lassen – und seinen Kuss auch noch erwidert!

Courtney zuckte zurück, als habe er sie geschlagen, und presste sich die Hände gegen die heißen Wangen. „Ich – ich gehe jetzt besser."

„Da haben Sie recht", sagte er.

Sie hörte den Spott in seiner Stimme und merkte, dass er das Ganze für einen Spaß hielt. Es amüsierte ihn, dass sich ihre Selbstbeherrschung durch einen einzigen Kuss in Rauch aufgelöst hatte und sie sich kampflos seinen Armen überlassen hatte.

Courtney hasste ihn. Sie wollte ihn anschreien, ihm sagen, dass er sie in einem schwachen Moment erwischt hatte, dass sie sich nie von ihm hätte küssen lassen, wenn sie Zeit zum Nachdenken gehabt hätte. Doch sie brachte kein Wort heraus. Stattdessen trat sie einen Schritt zurück, drehte sich dann unvermittelt um und floh die Stufen hinunter, als wären tausend Teufel hinter ihr her.

Courtney legte die letzte Matratze neben die anderen zum Lüften auf die Terrasse der Villa Athina. Bei Tageslicht wirkte das Haus noch verwahrloster als am Vorabend, doch das Putzen lenkte sie zumindest von ihren Gedanken an Lefteris Markakis ab. Die Erinnerung an die gestrigen Geschehnisse ließen sie immer noch erröten. Warum hatte er das getan? Um zu beweisen, wie wenig er sich aus englischen Mädchen machte, oder um sie so zu demütigen, dass sie freiwillig ging? Mit Letzterem hatte er sich verrechnet. Jetzt war sie mehr denn je zum Bleiben entschlossen, und sei es nur, um ihm zu zeigen, wie wenig sein Kuss ihr bedeutete!

Schon um ihn zu ärgern, würde sie das Haus zu einem Schmuckstück machen, sodass die englischen Gäste jedes Jahr wiederkommen würden. Nachdem sie mit einem Besen, den sie im Haus fand, die Zimmer und die Terrasse notdürftig gesäubert hatte, schleppte sie die schweren, muffig riechenden Matratzen nach draußen. Dabei kam sie ins Schwitzen und ruhte sich einen Moment aus, um die Aussicht zu bewundern.

Der Himmel war tiefblau und das Licht klar und intensiv. Zu ihrer Rechten schimmerten die Weißen Berge im Sonnenschein, und eine sanfte Brise trug den süßen Duft der Orangenbäume herüber.

Von Lefteris war nichts zu sehen. Courtney ärgerte sich über sich selbst, weil sie im Lauf des Morgens immer wieder verstohlen zu seinem Haus hinübergeblickt hatte. Nach seinen Unverschämtheiten gestern Abend sollte sie froh sein, wenn sie ihn nie wieder sah!

Sie wollte gerade ins Haus zurückgehen, da bewegte sich etwas zwischen den Bäumen, und ihr Herzschlag beschleunigte sich. Aber nicht Lefteris kam durch den Garten geschlendert, sondern ein Fremder, ebenso dunkelhaarig und gut aussehend, doch seine Gesichtszüge waren glatt und weniger markant.

Der Mann trug ein blütenweißes Hemd und eine helle Hose

und nahm die verspiegelte Sonnenbrille ab, als er die Terrassenstufen heraufkam. „Sie müssen Courtney sein", sagte er lächelnd und streckte ihr die Hand entgegen. „Willkommen bei Discovery Crete. Ich bin Nikos Papadakis."

Courtney wischte sich hastig die staubigen Finger an ihren Jeans ab, bevor sie ihm die Hand schüttelte. Verwundert fragte sie sich, weshalb Lefteris diesen Mann so sehr hasste. Ein Beweis mehr für seine Unverschämtheit, dachte sie, während sie Nikos zulächelte und sich wünschte, Lefteris würde auftauchen, damit er sah, dass sie sehr charmant sein konnte, wenn sie wollte. Und außerdem hatte der Mann in Iraklion ihr gesagt, sie solle besonders nett zu Nikos sein.

„Ich hatte noch keine Besucher erwartet", sagte sie mit einer entschuldigenden Geste auf ihre schmutzige Kleidung.

„Sie haben ja schon hart gearbeitet." Er lächelte anerkennend. „Ich fürchte, das Haus war in keinem besonders guten Zustand, deshalb haben wir Sie gebeten, etwas früher zu kommen."

„Die ersten Gäste treffen in zehn Tagen ein. Bis dahin habe ich alles fertig", versicherte Courtney ihm.

„Mit Ihnen hat Discovery Crete tatsächlich einen guten Fang gemacht!"

Nikos blieb ungefähr zwanzig Minuten, ohne auch nur mit einem Wort anzudeuten, dass Lefteris etwas gegen die Benutzung des Hauses haben könne. Und Courtney fragte sich, ob der ganze Streit nicht nur Lefteris' Einbildung entsprang.

Während sie Nikos zum Tor begleitete, wo er sein knallrotes Mercedes-Cabrio geparkt hatte, überlegte sie, wie sie ihn am besten um einen Vorschuss bitten konnte. Ihr Geld würde nicht mehr lange reichen, wenn sie zusätzlich Putzmittel kaufen musste. Sie dachte noch darüber nach, als Lefteris' Geländewagen um die Biegung kam und die Atmosphäre sich schlagartig änderte.

Es war das erste Mal, dass Courtney Lefteris sah, seitdem er sie geküsst hatte, und ihr Herz klopfte so laut, dass sie dachte, Nikos müsse es hören. Plötzlich war sie sich ihrer staubigen Kleidung und unordentlichen Haare überdeutlich bewusst und fühlte sich seltsam schuldig, wie sie da neben Nikos stand.

Lefteris dagegen war die Beherrschung in Person. Das Gesicht wie aus Granit gemeißelt, ließ er den kühlen Blick von ihr zu Nikos gleiten. Courtney spürte deutlich die Feindseligkeit, die plötzlich in der Luft lag, und als sie Nikos ansah, erschrak sie über den unverhüllten Hass in seinen Augen.

„Was hältst du von meinem Plan?“, fragte er Lefteris in übertrieben selbstzufriedenem Ton und legte Courtney vertraulich den Arm um die Schulter. „Ein schönes, altes Haus in den Bergen von Kreta und eine hübsche junge Engländerin als Gastgeberin. Die Touristen werden in Scharen herströmen!“

Lefteris' Blick war so voller Verachtung, dass Courtney sich wider besseres Wissen enger an Nikos drückte. Sollte Lefteris doch sehen, wie wenig sie auf seine Meinung gab!

„Jeder Plan kann schiefgehen.“ Sein Ton war so schroff und abweisend wie die Berge hinter ihm. „Gerade du solltest das wissen.“

Ein Muskel zuckte an Nikos' Hals. „Meine Pläne sind bisher nur gescheitert, weil du die Geldpolitik in dieser Gegend machst! Aber dieses Mal kannst du mir nichts anhaben. Die Villa Athina gehört mir, und nicht einmal du kannst dagegen etwas tun.“

„Da wäre ich mir nicht so sicher“, erwiderte Lefteris. „Das Haus hast du Linda zwar abgeschwatzt, aber das Grundstück wird dir nie gehören.“ Er warf Courtney einen kurzen Blick zu. „Und jetzt verschwinde von meinem Grund und Boden.“

Etwas Drohendes lag plötzlich in seinem Ton. Courtney schluckte und trat von Nikos zurück, der von ihr zu Lefteris blickte und wieder zurück, die Augen zusammengekniffen.

Dann streckte er ihr die Hand entgegen. „Ich bin hier wohl nicht willkommen“, sagte er betont gleichgültig. „Sie haben schon sehr gute Arbeit geleistet, Courtney. Sollten Sie irgendwelche Probleme haben ...“, er blickte vielsagend in Lefteris' Richtung, „dann kommen Sie zu mir. Und auch sonst würde ich mich jederzeit sehr über Ihren Besuch freuen.“

Courtney spürte Lefteris' kühlen Blick auf sich gerichtet und lächelte Nikos strahlend an. „Vielen Dank“, sagte sie herzlich. „Es ist für mich eine große Erleichterung zu wissen, dass ich wenigstens einen Freund hier habe. Ich werde Sie bestimmt bald besuchen.“

Sie winkte dem roten Mercedes nach, bis er hinter der Biegung verschwand und mit ihm ihre vorgespielte Tapferkeit. Doch obwohl Lefteris sie finster betrachtete, ging sie hoch erhobenen Kopfes auf das Tor zu.

„Ich dachte, Sie kennen Nikos nicht?“

„Stimmt – bis jetzt.“ Courtney betrachtete ihn aus den Augenwinkeln. Lefteris wirkte sehr einschüchternd, sehr grimmig und – sehr großartig. „Ich weiß gar nicht, was Sie gegen ihn haben. Ich fand ihn sehr nett.“

Lefteris lachte kurz auf. „Sehr nett“, ahmte er sie höhnisch nach. „An Nikos Papadakis ist nichts nett, glauben Sie mir.“

„Ich halte mich lieber an das, was ich selbst erlebt habe“, wiederholte Courtney ironisch die Worte, die er gestern Nacht gesagt hatte. Ihre Augen, deren Farbe je nach Stimmung und Jahreszeit wechselte, strahlten jetzt und hatten einen kämpferischen Ausdruck.

„Sie sind Nikos ja sehr schnell in die Falle gegangen“, stellte er schroff fest. „Etwas an ihm scheint englische Mädchen anzuziehen. Vielleicht spüren sie die Verwandtschaft mit ihm, den verdorbenen Kern unter der hübschen Schale?“

„Zumindest hat er mir nicht gedroht, ich würde meinen Job verlieren“, entgegnete Courtney scharf.

„Ich werde mehr tun als nur drohen“, sagte Lefteris grimmig, und Courtney blickte ihm wütend hinterher, als er zum Haus ging.

Courtney zog das Laken glatt und trat zurück, um ihr Werk zu begutachten. Nach einer Woche harter Arbeit konnten die ersten Gäste kommen! Sie hatte alle Zimmer gefegt, gewischt und abgestaubt, die Matratzen gelüftet, bis sie nach frischer Luft und Sonne dufteten, und auf der Terrasse die Geranien aufgestellt, die Dimitria ihr gegeben hatte.

Jeden Tag ging Courtney zum Einkaufen nach Agios Georgios, und jeden Tag begegnete ihr Dimitria, die ihren Ziegenbock zum

Grasen führte. Da sie sie mit Lefteris gesehen hatte, winkte ihr die alte Frau breit lächelnd zu und bat sie in ihr Haus. Dann saß Courtney in dem dunklen, kühlen Raum und sah auf den sonnigen Hof hinaus, in dem fette Hennen im Staub kratzten. Dimitria holte ihr ein Glas Wasser und einen Teller mit Keksen, setzte sich auf das Bett und rieb sich die Knie, während sie von ihrer Arthritis erzählte oder abgegriffene Fotos von ihren Enkeln hervorholte. Sie verstanden sich, obwohl Courtneys Griechischkenntnisse sich anfangs auf einige Sätze beschränkten. Mit Dimitrias Hilfe jedoch erweiterte sie ihr Vokabular und verbesserte ihre Aussprache. Beim Abschied gab die alte Frau ihr immer etwas mit – Eier oder selbst gemachten Joghurt oder Geranienableger, die Courtney in rostige Olivenbehälter pflanzte und auf die Terrasse stellte.

Sie liebte diese täglichen Gänge ins Dorf. Dort gab es einen Fleischer, eine Bäckerei, wo sich in Körben frische, warme Brote stapelten, und einen kleinen Laden, voll gestopft mit Mehlsäcken, Waschpulverpaketen und großen Blechdosen mit in Öl eingelegtem Ziegenkäse. Draußen sang ein Kanarienvogel in einem Käfig, und neben der Tür standen einige Kisten mit Obst und Gemüse.

Am Dorfplatz unter einer großen Platane lag das Kafenion, wo sich die alten Männer zu einer Partie Backgammon trafen. Andere saßen nur da, eine Tasse Kaffee und ein Glas Wasser auf dem Tisch neben sich, und beobachteten das Geschehen ringsum, in den Händen die Gebetsperlen oder einen knorrigen Stock. Zuerst hatte Courtney sich kaum an ihnen vorbeigetraut, doch dann fasste sie sich ein Herz und grüßte schüchtern, worauf die strengen, verwitterten Gesichter sich aufhellten. „Yiassou!“, erwiderten die Männer lächelnd Courtneys Gruß, und Petros, der Wirt, winkte ihr fröhlich zu. Und so war es seitdem jeden Tag.

Nichts geschah in Agios Georgios, und genau deshalb gefiel es Courtney. Hunde lagen hechelnd im Schatten, Hühner kratzten im Staub der Straße und wurden nur selten von einem jungen Mann auf einer Vespa oder einem Moped gestört. Wenn ein Bus oder ein Lastwagen langsam durch das Dorf fuhr, war das schon ein außergewöhnliches Ereignis.

Manchmal vergaß Courtney fast, wenn Sie, bepackt mit Einkäufen, langsam zur Villa zurückging, dass sie eigentlich die Ruinen im Osten erforschen wollte. Große Hummeln summten emsig zwischen Mohnblumen, Disteln, wilden Geranien und Gänseblümchen, die in verschwenderischer Pracht neben dem staubigen Pfad gediehen. Gelbe Fenchelblüten erhoben sich über Büscheln von Löwenzahn, wildem Spargel und würzig duftendem Oregano.

Nachdem sie tagelang weder von Lefteris noch von Nikos gehört hatte, gewann Courtney immer mehr die Überzeugung, dass Lefteris' finstere Worte doch nur leere Drohungen gewesen waren. Schließlich, was konnte er auch tun? Courtneys einzige Sorge war jetzt ihre Geldknappheit. Lefteris hatte sie unterbrochen, bevor sie Nikos um einem Vorschuss hatte bitten können, und die Putzmittel waren teuer gewesen.

Lefteris schien wirklich jedes Interesse an ihr verloren zu haben. Courtney dagegen ärgerte sich, dass sie sich immer wieder ertappte, zu seinem Haus hinüberzusehen. Und viel zu oft musste sie das warme, verräterische Kribbeln unterdrücken, das sie bei der Erinnerung an seinen Kuss verspürte.

Einmal sah sie von der Terrasse aus, wie er in dunklem Anzug und Krawatte zum Tor ging. Doch er machte sich nicht die Mühe, auch nur in ihre Richtung zu blicken. Sie machte ihren Gefühlen Luft, indem sie eine halbe Stunde lang den Holztisch in der Küche schrubbte, nur um nicht über den Grund für ihre Wut nachdenken zu müssen. Einige Tage später sah sie abends viele gut aussehende Männer und elegante Frauen die Terrassenstufen hinaufsteigen, und ihr Gelächter und Gläserklirren war bis spät in die Nacht hinein zu hören. Courtney wälzte sich schlaflos im Bett hin und her und hasste sich selbst, weil sie ihn sich so bildhaft vorstellte. Er bewegte sich zwischen seinen Gästen, handelte mit den Männern Millionengeschäfte aus und lächelte die schönen Frauen an, wie er sie, Courtney, nie anlächeln würde.

Nun war alles bereit. Courtney strich noch einmal über das Laken und ging in die Küche, wo die Einkaufsliste auf dem Tisch lag. Sie hatte die Mahlzeiten bis ins letzte Detail geplant, doch da die meisten Zutaten im Dorf nicht zu bekommen waren, würde sie nach Chania zum Markt fahren müssen.

Der Gedanke daran ängstigte Courtney. Sifis hatte das Auto mit reparierten Reifen zurückgebracht, doch bei ihrer ersten Fahrt hatte der Wagen so merkwürdig geruckelt, dass sie ihn nie wieder benutzt hatte. Sie würde mit Nikos darüber sprechen müssen, aber bis dahin galt es, allein mit den haarsträubend schmalen Straßen nach Chania fertig zu werden.

Am besten, sie brachte es so schnell wie möglich hinter sich. Seufzend nahm sie die Autoschlüssel, griff nach ihrer Tasche und der Einkaufsliste und eilte zum Tor.

Lefteris stand am Fuß der Stufen, die zu seiner Terrasse führten. Doch Courtney war so mit ihrer Einkaufsliste beschäftigt, dass sie beinahe gegen ihn geprallt wäre. Sein Anblick ließ ihr den Atem stocken. Sie hatte fast vergessen, welche Wirkung seine bloße Gegenwart auf sie hatte.

Angesichts ihrer Miene zog er die Augenbrauen hoch, und sie schluckte. „Ich hatte Sie gar nicht gesehen", sagte sie schwach und hoffte, er würde sie einfach für überrascht halten.

„Wollen Sie sich mit Ihrem netten Freund Nikos treffen?", fragte er höhnisch, als er die Autoschlüssel in ihrer Hand sah.

„Ich fahre nach Chania zum Markt." Courtney hatte sich wieder unter Kontrolle. Warum sollte er nicht wissen, dass alles lief wie geplant? „Die ersten Gäste treffen übermorgen ein."

„Das können Sie sich sparen. Die Gäste kommen nicht."

Courtney erstarrte. „Wovon reden Sie eigentlich?"

„Wissen Sie denn noch nicht, dass Discovery Crete pleite ist?"

„Ich glaube Ihnen nicht", sagte sie verunsichert. „Das hätte ich doch erfahren!"

„Dann fragen Sie Ihren Freund Nikos", schlug Lefteris mit einer Gleichgültigkeit vor, die sie zur Raserei brachte. „Ihm werden Sie ja wohl glauben."

„Ich brauche ihn nicht zu fragen!", fauchte sie, das Gesicht bleich vor Wut. „Sie lügen! Sie wollen mich loswerden, damit die Gesellschaft keine andere Wahl hat, als die Gäste anderswo unterzubringen. Glauben Sie im Ernst, dass ich auf diese Taktik hereinfalle?“

„Es ist keine Taktik“, sagte er. „Ich rate Ihnen nur, Ihr Geld nicht für Vorräte auszugeben, die Sie doch nie brauchen werden.“

„Den Rat können Sie sich sparen!“, erwiderte sie wütend.

„Wie Sie wollen“, entgegnete er unbeeindruckt. „Aber machen Sie mich nicht für die Konsequenzen verantwortlich.“

Courtney warf ihm einen verächtlichen Blick zu. Sie war nicht so dumm, ihm jedes Wort zu glauben! Zu ihrem Ärger folgte er ihr zum Wagen und beobachtete spöttisch, wie sie einstieg. Verunsichert versuchte sie den richtigen Gang zu finden, und schließlich ruckelte das Auto widerspenstig die Straße entlang.

Es lohnt wirklich nicht, Nikos zu behelligen, sagte sie sich, während sie durch das Tal fuhr. Am Fuß des Hügels, wo die Straße zu Nikos' Dorf abzweigte, verlangsamte sie dennoch das Tempo. Sollte sie ihn vielleicht doch fragen, ob Lefteris die Wahrheit gesagt hatte?

Nein, die Befriedigung würde sie ihm nicht geben. Sie beschleunigte wieder, nur um gleich darauf abzubremsen. Einen Moment saß sie hinter dem Steuer und kaute unentschlossen auf der Unterlippe, bevor sie den Rückwärtsgang einlegte, vorsichtig zu der Abzweigung zurücksetzte und der Straße den Hügel hinauf ins Dorf folgte.

In dem kleinen Kafenion wies man ihr den Weg zu einem großen Haus am Dorfrand. Schon auf der Terrasse, von der man einen großartigen Blick ins Tal hatte, hörte sie Nikos' ärgerliche Stimme. Als eine Hausangestellte Courtney ins Wohnzimmer brachte, legte er gerade den Telefonhörer auf, und sein Gesicht war so von Wut und Hass verzerrt, dass sie in ihm kaum den freundlichen Mann von damals wiedererkannte.

Bei ihrem Anblick musste er sich sichtlich bemühen, seine Selbstbeherrschung zurückzugewinnen. „Courtney! Was für eine nette Überraschung!“ Er lächelte, doch sein Blick blieb finster.

„Ich störe Sie nur ungern“, sagte sie verlegen. „Es ist nur … Lefteris hat mir erzählt, Discovery Crete sei bankrott. Natürlich habe ich ihm nicht geglaubt, aber ich wollte doch lieber mit Ihnen sprechen und …“ Sie verstummte unvermittelt, als sie Nikos’ Gesichtsausdruck sah. „Es stimmt nicht, oder?“

„Doch“, sagte er. „Ich habe es selbst gerade eben erfahren.“

Courtney sank auf einen Stuhl. „Was ist passiert?“, flüsterte sie, entsetzt, dass ihre schlimmsten Befürchtungen sich bewahrheitet hatten.

„Das fragen Sie besser Lefteris Markakis“, sagte Nikos mit einem mörderischen Blick in Richtung Agios Georgios. „Er hat alles Kapital aus Discovery Crete abgezogen.“

Courtney konnte immer noch nicht begreifen, dass es keine Gäste geben würde, keinen Job, keinen Sommer auf Kreta. „Wie kann er Geld in einer Firma haben, von deren Existenz er bis zu meiner Ankunft noch nicht einmal gehört hatte?“

„Lefteris Markakis hat sehr viel mehr Macht, als Sie glauben“, sagte Nikos bitter. „Wissen Sie überhaupt, wie viele Firmen er besitzt? Um zu solchem Reichtum zu kommen, muss man skrupellos sein. Sobald er den Namen unserer Gesellschaft in Erfahrung gebracht hatte, kostete es ihn nur einige Telefongespräche mit seinen Kontaktmännern in der Finanzwelt, die natürlich alle auf der richtigen Seite stehen wollen, und schon kommt das Aus für die Firma.“

„Aber warum?“, rief sie. „Ich weiß, dass ihm allein die Vorstellung missfiel, Touristen könnten über sein Grundstück gehen, aber wir hätten uns doch einigen können. Deshalb musste er doch nicht gleich die ganze Gesellschaft in den Ruin treiben!“

„Sie verstehen ihn nicht.“ Nikos lachte bitter. „Hinter der Maske der Zivilisiertheit verbirgt sich immer noch ein Bandit – wie sein Vater und Großvater. Wie alle Kreter hat er ein gutes Gedächtnis für Beleidigungen, und unsere Familien hassen sich seit Generationen. Sobald er herausgefunden hatte, dass die Idee für Discovery Crete von mir stammte und ich die Firma mit englischen Partnern gegründet hatte, war sie zum Untergang verurteilt – ein weiterer Schritt in seinem persönlichen Rachefeldzug gegen mich. Dies ist die dritte Firma, die er mir ruiniert.“

Courtney fühlte sich miserabel. „Warum hasst er Sie nur so?"

„Warum? Vielleicht kann er die Herausforderung nicht ertragen, oder er will sein Gesicht nicht verlieren."

„Sie glauben, er hat Discovery Crete in den Ruin getrieben, nur um Ihnen einen Punkt abzujagen?" Der erste Schock ließ langsam nach und machte brennender Wut Platz. Courtney ballte die Hände zu Fäusten, bis die Knöchel weiß hervortraten.

„Ich glaube es nicht nur, ich weiß es", erklärte Nikos. „Menschen bedeuten Lefteris Markakis nichts. Wohin wollen Sie?", fragte er, als Courtney aufstand und zur Tür ging.

„Ich werde ihm genau sagen, was ich von ihm denke!"

„Halten Sie das für klug? Ich weiß aus eigener Erfahrung, dass er ein sehr unangenehmer Gegner sein kann."

„Das ist mir egal", stieß sie hervor.

Nikos betrachtete sie nachdenklich. „Wenn Sie so entschlossen sind, dann bringe ich Sie hin." Als Courtney ihn verständnislos ansah, hob er hilflos die Hände. „Leider muss ich den Wagen hierbehalten, das werden Sie sicher verstehen. Wir haben jetzt so wenig Geld, dass ..."

Courtney bis sich auf die Lippe. „Natürlich. Es tut mir leid. Sie haben viel mehr verloren als ich." Dies war wohl nicht der richtige Moment, um ihn auf ihre eigenen Ausgaben anzusprechen.

Es war alles Lefteris' Schuld. Während des ganzen Weges nach Agios Georgios war sie außer sich vor Wut, und sie legte sich genau zurecht, was sie ihm sagen würde.

Nikos setzte sie kurz vor dem Tor ab. Das Haus lag ruhig und friedlich da. Schnell stieg sie die Stufen hinauf und betrat die kühle Eingangshalle, ohne anzuklopfen. Einen Moment zögerte sie, um dann befriedigt aufzuatmen, als sie Lefteris' Stimme aus dem Arbeitszimmer hörte. Unbemerkt öffnete sie die Tür.

Die Füße auf der Schreibtischplatte saß er in einem Ledersessel und telefonierte. Im Gegensatz zu den anderen Räumen des Hauses war sein Arbeitszimmer hochmodern eingerichtet, und auf dem riesigen Schreibtisch standen zwei Computer, mehrere Telefone und ein Faxgerät. Zum ersten Mal ging Courtney auf, wie mächtig er sein musste, doch in ihrer jetzigen Stimmung ließ sie sich davon nicht beeindrucken.

Entschlossen betrat sie den Raum und warf die Tür hinter sich ins Schloss. „Ich will mit Ihnen reden“, sagte sie furchtlos.

Lefteris drehte sich um, wirkte aber keineswegs erstaunt über ihr Auftauchen. „Ich rufe dich später an, Jeff“, sagte er ins Telefon. „Sag Rasch, fünfzehn Millionen sind nicht genug. Sie sollen noch ein wenig schwitzen.“ Er legte den Hörer auf und nahm die Füße so langsam von der Schreibtischplatte, dass Courtney ihn am liebsten geschlagen hätte.

„Stimmt es, dass Sie Discovery Crete absichtlich in den Ruin getrieben haben?“, fragte sie, bebend vor Wut.

Er stand auf und lehnte sich gegen den Schreibtisch, die Arme verschränkt. „Ja.“

„Ja?“ Courtney war so verblüfft über das kühle Eingeständnis, dass es ihr die Sprache verschlug. „Wie konnten Sie so etwas nur tun?“, brachte sie schließlich hervor.

„Warum sind Sie so überrascht?“, erkundigte er sich ungerührt. „Ich sagte doch, ich würde etwas gegen Sie unternehmen.“

„Ich dachte nicht, dass Sie dafür die ganze Firma ruinieren!“

„Wie sonst sollte ich Sie loswerden?“, fragte er, als wäre es das Selbstverständlichste auf der Welt.

Courtney musste mehrmals tief Luft holen, sonst wäre sie in die Luft gegangen. „Sie stehen da und geben so etwas ganz kühl zu?“ Zornig lief sie im Zimmer auf und ab. „Ich kann nicht glauben, dass Sie solche Mühen auf sich nehmen, nur um in dieser idiotischen Fehde mit Nikos gleichzuziehen!“

Lefteris beobachtete sie, die Augen zusammengekniffen. „So viel Mühe war es nicht. Ich musste nur den Telefonhörer abnehmen“, sagte er und bestätigte damit unwissentlich Nikos’ Worte.

Courtney war außer sich. „Wie können Sie so egoistisch, so … so unglaublich arrogant sein?“, rief sie und drehte sich mit fliegendem Zopf zu ihm um. Ihre blauen Augen sprühten Funken. „Ihretwegen werden Hunderte von Menschen dieses Jahr keinen Urlaub machen können. Aber die sind Ihnen ja gleichgültig – Sie sind ja reich genug, um jederzeit überall hinfahren zu können! Bestimmt haben Sie auch nicht eine Sekunde an all die Leute gedacht, die durch den Bankrott von Discovery Crete ihren Job verloren haben – mich eingeschlossen! Und alles nur, weil Sie es nicht ertragen, dass Nikos einen Punkt gegen Sie gewinnen könnte! Ich … ich verachte Sie!“

4. KAPITEL

Ihr Zorn schien Lefteris nicht zu beeindrucken. „Setzen Sie sich, und lassen Sie uns vernünftig darüber reden."

„Ich will mich nicht setzen, und nach Vernunft ist mir auch nicht zumute!", fauchte sie.

„Dann setzen Sie sich und hören mir wenigstens zu." Sein Ton veranlasste Courtney, ihm zu gehorchen. Trotzig blickte sie zu ihm auf. „Erstens", begann er, „hätten Sie diesen Job wahrscheinlich ohnehin nicht lange behalten. Discovery Crete hatte kaum Kapital und war sehr schlecht organisiert, was Sie am eigenen Leib erfahren haben. In einem Auto, das kaum noch straßentauglich war, schickte man Sie in ein heruntergekommenes Haus, noch dazu in einer ganz anderen Gegend, als man Ihnen versprochen hatte, ohne jede finanzielle oder sonstige Unterstützung. Würde eine solide, auf ihren guten Ruf bedachte Firma sich so verhalten?"

Courtney senkte den Blick. „Nikos hätte sich um mich gekümmert, wenn Sie nicht so feindselig gewesen wären", murmelte sie.

„Einen Teufel hätte er getan!", entgegnete Lefteris kühl. „Discovery Crete ist ein dubioses Geschäft, das er mit seinen noch dubioseren Partnern gegründet hat, um gutgläubigen Touristen das Geld aus der Nase zu ziehen. Der Ruf der Firma war ihnen egal, denn am Ende des Sommers hätten sie schon ihren Schnitt gemacht. Schnelles Geld mit einem Minimum an Aufwand, und für Nikos wäre als Pluspunkt noch dazugekommen, mir ständig die Tatsache unter die Nase reiben zu können, dass die Villa Athina ihm gehört." Er steckte die Hände in die Hosentaschen und blickte Courtney an, die ihn zweifelnd ansah. „Deshalb hatte ich keine Skrupel, ihnen den Geldhahn abzudrehen. Wäre die Firma gesund gewesen, hätten sich wahrscheinlich andere Geldgeber gefunden. Aber so wollte keiner etwas mit ihnen zu tun haben, und ich musste nur meinen Einfluss in der Finanzwelt ein wenig spielen lassen."

„Ein wenig!", wiederholte Courtney bitter. „Für Sie vielleicht, aber haben Sie daran gedacht, welche Konsequenzen Ihr persönlicher Kleinkrieg für all die Menschen hat, die schwer verdientes

Geld für einen Urlaub auf Kreta bezahlt haben?"

Lefteris seufzte gereizt. „Allen, die fest gebucht haben – und das waren nicht annähernd so viele, wie Sie vielleicht annehmen – wurde wahlweise die Rückerstattung ihres Geldes oder ein vergleichbarer Urlaub angeboten, organisiert durch eines meiner Reiseunternehmen. Und obwohl sie dabei auf Ihre charmante Anwesenheit verzichten müssen", fügte er hinzu, „bezweifle ich, dass ich von ihnen Beschwerden hören werde."

„Und was ist mit denen, die wie ich ihren Job verloren haben?", fragte Courtney, immer noch feindselig.

„Die bekommen ein Flugticket nach Hause – wie Sie."

„Aber ich will nicht nach Hause!" Courtney sprang auf, wütend über seine kühle Gleichgültigkeit. „Ich habe mich beim Putzen des Hauses krumm gearbeitet, und die ganze Zeit wussten Sie, dass Sie die Firma in den Bankrott treiben würden!"

Lefteris hob die Schultern. „Ich habe Sie gewarnt."

Er hatte recht, und das machte Courtney nur noch wütender. „Erwarten Sie wirklich, dass ich das Ticket nehme und auch noch dankbar dafür bin?"

„Nein", erwiderte er schneidend. „Aber das Angebot steht."

„Ich bleibe", sagte Courtney eigensinnig. „Nikos lässt mich bestimmt in der Villa wohnen, bis ich eine andere Arbeit gefunden habe. Obwohl ich ihn erst zweimal getroffen habe, wird er mich sicher nicht ohne Geld und Unterkunft hier sitzen lassen – im Gegensatz zu Ihnen!"

„Sie sollten weniger voreilig mit Ihren Schlüssen sein", erklärte Lefteris. „Ich wollte Ihnen nämlich gerade eine Stelle anbieten."

Es dauerte einen Moment, bis Courtney die Bedeutung seiner Worte erfasste. „Eine Stelle?", wiederholte sie verwirrt. „Warum tun Sie das? Um Ihr Gewissen zu erleichtern?"

„Das habe ich nicht nötig." Seine Stimme war kalt wie Eis. „Was den Bankrott von Discovery Crete angeht, bereue ich nichts, und Sie werden auch nichts bedauern, wenn Sie vernünftig sind. Allerdings würden Sie hier wohl kaum einen anderen Job finden. Also, wenn Sie auf Kreta bleiben wollen, schlage ich vor, Sie hören mir erst einmal zu, bevor Sie mein Angebot ausschlagen."

Courtney warf ihm einen finsteren Blick zu, setzte sich aber wieder. „Nun, was ist es?", fragte sie schroff.

Er setzte sich ebenfalls. „Meine Haushälterin Katina fährt morgen zu ihrem Dorf zurück, weil es ihrer Mutter nicht gut geht. Ich habe ihr zwar angeboten, so lange dort zu bleiben, wie sie wolle, aber der Zeitpunkt ist sehr ungünstig, denn nächste Woche kommen meine Direktoren mit ihren Ehefrauen für einige Tage zu Besuch. Ich lade regelmäßig meine wichtigsten Mitarbeiter ein, um sie näher kennenzulernen und in ungezwungener Atmosphäre einige Probleme zu besprechen."

Er betrachtete Courtney, die trotzig das Gesicht abwandte, ihm aber dennoch genau zuhörte. „Ich dachte, Sie könnten in Katinas Abwesenheit für meine Gäste kochen", fuhr er fort. „Discovery Crete ist zwar nicht die professionellste Firma der Welt, aber ich glaube nicht, dass sie Ihnen den Job gegeben hätten, wenn Sie nichts vom Kochen verstehen würden. Es braucht ohnehin nichts Besonderes zu sein. Meine Direktoren müssen ständig stundenlang Geschäftsessen über sich ergehen lassen, deshalb hat ihnen Katinas einfache Küche immer sehr gefallen."

Er schwieg. „Nun, was halten Sie davon?"

Sie sah ihn verärgert an. „Warum machen Sie mir dieses Angebot, wo Sie doch englische Mädchen angeblich nicht leiden können?", fragte sie.

„Weil es für uns beide Vorteile hat. Ich brauche vorübergehend eine Köchin und Sie einen Job, damit Sie auf Kreta bleiben können. Und machen Sie sich nur ja keine Hoffnungen, ich sei an Ihrer Gesellschaft interessiert: Wir werden uns nicht oft sehen, da ich mich um meine Gäste kümmern muss und Sie in der Küche genug zu tun haben werden."

„Und wenn ich ablehne?"

Er zuckte unbeeindruckt die Schultern. „Dann lasse ich den Koch aus meiner Wohnung in Athen einfliegen, und Sie bekommen Ihr Ticket nach London. Das ist für mich zwar umständlicher und teurer, aber kein unüberwindliches Problem. Also?"

Courtney warf ihm einen vernichtenden Blick zu. „Sie lassen mir ja kaum eine Wahl!“

„Doch. Sie können hier bleiben und genug Geld verdienen, um später die minoischen Ausgrabungen zu besuchen, oder Sie können nach Hause fliegen. Ich weiß, Sie ärgern sich, dass ausgerechnet ich Ihnen dieses Angebot mache, aber die Entscheidung liegt bei Ihnen.“

Sie schwieg und blickte durch das Fenster auf den schattigen Hof hinaus, wo sich in der Sonne eine schwarze Katze wohlig auf den heißen Steinen rekelte. Courtney hätte Lefteris am liebsten gesagt, er solle sich seinen Job an den Hut stecken, doch eine innere Stimme mahnte sie zur Vernunft. Er bot ihr die Gelegenheit, auf Kreta zu bleiben. Die Alternative war, das Flugticket anzunehmen, und wenn sie zu unverschämt wäre, würde sie vielleicht nicht einmal das bekommen.

„Wie lange würde ich für Sie arbeiten?“, fragte sie widerwillig.

„Ungefähr zehn Tage. Meine Gäste reisen in vier Tagen an und bleiben eine Woche. Danach können Sie gehen. Falls Katina noch nicht zurück ist, komme ich allein zurecht, oder ich fahre für eine Weile nach Paris oder Athen.“ Er zögerte. „Es ist harte Arbeit, zehn Leute dreimal am Tag zu beköstigen. Ich werde Ihnen ein großzügiges Gehalt zahlen, das es Ihnen ermöglichen sollte, hinterher noch drei oder vier Wochen herumzureisen.“

Courtney biss sich nachdenklich auf die Unterlippe. Sie wollte nicht nach Hause. Schon jetzt wusste sie, was ihre Eltern sagen würden: „Das sieht dir ähnlich, auf eine bankrotte Firma hereinzufallen! Haben wir dich nicht gewarnt? Ginny hätte sich nie in eine solche Situation gebracht!“

Mit ihrer Rückkehr nach Hause konnte sie dann auch die Hoffnung begraben, jemals für den Kurs angenommen zu werden. Und sie würde Agios Georgios verlassen müssen. Keine Dimitria mehr, keine Besuche in dem kleinen voll gestopften Laden, keine alten Männer mehr, die ihr vom Kafenion aus zuwinkten. Und kein Lefteris.

Zumindest darüber könnte sie froh sein. Schon aus Prinzip sollte sie sich weigern, je wieder etwas mit ihm zu tun zu haben. Doch Courtney war ehrlich genug, um zuzugeben, dass seine Gegenwart sie auf seltsame Weise erregte. Er mochte arrogant, unfreundlich und rücksichtslos sein, aber eines war er nicht: langweilig. Vielleicht würde es ihr ja sogar gelingen, seine Meinung über Engländerinnen zu ändern …

„Denken Sie in Ruhe über meinen Vorschlag nach.“ Lefteris betrachtete amüsiert die widerstreitenden Gefühle, die sich auf ihrem Gesicht spiegelten.

„Das brauche ich nicht.“ Courtney stand auf und sah ihn direkt an. „Ich nehme den Job.“

Courtney hatte erwartet, weiter in der Villa Athina zu bleiben, doch Lefteris hielt es für praktischer, wenn sie in seinem Haus wohnte. Ihr hübsches, helles Zimmer lag zur Hofseite, wo auch Lefteris’ Arbeitszimmer war. Morgens schien die Sonne durchs Fenster auf das einfache Bett mit den schneeweißen Laken.

Am ersten Tag dort erwachte Courtney mit einem Gefühl herrlicher Trägheit. Es dauerte eine Weile, bis sie sich erinnerte, wo sie war und warum. Unvermittelt setzte sie sich auf.

Lefteris. Immer noch war sie wütend auf ihn, weil er Discovery Crete so eiskalt abserviert hatte. Sie würde den Job, so gut es ging, verrichten, Lefteris Markakis aber gewiss nicht auf Knien dafür danken!

Courtney sah ihn vor sich, sein markantes Gesicht, das dichte schwarze Haar, die dunklen Brauen, seine prägnante Nase. Sie dachte an seinen kraftvollen, muskulösen Körper und daran, wie er den Mund manchmal zu einem halbherzigen Lächeln verzog. Und dann erinnerte sie sich an seinen Kuss, an die gefährliche Erregung, die sie in seiner Nähe verspürte, und schalt sich eine Närrin. Er war jetzt ihr Arbeitgeber, und er hatte ihr deutlich zu verstehen gegeben, dass er so wenig wie möglich mit ihr zu tun haben wollte. In zehn Tagen war ihre Arbeit hier beendet, und dann konnte sie endlich nach Herzenslust minoische Ruinen erforschen.

Das wollte sie doch, oder?

Oder?

Zu ihrer Erleichterung verkündete Lefteris am gleichen Morgen, dass er einen Termin habe und erst spät abends zurückkommen werde. Sie fragte sich, ob er eine geschäftliche Verabredung hatte oder eine der schönen Frauen, die neulich zu Besuch gewesen waren, zum Abendessen ausführte. Bestimmt war sie sehr klug und weltgewandt und hatte den ganzen Tag Zeit, sich für ihn zurechtzumachen.

Courtney unterdrückte ein Seufzen und machte sich daran, das Haus zu erkunden, das größer war, als sie erwartet hatte. Hinter der Küche befand sich ein kleinerer Hof, an dem die Gästewohnungen lagen, ebenso einfach und stilvoll ausgestattet wie das Haupthaus. Unwillkürlich musste Courtney an das nach modernsten Gesichtspunkten eingerichtete Haus ihrer Eltern denken, in dem sogar die Kissen farblich aufeinander abgestimmt waren.

Auf der von der Villa Athina abgewandten Seite des Hauses führten Stufen zu einem großen, wunderbar in die Landschaft eingefügten Swimmingpool, umgeben von großen Oleanderbüschen, die auf einer Seite die Aussicht auf die schneebedeckten Berggipfel freiließen. Courtney schloss die Augen und stellte sich vor, hier Gast zu sein. Was wäre, wenn Lefteris nicht dieses dumme Vorurteil Engländerinnen gegenüber hätte, sondern sie, Courtney, um ihrer selbst willen bei sich haben wollte? Wenn er jetzt aus dem Haus kommen und ihr lächelnd verkünden würde, dass die anderen Gäste abgesagt und sie eine ganze Woche für sich allein hätten …?

Unwillkürlich öffnete sie die Augen. Wie, um alles in der Welt, kam sie auf solche Gedanken? Eine Woche mit ihm allein war wirklich das Letzte, was sie wollte! Entschlossen eilte sie ins Haus zurück. Sie war hier, um zu kochen, sonst nichts.

Als Lefteris spätabends zurückkam, saß Courtney am Küchentisch, vor sich ein Buch über minoische Religion. Das Kinn in die Hand gestützt, träumte sie, die Augen weit geöffnet, von längst vergangenen Zeiten, bis ihr bewusst wurde, dass Lefteris sie von der Tür her beobachtete.

„Was tun Sie hier, mitten in der Nacht?“, fragte er schroff und trat auf sie zu, während er sich die Krawatte lockerte.

Courtney richtete sich auf, wie immer beunruhigt darüber, wie nervös und erregt sie auf ihn reagierte. „Wo sonst sollte Ihre Köchin sein als in der Küche?"

„Aber nicht außerhalb der Arbeitszeiten."

Gereizt schlug sie das Buch zu und ärgerte sich, dass ihr Herz bei seinem Anblick plötzlich so heftig klopfte. „Und ich dachte, ich solle meinen Aufenthalt gerade auf die Küche beschränken, damit Sie nicht durch mein Englischsein vergiftet werden!"

„Übertreiben Sie doch nicht so maßlos", erwiderte er barsch, zog dann aber zu Courtneys Erstaunen einen Stuhl heran und setzte sich. „Religion in der kretischen Bronzezeit", las er laut den Titel ihres Buches. „Sie interessieren sich also wirklich für die Minoer!"

„So etwas würde man sich wohl kaum ausdenken, oder?"

„Nein, ich glaube nicht." Es war das erste Mal, dass er zugab, im Unrecht gewesen zu sein. Courtney blickte ihn überrascht an. Er sah müde aus, und der Wunsch, die Hand auszustrecken und die Fältchen in seinem Gesicht einfach wegzustreicheln, überfiel sie mit solcher Macht, dass ihr der Atem stockte.

Unvermittelt sah er von dem Buch auf, direkt in ihre großen, erstaunt blickenden Augen. „Was ist los?"

„Nichts", erwiderte Courtney heiser, entsetzt über die plötzliche Welle des Begehrens, das unwiderstehliche Bedürfnis, ihn zu berühren, das sie unvorbereitet traf wie ein Schlag. „Nichts", wiederholte sie scharf, als er sie misstrauisch ansah.

Er zögerte, fragte dann aber nur: „Ist alles bereit für die Ankunft der Gäste?"

Sie nickte, erleichtert über den Themenwechsel. „Ich muss nur noch zum Einkaufen nach Chania. Leihen Sie mir Ihr Auto?"

„Nicht, nachdem ich Ihre Fahrkünste gesehen habe", sagte er, und das plötzliche, amüsierte Funkeln in seinen Augen beunruhigte sie mehr als ihre seltsame Reaktion auf ihn. „Ich fahre Sie selbst hin, aber erst am Freitag, damit Sie für die Ankunft meiner Gäste am Samstag alles frisch einkaufen können." Unschlüssig betrachtete er die Autoschlüssel in seiner Hand, um dann wieder zu Courtney zu sehen, die seinen Blick trotzig, aber auch widerwillig erwiderte.

„Ich habe morgen eine Besprechung in Iraklion", sagte er

schließlich schroff. „Wenn Sie nichts anderes vorhaben, nehme ich Sie mit, und nach der Konferenz fahren wir nach Knossos."

„Knossos? Morgen?" Courtney war so verblüfft über die unerwartete Einladung, dass sie einige Zeit brauchte, um zu begreifen, welche Chance er ihr bot: Sie würde die Palastruinen sehen, von denen sie seit Jahren geträumt hatte! Was machte es da schon, dass seine Einladung sicher nur halbherzig gemeint war und sie einen Tag in seiner Gesellschaft verbringen musste? Das Strahlen in ihren blaugrauen Augen ließ ihr Gesicht plötzlich schön aussehen. „Ich hätte schon Lust mitzukommen, sagte sie eifrig.

„Also abgemacht." In seiner Stimme schwang ein seltsamer Unterton mit, und Courtney fragte sich, ob er seine Einladung schon bereute. „Um acht Uhr geht's los."

Nach der schläfrigen Ruhe in Agios Georgios erschien Courtney Iraklion mit seinem chaotischen Verkehr, dem Hupen und Lärm wie ein Hexenkessel. Auf den Bürgersteigen drängten sich Menschenmassen, und man musste fast schreien, um die Geräuschkulisse ringsum zu übertönen. Courtney hörte Gesprächsfetzen in Deutsch und Französisch, Holländisch und Italienisch, Schwedisch und Englisch. Ganz anders als in Agios Georgios, dachte sie und verzog das Gesicht.

Lefteris hatte sie zu einem Tisch im Schatten einer Platane geführt und ihr Kaffee und ein „baklava" bestellt, einen köstlichen Kuchen mit Honig und Nüssen. Courtney ärgerte sich über seine Eigenmächtigkeit, war wenig später jedoch insgeheim froh darüber, als sie bemerkte, wie voll das Café war. Wahrscheinlich hätten die Kellner sie einfach übersehen, doch auf Lefteris' Winken hin kam sofort einer herbeigestürzt.

Nachdem Lefteris gegangen war, sah sie sich auf dem Eleftherias-Platz um. Iraklion war keine besonders schöne Stadt, aber voll pulsierenden Lebens, und Courtneys Stimmung hob sich. Es war nicht alles so gelaufen, wie sie es sich vorgestellt hatte, doch zumindest war sie jetzt hier. Wie lange hatte sie davon geträumt, Knossos und die berühmte Sammlung minoischer Schätze im Archäologischen Museum zu sehen! Der Gedanke, eine Stelle bei dem Mann angenommen zu haben, der Discovery Crete ruiniert hatte, behagte ihr zwar immer noch nicht, aber es war ihre einzige Chance gewesen, hierzubleiben. Nein, sie hatte das Richtige getan, und es könnte alles perfekt sein, wäre da nicht Lefteris.

Warum machte er sie nur immer so – so nervös? Nicht was er tat, sondern die Art, den Kopf zu drehen, der unergründliche Zug um seinen Mund, das Spiel seiner Muskeln, erregte und beunruhigte sie gleichermaßen. Was war nur los mit ihr? Sie mochte ihn doch gar nicht. Er war ein arroganter Flegel, ein skrupelloser Geschäftsmann, der sie um ihren Job gebracht hatte, um ihr dann herablassend Arbeit für einige Tage anzubieten, und der dafür auch noch Dank erwartete. Nein, es war nichts Liebenswürdiges an ihm.

Und doch … Und doch fuhr er mit ihr nach Knossos, wenn sie auch das Gefühl hatte, er habe sie gegen besseres Wissen eingeladen und misstraue ihr immer noch, weil sie Engländerin war. Es war, als hätten sie während der Fahrt über die Küstenstraße nach Iraklion ein stillschweigendes Friedensabkommen geschlossen.

Er machte keine herablassenden Kommentare, und auch sie achtete sehr auf das, was sie sagte. Er erzählte ihr sogar ein wenig über sich selbst. Den Sommer verbrachte er so weit wie möglich auf Kreta, den Rest des Jahres in Flugzeugen zwischen Athen und New York, London, Paris, Rom und dem Fernen Osten.

Courtney konnte sich vorstellen, wie er Millionenverträge aushandelte, seine Rivalen ausschaltete oder Firmen, die ihm gefährlich wurden, einfach auslöschte, wie er es mit Discovery Crete getan hatte. Warum gab sich ein solcher Mann mit einem Mädchen ab, das er verachtete?

Schließlich beschloss sie, nicht weiter darüber nachzugrübeln. Doch sie war sich seiner Nähe überdeutlich bewusst, und sosehr sie sich auch auf den wunderbaren Ausblick über das Meer zu konzentrieren versuchte, ließ sie doch unwillkürlich den Blick immer wieder zurück zu seinen Händen auf dem Lenkrad schweifen oder zu seinem prägnanten Profil. Und erneut überlegte sie, wie es wohl wäre, wenn er sie anlächelte und ihr versicherte, dass er sie nach Knossos bringe, weil er bei ihr sein wolle.

„Courtney?"

In ihre Gedanken vertieft, fuhr Courtney auf und sah Lefteris vor sich stehen. Sein unerwarteter Anblick ließ ihr den Atem stocken, und sie stellte ihr Glas so unvermittelt auf den Tisch, dass das Wasser überschwappte. „Ach, Sie sind es", sagte sie schwach.

„Sie waren ja Meilen entfernt." Ein amüsierter Unterton schwang in seiner Stimme, und noch etwas, das sie nicht identifizieren konnte. „Worüber haben Sie nachgedacht?"

Sie betrachtete angestrengt die Passanten, aus Angst, er könnte die Wahrheit in ihren Augen lesen, wenn sie ihn ansehen würde. „Ich … Ich habe gerade überlegt, aus welchen Ländern all diese Leute hier kommen", sagte sie schnell. „Das da drüben sind sicher Franzosen, oder? Ob man meine Abstammung auch so leicht erkennt?"

Lefteris betrachtete sie. Sie trug ein weites, nicht besonders modisches Kleid, das einmal dunkelblau gewesen war, jetzt aber zu einem sanften Graublau – genau ihre Augenfarbe – ausgeblichen war. Die Sonne in Agios Georgios hatte ihren Teint leicht gebräunt und helle Strähnen in ihr dichtes braunes Haar gezaubert, das ihr weich auf die Schultern fiel.

„Für mich sehen Sie sehr englisch aus", sagte er langsam.

Courtney griff nach ihrer Tasche und stand auf. „Aus Ihrem Mund ist das nicht gerade ein Kompliment. Sie halten doch alle Engländerinnen für kalt, durchtrieben und unmoralisch."

„Kalt würde ich Sie nicht nennen", sagte er, ohne auf den Rest einzugehen, und wieder lag dieser seltsame Ausdruck in seinen Augen. „Nicht, nachdem ich weiß, wie Sie küssen."

Courtney errötete und wandte sich schnell ab. Warum hatte er sie an diesen verdammten Kuss erinnert? Nicht, dass sie dieses demütigende Erlebnis vergessen hätte, im Gegenteil. Aber Lefteris musste ihr auch nicht unbedingt unter die Nase reiben, dass er sich ebenfalls daran erinnerte. Und dabei hatte sie gerade überlegt, ob sie ihn nicht vielleicht doch mögen könnte. Nein, er war und blieb ein arroganter, widerwärtiger Rüpel!

Ohne ihn anzusehen, ging sie neben ihm über den Platz zum Archäologischen Museum. Seit Jahren hatte Courtney von den berühmten minoischen Kulturschätzen geträumt, die dort gezeigt wurden. Doch als sie jetzt vor den Schaukästen stand, konnte sie an nichts anderes denken als an Lefteris, und wie er sie geküsst hatte. Ihre Gereiztheit wuchs, während sie von einem Glaskasten zum nächsten schlenderte und die Ausstellungsstücke betrachtete, ohne etwas richtig wahrzunehmen.

Warum, warum nur hatte er den Kuss erwähnt? Hier war sie endlich, stand vor dem berühmten Stierkopf aus Knossos mit seinen vergoldeten Hörnern, betrachtete die beiden Schlangengöttinnen und die Elfenbeinfigur des Stierspringers. Und dort war auch der tönerne Diskus von Phaistos mit den geheimnisvollen Inschriften, eine immer noch kaum entzifferte Botschaft aus der Vergangenheit ... Sie sollte das alles in sich aufsaugen, anstatt diese kostbare Gelegenheit mit Gedanken daran zu verschwenden, wie warm seine Hände gewesen waren, wie erregend seine Lippen ...

Es war nicht fair.

Im Museum war es kühl und ruhig. Die Besucher unterhielten sich in jenem ehrfurchtsvollen Flüsterton, der in Kirchen und Museen üblich ist, und nur ab und zu erhoben sich die Stimmen der Museumsführer über das gedämpfte Murmeln. In fieberhafter Konzentration beugte Courtney sich über die Glaskästen, doch immer war sie sich Lefteris' beunruhigender Nähe bewusst. Sie blickte wie gebannt auf seinen Finger, mit dem er auf die besonders feine Zeichnung einer Vase deutete, und erschauerte, wenn er dicht neben ihr stand.

Ärgerlich betrachtete sie eine Gruppe von Tonfiguren, deren erstaunlich deutliche Gesichter ihren Zauber auch in viertausend Jahren nicht verloren hatten. Sie war ärgerlich auf sich selbst und wütend auf Lefteris, weil er sie so mühelos ablenken konnte.

„Diese hier erinnert mich immer an Dimitria." Plötzlich stand er so dicht neben Courtney, dass es ihr den Atem nahm. Er warf ihr eines seiner seltenen Lächeln zu, während er auf die Tonfigur einer alten Frau deutete. Courtney fragte sich, ob er tatsächlich nicht bemerkte, welche Wirkung er auf sie hatte.

Mühsam wandte sie ihre Aufmerksamkeit der Figur zu, die Dimitria wirklich so ähnelte, dass sie kicherte und ihre Anspannung für einen Moment vergaß. „Stimmt!"

„Sie haben bei ihr übrigens einen Stein im Brett", sagte er. „Ich habe sie gestern getroffen, und sie schien mehr über Sie zu wissen als ich!"

„Ich begegne ihr immer auf dem Weg nach Agios Georgios", erklärte Courtney. „Sie bringt mir Griechisch bei."

„Oh! Und, kommen Sie gut voran?"

„Ja", erwiderte sie stolz. „Ich kann ein wenig über das Wetter reden und sie nach ihrer Arthritis und ihrem Ziegenbock fragen."

„Das wird sicher hilfreich sein, wenn Sie sich das nächste Mal mit Ziegen unterhalten wollen", sagte er und lächelte wieder.

Sie wollte protestieren, weil er sie an diese lächerliche Situation erinnerte, doch ein Blick in seine Augen sagte ihr, wie absurd sie damals gewirkt haben musste.

Das gedämpfte Gemurmel der Besucher war nicht mehr existent, als ihre Blicke sich trafen. Und dann, als erinnerten sich beide gleichzeitig an ihr gegenseitiges Misstrauen, wandten sie sich hastig voneinander ab.

Courtneys Puls raste. Lefteris hatte sie angelächelt, als liege ihm etwas an ihr! Während sie ins Obergeschoss gingen, betrachtete sie Lefteris aus den Augenwinkeln. Jetzt lächelte er nicht mehr, sondern betrachtete stirnrunzelnd das Fresko der minoischen Priesterin mit dem Spitznamen „Die Pariserin". Das Lächeln hatte ihm nichts bedeutet. Wahrscheinlich hatte er sich nur daran erinnert, wie lächerlich sie, Courtney, ausgesehen hatte, als sie sich halb nackt mit dem Ziegenbock unterhielt.

Sie hatte sich wirklich lächerlich benommen und tat es immer noch. War es etwa nicht lächerlich, einem Lächeln so viel Bedeutung beizumessen? Nichts hatte sich geändert.

Schließlich standen sie wieder inmitten des geschäftigen Lärms auf dem Eleftherias-Platz. Courtney fühlte sich merkwürdig verlegen und nickte nur verwirrt, als Lefteris vorschlug, vor ihrem Besuch in Knossos irgendwo zu Mittag zu essen.

Er fuhr zu einer kleinen Taverne außerhalb der Stadt. Sie setzten sich auf die schattige, weinumrankte Terrasse, und Courtney fragte sich, wie es nur möglich war, sich Lefteris' Nähe so bewusst zu sein, selbst wenn sie ihn nicht ansah.

Die einfache, köstliche Mahlzeit in der ruhigen Taverne würde sie nie vergessen. Der Stadtlärm und die Touristenscharen schienen meilenweit weg zu sein. Als Vorspeise aßen sie „mizithra", einen herben Weichkäse aus Ziegenmilch, selbst gebackenes Brot, Oliven, dann folgten Lammkoteletts gewürzt mit Thymian und Oregano und frischer Gurkensalat mit Zwiebeln und süßen Tomaten, angemacht in Olivenöl.

Die ganze Zeit wünschte sie sich verzweifelt, Lefteris hätte sie nicht angelächelt. Mit diesem Lächeln hatte er ihre Abneigung ihm gegenüber einfach zunichte gemacht. Es war so viel leichter gewesen, mit ihm zu reden, als sie ihn noch verabscheute! Auch er schien die plötzlich aufgekommene seltsame Spannung zwischen ihnen wahrzunehmen. Und beide achteten, als sie nachmittags durch Knossos schlenderten, sehr darauf, sich nicht zu berühren.

Schweigend spazierten sie zwischen den Ruinen des einstmals so mächtigen Palastes umher, betrachteten die restaurierten Fresken und kletterten breite Treppen hinauf. Courtney war enttäuscht. Sie hatte einen riesigen Gebäudekomplex erwartet, in dem man noch den Frohsinn und die Weltoffenheit seiner Bewohner spürte, einen Palast, der die Erinnerung sowohl an die Lebenslust der Minoer als auch an ihre dunklen, geheimnisvollen Rituale in sich vereinte. Doch die Scharen der lässig gekleideten Touristen, die in allen Sprachen schwatzend mit ihren Videokameras und Fotoapparaten über den Hauptplatz strömten, hatten die Geister der einzigartigen Stierspringer vertrieben und den Zauber dieses Ortes längst zerstört.

5. KAPITEL

Lefteris sah ihr die Enttäuschung an und führte sie weg von den Menschenmassen. Er zeigte ihr enge Korridore, die sich unerwartet zu fensterlosen Räumen erweiterten, steile Treppen und verwirrend viele Sackgassen. Courtney ließ die Hand über die alten Steine gleiten. Tiefste Schatten wechselten mit strahlendem Licht, gegen das Lefteris' Gestalt sich dunkel abhob. In dieser Stille war die Vergangenheit viel deutlicher zu spüren.

„Es ist beinahe unheimlich hier", gestand sie Lefteris, als sie sich beim halb zerstörten Hallendach der Doppeläxte niederließen und auf die Ruinen der verwirrenden Gänge und Räume hinunterblickten. In der Ferne glitzerte das Meer, und Courtney überlegte mit einem ehrfurchtsvollen Schaudern, dass die Minoer vor Jahrtausenden von hier dieselbe Aussicht gehabt haben mussten. Sie ließ den Blick zu den halb zerstörten Mauern zurückschweifen. „Warum haben sie sich wohl solche Mühe gegeben, all diese Ebenen und Korridore anzulegen, die doch nirgendwohin führen?"

„Wer weiß?", sagte Lefteris. „Und als das Dach noch heil war, muss das Ganze noch verwirrender gewesen sein. Kein Wunder, dass hier der Mythos vom Labyrinth entstand."

Wie zum Beweis blieb fast direkt unter ihnen ein Tourist stehen, blätterte in seinem Reiseführer herum, um festzustellen, in welchem Teil des Palastes er sich eigentlich befand. Schließlich gab er es seufzend auf, klappte das Buch zu und ging weiter.

Courtney und Lefteris sahen sich an. Beide lächelten unwillkürlich, und die Spannung zwischen ihnen wich einem neuen, viel beunruhigenderem Empfinden. Courtney hatte das Gefühl, als wäre plötzlich alles viel intensiver, der Himmel blauer, das Licht strahlender. Lefteris' Lächeln wirkte auf sie warm und prickelnd. Die Luft duftete nach Pinien, und in den Ruinen ringsum zwitscherten die Spatzen.

„Erzählen Sie mir vom Labyrinth", bat sie ihn unvermittelt.

„Kennen Sie die Geschichte denn nicht?", fragte er überrascht.

„Doch, aber ich würde sie gern hier hören, in Knossos." Das blendende Sonnenlicht warf Schatten auf ihr feingeschnittenes Gesicht, und in ihren Augen spiegelte sich der kobaldblaue Himmel. „Macht es Ihnen etwas aus?"

Es schien ihm schwerzufallen, den Blick von ihr abzuwenden. „Nein", sagte er mit einem seltsamen Unterton, und nachdem er eine Weile schweigend dagesessen und das ferne Meer betrachtet hatte, begann er: „Es war einmal ein mächtiger König namens Minos, der über große Teile des Mittelmeeres herrschte und in einem wunderbaren Palast lebte. Doch trotz des legendären Glanzes gab es auch in Knossos Schattenseiten. Minos' Ehefrau Pasiphae hatte ein Ungeheuer zur Welt gebracht, halb Stier, halb Mensch. Dieser Minotaur war so wild und schrecklich, dass man ihn in einem Labyrinth unter dem Palast gefangen hielt und ihm Menschenopfer darbrachte. Alle neun Jahre mussten die Athener sieben Jünglinge und sieben Jungfrauen auswählen, die in das Labyrinth geschickt wurden. Es war unmöglich, wieder herauszufinden, und so irrten sie hilflos durch die Gänge, bis der Minotaur einen nach dem anderen verspeiste."

Courtney erschauerte. „Die Armen! Allein in der Finsternis, immer darauf gefasst, dass hinter der nächsten Ecke das Ungeheuer lauert ... Eine schreckliche Geschichte, nicht wahr?"

„Ja, aber wirklich nur eine Geschichte", sagte er, amüsiert über ihr Entsetzen. „Wahrscheinlich entspringt sie nur der Tatsache, dass Besucher von der verwirrenden Größe des Palastes überwältigt waren."

Courtney jedoch zog das Gruseln seiner nüchternen Erklärung vor. „Erzählen Sie weiter", bat sie.

„Jedes Mal, wenn der Tribut fällig war, herrschte in Athen große Trauer. Eines Tages beschloss Theseus, der Sohn des Königs, dem Schrecken ein Ende zu setzen. Gegen den Willen König Aigeus schiffte er sich mit den anderen Geiseln auf einem Schiff mit schwarzen Segeln ein, um den Minotaur zu töten. Und Theseus hatte Glück, denn Ariadne, eine Tochter des Minos, verliebte sich in ihn und versprach, ihm zu helfen, wenn er sie heiraten und mit nach Athen nehmen würde. Natürlich willigte Theseus ein, und sie gab ihm ein Wollknäuel, das er beim Betreten des Labyrinths abwickeln sollte, um so den Ausgang wiederfinden zu können. Theseus gelang es tatsächlich, das Ungeheuer zu töten, und mit allen Athenern und Ariadne zu flüchten.

Leider ging die Geschichte dennoch nicht gut aus. Theseus verließ Ariadne, während sie schlafend am Strand von Naxos lag, und segelte ohne sie nach Athen zurück. Mit seinem Vater hatte er vereinbart, bei seiner Rückkehr ein weißes Segel als Zeichen seines Erfolges zu setzen, doch in der Aufregung vergaß er es. Als König Aigeus, der von Kap Sounion aus besorgt nach Theseus Ausschau hielt, die schwarzen Segel sah, stürzte er sich voller Trauer über den vermeintlichen Tod seines Sohnes von den Klippen ins Meer, das seitdem das Ägäische genannt wird. So wurde Theseus bei seiner Rückkehr mit der Nachricht empfangen, dass er mit seiner Vergesslichkeit den Tod seines Vaters verursacht hatte."

„Das geschah ihm nur recht", erklärte Courtney. „Als ihm die arme Ariadne nicht mehr nützen konnte, hat er sie einfach verlassen."

„Ein solches Verhalten ist nicht auf alte Mythen beschränkt", sagte Lefteris bitter. „Oder auf Männer."

Plötzlich hatte er sich wieder eingeigelt, und die Heimfahrt verlief in finsterem Schweigen. Courtney fragte sich, wer wohl die Ursache für seine Bitterkeit war. Seine Schwägerin Linda, die in seinen Streit mit Nikos verwickelt zu sein schien, oder jemand anders? Courtney versuchte, sich eine Frau vorzustellen, die Lefteris verließ, obwohl er sie doch so geliebt haben musste, dass er ihr immer noch nicht verziehen hatte. Wie hatte sie das nur tun können?

Sie erinnerte sich an die Wärme in seiner tiefen Stimme, während er den uralten Mythos erzählte, und an den Schatten, der unvermittelt über sein Gesicht gehuscht war. Und plötzlich fühlte sie sich innerlich wie ausgebrannt.

Ihre Gefühle für ihn erschienen ihr wie die verwirrenden Gänge und Sackgassen des Labyrinths von Knossos. Immer, wenn sie ihn zutiefst verabscheute, lächelte er sie an oder tat etwas anderes, das sie verunsicherte und sie zwang, ihre Meinung über ihn zu ändern.

Widerwillen verwandelte sich in Zuneigung, Verlegenheit in Begehren … Was eigentlich empfand sie für ihn? Sie war verloren im Labyrinth ihrer eigenen Gefühle und wusste nicht, was sie in seinem Zentrum finden würde.

Oder doch?

Courtney wollte nicht daran denken, dass ihre Gefühle für Lefteris sich in etwas viel Gefährlicheres als nur Zuneigung verwandeln könnten. Nach der Ankunft seiner Gäste würde er keine Zeit für sie, Courtney, haben. Sie würde ihre Arbeit erledigen und sich in wenig mehr als einer Woche von ihm verabschieden. Er hatte ihr nicht angeboten, noch länger zu bleiben – warum auch, da er nichts als Verachtung für sie empfand? Und sie selbst hatte gesagt, die verbleibende Zeit auf Kreta mit der Erforschung der minoischen Ausgrabungen verbringen zu wollen.

Und genau das wollte sie auch. Natürlich.

Am nächsten Morgen teilte ihr Lefteris mit, er werde sie gegen Abend zum Markt nach Chania fahren. Dann verschwand er in seinem Arbeitszimmer, und Courtney hörte ihn in scharfem, geschäftsmäßigem Ton lange Telefongespräche führen.

Da sie bis zum Mittagessen nichts zu tun hatte, entschloss sie sich, nach Agios Georgios zu gehen, um Brot zu kaufen. Sie war froh, der seltsamen Atmosphäre zu entfliehen, die zwischen ihnen herrschte und die jetzt zwar weniger feindselig, aber gerade deshalb umso beunruhigender war. Nur noch eine Woche, erinnerte sie sich selbst zum hundertsten Mal.

Dimitria saß am Straßenrand neben ihrem grasenden Ziegenbock und winkte ihr schon von Weitem zu. Nachdem sie Courtneys Griechisch-Repertoire durchgegangen waren, begann Dimitria, wort- und gestenreich auf sie einzureden, wobei sie mehrfach Lefteris' Namen erwähnte.

Es dauerte eine Weile, bis Courtney sie verstanden hatte. „Ah! Ja, ich bin in Lefteris' Haus eingezogen, während Katina nicht da ist. Ich koche für ihn."

Jetzt war es an Dimitria, verständnislos dreinzuschauen, und so versuchte Courtney ihr mit Händen und Füßen zu erklären, dass Katinas Mutter krank sei. Zu ihrer Überraschung strahlte Dimitria und klopfte sich auf die Stelle über ihrem Herzen. Courtney überlegte, ob sie vielleicht dachte, Katinas Mutter habe einen Herzanfall gehabt, doch als Dimitria mehrmals Lefteris' Namen wiederholte und auf Courtney deutete, begriff sie schließlich, dass Dimitria sie für ein Liebespaar hielt.

„Nein!", sagte Courtney, während ihr das Blut in die Wangen schoss. „Lefteris und ich … nein!" Das schien die alte Frau jedoch nicht zu verstehen, und so versuchte Courtney es auf Griechisch. „Ne", sagte sie verzweifelt. „Ne, ne, ne!"

„Ne", bestätigte Dimitria und lächelte befriedigt.

Erleichtert, dieses Missverständnis aus der Welt geschafft zu haben, verabschiedete Courtney sich und ging ins Dorf. Beim Bäcker war es voll, und sie lauschte geduldig der Unterhaltung und versuchte, die ihr bekannten Worte zu verstehen, wie „ne" und …

Plötzlich fuhr Courtney zusammen, denn etwas Schreckliches dämmerte ihr. Sie war so entschlossen gewesen, Dimitria ihre fixe Idee auszureden, dass sie einen furchtbaren Fehler gemacht hatte. „Ne" bedeutete nicht „nein", sondern „ja".

Deshalb also Dimitrias wissendes Lächeln! Sie musste gedacht haben, Courtney sei ganz begierig darauf, ihr Verhältnis mit Lefteris bekannt zu machen. Wie eine Schlafwandlerin kaufte sie zwei Brote und trat auf die Straße hinaus. Was hatte sie nur getan?

Aus irgendeinem Grund war es ihr wichtig, Dimitria den Irrtum verständlich zu machen. Auf dem Heimweg hielt Courtney angestrengt nach ihr Ausschau und machte sogar den Umweg zu ihrem Haus, doch die alte Frau war wie vom Erdboden verschwunden. Schließlich gab Courtney es auf und ging langsam zur Villa zurück.

Glücklicherweise war Lefteris immer noch in seinem Arbeitszimmer, sodass sie Zeit hatte, ihre Fassung wiederzugewinnen. Während sie das Mittagessen vorbereitete, überlegte sie, dass dieser Fehler wirklich jedem hätte passieren können. Also bestand kein Grund, sich zu schämen.

Zum Mittagessen gab es mit Reis, Zwiebeln und Katinas Kräutern gefüllte Tomaten, dazu Brot, das sie im Dorf gekauft hatte, und „psilotiri“, einen harten, sehr würzigen Ziegenkäse. Außerdem hatte Courtney etwas Gemüse besorgt, das wild auf den Hügeln wuchs. Sie hatte sich nicht getraut, es selbst zu sammeln, wie viele Einheimische es taten, sondern es sicherheitshalber im Laden gekauft. Gekocht und mit Olivenöl und Zitrone angerichtet, ergab es eine köstliche Beilage.

Lefteris schien in Gedanken versunken zu sein, als er zum Essen erschien, doch nach einem Blick auf den hübsch gedeckten Tisch zog er überrascht die Augenbrauen hoch. „Haben Sie den ganzen Vormittag gekocht?“

„Ich war auch schon im Dorf.“ Courtney atmete tief ein. Besser jetzt als nie! „Und dort habe ich eine große Dummheit gemacht.“

„Tatsächlich?“ Er klang eher resigniert als überrascht.

Sie räusperte sich. „Also, ich bin Dimitria begegnet. Sie wusste, dass ich bei Ihnen eingezogen bin, und aus irgendeinem Grund denkt sie, dass Sie und ich … dass wir beide …“

„Dass wir beide – was?“

Courtney errötete. Lefteris betrachtete sie wachsam, doch es war nicht zu erkennen, ob Heiterkeit, Ärger oder etwas ganz anderes in seinem Blick lag. „Sie hält uns für ein Liebespaar?“

„Ja.“ Courtney war froh, dass sie es nicht selbst hatte aussprechen müssen. „Das ist natürlich lächerlich“, fügte sie hinzu und versuchte, ihre Verlegenheit mit einem Lachen zu überspielen.

„Absolut“, stimmte er mit einem seltsamen Unterton zu. „Was haben Sie getan, dass sie überhaupt auf diesen Gedanken gekommen ist?“

„Nichts! Ich versuchte ihr diese fixe Idee auszureden, kam dabei aber etwas durcheinander und sagte ‚ne‘, obwohl ich ‚nein‘ meinte. Also glaubt sie jetzt, es sei die Wahrheit.“

Schuldbewusst senkte Courtney den Kopf und wappnete sich gegen einen Wutausbruch. Doch als sie zu Lefteris hinsah, bemerkte sie zu ihrer Überraschung, dass er lächelte, was ihn jungenhaft, heiter und beunruhigend attraktiv aussehen ließ.

„Sie sind nicht die Erste, der es so geht", sagte er.

Verblüfft über seine Reaktion, blickte sie ihn an. „Ich dachte, ich beichte es Ihnen besser gleich", sagte sie schließlich. „In Anbetracht Ihrer Abneigung Engländerinnen gegenüber, könnte es Ihrem Ruf schaden, wenn jeder im Dorf mich für Ihre Freundin hält!"

Er ignorierte ihren Sarkasmus. „Da der Schaden ja offenbar angerichtet ist, weiß ich nicht, was ich dabei noch tun soll."

„Sie könnten Dimitria erklären, wie unsere Beziehung wirklich ist", entgegnete Courtney trotzig.

Er lehnte sich in seinem Stuhl zurück und betrachtete sie nachdenklich. „Und wie ist unsere Beziehung?"

„Ich bin Ihre Köchin." Sie zwang sich, ihn direkt anzusehen. „Vorübergehend. Und Sie sind mein Arbeitgeber."

„Ihr vorübergehender Arbeitgeber", korrigierte er sie. „Ich soll Dimitria also erzählen, dass wir gar keine Beziehung haben, und wenn, dann höchstens vorübergehend?"

Sein spöttischer Ton brachte Courtney in Rage. „Ja, genau das", sagte sie fest.

Dennoch verbrachte Courtney viel Zeit damit, sich für die Fahrt nach Chania zurechtzumachen. Sollte sie die Haare zu einem Zopf flechten oder sie offen tragen? Auf keinen Fall durfte Lefteris glauben, sie habe sich Mühe gegeben, besonders hübsch auszusehen. Aber ihr Haar, in das die Sonne goldene Strähnen gebleicht hatte, sah wirklich besser aus, wenn sie es weich auf die Schultern fallen ließ. Ob Lefteris das auch fand?

Courtney betrachtete ihr Spiegelbild und fragte sich, wie er sie wohl sah. Ihre blaugrauen Augen, umrahmt von dichten, dunklen Wimpern, waren immer das Beste an ihr gewesen, auch wenn sie sich mit Ginnys funkelnden grünen Augen nicht messen konnten. Courtney fand sich weder besonders hässlich noch besonders attraktiv: eine kleine, gerade Nase, sanfte Lippen, makelloser Teint. Nein, an ihr war nichts Bemerkenswertes, und schon gar nichts, das einen Mann wie Lefteris Markakis anziehen könnte.

Seufzend kehrte sie ihrem Spiegelbild den Rücken zu. Was

machte es schon? Sie schlüpfte in ein Kleid in sanften, blaugrauen Farben, dessen leichter, weicher Stoff ihre Beine umschmeichelte, und schlang sich einen blauen Samtgürtel um die schlanke Taille.

Lefteris wartete in der Halle auf sie. Er trug eine dunkle Hose, ein schlichtes weißes Hemd, Krawatte und hatte die Jacke leger über die Schulter geworfen. Trotz der aufgekrempelten Hemdsärmel wirkte er sehr formell, was seine markanten Gesichtszüge noch betonte und seine körperliche Stärke mehr zur Geltung brachte als die schwarze traditionelle Kleidung, die er auf der Jagd getragen hatte.

Er sah beunruhigend attraktiv aus, als er ihr die Wagentür aufhielt. Courtney stieg ein, mit einem ganz neuen Bewusstsein. Alles erschien ihr plötzlich unnatürlich intensiv: das Gefühl des weichen Stoffs auf ihren Brüsten, der Duft der Ledersitze, der sich mit dem der Orangenblüten aus dem Garten vermischte, Lefteris' starker Körper neben ihr, seine schlanken Hände auf dem Lenkrad. Selbst das Motorengeräusch erschien ihr lauter als gewöhnlich.

Courtney räusperte sich. Sie musste sich endlich zusammennehmen.

Kurz vor dem Dorf begegneten sie Dimitria, die diesmal nicht den Ziegenbock, sondern ihre kleine Schafherde zur Weide trieb. „Ich glaube, ich spreche kurz mit ihr“, sagte Lefteris und warf Courtney einen finsteren Blick zu. „Da Ihnen ja so viel daran liegt, sie zu überzeugen, dass Sie nicht unsterblich in mich verliebt sind!“

Rot vor Verlegenheit saß Courtney stocksteif da, während Lefteris sich mit Dimitria auf jene lebhafte, gestenreiche Weise unterhielt, die für einen Nordeuropäer wie ein Streit anmuten musste. Nach einer Weile tätschelte Dimitria ihm den Arm und warf Courtney aus ihrem fast zahnlosen Mund ein strahlendes Lächeln zu. Bevor sie vom Wagen zurücktrat, sagte sie noch etwas zu Lefteris, der ihr mit einem seltsamen Gesichtsausdruck nachsah.

„Was hat sie gesagt?“, fragte Courtney misstrauisch, als sie weiterfuhren.

Er zögerte und zuckte dann die Schulter. „Wenn Sie es unbedingt wissen wollen … Sie sagte, wir könnten ihr viel erzählen, aber sie glaube immer noch, dass Ihre Antwort die richtige sei."

Courtney brannten die Wangen, und sie wandte den Kopf ab. „Wie ... wie lächerlich", brachte sie leise hervor.

Die Markthallen in Chania waren in Form eines Kreuzes gebaut, und das bunte, geschäftige Treiben lenkte Courtney eine Weile von ihren Gedanken über Lefteris ab. Da gab es alle Arten von Fischen, die nass und glänzend auf den Tischen lagen: Schwertfische, Brassen und Meeräschen, Thunfische und Meeraale, über denen Tintenfische an Schnüren zum Trocknen aufgehängt waren.

An anderen Ständen wurde frisches Obst und Gemüse angeboten. Glänzende violette Auberginen stapelten sich neben grünen und roten Pfefferschoten, frischem Salat, Weinblättern und großen Kisten mit „hora", dem Grüngemüse, das auf den Hügeln außerhalb Chanias gesammelt wurde. Courtney spazierte die Gänge auf und ab, betrachtete Artischocken, Melonen, Kumquats, Knoblauchzöpfe und große Säcke mit Zwiebeln und Kartoffeln und fragte sich mit einem Blick auf ihre Einkaufsliste, wo sie beginnen sollte.

Lefteris erwies sich als geduldiger Übersetzer, und die Spannung zwischen ihnen verschwand allmählich. Er ließ sich sogar dazu herab, ihr die Taschen hinterherzutragen, was ihm einige spaßhafte Bemerkungen von den Standbesitzern eintrug. Beladen mit Obst und Gemüse, zwängten sie sich in einen Laden, der von oben bis unten mit riesigen Käserädern vollgestopft war. Courtney probierte einige der hiesigen Käsespezialitäten, und Lefteris beobachtete amüsiert ihren konzentrierten Gesichtsausdruck. „Graviera, mizithra, staka, malaka ..." Courtney erwiderte sein Lächeln, während sie die Namen wiederholte, die er ihr vorsagte.

Es gab Bäcker und Fleischer und Delikatessenläden und einen Kiosk, an dem Courtney, deren schlechtes Gewissen sich meldete, die schon lange überfällige Postkarte für ihre Eltern kaufte. Am besten gefielen ihr die Stände mit Kräutern und Gewürzen. Bündel von getrockneten Kräutern hingen von der Decke oder lagen in Plastiktüten zum Verkauf bereit. Lefteris übersetzte die danebenstehenden Schildchen, auf denen Name und Gebrauch der einzelnen Kräuter verzeichnet waren. Viele wurden nicht nur als Gewürz, sondern vor allem als Heilmittel benutzt. Courtney strahlte entzückt, während sie an Beuteln mit Zimt, Kümmel, Koriander, Oregano und Kamille schnupperte und die starken Aromen in sich aufnahm.

Courtney sah große Behälter, gefüllt mit kretischem Thymian- und Wildblütenhonig, neben Säcken mit Nüssen und Fässern mit eingelegten Oliven. An mehreren Ständen bemerkte sie kunstvoll gestaltete Kränze aus Früchten, Blüten und Blättern. Auf den ersten Blick schienen sie aus Holz zu sein, doch Lefteris erklärte ihr, sie seien aus hartgebackenem Brot gemacht.

„Auf Hochzeiten werden sie, entsprechend der hiesigen Sitte, den Gästen überreicht", sagte er. „Leider sterben viele der alten Bräuche aus. Um manche ist es allerdings auch nicht schade. Früher war es auf Kreta zum Beispiel üblich, Mädchen aus Dörfern, mit denen man im Twist lag, zu entführen und sie zu verheiraten." Er warf Courtney einen Blick zu. „Sie sind sicher sehr froh, dass dieser Brauch ausgestorben ist!"

Einen Moment überließ sie sich der Vorstellung, Lefteris würde sie entführen und nicht mehr aus Agios Georgios fortlassen. Sie betrachtete einen herzförmigen Kranz. „Darüber brauche ich mir also keine Sorgen mehr zu machen", sagte sie und war entsetzt, wie wehmütig ihre Stimme klang. „Zum Glück!", fügte sie schnell hinzu.

Während sie ihre Taschen im Wagen verstauten, warf Lefteris einen Blick auf seine Armbanduhr. „Zum Essen ist es noch zu früh, also kann ich Ihnen ebenso gut ein wenig von Chania zeigen."

Courtney war froh über diese unerwartete Gelegenheit, die Stadt zu entdecken. Lefteris führte sie an eleganten Geschäften vorbei in enge, gewundene Hintergassen, die, verfallen wie sie waren, einen gewissen Charme ausstrahlten. Von den einst prächtigen venezianischen Häusern blätterte der Putz ab, doch Courtney gefielen sie trotzdem, mit ihren schön geschnitzten Haustüren und den verschnörkelten schmiedeeisernen Balkongeländern.

Während sie neben Lefteris die verwinkelten Gassen entlangging, sagte sie sich, dass ihre gute Stimmung nichts mit seiner Gegenwart zu tun hatte. Sie mochte eben Orte wie diese, die nichts von dem aggressiven modernen Stil an sich hatten, den ihre Eltern liebten. Sie mochte die Katzen, die sich auf den Balkonen räkelten, und die wilden Kräuter und Blumen, die zwischen den Mauersteinen wuchsen. Manchmal erhaschte sie einen Blick in eine Wohnung, in der ein Fernseher flimmerte, oder auf einen verwilderten Garten hinter einer hohen Mauer. Sie mochte die Geranien, die auf zerbröckelnden Stufen standen, und die lachenden Jugendlichen auf ihren Motorrollern.

Doch am meisten gefiel es ihr, wenn Lefteris sie mit seinem Körper streifte, während sie beiseite traten, um jemanden vorbeizulassen. Oder die Art, wie er eine Hand auf ihren Arm legte, um sie auf etwas aufmerksam zu machen.

Verzweifelt erinnerte Courtney sich selbst an ihre baldige Abreise. Doch ein gefährlicher Zauber hielt sie in seinem Bann, und sie konnte an nichts anderes denken als an Lefteris' Mund, an sein markantes Gesicht, und dass ihr das Blut schneller durch die Adern strömte, wenn er sie berührte.

Nach der Stille in den Nebenstraßen erschien ihnen das Hafengebiet wie eine andere Welt. Halb Europa schien an den Restaurants mit ihren bunten Markisen und den einladend winkenden Kellnern vorbeizuflanieren. Doch selbst hier hob Lefteris sich mit seiner großen, kraftvollen Gestalt und den lässigen, geschmeidigen Bewegungen von der Menge ab. Courtney fragte sich, ob er wohl die Frauen bemerkte, die ihm sehnsüchtig nachblickten.

Er führte sie in eine kleine Taverne am anderen Ende des Hafens, wo er wie ein verlorener Sohn begrüßt wurde. Während er sich mit dem Besitzer unterhielt, wunderte Courtney sich wieder einmal, um wie viel jünger Lefteris wirkte, wenn er lachte. In dieser winzigen Taverne mit den Plastiktischdecken schien er sich wie zu Hause zu fühlen, doch genauso gut konnte sie ihn sich in einem französischen Restaurant vorstellen. Er war eben ein Mann, der sich in jeder Situation zurechtfand und überall Sicherheit und Autorität ausstrahlte.

Der Wirt führte sie an einen Ecktisch und brachte ihnen nach lebhafter Diskussion eine Flasche von dem Wein, der in der Nähe von Chania angebaut wurde. Courtney beobachtete Lefteris, wie er konzentriert die Gläser füllte. Sie ließ den Blick von seinen dichten schwarzen Wimpern über seine prägnante Nase zu seinem Mund gleiten und spürte ein seltsames Gefühl im Magen. Am liebsten hätte sie die Hand ausgestreckt und ihn berührt, doch stattdessen griff sie nach ihrem Glas. „Prost!“, sagte sie heiser.

„Yiammas!“ Er stieß mit seinem Glas gegen ihres und lächelte sie an. Wusste er denn nicht, was er damit bei ihr verursachte? „Auf Kreta stößt man vor dem Trinken miteinander an“, sagte er.

„Warum?“

„Seit über sechstausend Jahren wird hier Wein gekeltert, und die alten Kreter beteten ihn an wie einen Gott. Sie glaubten, man könne dem Wein nur Genüge tun, wenn man ihn mit allen fünf Sinnen genoss. Die ersten beiden Sinne sind klar: man schmeckt den Wein und fühlt ihn auf der Zunge.“ Lefteris hielt sein Glas ins Licht und schnupperte daran. „Man bewundert die Farbe des Weines und riecht sein Bouquet. Und dann stößt man an, um den Wein auch zu hören und damit alle Sinne zu befriedigen.“

Courtney dachte unglücklich, dass sie in seiner Nähe keinen Wein brauchte, um ihre Sinne anzuregen. Dann lachte sie und stieß ihr Glas gegen seines. „Yiammas!“, wiederholte sie.

Als sich ihre Blicke über den Gläsern trafen, hörten sie beide gleichzeitig zu lächeln auf. „Was – was gibt es denn zu essen?“, fragte Courtney und sah schnell beiseite.

Zu ihrer Überraschung führte Lefteris sie in die Küche, wo das Personal sie begrüßte, als wäre es das Selbstverständlichste der Welt. In großen Aluminiumschalen wurden die Speisen warm gehalten: eine Auswahl an gefüllten Gemüsen – Auberginen, Zucchinis, Artischocken und Tomaten –Tintenfische, in Kräutern geschmorte Lammkoteletts, Okra in Tomatensoße und einen köstlich duftenden Eintopf aus Kartoffeln, Zwiebeln und Tomaten. Courtney fiel die Auswahl schwer, entschied sich aber schließlich für die Auberginen.

„Sie sind so still“, stellte Lefteris fest, als sie wieder am Tisch saßen. „Ist alles in Ordnung?“

Nein, es war nichts in Ordnung. Sie fühlte sich nervös und unruhig, und das ständige Pochen in ihren Adern verunsicherte sie. „Ich habe gerade überlegt, dass ich fast gar nichts über Sie weiß“, sagte sie ausweichend. Außerdem stimmte es.

„Sie wissen, dass ich Geschäftsmann bin.“

„Nein, ich meine andere Dinge, wie zum Beispiel Ihre Familie.“

Er warf ihr einen seltsamen Blick zu und zuckte die Schultern. „Wir sind eine kretische Familie“, sagte er, als erkläre das alles. „Mein Großvater wurde in der Villa Athina geboren, wie sein Großvater vor ihm. Mein Vater war ehrgeizig. Er ging in die USA und baute dort aus dem Nichts die Firma auf, aber wir Kinder wussten immer, dass Kreta unser Zuhause ist. Mein Vater baute das Haus, in dem ich jetzt lebe, und er achtete darauf, dass wir jedes Jahr einige Wochen dort verbrachten, damit wir nie vergaßen, dass unsere Wurzeln auf Kreta liegen. Nach dem Tod meines Vaters übernahm ich die Firma, die seitdem ungeheuer expandiert ist, aber ich habe immer versucht, mich an die Prinzipien meines Vaters zu halten. Agios Georgios ist unser aller Zuhause. Meine Schwestern kommen jeden Sommer mit ihren Familien hierher.“

„Sie sagten, Ihr Bruder habe eine Engländerin geheiratet?“

„Ja. Linda.“ Er schien den Namen kaum aussprechen zu können. „Sie war sehr schön, aber grundverdorben, und im Gegensatz zu Ihnen war ihr der Name Markakis wohlbekannt. Christos lernte sie in London kennen, und nachdem sie ihn eingefangen hatte, stellte sie sicher, dass sie verheiratet waren, bevor er sie der Familie präsentieren konnte. Ich glaube, sie erwartete ein luxuriöses Leben inmitten des Jetsets, und als sie stattdessen ein ruhiges Dorf inmitten von Bergen und Olivenhainen bekam, setzte sie Christos vom ersten Tag an zu, sie von hier fortzubringen.“

„Ist sie deshalb nach England zurückgekehrt?“ Courtney konnte sich kaum vorstellen, Agios Georgios freiwillig zu verlassen.

„Zum Teil.“ Lefteris’ Gesichtszüge wurden hart. „Christos starb einige Monate später bei einem Autounfall. Sie konnte es kaum abwarten, ihr Geld einzustreichen und abzureisen.“

„Das tut mir leid“, sagte Courtney verlegen. „Jetzt verstehe ich, warum Sie Engländerinnen verachten.“

„Es ist auch meine Schuld“, erwiderte er unvermittelt. „Ich hätte mehr tun sollen, um diese Heirat zu verhindern, denn ich wusste genau, wie Engländerinnen sind, weil ich selbst beinahe eine geheiratet hätte. Ich war noch sehr jung und die Firma nicht annähernd so groß wie jetzt. Sabrina hielt mich eine Zeit lang an der Angel und heiratete dann einen viel reicheren und älteren Mann. Es machte ihr nichts aus, dass sie damit seine Ehe und sein Leben zerstörte, bis er sich von ihr scheiden ließ, natürlich mit einer millionenschweren Abfindung. Im Gegensatz zu Ihnen war sie, genau wie Linda, der Meinung, Geld sei das Wichtigste auf der Welt. Ich bin gerade noch davongekommen.“

Wie sehr musste er damals verletzt worden sein! Courtney blickte in ihr Weinglas. „Haben Sie deshalb nie geheiratet? Wollen Sie denn keine eigene Familie gründen?“

„Doch, aber Christos’ Beispiel hat mich gelehrt zu warten, bis ich wirklich sicher bin, die richtige Frau gefunden zu haben.“

„Und die haben Sie noch nicht gefunden?“ Courtney betrachtete immer noch angestrengt den Wein in ihrem Glas.

„Nein … Noch nicht.“

6. KAPITEL

Es entstand ein langes Schweigen. Courtney spürte Lefteris' Blick immer noch auf sich gerichtet und wagte nicht, den Kopf zu heben. Stattdessen betrachtete sie ihren Teller.

„Jetzt wissen Sie etwas über mich", sagte er schließlich. „Nun sind Sie dran. Sie haben mir nichts über Ihre Familie erzählt."

„Ich bin eine Außenseiterin." Courtney überlegte, ob er sich das Gefühl vorstellen konnte, von selbstbewussten, klugen Leuten umgeben zu sein, wenn man selbst keins von beidem war. „Meine Eltern sind beide sehr klug und erfolgreich und zutiefst davon überzeugt, immer recht zu haben. Und das haben sie auch. Es ist sehr schwer, sich mit solchen Leuten auseinanderzusetzen. Sie ... Sie überwältigen einen einfach. Ich habe oft versucht, es ihnen recht zu machen, aber es endete immer in einer Enttäuschung. Meine Schwester macht ihnen alle Ehre, doch ich bin so etwas wie ein schwarzes Schaf."

„Sind Sie Ihrer Schwester ähnlich?"

„Ähnlich?" Die Frage war so absurd, dass Courtney beinahe laut aufgelacht hätte. Sie erinnerte sich, wie man ihr Ginny immer als leuchtendes Beispiel vorgehalten hatte. „Nein. Ginny ist alles, was ich nicht bin. Sie ist schön, klug und schlagfertig, ich bin unauffällig, ruhig und schüchtern. Sie ist vernünftig, ich bin eine Träumerin. Alles, was sie macht, macht sie perfekt, ich bringe immer alles durcheinander. Ich wuchs mit einem Gefühl der Unzulänglichkeit auf, weil ich nicht sein konnte wie sie. Ginny gewann Stipendien und Tennispreise am laufenden Band, während ich mich mit meinen Büchern verkroch, um meinen ehrgeizigen Eltern aus dem Weg zu gehen. Damals begann auch meine Begeisterung für Geschichte."

„Warum haben Sie dann nicht Geschichte studiert?", fragte er.

„Allein beim Gedanken an Prüfungen bricht mir schon der Schweiß aus. Ich schaffte es mit Mühe und Not zum Abitur, und danach schickten meine Eltern mich zu einem Kochkurs, weil Kochen das Einzige war, bei dem ich mich nicht ganz dumm anstellte. Es war einfacher, ihnen nachzugeben, und inzwischen bin ich froh darüber. Ich koche gern und kann damit meinen Lebensunterhalt verdienen, aber …“

„Aber eigentlich würden Sie lieber Archäologie studieren?“

Sie nickte. „Als ich das meinen Eltern sagte, brachten sie alle möglichen Gründe vor, weshalb ich es nicht versuchen sollte: Ich würde gar nicht erst angenommen werden, könne es nicht schaffen, und selbst wenn, würde ich nie eine Stelle bekommen.“ Endlich sah sie Lefteris an. „Das verstehen Sie sicher nicht. Sie sind stark und gehen immer Ihren eigenen Weg. Ich bin nicht so selbstbewusst.“

„Den Eindruck hatte ich nicht, als Sie mir nach dem Bankrott von Discovery Crete wutschäumend Ihre Meinung sagten“, erklärte er, und sie blickte schnell weg.

„Hier bin ich anders“, gab sie ehrlich zu. „Deshalb will ich unter anderem auch nicht nach Hause zurück. Ich fühle mich hier anders, und Sie sind anders als meine Eltern.“ Nach kurzem Zögern fügte sie hinzu: „Sie machen mich zwar wütend, aber Sie geben mir auch das Gefühl, nicht ganz nutzlos zu sein.“

„Schön, das zu hören.“ Er sah seltsam grimmig aus, aber sein Zorn schien sich nicht auf sie zu beziehen. „Ihre Eltern wollten nicht, dass Sie hier herkamen, stimmt's?“

„Nein. Sie hielten mich für verrückt, dass ich meine Stelle in einem Restaurant aufgrund einer dummen Laune kündigte, und als ich nicht nachgab, lehnten sie jede Verantwortung für mich ab.“

„Warum haben Sie sich ausgerechnet dieses Mal gegen ihre Eltern durchgesetzt?“

„Sie geben ständig Dinnerpartys und laden grässlich arrogante Leute dazu ein, die sich viel auf ihre Meinung einbilden. Dann bringe ich vor Verlegenheit keinen Ton heraus, und wenn, ist es ohnehin falsch, und alle springen mir sofort an die Kehle.“ Courtney schüttelte sich. „Wie ich das hasse! Außerdem laden meine Eltern immer ‚passende‘ junge Männer für mich ein – wahrscheinlich meinen sie, eine Heirat sei das Beste, was mir passieren könne –, aber die kommen nur wegen Ginny. Ich weiß, sie wundern sich, dass Ginny eine so langweilige und altbackene Schwester hat.“

Lefteris lächelte. „Das würden sie nicht, wenn sie gesehen hätten, wie Sie sich in aller Öffentlichkeit ausgezogen haben!"

Courtney biss sich auf die Lippe. „Das hätte ich nicht getan, wenn ich gewusst hätte, dass Sie mich beobachten!"

„Nein, wohl nicht", erwiderte er langsam.

Als sich ihre Blicke begegneten, hatte Courtney das Gefühl, keine Luft mehr zu bekommen. Sie wandte den Kopf ab und atmete tief durch, um ihren rasenden Puls zu beruhigen. „Vor einigen Monaten gaben meine Eltern eine Cocktailparty", fuhr sie fort. „Unter den Gästen war ein bekannter Historiker, der entgegen meinen Erwartungen sehr nett war. Wir kamen ins Gespräch, und nachdem er gehört hatte, wie sehr ich mich für Archäologie und besonders die Minoer interessierte, riet er mir, nach Kreta zu fahren, weil es mir bei der Aufnahmeprüfung sehr helfen würde, wenn ich vorher schon eigene Erfahrungen gesammelt hätte. Sie lächelte. „Und hier bin ich nun also."

„Ja", sagte Lefteris nachdenklich. „Da sind Sie nun also."

Plötzlich schlug ihr das Herz bis zum Hals, und sie konnte Lefteris nicht mehr in die Augen sehen. Zu ihrer Erleichterung erschien in diesem Moment jedoch der Wirt mit zwei Gläsern Raki – eine Aufmerksamkeit des Hauses, wie Lefteris lächelnd übersetzte.

Courtney trank die scharfe Flüssigkeit, in der Hoffnung, damit das verräterische Begehren hinwegzuspülen, das sich in ihr ausbreitete. Am liebsten hätte sie Lefteris berührt, ihre Lippen gegen die pulsierende Stelle an seinem Hals gedrückt, die Finger durch sein dunkles Haar gleiten lassen und seinen Körper unter ihren Händen gespürt.

Wie aus weiter Ferne sah sie ihn aufstehen und dem Wirt die Hand schütteln. Mechanisch lächelnd stand sie ebenfalls auf, während ihr Herz so laut klopfte, dass sie nicht verstand, was Lefteris zu ihr sagte, doch sie musste die richtige Antwort gegeben haben, denn im nächsten Moment spürte sie die kalte Nachtluft auf ihrer bloßen Haut. Mit weichen Knien ging sie kurz darauf neben Lefteris an der Kaimauer entlang. Das Mondlicht zeichnete scharfe Linien in sein Gesicht, und Courtney erschauerte vor Begehren.

„Sie zittern ja. Ist Ihnen kalt?", fragte er.

Der Mund war ihr wie ausgetrocknet. „Ein wenig."

„Hier, nehmen Sie meine Jacke." Er legte sie ihr um die Schultern, und Courtney fragte sich, ob er wohl ihr heftiges Herzklopfen hörte. Sekundenlang stand er einfach da und sah auf sie hinunter.

„Was ist los?", fragte sie, als sie die Stille nicht mehr ertragen konnte.

Statt zu antworten, streckte er die Hand aus und strich ihr das Haar über dem Jackenkragen glatt. „Mir ist nur gerade eingefallen, dass Sie Engländerin sind", sagte er schließlich.

„Aber ich bin nicht wie Sabrina oder Linda."

Sanft, kaum spürbar strich er ihr mit der Hand über die Wange. „Langsam beginne ich zu glauben, Sie könnten recht haben."

Während der Heimfahrt brannte Courtneys Haut immer noch, wo er sie berührt hatte. Am Himmel waren dicke Wolken aufgezogen, und die Dunkelheit wurde nur durch die Scheinwerfer des Wagens erhellt, die die Straße vor ihnen in geisterhaftes Licht tauchten.

Courtney saß stocksteif da, aus Angst, zu verglühen, wenn Lefteris sie auch nur zufällig berührte. Nachdem er den Wagen vor der hohen Mauer geparkt und den Motor abgeschaltet hatte, herrschte absolute Stille. Es kostete Courtney solche Mühe, sich zu beherrschen, dass ihr die Knie zitterten, als sie Lefteris half, die Taschen in die Küche hinaufzutragen.

Dort ließ er sie allein, und sie atmete erleichtert auf. Wie nahe war sie daran gewesen, sich unglaublich lächerlich zu machen! Sie begann die Einkäufe in den Schränken und Regalen zu verstauen, und es dauerte lange, bis sie sich wieder unter Kontrolle hatte.

Am liebsten wäre sie gleich schlafen gegangen, doch als sie im Wohnzimmer Licht brennen und die Terrassentüren offen stehen sah, zögerte sie. Eine gute Nacht musste sie Lefteris wenigstens noch wünschen, nachdem er sie zum Essen eingeladen hatte. Und was war schließlich schon dabei?

Er stand auf der Terrasse, ein Glas in der Hand, und betrachtete die Berge. Als spürte er Courtneys Anwesenheit, drehte er sich um. „Kommen Sie heraus."

Wie ein gehorsames Kind trat sie näher.

„Sehen Sie nur." Er deutete auf das Gebirge, und Courtney hielt den Atem an. Durch einen schmalen Spalt zwischen den Wolken schien der Mond direkt auf die schneebedeckten Gipfel und tauchte sie in ein fast überirdisches Licht.

„Oh", sagte sie nur.

Er stellte sein Glas auf der Steinmauer ab. In der Stille klang es unnormal laut, und Courtney zuckte zusammen.

„Ich wollte nur gute Nacht sagen", sagte sie schnell und wäre zurückgewichen, hätte er sie nicht an den Armen gepackt und festgehalten. Seine Hände brannten ihr auf der nackten Haut.

„Ich habe nachgedacht über das, was Ihr Historiker gesagt hat", sagte er leise und zog sie langsam zu sich heran. „Dass man seinem Instinkt folgen sollte, auch wenn es einem unvernünftig erscheint." Er ließ die Hände an ihren Armen emporgleiten und umfasste ihren Nacken. „Es wäre eigentlich interessant, diese Theorie mal in die Praxis umzusetzen, sagte er und zwang sie, ihm in die Augen zu blicken.

Courtney erschauerte vor Leidenschaft. Bebend holte sie Atem und öffnete den Mund, um zu protestieren, doch es war zu spät. Schon spürte sie Lefteris' Lippen auf ihren, und das Feuer, das in ihr geschwelt hatte, wurde zu einem gewaltigen Sturm, in dem nichts existierte außer Lefteris' Mund und Körper.

Genau danach hatte sie sich den ganzen Abend gesehnt. Statt zu protestieren, seufzte sie nur schwach, bevor sie schließlich nachgab und ihm die Arme um den Nacken legte.

„Glykia mou", flüsterte er ihr ins Ohr, während er die Hände von ihrem Haar zu ihrem Rücken gleiten ließ, um sie fest an sich zu pressen. Sein Kuss wurde fordernder, erregender.

Sie legte die Hände auf seinen Rücken, spürte seine Wärme unter dem dünnen Stoff seines Hemdes, überließ sich seinen leidenschaftlichen Lippen, die ihren Mund erkundeten, seinen forschenden Händen.

Als er sie freigab, konnte sie ihre Enttäuschung kaum verbergen. Entsetzt und verwirrt blickte sie ihn an.

„Das war bestimmt nicht vernünftig." Sein leicht amüsierter Ton brachte Courtney unvermittelt auf den Boden der Wirklichkeit zurück.

„Vielleicht ist die Theorie doch falsch", erwiderte sie unsicher, während sie verzweifelt versuchte, ihre zitternden Knie unter Kontrolle zu bringen.

Im Dämmerlicht schien seine Miene undurchdringlich. „Ich weiß nicht. Aber in einem hatte Ihr Freund recht. Es war nicht vernünftig, Sie zu küssen, aber es hat sich gelohnt."

Am nächsten Morgen fragte Courtney sich, ob sie von diesem überwältigenden Kuss nur geträumt hatte. Nach einer schlaflosen Nacht voller Selbstvorwürfe und unerfüllter Sehnsüchte schien es ihr unmöglich, Lefteris je wieder unter die Augen zu treten. Doch als er kurz zu ihr in die Küche kam, wo sie das Mittagessen vorbereitete, benahm er sich, als wäre nichts geschehen.

„Ich fahre jetzt zum Flughafen", sagte er. „Die anderen Fahrer kommen mit ihren Wagen direkt dorthin, und dann fahren wir zusammen hierher. Ist das Mittagessen bis dahin fertig?"

„Natürlich", erwiderte Courtney schroff. Er schien ja schnell vergessen zu haben, wie er sie in den Armen gehalten und sie leidenschaftlich geküsst hatte! Aber wenn er unbedingt so tun wollte, als wäre nichts geschehen – bitte!

Es war eine international gemischte Gruppe, die sich zum Essen einfand: Direktoren aus Niederlassungen in Belgien, Portugal, Holland und Spanien mit ihren Frauen sowie der italienische Direktor Gianni Neri, dessen Frau anscheinend krank war, und Inger, eine große, schlanke Blondine aus Dänemark mit eisblauen Augen. Sie leitete die Abteilung für Öffentlichkeitsarbeit. Verheiratet war sie offenbar nicht. Courtney mochte sie vom ersten Moment an, in dem sie aus Lefteris' Wagen stieg, nicht.

Alle Gäste waren sich einig in ihrem Lob über das köstliche Mittagessen, außer Inger, die zu sehr damit beschäftigt war, Lefteris in eine Diskussion über Public Relations zu verwickeln. Als Courtney den Kaffee brachte, konnte er sich einen Moment losreißen, um sie vorzustellen, doch sie war froh, schnell wieder in die Küche entwischen zu können. Diese selbstsicheren, wortgewandten Leute erinnerten sie unangenehm an die endlosen Partys zu Hause, und sie flüchtete sich in die schüchterne Unbeholfenheit, die ihre Eltern ihr so oft vorgehalten hatten.

Die Woche zog sich lang hin. Zwischen Courtneys viel gelobten Mahlzeiten saßen die Gäste am Pool oder auf der Terrasse. Lefteris gab seinen Gästen das Gefühl, tun und lassen zu können, was sie wollten, ließ jedoch keinen Zweifel daran, wer das Sagen hatte. Seine Direktoren behandelten ihn respektvoll, und obwohl er seine Macht nie ausspielte, umgab ihn eine unsichtbare Autorität, die ihn von den anderen unterschied.

Morgens hielt er mit den Direktoren und Inger in seinem Arbeitszimmer Besprechungen ab. Dann gesellte Courtney sich oft auf ein Schwätzchen zu den Ehefrauen, die sich als viel netter und zugänglicher erwiesen, als sie zuerst gedacht hatte. Hier erfuhr sie viel über Lefteris. Auch von ihnen wurde er als Chef eines riesigen, multinationalen Konzerns geachtet – der viel größer war, als Courtney es sich vorgestellt hatte –, und sie sprachen fast ehrfürchtig von ihm.

„Hier ist er ganz anders“, erklärte Consuelo, die Frau des spanischen Direktors. „Seine Stadtwohnungen sind sehr luxuriös, aber es scheint, als benutze er sie nur und bewohne sie nicht richtig. Lefteris ist ständig unterwegs und arbeitet während seiner Reisen wie ein Verrückter, aber nur hier kann er sich offensichtlich entspannen. Es ist wohl der einzige Ort, an dem er sich daheim fühlt.“ Sie warf Courtney einen Blick zu. „Ich glaube, er braucht eine Frau, zu der er nach Hause kommen kann.“

Courtney hätte gern mehr über Inger erfahren. Es habe Gerüchte über ein Verhältnis zwischen ihr und Lefteris gegeben, berichteten die Frauen, doch keine wusste es genau, denn Inger machte sich anscheinend nicht die Mühe, mit ihnen zu reden. Sie war nur an ihrer Karriere interessiert – und an Lefteris, fügte Courtney im Stillen hinzu. Wie oft hatte sie schon beobachtet, dass die blonde Dänin ihm vertraulich die Hand auf den Arm legte, und überhaupt schienen die beiden ständig zusammenzustecken.

Courtney konnte diesen Anblick nicht ertragen und tat ihr Bestes, Lefteris aus dem Weg zu gehen. Einige Male lud er sie ein, mit ihnen Kaffee zu trinken oder schwimmen zu gehen, doch sie lehnte jedes Mal hochnäsig ab, bis er es schließlich aufgab. Inger schien darüber sehr erfreut zu sein. Mehrmals bemerkte Courtney, wie die andere Frau sie kalt und abschätzend beobachtete, und ihr war instinktiv bewusst, dass Inger sie aus irgendeinem Grund nicht mochte.

Das zwischen ihr und Lefteris in Chania aufgekeimte Verständnis war verschwunden. Courtney erkannte ihn nicht wieder. War dieser kühle Industriemagnat wirklich der Mann, dem sie in der Taverne ihre Minderwertigkeitsgefühle gebeichtet hatte? Der ihr in Knossos von Theseus und dem Labyrinth erzählt, ihr die Einkäufe getragen hatte und neben ihr durch die Hintergassen von Chania gegangen war? Der Mann, der sie geküsst hatte? Beim Gedanken an diesen Kuss verspürte Courtney Scham und Sehnsucht – und Wut auf sich selbst, weil sie sich so hatte verletzen lassen. Warum hatte er sie geküsst, wo er doch gewusst hatte, dass am nächsten Tag Inger, die perfekte, ganz unenglische Inger, ankommen würde?

Wenn sich nach dem Mittagessen alle zu einem Schläfchen in ihre Zimmer zurückgezogen hatten, machte Courtney sich oft zu einem Spaziergang auf, um sich von ihren Gedanken an Lefteris abzulenken.

Eines Mittags räumte sie gerade die Küche auf, als Inger eintrat. Wie immer sah sie so frisch und gepflegt aus, dass Courtney sich neben ihrer lässigen Eleganz wie eine Vogelscheuche vorkam.

„Kann ich Ihnen etwas bringen?“ Sie musste sich zwingen, höflich zu sein.

Doch dieses Mal schien Inger ihr freundlich gesonnen zu sein. „Ja, bitte eine Flasche Champagner und zwei Gläser.“ Sie warf Courtney einen vertraulichen Blick zu. „Eine kleine Überraschung.“

Courtney brauchte nicht zu fragen, für wen die Überraschung

bestimmt war. „Sie haben etwas zu feiern?“, fragte sie höflich.

Inger lächelte geheimnisvoll. „Nur das Vergnügen, einige Stunden für uns zu haben.“ Ihr kalter Blick begegnete Courtneys. „Sie wissen schon.“

„Natürlich“, erwiderte Courtney unwillkürlich. So also verbrachte Lefteris seine Siesta! Obwohl es sie nichts anging, konnte sie plötzlich ihre Eifersucht nicht unterdrücken.

Während sie den Champagner in einen Eiskübel stellte und zwei Gläser holte, kam sie sich unter Ingers ungeduldigen Blicken wirklich wie ein Dienstmädchen vor. Der einzige Dank der blonden Dänin war ein kühles Lächeln, bevor sie mit Flasche und Gläsern in den Händen in Richtung Lefteris’ Zimmer verschwand.

Courtney bebte immer noch vor Wut, als sie etwas später durch die Olivenhaine ging. Das lange Gras kitzelte sie an den nackten Beinen, und die Stille beruhigte sie ein wenig. Aufatmend lehnte sie sich gegen einen Baumstamm, schloss die Augen und versuchte, den Gedanken an Inger und Lefteris zu verdrängen, wie sie Champagner tranken und sich liebten. Nur einmal hatte Courtney einen Blick in sein Zimmer erhascht. Sie erinnerte sich an den polierten Holzfußboden, das breite Bett und die kunstvoll geschnitzten Kommoden. Durch die geöffneten Fensterläden war strahlendes Sonnenlicht in den Raum geflutet.

Hatte er die Fensterläden jetzt geschlossen? Lag er auf dem großen Bett, Inger neben sich?

Schlagartig öffnete Courtney die Augen. Ohnmächtiger Schmerz umklammerte ihr Herz mit solcher Macht, dass sie kaum atmen konnte. Sie presste sich die Fäuste gegen die Augen. Nein, sie würde nicht weinen. Warum auch? Nur noch drei Tage, und dann konnte sie gehen, wohin sie wollte. Sie versuchte sich vorzustellen, wo sie wohl in einer Woche sein würde, was ihr aber nicht gelang.

Als sie langsam nach Hause zurückging, begegnete ihr Gianni Neri, die Hände in den Taschen, den Kopf gesenkt. Er sah so unglücklich aus, wie sie sich fühlte, und sie zwang sich, ihm zur Begrüßung zuzulächeln. Er war ein attraktiver Mann um die Vierzig, der immer besonders freundlich zu ihr gewesen war.

Giannis Begrüßung wirkte ebenso gezwungen wie ihre. „Stimmt etwas nicht?", fragte sie spontan, als sie gemeinsam nach Hause gingen.

Er seufzte. „Tut mir leid, ich bin kein guter Unterhalter, nicht wahr? Deshalb bin ich auch spazieren gegangen. Es ist schwer, immer gut gelaunt zu erscheinen, wenn man Probleme hat."

„Ich verstehe Sie gut." Courtneys eigene Traurigkeit machte sie empfindsam für seine. „Kann ich Ihnen irgendwie helfen?"

„Nein." Gianni ging schweigend neben ihr her, den Blick gesenkt. „Es ist wegen meiner Frau, Paola", stieß er schließlich hervor. „Ich habe Lefteris gesagt, sie sei krank, aber in Wirklichkeit hat sie sich geweigert mitzukommen." Er biss sich auf die Lippe. „Jede andere hätte sich über eine Woche Urlaub an einem Ort wie diesem gefreut, aber sie ... Sie sagte, sie habe genug vom ewigen Reisen und wolle in Rom bleiben. Vor meiner Abreise hatten wir einen furchtbaren Streit, und seitdem konnte ich sie telefonisch nicht mehr erreichen." Seufzend fuhr er sich mit der Hand durch das Haar. „Das Reisen gehört zu meinem Job. Ich kann ihn doch nicht so einfach hinschmeißen, zumal er ihr das luxuriöse Leben erst ermöglicht, aber das sieht sie nicht. Wir sind noch nicht lange verheiratet. Sie ist viel jünger als ich und sehr schön ..." Gianni verstummte. „Es tut mir leid, ich wollte Sie nicht mit meinen Problemen belasten."

Courtney spürte, dass er sich Sorgen darüber machte, was seine schöne junge Frau in seiner Abwesenheit tat, besonders nach diesem Streit. „Vielleicht braucht sie nur Zeit, um sich daran zu gewöhnen, wie wichtig die Arbeit Ihnen ist", sagte sie tröstend.

Gianni blickte sie zweifelnd an. „Das hoffe ich. Bestimmt wäre alles anders, wenn sie eine bessere Gastgeberin wäre. Aber alles, was mit Kochen und Dinnerpartys zu tun hat, macht sie nervös."

„Das verstehe ich gut."

„Sie? Sie kochen doch einfach himmlisch!"

Courtney lächelte über das Kompliment. „Aber das ist auch alles, was ich kann. Allein der Gedanke, eine Dinnerparty geben zu müssen, macht mich krank. Ich weiß nie, was ich bei solchen Gelegenheiten sagen soll."

„Das hätte ich nie gedacht.“ Gianni warf ihr einen neugierigen Blick zu. „Wir alle finden Sie so charmant! Einige haben sich bereits gefragt, ob zwischen Ihnen und Lefteris …“ Als Courtney ihn entsetzt ansah, hob er entschuldigend die Hand und erklärte: „Es ist nur – er sieht Sie immer so seltsam an.“

„Da ist nichts zwischen uns“, sagte sie lauter als beabsichtigt. „Ich bin seine Köchin, und auch das nur vorübergehend.“

„Genau das hat Lefteris auch gesagt“, versicherte Gianni ihr hastig. „Inger sprach ihn einmal im Scherz darauf an – was keiner von uns anderen gewagt hätte“, fügte er hinzu. „Aber vor einigen Jahren gab es Gerüchte über ein Verhältnis zwischen den beiden, und da glaubt sie wohl, das Recht dazu zu haben. Jedenfalls sagte er, Sie seien nur eine Köchin, die für Katina eingesprungen ist.“

Nur eine Köchin. Courtney lächelte gezwungen. „Das stimmt.“ Warum verletzte sie das? Sie hatte doch die ganze Zeit gewusst, dass er in ihr nichts weiter als eine Köchin sah. Zumal er ja Inger hatte, mit ihren langen Beinen, ihren blauen Augen und ihren Champagnerflaschen …

„Wie lange arbeiten Sie noch für ihn?“, fragte Gianni plötzlich.

„Bis Sie alle abreisen. Katina kommt bald zurück.“ Und selbst wenn nicht – Courtney hatte nicht die Absicht, länger als nötig ihre Zeit damit zu verschwenden, „nur“ eine Köchin zu sein! „Hinterher möchte ich mir noch für einige Wochen die minoischen Ausgrabungsstätten im Osten ansehen.“ Sie versuchte vergeblich, begeistert zu klingen.

„Und dann?“ Gianni ließ nicht locker.

Auch darüber würde sie sich bald Gedanken machen müssen. „Ich weiß noch nicht“, erwiderte sie leise.

Er legte ihr eine Hand auf den Arm. „Könnten Sie sich vorstellen, in Rom zu leben?“

„In Rom?“

„Als unsere Köchin“, sagte er begeistert. „Sicher wäre Paola dann weniger nervös, wenn sie Partys geben muss. Warum bin ich nur nicht früher darauf gekommen? Ich zahle Ihnen, was Sie verlangen, und für eine eigene Wohnung im Haus ist auch gesorgt.

Sie und Paola kämen sicher gut miteinander aus, denn trotz ihrer Schönheit ist sie im Grunde sehr schüchtern."

„Ich weiß nicht", entgegnete Courtney langsam. „An Rom hatte ich eigentlich noch nie gedacht."

„Aber Sie überlegen es sich?", bat Gianni eifrig, als sie das Tor erreichten.

Ein Job in Italien, in England oder woanders – der Gedanke, Agios Georgios zu verlassen, erschien ihr unvorstellbar. Und doch würde sie sich früher oder später etwas suchen müssen.

„Ja, ich überlege es mir."

Gianni strahlte sie an. „Gut." Er hielt ihr das Tor auf. „Und vielen Dank, dass Sie mir zugehört haben, Courtney. Es tat gut, mit jemandem zu reden."

„Das freut mich." Sie legte ihm ermutigend eine Hand auf den Arm. „Vielleicht ist diese Woche ohne Sie für Paola eine Chance, alles noch einmal zu durchdenken. Sie wird wahrscheinlich so froh über Ihre Rückkehr sein, dass sie ein Dutzend Dinnerpartys gibt!"

„Das hoffe ich." Gianni blickte sie aus warmen braunen Augen an und legte die Hand auf ihre. „Danke!", sagte er ernst.

In diesem Moment kam Lefteris die Stufen von der Terrasse hinab. „Störe ich?", fragte er kühl, als Courtney Gianni in einer lächerlich schuldbewussten Geste ihre Hand entriss.

„Natürlich nicht." Giannis Wangen waren gerötet, und Courtney hatte das Gefühl, er wolle seinen großartigen Chef nicht wissen lassen, dass er Lefteris' Köchin sein Herz ausgeschüttet hatte. „Ich habe Courtney gerade gesagt, wie sehr wir alle ihr Essen genießen."

„Sicher ist sie sehr empfänglich für Ihre Komplimente", sagte Lefteris so schroff, dass Gianni ihn verwirrt ansah und sich, nachdem er eine Entschuldigung gemurmelt hatte, hastig entfernte. Bevor Courtney ihm folgen konnte, packte Lefteris sie hart am Arm. „Wo waren Sie?", fragte er wütend.

Courtney schüttelte seine Hand ab. „Spazieren", sagte sie schroff.

„Mit Gianni?"

„Haben Sie etwas dagegen?"

Ein Muskel zuckte an seinem Kinn. „Sie sind hier, um zu kochen."

„Ich wusste nicht, dass ich um Ihre Erlaubnis bitten muss, wenn ich für fünf Minuten die Küche verlasse!", erwiderte sie ironisch.

„Keineswegs. Aber ich sehe es nicht gern, wenn Sie mit meinen Gästen flirten", sagte er finster.

„Ich habe nicht geflirtet!", erwiderte Courtney zornig. „Ich habe Signor Neri unterwegs getroffen. Sollte ich an ihm vorbeigehen, ohne mit ihm zu sprechen? Seien Sie froh, dass ich freundlich zu Ihren Gästen bin."

„Schließt Ihre Freundlichkeit auch die Erlaubnis ein, Sie anfassen zu dürfen? Worüber haben Sie beide sich so intensiv unterhalten?"

Courtney blieb vor Wut beinahe der Atem weg. „Das geht Sie gar nichts an", stieß sie zwischen den Zähnen hervor.

„Zumindest versuchen Sie nicht, mir weiszumachen, Sie hätten in der einen Stunde seit Ihrem Weggang nur Komplimenten über Ihre Kochkünste gelauscht", sagte er schroff.

„So scharf beobachten Sie mich also? Ich dachte, Sie hätten heute Nachmittag Besseres zu tun!" Das hatte hoffentlich gesessen! „Wie wäre es mit einer Stempeluhr an der Tür, damit Sie immer genau wissen, wie viel Zeit ich außerhalb der Küche verbringe? Schließlich bin ich ja nur eine Köchin, nicht wahr?" Sie konnte den Anflug von Bitterkeit in ihrer Stimme nicht unterdrücken.

Finster blickten sie sich an, und die Atmosphäre zwischen ihnen knisterte spannungsgeladen. Schließlich seufzte Lefteris verärgert. „War Gianni die ganze Zeit bei Ihnen?"

„Obwohl Sie das nichts angeht: Nein, wir sind nur etwa zehn Minuten zusammen spazieren gegangen, wohl kaum lange genug, um eine leidenschaftliche Affäre zu beginnen!", sagte sie bissig. „Falls Ihr Verhör damit beendet ist, würde ich jetzt gern in die Küche zurückgehen – wohin ich ja Ihrer Meinung nach gehöre!"

7. KAPITEL

Den Kopf hoch erhoben, ging Courtney in die Küche und klapperte während der Vorbereitungen für das Abendessen laut mit dem Geschirr herum. Wie kam er dazu, sie zu verhören? Wofür hielt er sie – für eine Sklavin?

Die Wut erleichterte es Courtney, die letzten Tage zu überstehen. Sie behandelte Lefteris kühl und formell, während sie zu allen anderen sehr charmant war, nur Inger ignorierte sie völlig. In ihrer schlechten Laune entging ihr, dass diese ebenfalls ziemlich unzufrieden aussah. Auch Lefteris machte ein grimmiges Gesicht, das sich noch verfinsterte, wenn Gianni sich Courtney auch nur näherte.

Alles in allem war es für Courtney eine Erleichterung, als sich am letzten Tag alle auf der Terrasse versammelten, um sich von ihr zu verabschieden. Sie war gerührt über die herzlichen Komplimente bezüglich ihrer Kochkünste. Gianni schüttelte ihr besonders lange die Hand. „Denken Sie an unsere Unterhaltung, und rufen Sie mich an, wenn Sie es sich überlegt haben", sagte er und reichte ihr seine Visitenkarte.

Über seine Schulter sah Courtney Lefteris, der sie beide finster beobachtete. „Danke, Gianni", erwiderte sie und lächelte strahlend. „Das werde ich tun."

Lefteris grimmiger Blick entschädigte sie für vieles.

Kurz darauf war sie allein und ließ sich auf die Bank sinken. Lefteris brachte seine Gäste zum Flughafen, doch dem Blick nach zu urteilen, den er ihr noch zugeworfen hatte, konnte sie sich nach seiner Rückkehr auf einen Wutanfall gefasst machen.

Gereizt über ihre eigene Nervosität, stand sie auf und ging auf ihr Zimmer. Diese Woche war anstrengend gewesen, und sie war müde. Sie hatte ihre Arbeit getan. Jetzt musste sie nur noch packen.

Während sie ihre Kleidungsstücke zusammenlegte, versuchte sie sich an den Gedanken zu gewöhnen, dass sie nie wieder in diesem hübschen, sonnendurchfluteten Zimmer aufwachen, nie wieder in der Dunkelheit liegen und den Jasminduft einatmen würde. Zum letzten Mal würde sie durch die kühle Halle gehen und die Stufen zum Tor hinab. Zum letzten Mal würde sie Lefteris sehen.

Kurz dachte sie daran, noch vor seiner Rückkehr das Haus zu verlassen, doch das wäre nicht nur unhöflich, sondern auch dumm. Er hatte sie noch nicht bezahlt. Und warum machte sie sich überhaupt Sorgen? Sie hatte ihren Teil der Abmachung eingehalten. Es war nicht ihre Schuld, dass er wütend war, weil Inger ihm die Siesta nicht mehr mit Champagner versüßen würde.

Courtney stellte ihren Koffer auf der Terrasse ab und zählte im stillen Lefteris' unangenehme Eigenschaften auf. Er war arrogant, egoistisch, unvernünftig, engstirnig und trug die Nase so hoch, dass er nicht wahrnahm, was direkt vor ihm geschah. Die ganze Woche hatte er mit Inger zusammengesteckt und dann die Frechheit besessen, sie, Courtney, zu beschuldigen, mit Gianni geflirtet zu haben, nur weil sie ihm mit Sympathie begegnet war. Lefteris war ein Chauvinist, und sie sollte froh sein, ihn nie wieder sehen zu müssen.

Bis zu seiner Rückkehr hatte sie sich in rasende Wut geredet, und die steigerte sich noch beim Anblick seiner zornig zusammengezogenen Augenbrauen, als er Courtney neben ihrem Koffer auf der Terrasse fand.

„Was tun Sie denn hier?"

„Ich warte auf mein Geld", erwiderte sie kurz angebunden. „Oder hätte ich lieber in der Küche bleiben sollen?"

Er presste grimmig die Lippen aufeinander. „Warum wollen Sie so plötzlich abreisen? Vielleicht, weil auch Ihr Freund Gianni fort ist? Keine romantischen Spaziergänge mehr durch die Olivenhaine?"

„Ich gehe, weil meine Arbeit beendet ist", antwortete sie kühl.

Er wandte ihr den Rücken zu, ganz die personifizierte Feindseligkeit. „Er ist verheiratet", stieß er hervor.

„Das weiß ich." Courtney hatte Mühe, ihre Beherrschung zu wahren. „Er hat mir von seiner Frau erzählt."

Lefteris fuhr zu ihr herum. „Erzählen Sie mir jetzt bloß nicht, Sie sind auf diese ‚Meine Frau versteht mich nicht'-Masche hereingefallen!", höhnte er.

Courtney wurde blass vor unterdrücktem Zorn. „Das war keine Masche. Und gerade Ihnen werde ich bestimmt nicht erzählen, was Gianni mir anvertraut hat. Er brauchte nur jemanden zum Reden."

„Für mich sah das ganz anders aus!"

„Es erstaunt mich, dass Sie ihn überhaupt bemerkt haben!" Courtney verlor endgültig die Beherrschung und sprang auf. „Sie waren doch viel zu sehr damit beschäftigt, sich heimlich mit Inger zu treffen! Woher gerade Sie die Unverschämtheit nehmen, Gianni wegen Flirtens zu beschuldigen, ist mir absolut unverständlich!"

„Inger ist nur eine geschätzte Mitarbeiterin", erwiderte er wütend.

„Für mich sah das ganz anders aus!", wiederholte sie höhnisch seine eigenen Worte.

Einen Moment dachte sie, er würde sie schlagen. Seine Kiefermuskeln traten hart hervor, während er mühsam die Beherrschung zurückgewann. „Was werden Sie jetzt tun?", fragte er schließlich schroff.

„Zuerst einmal werde ich mich von Ihnen bezahlen lassen!"

„Oh, natürlich!" Er verschwand im Haus und kehrte gleich darauf zurück, um ihr verächtlich ein Bündel Banknoten vor die Füße zu werfen. „Natürlich sind Sie nur an Geld interessiert – wie Linda!"

Spannungsgeladenes Schweigen folgte, während Courtney die Geldscheine aufsammelte. Er hatte ihr schließlich diesen Job angeboten. Erwartete er, sie würde sich die ganze Woche in der Küche abmühen, nur um ihm nahe zu sein? Wie sie ihn hasste!

Lefteris wandte sich ab. „Also, wohin werden Sie zuerst gehen?" Es klang, als müsse er sich die Worte mühsam abringen.

„Wahrscheinlich nach Chania, und dann nach Iraklion. Ich habe noch nicht darüber nachgedacht."

„Und dann?"

„Dann werde ich mir wohl eine Stelle suchen müssen."

„In Rom?"

Ihre Augen waren hell vor Zorn. „Vielleicht. Warum sollte ich nicht meine Chancen wahrnehmen?"

„Oh ja, warum nicht? Bestimmt hatten Sie mit Ihren großen, unschuldig blickenden Augen bei Gianni genauso viel Erfolg wie bei mir! Und dabei sollte doch gerade ich wissen, was von einem englischen Mädchen zu erwarten ist. Stattdessen bin ich auf all das heuchlerische Geschwätz von Unabhängigkeit und Studium hereingefallen wie ein Idiot. Was haben Sie Gianni erzählt? Dass Sie schon immer an den alten Römern interessiert waren? Es brauchte ja nicht viel, um Sie zu überzeugen, dass bunte Lichter und ein leichtgläubiger Mann der bessere Weg zum Erfolg sind! Wenn Gianni sich so leicht von Ihnen täuschen lässt, verdient er alles, was noch auf ihn zukommt. ‚Rufen Sie mich an, wenn Sie es sich überlegt haben!' Es ist nicht schwer zu erraten, um welche Art von Angebot es dabei ging!"

Noch nie in ihrem Leben war Courtney so wütend gewesen. „Und auch nicht schwer zu erraten, welches Angebot Sie Inger gemacht haben! Obwohl Sie meinetwegen mit ihr tun können, was Sie wollen!"

„Dazu brauche ich bestimmt nicht die Erlaubnis meiner Köchin", entgegnete er aufgebracht.

„Ich bin nicht mehr Ihre Köchin." Courtney griff nach ihrem Koffer. „Und deshalb brauche ich mir Ihre Beleidigungen auch nicht weiter anzuhören." Sie wandte sich zum Gehen, vor Wut kochend, sodass sie das Gewicht ihres Koffers kaum spürte.

„Seien Sie nicht kindisch", sagte Lefteris unfairerweise und folgte ihr die Stufen zum Tor hinab. „Heute Nacht kommen Sie doch nicht weit – schon gar nicht bis Chania. Früher oder später werden Sie zurückkehren, weil Sie keinen Platz zum Schlafen finden!"

Courtney hatte schon das Tor geöffnet und wandte sich zu Lefteris um. Ihre Augen sprühten wütende Funken. „Lieber schlafe ich bei Dimitrias Ziegenbock, als auch nur noch eine Nacht hier zu verbringen!" Sie schlug das Tor laut hinter sich zu.

Voller Zorn eilte sie den Weg entlang, doch als sie die Straße erreichte, musste sie Halt machen, um den Koffer abzusetzen und Atem zu schöpfen. Es schien nicht so, als würde Lefteris ihr folgen. Bitter überlegte sie, dass es ihm offensichtlich völlig gleichgültig war, was aus ihr wurde! Wahrscheinlich hatte er sie nur zum Bleiben bewegen wollen, damit sie weiter für ihn kochte, bis Katina zurückkam. Nun, ihretwegen konnte er verhungern!

Courtney griff nach ihrem Koffer und ging langsam die Straße entlang. Wo sollte sie einen Platz zum Schlafen finden? Ihr dramatischer Abgang war zwar sehr befriedigend für sie gewesen, vielleicht hätte sie damit aber doch lieber bis zum Morgen warten sollen. Dann hob sie entschlossen das Kinn. Niemals würde sie Lefteris die Befriedigung verschaffen, auf Knien zu ihm zurückzukriechen!

Kurz vor dem Dorf hörte sie einen Wagen hinter sich, und ihr Herz klopfte plötzlich wie wild. Lefteris? Ohne sich umzudrehen, schleppte sie sich weiter mit dem schweren Koffer die Straße entlang. Wenn er dachte, sie würde ihm um den Hals fallen, nach all den Dingen, die er ihr gesagt hatte, dann hatte er sich gründlich getäuscht!

Das Kinn hoch erhoben, trat Courtney einen Schritt beiseite und ging auf dem Grasstreifen neben der Straße weiter. Das Auto fuhr langsam an ihr vorbei und kam dann zum Stehen. Es war nicht Lefteris' Wagen, sondern ein offenes Mercedes-Cabrio. Courtney war wütend auf sich selbst, weil sie so enttäuscht war.

„Courtney?" Es war Nikos.

Unsicher stellte sie ihren Koffer ab. Seit dem Bankrott von Discovery Crete hatte sie Nikos nicht mehr gesehen, und es dauerte einige Sekunden, bis sie ihn wiedererkannte.

„Ist etwas nicht in Ordnung?", fragte er besorgt. „Wohin wollen Sie mitten in der Nacht mit diesem Koffer?"

„Nach Chania", erwiderte Courtney kurz angebunden.

„Aber ich dachte, Sie arbeiten für Lefteris Markakis?"

„Nicht mehr." Ihr Zorn auf Lefteris wurde erneut angefacht durch die bittere Erkenntnis, dass er ihr nicht gefolgt war.

„Sollten Sie mit Ihrer Abreise nicht besser bis morgen warten?"

„Ich gehe nicht zur Villa zurück", sagte Courtney entschlossen.

Nikos betrachtete sie nachdenklich, und ein befriedigter Zug erschien auf seinem Gesicht. „Mit dem schweren Koffer würden Sie es ohnehin nicht weit schaffen. Kommen Sie, ich nehme Sie mit."

Sie zögerte. Lefteris hatte Nikos als böse und hinterlistig dargestellt, aber warum sollte sie alles glauben, was er sagte? Sie warf Nikos einen Blick zu. Angesichts seines charmanten Lächelns fiel ihr die Vorstellung schwer, er habe Discovery Crete nur gegründet, um Lefteris zu demütigen. Es musste einen anderen Grund geben, weshalb Lefteris ihn so hasste …

Mit einem Blick über die Schulter vergewisserte sie sich, dass Lefteris ihr nicht gefolgt war. Dann betrachtete sie wieder Nikos und sein Auto. Eine innere Stimme riet ihr, sein Angebot abzulehnen, doch welche Wahl hatte sie? Sie konnte die Nacht nicht hier verbringen, und Lefteris war es offensichtlich gleichgültig, was aus ihr wurde. Nikos hatte ihr nie etwas getan, er hatte sie nicht mitten in der Nacht aus dem Haus laufen lassen ohne den geringsten Versuch, sie zurückzuhalten. Und wenn es Lefteris nicht gefiel, dass sie sich von Nikos mitnehmen ließ, dann umso besser!

„Wenn es nicht zu viel Mühe macht …“

„Aber gar nicht.“ Nikos verstaute ihren Koffer auf dem Rücksitz und hielt ihr die Beifahrertür auf.

„Woher wissen Sie, dass ich für Lefteris gearbeitet habe?“, fragte Courtney, während sie einstieg.

Nikos setzte sich hinter das Lenkrad und ließ den Motor an. „So etwas spricht sich hier schnell herum. Um ehrlich zu sein, ich fühle mich Ihretwegen immer noch ein wenig schuldig, und da bin ich froh, wenn ich Ihnen helfen kann.“

„Schuldig? Meinetwegen?“

„Als Sie mich besuchten, hatte ich die schlechten Neuigkeiten selbst gerade erst gehört und konnte nicht klar denken. Später wollte ich Ihnen als Ersatz eine andere Stelle anbieten, bis sich alles geklärt hätte, aber dann hörte ich, dass Sie für Markakis arbeiten.“ Nikos zuckte die Schultern. „Ich gebe Ihnen keine Schuld. Er wird wahrscheinlich alles getan haben, um mich bei Ihnen schlecht zu machen.“

Ihr blinder Zorn war inzwischen abgeflaut, und sie hätte lieber nicht mit Nikos über Lefteris geredet.

„Sagte er auch, warum?“

„Er sprach von einem Familienstreit.“

„Hat er Ihnen denn auch von Linda erzählt?“

„Der Frau seines Bruders?“, erkundigte Courtney sich vorsichtig. „Ja, er sagte, die Ehe sei nicht sehr glücklich gewesen.“

„Genau das möchte Lefteris nur allzu gern glauben, aber es stimmt nicht“, erwiderte Nikos. „Linda liebte Christos sehr, doch seine Familie war gegen die Heirat. Lefteris hätte selbst beinahe eine Engländerin geheiratet, doch sie konnte seine Arroganz nicht ertragen und verließ ihn. Sie können sich vorstellen, was das für einen Mann mit Lefteris' Stolz bedeutete! Und als Christos Linda nach Kreta brachte, taten er und die Familie alles, um die beiden auseinanderzubringen, nur weil sie Engländerin war. Linda fühlte sich verzweifelt einsam. Ich traf sie einige Male, und ich wurde der einzige Freund, den sie hier hatte. Deshalb wandte sie sich nach Christos' Tod an mich.“

Courtney schwieg. Beinahe dieselbe Geschichte hatte sie von Lefteris gehört, aber von einem anderen Standpunkt aus gesehen. Welche Version war die richtige?

„Einige Monate nach der Hochzeit starb Christos bei einem Autounfall“, fuhr Nikos fort. „Doch die Familie tat, als wäre sein Tod Lindas Schuld. Linda war natürlich verzweifelt und wollte nur zurück nach Hause. Aber sie hatte kein Geld, und Lefteris weigerte sich, ihr das Erbe auszuzahlen, trotz all seines Reichtums.“ Nikos' Stimme klang bitter vor Eifersucht. „Er hatte alles sehr schlau eingefädelt, und am Ende blieb ihr nur die Villa Athina, die er ihr und Christos geschenkt hatte. Ich kaufte sie Linda ab, damit sie wenigstens Geld für die Rückreise hatte.“

„Er hasst Sie, weil Sie einer Freundin geholfen haben?“

„Für ihn war es eine Frage der Familienehre“, erklärte Nikos. „Dass Linda mich um Hilfe bat und dass ich ihr half, das verzieh er uns beiden nie. Jeder im Dorf wusste, wo sie war und dass die Markakis sich geweigert hatten, einer der ihren zu helfen.“

Courtney konnte sich kaum vorstellen, dass Lefteris so rachsüchtig sein sollte, andererseits wusste sie, wie sehr er englische Mädchen verachtete. Auch sie selbst hatte er deshalb falsch beurteilt. War es bei Linda ebenso gewesen?

Schweigend hing sie ihren Gedanken nach, bis sie plötzlich bemerkte, dass Nikos von der Straße nach Chania abgebogen war und in Richtung seines Dorfes fuhr. Unbehaglich fragte sie: „Wohin fahren wir?“

„Nach Chania ist es noch sehr weit“, erklärte Nikos. „Sie sehen zu müde aus, um dort heute Nacht noch nach einer Unterkunft zu suchen. Wäre es nicht besser, Sie würden mit zu uns kommen? Meine Mutter lebt bei mir, also können Sie ganz unbesorgt sein! Bestimmt möchten Sie heute Nacht erst einmal ruhig schlafen.“

Es klang alles sehr vernünftig, doch Courtney wünschte, sie hätte sich nicht von ihm mitnehmen lassen. Andererseits konnte sie Nikos schlecht drängen, umzukehren und sie sofort nach Chania zu fahren. Und was machte es schon? Sie war müde und unglücklich, und es war ihr egal, wo sie schlief. Hauptsache, sie hatte ein Bett und konnte allein sein. Es hatte keinen Zweck, darüber nachzugrübeln, was geschehen wäre, wenn Lefteris ihr gefolgt und sie nach Hause geholt hätte. Er hatte es nicht getan, und alles andere war ihr gleichgültig.

Am nächsten Morgen erwachte Courtney mit einem Gefühl unbestimmter Hoffnungslosigkeit. Dann erinnerte sie sich: Dies war Nikos' Haus. Sie hatte Lefteris im Zorn verlassen und würde ihn nie wieder sehen. Inzwischen war all ihre Wut verraucht, und sie fühlte sich nur noch benommen und erschöpft.

Die Dunkelheit im Zimmer war bedrückend. Als Courtney die Fensterläden aufstieß, wurde ihr klar, dass Nikos' Haus nach Westen hin lag und erst nachmittags Sonne bekommen würde. Sehnsüchtig blickte sie nach Agios Georgios hinunter, das auf der anderen Seite des Tals im Sonnenschein lag. Hier oben fühlte sie sich gefangen, abgeschnitten von der Glückseligkeit, die sie in den letzten Wochen kennengelernt hatte. Obwohl sie Lefteris oft verabscheut hatte, war ihr Leben durch seine Gegenwart doch bunt und interessant gewesen. Sie betrachtete die Olivenhaine, und obwohl sie das Haus nicht sehen konnte, wusste sie doch, dass es da war. Die Sonne würde durch die Weinranken auf die Terrasse scheinen, und Lefteris würde da sein, mit seinem grimmigen, stolzen Gesicht. Ob er sie wohl vermisste? Ob er sich fragte, wo sie war?

Warum war sie gegangen?

Unglücklich sagte Courtney sich, dass sie ohnehin hätte gehen müssen. Er wollte sie nicht um sich haben, denn sie war ja eine verachtungswürdige Engländerin. Wahrscheinlich telefonierte er jetzt schon mit Inger und bat sie, zurückzukommen, damit sie endlich allein sein konnten ... Sie musste das Tal so schnell wie möglich verlassen, dann würde alles leichter sein. Seufzend zog sie sich an und machte sich auf die Suche nach Nikos.

Doch als sie ihn nach den Abfahrtszeiten der Busse fragte, hob er abwehrend die Hände. „Sie wollen doch nicht heute schon abreisen? Eine Nacht müssen Sie mindestens noch bleiben! Ich möchte nicht, dass Sie glauben, alle Kreter behandeln Fremde so schlecht wie Lefteris." Nikos deutete auf die Plastikstühle, die aufeinandergestapelt auf der Terrasse standen. „Heute Abend gebe ich Ihnen zu Ehren ein Fest, ein ‚glendi', und ich habe alle aus der ganzen Gegend eingeladen, um Ihnen die kretische Gastfreundschaft zu zeigen."

Courtney fühlte sich plötzlich mutlos. „Das ist sehr nett von Ihnen, aber ..."

„Kein aber! Sie sind mein Gast, und ich bestehe darauf!" Obwohl er freundlich klang, lag ein seltsamer Ausdruck in seinen Augen, und Courtney hatte das Gefühl, es sei nicht ratsam, sich seinem Wunsch zu widersetzen. Weshalb auch? Nikos wollte ihr etwas Gutes tun, und sie durfte nicht undankbar sein. Warum nur hatte sie dann dieses unbehagliche Gefühl?

Der Tag verging sehr langsam. Nikos' Mutter, eine kleine farblose Frau, die Angst vor ihrem Sohn zu haben schien, lehnte nervös lächelnd ab, als Courtney ihr in der Küche zu helfen anbot. So blieb ihr nichts zu tun, als unglücklich darüber nachzugrübeln, dass sie sich nie von Nikos hätte mitnehmen lassen sollen. Er war charmant und aufmerksam, doch aus irgendeinem Grund fühlte sie sich in seiner Gegenwart immer unbehaglicher. Einige Male ertappte sie ihn, wie er sie mit dem zufriedenen Blick eines Jägers betrachtete, der seine Beute ausgemacht hatte. Doch als er sie gleich darauf wieder charmant anlächelte, beschloss sie, sie müsse sich alles nur eingebildet haben. Angesichts seiner besorgten Gastfreundschaft erschienen ihre Zweifel ihr unhöflich und absurd.

Sich selbst überlassen, schlenderte sie den größten Teil des Tages im Dorf herum, das viel höher lag als Agios Georgios. Nikos' Haus befand sich oberhalb der Pinien- und Zypressenwälder, die sich den Hügel hinunter bis zur Schlucht zogen. Das Flussbett war jetzt ausgetrocknet und steinig und am anderen Ende gesäumt von Kräutergestrüpp, und zwar die gesamte Biegung herum bis nach Agios Georgios. Entschlossen wandte Courtney sich ab. Sie durfte nicht daran denken, wie Lefteris sie beim letzten Mal angeblickt hatte. Sie durfte nicht an seine Stimme, sein Lächeln oder an ihre zitternde Erregung denken, wenn er sie berührte.

Als sie zum Haus zurückkam, waren die Vorbereitungen für das Fest voll in Gang. Lange Tische waren auf der Terrasse aufgestellt worden, und am Spieß brieten zwei Lämmer. Courtney fürchtete sich vor dem Abend, doch es blieb ihr nichts übrig, als gute Miene zum bösen Spiel zu machen und sich umzuziehen. Das kurzärmelige rosa Kleid stand ihr gut, doch aus dem Spiegel sahen ihr unglücklich blickende graue Augen und ein abgespanntes Gesicht entgegen.

Nikos hatte nicht übertrieben, als er sagte, er habe Leute aus der ganzen Gegend eingeladen. Die Terrasse war voll lachender Menschen, die sich lebhaft unterhielten. Doch Courtney sah keinen Bewohner von Agios Georgios. Sie fragte sich, ob Nikos sie gar nicht eingeladen hatte oder ob sie Lefteris' Meinung teilten und absichtlich weggeblieben waren.

Ihre Anwesenheit dagegen kam ihr wie Verrat vor, während Nikos, ganz aufmerksamer Gastgeber, sie den Gästen vorstellte. Courtneys Griechisch reichte nicht aus, um seinen Worten zu folgen, doch Lefteris' Name wurde oft genannt, und sie hatte das ungute Gefühl, zur Schau gestellt zu werden.

Es wurde der unglücklichste Abend ihres Lebens, obwohl die anderen Gäste sich köstlich amüsierten. Es wurde viel gegessen und getrunken, und dann holte jemand eine kretische Leier hervor, ein anderer eine Laute, und schon war die Terrasse voll von springenden, herumwirbelnden Männern, deren Tänze von den anderen Gästen begeistert bejubelt wurden. Es herrschte ein solcher Lärm, dass niemand die Gewehrsalven zu hören schien, die unterhalb der Terrasse losgingen.

„Was war das?“, fragte Courtney und sah sich nervös um.

„Oh, keine Angst“, beruhigte Nikos sie. „Die jungen Männer machen auf diese Art ihrem Übermut Luft. Haben Sie nicht bemerkt, dass in den Bergen jeder Wegweiser mit Einschüssen übersät ist?“ Seine Miene änderte sich, als er in der Menge jemanden entdeckte. „Entschuldigen Sie mich“, sagte er und eilte ins Haus.

Allein zwischen den ausgelassenen Gästen, wurde Courtney von Verzweiflung und Einsamkeit überwältigt. Plötzlich war es ihr völlig gleichgültig, ob Lefteris sie ungerechterweise beschuldigt hatte, mit Gianni zu flirten, und auch Sabrina und Inger waren plötzlich bedeutungslos. Sie wünschte nur, er wäre jetzt hier, sehnte sich danach, ihn zu berühren, und zwar mit solcher Macht, dass es ihr den Atem nahm. Warum war sie einfach so davongestürmt? Wenn er doch nur hier wäre! Wenn er sie doch nur lieben könnte.

Sie konnte das Gelächter nicht mehr ertragen und floh auf ihr Zimmer. Ohne das Licht einzuschalten, stand sie mit dem Rücken gegen die Tür gelehnt und atmete tief durch. Es hatte keinen Zweck mehr, es zu leugnen. Sie liebte Lefteris.

Später wusste sie nicht mehr, wie lange sie dort gestanden und mit den Tränen gekämpft hatte. Schließlich ging sie zum Bett und setzte sich. Warum hatte sie zugelassen, sich in ihn zu verlieben, da sie doch wusste, dass er kein Interesse an ihr hatte? Nun war es zu spät. Sie liebte ihn.

Und sie würde lernen müssen, ohne ihn zu leben. Courtney richtete sich auf. Morgen würde sie damit beginnen. Sie würde nach Knossos und Phaistos und Kato Zakro fahren und soviel wie möglich über die Minoer lernen. Sie würde diese heiße Flamme in ihrem Innern ersticken und sich in die Geschichte stürzen, um den Kreter zu vergessen, der sie dazu gebracht hatte, die Gegenwart mehr zu schätzen als die Vergangenheit.

Doch zuerst musste sie noch für eine Stunde zum Fest zurück. Es war zu früh, um Müdigkeit vorschützen zu können. Nur eine Stunde noch, dann konnte sie ins Bett flüchten.

Der Gedanke belebte Courtney. Sie stand auf, bereit, den Gästen mit einem Lächeln zu begegnen. Leise öffnete sie die Tür, und als sie Stimmen aus dem Wohnzimmer hörte, schlich sie auf Zehenspitzen den Korridor entlang, damit niemand merkte, dass sie sich in ihrem Zimmer versteckt hatte.

Sie hörte, wie ein Telefonhörer auf die Gabel geworfen wurde, und dann Nikos' Stimme, entstellt vor Wut. „Monatelang haben wir alles geplant, und dann tauchen diese Idioten nicht auf! Was gibt es aus Tripolis?"

„Nur, dass sie es Dienstagnacht noch einmal versuchen wollen, in derselben Bucht bei Agia Roumeli", hörte Courtney überrascht eine Stimme in Cockney-Akzent antworten, was auch die Tatsache erklärte, dass Nikos Englisch gesprochen hatte.

Sie betrachtete den Lichtspalt, der aus dem Wohnzimmer auf den Flur fiel. Ob es auffallen würde, wenn sie an der Tür vorbeihuschte? Bestimmt wären sie nicht begeistert, dass jemand ihre Unterhaltung belauscht hatte!

„Dann muss ich den Käufer noch einmal vertrösten!", sagte Nikos wütend. „Warum bringen sie die Ware nicht morgen herein?"

„Aus demselben Grund wie heute – bei dem Wind wäre keine sichere Landung möglich", erklang die Cockney-Stimme mit einem Unterton der Befriedigung. „Ich habe ja gleich gesagt, ein größeres Boot wäre besser."

„Um auf unser Versteck aufmerksam zu machen – ja", fauchte Nikos. „Wo die Polizei ohnehin hinter allem her ist, was auch nur im Entferntesten verdächtig erscheint! Nein, ein Fischerboot ist unauffälliger. Davon gibt es Hunderte an der Küste."

Courtney wich ängstlich zurück. Wenn die beiden sie jetzt finden würden …

Nikos klang plötzlich wieder sehr zuversichtlich. „Wir benutzen trotzdem die Esel. Du gehst und warnst Andreas. Sag ihm, er soll sich Dienstagnacht bereithalten. Ich treffe euch mit dem Lastwagen auf der Straße nach Imbros. Und gib auch den anderen Bescheid."

Courtney wollte zu ihrem Zimmer zurückschleichen, doch in der Dunkelheit stolperte sie über eine Katze, deren beleidigtes Miauen ihr das Blut in den Adern gefrieren ließ.

„Was war das?", fragte Nikos scharf. „Sieh nach!"

Ihr Instinkt riet Courtney zur Flucht, doch um nach draußen zu kommen, musste sie am Wohnzimmer vorbei. Die Musik und das Lachen von der Terrasse halfen ihr, einen Entschluss zu fassen. Als sie an der Wohnzimmertür vorbeieilte, hörte sie Nikos rufen: „Die Engländerin! Bring sie zurück!"

Das Herz klopfte ihr bis zum Hals, während sie auf die Terrasse rannte und sich unter die lachenden Leute mischte, die die Tänzer umringten. Hier, inmitten der Menschen, würde er ihr doch nichts tun? Oder? In Panik erinnerte Courtney sich an Nikos' drohende Stimme. Bestimmt wollte er sich nicht nur erkundigen, ob sie sich auch gut amüsiere!

Das alpbtraumhafte Gefühl verstärkte sich angesichts der johlenden, lachenden Leute um sie her. Es war alles so unwirklich. Sie warf einen ängstlichen Blick auf die Tür. Ein hagerer Mann mit narbigem Gesicht stand neben Nikos, und beide suchten die Menge ab. Nein, dies war kein Albtraum, sondern furchtbare Wirklichkeit. Als sie sich hinter einer korpulenten Frau zu verstecken versuchte, sah sie entsetzt, wie Nikos seinem Begleiter eine Hand auf den Arm legte und auf Courtney deutete.

In diesem Moment wusste Courtney, was es hieß, vor Angst wie gelähmt zu sein. Sie konnte sich nicht bewegen, nicht denken. Und selbst wenn sie um Hilfe geschrien hätte, ihr Griechisch reichte dafür nicht aus. Es wäre ein Leichtes für Nikos, sie unter einem Vorwand ins Haus zurückzubringen.

Das Narbengesicht kam durch die Menge auf sie zu. Es gab keinen Ausweg für sie, und nur mit größter Willensanstrengung gelang es Courtney, sich umzudrehen. Sie wollte gerade losrennen, als Musik und Lachen verstummten und plötzlich Stille herrschte.

Alle wandten sich dem Garten hinter der Terrasse zu, und Courtneys Panik verwandelte sich wie durch ein Wunder in Erleichterung.

Denn dort stand Lefteris, groß, gefährlich und unendlich beruhigend. Seine Miene war finster, und das Gewehr in seiner Hand zielte direkt auf Nikos' Herz.

8. KAPITEL

Wo ist sie?"

„Hier!" Schluchzend vor Erleichterung lief Courtney zwischen den schweigenden Gästen hindurch auf ihn zu. „Bitte, bitte bring mich weg!"

Lefteris sah sie nur kurz an, bevor er etwas auf Griechisch zu Nikos sagte, ohne auch nur die Stimme zu heben. Ein schockiertes Raunen ging durch die Menge.

„Können wir nicht gehen?", bat Courtney zitternd, als sie Nikos' mörderischen Gesichtsausdruck sah.

Lefteris warf Nikos einen letzten Blick zu und wandte sich dann den Gästen zu, die ihn mit vorsichtigem Respekt beobachteten.

„Ja, wir gehen", sagte er grimmig und zog Courtney am Handgelenk hinter sich die Stufen zur Straße hinab, wo sein Wagen geparkt war. Inmitten des plötzlichen Stimmengewirrs hörten sie, wie Nikos dem Engländer wütend zurief: „Lass sie nicht entwischen!"

„Sie wollen mich holen!", rief Courtney entsetzt.

„Nicht dich, sondern …" Lefteris verstummte und duckte sich, als eine Kugel an ihnen vorbeizischte und die Windschutzscheibe seines Wagens durchschlug. Leise fluchend zog er Courtney hinter sich her in das dichte Gestrüpp auf der anderen Seite der Straße.

Nikos und das Narbengesicht gingen vorsichtig um das Auto herum. Courtney sah das Mondlicht auf ihren Gewehren blitzen und stöhnte entsetzt auf.

„Still!" Lefteris presste ihr eine Hand auf den Mund.

Der hagere Engländer deutete auf ihr Versteck. „In dem Dickicht finden wir sie nie", hörten sie ihn sagen.

Nikos fluchte. „Weit können sie noch nicht sein." Er versuchte in der Dunkelheit etwas Verräterisches zu erkennen, was Courtney mit vor Schreck geweiteten Augen verfolgte.

Lefteris beobachtete, wie Nikos wütend auf und ab ging und seiner Enttäuschung dann durch einige Schüsse in die Reifen des Geländewagens Luft machte. Leise fluchend packte Lefteris sein Gewehr fester.

Courtney stieß seine Hand weg. „Warum schießt du nicht?"

„Damit sie wissen, wo wir sind? Sei nicht so dumm!"

Drei weitere Männer tauchten auf, und Nikos rief ihnen wütend etwas auf Griechisch zu, woraufhin sich die Gruppe schnell auflöste.

„Was hat er gesagt?", erkundigte Courtney sich nervös.

„Zwei von ihnen sollen mein Haus beobachten, und der dritte Taschenlampen und Verstärkung holen und uns den Hügel hinunter folgen. Er selbst und Trevor – wahrscheinlich der hagere Mann – bewachen die Straße. Nein, später", sagte er, als sie etwas sagen wollte. „Erst müssen wir weg von hier. Mit den Taschenlampen werden sie uns schnell finden. Folg mit so leise wie möglich."

Sie schlitterten über unebenen Boden den steilen Hügel hinab, bis sie in offeneres Gelände gelangten, wo Büsche und große Steine ihnen ein wenig Schutz boten.

„Wir müssen zum Fluss hinunter", flüsterte Lefteris ihr zu. Während sie zwischen Salbeibüschen und Stechpalmen hindurch hinter ihm herstolperte, beneidete sie ihn um seine Sicherheit. Er benahm sich, als wäre es ganz normal, beschossen und verfolgt zu werden. Sie hatte Seitenstechen und hätte gern eine Pause gemacht, doch die drohenden Lichtkegel der Taschenlampen über ihnen trieben sie immer wieder voran.

Als sie den Fluss erreichten, musste sie nach Luft ringen. Dennoch folgte sie Lefteris ohne Zögern das steile Ufer hinab, wich den Bäumen aus, die halb über das Flussbett ragten, und kletterte über große Felsbrocken. Nur nicht Lefteris aus den Augen verlieren! Er war das einzig Sichere auf dieser verrückten Flucht durch die Dunkelheit.

„Warum muss so etwas immer mir passieren?", fragte sie stöhnend, bevor er sie plötzlich neben sich hinter einen Oleanderbusch zog. „Was soll das?", flüsterte sie bestürzt. „Sie sind direkt hinter uns!"

„Ich will sehen, wie weit sie uns noch folgen", antwortete er leise. „Und jetzt still!"

Gleich darauf hörten sie ihre Verfolger durch das steinige Flussbett poltern. Ihre Stimmen schienen sehr nahe zu sein, und Courtney drückte sich bebend an Lefteris.

„Kannst du hören, was sie sagen?“, fragte sie atemlos.

„Nicht genau, irgendetwas über Straßen. Einer scheint zu glauben, sie verschwendeten hier nur ihre Zeit. Hoffentlich teilen die anderen seine Meinung. Still jetzt!“

Courtney kam es vor, als lausche er eine Ewigkeit. Schließlich nickte er. „Sie kehren um. Wahrscheinlich wollen sie uns auf der Straße abfangen.“

Sie warteten, bis auch das letzte Geräusch ihrer Verfolger verklungen war, und krochen dann hinter dem Oleanderbusch hervor. „Verhalt dich ganz ruhig“, befahl Lefteris ihr. „Falls ein ganz Schlauer sich doch entscheidet zurückzukommen.“

Jetzt, da die unmittelbare Gefahr vorbei zu sein schien, zitterte Courtney am ganzen Körper, und es kostete sie alle Kraft, Lefteris die steile Uferböschung hinauf zu folgen.

Oben wartete er auf sie und reichte ihr die Hand, um sie zu sich hochzuziehen. Stirnrunzelnd betrachtete er ihr vom Mondlicht erhelltes Gesicht. „Alles in Ordnung?“

„Natürlich!“, sagte sie bissig. „Ich finde es sehr angenehm, mich von Männern mit Gewehren durch die Dunkelheit jagen zu lassen!“

Ihre Stimme klang hysterisch, und Lefteris packte Courtney energisch bei den Schultern und schüttelte sie. „Schluss jetzt!“, befahl er. „Nimm dich gefälligst zusammen!“

Etwas von seiner Stärke schien auf sie überzugehen, und Courtney holte bebend Atem. „Tut mir leid“, sagte sie leise.

„Das klingt schon besser.“ Er ließ sie los. „Jetzt sag mir, was passiert ist. Warum ist Nikos hinter dir her? Bestimmt nicht wegen deiner blauen Augen!“

„Nein.“ Während sie den Hügel hinaufkletterten, berichtete Courtney ihm von dem Gespräch, das sie belauscht hatte. „Ich wusste nicht, worüber sie redeten, aber ich hatte Angst, und als ich über diese Katze stolperte, geriet ich in Panik und rannte los.“ Sie zögerte. „Ich weiß nicht, was passiert wäre, wenn du nicht aufgetaucht wärst. Es ist alles wie ein Albtraum. Eben war ich noch auf der Party und im nächsten Moment auf der Flucht."

Lefteris lauschte ihr in grimmigem Schweigen. „Du hast keine Ahnung, worum es in diesem Gespräch ging?"

„Nikos redete nur von ‚dem Zeug'. Vielleicht Drogen?"

„Auf jeden Fall etwas Illegales. Das würde auch erklären, warum er nicht will, dass du zur Polizei gehst. Du weißt zu viel." Nachdenklich ging Lefteris weiter.

„Was tun wir jetzt?", wagte Courtney nach einer Weile zu fragen.

„Irgendwie müssen wir die Polizei benachrichtigen."

„Wir könnten von Agios Georgios telefonieren", schlug sie vor.

„Ja, aber in Anbetracht der Lage würde es mich nicht wundern, wenn Nikos die Telefonleitungen hätte kappen lassen."

„Das kann er doch nicht tun!", sagte Courtney bestürzt.

„Wir sprechen hier nicht über friedliche, gesetzestreue Bürger, Courtney." In Lefteris' Stimme schwang ein ungeduldiger Unterton mit. „Wenn sie bereit sind, auf Menschen zu schießen, dann werden sie auch nicht zögern, Telefonleitungen zu durchschneiden."

„Oh", sagte sie ernüchtert. „Aber bestimmt wird doch einer von den Partygästen die Polizei informieren? Sie müssen doch die Schüsse gehört haben!"

„Schüsse sind hier auf Festen üblich. Und wahrscheinlich waren alle ohnehin viel mehr daran interessiert, dass ich gekommen bin und dich von Nikos weggeholt habe."

Sie betrachtete ihn. Alles war so schnell passiert, dass sie sein rechtzeitiges Auftauchen als selbstverständlich hingenommen hatte. Doch erst jetzt wurde sie sich seiner Nähe richtig bewusst: seiner markanten Gesichtszüge, seiner Kraft und der Sicherheit, die er ausstrahlte … Er war hier, neben ihr, und sie konnte sich an seinem Anblick nicht satt sehen. „Wie hast du mich eigentlich gefunden?", fragte sie schließlich.

Er blickte sie nicht an. „Das war nicht schwer. Man hatte dich mit Nikos gesehen, und er ließ überall verbreiten, dass wieder ein englisches Mädchen vor der boshaften Markakis-Familie fliehen musste." Lefteris klang bitter. „Und er erzählte allen, du seist meine Verlobte."

„Wie bitte?"

„Das gab eine bessere Geschichte ab", sagte er grimmig. „All diese Leute hat er nur eingeladen, damit sie sehen konnten, dass mein Mädchen sich unter seinem Schutz befindet. Für mich war es eine Sache der Familienehre, dich von ihm wegzuholen."

„Das wusste ich nicht", flüsterte sie. Es war ihm nur um die Familienehre gegangen – nicht um sie? „Als ... als er mir auf der Straße begegnete, habe ich ihm nur gesagt, ich wolle nach Chania", versuchte sie zu erklären. „Er bot mir an, mich mitzunehmen, brachte mich aber stattdessen zu seinem Haus. Ich konnte nichts dagegen tun, zumal ich ohnehin nicht wusste, wo ich die Nacht verbringen sollte."

„Warum bist du nicht zurückgekommen? Du hättest doch wissen müssen, dass ich nicht alles meinte, was ich gesagt habe."

Sie waren stehen geblieben, und die Erinnerung an ihren letzten bitteren Streit stand zwischen ihnen. Courtney vermochte ihm nicht in die Augen zu blicken.

„Ich war zu wütend, um richtig denken zu können", sagte sie leise. „Aber später bereute ich, mit Nikos gegangen zu sein." Sie zwang sich, Lefteris anzusehen. „Es tut mir leid. Ich hätte auf dich hören und Nikos nicht trauen sollen. Stattdessen habe ich dich in diese Sache hineingezogen."

Trotz seiner undurchdringlichen Miene hatte sie das Gefühl, er sei erleichtert. Hatte er etwa geglaubt, sie sei mit Nikos gegangen, um ihn absichtlich zu verletzen? „Vielleicht ist es besser so", sagte er nach einer Weile. „Du bist ein Mädchen, auf das man aufpassen muss." Doch bevor sie etwas erwidern konnte, hatte er sich schon abgewandt und kletterte weiter den Hügel hinauf.

„Wohin gehen wir?", fragte sie, während sie ihm folgte.

„Nach Agios Georgios, um uns Proviant und warme Sachen zu besorgen."

„Aber dort warten sie auf uns!", stieß sie entsetzt hervor. „Warum leihen wir uns nicht ein Auto und fahren nach Chania?“

„Weil Nikos genau das erwartet. Er wird alle Straßen bewachen, und wir hätten keine Chance durchzukommen.“

„Wir sind also eingeschlossen?“ Courtneys Angst kehrte zurück. „Es führt doch nur eine Straße aus dem Tal!“

„Wir fahren nicht mit dem Auto.“ Lefteris blieb stehen und deutete nach oben. „Wir nehmen diesen Weg dort.“

Courtney blickte ihn verblüfft an. „Über die Berge? Aber dort finden wir bestimmt keine Polizei!“

„Natürlich nicht“, erwiderte er ungeduldig. „Aber wenn wir dem Höhenzug dort folgen, kommen wir nach Xiloskalo, dem Ort am Eingang der Samaria-Schlucht. Die Busse, die morgens die Touristen bringen, fahren leer nach Chania zurück, und wir haben gute Chancen, mitgenommen zu werden.“

„Aber bestimmt brauchen wir Tage, um dorthin zu kommen!“ Courtney verließ der Mut angesichts der bevorstehenden Kletterpartie. „Wäre es nicht besser, einfach ins nächste Tal zu laufen?“

„Sicher, doch alle benachbarten Täler liegen an dieser einen Straße nach Chania, und sie sind so ruhig, dass jeder Fremde Aufsehen erregen würde. In Xiloskalo sind wir sicherer. Aber dort oben ist es kalt, und wir werden zuerst Dimitria bitten, dir wärmere Kleidung zu besorgen.“

Als sie den Abhang oberhalb Dimitrias Haus erreichten, war Courtney völlig erschöpft und sehnte sich nur noch nach einem Bett. Doch die ungewöhnliche Betriebsamkeit auf der Dorfstraße erinnerte sie wieder an die lauernde Gefahr.

„Nikos hat also nicht geschlafen“, flüsterte Lefteris und drängte Courtney hinter einen großen Felsbrocken. „Du wartest hier, bis ich wiederkomme.“

„Du wirst doch vorsichtig sein?“ Courtney konnte nicht anders und umklammerte seine Hand wie ein furchtsames Kind.

„Ja.“ Der Anblick der vielen Wagen, die auf der Straße patrouillierten, schien ihn nicht zu ängstigen, sondern im Gegenteil zu belustigen. „Rühr dich nicht von der Stelle“, befahl er und drückte beruhigend ihre Hand, bevor er im Schatten der Bäume verschwand.

Courtney setzte sich hinter dem Felsen auf die Erde. Insgeheim war sie froh, dass Lefteris ihr alle Entscheidungen abnahm. Er wusste, was zu tun war. Obwohl sie sich ohne ihn unsicher fühlte, war sie erleichtert über die Ruhepause. Doch schon nach kurzer Zeit fühlte sie, wie die Kälte an ihr emporkroch. Sie zitterte, nicht nur vor Kälte, sondern auch vor Angst um Lefteris. Es war eine ungewöhnlich klare Nacht. Wenn im Mondlicht nun einer von Nikos' Männern ihn sah? Und auf ihn schoss?

Es erschien ihr wie eine Ewigkeit, bis Lefteris zurückkehrte. Erschöpft und verängstigt, wie sie war, vergaß Courtney all ihren Stolz und warf sich ihm in die Arme. „Bist du in Ordnung?"

„Natürlich." Er strich ihr beruhigend über die Schultern. „Aber du fühlst dich ja eiskalt an!" Aus dem Rucksack, den er bei sich hatte, zog er ein dickes schwarzes Kleid hervor. „Dimitrias Sonntagsstaat! Komm, zieh es über, es wird dich wärmen." Er beobachtete, wie sie hineinschlüpfte und es über ihr dünnes Kleid zog. Sie war größer und schlanker als Dimitria, doch das Kleid war so lang, dass Courtney darin nicht allzu lächerlich aussah. Dimitria hatte auch ihr schwarzes Kopftuch mitgeschickt, und Courtney war froh darüber. Ginny wäre entsetzt gewesen!

„Du siehst aus wie eine echte griechische Witwe", erklärte Lefteris in einem Anflug von Humor.

Courtney schnitt ein Gesicht. „So fühle ich mich auch!" Sie deutete auf den Rucksack. „Woher hat Dimitria denn den?"

„Er gehört ihrem Sohn Manolis. Er ist Bergführer und im Moment unterwegs. Sie hat mir auch einen von seinen Pullovern geliehen." Lefteris klopfte sich auf die Brust. Der dicke dunkle Pullover ließ ihn mehr denn je wie einen Freiheitskämpfer aussehen.

„Was hat sie gesagt, als du mitten in der Nacht aufgetaucht bist?"

„Sie war nicht überrascht. In diesen Bergdörfern gab es immer Widerstandskämpfer, und Dimitria wird mit jedem fertig, der nach uns fragt. Sie hat uns eine Decke gegeben, mehrere Flaschen Wasser und alles, was sie an Lebensmitteln auftreiben konnte."

„Wie lange werden wir bis Xiloskalo brauchen?" Sehnsüchtig betrachtete Courtney die einladenden Lichter von Agios Georgios.

„Wenn wir gut vorankommen – vielleicht fünfzehn Stunden.“

Seine Antwort ernüchterte sie. „Ich weiß nicht, ob ich das schaffe“, sagte sie nervös. „Gibt es denn keinen anderen Weg?“

Lefteris deutete auf die Straße, wo zwei Gestalten gerade aus einem Wagen stiegen. „Doch. Du könntest diese netten Männer fragen, ob sie dich zur nächsten Polizeistation bringen“, schlug er vor.

Courtney betrachtete die Männer, die die Straße entlanggingen, Gewehre in den Händen. „Vielleicht nehmen wir doch lieber den Weg über die Berge“, sagte sie schwach.

„So schlimm wird es nicht werden“, versprach er. „Ich kümmere mich schon um dich.“

Er würde sich um sie kümmern. Courtney atmete tief ein und richtete sich auf. „Na gut“, sagte sie, und mit einem letzten Blick auf die einladenden Lichter des Dorfes wandte sie sich ab und folgte ihm hinauf in die Berge.

Courtney verlor jedes Zeitgefühl, während sie in der Dunkelheit über das unebene Gelände bergauf kletterten. Dorniges Gestrüpp zerkratzte ihr die nackten Beine, doch sie war so erschöpft, dass sie es kaum noch wahrnahm. Ihr ganzes Denken konzentrierte sich darauf, einen Fuß vor den anderen zu setzen.

Schließlich erreichten sie eine steinerne Hirtenhütte. Drinnen war es finster und roch nach Ziegen, doch zumindest gab es einige mit Stroh bedeckte Steinbänke.

„Nicht gerade die luxuriöseste Unterkunft“, erklärte Lefteris trocken. „Aber hier kannst du dich eine Weile ausruhen.“

„Sind wir hier sicher?“ Courtney setzte sich müde auf das Stroh.

„Im Moment ja.“ Er legte ihr die Decke unter, die Dimitria ihm gegeben hatte. „Sie werden heute Nacht bestimmt nicht weitersuchen. Die Abhänge sind so kahl, dass man bei Tageslicht jede Bewegung mit dem Fernglas erkennen kann. Deshalb wollte ich heute Nacht so weit wie möglich vorankommen.“ Er kniete sich hin, um ihr die Schuhe auszuziehen. Behutsam strich er ihr über die wunden Füße.

„Lefteris? Was hast du heute Abend zu Nikos gesagt?"

Er sah zu ihr auf. „Dass ich ihn töten werde, wenn er dir noch einmal zu nahe kommt."

Courtney schluckte, bestürzt über den hasserfüllten Ausdruck in seinem Gesicht. Doch gleich darauf lächelte er wieder. „Du bist müde", sagte er sanft, stand auf und half ihr, sich hinzulegen, dann zog er sie an sich und wickelte die Decke um sie beide. „Da wir nur eine Decke haben, müssen wir uns gegenseitig wärmen."

Seinen starken Körper zu spürten war unbeschreiblich beruhigend. Courtney lehnte den Kopf gegen seine Brust, lauschte auf den gleichmäßigen Schlag seines Herzens und sah durch die offene Tür auf den mondbeschienenen Hügel hinaus. Das unwirkliche, geisterhafte Licht ließ die Büsche wie zusammengekauerte Gestalten aus der Vergangenheit wirken, die jeden Moment zum Leben erwachen konnten. Doch der Gedanke ängstigte sie nicht, denn in Lefteris' Armen war sie sicher. Ich kümmere mich um dich, hatte er gesagt. Nichts und niemand konnte ihr jetzt noch etwas anhaben.

Seufzend kuschelte sie sich enger an ihn und spürte, wie seine Brust sich gleichmäßig hob und senkte. Schlief er schon? Plötzlich schien es ihr sehr wichtig, ihm zu erklären, dass zwischen ihr und Gianni nichts war.

„Lefteris?", flüsterte sie.

„Mhm?"

„Ich hatte nie vor, zu Gianni nach Rom zu fahren."

Er schwieg, und dann zog er sie fast unmerklich enger an sich. „Gut", sagte er einfach und fügte nach langer Pause hinzu: „Inger ist wirklich nicht mehr als eine Kollegin."

„Aber eine dir sehr nahe, wenn sie dir in der Siesta Champagner bringt", flüsterte Courtney, immer noch eifersüchtig.

„Champagner?" Er klang verwirrt. „Ach das ... Woher weißt du ...?"

„Ich musste die Flasche für sie holen."

„Und mir hat sie vorgelogen, sich selbst bedient zu haben", erklärte er grimmig. Umso besser, dass sie sich jetzt nach einem neuen Job umsieht."

Courtney lag ganz still. „Ich dachte, sie sei so tüchtig?"
„Das stimmt, aber keiner ist unersetzlich. Und ich lasse mich nicht gern bei meiner Siesta stören – schon gar nicht unaufgefordert."
Courtney, dicht an Manolis' Pullover gekuschelt, lächelte. „Oh", sagte sie nur. Und beim Einschlafen lächelte sie noch immer.

Als Courtney kurz vor Morgengrauen erwachte, war ihr kalt, und sie fühlte sich wie zerschlagen.
Lefteris dagegen schien hellwach und voller Energie zu sein. „Wir müssen los. Nikos' Männer werden diese Hütte bald finden, denn es ist die einzige in der Gegend. Und wenn es erst richtig hell ist, würden sie uns mit einem Fernglas schnell entdecken."
„Falls du mich damit entmutigen wolltest, ist dir das gelungen", sagte Courtney mürrisch. Es gelang ihr kaum, die Augen zu öffnen, und ihre Glieder fühlten sich steif und bleischwer an. Von der letzten Nacht wusste sie nur noch, dass Lefteris ihr die Schuhe ausgezogen und grimmig ausgesehen hatte. Mühsam versuchte sie aufzustehen, schrie dann aber leise auf. „Ich kann nicht laufen!"
„Das gibt sich unterwegs", sagte er amüsiert und reichte ihr eine von Dimitrias Orangen.
Danach fühlte sie sich etwas besser, war aber, während sie sich stöhnend die Schuhe anzog, überzeugt, niemals auch nur über die Schwelle der Hütte gehen zu können, geschweige denn auf die Berggipfel. Doch Lefteris hatte recht. Ihre Muskeln entspannten sich, und als es hell wurde, war sie erstaunt, wie wach und lebendig sie sich fühlte.
Die lieblichen Olivenhaine lagen weit unter ihnen. Jetzt folgten Lefteris und Courtney schmalen Ziegenpfaden zwischen kahlen Felsbrocken, trockenem, dornigem Gestrüpp und genügsamem Thymian. Hier oben konnten nur die Stärksten überleben. Lefteris schien sich ganz zu Hause zu fühlen. Sicher und leicht bewegte er sich auf dem unebenen Boden.
„Wie findest du dich hier nur zurecht?", erkundigte Courtney sich, als sie eine Rast einlegten. Schwer atmend ließ sie sich zwischen dem Thymian nieder, während Lefteris gegen einen Felsen

lehnte und wachsam die Abhänge unter ihnen beobachtete.

„Dies ist mein Zuhause", erwiderte er einfach. „Überall auf Kreta gibt es Berge, selbst am Meer. Die Berge haben uns Kreter zu dem gemacht, was wir sind: ein hartes und eigensinniges Volk. Wir haben etwas von ihrer Wildheit, ihrer Würde, ihrer Grausamkeit und ihrem Stolz."

Er bückte sich und brach einen Zweig Thymian ab, den er zwischen den Fingern drehte, während er zu den Berggipfeln aufsah. „Die Berge halfen uns, unsere Identität zu bewahren. Kreta stand Jahrhunderte lang unter Fremdherrschaft, und mein Volk kämpfte aus den Bergen gegen die Unterdrücker. Scharen von Freiheitskämpfern lebten während der türkischen Besetzung hier oben. Ein Mann heiratete, zeugte einen Sohn und verschwand in den Bergen, um ein ‚palikari' zu werden – ein Tapferer, ein Kämpfer, und später tat sein Sohn es ihm nach. Die ‚palikaria' waren berühmt für ihren Mut, und sie betrachteten sich selbst als Helden, denen Ehre und Tapferkeit alles bedeuteten. Sie gaben niemals auf." Er deutete auf die wilde Schönheit der Landschaft ringsum. „Es ist unmöglich, jemanden zu finden, der sich in diesen Höhlen und Schluchten versteckt."

„Warum machen wir uns dann Sorgen wegen Nikos?"

„Weil wir uns nicht verstecken, sondern so schnell wie möglich zur Polizei wollen", erklärte er geduldig. „Dennoch, hier oben werden sie uns nicht finden. Schwierig wird es erst, wenn wir wieder auf eine Straße müssen. Wir können nur hoffen, dass Nikos nicht glaubt, du könntest den ganzen Weg nach Xiloskalo zu Fuß schaffen."

„Das glaube ich auch nicht." Courtney seufzte. „Mir scheint, als seien wir seit Stunden unterwegs, dabei ist es erst acht Uhr."

Lefteris reichte ihr den Thymianzweig, den sie zerbröselte und dabei den starken Duft einatmete. „Natürlich schaffst du es", sagte er. Es ist dir vielleicht nicht bewusst, aber insgeheim bist du eine Kämpferin, Courtney."

„Ich? Nein, ich war immer nur ängstlich!"

„Nicht, wenn es darauf ankommt, so wie jetzt. Ohne zu klagen, bist du gelaufen, und du wirst weiterlaufen bis ans Ziel – wie ein echter ‚palikari'! Man muss nicht im Krieg kämpfen, um Mut zu beweisen, sondern man muss etwas tun, von dem man nicht glaubt, es tun zu können."

Schweigend dachte Courtney über seine Worte nach. Was waren das für Männer gewesen, die damals eigensinnig für ihre Freiheit gekämpft hatten? Sie fühlte sich nicht so mutig wie sie – oder nur, wenn Lefteris da war. In seiner Nähe fiel es ihr leicht, tapfer zu sein.

Er beobachtete ihr nachdenkliches Gesicht. „Komm, ‚palikari mou'", sagte er und reichte ihr die Hand, um Courtney aufzuhelfen. „Eine Weile musst du noch mutig sein. Es ist Zeit, aufzubrechen."

9. KAPITEL

Niemals würde Courtney diesen Tag vergessen. Hoch oberhalb der Baumgrenze klammerte sich nur noch dürres Gestrüpp zäh an den kahlen, felsigen Boden. Doch dazwischen entdeckte sie immer wieder winzige blühende Blumen, die wie durch ein Wunder der unwirtlichen Umgebung widerstanden. Selbst Nikos hatte für sie den Schrecken fast verloren. Hier oben, in der klaren Bergluft, empfand sie allein den Gedanken an eine Bedrohung als unwirklich. Es gab keine Häuser, keine Straßen, keine Telefonmasten, nicht einmal eine Schutzhütte – es war, als wären sie die einzigen Menschen auf der Welt. Es gab nur das Licht und die Blumen und die Berge und – Lefteris.

Mittags setzten sie sich zwischen einigen Felsbrocken auf die Erde und teilten sich Dimitrias Käsepasteten. Sie waren zwar etwas zerdrückt, aber es schien Courtney, als habe sie nie etwas Köstlicheres gegessen. Die Sonne brannte senkrecht vom Himmel, doch es ging eine erfrischende Brise. In der Stille hörten sie das Glockengebimmel einer Ziegenherde tief unter ihnen.

„Himmlisch." Courtney seufzte nach dem letzten Bissen Pastete.

Lefteris lächelte über ihr zufriedenes Gesicht. Er wirkte entspannt und unbekümmert, als habe auch er vergessen, dass sie auf der Flucht waren. „Ich glaube, das Essen spielt selbst in deinen Träumen die Hauptrolle", sagte er amüsiert.

Courtney erinnerte sich an die schlaflosen Nächte, in denen sie sich das Gefühl seiner Hände auf ihrer Haut vorgestellt hatte. „Nicht immer", erwiderte sie.

Ihre Blicke trafen sich. Er lächelte, und sie erwiderte sein Lächeln. Es schien ihr, als verständigten sie sich ohne Worte, und langsam übermannte ein unerklärliches Gefühl der Trauer sie, das sich bis in die Fingerspitzen ausbreitete.

Er wandte sich Dimitrias Esspaket zu. „Es ist noch eine Pastete übrig", sagte er. „Möchtest du sie jetzt haben oder lieber für später aufheben?"

„Jetzt", erwiderte Courtney spontan. Hier oben in den Bergen zählte für sie nur das Jetzt. Für den Moment reichte es ihr, einfach mit Lefteris zusammen zu sein. Später war immer noch genug Zeit, sich Gedanken zu machen über ihre Zukunft und über das, was nach ihrer Flucht geschehen würde.

Lächelnd reichte er ihr die Pastete. Courtney brach sie in zwei Teile und gab ihm ein Stück zurück. „Lass sie uns teilen", sagte sie.

Als er das Stück nahm, leuchtete etwas in seinen Augen auf. „Früher hätte ich nie gedacht, dass eine Engländerin bereit sein könnte, etwas zu teilen." Er sah zu den Bergen hinauf. „Sabrina und Linda wussten ganz sicher nicht, was dieses Wort bedeutet."

Courtney beobachtete ihn, wie er, in Erinnerungen versunken, aß. Ob sie ihm jemals würde sagen können, wie sehr sie ihn liebte? „Linda war kaum in Agios Georgios, da drängte sie Christos schon, er solle sie nach England zurückbringen", fuhr er nach einer Weile fort. „Sein Vorschlag, die eine Hälfte des Jahres in England und die andere auf Kreta zu verbringen, gefiel ihr nicht. Sie war unverschämt zu meiner Mutter, stritt mit meinen Schwestern und ließ ständig durchblicken, wie sehr sie Agios Georgios und seine Einwohner hasste und verachtete."

Er warf Courtney einen Blick zu. „Ich traute Linda nicht, aber Christos war mein Bruder, und ich dachte, vielleicht würde alles besser, wenn sie ein eigenes Heim hätten. Deshalb schenkte ich ihnen die Villa Athina, die seit dem Tod meiner Großmutter leer stand. Wie oft habe ich das schon bereut! Linda fand das Haus zu klein und bestand darauf, einige Zimmer anbauen zu lassen. Dabei haben sie nie dort gelebt. Mit ihrer Ehe ging es schnell bergab, doch Christos war zu stolz, es zuzugeben. Linda verbrachte die meiste Zeit in den Bars von Chania. Dort traf sie Nikos."

Seine Stimme war eiskalt. „Nikos erkannte die Gelegenheit, Christos und die ganze Markakis-Familie zu demütigen. Die Fehde zwischen unseren Familien ist so alt, dass keiner mehr den eigentlichen Grund dafür kennt. Was ihre Geschäfte anging, hatten die Papadakis schon immer einen zweifelhaften Ruf. Doch sosehr sie sich auch bemühten, nie erreichten sie den Reichtum und die Macht der Markakis. Der Wunsch, uns zu demütigen, wurde bei Nikos zur Besessenheit, und Linda war ein ideales Werkzeug für seine Zwecke. Ihre Affäre war bald überall bekannt. Ich weiß nicht, was Linda sich davon erhoffte. Sie tat nie etwas ohne Grund. Wahrscheinlich wusste sie, es würde uns doppelt treffen, dass sie ausgerechnet mit Nikos ein Verhältnis hatte."

Er zuckte die Schultern. „Vielleicht war sie aber auch einfach nur gelangweilt oder wollte Christos dadurch nur zwingen, sie nach England zurückzubringen. Darin allerdings hatte sie sich verrechnet. Als Christos die Wahrheit erfuhr, verlangte er die Scheidung. Da Linda damit auch ihren Anspruch auf die Millionen der Markakis verloren hätte, spielte sie ihm plötzlich die treue, sanfte Ehefrau vor. Doch er ließ sich nicht von seinem Entschluss abbringen – was ihm nicht leicht fiel, denn eine Scheidung wird hier nicht so einfach akzeptiert wie in England." Lefteris blickte starr und bitter vor sich hin. „Und am Ende wurde ihm diese Peinlichkeit ja auch erspart."

„Er starb bei einem Autounfall?", fragte Courtney leise.

Lefteris nickte. „Jedenfalls sah es aus wie ein Unfall – der Linda allerdings sehr gelegen kam. Obwohl es ihr nicht passte, dass ihr Erbe in der Firma festgelegt war und sie monatlich nur über eine bestimmte – wenn auch sehr großzügige – Summe verfügen konnte. Und natürlich über das Haus. Um sie loszuwerden, bot ich ihr an, es ihr abzukaufen, doch sie weigerte sich. Nikos dagegen hatte mehr Glück. Er überredete sie, die Villa Athina ihm zu verkaufen, mit dem Argument, auf die Art könne sie sich an uns rächen." Lefteris' Gesicht war finster. „Der Gedanke gefiel Linda. Wie Nikos es geplant hatte, ist das Haus unserer Familie seitdem eine ständige Erinnerung an das, was Linda Christos angetan hat. Es wundert mich, dass Nikos erst jetzt auf die Idee mit den englischen Touristen gekommen ist", fügte er zynisch hinzu. „Es ist die perfekte Art, Salz in offene Wunden zu streuen."

Courtney betrachtete die blühenden Bergkrokusse zu ihren Füßen. „Und ich dachte, du hast einfach etwas gegen Engländerinnen", sagte sie. „Dass so viele Erinnerungen mit der Villa verbunden sind, wusste ich nicht."

„Meine Mutter starb kurz nach Christos' Unfall, wahrscheinlich an gebrochenem Herzen", fuhr Lefteris fort. „Sie hätte es nie ertragen, dass Athina Nikos gehörte. Für uns andere ging das Leben weiter. Linda kehrte nach England zurück, meine Schwestern heirateten, und als Nikos sich nicht weiter um das Haus kümmerte, dachte ich, alles sei ausgestanden. Bis du auftauchtest."

Er betrachtete Courtney nachdenklich. „Als ich dich bei unserer ersten Begegnung halb nackt dastehen sah, war ich überzeugt, du seist ebenso schamlos wie Sabrina und Linda, die keine Gelegenheit ausließen, ihre – zugegebenermaßen – schönen Körper zur Schau zu stellen. Und deine übertriebene Freundlichkeit Nikos gegenüber schien meine Theorie nur zu bestätigen. Doch dann begann ich nachzudenken ... Ich sah, welche Mühe du dir gabst, das Haus wiederherzurichten, und jeder im Dorf erzählte mir, wie nett du seist. Manchmal sah ich dich mit deinen Einkäufen aus dem Dorf zurückkommen oder in der Sonne auf der Terrasse sitzen." Er zögerte. „Weil du mir gegenüber immer so schnippisch und kratzbürstig warst, redete ich mir ein, du seist so schlecht wie die anderen. Und dennoch begann ich dich wider Willen zu mögen. Vielleicht, weil du auf Kreta anscheinend so glücklich bist."

„Das bin ich auch", sagte Courtney. Er mochte sie! Selbst wenn er sie nicht liebte, für den Moment war es genug. Sie lehnte sich zurück, fühlte den warmen Felsen unter ihren ausgebreiteten Armen und lächelte Lefteris an. „Ja, das bin ich."

Der Wind fuhr ihr durchs Haar, in das die Sonne goldene Strähnen gefärbt hatte, und in ihren Augen spiegelte sich das tiefe, klare Blau des Himmels. Wie sie so entspannt dalag, ein Lächeln auf dem gebräunten Gesicht, die schlanken Beine angezogen, glich sie in nichts mehr dem abweisenden Mädchen, das vor einem Monat auf Kreta angekommen war.

Auf Lefteris' Rat hin trug sie immer noch Dimitrias Kleid, obwohl es ihr schon nach kurzer Zeit unter dem dicken dunklen Stoff sehr heiß geworden war. „Schwarz ist unauffälliger", hatte er gesagt. „Wenn es unbedingt sein muss, dann zieh dein Kleid darunter aus."

Zufrieden lächelnd schloss sie die Augen, zog das Kleid bis über die Knie hinauf und spürte wohlig die erfrischende Brise, die den Rock gegen ihre Oberschenkel wehte. Doch als Lefteris scharf einatmete, fuhr sie erschrocken auf. „Was ist los?"

Er lächelte verzerrt. „Ich dachte nur, dass du einen großen Fehler machst, wenn du dich in die Vergangenheit stürzt, glykia mou, da du doch gerade erst beginnst, die Gegenwart zu genießen. Willst du immer noch die minoische Kultur studieren?"

Courtney sah zum wolkenlosen Himmel empor. „Ich glaube ja." Sie wollte nicht daran denken, was sie tun würde. Obwohl Lefteris akzeptiert hatte, dass sie nicht wie Linda war, hatte er sie, Courtney, nicht gebeten zu bleiben. Sie betrachtete sein Gesicht, dessen markante Linien sich scharf gegen das helle Sonnenlicht abzeichneten, und dachte plötzlich: Was immer auch geschieht, ich werde ihn ewig so in Erinnerung behalten. Diesen Moment werde ich nie vergessen. Nein, sie wollte jetzt nicht über die Zukunft nachdenken.

„Was heißt ‚glykia mou'?", fragte sie, um das Thema zu wechseln.

„Es ist nur eine Redewendung", sagte er. „So etwas wie ‚mein Liebling'."

Sie errötete. Es bedeutet nichts. Nimm es nicht ernst, befahl sie sich. „Ich dachte, ich sehe aus wie eine Witwe?", sagte sie so unbefangen wie möglich.

„Ja, letzte Nacht, aber jetzt nicht mehr, Courtney." Er strich ihr über das helle Haar. „Die kretische Sonne hat dich von einer grauen Maus in ein Wesen aus Gold verwandelt."

Gleich küsst er mich, dachte Courtney. Bitte, küss mich. Bitte!

Doch er tat es nicht. Stattdessen schob er ihr das Kleid mit einer quälend langsamen Bewegung über die Knie. „Keine Zeit für Sonnenbäder", sagte er langsam. „Oder für andere Dinge. Denk an unsere Verfolger und ihre Gewehre!"

Bei der Erinnerung an die drohende Gefahr setzte Courtney

sich ernüchtert auf. „Vielleicht haben sie ja aufgegeben", sagte sie hoffnungsvoll. „Warum sollte Nikos nicht die ganze Sache abblasen und es auf eine Anklage ankommen lassen? Sein Wort stände dann gegen meines, und sicher fiele es ihm nicht sehr schwer, sich eine plausible Erklärung für das auszudenken, was ich gehört habe."

„Und wie sollte er die Schüsse auf uns erklären? Nein, er kann nicht mehr zurück, und solange er fürchten muss, dass wir vor morgen Nacht die Polizei benachrichtigen, steht für ihn der ganze Handel auf dem Spiel. Hier oben können wir ihnen nicht schaden. Vielleicht haben sie uns sogar schon gesehen. Aber sobald wir von den Bergen herabkommen, werden sie uns abzufangen versuchen." Er stand auf, hob den Rucksack auf die Schulter und griff nach seinem Gewehr. „Ein Risiko, das wir eingehen müssen."

Courtney konnte den Gedanken an Nikos nicht mehr loswerden. Der Zauber des Tages war dahin, und sie fühlte sich zunehmend erschöpft, während sie aufwärts kletterten. Vorher hatte sie Lefteris' Gewehr kaum bemerkt, doch jetzt erinnerte es sie ständig an die drohende Gefahr.

Am frühen Abend erreichten sie die Schneegrenze. Courtney erinnerte sich, wie sie vom Tal aus die schneebedeckten Gipfel bewundert hatte. Nun war sie hier, und aus der Nähe betrachtet war der Schnee gar nicht so überirdisch weiß, wie es ihr damals erschienen war, sondern feucht und schmutzig.

Noch nie war sie in solcher Höhe gewesen. Zwischen den verwitterten Felsen sah sie braune verwelkte Salbeibüsche, halb von Schnee bedeckt. Als sich nur noch die höchsten Gipfel über ihnen erhoben, war zu Courtneys Erleichterung der mühsame Aufstieg endlich zu Ende. Zwischen ausgewaschenen Felsen verlief ein ausgetretener Pfad, das erste Anzeichen von Zivilisation seit einem Tag.

„Die Ziegenhirten benutzen diesen Weg im Sommer", erklärte Lefteris. „Wir müssen ihm nur bis Kallergi folgen."

„Kallergi?"

„Eine Schutzhütte oberhalb der Samaria-Schlucht, die von Österreichern betrieben wird. Bergsteiger nutzen sie als Ausgangspunkt für Touren in die Weißen Berge. Mit etwas Glück bekommen wir dort ein Bett, etwas zu essen und können vielleicht duschen. Und morgen früh ist es nur noch ein kurzer Abstieg bis Xiloskalo."

Diese Aussicht verlieh Courtney neue Kräfte. Nach dem mühsamen Aufstieg erschien das Laufen auf dem ebenen Pfad sehr leicht, und zuerst schritt sie kräftig aus. Doch der Weg zog sich scheinbar endlos um Hügel und Felsvorsprünge, und sie begann gerade zu bezweifeln, dass sie jemals ihr Ziel erreichen würden, als im Schein der untergehenden Sonne die Schutzhütte sichtbar wurde, eng an die abfallenden Felsen gequetscht.

Es war ein modernes, einladendes Gebäude direkt oberhalb der Samaria-Schlucht, doch Courtney war zu müde, um die atemberaubende Aussicht zu bewundern. Sie wollte sich nur noch ausruhen. Sie wurden von gedämpftem Licht und fröhlichen Stimmen begrüßt, und in der Eingangshalle kam ihnen ein großer, drahtiger Mann entgegen. Während Lefteris sich leise mit ihm unterhielt, zog Courtney sich die Schuhe aus und betrachtete erschöpft ihre wunden Füße. Sie war froh, dass Lefteris sich um alles kümmerte. Nach einer Weile nickte der Mann und verschwand in einem Nebenraum.

„Franz versucht, für uns über Funk eine Verbindung zur Polizei herzustellen", sagte Lefteris und nahm sie bei der Hand. „Du kannst inzwischen duschen. Wir treffen uns dann im Speiseraum."

Noch nie hatte Courtney eine Dusche so genossen. Glückselig ließ sie das Wasser über ihren müden Körper rinnen und wusch sich den Staub und Schweiß von zwei Tagen ab. Danach fühlte sie sich zwar immer noch erschöpft, aber sehr viel erfrischter.

An der Tür zum Speiseraum zögerte sie. Angesichts der vielen Menschen in lässiger Wanderkleidung kam sie sich mit ihrem unförmigen schwarzen Kleid und dem wirren, nassen Haar völlig unmöglich vor.

Lefteris saß an einem Tisch, als wäre er hier – wie überall – zu Hause, und winkte sie zu sich. Er stellte sie dem österreichischen

Wirt vor, der ihr erklärte, es sei ihm auf Grund atmosphärischer Störungen nicht gelungen, nach Chania durchzukommen. Gleich morgen früh würde er es noch einmal versuchen. Courtney nickte benommen. Sie überließ Lefteris die Unterhaltung, während sie eine große Schüssel Eintopf löffelte.

Der warme, gemütliche Raum, erfüllt von fröhlichem Stimmengewirr in vielen verschiedenen Sprachen, schien plötzlich sehr weit weg zu sein. Der Teller vor ihr begann zu verschwimmen, und sie konnte kaum noch die Augen offen halten. Neben ihr war Lefteris in eine Unterhaltung vertieft, und schließlich gab sie der Versuchung nach und ließ den Kopf schwer gegen seine Schulter sinken.

„Ich glaube, sie ist müde", sagte jemand amüsiert.

„Ja, das ist sie." Lefteris' Stimme schien von sehr weit her zu kommen. Courtney versuchte, sich aufzurichten, doch ihre Muskeln wollten ihr nicht gehorchen. „Können wir irgendwo schlafen? Es scheint heute sehr voll zu sein."

„Eine Matratze lässt sich vielleicht noch auftreiben", erklang eine andere Stimme. „Wenn sie für euch beide reicht?"

Wie durch einen Nebel nahm Courtney wahr, dass Lefteris sie hochhob und eine Treppe hinauftrug. Ohne auf ihren schwachen Protest zu achten, legte er sie sanft auf eine Matratze und breitete eine Decke über ihr aus. Mühsam öffnete sie die Augen und sah sein Gesicht über sich.

„Du lässt mich doch nicht allein?", murmelte sie. „Bitte, komm zu mir."

„Gleich, agapi mou", erwiderte er leise. „Schlaf jetzt."

Es fiel ihr nicht schwer, ihm zu gehorchen. Sie schlief so fest und ruhig, dass sie seine Rückkehr erst wahrnahm, als er sie sanft auf die andere Seite der Matratze schob. Halb im Unterbewusstsein spürte sie, welche Sicherheit sein Körper auf sie ausstrahlte, sie legte einen Arm um ihn und kuschelte sich an Lefteris. Wie von weit her hörte sie ihn etwas flüstern, während er sie in die Arme schloss. Zufrieden seufzend presste sie die Lippen auf seinen Hals und sank wieder in Schlaf.

Von Kallergi dauerte es nur eine Stunde bis hinunter nach Xiloskalo. Sie brachen um kurz vor sieben Uhr auf, da die ersten Busse um acht in Xiloskalo eintreffen würden. Courtney fühlte sich frisch und ausgeruht nach dem erholsamen Schlaf und einem ausgiebigen Frühstück. Es ging ein leichter Wind, die Bergluft war klar und hell, und sie fühlte die Sonne warm auf ihrem Rücken.

Franz war es immer noch nicht gelungen, die Polizei zu erreichen, doch er hatte versprochen, es weiter zu versuchen. Vielleicht war in einigen Stunden schon alles vorbei. Courtney tat es fast leid, dass bald alles zu Ende sein sollte. So etwas wie Urlaubsendstimmung beschlich sie, und sie war entschlossen, die noch verbleibende Zeit zu genießen. Selbst die Bedrohung durch Nikos erschien ihr im hellen Sonnenschein fast unwirklich.

Bis sie den Weg zum Omalos-Plateau erreichten und die Gebäude am Ausgang der Samaria-Schlucht unter sich sahen. Sie waren oberhalb des Parkplatzes, als Lefteris ihr plötzlich die Hand auf den Arm legte.

„Was ist denn?“

„Sieh mal.“ Erschrocken folgte sie seinem ausgestreckten Zeigefinger mit dem Blick. Der Parkplatz war voller Busse und Autos und Gruppen von Wanderern, die sich für den langen Abstieg zum Meer bereit machten. Und mitten im Gedränge stand ein blitzender roter Mercedes.

„Nikos!“

„Sie müssen uns auf dem Weg nach Kallergi entdeckt haben“, erklärte Lefteris grimmig. „Sonst wären sie nicht so sicher, dass wir hier herunterkommen. Nikos scheint sich wirklich sehr nach dir zu sehnen!“

„Schön, dass ich so begehrt bin!“ Es sollte scherzhaft klingen, doch ihre Stimme zitterte. Lefteris nahm ihre Hände in seine.

„Noch sind wir nicht geschlagen, palikari mou.“

„Aber wir können doch nicht ewig in den Bergen bleiben!“ Sie umklammerte seine Hände und versuchte, die Panik zu unterdrücken, die sie beim Anblick des roten Mercedes überfallen hatte.

„Das werden wir auch nicht“, sagte er beruhigend. „Ich habe

mit Franz verabredet, dass er persönlich zur Polizei geht, wenn er bis zum Mittag nicht per Funk durchkommt. Nur für den Fall, dass wir es nicht schaffen. Wir brauchen Nikos also nur einige Stunden aus dem Weg gehen."

„Aber er erwartet uns. Und sobald alle diese Leute in der Schlucht sind, sieht er uns sofort, wenn wir an ihm vorbei wollen."

„Nicht, wenn wir auch in die Schlucht gehen." Er drückte ihre Hände beruhigend, bevor er sie losließ. „Das erwartet Nikos bestimmt nicht. Ich weiß, du bist müde, aber in der Menge sind wir am sichersten."

„Und was ist mit der Polizei?"

„Wir müssen uns eben auf Franz verlassen." Lefteris deutete auf den Parkplatz. „Pass auf. Wir versuchen, hinter der großen Gruppe vor der Informationstafel unbemerkt an Nikos vorbeizukommen. Ich kaufe die Eintrittskarten und hinterlasse eine Nachricht für Franz, damit er Bescheid weiß. Und du besorgst uns im Laden etwas zu essen für unterwegs." Als Panik in ihren Augen aufflackerte, sagte er beruhigend: „Wenn du vorsichtig bist, wird Nikos dich nicht sehen. Denk daran, er hält nach einem Mädchen in einem rosa Kleid Ausschau. Und vor dem Laden stehen so viele Leute, dass du dich gut zwischen ihnen verstecken kannst."

Courtney schluckte. Seit dem Beginn ihrer Flucht hatte sie nicht mehr solche Angst gehabt. „Das mag ja alles stimmen", flüsterte sie. „Aber ich bin eben keine Heldin."

„Nun komm, bisher warst du ein richtiger ‚palikari'", erklärte Lefteris aufmunternd. „Lass mich jetzt nicht im Stich!"

Er half ihr den steilen Pfad hinunter und zog sie in eine Gruppe von Deutschen, die sich auf den Abstieg vorbereiteten. Ohne sich um ihre entrüsteten Blicke zu kümmern, schob Lefteris Courtney vor die Informationstafel und tat, als lese er die Bekanntmachungen. „Du weißt, was du zu tun hast?", fragte er leise und drückte ihre einige Geldscheine in die Hand.

Courtney war sicher, dass Nikos sie schon längst gesehen haben musste. Automatisch las sie die Erklärung der EU, in der die Samaria-Schlucht als einer der schönsten Orte Europas empfohlen wurde – als würde das bezweifelt werden. „Ich … Ich gehe zum Laden und kaufe etwas zu essen. Ganz einfach, nicht wahr?“

„Etwas zu trinken brauchen wir nicht, unterwegs gibt es Wasserstellen. Ich versuche, den Mann am Kartenschalter zu überreden, Franz so schnell wie möglich eine Nachricht zukommen zu lassen, und dann warte ich hier auf dich. Okay?“ Als Courtney benommen nickte, strich Lefteris ihr leicht über die Wange. „Beeil dich, koritsi mou, aber geh nicht zu schnell! Das würde ihn nur auf dich aufmerksam machen.“

Er lächelte ihr noch einmal aufmunternd zu, und sie atmete tief ein. „Gut. Ich bin bereit.“ Sie schlängelte sich zwischen den Menschen hindurch, bis sie sich am Rand der Menge befand – und hatte fast das Gefühl, ohnmächtig zu werden, als sie Nikos sah, der das Menschengewimmel mit kaltem Blick beobachtete. Doch nachdem der erste Schock vorbei war, ging es ihr besser. Jetzt wusste sie wenigstens, wo die Gefahr lag. Den Kopf gesenkt, lief sie im Schutz einer Gruppe von Italienern auf den Laden zu.

Drinnen griff Courtney hastig nach vier belegten Brötchen und einigen Schokoladentafeln und hoffte beim Bezahlen, der Junge an der Kasse würde ihre zitternden Hände nicht bemerken. Sie verließ den Laden zusammen mit zwei jungen Männern, deren riesige Rucksäcke sie, wie sie hoffte, vor Nikos verbargen. Ihr Herz klopfte so laut, dass sie meinte, Nikos müsse es hören. Wo war Lefteris nur? Fieberhaft suchte sie die Menge ab, bis sie in Panik bemerkte, dass die beiden jungen Männer mit ihren Rucksäcken weitergegangen waren und sie schutzlos dastand.

Endlich entdeckte sie Lefteris, der sich in aller Seelenruhe mit einigen Leuten unterhielt. Bei seinem Anblick vergaß Courtney alle Vorsicht und rannte los, doch in ihrer Hast stolperte sie und fiel lang hin. Als sie unwillkürlich aufschrie, drehten sich die Zunächststehenden um, und die beiden jungen Männer eilten zu ihr zurück. In einiger Entfernung reckte Nikos neugierig den Hals.

Lefteris war als Erster bei ihr. „Courtney! Alles in Ordnung?“ Das Gesicht vor Angst verzerrt, half er ihr beim Aufstehen.

Sie nickte zitternd und fragte schnell: „Hat er uns gesehen?“

„Ich fürchte ja“, sagte Lefteris, ließ ihr aber keine Zeit, in Panik auszubrechen, sondern zog sie hinter sich her zwischen der Menschenschlange hindurch, die am Eingang der Schlucht darauf wartete, die Tickets vorzuzeigen. Ohne sich um die entrüsteten Ausrufe der Wartenden zu kümmern, hielt er vor dem Kassenhäuschen ihre Karten hoch und eilte dann mit Courtney den Pfad in die Schlucht hinab.

10. KAPITEL

Der Pfad in die Samaria-Schlucht fiel auf nur zwei Kilometern um über tausend Meter ab, bevor er das Flussbett erreichte. Die ursprünglichen „xiloskalo“ – Holzstufen, die von den Ziegenhirten benutzt wurden – waren durch einen Zickzackpfad mit Holzgeländer ersetzt worden. Dennoch war der Abstieg anstrengend, und Courtney zitterten die Knie bald. Immer wieder glitt sie auf losen Steinen aus und fiel hin oder stolperte über Baumwurzeln, während Lefteris sie hinter sich herzog.

Sie hatte keine Zeit, wie die anderen Touristen die Pinienwälder neben dem Pfad zu bewundern oder sich umzudrehen, um einen Blick auf den Berg Gigilos zu erhaschen, der steil über ihnen aufragte. Während sie den Pfad hinunterschlitterten, verschwammen Bäume und Felsen mit den Gesichtern der Wanderer, an denen sie vorbeihasteten und die ihnen angesichts ihrer Eile erstaunt nachblickten. Später erinnerte sie sich nur noch an den durchdringenden Duft der Pinien, den festen Griff von Lefteris’ Hand und das ferne Geräusch fließenden Wassers tief unter ihnen.

Schließlich erreichten sie den Fluss, der sich im Schatten von Platanen seinen Weg über verwitterte Felsen bahnte. Dort machten sie eine Pause, von einem großen Felsblock gegen den Pfad hin geschützt. Völlig erschöpft lehnte Courtney sich gegen den kühlen Stein, bevor sie am Fluss niederkniete, um sich das erhitzte Gesicht zu waschen und die Abschürfungen an ihren Beinen zu kühlen. Im Schatten der Platanen beruhigte sie sich langsam.

Endlich setzte sie sich auf, während ihr noch Wassertropfen vom Gesicht in den Ausschnitt rannen. Lefteris half ihr beim Aufstehen. Er ergriff ihre zerschundenen Hände. „Tut es sehr weh?“

Courtney betrachtete seine Finger, die sanft über die wunden Stellen strichen. „Es geht“, sagte sie heiser. „Außerdem ist alles mein Fehler. Hätte ich die Nerven behalten, hätte Nikos mich wahrscheinlich gar nicht bemerkt.“

„Ich sah dich zwischen den beiden Männern aus dem Laden kommen“, sagte Lefteris mit einer Stimme, die völlig verändert war.

„Und im nächsten Moment lagst du am Boden. Ich dachte ..., ich fürchtete, er habe auf dich geschossen." Plötzlich zog er sie an sich. „Tu mir so etwas nicht noch einmal an", flüsterte er, die Lippen an ihrem Haar.

Courtney konnte nichts sagen, sondern nur den Kopf schütteln. Unvermittelt ließ er sie wieder los und griff nach dem Rucksack. „Wir müssen weiter."

„Ob Nikos uns wirklich folgt?" Sie klang ganz ruhig, obwohl seine Nähe sie erschauern ließ und ihr die Haut von seinen Berührungen brannte. Doch seine ernste Miene verwirrte sie.

„Ganz sicher." Lefteris hob sich den Rucksack auf die Schultern. „Aber er wird es nicht eilig haben. Er weiß, dass uns nichts übrig bleibt, als nach Agia Roumeli hinunterzugehen, und dort kommen wir nur mit dem Boot weg. Er braucht also nur seinen Leuten zu befehlen, die Schiffe zu beobachten."

„Wir sind hier unten also gefangen?"

„Nein. Der Junge am Kassenhäuschen hat versprochen, Franz eine Nachricht zu schicken, und der wird die Polizei benachrichtigen. Inzwischen müssen wir Nikos glauben machen, wir hätten es sehr eilig, nach Agia Roumeli zu kommen. Später ‚verlieren' wir ihn dann einfach. Das kann leicht passieren in einem so großen Gebiet."

„Warum verlieren wir ihn nicht gleich?", schlug sie vor.

„Weil er sich bei den Leuten unterwegs erkundigen wird, ob sie uns gesehen haben. Sobald er annehmen müsste, wir seien nicht mehr vor ihm, würde er den Weg zurückgehen."

Das klang plausibel, und Courtney seufzte. „Es kommt mir vor, als wären wir schon Wochen unterwegs. Na ja, zumindest hält es mich fit!"

Obwohl Lefteris ein schnelles Tempo vorlegte, fiel ihr das Laufen neben dem Flussbett leichter, und sie konnte sich ein wenig umsehen. Es war offensichtlich, warum die Schlucht im Winter gesperrt war: Gewaltige Wassermassen mussten dann zwischen den Felsen herabstürzen. Jetzt plätscherte das Wasser ruhig vor sich hin, bildete ab und zu kleine glasklare Teiche und verschwand manchmal im Boden, um ein Stück weiter wieder aufzutauchen.

Der Boden war mit Piniennadeln bedeckt, und im Schatten neben dem Pfad blühten winzige Zyklamen. Aus den unfruchtbaren kretischen Bergen fühlte Courtney sich in eine völlig andere Welt versetzt, in der dunkle Pinien einen reizvollen Gegensatz zum frischen Grün der Platanen neben dem Fluss bildeten. Das Sonnenlicht blitzte durch die Blätter oder blendete an schattenlosen Stellen die Augen. Über ihnen erhoben sich mächtige Berge, in ihrer stillen Erhabenheit ein überraschender Kontrast zu dem ständigen Rauschen des Wassers. Vor allem die Gegensätze blieben Courtney später im Gedächtnis: Licht und Schatten, Lärm und Stille, kahle Felsen und üppig grüne Bäume. Und Lefteris, der leichten Schritts vor ihr herging oder sich umdrehte, um ihr über die Trittsteine zu helfen, wenn der Pfad den Fluss kreuzte.

Plötzlich verbreiterte sich die Schlucht zu einem Tal, und der Baumwuchs hörte hier auf. Sie gingen jetzt im ausgetrockneten Flussbett zwischen sonnengebleichten Felsen. Courtney atmete den typisch trocknen Duft der Berge ein, vermischt mit dem von Thymian und Salbei, die kurz vor der Blüte standen. Sie berührte die winzigen Knospen und hasste Nikos, weil er sie an solcher Schönheit vorbeitrieb.

Lefteris ließ sie wieder ausruhen, als sie die Ruinen des Dorfes Samaria erreichten, das aufgegeben worden war, nachdem die Schlucht zum Nationalpark erklärt wurde. Langsam hatte die Natur den Ort zurückerobert. Blumen blühten neben den Türschwellen, und wilde Feigen wucherten in den Kaminen.

Doch jetzt um die Mittagszeit herrschte hier Hochbetrieb. Da Samaria ungefähr auf halber Strecke zum Meer lag, legten die meisten Touristen hier eine Mittagspause ein, und überall saßen Leute und unterhielten sich in den verschiedensten Sprachen über die Wunder der Schlucht. Courtney und Lefteris aßen ihre Brötchen im Schatten eines Olivenbaums, unter dem sich ein dichter Kleeteppich befand. Hummeln summten zwischen wildem Mohn und Geranien.

„Es ist so friedlich hier“, meinte Courtney seufzend. „Können wir Nikos nicht vergessen und einfach hierbleiben?“

„Das werden wir“, versprach Lefteris. „Aber erst müssen wir ihn überzeugen, dass wir wirklich auf dem Weg nach Agia Roumeli sind.“ Er stand auf. „Halt dich bereit. Er wird bald auftauchen, und wir wollen gerade so weit vor ihm sein, dass er uns noch sieht.“

Fünf Minuten später umklammerte Courtney plötzlich Lefteris' Arm. Obwohl sie hinter einer halbzerfallenen Mauer gut verborgen waren, zuckte sie beim Anblick von Nikos zurück, der am Dorfeingang unentschlossen stehen geblieben war. Er schwitzte und war offensichtlich wütend, und seine Gegenwart brachte eine Vorahnung von Unheil in die friedliche Atmosphäre.

„Er sieht sich im Dorf um.“ Lefteris klang zufrieden. „Sobald er die Häuser zu durchsuchen beginnt, brechen wir auf.“

Courtney war sicher, dass sie mit der verstohlenen Art, wie sie hinter der Mauer hervorspähten, die Leute auf sich aufmerksam machen mussten, doch niemand kümmerte sich um sie. Nikos suchte die Menge ab, bevor er sich schließlich den Gebäuden zuwandte. Sobald er außer Sicht war, kamen Courtney und Lefteris hinter der Mauer hervor.

„Geh nicht zu schnell“, riet Lefteris ihr. „Denk daran, wir wollen, dass er uns sieht.“

„Ich nicht“, flüsterte sie. „Und wenn er auf uns schießt?“

„Hier wird er das nicht wagen. Außerdem kann er nur eine Pistole bei sich haben, und mit der kann er bei dieser Distanz nicht genau zielen.“

„Ach, nur eine Pistole!“, sagte Courtney ironisch. „Warum rege ich mich eigentlich auf?“

Er lächelte. „Vertrau mir. Tu jetzt, als hättest du etwas im Schuh. Ich will sehen, was Nikos macht.“

Gehorsam bückte Courtney sich nach ihren Sandalen, und Lefteris spähte über ihren Rücken hinweg. „Er hat uns gesehen!“, stieß er hervor. „Wir müssen los, sonst hat er uns gleich!“

Sie eilten den Pfad entlang und drängten sich an Wanderern vorbei, die ihnen verblüfft und entrüstet nachsahen. Die Berge schoben sich jetzt so nahe an den Fluss heran, dass kaum noch Platz für einen Pfad blieb und Courtney bald nasse Füße hatte.

Keuchend stolperte sie über die feuchten Steine. Doch nicht einmal der Gedanke an Nikos konnte sie von der grandiosen Landschaft ablenken, als sie zur engsten Stelle der Schlucht kamen, wo die atemberaubend steil aufragenden Felswände nur noch einen Spalt von kaum drei Metern Breite frei ließen.

„Die Portes", erklärte Lefteris, der ihren ehrfürchtigen Blick zu dem schmalen Streifen blauen Himmels bemerkt hatte. „Die Eisernen Pforten. Beeindruckend, nicht wahr?"

Nur jeweils eine Person konnte an diesem Nadelöhr den Fluss überqueren. Bestürzt sah Courtney die vielen Leute, die sich davor drängten. Als könnten sie sich von diesem Höhepunkt ihrer Wanderung nicht trennen, standen sie zusammen, lachten über diejenigen, die sich auf schlüpfrigen Trittsteinen über den Fluss mühten, und hielten die Videokameras parat, für den Fall, dass jemand ins Wasser fiel.

Irgendwie gelang es Lefteris, Courtney zwischen den Wartenden hindurch zu den Steinen zu zerren. Zwischen den Felswänden strömte das Wasser viel schneller dahin, und sie mussten den Fluss im Zickzack überqueren, bis sie wieder den Pfad erreichen konnten.

Lefteris war hinter Courtney. Als sie sich zu ihm umwandte, strauchelte er plötzlich und landete bis zu den Knien im eiskalten Wasser, sehr zur Belustigung der anderen, die ihn vom sicheren Ufer aus beobachteten.

„Jetzt werden sich wenigstens alle an uns erinnern, wenn Nikos sich nach uns erkundigt. Schnell, wir müssen weiter. Er ist sicher nicht weit hinter uns."

Kurze Zeit später drängte Nikos sich zwischen der Menge hindurch, und Courtney war enttäuscht, weil es ihm gelang, trockenen Fußes über den Fluss zu kommen. Als er direkt vor dem Felsen stehen blieb, hinter dem sie sich versteckt hielten, drückte sie sich bebend an Lefteris. Nikos sah sich um und fragte dann einen Touristen mit einer Videokamera etwas. Der Mann nickte und deutete den Pfad entlang, und Courtney sah Lefteris zufrieden lächeln, als Nikos entschlossen weitereilte.

„Er glaubt, wir seien auf dem Weg nach Agia Roumeli." Lefteris half Courtney hinter dem Felsen hervor, was ihm einen seltsamen Blick von einem vorbeikommenden Ehepaar eintrug, das sich offensichtlich fragte, was die beiden dort gemacht hatten. Lefteris warf ihnen ein strahlendes Lächeln zu. „Jetzt müssen wir nur noch nach Samaria zurück. Normalerweise ist dort ein Aufseher mit einem Funkgerät, und wir können noch einmal versuchen, Kontakt mit der Polizei aufzunehmen."

Doch als sie das Dorf erreichten, war das Haus des Aufsehers verschlossen. Lefteris schlug mit der Faust gegen die Tür. „Na schön, wir müssen das Beste daraus machen."

Courtney versuchte, durch das Fenster in die Hütte zu spähen. Nach der langen Wanderung durch die Schlucht war sie müde und gereizt. „Und jetzt? Wir haben nichts mehr zu essen und keine Unterkunft für die Nacht."

„Hör auf, dich zu beschweren." Aus irgendeinem Grund war Lefteris sehr gut gelaunt. Noch nie hatte sie ihn so entspannt und gelöst gesehen – und ihn noch nie so unglaublich attraktiv empfunden. „Wir haben eine Decke", fuhr er fort. „Was willst du mehr?"

Wider Willen stieg Begehren in ihr auf, und das machte sie nur noch gereizter. „Eine Dusche zum Beispiel, saubere Kleidung, neue Füße und eine ausgedehnte Mahlzeit!" Seufzend beobachtete sie, wie er die Decke auf dem Gras ausbreitete. „Ob wir jemals wieder in einem Bett schlafen werden?" Zu spät bemerkte sie die Zweideutigkeit ihrer Frage.

Amüsiert beobachtete er, wie sie errötete. „Das hoffe ich doch." Etwas in seiner Stimme ließ ihr Herz schneller schlagen.

„Ich … Ich gehe mich waschen", sagte sie schnell.

Die Touristen waren fort und Lefteris außer Sicht, und so wagte Courtney es, am Fluss Dimitrias Kleid abzustreifen und kurz in das Wasser einzutauchen. Die Kälte nahm ihr fast den Atem, doch sie fühlte sich wie neugeboren, als sie ihre Unterwäsche ausspülte und in der Sonne zum Trocknen ausbreitete. Während sie Dimitrias Kleid wieder anzog, schwor sie sich insgeheim, nie wieder schwarz zu tragen.

Wenig später saß sie auf der Decke und versuchte, ihre Haare mit den Händen zu entwirren, während Lefteris zum Waschen ging. Nur mit Hose bekleidet, kehrte er etwas später zurück, das nasse schwarze Haar an den Kopf geklatscht, strahlend vor Gesundheit und Energie. Courtney musste sich zwingen, den Blick von ihm abzuwenden, als er sich neben ihr auf der Decke ausstreckte.

„Das hat gut getan", sagte er, und sein seltsames Lächeln ließ ihr das Blut schneller durch die Adern strömen.

Sie beschäftigte sich immer noch mit ihren Haaren, doch aus den Augenwinkeln sah sie das Spiel seiner Muskeln und sehnte sich danach, ihn zu berühren. Machte er sich nur über sie lustig, versuchte er sie abzulenken, oder war dieses Lächeln wirklich für sie bestimmt?

„Worüber denkst du nach, glykia mou?"

Seine Stimme war wie eine Liebkosung, und Courtney erschauerte. Sie wagte nicht, ihn anzusehen. „Als du mich von Nikos weggeholt hast – war das wirklich nur eine Sache der Familienehre für dich?"

Er beobachtete ihr abgewandtes Gesicht. „Nein, und das weißt du genau", sagte er sanft. „Ich kam, weil ich dich vermisste."

Courtney ließ unvermittelt die Hände sinken und wandte sich ihm zu, als könne sie nicht glauben, was sie gehört hatte.

„Als du weggingst, war ich sehr wütend", fuhr er in dem gleichen ernsten Ton fort. „Ich redete mir ein, dass ich froh sein könne, dich loszusein, dass du wie Sabrina und Linda seist, doch insgeheim wusste ich, es stimmte nicht. Ich wusste es seit jenem Abend, als ich dich nach unserer Rückkehr aus Chania küsste. Da hätte ich dich am liebsten festgehalten und dich für den Rest meines Lebens geliebt. Aber ich konnte die Ankunft meiner Gäste am nächsten Tag nicht mehr verhindern, und so musste ich versuchen, für diese Woche die Hände von dir zu lassen. Es war nicht einfach, dich jeden Tag zu sehen, mich an deine Leidenschaft zu erinnern und zu wissen, dass ich dich nicht berühren durfte, weil ich dann die Kontrolle über mich verlieren würde." Er griff nach ihren Händen und küsste die wunden Innenflächen. „Es war die schlimmste

Woche meines Lebens – zu jedem außer mir warst du nett und liebenswürdig, und besonders zu Gianni."

„Ich dachte, du hättest eine Affäre mit Inger", gestand Courtney. „Sie war so intelligent und schön und – keine Engländerin."

„Und trotzdem hat sie mich nie interessiert, aber sie ließ mich nicht in Ruhe. Ständig war sie da, wenn ich allein sein oder dich beobachten wollte. Sie ahnte, was ich für dich empfand und dass sie sich würde Mühe geben müssen, um in die Firma einzuheiraten – denn genau das wollte sie. Aber ihre Bemühungen waren vergeblich, denn ich war so eifersüchtig auf Gianni, dass ich an nichts anderes denken konnte."

„Warst du deshalb so wütend, als du vom Flughafen zurückkamst?"

„Ja", gab er zu. „Ich dachte, du wollest wirklich zu Gianni fahren, und warf dir die unmöglichsten Sachen an den Kopf. Doch nachdem du weg warst, ging mir auf, wie dumm ich mich benommen hatte, und ich fuhr dir nach, in der Hoffnung, dich bei Dimitria zu finden. Dort warst du nicht, aber im Dorf hatte man dich mit Nikos vorbeifahren sehen." Er verstärkte den Griff um ihre Hände. „Ich war am Boden zerstört und dachte, ich hätte mich getäuscht und du seist doch eine zweite Linda. Bis ich merkte, dass das gar keine Rolle spielte, dass ich dich einfach nur wiederhaben musste. Und ich holte dich in aller Öffentlichkeit von Nikos weg, damit jeder sah, dass du zu mir gehörst."

Courtney fühlte eine nie gekannte Glückseligkeit in sich aufsteigen. Es war so wunderbar, sich endlich nicht mehr verstellen zu müssen. Sie lächelte strahlend. „Damit hast du dir einiges aufgebürdet", sagte sie in Erinnerung an ihre wilde Flucht durch die Nacht.

Er erwiderte ihr Lächeln. „Stimmt. Aber du warst es mir wert. Dort oben in den Bergen musste ich mich zwingen, dich nicht anzurühren. Ich wollte warten, bis ich dich in Sicherheit gebracht hätte, aber du hast es mir nicht leicht gemacht. Letzte Nacht hast du mich hierhin geküsst." Er berührte die weiche, empfindliche Stelle direkt unter seinem Ohr. „Wärst du nicht so erschöpft gewesen, hätte ich ... Und du wusstest nicht einmal, was du getan hast."

Courtney lächelte langsam, lehnte sich vor und presste die Lippen auf eben jene Stelle. Seine Haut duftete frisch und männlich. „Jetzt weiß ich es", flüsterte sie.

Seine Augen glitzerten vor Leidenschaft, als er Courtney zu sich auf die Decke hinunterzog. „Wir haben den ganzen Abend und die ganze Nacht." In seiner Stimme lag ein zärtliches Versprechen. „Und da es noch sehr lange dauern kann, bis wir etwas zu essen bekommen, müssen wir uns irgendwie von unserem Hunger ablenken." Er ließ seine Hand an ihrem Oberschenkel entlanggleiten.

Courtney erschauerte. „Und was schlägst du vor?"

„Eine Lektion in Griechisch."

Als er ihr enttäuschtes Gesicht sah, stützte er sich auf einen Ellenbogen und ließ die Finger durch ihr seidiges Haar gleiten. „Dimitria hat dich nicht die Worte gelehrt, die du wirklich brauchst", sagte er zärtlich.

Sie schluckte. Er berührte sie kaum, doch allein die Nähe seines Körpers erregte sie. „Welche Worte?"

„Fangen wir mit den wichtigsten an." Er beugte sich vor. „Leg mir die Arme um den Nacken und sprich mir nach: s'agapo."

Courtneys Hände zitterten, als sie seine samtweiche Haut berührte. „Was bedeutet das?", flüsterte sie.

„Es bedeutet: Ich liebe dich." Er blickte ihr zärtlich in die Augen. „Komm, sprich mir nach! Ich denke, du willst Griechisch lernen!"

„S'agapo", wiederholte sie gehorsam.

„Deine Aussprache könnte besser sein", sagte er streng, lächelte dabei aber warm. „Noch einmal, mit etwas mehr Gefühl."

Lächelnd schlang sie die Arme enger um ihn. „S'agapo."

„Das ist viel besser." Sein Gesicht war ihrem jetzt ganz nahe. „Bald ist dein Griechisch perfekt", flüsterte er, bevor er die Lippen auf ihre presste.

Courtney zog ihn noch näher zu sich heran und überließ sich ganz seinem fordernden Mund, der brennenden Leidenschaft seiner Küsse, dem erregenden Gefühl seiner Hände auf ihrem Körper.

Als Lefteris den Kopf hob, waren sie beide atemlos. Er umfasste ihr Gesicht, und in seinem Blick war so viel Wärme, dass Courtney sich fragte, ob dies wirklich derselbe grimmige, finstere Mann war, dem sie damals in den Bergen begegnet war.

„Ich liebe dich", flüsterte er zärtlich. „Sag mir, dass du es wirklich meinst."

Courtney ließ die Hände über seinen nackten Rücken gleiten und spürte, wie er zusammenzuckte. „Ich meine es", sagte sie, und ihre Augen wirkten plötzlich sehr blau. „Natürlich meine ich es." Sie zog seinen Kopf zu sich hinunter. „S'agapo", flüsterte sie an seinen Lippen.

Lefteris lächelte. „Courtney ... glykia mou ..." Er ließ den Mund an ihrem Hals abwärts gleiten, während er die Knöpfe ihres Kleides öffnete und es ihr quälend langsam über die Schultern streifte, über die Hüften, die langen, schlanken Beine hinab, bis sie sich stöhnend unter seinen Berührungen wand. „Hast du immer noch Hunger?", fragte er atemlos und streichelte ihren nackten Körper.

Courtney schüttelte den Kopf. Sie war nur noch Empfindung, Erregung, Leidenschaft, spürte nur noch seinen Mund, seine Hände und seinen schlanken, kraftvollen Körper.

„Gar nicht mehr?" Er berührte ihre Brüste mit den Lippen, und sie erschauerte vor Begehren.

„Nur auf dich", sagte sie heiser. „Nur auf dich."

Sie spürte, wie er lächelte. „Gut", sagte er und presste den Mund auf ihren.

Bevor am nächsten Morgen die Sonne den Grund der Schlucht erreicht hatte, brachen sie zu den Portes auf. Doch Courtney spürte nicht, wie kühl es noch war. Sie glühte innerlich in der Erinnerung an das Entzücken, das Lefteris ihr geschenkt hatte, als der Abend in die Nacht überging und diese schließlich in den Morgen. Um diese frühe Stunde waren sie noch ganz allein in der Schlucht, und jedes Mal, wenn Lefteris Courtney berührte, überschwemmte eine Woge des Glücks diese.

Sie fühlte sich frisch und lebendig, ganz eins mit der Natur.

Selbst die Berge schienen an ihrem Glück teilzuhaben, wie sie sich dem Himmel entgegenreckten.

Wieder bekam Courtney beim Überqueren des Flusses an den Portes nasse Füße, doch sie lachte, als Lefteris ihr vom letzten Trittstein half und sie in die Arme zog. „S'agapo“, flüsterte sie ihm ins Ohr, und er drückte sie an sich und küsste sie.

„Ich glaube, du bist bald reif für die nächste Lektion!“

„Wie rührend!“, ertönte da plötzlich eine höhnische Stimme, und sie fuhren entsetzt auseinander. Nikos stand vor ihnen, eine Pistole in der Hand. Courtney fiel ein, dass Lefteris sein Gewehr heute Morgen auf seinen Rucksack gebunden hatte. Im Hochgefühl ihres Glücks hatten sie nicht geglaubt, sie würden es noch benötigen.

„Ich wusste Bescheid, als meine Männer mir sagten, dass ihr keine der Fähren genommen habt.“ Nikos' leichter Plauderton stand in krassem Gegensatz zu seiner drohend erhobenen Waffe. „Und deshalb bin ich heute sehr früh von Agia Roumeli aufgebrochen, denn mir lag verständlicherweise daran, euch allein zu treffen.“ Sein Lächeln ließ Courtney das Blut in den Adern gefrieren. „Du hast mir eine Menge Ärger bereitet, Courtney Shelbourne. Deinetwegen ist mir ein sehr lukratives Geschäft durch die Lappen gegangen, meine besten Männer sind verhaftet, und die ganze Ware ist beschlagnahmt worden. Du kannst stolz auf dich sein.“

„Es muss wohl etwas sehr Wertvolles gewesen sein, wenn du dir solche Mühe gegeben hast, uns aufzuhalten“, sagte Lefteris, und Courtney wunderte sich über seinen kühlen Ton. „Was war es denn?“

„Drogen“, erwiderte Nikos kurz angebunden. „Ist dir das etwa entgangen, während du in meinem Haus herumgeschlichen bist, Courtney?“

„Ich wusste nur, dass es etwas Unmoralisches war.“ Instinktiv drückte sie sich enger an Lefteris.

Nikos' Blick verriet kalte Wut. „Du hast gut reden über Unmoral – wo du dir diesen millionenschweren Fisch an Land gezogen hast!“ Er machte eine Kopfbewegung zu Lefteris hin. „Aber nicht jeder bekommt eine solche Gelegenheit; die meisten Leute müssen eben für ihren Lebensunterhalt arbeiten."

„Drogenhandel ist keine Arbeit", sagte Lefteris verächtlich und fügte etwas auf Griechisch hinzu, woraufhin Nikos seine Pistole auf Courtney richtete, das Gesicht von Hass verzerrt.

„Komm näher", zischte er. „Er soll sehen, wie du stirbst."

Nach dem ersten Schock konnte Courtney jetzt ganz klar denken. Ohne die Pistole aus den Augen zu lassen, machte sie langsam einen Schritt vorwärts und noch einen, und dann stolperte sie und fiel hin. Nur für eine Sekunde ließ Nikos sich ablenken, doch das gab Lefteris genug Zeit, sich wie ein Raubtier auf ihn zu stürzen und zu Boden zu werfen.

Ein Schuss löste sich aus der Waffe und hallte gespenstisch zwischen den Felswänden wider. Courtney sprang auf die Füße, halb wahnsinnig vor Angst, dass Lefteris getroffen sein könnte. Doch die beiden Männer rollten immer noch keuchend und ineinander verklammert über den Boden. Schließlich gelang es Lefteris, Nikos' Arm zurückzudrücken, und die Pistole schlitterte scheppernd zwischen zwei Felsbrocken.

Das Geräusch schien Nikos' Kräfte zu beleben, und er stieß Lefteris von sich. Doch bevor er die Pistole erreichen konnte, war Lefteris schon wieder über ihm. Courtney erwachte aus ihrer Erstarrung, stürzte zu der Stelle, wo die Waffe lag, und griff danach. Beinahe hätte sie sie wieder fallen gelassen, so zitterten ihr die Hände.

Die Pistole war so schwer, dass sie sie mit beiden Händen halten musste. Hilflos schaute sie sie an. Im Fernsehen sah das alles so einfach aus – zielen und schießen. Unsicher hob sie die Waffe, zielte auf die Männer, die sich am Boden wälzten, und wollte ihnen befehlen aufzuhören. Doch sie brachte nur ein Krächzen hervor, das die beiden entweder nicht hörten oder ignorierten. Courtney erschauerte. Ihre gutbürgerliche englische Erziehung hatte sie auf diese wild kämpfenden Männer überhaupt nicht vorbereitet.

Sie wagte nicht zu schießen, aus Angst, Lefteris zu treffen. So konnte sie nur entsetzt die kämpfenden Männer zu ihren Füßen beobachten. Wie in Zeitlupe sah sie, dass Lefteris zu einem mächtigen Faustschlag ausholte. Nikos fiel zurück und blieb leblos vor den Felsen liegen. Dann überstürzten sich die Ereignisse. Eine Gruppe uniformierter Männer eilte den Pfad hinab, während Lefteris langsam aufstand und seine blutverschmierten Hände betrachtete.

Laute Ausrufe waren zu hören, aber er beachtete die Polizisten nicht. Courtney stand immer noch wie erstarrt da, doch dann fiel die Pistole aus der Hand, und sie machte eine unsicheren Schritt auf ihn zu. Im nächsten Moment lag sie in seinen Armen, und er presste sie so fest an sich, dass sie kaum atmen konnte. Sie klammerte sich an ihn, schluchzend vor Erleichterung, dass er lebte.

Später saß sie auf einem Felsbrocken, während die Männer um sie her sich lebhaft auf Griechisch unterhielten. Nach ausführlicher Diskussion halfen sie schließlich einem benommenen Nikos auf die Füße und führten ihn in Handschellen ab. Einer der Männer, offensichtlich der Ranghöchste, unterhielt sich noch eine Weile mit Lefteris, bevor auch er ging und sie beide allein ließ.

Nachdem Lefteris sich im Fluss gewaschen hatte, setzte er sich zu Courtney und nahm ihre Hände in seine. Sie schwiegen und genossen die gegenseitige Nähe und die Stille, die nur vom Rauschen des Flusses unterbrochen wurde.

„Woher wussten die Polizisten, dass wir hier sind?“, fragte Courtney schließlich.

„Franz ist es gelungen, unsere Mitteilung weiterzugeben, und so konnte die Polizei letzte Nacht fast alle Beteiligten an der Aktion festnehmen – ein großer Schlag gegen den internationalen Drogenhandel. Gegen Nikos lag allerdings nichts vor – nur dein Wort gegen seines, denn er hatte sich immer im Hintergrund gehalten. Da man ihn aber schon lange in Verdacht hatte, beschloss man, ihn zu beschatten. Die Polizisten folgten ihm von Agia Roumeli aus, aber in gebührendem Abstand, um ihn nicht misstrauisch zu machen. Seit Franz’ Funkspruch hatten sie nichts mehr von uns gehört, deshalb vermuteten sie, dass wir irgendwo in der Schlucht sein müssten. Als sie den Schuss hörten, stürmten sie los, aber sie waren so weit entfernt, dass sie erst ankamen, als alles vorbei war.“

„Ist wirklich alles vorbei?" Courtney konnte es kaum glauben.

„Was Nikos angeht ja. Aber was uns betrifft, stehen wir gerade am Anfang." Lefteris küsste sie zärtlich.

An die Rückkehr nach Hause konnte Courtney sich später nur noch bruchstückhaft erinnern: das Meer, ein kleines Fischerboot, das sie nach Chora Sfakion brachte, die gewundene Straße nach Imbros und danach weiter in Richtung Norden, ihre Ankunft in Agios Georgios und der Duft der Orangenbäume im Garten.

Am selben Nachmittag stand sie neben Lefteris auf der Terrasse und sah zu den Weißen Bergen hinauf. Die lange Wanderung bis zur Schneegrenze hinauf schien schon weit weg zu sein, unwirklich wie ein Traum. Sie fühlte sich unendlich erleichtert, als sie zufrieden seufzend den Kopf an Lefteris' Schulter lehnte.

Er legte einen Arm um sie. „Es ist Zeit, mit der zweiten Lektion zu beginnen", sagte er lächelnd.

„Sollten wir die erste Lektion nicht zunächst wiederholen?", fragte Courtney in der Erinnerung an die letzte Nacht.

„Aber Lektion zwei ist sehr leicht." Er drehte sie zu sich herum. „Tha me pandreftis?"

„Das soll leicht sein?", beschwerte sie sich lachend.

„Für dich – ja. Es bedeutet: Willst du mich heiraten?" Lächelnd nahm er ihre Hände in seine. „Du musst dich nur an das griechische Wort für ‚ja' erinnern – aber sei vorsichtig! Du hast dich schon einmal damit vertan!"

Courtney erwiderte sein Lächeln, bevor sie ihn ernst ansah. „Ich dachte, du wolltest nicht heiraten?"

„Doch – wenn ich sicher bin, dass es die richtige Frau ist, habe ich gesagt", erinnerte er sie. „Und dessen bin ich mir jetzt sicher."

„Aber ich bin zu … zu gewöhnlich für dich", stieß sie hervor, plötzlich von Zweifeln geplagt. Er war reich, er hatte Erfolg. Und wenn sie ihn nach einiger Zeit langweilte? „Du brauchst eine kluge, weltgewandte Frau, die sich geistreich unterhalten und Empfänge geben kann." Wie Ginny, dachte sie verzweifelt.

Lefteris lächelte und zog sie an sich. „Nein. Ich brauche dich. Keine weltgewandte Frau, sondern eine, die sich mit Ziegenböcken unterhält und darauf achtet, keine Blumen zu zertreten. Ich will eine Frau, um die ich mich kümmern kann. Du bist alles, was ich brauche, und deshalb lasse ich dich nicht gehen.“ Sein Griff um ihre Hände verstärkte sich. „Sag, dass du mich heiraten willst, Courtney.“ Plötzlich klang er heiser, fast verzweifelt, und ihre Augen waren sehr blau, als sie zu ihm aufsah und tief einatmete.

„Ne“, sagte sie, und er lachte erleichtert auf.

„Wenn es darauf ankommt, kannst du sehr gut Griechisch!“

„Ich hoffe, du wirst es nie bereuen“, warnte sie ihn halb scherzhaft.

Er blickte ihr in die Augen. „Nein“, sagte er ernsthaft. „Und wenn, dann gehen wir einfach wieder in die Berge hinauf und erinnern uns daran, wie es war, als wir nur uns hatten.“

Courtney legte ihm die Arme um den Nacken, während sie sich erschauernd daran erinnerte, wie sie in der letzten Nacht gemeinsam die Grenzen des Entzückens entdeckt hatten. Sie lächelte. „Warum nicht? Letzte Nacht fand ich es nicht so schlimm, auf dem Boden zu schlafen!“

„Und diese Nacht wird noch besser“, versprach er zärtlich. „Ein warmes, weiches Bett wartet auf uns.“

„Aber wir brauchen nicht bis heute Abend zu warten, oder?“, flüsterte sie.

Lefteris zog sie an sich. „Nein, das brauchen wir nicht.“

– ENDE –

Anne Hampson

Unser Paradies auf Kreta

Roman

MIRA®

1. KAPITEL

Er kannte sie genau drei Wochen, als er sie bat, seine Freundin zu werden, wie er es nannte.

„Sie würden es nicht bereuen", sagte er leichthin. „Sie hätten eine Villa in der Sonne, einen Wagen und ein ständig wachsendes Bankkonto."

Sie schaute ihn an – den großen gebildeten Griechen, den sie dunkel und verschlossen vor sich hatte und dessen fremdländischer Akzent sie von dem Augenblick an gefesselt hatte, als sie einander bei einer Veranstaltung der Britischen Botschaft in Athen vorgestellt worden waren. Ihre Verwandten, die in Griechenland im Hotelgeschäft tätig waren, hatten sie dazu mitgenommen.

„Sie sind sehr still, Tina." Stavros' Stimme brachte Tinas Gedanken von diesem ersten Augenblick ihres Kennenlernens zurück in die Gegenwart, und sie sah auf in das olivfarbene Gesicht des Mannes, dessen Hand die ihre fest umklammert hielt. Ihr Herz klopfte zum Zerspringen, und das Blut schien in ihren Adern zu rasen. „Brauchen Sie so viel Zeit, um meinen Vorschlag zu überdenken?"

Sie lächelte schwach und schüttelte den hellblonden Kopf.

„Nein, keineswegs", antwortete sie ruhig. „Ich würde meine Zeit nicht darauf verschwenden, diesen Vorschlag nur eine Sekunde lang in Erwägung zu ziehen."

Stavros schien sich zu amüsieren, aber keineswegs aus der Fassung gebracht zu sein. Tina kam es vor, als ob ein derart selbstsicherer Mann wie Stavros Christos, Reeder und Produzent der allerbesten Oliven, die in ganz Griechenland wuchsen, überhaupt nicht aus der Ruhe zu bringen sei. Außerdem war er, wie ihr Onkel sagte, Multimillionär. Er hatte ein Luxusapartment in Athen und eine fantastische Villa auf Kreta, stammte aber aus Langadia in Zentralmakedonien. In seinem Gesicht war ein Anflug von etwas Dunklem, schwer Begreiflichen, sein Mund war herb, aber in eigentümlicher Weise sinnlich, seine Jochbeine unbewegt, die Augen stahlhart und sein rabenschwarzes Haar verlief in der Mitte der Stirn in einer ausgeprägten Spitze.

Erstaunlicherweise fühlte sich Tina zu diesem Mann in einer Weise hingezogen, wie sie es noch nie zuvor gekannt hatte. Er besaß eine undefinierbare Gewalt, eine Anziehungskraft, die sie zugleich überwältigte und erschreckte. Wenn sie sich die Frage vorlegte, was sie eigentlich so sehr an ihm anzog, fand sie nur eine Antwort. Er war so grundverschieden von allen Männern, die sie seither gekannt hatte, und er nahm ihre Fantasie gefangen. Sein Wohlstand schien für ein Mädchen, das sein ganzes Leben für seinen Unterhalt arbeiten musste, fast unwirklich. Tina hatte ihre Eltern in sehr frühen Jahren verloren und war von der Tante und dem Onkel, die jetzt in Athen lebten, großgezogen worden.

Vor drei Jahren waren ihre Verwandten nach Athen gezogen. Damals hatte Tina eine ausgezeichnete Stellung mit Aufstiegsmöglichkeiten gehabt, so hatte sie beschlossen, in England zu bleiben. Später geriet die Firma in die allgemeine Krise, und mit den Aufstiegsmöglichkeiten war es vorbei. Tina hatte alle Mühe gehabt, das Reisegeld nach Athen zusammenzukratzen. Derzeit war sie arbeitslos, glaubte aber fest daran, dass sie bei ihrer Heimkehr nach England Ende des Monats eine neue Arbeit finden konnte.

Im Moment saß sie mit Stavros Christos auf der Veranda des Hotels, das ihrem Onkel gehörte. Von hier aus hatte man einen herrlichen Blick auf den Verfassungsplatz. Sie schreckte aus ihren Gedanken hoch, als ihr klar wurde, dass Stavros auf sie einsprach. „Wollen Sie mir wirklich weismachen, dass Sie ein altmodisches Mädchen sind?“, fragte er mit einer leichten Ironie in der Stimme.

„Immerhin habe ich noch gewisse Ideale.“

„Die können Sie ohnehin nicht behalten“, erklärte Stavros.

„Die griechischen Mädchen schaffen es doch auch“, meinte sie und griff nach dem Glas Eislimonade, die der Kellner eben gebracht hatte, zusammen mit dem Ouzo, den er jetzt vor Stavros hinstellte.

„Sie bewahren ihre Unschuld, aber ich würde nicht sagen, dass das etwas mit Idealen zu tun hat.“

„Also finden Sie es nicht nett, dass sie an ihrer Unschuld festhalten?“, fragte sie.

„Das ist für sie eine Notwendigkeit und hat mit Idealismus nichts zu tun. Wenn ein griechisches Mädchen einmal heiraten will, muss sie alles vermeiden, was ihren Namen in den Schmutz ziehen könnte. Sicher hat Ihnen auch Ihre Tante erzählt, dass ein griechisches Mädchen keine Chance hat, sich zu verheiraten, wenn sie nur allein mit einem Mann spricht."

Eine leise Trauer überkam Tina. Zwar wollte sie sich für den Mann aufheben, den sie einmal heiraten würde, um rein und unverdorben den Freuden des Ehelebens entgegenzugehen, sie lehnte aber die orientalischen Sitten ab, wo die Frau in übermäßiger Weise behütet wurde.

„Wirklich, Stavros" sagte sie stirnrunzelnd, „die griechischen Männer setzen mich in Erstaunen. Sie wollen zwar unbedingt eine Jungfrau heiraten, haben aber vor der Ehe zahlreiche Geliebte."

„Sie bringen es trotzdem noch fertig, Jungfrauen zu heiraten", erklärte Stavros trocken und fügte hinzu, dass die Ehe sie nicht daran hinderte, nach wie vor Geliebte zu haben.

Tina erwiderte nichts und wandte ihre Blicke dem Leben und Treiben unten auf dem Platz zu.

„Und, wollen Sie meine Geliebte werden?", fragte Stavros erneut.

„Ich bleibe bei meinen Idealen", erklärte Tina so energisch, dass es jeden anderen Mann abgeschreckt hätte, nur eben nicht Stavros Christos, der es gewohnt war zu bekommen, was er sich in den Kopf gesetzt hatte.

„Eine Schönheit wie die Ihre", sagte Stavros jetzt gerade, „ist ein Geschenk, das Sie nicht allein für sich behalten dürfen. Sie können einem Mann unaussprechliche Wonnen schenken – mir, meine ich." Seine Stimme bebte, und seine Augen waren noch dunkler, falls das überhaupt möglich war.

„Wenn ich so schön bin, wie Sie sagen, dann wird diese Schönheit eines Tages meine Mitgift sein, wenn ich den Mann heirate, den ich liebe. Für ihn hebe ich mich auf." Sie lächelte ein gewinnendes Lächeln, das aber ein bisschen kläglich geriet. Enttäuschung überkam sie und ein Gefühl, etwas sehr Schönes verloren zu haben.

Sie und Stavros waren in den vergangenen Wochen, seit dem Tag, an dem sie sich kennengelernt hatten, jeden Tag zusammen gewesen. Und nun war alles vorbei, durch die Frage, die Stavros soeben gestellt hatte, zu einem plötzlichen Ende gebracht. Tina war für zwei Monate nach Griechenland gekommen, und sie hatte noch vierzehn Tage vor sich.

„Gewiss wird Ihre Schönheit eine gute Mitgift sein", nahm Stavros den Faden wieder auf. „Aber vorher …"

„Ich habe Ihnen meine Antwort bereits gegeben", fiel sie ein. „Sie verschwenden bloß Ihre Zeit, Stavros."

„Ich verschwende nie meine Zeit, wenn eine Frau im Spiel ist", erklärte er ruhig. „Ich will Sie, Tina, und ich werde Sie bekommen."

„Sicher wird eine Eroberung Ihr Selbstbewusstsein heben, falls das überhaupt noch möglich ist. Aber Sie sind zu optimistisch. Ich weiß nicht, mit was für Frauen Sie vorher zu tun hatten, kann Ihnen aber versichern, dass ich nicht zu dieser Sorte gehöre." Tina sagte das völlig ruhig und sah ihn dabei freundlich an. „Das ist nun wohl das Ende? Es hat mir wirklich Freude gemacht, mit Ihnen zusammen zu sein in diesen drei Wochen, Stavros, denn vorher war es eigentlich recht einsam. Ich hatte zwar vor, noch vierzehn Tage zu bleiben, aber vielleicht fliege ich doch früher zurück. Ich muss mir eine neue Stelle suchen."

Wieder glitten ihre Blicke über den Platz unten, der an das frühere königliche Palais anschloss und mit Straßencafés übersät war. Kellner in weißen Jacken wanden sich zwischen Tischen und Stühlen hindurch, an einer Ecke war ein Schuhputzer am Werk, und an einem Baum lehnte ein Mann, der träge seinen Schnurrbart zwirbelte. Von irgendwoher zwischen den Läden, die drei Seiten des Platzes säumten, kamen die zu Herzen gehenden Klänge der Bouzukimusik.

„Seien Sie doch nicht dumm, Tina", sagte Stavros und sah sie stirnrunzelnd an. „Die Tatsache, dass in England noch nicht einmal eine Arbeit auf Sie wartet, müsste Ihnen eigentlich ausreichen, um meinen Vorschlag anzunehmen."

„Ich brauche mir gegenüber keine Ausrede, Stavros, um etwas zu tun, was nicht richtig ist. Ich tue es einfach nicht."

„Sie haben wirklich einen harten Kopf, Tina. Was soll ich bloß mit Ihnen machen?“

Tina musste lachen. „Vergessen Sie mich, und sehen Sie sich nach jemand anderem um.“ Sie machte eine ausladende Handbewegung. „Es gibt Tausende von Touristen in der Stadt. Sie haben also wirklich die Qual der Wahl.“

„Es ist nur so, dass ich Sie will“, war Stavros’ ruhige Antwort. „Es ist lange her, dass ich mich zu einer Frau so hingezogen fühlte wie jetzt zu Ihnen.“

„Nun, auch das vergeht. In einer Woche haben Sie mich vergessen, ach, es braucht sicher noch nicht einmal eine Woche.“

Eigentümlich lächelnd musterte er sie.

„Und Sie“, murmelte er ironisch, „werden Sie mich in weniger als einer Woche vergessen haben?“

Tina schüttelte den Kopf. „Nein“, erklärte sie offen. „Ich kann Sie nicht in weniger als einer Woche vergessen. Immer werde ich mich an diesen Urlaub erinnern und dankbar dafür sein. Wir haben in diesen drei Wochen so viel Schönes zusammen erlebt.“

Wenn Bedauern in ihrer Stimme klang, dann war es unbeabsichtigt. Tina nahm das Leben, wie es war und das Schicksal es lenkte. Es war völlig nutzlos, dagegen anzurennen.

„Ja, das stimmt“, pflichtete Stavros ihr bei. „Und wir werden noch viel mehr Schönes zusammen erleben.“

„Wie sicher Sie sind“, lachte Tina. „Da ich es ablehnte, Ihre Geliebte zu werden, haben Sie doch gewiss kein Interesse mehr daran, mich herumzufahren.“ Ihre Gedanken liefen zurück zu den wundervollen Ausfahrten in seinem Wagen. Er hatte sie nach Delphi gefahren, und sie waren dort über Nacht geblieben, damit sie die unglaubliche Schönheit des Sonnenuntergangs und -aufgangs erleben konnte. Nach Mykene hatte er sie geführt, nach Korinth und Kap Sunion – dort, am Säulenkap, waren sie mehrere Male gewesen, da Tina der Strand gut gefiel und sie gern schwamm.

An den Abenden hatte Stavros sie zum Essen in die besten Hotels geführt, manchmal auch in die Cafenions und Tavernen in der Plaka.

Sie hatten getanzt, waren herumgeschlendert und hatten die Ruinen der Akropolis und auch die römischen Ruinen durchforscht. Stavros hatte gesagt, sie würden in seiner Jacht nach Kreta segeln, aber Tina war dieser Reise gegenüber skeptisch gewesen, denn sie erwartete ein Angebot in der Art, wie Stavros es soeben gemacht hatte. Er hatte auf mancherlei Art zu erkennen gegeben, dass er sie begehrte. Aber nun, da es ausgesprochen worden war, war alles nur noch ein Traum, ein schöner Traum, an den sie sich immer wieder erinnern würde, ganz gleich, was sie sonst noch im Leben erwartete.

Stavros schlug einen Spaziergang über die Venizelou Avenue bis zum Omonia-Platz vor. Irgendwie schien er mit sich selbst nichts anfangen zu können. Aber Tina wollte jetzt allein sein. So schüttelte sie den Kopf und sagte: „Ich gehe lieber in mein Zimmer, ruhe mich etwas aus und lese ein wenig."

„Ganz wie Sie wollen." Seine Stimme klang so gleichgültig, dass es sie wie eine kalte Dusche traf. Plötzlich spürte sie, wie ihr die Tränen in die Augen stiegen, und ärgerte sich über sich selbst.

„Wollen wir uns gleich Lebewohl sagen, dann haben wir es hinter uns?", fragte sie ruhig. Da kam schon der nächste Schock. Er sah ihr geradewegs in die Augen, sein Mund war zusammengepresst, seine Züge traten in der kräftigen Julisonne fast scharfkantig hervor, die harten braunen Augen waren zu Schlitzen verengt.

Er schaute sie nur an, und Tina holte tief Luft und dankte dem Himmel, dass sie hier in diesem belebten Hotel war und nicht irgendwo an einem einsamen Ort wie in Delphi um Mitternacht zum Beispiel, wo sie erst eine Woche zuvor gewesen waren. Mitternacht und der enorme Mond über dem Parnass! Er hatte sie in seine Arme genommen, und sie hatte die Gegenwart der alten Götter und Helden gespürt, die diesen heiligen Ort oft besucht hatten.

„Nein, wir sagen nicht Lebewohl! Sie sind völlig absurd, Tina. Ideale!", schnaubte er missbilligend und schnippte mit den Fingern. „Ideale. In welchem Jahrhundert leben Sie denn überhaupt? Noch nie etwas von der Befreiung Ihres Geschlechts gehört?"

„Natürlich. Welche Frau möchte nicht frei sein? Aber ich glaube nicht, dass die Gleichheit etwas damit zu tun hat. Im Gegenteil, meine Grundsätze haben nichts mit Gleichheit zu tun, und ich werde an ihnen festhalten, wie groß die Versuchung auch sein mag."

„Wenn ich Sie allein hätte und nicht jeden Augenblick jemand kommen könnte, würde ich Ihnen schon zeigen, ob Sie der Versuchung widerstehen könnten oder nicht!"

Tina wurde auf höchst entzückende Weise rot. Sie war wirklich von ganz eigener Schönheit, ihre Haut war makellos weiß, und die griechische Sonne hatte ihr einen Hauch von Aprikosenfarbe verliehen, ihre Lippen waren voll und rot, die Nase klein und gut geformt. Ihr Haar war blasses Gold, manche Strähnen wirkten je nach Beleuchtung silberfarben, die tief violettfarbenen Augen blickten klar und sanft. Ihre Figur war so schlank wie die einer Nymphe, ihre Hände waren wohlgeformt mit mandelförmigen Nägeln, die auch ohne Politur glänzten.

Sie war eine begehrte Partnerin beim Tanzen, aber bis jetzt war noch kein Mann bis in ihr Innerstes vorgedrungen, außer diesem dunklen Griechen.

„Wenn Sie mich jetzt bitte entschuldigen wollen, Stavros", sagte sie in das lange Schweigen hinein. „Ich gehe hinein."

„Ich hatte Sie um einen Spaziergang gebeten."

„Vielen Dank, ich möchte wirklich nicht."

„Warum kommen Sie dann nicht in meine Suite? Sie waren doch schon ein- oder zweimal dort, plötzlich haben Sie Angst."

Lächelnd sah sie ihn an. „Den Grund dafür kennen Sie. Ich gehe kein Risiko ein."

Seine Augen schienen zu spotten. „Angst? Und gerade eben sagten Sie, Sie könnten jeder Versuchung widerstehen."

„Der Versuchung ja. Aber in Ihrer Suite bin ich Ihnen ausgeliefert."

„Denken Sie, dass ich Gewalt anwenden würde?"

Ohne zu zögern, nickte sie. „Ja, ich denke schon. Sie sind ein Grieche, und bei den Griechen spielt Liebe eine große Rolle."

„Bei allen Männern spielt sie eine Rolle, wenn sich ... wenn sich die Gelegenheit bietet."

„Dann werde ich zusehen, dass sich Ihnen keine bietet – nicht mit mir, meine ich."

„Das werden wir sehen." Nach einer Pause erklärte er fast befehlend. „Ich hole Sie heute Abend ab. Wir essen im Großbritannien." Tina stimmte zu, nicht, weil sie eingeschüchtert war, sondern einfach, weil sie gern mit ihm hingehen wollte.

Sie aßen und tanzten, und danach machten sie eine Ausfahrt im Wagen. Er hielt den Wagen an einer einsamen Stelle an, weit weg von der Stadt und nahm sie in seine Arme. Seine Küsse waren wie schwerer Wein, und die Berührung seiner Hände auf ihrem Hals und ihren Schultern waren wie die Liebkosung einer Meeresbrise, aber viel verlockender. Sie hatte sich fest in der Hand, entschlossen, ihm zu zeigen, dass er nicht der Eroberer war, für den er sich hielt.

„Du kleiner Eisberg", sagte er weich. „Ich wollte, du wärst mir ausgeliefert."

Tina erklärte ihm, dass das jetzt praktisch der Fall sei, da weit und breit kein Mensch zu sehen war.

„Und trotzdem habe ich keine Angst", setzte sie hinzu. „Ich glaube, Sie hätten Angst vor einer Szene. Ich könnte ja auch aus dem Wagen springen und davonlaufen."

„Wenn ich dich ließe, mein Liebes", erklärte er, schaltete die Innenbeleuchtung des Wagens an und sah sie interessiert an. „Ich weiß nicht, wieweit ich eine Versuchung für dich bin, davon reden wir auch jetzt nicht, aber ich denke, es ist eher umgekehrt."

„Ich habe Sie nicht herausgefordert, Stavros", protestierte sie.

„Nicht absichtlich. Aber gerade in diesem Augenblick bist du die Versuchung in Person. Du bist so schön, Tina, und dein Körper ist so weich und geschmeidig, wenn man dich im Arm hält. Ich möchte mehr davon streicheln ... und mehr sehen."

Verlegen wandte sie sich ab. „Es ist spät, Stavros. Bitte, fahren Sie mich zurück zum Hotel."

„Du bist sehr vertrauensselig", sagte er mit seltsamem Klang in der Stimme. „Ich könnte dich meilenweit von der Stadt wegfahren – und – hm – die Gelegenheit ausnützen."

„Da sind Sie nicht der Mensch dazu", entgegnete sie fest. „In

Ihrer Suite und mit dem Bett in der Nähe, ja. Da würde ich Ihnen nicht über den Weg trauen. Aber hier auf offener Landstraße – nein, das passt nicht zu Ihnen, Stavros."

Verblüfft schaute er sie an. „Du bist erstaunlich, Mädchen."

„Bitte, fahren Sie mich zurück", bat sie erneut.

Er drehte den Zündschlüssel, und der Wagen glitt auf die Straße hinaus. „Ich bin wirklich ein Narr", bemerkte er. „Ich will dich um jeden Preis haben, aber irgendetwas hält mich zurück. Vielleicht deine Unberührtheit."

„Wahrscheinlich meine Ideale", entgegnete sie und lehnte sich bequem in die Polster zurück. „Vielleicht haben Sie auch welche?"

„Wenn ja, dann habe ich bis heute nichts davon bemerkt", meinte er leicht belustigt.

„Haben Sie viele Frauen gehabt?", fragte sie. Es hatte sie immer gewundert, dass er bei seinem Alter, er war etwa fünfunddreißig oder sechsunddreißig Jahre alt, nicht verheiratet war. Aber ihr Onkel hatte ihr gesagt, dass er sich überhaupt nicht fürs Heiraten interessierte, noch nicht einmal, um einen Erben für sein Riesenvermögen zu haben. Er hatte Vettern, an die alles gehen könnte, sollte er einmal beiläufig bemerkt haben, und es schien ihn weiter nicht zu stören. Wenn man dem Gerede Glauben schenken konnte, musste es einmal in seinem Leben, in sehr jungen Jahren, eine Frau gegeben haben, die ihm alles bedeutete, aber sie hatte einen anderen geheiratet. Nun war die Frau, Dora Vassilou, verwitwet und lebte auf Kreta.

„Ja, ein paar", gab Stavros zu. „Sie kommen und gehen, und wenn es vorbei ist, geht es ohne Reue auf beiden Seiten auseinander."

„Und ich wäre also nur eine weitere Nummer auf Ihrer Liste gewesen, eine weitere, die käme und ginge?"

Stavros schwieg, und man hörte nur das leise Summen der schönen Limousine. „Ich glaube, dass es bei dir viel länger gedauert hätte als bei den anderen", sagte er schließlich.

„Vielen Dank für das Kompliment."

Er lachte, und Tina tat das Herz weh. Er war einfach viel zu anziehend, wenn er so lachte.

„Bis jetzt kam es mir immer so vor, als ob du meinen Komplimenten gegenüber völlig unempfindlich seist."

„Keineswegs, ich mag sie ebenso gern wie jedes andere Mädchen auch."

„Mindestens ehrlich. Aber sag mir, mein Kind, wie viele Tugenden hast du noch? Manchmal fürchte ich, dass ich dich heiraten muss, um bei dir zum Ziel zu kommen."

Tina lachte, aber es lag ein Zittern darin. Heiraten ...? Und würde sie Ja sagen? Sie waren so grundverschieden, sie kam aus dem Westen, und er stammte aus dem Osten. In diesem Teil der Welt waren Frauen den Männern untertan. Sie gehorchten, ohne sich aufzulehnen, kannten ihre Stellung und begehrten keinen anderen Platz. Sie warf Stavros einen Seitenblick zu, sein Gesicht war undurchdringlich. Sein Mund war hart und streng. Er würde der Herr sein, der die Befehle gab, und seine Frau müsste ohne Widerrede gehorchen.

Sie zwang sich, leichthin zu fragen: „Wie selbstsicher Sie sind, Stavros. Warum sind Sie so sicher, dass ich Sie heiraten würde?"

„Ich habe das Gefühl, dass du es tun würdest, Tina", er wich einem Radfahrer aus, der ohne Licht dahinfuhr. „Du bist mir gegenüber doch nicht völlig gleichgültig, oder?"

Sie gab ihm darauf keine Antwort, sondern wechselte das Thema. Im Hotel aber, als sie nochmals über die Frage nachdachte, konnte sie der Antwort nicht mehr ausweichen.

Nein, sie war Stavros Christos gegenüber keineswegs gleichgültig, ein Mann wie er würde keine Frau kaltlassen. Sie seufzte und ging zum Spiegel hinüber, aus dem ihr ein schlankes Mädchen in einem pfirsichfarbenen Kleid entgegenblickte. Ihre Haut war zart und leicht von der Sonne getönt. Und Stavros hatte sie einmal liebkost und gesagt, dass allein ihre Haut einen Mann verrückt machen könnte.

Tina machte den Reißverschluss auf und ließ das Kleid auf den Boden gleiten. Ihre zarte Unterwäsche hätte Stavros wahrscheinlich noch verrückter gemacht, dachte sie, als sie anfing, sich auszuziehen.

Heiraten ... und von einem in Liebesdingen so erfahrenen Mann wie Stavros Christos geliebt werden! Sie dachte an all die Frauen, die er gehabt hatte. Er musste alle Geheimnisse der Liebe kennen und alle Wünsche und Bedürfnisse einer Frau im Voraus erraten können. Es konnte nichts geben, was er nicht wusste, keine Erfahrung, die er nicht schon gemacht hatte. Die Röte stieg in Tinas Wangen. Aber sie konnte ihre Gedanken nicht von der Tatsache losreißen, dass er von Heirat gesprochen hatte.

Hatte er es wirklich ernst gemeint? Wohl kaum – in seinem Alter, schließlich war er ein eingefleischter Junggeselle. Warum sollte er seine Grundsätze umwerfen, nur weil sie dahergekommen war?

Als sie am nächsten Morgen aufwachte, strömte schon die Sonne durch ihre Fenster. Es war zwar erst sechs Uhr, aber die Menge unten auf dem Platz war genauso dicht wie um die Mittagszeit. Die Griechen fingen den Tag früh an und machten dann lieber in der größten Hitze eine lange Pause. Gegen vier Uhr nachmittags öffneten die Geschäfte wieder bis sieben Uhr abends.

Der Gedanke an die Siesta gefiel Tina sehr, denn sie war um die Mittagszeit immer müde. Sie hatte hier während ihres Urlaubs die griechische Gewohnheit des Mittagsschlafes übernommen und sie brauchte ihn, denn Stavros holte sie immer zu neuen Badeausflügen an herrlich kühle Buchten ab. Und dann nahmen sie in einem der Cafés unter Palmen eine Erfrischung zu sich.

Nach dem Frühstück, das sie immer mit ihrem Onkel und ihrer Tante einnahm, wartete Tina in der Hotelhalle auf Stavros. Er wollte mit ihr nach Marathon fahren, nach dem Mittagessen wollten sie dann den Nachmittag am Kap Sunion verbringen. Sie freute sich wirklich auf den Ausflug, obwohl nach dem gestrigen Gespräch ihr Verhältnis nicht mehr ganz so ungetrübt war. Der gestrige Abend war ja auch besser verlaufen, als Tina gedacht hatte, obwohl Stavros' erneute Bitte, seine Geliebte zu werden, die Stimmung etwas verdorben hatte.

Er kam pünktlich und ließ seine Blicke mit unverhohlener Bewunderung über das kühle, lindgrüne Leinenkleid gleiten, das ihr so gut stand.

„Du siehst bewundernswert aus", flüsterte er, schob seinen Arm unter ihren und führte sie zum Wagen. Tina sah kurz zurück und sah ihre Tante am Fenster der Halle stehen. Sie hatte sie vor Stavros Christos gewarnt, er hatte einen gewissen Ruf und war nach den Worten ihrer Tante, mit einer zerstörerischen Anziehungskraft versehen.

Der Wagen glitt in das Verkehrsgewühl des Platzes. Dann verließen sie Athen über die Vasselissis Sophias Avenue und waren bald auf der Straße nach Marathon. Sie fuhren durch Weinberge und Gebiete mit alten Gräbern, bei denen die Ausgrabungen so manchen Schatz zutage gefördert hatten, der nun das Museum in Athen zierte. Dann ging es östlich am Pentelikon vorbei, aus dessen herrlichem Marmor die schönen Tempel der Akropolis gebaut waren. Stavros wies auf die Straße, die zum Hügelgrab von Marathon führte, das im fünften Jahrhundert vor Christus für die in der Schlacht gefallenen Athener errichtet worden war. Stavros berichtete ihr von der Schlacht und sie hörte völlig hingerissen zu und stellte sich vor, wie die mehr als zehntausend Perser und sechstausend Athener einander mehrere Tage lang gegenüberstanden, ohne dass es zu Kampfhandlungen gekommen war. Die Perser standen am Ufer, wo ihre Flotte verankert war, und die Athener oben auf den Hügeln.

„Endlich beschlossen die Perser anzugreifen", fuhr Stavros fort. „Zuerst schien es, als ob die Athener den Kampf verlieren würden, aber natürlich weiß jeder, wie die Schlacht ausging. Die Angreifer wurden zurückgeschlagen, und viele Perser ertranken bei dem Versuch, ihre Schiffe zu erreichen. Das Hügelgrab steht angeblich genau in der Mitte des Schlachtfeldes."

„Wie aufregend und interessant. Ich glaube, Griechenland hat die faszinierendste Geschichte von allen Völkern."

Ihre Begeisterung gefiel ihm. Sie sah, wie sich seine Lippen zu einem Lächeln verzogen, und ihr Herz flog ihm entgegen. Es spielte keine Rolle, was morgen war, selbst wenn es ihr Abschiedstag sein sollte. Heute schien die Sonne auf die fruchtbare Ebene, links und rechts der Straße wuchsen Trauben und Oliven, und es lagen noch viele glückliche Stunden vor ihr, bevor sie sich gute Nacht sagten. Im Dorf Marathon tranken sie Kaffee in einem Gartenrestaurant, ein Riesenjohannisbrotbaum warf kühlen Schatten auf ihren Tisch. Stavros wandte kaum die Blicke von Tinas Gesicht. Sie fragte sich, ob er wohl den Gedanken an Heirat wieder aufgegriffen hatte.

Sie verließen das Café und schlenderten eine Stunde lang herum, er nahm ihre Hand und verflocht seine starken, schlanken Finger in ihre. Der Druck seiner Finger erregte sie und vermittelte ihr zugleich ein Gefühl der Geborgenheit. Jetzt ging ihr auf, dass sie noch nie in ihrem Leben die geringste Erfüllung erfahren hatte und dass ihrem Leben, obwohl es ganz friedlich verlaufen war, dieses lebenswichtige Element fehlte, das nur die Liebe bringen kann.

Liebe … Sie hatte sich noch nicht die Frage vorgelegt, ob sie ihn liebte, ja sie war der Frage förmlich ausgewichen. Sie tat es auch jetzt und konzentrierte ihre Gedanken auf ihre Lage, wenn sie nach England zurückkehrte. Die guten Stellen wurden einem nicht mehr auf einem silbernen Tablett serviert, im Gegenteil, es wurde immer schwieriger, etwas zu bekommen.

„Einen Penny für deine Gedanken, mein Kind …" Stavros' Stimme war wie ein Streicheln. „Ich sehe dir doch an der Nasenspitze an, dass es keine glücklichen Gedanken sind." Als sie keine Antwort gab, fragte er befehlend: „Nun sag mir schon, warum du deine hübsche Stirn so in Falten ziehst?"

„Ich dachte an zu Hause", flüsterte sie. „Und wie ich es anstellen soll, Arbeit zu bekommen."

Er stieß einen ungeduldigen Seufzer aus. „Du bist ein dummes Ding", erklärte er geradeheraus. „Hier stehe ich und biete dir alles, Luxus und die Möglichkeit, ein hübsches kleines Sümmchen auf deinem Bankkonto zusammenzubekommen, und du redest von einer trockenen Bürostelle."

Ihr Lächeln war etwas kläglich. „Sie wollen mich nicht verstehen, Stavros", sagte sie weich. „Ich hoffe doch eines Tages zu heiraten, und was soll ich dem Mann dann sagen, mit dem ich vor den Altar trete?"

„Du wärst eine Närrin, wenn du ihm überhaupt etwas sagtest.

Was man nicht weiß, macht einen bekanntlich nicht heiß. Außerdem, was hat es mit deinem künftigen Mann zu tun, wenn du vor deiner Ehe eine Liebesaffäre hattest?"

Kopfschüttelnd seufzte sie. „Sie reden nur so, weil es Ihren Zwecken entspricht. Wenn ich Ihre Schwester wäre, würden Sie anders reden."

„Da ich keine Schwester habe", erklärte er kurz und bündig, „ist das kein Gesprächsthema."

„Aber wenn Sie eine hätten?", drängte Tina weiter.

Aber jetzt sprach Stavros weiter. „Wenn ich eine Schwester hätte, würde sie keusch bleiben. Aber wir reden von dir, Tina, und deiner komischen fixen Idee, als lilienweiße Braut zu deinem Mann zu gehen. Vergiss deine altmodischen Skrupel und nimm, was dir das Leben bietet. Und ich verspreche dir, dass ich ein rücksichtsvoller und großzügiger Liebhaber sein werde." Er blieb unter einem Olivenbaum stehen, und der Schatten warf eigenartige Muster auf sein Gesicht. „Küss mich", befahl er und stand so dicht vor ihr, dass sie den Kopf heben musste, um zu ihm hinaufzublicken.

Ihr Herz schlug, ihr Puls ging ein wenig zu schnell. Sie stellte sich auf die Zehenspitzen, um seinem Wunsch zu entsprechen. Dann aber umfingen sie seine Arme in stählernem Griff, und er presste sie an sich. Als er den dunklen Kopf herunterneigte, hielt sie ihm die halbgeöffneten Lippen entgegen. Sein Kuss war erst zart, dann fordernd, dann schmerzhaft leidenschaftlich. „Und du wirst doch meine Geliebte", erklärte er. „Ich werde deinen absurden und völlig nutzlosen Widerstand brechen."

Tina schüttelte den Kopf … aber zum ersten Mal hatte sie Angst … Angst vor sich selber und ihren Begierden.

2. *KAPITEL*

Am nächsten Morgen hatte Tina ihre Entscheidung getroffen. Sie musste ihren Urlaub abbrechen und weggehen, solange noch Zeit war. Vergangene Nacht nach dem Abendessen und Tanz hatte Stavros sie in den Garten geführt und alle Verführungskünste spielen lassen, um ihren Widerstand zu brechen. Und er war sehr nahe daran gewesen, sein Ziel zu erreichen.

Seine Hände hatten sie da liebkost, wo sie überhaupt nicht hingehörten, hatten ihre Brüste abgetastet und ihren Rücken dort, wo der lange Reißverschluss aufhörte, den er so geschickt heruntergezogen hatte, dass sie es gar nicht gemerkt hatte. Seine Küsse hatten ein Feuer in ihr entfacht, ein verzweifeltes Drängen, ihm nachzugeben und alle ihre Ideale in den Wind zu schlagen. Aber irgendwie war ihre Kraft wieder zurückgekehrt, sie hatte sich von ihm losgerissen und war davongelaufen. Sie hatte sich nicht mehr umgedreht, aber noch in ihrem Schlafzimmer klang ihr sein leises Lachen in den Ohren … das Lachen des Siegers.

„Fortgehen?“, wiederholte ihre Tante, als sie ihr am Frühstückstisch eröffnete, dass sie so schnell wie möglich einen Flug nach England haben müsste.

Tina wurde rot. Ihr war klar, dass ihre Tante sofort erraten würde, was vorgefallen war. „Es ist Stavros, Tante Doris. Ich glaube, es wird Zeit, unsere Freundschaft zu beenden.“

„Verstehe.“ Tante Doris runzelte die Stirn. „Nun, ich habe es kommen sehen. Stavros hat einen gewissen Ruf. Er denkt, dass jede Frau, die ihm über den Weg läuft, käuflich ist. Aber damit steht er nicht allein, alle reichen Griechen haben dieses übersteigerte Selbstbewusstsein. Vielleicht haben sie das von ihren Vorfahren, aus der Zeit, als Griechenland die vorherrschende Macht in der Welt war.“ Kopfschüttelnd brach sie ab. „Dein Onkel kommt, wir sprechen später weiter.“

„Es macht nichts aus, Tantchen. Wir hatten noch nie irgendwelche Geheimnisse voreinander.“

Onkel Frank nahm Platz. Er war ein großer Mann von achtundfünfzig Jahren mit grauen Haaren und blauen Augen. Meist war er recht vergnügt, konnte aber auf der Stelle ernst werden, wenn es nötig war.

Seine Frau strich sich ihren Toast, sah zuerst zu Tina und dann zu ihrem Mann hin und bemerkte: „Tina möchte uns verlassen – wenn möglich noch heute."

Erstaunt ließ der Onkel das Messer sinken. „Was, du willst weg, Mädchen? Was haben wir denn getan, dass du plötzlich die Flucht ergreifen willst?"

Tina lächelte ihm liebevoll zu und versicherte ihm, dass weder er noch seine Frau Einfluss auf ihre Entscheidung gehabt hätten. Ohne zu zögern, begann sie ihm die Geschichte zu erzählen. Als ihr Onkel die Augen zusammenkniff, errötete sie leicht.

„Er hat dich doch am Ende nicht aufgefordert, seine Geliebte zu werden?" Und als Tina noch mehr errötete, nickte er.

„Du hast Angst vor dir selbst?", wollte der Onkel wissen.

„Ja, Onkel Frank, ich habe Angst vor mir selbst. Stavros sieht einfach viel zu gut aus, wie Tante Doris schon sagte."

„Liebst du ihn?", fragte Tante Doris.

„Nicht gerade bis zum Wahnsinn", erklärte Tina und wunderte sich, dass sie die Sache mit Humor nehmen konnte. „Ich will fliehen, solange ich noch kann."

„Gutes Mädchen. Ja, tu das, du hast noch Ideale, und es wäre ein Jammer, wenn irgendjemand daherkäme und sie dir zerstörte."

„Wenn er dir zumindest einen Heiratsantrag gemacht hätte", meinte Tante Doris gedankenverloren und malte mit dem Buttermesser Muster auf die Butter. „Hättest du dann Ja gesagt?"

„Es geht nicht um Heirat, Tantchen, aber selbst wenn es darum ginge, ich glaube nicht, dass ich Ja sagen würde. Wir kommen aus zwei völlig verschiedenen Welten", Tina brach ab und wandte sich an ihren Onkel. „Würdest du bitte den Flughafen anrufen und fragen, ob heute noch in irgendeiner Maschine ein Platz frei ist?"

„Ja, sicher, wenn du genau weißt, dass du das Richtige tust." Er schüttelte bedauernd den Kopf. „Du bräuchtest nicht zu fliehen, ich kann ihm auch sagen, er soll dich in Ruhe lassen."

„Er würde sich überhaupt nicht darum kümmern", erklärte Tina voller Überzeugung. „Stavros will mich und würde mir keinen Augenblick Ruhe lassen, bis ich Griechenland verlasse."

Die Tante nickte. Sie hatte Angst um ihre Nichte. Tina kannte sie gut genug, um dies zu merken. Es wäre also für alle Beteiligten besser, wenn sie ginge, sagte Tina und blickte von einem zum anderen. „Außerdem", meinte sie, „muss ich mir Arbeit suchen, und je eher ich damit anfange, desto besser."

Sie bekam einen Flug am selben Nachmittag und hatte das Hotel bereits verlassen, bevor Stavros sie zu ihrer Verabredung abholen konnte. Sie hatten sich verabredet, bevor es zu der Szene im Garten gekommen war, aber Tina wusste instinktiv, dass Stavros trotzdem zur verabredeten Zeit erscheinen würde. Und als sie sich am Flughafen von ihren Verwandten verabschiedete, sah sie auf die Uhr und fragte sich, was er wohl gedacht haben mochte, nachdem ihm der Portier ihre Abreise mitgeteilt hatte.

„Ade, Liebes! Guten Flug." Ihre Tante küsste sie, und ihr Onkel nahm sie fest in die Arme und küsste sie auch. Dann war sie wieder sich selbst überlassen.

Der Heimflug verlief ereignislos, Stavros' Bild war immer in ihren Gedanken, sie konnte sich einfach auf nichts anderes konzentrieren. Ihr war völlig klar, dass sie ihr ganzes Leben lang nicht in der Lage sein würde, zurückzublicken und die Situation objektiv und ohne Bedauern zu betrachten. Aber was sollte sie bedauern? Sollte je der Zeitpunkt kommen, wo sie keine Ideale mehr haben und betrauern sollte, damals nicht auf Stavros' Angebot eingegangen zu sein? Ihr war ganz klar, dass manches Mädchen mit beiden Händen zugegriffen hätte.

Ihre kleine Wohnung war kalt und kam ihr etwas schäbig vor, als sie sich umsah, die Koffer immer noch in den Händen. Sie schauderte und ihre Gedanken liefen ganz natürlicherweise nach Athen zurück, wo die Sonne ihre Strahlen über die Akropolis ausgoss, und zu dem Hotel, das trotz seiner Größe eine gewisse Heimeligkeit vermittelte. Sie dachte an Stavros, der sicher ärgerlich auf sie war und sich wohl wünschte, früher gekommen zu sein, um ihre Abreise zu verhindern.

Die Arbeitssuche ließ sich härter an, als sie gedacht hatte. Jeden Tag ging sie zur Arbeitsvermittlung, verfolgte die Stellenanzeigen in den Zeitungen und sprach sogar in Geschäften und Büros vor, um zu sehen, ob etwas frei war. Am Ende kam sie zu dem Schluss, dass sie wohl eine Haushaltsstelle annehmen musste, denn ihr Geld ging zur Neige.

Eine ihrer Freundinnen, mit der sie vor ihrer Griechenlandreise zusammengearbeitet hatte, kam eines Abends und blieb zum Abendessen. Es war ein herrlicher sonniger Abend, und sie saßen in Tinas winzigem Wohnzimmer vor dem offenen Fenster. Die dunkelhaarige Berenice war vierundzwanzig und mit einem Landarbeiter verlobt. Ihre Zukunftsaussichten waren alles andere als rosig. Sie würde ein kleines Häuschen auf dem Land haben und einen langen Weg bis zum nächsten Laden und eine noch längere Eisenbahnfahrt bis zur nächsten Stadt. Aber sie war bis über beide Ohren verliebt, und Tina beneidete sie glühend, wie sie dasaß und aufzählte, was sie und ihr Verlobter schon alles für das Häuschen gekauft hatten.

Die Hochzeit sollte im August stattfinden, also in einem Monat, und Tina sollte Brautjungfer sein zusammen mit drei anderen Mädchen, die Freundinnen von Berenice und David waren. Berenice hatte erfahren, dass Tina früher als geplant zurückgekommen war, und wollte natürlich wissen, was dahintersteckte. Aber Tina meinte nach kurzem Zögern nur: „Ich hielt es für besser, zurückzukommen und mich nach einer Arbeit hier umzusehen."

„Gute Stellen sind schwer zu bekommen, noch schwerer als vor ein paar Monaten."

„Das weiß ich", entgegnete Tina. „Das Einzige, was man bekommen kann, sind Stellen im Haushalt. Offenbar sind Dienstboten immer noch Mangelware. Heutzutage sind die Mädchen nicht gerade versessen auf solche Posten. Aber trotzdem denke ich ernsthaft daran, mir einen zu suchen."

Berenice runzelte missbilligend die Stirn. „Das kannst du nicht, Tina. Außerdem musst du dann bei den Leuten wohnen. Was machst du dann mit dieser kleinen Wohnung?“

Tina sah sich um und fand die Wohnung keineswegs anziehend. „Es würde mir nichts ausmachen, wenn ich im Haus wohnen müsste, nicht, wenn ich meine eigenen Zimmer hätte“, meinte sie.

„Dennoch ist es nicht ratsam, dein Heim aufzugeben. Du weißt nie, wann du einen Unterschlupf brauchst.“

„Ich muss es riskieren“, meinte Tina bedrückt. „Wenn ich eine gute Stellung und ein nettes Zimmer habe, zieht mich nichts zurück.“

„Sag das nicht“, protestierte Berenice. „Soviel mir bekannt ist, bist du von morgens bis abends angebunden, und man erwartet sogar von dir, dass du abends da bist.“

Tina nickte. „An manchen Abenden schon, aber ich nehme doch an, dass ich etwas Freizeit haben werde. Heutzutage ist die Hausarbeit nicht mehr so schlimm, wie sie einmal war.“ Berenice sagte nichts, aber sie machte sich Sorgen um Tina. Ihre Besorgnis wuchs noch, als sie bei ihrer Hochzeit Tina geschwind allein sprechen konnte und erfuhr, dass diese bereits eine Stellung angenommen hatte.

„Ich wollte nur, du hättest eine Bürostelle finden können, die deinen Kenntnissen entspricht“, sagte sie. „Trotzdem, Tina, ich finde es unklug, dass du deine Wohnung aufgibst.“

Tina wurde nachdenklich. Ihre Tante und ihr Onkel hätten sie gern bei sich behalten. Sie hätten ihr eine Stelle im Hotel verschaffen können, irgendetwas wurde immer frei, und Tante Doris hatte seinerzeit geschrieben, dass sie gern ihre Nichte als Hotelsekretärin bei sich hätte.

Aber Griechenland und insbesondere Athen war nun kein Pflaster mehr für Tina, denn es würde Stavros sehr bald zu Ohren kommen, dass sie zurück war, und die ganze Geschichte würde von Neuem beginnen.

Schon eine Woche nachdem Tina die Stelle als Haushälterin bei Mrs. France-Cobet angetreten hatte, wurde ihr klar, dass sie einen schrecklichen Fehler gemacht hatte. Als sie sich vorstellte, war die Frau liebenswürdig gewesen und hatte Tina versichert, dass sie leichte Arbeit und viel Freizeit haben würde. Die Zimmer, die sie ihr zeigte, waren mehr als bequem.

Als Tina ankam, hatte ihr ihre Arbeitgeberin erklärt, dass sie wohl besser in einem Zimmer im Dachgeschoss untergebracht sei. Das Zimmer war winzig und hatte als Fenster nur eine Luke. Das Badezimmer war am anderen Ende des Flurs, und außer einer Zugehfrau, die zweimal in der Woche kam, hatte sie keine andere Hilfe. Alles hing letzten Endes an Tina, die kochen, waschen und einkaufen musste. Dazu empfing das Ehepaar viele Gäste.

Als eine weitere Woche vergangen war, hielt es Tina für angebracht, sich zu beschweren und wegen der Unterkunft und Freizeit zu einer Übereinkunft zu kommen.

„Nun“, meinte die Arbeitgeberin vage, „natürlich können Sie tagsüber etwas freimachen, wenn Sie mit der Arbeit fertig sind. Mein Mann kommt heute nicht zum Essen, und ich bin ohnehin auf Diät und brauche nur Salate und kaltes Fleisch und ein bisschen Obst zum Dessert.“

„Darum geht es nicht. Die Arbeit ist einfach zu viel für eine Person, und ich habe das Gefühl, dass Sie sich nicht an die Abmachungen halten. Mein Zimmer zum Beispiel – Sie zeigten mir eine kleine Wohnung …“

„Ja, da habe ich impulsiv gehandelt, schließlich und endlich sind Sie nur eine Angestellte.“

Tina sah, dass sie nicht weiterkam und sich wohl am besten nach etwas anderem umsah. Jetzt fiel ihr die Warnung ihrer Freundin ein, ihre Wohnung nicht so leichtfertig aufzugeben. Wenn sie die Wohnung noch hätte, würde sie ihre Sachen packen und auf und davon gehen.

Je mehr sie nachdachte, desto öfter liefen ihre Gedanken zu Stavros zurück und dem Angebot, das er ihr gemacht hatte. Sicher, sie würde auch heute noch an ihren Idealen festhalten, aber dennoch sah sie sich in ihren Träumen in einer herrlichen Villa in der Sonne untergebracht, mit einem Auto zur Verfügung und – wie Stavros es ausgedrückt hatte – einem ständig wachsenden Bankkonto. Keine Dreckarbeit, dafür hübsche Kleider und angenehme Menschen um sich …

Das Bild verblasste, und ein wesentlich interessanteres tauchte vor ihren Augen auf. Sie sah sich mit dem Mann, den sie einmal heiraten würde, wie sie liebte und geliebt wurde. Sie würden eine hübsche weiße Hochzeit haben und der weiße Schleier wäre keine Farce. Ihr Mann würde wissen, dass sie vor ihrer Ehe keine Affären gehabt hatte.

Aber wie und wo sollte sie den Mann ihrer Träume kennenlernen? Ihre Freizeit und ihre Mittel waren beschränkt. Plötzlich schwand alle Hoffnung aus ihrem Herzen.

„Wir haben am Freitag Gäste, Tina ..." Die Stimme ihrer Arbeitgeberin drang zu ihr, während sie das Treppengeländer abstaubte. Sie sah hinunter zu der Frau, die in berauschendem Negligé dastand; ein kleiner Pekinese schnupperte an ihren Mokassins. „Wir sind acht Personen zum Abendessen. Es gibt Fasan mit dieser Spezialfüllung ..."

„Das braucht viel Zeit", fiel Tina ein, am liebsten wäre sie stehenden Fußes davongegangen, obwohl sie nicht wusste, wohin. „Das alles ist zu viel für eine Person. Und dann noch das Bedienen bei Tisch ..." Sie schüttelte den Kopf. „Ich finde, ich sollte hier lieber weggehen, Mrs. France-Cobet."

„Weggehen?", rief die Frau ungläubig aus. „Sie haben es ja noch nicht einmal richtig versucht, Tina. Mir kommt es vor, als ob die Dienstboten heutzutage nicht mehr arbeiten wollten – das Einzige, was sie wollen, ist Geld und Freizeit."

„Wenn Sie mindestens noch eine Haushaltshilfe engagieren wollten", fing Tina an, aber Mrs. France-Cobet unterbrach sie, um ihr zu sagen, dass sie ja eine Zugehfrau hätte. „Ja, für zwei Tage in der Woche", erklärte Tina, „aber das ist nicht genug. Ich weiß nicht, wie Sie vorher zurechtgekommen sind, aber ich möchte wetten, dass Sie mehr als eine Person in diesem großen Haus beschäftigt hatten."

Die Frau wurde rot und wandte sich ab. Tina vermutete, dass in dem Haus ein ständiges Kommen und Gehen der Hausangestellten war. Später fragte sie die Zugehfrau, die ihr bestätigte, dass vorher zwei Hausmädchen da waren, die sich auch beklagt hätten, dass die Arbeit zu viel für sie sei. Beide hatten damals gleichzeitig gekündigt.

Als Tina am nächsten Tag den Messingbriefkasten polierte, hörte sie, wie ein Wagen auf dem Rollsplitt im Vorhof zum Halten kam. Sie spähte durch die Glasscheiben. Mrs. France-Cobert hatte offenbar das Geräusch auch gehört, denn sie kam aus dem Salon.

Tina betrat die Diele in der Absicht, in die Küche oder sonstwohin zu verschwinden, als sie eine Stimme hörte, die sie fast zum Eisklumpen erstarren ließ. Sie fuhr herum, das Blut wich aus ihrem Gesicht und ihre vom Metallputz verschmierten Hände verkrampften sich über dem Putzlappen.

„Du!“ Das war alles, was sie herausbrachte. Sie war so vor den Kopf geschlagen, dass sie nicht einmal fragen konnte, weshalb er hier war.

„Guten Tag.“ Mrs. France-Coberts Stimme war kühl, aber sie sah den hochgewachsenen, imponierenden Griechen interessiert an.

Er gab sich nicht die Mühe zu antworten. Tina sah, dass sich seine Augen zu Schlitzen verengt hatten. Sein Mund war nur noch eine gerade Linie, und die Jochbeine traten hervor. Er sah so wütend aus, wie ihn Tina noch nie erlebt hatte. Seine dunklen Augen blickten von Tina zu ihrer Arbeitgeberin.

„Pack deine Sachen zusammen, Tina“, sagte er weich, aber seine Augen blickten drohend. „Und leg das weg.“ Damit deutete er auf den Putzlappen.

„Mein lieber Mann“, fing Mrs. France-Cobet sehr von oben herab an. „Was soll das bedeuten? Ich gestatte meinen Dienstboten keine Herrenbesuche. Also seien Sie so freundlich und ziehen sich samt ihrem Wagen von meinem Anwesen zurück.“

Das Schweigen, das nun folgte, war so lastend, dass Tinas Herz heftig klopfte. Stavros sah, wenn überhaupt möglich, noch wütender aus. Er sagte kein weiteres Wort zu Mrs. France-Cobet, sondern betrat die Diele, nahm Putzlappen und Flasche aus Tinas Fingern und warf sie der Hausherrin vor die Füße. Der Frau verschlug es die Sprache, sie brachte kein Wort heraus, nur ihre Wangen waren tiefrot geworden. Stavros war ganz Herr der Situation.

„Geh und pack deine Sachen", befahl er. „Ich gebe dir fünf Minuten. Wenn du dann nicht wieder da bist, komme ich und hole dich!"

Jetzt hatte auch Mrs. France-Cobet ihre Stimme wiedergefunden. „Wie können Sie es wagen!"

Doch Stavros sah sie nur von oben bis unten an und erklärte gelassen: „Ich bin hergekommen, um meine Frau abzuholen."

„Ihre ..." Wenn die Frau vorher schon verwirrt war, war sie jetzt völlig aus der Fassung und ließ den Blick von Stavros' tadellos gekleideter Gestalt zu Tina schweifen, die im rosa Arbeitskittel dastand. Ihre Hände waren schmutzig von der Messingpolitur, und das Haar fiel in feuchten Locken in ihre Stirn.

„Tina", befahl Stavros energisch, „tu, was ich dir sage – sofort."

Sie schüttelte den Kopf, gleichzeitig aber drehte sie sich um und ging zur Treppe am anderen Ende der Diele. Ihre Gedanken wirbelten durcheinander, aber eins wurde ihr doch klar. Es war leichter, geleitet zu werden – obwohl kommandiert in diesem Falle gewiss der treffendere Ausdruck war –, und sie hatte nicht den Wunsch, sich in einen Kampf zu wagen, den sie von vornherein verlieren würde. Außerdem war Stavros als rettender Engel erschienen. Er hatte sie zwar als seine Frau ausgegeben, aber dem maß sie keine besondere Bedeutung bei, das hatte er wohl getan, um Mrs. France-Cobet zu überrumpeln.

Tina brauchte etwas länger als fünf Minuten, denn sie musste sich Hände und Gesicht waschen, sich umziehen, ihre Sachen zusammenpacken und die paar Bücher und anderen Gegenstände an sich nehmen, die sie aufgestellt hatte, in dem rührenden, aber vergeblichen Versuch, ihr Zimmer gemütlicher zu machen. Stavros saß im Wagen, als sie herunterkam, ihre Arbeitgeberin war nirgends zu sehen. Tina zögerte, sie wollte nicht gern ohne Abschied gehen. Aber Stavros war schon ausgestiegen und kam auf das Haus zu. So machte sie die Tür auf und innerhalb weniger Sekunden waren ihre Sachen im Kofferraum.

„Steig ein", befahl er und deutete mit dem Daumen auf den Beifahrersitz, während er mit der anderen Hand den Deckel des Kofferraums zuschlug. Er war vor ihr an der Wagentür, machte sie auf, sah einen kurzen Augenblick auf sie herunter, dann stützte er sie unter dem Ellbogen und half ihr beim Einsteigen. Ebenso galant wie immer, dachte sie. Die Engländer hatten diese netten Gesten, die einer Frau so viel Freude machten, längst vergessen – zumindest die jungen. Die älteren Herrschaften erinnerten sich noch daran, und Tina hatte sich oft gefragt, ob sie wohl wussten, wie viel Freude sie einer Frau damit machten.

Seit dem ersten erstaunten Ausruf hatte sie kein Wort mehr gesprochen, jetzt sah sie ihn von der Seite an, als er einstieg, und sagte ruhig und bestimmt zu ihm: „Danke, dass Sie mich da rausgeholt haben, Stavros. Aber Ihre Geliebte werde ich deshalb ..."

„Halt den Mund", befahl er.

„Ich verstehe überhaupt nichts mehr." Tinas Herz schlug bis zum Hals, sollte er sie am Ende doch heiraten wollen?

„Das erwartet auch kein Mensch von dir", erklärte Stavros und ließ den Wagen an. Der Rollsplitt gab das gleiche mahlende Geräusch wie kaum eine Viertelstunde zuvor, als der Wagen vor dem Haus zum Stehen gekommen war.

„Woher wussten Sie, wo ich war?"

„Ich ging zu deiner Wohnung, deine Tante hatte mir die Adresse gegeben ..."

„Meine Tante. Sie hat mich doch vor Ihnen gewarnt. Weshalb sollte sie Ihnen also plötzlich meine Adresse geben?"

„Wenn du endlich mal den Mund halten wolltest, verstündest du alles in weniger als zwei Minuten." Seine Stimme klang schneidend, und Tina stammelte ein „Tut mir leid". Dann wartete sie auf seine Erklärungen.

Und schon sagte er mit seiner einschmeichelnden Stimme, die sie nie vergessen hatte, und seinem reizenden Akzent: „Ich will dich heiraten, Tina. Das ist das Wichtigste, was ich zu sagen habe. Wie ich hierher gekommen bin? Ich erklärte deinen Verwandten, dass ich dich heiraten wollte. Deine Tante traute mir nicht so recht, aber am Ende fand sie doch, dass du mindestens meinen Antrag hören solltest. Als ich bei deiner Wohnung ankam, erklärte mir eine junge Frau, dass du ausgezogen seist, alles verkauft hättest und in Stellung gegangen wärst. Wo, wusste sie nicht, aber sie konnte mir die Adresse deiner Freundin Berenice geben, die sich bereits große Sorgen um dich machte, weil du dich als Dienstbote verdingt hattest …" Er brach ab, und Tina warf ihm einen scheuen Seitenblick zu. Ganz offensichtlich war Stavros völlig außer sich, dass sie sich so weit erniedrigt hatte.

„Berenice war mehr als bereit, mir deine Adresse zu geben. Sie wollte übrigens Brautjungfer bei unserer Hochzeit sein."

„Sie – du willst mich also wirklich heiraten?"

„Das dürftest du doch schon gemerkt haben, als ich deiner Gnädigen erklärte, dass ich meine Frau abholen wollte."

Tina sagte nichts. Es war einfacher, nur dazusitzen und nachzudenken. Stavros würde freundlich zu ihr sein. Aber reichte Freundlichkeit für eine Ehe aus? Sie zog die Stirn kraus und fragte: „Du scheinst sehr sicher zu sein, dass ich dich heiraten will, Stavros." Sie sah aus dem Fenster, und plötzlich wurde ihr klar, dass sie ihn nicht einmal gefragt hatte, wohin sie eigentlich fuhren. Sie war so erleichtert gewesen, aus dem Haus zu kommen, dass es ihr fast gleichgültig war, wohin es danach ging.

„Natürlich wirst du mich heiraten."

„Wohin fahren wir überhaupt?"

„Zu einem ganz entzückenden Landgasthof, genannt der Weiße Hirsch. Er liegt in Dorset, und dort werden wir auch unsere Flitterwochen verbringen."

„Ich habe aber immer noch nicht gesagt, dass ich dich heirate." Tinas Stimme klang empört und ein Flehen lag darin, das ihm ans Herz griff.

„Hab keine Angst, Tina", sagte er sanft, „ich bin mir darüber klar, dass du derzeit mit dem Rücken zur Wand stehst. Du hattest Berenice geschrieben, in welcher Klemme du stecktest und wie du schuften musstest. Es war mir klar, dass du ohne jeden Protest mitkommen würdest. Ich habe alle Trümpfe in der Hand und beabsichtige, sie auszuspielen. Ich begehre dich, Tina, aber du hast nichts zu befürchten. Ich werde dir ein guter Ehemann sein ..."

„Aber du liebst mich doch nicht", fiel sie mit zitternder Stimme ein.

„Ich will dich nicht anlügen. Nein, Liebe ist es nicht, die mich dazu treibt, dich zur Frau zu begehren." Tina sah, wie sein Gesicht fast erstarrte. „Vielleicht kann ich überhaupt nicht lieben – ich weiß es nicht." Seine Gedanken schienen davonzufliegen. Stavros war nicht mehr neben ihr im Wagen, er schien bei jenem Mädchen zu sein, das er einmal geliebt hatte und das nun als Witwe auf Kreta lebte, eben dort, wo auch sie als Stavros' Frau leben sollte. „Nun", meinte er noch, „Liebe ist auch gar nicht so wichtig. Wie ich so rund um mich herum beobachten konnte, hält sie ohnehin nicht vor. Aber Respekt hält vor, und ich respektiere dich, Tina, ich respektiere dich wegen deiner Ideale, für die du so viel in Kauf genommen hast."

Nach einer langen Pause fragte Tina: „Ist es noch weit bis zum Hotel?"

„Noch ein paar Stunden."

„Sicher ist es ein sehr aufwendiges Hotel."

„Nicht so, dass du das Gefühl haben musst, dich wie eine Prinzessin zu kleiden." Er schaute auf die Uhr. „Wir haben gerade noch Zeit, dir in Dorchester ein paar Sachen zu kaufen. Wir kommen dort ohnehin durch."

„Bis jetzt habe ich nicht gesagt, dass ich dich heiraten will, also ist es nicht richtig, wenn du mir Kleider kaufst, außerdem habe ich ein paar nette Abendkleider dabei."

„Ich will dir aber etwas wirklich Schönes kaufen. Außerdem brauchen wir einen Verlobungsring – nur etwas Vorübergehendes. Ich lasse später einen machen, mit den Steinen, die du selbst aussuchen sollst."

„Du hast wirklich an alles gedacht."

„Natürlich. Ich will dich schließlich heiraten, Tina. Nur einmal vor dir habe ich eine Frau gebeten, mich zu heiraten. Als sie einen anderen nahm, schwor ich mir, dass ich nie im Leben wieder einer Frau einen Heiratsantrag machen würde. Es hat viele Frauen in meinem Leben gegeben, aber keine hat mich so angezogen wie du,

Tina. Du hast alles, was ich mir von einer Frau wünsche."

„Und wenn du dich eines Tages doch verliebst?" Ihre Gedanken waren wieder bei seiner jetzt verwitweten Jugendliebe, aber sie sagte nur leichthin: „Es kann doch sein, dass irgendeine Frau eines Tages dein Herz gewinnt."

Er lachte: „Du hast eine romantische Art, das auszudrücken, mein Schatz. Nein, ich bin sogar überzeugt, dass keine Frau je mein Herz gewinnen kann und ich mehr als zufrieden mit meiner schönen Frau sein werde."

Sie erreichten Dorchester eine Stunde bevor die Geschäfte schlossen. Als Stavros Tina zu einer exklusiven Boutique führte, wehrte sie sich nicht. Er kaufte ihr ein Abendkleid aus weichem, azurblauem Samt, mit engem Oberteil und einem glockig geschnittenen Rock, der fest auf den Hüften anlag und unten erst seine Weite bekam, die mit jeder Bewegung mitschwang. Er kaufte Röcke und Pullis, Blusen und lange Hosen, und Tina kam aus dem Staunen nicht heraus. Dann jagten sie zum Juwelier. Er hatte noch offen, aber Tina wollte nicht hineingehen und sich etwas aussuchen.

„Ich ... ich muss nachdenken", stammelte sie.

„Findest du nicht, dass es dazu ein bisschen zu spät ist?" Der leichte Spott lag lediglich in seinen Worten, seine Stimme und sein Gesicht waren ernst. „Heirate mich, Tina. Ich schwöre dir, du wirst es nie bereuen." Er wandte sich um, als er hörte, wie der Verkäufer das Sicherheitsgitter vorschob. „Zu spät", meinte er gelassen. „So etwas darf man auch nicht in der Eile kaufen. Wir gehen morgen früh wieder her."

Tina schwieg. Ihre Gedanken wirbelten immer noch durcheinander, es schien ihr unmöglich, dass sich in so wenigen Stunden so viel ereignet haben sollte. „Ich komme mir vor wie Cinderella", sagte sie, als sie wieder einstieg.

Stavros lachte und sagte nichts. Er sah recht zufrieden aus. Das brachte sie wieder auf die alte Frage zurück: „Wieso hast du genau gewusst, dass ich dich heiraten würde?"

„Weil ich immer bekomme, was ich mir vorgenommen habe."

„Du hättest mir ja wieder anbieten können, deine Geliebte zu werden. Schließlich war ich am Ende, als du mich endlich gefunden hast."

„Ich wusste, dass du dazu wieder Nein sagen würdest. Außerdem wollte ich dich jetzt zu meiner Frau haben. Ein Mann in meiner Stellung muss viele Einladungen geben, und sicher hat man es mir in der Vergangenheit angekreidet, dass ich es nicht öfter tat. Und dann kam mir noch der Gedanke, dass es eigentlich nett sein müsste, einen Sohn zu haben, der einmal alles erben wird. Bis dahin hatte mir der Gedanke, dass alles an meine Neffen gehen sollte, nichts ausgemacht."

Tina wurde bei dem Gedanken an ein Kind ein wenig rot. Aber sie wusste, dass Kinder das Band zwischen ihnen festigen würden.

Wieder fragte er sie, und sie antwortete: „Ja, ich will dich heiraten, Stavros. Und ich – ich hoffe, dass ich dir alles geben kann, was du dir von mir versprichst." Stavros warf ihr einen kurzen Blick zu, und sie sah, dass ein Lächeln um seine Lippen spielte.

„Ich bin überzeugt, dass du mir alles geben wirst, was ich will, und vielleicht sogar noch ein bisschen mehr."

3. KAPITEL

Die Maschine ging zur Landung in Jeraklion hinunter und Tina sah hinaus. Sie hatte immer noch das Gefühl, in einem Traum zu leben. Sie war verheiratet, hatte glückliche Flitterwochen in dem netten kleinen Landgasthof verbracht, den Stavros entdeckt hatte. Der Gasthof hatte alles, was man sich nur wünschen konnte, Atmosphäre, Service und ein ausgezeichnetes Essen. Sie und Stavros hatten ein schönes Zimmer mit einem prächtigen Himmelbett bekommen, das geradewegs aus dem Mittelalter zu stammen schien. Es war wirklich eine bemerkenswerte Zeit, und Stavros war der vollkommene Liebhaber, zärtlich und einfühlsam, dabei aber voll Leidenschaft.

Als sie ihn heiratete, war sie schon nahe daran, ihn zu lieben, und jetzt hatte sie diese Grenze überschritten und liebte ihren Mann zärtlich. Falls Stavros sich jemals in eine andere verlieben sollte, würde dies sehr schmerzhaft für sie sein.

Jetzt flüsterte er ihr ins Ohr: „Bist du glücklich, mein Liebes?“

Automatisch wandte sie sich zu ihm um und lächelte, schüttelte aber zugleich den Kopf. „Ich kann noch nicht folgerichtig denken, Stavros. Ist all das wirklich passiert, oder habe ich geträumt?“

„Du hast nicht geträumt, mein Schatz. Wir sind unterwegs zu unserem Heim auf Kreta.“

„Sag mir noch mal, wen ich dort vorfinden werde“, bat sie. „Es kommt mir so eigentümlich vor, Stavros, dass ich Dienstboten um mich haben soll.“

„Daran gewöhnst du dich schnell“, versicherte Stavros. „Hör zu, Stavros ist der Butler – in Griechenland nennen wir ihn einfach Diener. Seine Frau, Thoula, ist eines der Dienstmädchen, die andere ist eine junge Frau, die vergangenes Jahr ihren Mann verloren hat. Sie heißt Julia und wird deine Kammerzofe sein. Ich werde also noch eine Frau für den Haushalt engagieren. Wir haben drei Gärtner, und einer davon, Marko, kann den Wagen fahren.“ Seine Blicke wanderten über die Landschaft unter ihnen. „Ich hoffe, Tina, dass du Kreta ebenso lieben wirst wie ich.“

Sie nickte.

„Aber Athen magst du doch auch?“, fragte er.

„Natürlich.“

„Das ist gut, denn meine Geschäfte sind zumeist dort, und ich muss viel Zeit in Athen verbringen.“

„Dann werde ich also viel allein sein?“

„Ich fürchte ja, mein Liebes. Aber du kannst natürlich mitkommen, wann immer du willst, und deine Verwandten dort besuchen.“

„Ja, daran habe ich auch schon gedacht.“

„Sie sind sehr glücklich über unsere Heirat“, stellte er fest.

„Ja, und es war so lieb, dass sie zu unserer Hochzeit nach England kamen“, meinte Tina versonnen.

„Du warst auch eine wunderschöne Braut.“

Tina wurde rot, wie immer, wenn ihr Mann ihr Komplimente machte.

„Was fange ich bloß den ganzen Tag lang an?“, murmelte sie. Das neue Leben würde von allem so grundverschieden sein, was sie bisher gekannt hatte. Ein fremdes Land, dunkelhäutige Männer, von deren Sprache sie wenig verstand, ein Mann, dessen Lebensweise in keiner Weise der der Männer im Westen entsprach.

„Du wirst eine Menge zu tun haben. Du musst schließlich den Haushalt überwachen. Die Gärten sind groß, und wir werden Ausflüge mit unserer Jacht unternehmen. Ich möchte dir auch ein paar zauberhafte, romantische Inseln zeigen, Tina.“

Die Maschine setzte auf, holperte ein bisschen und rollte aus. Ein Auto mit Marko am Steuer wartete auf sie. Er war der Erste der Diener von Villa Raffina, den Tina kennenlernte. Zu ihrer Überraschung war er ein hellhäutiger, blonder Mann, dessen schlanker Körper in schwarzen Hosen und einem schneeweißen Hemd steckte, das oben offen stand. Die Ärmel waren bis über die Ellbogen hochgekrempelt. Stavros lächelte und erklärte, dass Marko ein Dorier sei.

„Die meisten Leute glauben, alle Griechen seien dunkel“, erklärte er seiner jungen Frau.

„Aber das ist nicht der Fall. Die Dorier in Kreta leben hauptsächlich an der Südküste – sie haben sich in dreitausend Jahren wenig verändert."

„Haben wir lange zu fahren?", fragte Tina.

„Wir fahren über die Mitte der Insel hinweg", erklärte Stavros. „Aghia Tradha liegt im Süden, am Yeropotamosfluss. Die Villa Raffina liegt nahe am Meer, wie ich dir schon gesagt habe, blickt aber über die Tymbaki-Ebene hinweg."

„Das ist das Libysche Meer, nicht wahr?"

„Das stimmt. Für gewöhnlich haben wir es kühl im Sommer – kühler auf jeden Fall als an den meisten Orten der Insel."

Sie durchfuhren eine Landschaft, die von terrassenförmig angelegten Weinbergen, Zitronenpflanzungen und Olivenhainen geprägt war. Die Sonne stand hoch am blauen Himmel, und überall blühten Blumen. Sie mussten wegen eines Esels anhalten, der mit Kohl beladen war und von einem kleinen Mädchen geführt wurde. „Yiassou", sagte sie strahlend und berührte dann die Flanken des Esels mit dem Stock. Stavros lächelte und erwiderte den Gruß. Dann erklärte er Tina, dass das „Guten Tag" geheißen hatte. „Yiassou sagt man nur am Nachmittag", setzte er hinzu.

„Und was heißt guten Morgen?", wollte Tina wissen.

„Kalimera. Guten Abend ist Kalispera, und wenn du Kalinikta sagst, dann heißt das gute Nacht."

Tina lächelte. „Das wusste ich. Du hast es ein paarmal zu mir gesagt, Stavros."

„Ja, das stimmt."

Wieder verfielen sie in Schweigen. Tina war von der Landschaft so gefesselt, dass es ihr recht war, nicht sprechen zu müssen. Plötzlich schien die Benommenheit, die sie seit dem Besteigen des Flugzeuges in London befallen hatte, einer glücklichen Erregung Platz zu machen. In London war ihr dieser Schritt so endgültig vorgekommen, dass sie Angst bekommen hatte und sich wohl unbewusst gegen die Zukunft und das neue Leben, das vor ihr lag und von dem sie nichts wusste, abgekapselt hatte. Sie kannte Stavros so gut wie überhaupt nicht, und so war es nur verständlich, dass sie es plötzlich mit der Angst bekommen hatte. Aber nun ...

Sie durchfuhren Dörfer, wo Frauen auf Treppenstufen saßen und wie Statuen blicklos vor sich hinsahen, sahen Kinder, die dem Auto entgegenrannten, einen großen schwarzen Stier, der mitten auf dem Dorfplatz an einen Baum gebunden war. Weiße Kirchtürme leuchteten in der Sonne, und die silbergrauen Blätter der Ölbäume bewegten sich in der leichten Brise.

Endlich schwenkte der Fahrer in eine lange Allee ein, und der Wagen legte noch eine Viertelmeile zurück, bis sich eine schneeweiße Villa den Blicken darbot. Tina hatte schon etwas Besonderes erwartet, aber was sie sah, verschlug ihr den Atem.

Lang und niedrig, mit zwei rechtwinklig angeordneten Flügeln stand das Haus elegant inmitten eines wahren Blütenmeeres. Terrasse und Blumenbeete blühten um die Wette, die Ränder der Blumenanlagen waren mit purpurfarbenem Hibiskus, Jacaranda, Oleander und vielen anderen Pflanzen abgesetzt. Die Haustür ging auf, noch bevor der Wagen im Vorhof, an dessen Ende ein Springbrunnen war, zum Stehen kam.

„Oh ... Stavros ... ich habe Angst ...“

„Du Schäfchen!“ Er legte die Hand unter ihren Ellbogen und führte sie zur Treppe, die von großen Marmorurnen flankiert war, die von Blumen nur so überquollen. Um die Säulen dahinter wanden sich strahlendrote Bougainvillea. Tina war so verkrampft, dass sie am liebsten davongelaufen wäre. Aber die Hand ihres Mannes strömte Ruhe und Kraft aus.

Ihr Lächeln kam spontan, als Stavros sie mit Stavros, einem dunklen, stämmigen Griechen, bekannt machte.

„Wo sind die Frauen, Stavros?“, fragte Stavros.

„Sie sind sich umziehen gegangen“, erklärte Stavros. Er sprach sehr gut Englisch.

Stavros' Stimme klang grollend: „Sie hätten sich früher umziehen können. Los, hol sie.“

„Ja, Mr. Stavros.“

Stavros hatte ihr bereits erklärt, dass die Dienstboten ihre Herrschaften mit dem Vornamen anredeten. Sie würde also mit Kyria

Tina oder Mrs. Stavros angeredet werden.

Sie wurde den Frauen vorgestellt, auf Kreta willkommen geheißen und dann in das Zimmer geführt, das sie mit ihrem Mann teilen würde. Es war groß und luftig, mit einem Fenster, das eine ganze Wand einnahm. Es war ein Schiebefenster, das auf einen Balkon hinausging, der ebenfalls von Blumen überfloss. Tina hielt den Atem an und sah über den Garten zur See hinaus und ließ den Blick über die Hänge schweifen, wo im Sonnenschein die Oliven reiften.

Wie friedlich alles war. Tina betrachtete das Zimmer, die aufwendigen Vorhänge und Teppiche, beides in Weiß. Die Möbel waren aus Ahornholz, das Bett war überdimensional und mit einem wunderschönen gestickten Überwurf bedeckt. Sicher hatte er einmal zur Aussteuer einer Verwandten gehört. Stavros hatte ihr gesagt, dass sein Vater tot sei, seine Mutter aber mit ihrer betagten Schwester auf der Insel Patmos lebte. Dorthin wollte er eines Tages mit Tina fahren.

Jetzt trat er ein, und Tina wandte sich ihm mit zuckenden Lippen zu. Er warf die Tür mit dem Fuß hinter sich zu und streckte ihr die offenen Hände entgegen, wie ein Befehl. Als Tina zu ihm hintrat, umfingen sie seine kräftigen Arme und drückten sie hart gegen seinen Körper, und sie schmiegte sich in völliger Unterwerfung an ihn. Er lachte leise und meinte, er sei sehr glücklich, sie geheiratet zu haben.

„Es wäre nicht das Gleiche gewesen, dich nur als Geliebte zu haben", erklärte er, und seine Stimme war ein bisschen heiser vor Leidenschaft. „Stell dir nur vor, du wärst in einem Haus und ich in einem anderen. Die Idee war völlig verrückt, wo ich dich doch sehr begehre." Er neigte den Kopf, presste seinen Mund auf ihren und zwängte ihre Lippen auseinander.

„Ich muss dir danken, dass du hart geblieben bist, meine hübsche begehrenswerte Tina." Er war einen kleinen Schritt zurückgetreten, und sie sah die Leidenschaft in seinem Blick und wurde selbst von einer Woge von Zuneigung überflutet. Zu ihrer Überraschung widerstand er der Versuchung und sagte weich, die liebkosenden Lippen an ihrem Ohr: „Die Liebe ist für die Nacht ... Heute Nacht ist Vollmond, er ergießt sich über diese Seite des Hauses. Ich werde dich im Mondlicht lieben ..."

Stavros wandte sich ab und ging zu einer Tür, die sie zwar gesehen, aber nicht geöffnet hatte. Sie führte zu einem anderen Schlafzimmer. Langsam folgte Tina ihm. Das Zimmer, in dem sie sich jetzt befanden, war ein ausgesprochenes Herrenzimmer mit einem schmalen Bett, einem Schreibtisch am Fenster und einem bequemen Polstersessel. Der Teppich war dick und dunkel, die Vorhänge aus lindgrünem Leinen waren zurückgezogen, sodass die Nachmittagssonne voll ins Zimmer dringen konnte. Neben dem Zimmer befand sich ein Bad, also bestand ihre Suite aus zwei Zimmern und zwei Badezimmern. Tina deutete auf das Bett: „Hast du hier geschlafen?"

Er nickte. „Ja, das Haus war für zwei Ehepaare bestimmt, die eng miteinander befreundet waren. Jedes hatte so eine Suite."

„Dann hast du also das Haus nicht bauen lassen?", fragte sie überrascht.

„Nein, eine so einmalige Lage konnte ich nicht noch einmal finden. Es sind noch ein paar kleine Änderungen zu machen, die ich geplant und nie durchgeführt habe. Wahrscheinlich tue ich es jetzt." Er machte eine kleine Pause, dann lächelte er. „Wir werden ja auch bald ein Kinderzimmer brauchen und ein Zimmer für die Pflegerin."

„Ich hoffe nur, dass ich dich nicht enttäusche." Ihre Stimme war ausdruckslos. Die Aussicht, jetzt gleich ein Kind zu bekommen, beunruhigte sie etwas.

„Sicher nicht, mein Liebes."

„Du bist sehr vertrauensselig, Stavros."

„Nun, ich denke, wenn bei uns beiden alles in Ordnung ist, müssten wir eigentlich übers Jahr Eltern werden."

So kalt und sachlich behandelte er das! Tina war enttäuscht. Hatte er ihr damit ihren Platz schon zugewiesen? War es ihre Hauptbestimmung, Kinder in die Welt zu setzen? Gereizt fragte sie: „Ich glaube, alle Griechen möchten Söhne. Aber was, wenn ich nur Töchter bekomme?"

Achselzuckend entgegnete er: „Gewiss, ich wäre enttäuscht, könnte aber nichts daran ändern."

„Der Mann bestimmt das Geschlecht der Kinder", erklärte sie.

„Du hast wohl deine Schulbiologie nachgesehen?"

„Ich will mich nur vergewissern, dass du mich nicht tadelst, wenn nur Mädchen kommen."

Die Falten auf seiner Stirn wurden tiefer. „Was ist los mit dir?", fragte er. „Plötzlich bist du launisch geworden." Sie antwortete nicht, und nach einer Weile fuhr er mit gespielter Strenge fort: „Launische kleine Mädchen bekommen einen Klaps – und gerade jetzt siehst du wie ein kleines Mädchen aus, mit dem verdrossenen Gesichtsausdruck. Lächle", befahl er, „und stell deine Launen ab."

Tina brachte ein müdes Lächeln zustande. Sie war ärgerlich, ohne recht zu wissen, warum. Natürlich hatte Stavros ein Recht auf Kinder, das hatte sie von Anfang an gewusst. Warum reagierte sie dann jetzt so albern? Er nahm ihre Hand, zog sie zu sich hin, gab ihr einen spielerischen Klaps und küsste sie.

„Du bist müde", erklärte er und betrachtete sie prüfend. „Bist du deshalb so schlecht gelaunt?"

„Ich bin nicht schlecht gelaunt." Am liebsten hätte sie geweint. Bedauerte sie am Ende, dass sie einen Mann geheiratet hatte, der sie nicht liebte? „Es tut mir leid", sagte sie, „wahrscheinlich bin ich doch müde."

„Dann ruh dich aus. Nach einem erfrischenden Schlaf kannst du den Abend besser genießen."

Er ging hinaus, und sie sah sich in seinem Zimmer um und überlegte, ob er es wohl jemals wieder benützen würde. Danach wandte sie sich um und blieb unter der Tür zum großen Schlafzimmer stehen, betrachtete die wunderbare, kostspielige Einrichtung und den herrlichen Blick nach draußen.

Das Abendessen wurde in einem hohen Speisesaal serviert. Auch hier lag ein dicker Teppich. Die Wände waren mit pfirsichfarbener Seide bespannt. Stavros und Thoula bedienten bei Tisch, und Julia brachte die einzelnen Gänge herein. Stavros amüsierte sich über Tinas Staunen und bat sie sanft, sich zu entspannen und an all das zu gewöhnen. Er selbst war beherrscht und kühl und völlig Herr der Situation.

Tina wartete, bis sie allein waren, dann sagte sie: „Es gibt vieles, an das ich mich erst gewöhnen muss, Stavros, mir schwirrt der Kopf, und ich glaube, es dauert eine Weile, bis das vergeht."

„Nun, vielleicht eine Woche", meinte er betont beiläufig. „Das Hotel in Athen war ja auch sehr gepflegt."

„Ein Hotel ist kein Heim."

„Das stimmt auch wieder."

„Könnten wir vielleicht nachher einen Spaziergang machen?", fragte Tina, und Stavros nickte sofort.

„Ja, gewöhnlich schlendere ich nach dem Essen ein wenig herum", sagte er. „Die Luft ist kühl und frisch nach der Nachmittagshitze. Es ist angenehm, die Brise vom Meer her zu spüren."

Wie er gesagt hatte, war Vollmond, und sie spazierten durch die duftenden Gärten der Villa. Es war einfach zauberhaft, der Mond tauchte alles in ein silbernes, unwirkliches Licht. Tina spürte, wie die Finger ihres Mannes sich in ihre verflochten. Seine Stimme war zärtlich, als er sagte: „Die erste Nacht in unserem eigenen Heim, meine Liebe. Bist du so glücklich, wie ich es bin?"

Sie warf sich herum, um ihm ins Gesicht zu sehen. „Bist du glücklich – wirklich glücklich?"

„Was für eine Frage." Sein leises Lachen klang wie Musik in ihren Ohren. „Natürlich bin ich glücklich, habe ich denn nicht alles, was ein Mann nur begehren kann?"

Alles … Eine plötzliche Trauer überkam Tina. Stavros hatte alles, was er begehrte. Dann begehrte er ihre Liebe also nicht …

Sie seufzte und schmiegte sich trotzdem enger an ihn. Sie ließ den Blick langsam über die Ölbäume schweifen, deren eigenartige Silhouetten sich dunkel von dem silberfarbenen Himmel abhoben. Das Schweigen ringsum schien sich noch zu vertiefen, dann wurde es plötzlich von dem lauten Schrei eines Esels irgendwo auf den Hügeln unterbrochen.

Das schien das Signal für die Grillen zu sein, ihren durchdringenden Nachtgesang anzustimmen und für Stavros, Tina ins Ohr zu flüstern: „Lass uns zurückgehen, Liebes. Es wird spät." Eng umschlungen gingen sie den Weg zurück. Die Luft war wunderbar kühl, der mehrfarbig angestrahlte Springbrunnen plätscherte eintönig vor sich hin. Tina wäre am liebsten noch draußen geblieben in dieser herrlichen Umgebung, aber sie spürte die Ungeduld ihres Mannes, seinen Wunsch, sie in den Armen zu halten.

Die Dienstboten waren nicht da, als sie zusammen die Villa betraten, und sie gingen sofort ins Schlafzimmer. Sobald Stavros die Tür hinter sich geschlossen hatte, schmolz Tina in seinen Armen dahin und hob ihr Gesicht seinem Kuss entgegen. Ihr Herz schien zu zerspringen vor Liebe zu ihm, ihr Körper sehnte sich nach ihm. Er flüsterte ihr mit vor Erregung heiserer Stimme etwas Unerhörtes ins Ohr, seine Lippen pressten sich auf ihren Hals, seine Hand tastete nach ihren Brüsten. Dann begannen seine Finger sich mit dem Verschluss ihres Kleides zu beschäftigen, und das Kleid glitt zu Boden.

Seine Augen verzehrten beinahe ihren Körper, so wie er sich ihm in dem durchsichtigen Büstenhalter und ihrem Minislip preisgab. Dann streiften seine Hände ihr ungeduldig alles herunter, und er hob Tina hoch und trug sie zum Bett. Die Vorhänge waren weit zurückgezogen und das Mondlicht flutete ungehindert ins Zimmer ... und wie er es ihr versprochen hatte, liebten sie sich im Mondlicht. Tina erschauerte bei jeder Liebkosung und stellte zum ersten Mal fest, dass auch sie ihren Mann liebkosen konnte, und die Freude, die sie dabei empfand, war der Auftakt zu ihrer eigenen Erfüllung.

4. KAPITEL

Sie waren gerade sechs Wochen verheiratet, als Stavros ihr erklärte, er würde mit ihr nach Patmos fahren, um sie seiner Mutter vorzustellen.

„Sie war nicht sonderlich begeistert, als ich eine Engländerin heiratete“, räumte Stavros ein und berichtete Tina, dass er ihr erklärt hätte, es sei seine eigene Sache, wen er heiratete. „Ich glaube, Mutter ist irgendwann einmal von einer Engländerin enttäuscht worden. Das muss in ihrer Jugend gewesen sein, aber ich konnte nie dahinter kommen, was es war. Doch seitdem hat sie etwas gegen Engländer beiderlei Geschlechts.“

Tina sah ihn bestürzt an. „Dann – dann wird sie mich wohl auch nicht mögen, Stavros?

„Das werden wir sehen“, lächelte er, dann wechselte er das Thema und erklärte, dass er zuvor noch geschäftlich nach Athen müsse. Tina würde ihn begleiten. Sie wollte ihre Verwandten besuchen und ein wenig einkaufen.

Sie flogen am frühen Morgen nach Athen, und Tina blieb bis zum Mittagessen bei ihren Verwandten. Tante Doris wollte wissen, wie sie mit Stavros zurechtkäme. Sie ließ sich nur zu gern versichern, dass alles gut ginge und ihre Nichte glücklich sei. Aber natürlich behielt es Tina für sich, dass Stavros sie nicht liebte.

„Nun, ich muss sagen, Stavros hat sich sehr verändert“, fuhr Tante Doris fort. „Er hatte einen gewissen Ruf, und die Frauen liefen ihm nach.“

„Wahrscheinlich tun sie das immer noch“, fiel Onkel Frank ein. „Die Tatsache, dass er verheiratet ist, wird manche Damen nicht davon abhalten, ihm Avancen zu machen. Außerdem gibt es viele, die ihn immer noch unverheiratet glauben.“

Auch daran hatte Tina schon gedacht, aber sicher würde er sich jetzt keine Geliebte mehr zulegen. „Wir möchten euch gern nach Kreta einladen“, erklärte jetzt Tina, „kommt, sobald ihr euch hier losmachen könnt.“

„Heutzutage kommen die Touristen das ganze Jahr über, es gibt keine eigentliche Saison mehr, aber wir kommen gern vor Weihnachten auf vierzehn Tage.“

„Ja, wunderbar. Ihr werdet staunen, wenn ihr die Villa seht. So einen Luxus habe ich noch nie erlebt.“

„Du bist eine beneidenswerte junge Frau“, strahlte ihr Onkel. „Wir hätten nie gedacht, dass unsere Einladung dir so viel Glück bringen würde.“

Nach dem Mittagessen machte Tina Einkäufe, dann stieg sie hinauf zur Akropolis. Sie wollte Stavros gegen sechs Uhr treffen, er hatte ihr den Schlüssel gegeben. Nach der Akropolis ging sie deshalb gleich zu seiner Wohnung. Normalerweise war ein Diener da, der die Räume betreute, aber er hatte heute seinen freien Tag. Das machte ihr im Grunde nichts aus, denn sie wollten ohnehin auswärts essen. Aber kaum war sie in der Wohnung angekommen und hatte ihre Einkäufe abgelegt, als zu ihrer Überraschung die Türglocke ging. Sie machte auf.

Vor ihr stand eine große dunkle Griechin, die Tina – nach einer kurzen Schrecksekunde – ungeniert von oben bis unten musterte. Dann fragte sie kurz angebunden: „Wer sind Sie?“ Und bevor Tina antworten konnte, fuhr sie fort: „Ist Stavros da?“

„Nein, er ist nicht da“, erklärte Tina und musterte die Frau, die von aufregender, klassischer Schönheit war. Auf den ersten Blick gab Tina ihr achtundzwanzig Jahre.

„Wer sind Sie?“, fragte die Frau zum zweiten Mal und musterte Tina ihrerseits fast beleidigend.

„Ich bin seine Frau“, sagte Tina. „Und wer sind Sie?“

„Seine Frau?“ Die dunkle Griechin keuchte förmlich, und ihre Stimme klang plötzlich heiser. „Seine Frau!“

In Tina stieg der Zorn hoch. War das am Ende eine seiner zahlreichen Damenbekanntschaften? „Ja, seine Frau. Und wenn Sie mich jetzt bitte entschuldigen wollen …“ Doch Tina kam nicht weit. Zu ihrer Überraschung schob die Frau sie zur Seite und betrat die Wohnung. In der Diele baute sie sich auf und bedachte Tina mit wütenden Blicken.

„Also hat er geheiratet! Damit hatte er schon gedroht. Ich weiß zwar nicht, warum er sich ausgerechnet eine Engländerin ausgesucht hat, aber Sie sollen wissen, dass er Sie nur geheiratet hat, um mir einen Possen zu spielen."

Tina hatte das Gefühl, dass ihr etwas Eisiges den Rücken hinunterliefe. Sie hörte sich fragen: „Wer sind Sie?"

„Ich bin ..." Die attraktive Fremde brach ab, Tina fuhr herum und stand Stavros gegenüber. Er schien sie gar nicht wahrzunehmen, denn seine Augen waren fest auf die schöne Frau gerichtet.

„Dora – was tust du hier?"

„Ganz einfach – ich wollte dich besuchen." Sie deutete auf Tina, und ihre Stimme klang brüchig, als sie sagte: „Ich habe soeben deine Frau kennengelernt."

„Verstehe ..." Stavros sah zu Tina hin. Sie beobachtete ihn genau, der Name Dora sagte ihr etwas. Aber Dora Vassilou lebte doch auf Kreta ...

Stavros schien Schwierigkeiten zu haben, die nächsten Worte herauszubringen. Endlich sagte er: „Tina, das ist Dora Vassilou, eine alte Freundin von mir."

Keine der beiden Frauen sprach ein Wort. Die Atmosphäre war kalt und feindselig. Dann riss sich Stavros zusammen und wies einladend auf das Wohnzimmer.

„Ich war zufällig in Athen", brachte Dora Vassilou schließlich heraus, „da wollte ich mal nachsehen, ob du da bist." Sie stand neben dem Fenster und sah Stavros unverwandt an. „Als ich dich das letzte Mal sah und hier in dieser Wohnung geblieben bin, hast du nichts von Heiraten gesagt." Ihre Blicke wanderten zu Tina, die dicht neben Stavros stand, das Gesicht so weiß wie ihre Bluse, die Hände zu Fäusten geballt.

„Das war vor etwa sechs Wochen oder vielleicht ein bisschen länger? Seit wann bist du verheiratet, Stavros?"

„Etwas über sechs Wochen." Stavros' Gesicht war vollkommen ausdruckslos, und Tina konnte nicht erkennen, ob er wütend oder nur verlegen war. Und sie dachte an die Zeit vor etwas über sechs Wochen, also war diese Frau hier in dieser Wohnung mit Stavros zusammen gewesen ...

„Ich denke“, sagte sie an die Griechin gewandt, „ich lasse Sie besser mit meinem Mann allein. Sicher haben Sie einiges zu besprechen.“ Ohne Stavros die Möglichkeit zu geben, etwas zu erklären, stürzte Tina aus dem Zimmer und befand sich innerhalb von Sekunden unten auf der Straße.

Sie lief und lief, und in ihrer Verwirrung kam sie zwar zu dem Schluss, dass es nicht ihre Sache war, was Stavros vor der Heirat mit der Griechin getrieben hatte, dann aber klang wieder seine Stimme in ihren Ohren, die ihr sagte, dass er sie mehr als alles in der Welt begehrte. Er war ihr nach England nachgereist und hatte sie um ihre Hand gebeten, und natürlich hatte sie angenommen, dass er zwischen ihrer Abreise aus Griechenland und seiner Reise nach England keine Frauengeschichten mehr gehabt hatte. Und doch hatte er offensichtlich mit dieser Griechin geschlafen, ein paar Nächte, bevor er nach England kam und ihr, Tina, den Heiratsantrag machte.

Angewidert lief sie immer weiter und hatte nur einen Gedanken, sich so weit wie möglich von Stavros' Wohnung zu entfernen. Ihre Augen standen voller Tränen. Einmal hielt sie an, um zu überlegen, was sie konkret tun sollte.

Zwar kam ihr die Idee, dass sie in das Hotel ihres Onkels gehen könnte, aber sie wollte ihre Verwandten nicht in die Affäre hineinziehen. Außerdem hatte sie das Gefühl, dass sie ihr sagen würden, dass Stavros' Vorleben sie nichts anginge.

Sie hatte keine Ahnung, wie lange sie so gegangen war, plötzlich aber befand sie sich in einer völlig unbekannten Gegend. Sie blieb stehen, als sie einen dunklen, kräftig gebauten Griechen auf sich zukommen sah. Er folgte ihr, und sie begann wieder zu laufen. Ihr Herz klopfte zum Zerspringen, und die Tränen liefen ihr übers Gesicht. Noch nie im Leben war sie so niedergeschlagen gewesen, nicht einmal in ihren schlimmsten Zeiten bei Mrs. France-Cobet. Aber nun verliefen sich die Schritte des Mannes in einer anderen Richtung. Sie ging langsamer und blickte furchtsam um sich. Dann schlug sie den Weg in eine belebtere Straße ein und stieg in ein Taxi.

Tina sah auf die Uhr. Es war neun Uhr, also war sie fast drei Stunden lang ziellos hin und her gelaufen. Im Hotel angekommen, ging sie sofort auf das Wohnzimmer ihrer Tante zu, blieb aber vor der Tür stehen. Wie würden ihre Verwandten es aufnehmen, dass sie ihren Mann verlassen hatte? Es half nichts, einmal mussten sie es doch erfahren. Entschlossen hob sie die Hand und klopfte. Als sie die Tür öffnete und das erstaunte Gesicht ihrer Tante sah, brach sie in Tränen aus.

„Um Himmels willen!“ Tante Doris saß lesend am Kamin, stand aber sofort auf und kam ihrer Nichte mit weit ausgestreckten Armen entgegen.

„Ich ... Stavros ... ich habe ihn verlassen.“

Der Kloß in Tinas Kehle ließ kein weiteres Wort mehr hervorbringen. Sie fühlte sich warm in die Arme genommen und weinte sich ein paar Minuten an der Schulter ihrer Tante aus. Die beruhigenden Worte nahm sie kaum wahr.

„Erzähl mir alles“, sagte Tante Doris freundlich, als endlich das Schluchzen verebbte und die Tränen versiegten. „Habt ihr euch gestritten?“

Tina schüttelte den Kopf. „Nein.“ Plötzlich kam sie sich völlig verrückt vor, doch sie versuchte, ihren Kummer loszuwerden.

„Und deshalb bist du einfach davongelaufen?“ Tante Dora schien es kaum glauben zu können.

Tina schwieg eine Weile, dann fragte sie kläglich. „Kann ich bei euch bleiben?“

„Sicher – aber Tina, du kannst Stavros deswegen doch nicht verlassen!“ Die Tante schien einen Punkt hinter Tina zu fixieren, und Tina fuhr herum.

„Stavros ...“ stammelte sie, als sie ihn das Zimmer betreten sah, dann fing sie wieder an zu weinen.

„Ich lasse euch am besten allein“, erklärte Tante Doris. „Haben Sie Frank gesehen, Stavros?“

„Ja, er ist im Restaurant. Ich fragte ihn, ob Tina da sei. Er wusste es nicht, schickte mich aber trotzdem hier herauf.“ Seine Stimme klang ungeduldig, und seine Augen blickten hart wie Granit in Tinas verweintes Gesicht.

Tante Doris verließ das Zimmer und machte die Tür hinter sich zu, und Stavros war der Erste, der das lastende Schweigen brach.

„Was soll das eigentlich heißen, so davonzulaufen? Ich habe halb Athen nach dir abgesucht. Zwar hatte ich daran gedacht, hierher zu kommen, glaubte aber, du würdest deine Verwandten nicht in diese Geschichte mit hineinziehen. Warum bist du eigentlich davongelaufen?“, wollte er wieder wissen.

Sie hob den Kopf und war sich klar, dass sie mit ihrem verheulten Gesicht keinen schönen Anblick bot. „Ich fand es widerlich.“

Nach langem Schweigen fragte Stavros: „Ist das alles, was du zu sagen hast.“

Jetzt ging auch ihr auf, wie unbedeutend die Szene vorher in der Wohnung eigentlich war. „Es war furchtbar“, verteidigte sie sich. „Dora kommt einfach daher und behauptet, sie hätte mit dir geschlafen, ein paar Nächte bevor du nach England kamst, um mich zu heiraten. Ich hätte nie gedacht, dass du mir so schnell untreu werden würdest …“, verlegen brach sie ab.

Seine Augen schienen sie zu durchbohren. „Wieso, Dora hat doch überhaupt nicht gesagt, dass sie mit mir geschlafen hätte.“

Tina seufzte. „Ich dachte, weil sie die Nacht in der Wohnung verbracht hatte …“

Stavros’ Gesicht wurde zu einer steinernen Maske.

„Du setzt zu viel voraus“, erklärte er eiskalt. „Dora hat nicht mit mir geschlafen, zumindest in jener Nacht nicht. Bei anderen Gelegenheiten schon, da mache ich keinen Hehl daraus. Aber merk dir eins, selbst wenn ich mit Dora schlief, so hatte das nicht das Geringste mit dir zu tun. Was vor unserer Heirat war, ist meine Sache, und wenn du jetzt fertig bist, können wir nach Hause gehen. Geh und such deine Tante.“

Wenn Stavros sie strafen wollte, dann war ihm das geglückt. In der Wohnung waren drei Schlafzimmer, und er und Tina hatten bisher bei ihren Aufenthalten in Athen immer das größte Schlafzimmer miteinander geteilt. Tina ging hinein, und nachdem sie geduscht und ihr Nachthemd angezogen hatte, wartete sie am Fenster auf ihn. Sie hörte, wie er in das andere Bad und kurz darauf in das andere Schlafzimmer ging. Die Tür zwischen den beiden Zimmern wurde mit solcher Bestimmtheit zugemacht, dass Tina wieder in Tränen ausbrach.

Schließlich ging sie zu Bett, fand aber lange keinen Schlaf. Dabei hatte sie sich so auf die Reise nach Athen gefreut, ebenso wie auf die vorhergehenden, und nun hatte sie durch ihre eigene Dummheit alles verdorben.

Die Sonne schien schon ins Zimmer, als sie aus einem unruhigen Schlummer erwachte. Sie stand auf und lauschte auf irgendein Geräusch von nebenan, aber alles war still. Sie nahm ein Bad und zog sich an, dann ging sie ins Frühstückszimmer. Stavros war da und machte Toast. Sie fragte ihn, wo der Diener sei, und er antwortete kurz und unfreundlich. „Manchmal, wenn er seinen freien Tag hat, verbringt er die Nacht bei seiner verheirateten Schwester. Er konnte nicht wissen, dass wir hier sind." Während des ganzen Frühstücks war Stavros kühl und still, danach wünschte er ihr kurz einen angenehmen Tag und erklärte, er wäre nicht vor sieben Uhr zurück.

Tinas Lippen zitterten, als sie ihm nachsah. Er hatte sie noch nicht einmal geküsst, aber eigentlich hatte sie das auch gar nicht erwartet. Sie lernte ihn so langsam kennen ... und wahrscheinlich er auch sie.

Sie ging direkt zum Hotel ihres Onkels. Tante Doris brannte schon darauf zu erfahren, wie sich die Dinge entwickelt hatten. „Setz dich, Kind." Dann sah sie, dass Tina sehr blass war, und zog die Stirn in Falten. „Was ist passiert? Wo ist Stavros?"

„Er ist geschäftlich unterwegs. Ich hatte ohnehin nicht damit gerechnet, dass wir tagsüber zusammen sein würden." Tina setzte sich. Ihr Herz war schwer und ihr Kopf voller erschreckender Gedanken. Sie hatte Angst, dass Stavros es schon bedauern würde, sie geheiratet zu haben.

„Was ist passiert?", fragte ihre Tante wieder und läutete gleichzeitig nach Kaffee.

Tina stieg das Blut in die Wangen, als sie sagte. „Stavros war immer noch wütend, als wir in der Wohnung ankamen. Er – er hat in einem anderen Zimmer geschlafen." Ein Schluchzen klang in ihrer Stimme. „Ich habe das heraufbeschworen", erklärte sie verzweifelt, „und als sicher angenommen, dass er mit Dora geschlafen hat, aber anscheinend stimmte es nicht."

„Warum war sie dann dort?"

„Das sagte er nicht, aber es scheint doch möglich, dass sie in Athen war, bei ihm nur hereinschaute und die Nacht in einem der anderen Schlafzimmer verbrachte."

„Ja, das ist möglich." Skepsis klang in Tante Doris' Stimme. Tina entging das nicht. Bis jetzt hatte sie steif und fest an Stavros' Worte geglaubt, aber nun kamen ihr auch wieder Zweifel ... Alle Männer sind Lügner, hatte ihre Tante einmal gesagt. Könnte es sein, dass auch Stavros jetzt gelogen hatte?

„Ich denke, ich gehe ein bisschen einkaufen, Tante", sagte Tina. Sie hatte plötzlich das Bedürfnis, allein zu sein und mit niemanden über die ganze Sache sprechen zu müssen.

„Sicher wäre es besser gewesen, wenn du dieses Mal auf Kreta geblieben wärst."

Auch Tina hatte das schon gedacht, aber andererseits war es schon gut zu wissen, dass Dora regelmäßig zu Stavros' Wohnung kam, wenn sie in Athen war. Sie traf ihn vielleicht nicht immer an, aber wenn Stavros da war, war sie ihm sicher willkommen, sonst hätte sie es ja längst aufgegeben, ihn zu besuchen.

„Stavros möchte mich seiner Mutter vorstellen", wechselte Tina das Thema. „Wir fahren mit der Jacht hinüber ..."

Tante Doris sah überrascht auf. „Ich wusste gar nicht, dass er noch eine Mutter hat. Wo lebt sie?"

„Auf der Insel Patmos."

„Die kleinste der Inseln des Dodekanes – eine herrliche Insel, Tina. Sie wird dir gefallen."

„Du kennst die Insel?"

Tante Doris nickte. „Ja, ich war mit deinem Onkel vergangenes Jahr dort. Habe ich dir das nicht geschrieben?"

„Nein, bestimmt nicht. Ist sie so schön wie Kreta?"

„Sie ist ganz anders. Es gibt dort ein berühmtes Kloster mit sehr schönen Fresken. Auch das Dorf Chora ist interessant. Du triffst dort Häuser im byzantinischen Stil an und kannst dir herrliche Handstickeren kaufen."

„Stavros' Mutter lebt in Chora", meinte Tina nachdenklich, „zusammen mit ihrer Schwester."

„Ich hoffe, sie mag dich, Kleines."

Tina verzog den Mund. „Stavros sagte, sie macht sich nicht viel aus Engländern."

„Wieso denn das? Kann sie vielleicht kein Englisch?"

„Ich weiß nicht. Stavros hat nichts gesagt." Tina trank ihren Kaffee aus und stellte die Tasse ab. „Ich gehe jetzt, Tantchen", erklärte sie energisch und stand auf.

„Gut, Liebes. Kommst du zum Essen zurück?"

„Ja, gern." Tina brachte ein Lächeln zustande und sagte: „Ich verspreche dir, Tantchen, dass ich etwas Interessantes zu tun finde."

5. KAPITEL

Ganz automatisch schlug Tina den Weg zur Akropolis ein. Obwohl trotz der späten Jahreszeit immer noch haufenweise Touristen da waren, wusste sie, dass sie dort den Frieden finden würde, nach dem ihr Geist verlangte. Sie stand da und blickte zum Parthenon auf. Die Sonne lag warm auf ihren Haaren und ihrem Gesicht. Eine Gruppe Touristen mit einer Reiseleiterin kam heran und blieb fast neben ihr stehen. Tina ging weiter und bemerkte kaum, dass sich ein junger Mann von der Gruppe abgesondert hatte.

Er sprach sie an und deutete auf die Stelle, wo jetzt die Touristen standen.

„Ich würde mich ja so freuen, wenn ich eines Tages hierher kommen könnte und der einzige Gast hier oben wäre. Menschenmengen bringen mich ganz durcheinander." Er lächelte sie an. Sie betrachtete die offen blickenden Augen, die etwas auseinander standen, die gerade Nase und das feste Kinn. Er war sauber, aber etwas salopp mit Jeans und einem gestreiften Hemd bekleidet.

„Mir würde das auch besser gefallen. Ich glaube es geht, wenn man zeitig genug kommt."

Er schaute sie an und fragte etwas zögernd, ob sie hier Ferien machte. Bevor sie antworten konnte, kam schon die Frage „Sind Sie – allein?"

„Nein, mein Mann hat geschäftlich in Athen zu tun. Ich treffe ihn erst heute Abend wieder und muss mir bis dahin die Zeit vertreiben." Sie mochte sein offenes Wesen, sein Lächeln. Und es war nett, einem Landsmann zu begegnen. „Sind Sie in Urlaub hier?"

„Ja, und in diesem Jahr musste ich ihn spät nehmen, so fuhr ich nach Griechenland. Leben Sie in Athen?"

Tina schüttelte den Kopf. „Nein, wir leben auf Kreta. Kennen Sie es?"

„Ja, flüchtig. Ich kam auf einer Kreuzfahrt hin, und man hat uns gerade so viel Zeit gelassen, dass wir den Palast von Knossos besichtigen konnten. Er war wirklich aufregend – aber ich hätte gern ein wenig mehr von der Insel gesehen." Er schwieg und schaute sie nachdenklich an. „Aber jetzt sind Sie wohl für einige Zeit in Athen?"

„Ja. Mein Mann hat eine Wohnung hier –" Sie unterbrach sich, denn es ging ihr auf, wie komisch das in den Ohren dieses Mannes klingen musste. Warum konnte sie nicht einfach sagen, wir haben eine Wohnung?

„Sicher lebt es sich hier sehr angenehm. Ist Ihr Mann Engländer?"

Eine Zeit lang antwortete sie nicht, sie fand, dass der junge Mann zu viele Fragen stellte. Aber offenbar wollte er nicht aufdringlich sein. So antwortete sie ruhig „Nein, er ist Grieche."

Der junge Mann sah sie erstaunt an, sagte aber nur „Gehen Sie zum Mittagessen? Das heißt, ich meine, wenn es Ihnen recht ist, könnten wir zusammen essen."

Tina war im Begriff abzulehnen, besann sich dann aber anders. Diese paar Minuten Unterhaltung mit diesem Fremden hatten ein Zentnergewicht von ihrem Herzen genommen, und sie wollte die Bekanntschaft nicht so schnell beenden. „Ich esse im Hotel meines Onkels, das am Verfassungsplatz liegt. Sie können mitkommen, wenn Sie möchten", sagte sie.

„Und Sie meinen, es macht ihm nicht aus?"

„Sicher nicht."

„Sollen wir ein Taxi nehmen?", fragte der junge Mann.

„Ich persönlich würde lieber zu Fuß gehen."

„Fein, ich auch." Er stellte sich vor und fragte dann, wie sie hieße.

„Tina."

„Tina ... Ein hübscher Name. Darf ich Sie Tina nennen?"

„Ja."

„Dann nennen Sie mich bitte Bill."

Sie nickte, dann machten sie sich in Richtung Propyläen auf den Weg, das im Altertum der Eingang zum heiligen Hügel war. Tina schwieg, als sie miteinander die Stufen hinuntergingen. Sie dachte an Stavros und wie er wohl darauf reagieren würde, dass sie mit einem jungen Mann zusammen war … Sie wusste, wie eifersüchtig er schon gewesen war, als sie während ihrer Flitterwochen einen jungen Mann nur angelächelt hatte. Aber die Chance, dass Stavros es erfahren würde, stand hundert zu eins.

Tante Doris sah ein bisschen unbehaglich drein, als Tina, nachdem sie Bill in der Hotelhalle abgesetzt hatte, ihr berichtete, dass sie einen Bekannten zum Essen mitgebracht hatte.

„Was wird Stavros dazu sagen? Und wie hast du ihn überhaupt kennengelernt?“, wollte Tante Doris wissen.

Tina erklärte kurz die Situation und fügte hinzu, dass Stavros es nicht erfahren würde und infolgedessen nichts dazu sagen könnte.

„Hast du das als Vergeltungsmaßnahme gedacht?“

„Nein, Tante, der Gedanke wäre mir nie gekommen.“

„Vielleicht nicht bewusst. Wo ist der junge Mann jetzt?“

„In der Halle.“ Tina sah ihre Tante unbehaglich an. Jetzt erst ging ihr auf, dass sie zu viel vorausgesetzt hatte.

Tante Doris schien keineswegs begeistert. Sie aßen an einem Tisch in einer Ecke, der von einem Gitter mit üppig wuchernden Topfpflanzen den Blicken der Allgemeinheit etwas entzogen war. Bill war begeistert von dem Hotel, das er wesentlich besser und schöner fand als das am Omonia-Platz, das ihm sein Budget gestattete.

„Mir gefällt der Omonia-Platz“, sagte Tina. „All die Cafés und Hotels scheinen überzuquellen von Leuten, die alle Art von Andenken und Blumen verkaufen. Es ist ein aufregender Ort.“

„Ja, sehr anders als hier“, meinte Onkel Frank. „Ich stimme Tina zu, er ist aufregend.“

„Sollen wir nachher dorthin gehen?“, fragte Bill und schaute Tina an. So entging ihm der Blick, den sich die beiden älteren Herrschaften zuwarfen.

„Wenn Sie möchten.“ Tina fand, dass so der Tag am besten verginge und sie nicht länger darüber nachdenken müsste, was der Abend wohl brächte, wenn sie und Stavros sich wieder in seiner Wohnung treffen würden. Ob er wohl seine üble Laune inzwischen überwunden hatte?

Der Omonia-Platz war voll Leben. Griechische Matrosen mischten sich unter skandinavische Touristen, Händler riefen ihre Waren aus. Bill kannte ein Restaurant, das ein bisschen besser war als die übrigen hier auf dem Platz.

„Danke für den so interessanten Tag", sagte er ernst, als sie sich trennten. „Manchmal ist es recht langweilig so allein."

Tina nickte. „Da bin ich Ihrer Meinung. Ich kann mich zwar recht gut selbst beschäftigen, aber ab und zu habe ich auch gern Gesellschaft."

Sie ging davon, und fast sofort schien die ganze Last, die sie den Tag über verdrängt hatte, auf sie herabzusinken. Je näher sie an die Wohnung kam, desto schwerer wurden ihre Füße, und sie war sehr erleichtert, dass Stavros noch nicht da war. Sie würde sich im Bad ein bisschen entspannen. Als sie mit Baden fertig war, war Stavros immer noch nicht da. Stirnrunzelnd sah sie auf die Uhr. Viertel nach sieben … Weitere zehn Minuten vergingen und noch weitere. Viertel vor acht tauchte er auf, elegant wie immer, aber müde. Schüchtern fragte sie „Hattest du einen guten Tag, Stavros?"

Er nickte. „Ja, gut, aber anstrengend." Er stellte die Aktentasche auf den Tisch und sah Tina an. „Und du, hast du dich gut amüsiert?"

Sie nickte und wandte sich ab, damit er die Tränen in ihren Augen nicht sehen sollte. Sie vermutete, dass er wusste, wie heftig sie ihn liebte und dass sein Verhalten sie ungemein schmerzen musste.

„Ja, ich hatte einen sehr interessanten Tag", erklärte sie, und in ihrer Stimme schwang ein wenig Trotz mit. „Ich aß bei meinen Verwandten im Hotel, zusammen mit einem charmanten jungen Mann, den ich auf der Akropolis kennengelernt und mitgenommen hatte. Wir alle vier haben uns sehr gut unterhalten." Sie hatte sich immer noch abgewandt, so konnte sie seine Reaktion nicht voraussehen.

Er stieß nur ein Wort zwischen den Zähnen hervor „Was?"

Sie drehte sich mit gespielter Überraschung um. „Hast du mir nicht zugehört, Stavros?" Sie sah in das dunkle, wilde Gesicht und dachte, er würde sie auf der Stelle umbringen. „Ich habe dir eben erzählt, dass ich einen jungen Engländer kennengelernt habe – er heißt Bill …"

Als er näher kam, wäre sie am liebsten davongelaufen … seine ganze Erscheinung war eine einzige Drohung … aber ihre Beine versagten den Dienst, und da hatte er sie schon bei den Schultern gepackt und schüttelte sie. Tina schrie empört auf, dann weinte sie und bat ihn aufzuhören.

Dann hob er ihr Gesicht zu sich empor und drückte seinen Mund schmerzhaft auf ihren. Als er sie endlich losließ, war sie einer Ohnmacht nahe.

Sie wurde immer noch vom Schluchzen geschüttelt und sah Stavros ungläubig an, als ob sie ihn so ungezügelter Leidenschaft nicht für fähig hielte, und eine kalte Wut stieg in ihr hoch. Durch die zusammengepressten Zähne flüsterte sie „Ich hasse dich … hörst du, ich hasse dich!", und ihre flammenden Blicke unterstrichen ihre Worte.

Stavros sah sie nur an. „Diesen Mann", keuchte er, „den hast du einfach aufgelesen, sagst du?"

Tina stand der Sinn wirklich nicht danach, über Bill zu reden.

„Lassen wir es fallen", sagte sie und ließ sich in einen Sessel sinken, denn ihre Beine trugen sie kaum noch.

„Nein, bei Gott, wir lassen es nicht fallen! Er war Engländer, sagst du. Und du hast ihn einfach zum Mittagessen mitgeschleppt zu …", Stavros konnte vor Zorn nicht weiterreden und wurde krebsrot. „Hast ihn zum Essen zu deinen Verwandten mitgenommen. Was hast du ihnen denn erzählt? Du musst ihnen doch erklärt haben, warum du diesen Mann aufgelesen hast."

„Ich habe ihn nicht aufgelesen", protestierte sie. „Himmel, wir haben uns ein bisschen unterhalten, und dann fragte er mich, ob ich schon zu Mittag gegessen hätte."

„Und da sagtest du Nein und schlepptest ihn in deines Onkels Hotel mit?"

„Stavros", flehte sie, „bitte, sag nicht so etwas. Es war wirklich nichts Unrechtes …"

„Nichts Unrechtes dabei, wenn man einfach einen Mann aufliest?", fiel er ihr in die Rede. „Wenn du ein griechisches Mädchen wärst, würdest du Prügel für dein unziemliches Benehmen beziehen."

„Ich bin keine Griechin", stellte sie ruhig fest.

„Aber du bist mit einem Griechen verheiratet und, bei Gott, du wirst dich nach unseren Gesetzen richten!"

Obwohl Tina beschlossen hatte, fügsam zu sein, damit sein Zorn so schnell als möglich abkühlte, fuhr sie jetzt hoch. „Ich bin Engländerin", fauchte sie „und ich bin in keiner Weise gezwungen, mich dummen Gebräuchen zu fügen. Hast du nicht einmal gesagt, dass meine Ideale altmodisch seien? Offenbar hast du das jetzt vergessen."

„Wir reden nicht von deinen Idealen, sondern von meinen Rechten als dein Ehemann. Ich habe das Recht, dich zu züchtigen, wenn du in meinen Augen etwas Unrechtes getan hast." Seine Stimme war zwar ruhiger, klang aber noch sehr gefährlich und drohend. „Hier bei uns ist der Mann der Herr, und die Frau gehorcht ihm." Er sah sie fest an. „Du, Tina, wirst dich meinen Wünschen fügen oder die Konsequenzen tragen."

„Wünschen?", wiederholte sie. „Du meinst Befehle."

Zustimmend nickte er. „Ganz richtig, Befehle. Und du wirst gehorchen, Tina. In England scheinen die Frauen die Hosen anzuhaben, hier ist es der Mann. Das wusstest du, als du mich heiratetest, oder nicht?"

Tina nickte. „Ja, ich wusste, wie es mit griechischen Männern ist."

„In diesem Fall hattest du keine Entschuldigung für dein heutiges Benehmen. Du wusstest ganz genau, dass es etwas war, mit dem ich auf keinen Fall einverstanden sein würde."

„Es war wirklich alles ganz harmlos. Bill – der junge Mann – war in keiner Weise aufdringlich –, und schließlich habe ich ihn ins Hotel meines Onkels mitgenommen."

Seine harten Augen funkelten gefährlich. „Damit es deine Verwandten auch gleich erfahren konnten, dass es zwischen uns etwas gegeben hat?"

Tinas Lippen zitterten. Sie war völlig erschöpft und wünschte sich nur, dass er sie in die Arme nehmen und alles wieder wie früher sein würde. So bat sie weich: „Stavros … können wir nicht endlich damit aufhören? Ich bin – ich bin so unglücklich." Ein Schluchzen hinderte sie am Weitersprechen. Ihre Augen waren feucht, und ihr hübsches Gesicht war schmerzlich verzogen.

Einen flüchtigen Augenblick lang schien Stavros hart bleiben zu wollen, dann war er mit ein paar Schritten bei ihr und zog sie sanft am Handgelenk hoch. Sie fühlte, wie eine Zentnerlast von ihr abfiel, als ihr Mann sie mit unendlicher Zärtlichkeit in die Arme nahm und küsste, ihre Stirn und ihre Wangen streichelte und schließlich ein Taschentuch hervorzog, um die Tränen der Erleichterung zu trocknen, die jetzt zu fließen begannen.

„Tina", flüsterte er. „Ist dir klar, wie das alles angefangen hat?"

„Ja, mit meiner Dummheit, als ich voraussetzte, dass Dora …" Sie hob das Gesicht, um seine Augen zu erforschen, aber die dunklen Augen gaben nichts preis. Konnte sie es also glauben, wenn er sagte, dass Dora nicht mit ihm geschlafen hatte? Aber selbst, wenn er log, es ging sie nichts an, es wäre auf jeden Fall vor ihrer Heirat gewesen … Ihr war klar, dass sie dadurch den Weg des geringeren Widerstandes ging, wenn sie sich das einredete. Im Augenblick wünschte sie sich nur eins, ihre Beziehung zu Stavros wieder auf den Punkt zu bringen, wo sie vor dem Eindringen seiner alten Flamme in ihrer beider Leben war.

Er wartete eine Weile auf das Ende des Satzes. Als ihm dann klar wurde, dass wohl nichts mehr kommen würde, meinte er: „Es war wirklich ein unglückliches Zusammentreffen, dass sie gestern kam, Tina. Früher einmal, vor langer Zeit, waren wir mehr als gute Freunde gewesen. Ich glaube, ich habe dir das schon gesagt – vielleicht hätte ich sie geheiratet, das kann ich jetzt nicht mehr sagen, und es ist auch völlig belanglos. Ich bin zufrieden, dich zur Frau zu haben und würde dich nicht für ein Dutzend Doras eintauschen." Er brach ab und fuhr dann leicht belustigt fort, „du siehst schon wieder viel glücklicher aus, Liebes."

„Ich bin auch glücklich, wenn du solche Dinge zu mir sagst", strahlte sie. Die schreckliche Szene von vorhin war vergessen.

„Reiz mich nicht, Tina", sagte er mit einem Lächeln auf den Lippen. „Ich möchte lieber nicht, dass du meine Wutausbrüche erlebst. Allein der Gedanke, dass du den Tag mit einem anderen Mann verbracht hast, war wie ein rotes Tuch für mich."

Er hielt sie mit gestreckten Armen von sich weg, und sie sah, wie etwas von seiner Wildheit zurückkehrte. Zärtlich klammerte sie sich an ihn und hoffte, sie könnte ihn überzeugen, dass wirklich nichts war. Der Gedanke, dass sie sich mit Bill für den nächsten Tag verabredet hatte, schoss ihr flüchtig durch den Kopf, aber sie beschloss, nur ganz kurz hinzugehen und ihn mit einer Entschuldigung nach ein paar Minuten wieder zu verlassen. „Ich glaube, Tina, ich habe durchblicken lassen, dass ich sehr eifersüchtig sein kann."

Tina nickte, sagte aber nichts. Denn sie dachte daran, dass es ohne Liebe eigentlich keine Eifersucht geben könnte. Offenbar stimmte das nicht. Stavros liebte sie zwar nicht, war aber höllisch eifersüchtig.

Die Berührung seiner Lippen erregte sie, und sie spürte, wie seine Hände zärtlich und sanft über ihren Hals, ihre Stirn und ihre Haare strichen.

Nach einer Weile hielt er sie von sich weg und sagte, „komm Mädchen, mach dich fein, wir essen auswärts."

Wieder sah ihre Welt rosig aus. Wie auf Wolken ging sie ins Bad, und als sie wieder ins Schlafzimmer kam, stand Stavros da und lächelte. Er hatte geduscht und trug einen rot-schwarzen Morgenmantel mit einem aufgestickten Drachen.

„Was soll ich anziehen?", fragte sie. Sie hatte nur das Badetuch um sich gewunden. „Das weiße Samtkleid, das du mir in Dorchester gekauft hast?"

Er nickte und schien durch das Badetuch hindurchzublicken. Tina wurde rot und schlug die Augen nieder. Sie fühlte, dass sie eine Versuchung für ihn darstellte, aber sie wusste nicht, wie schön und hinreißend sie diesem dunklen Griechen, mit dem sie verheiratet war, erschien. Er schien die Konturen ihres schlanken Körpers in sich aufzunehmen, dann wanderten seine Blicke zu ihren Wangen, den weichen vollen Lippen, die ihn anlächelten, zu dem vollen goldenen Haar. Sie glitten weiter über ihre hohe Stirn, die geschwungenen Augenbrauen und die wunderschönen Augen, die hinter unwahrscheinlich langen Wimpern lagen.

Seine Stimme war leise und rau, als er endlich sagte, „du darfst einfach so früh am Tag nicht so verführerisch aussehen, Tina. Sollen wir ausgehen oder sollen wir dableiben?"

„Ich – ich ..." Sie wandte sich scheu von ihm ab, aber seine Hand war schon da und zog sie an sich. Das Badetuch wurde mit einem einzigen Ruck weggerissen, und als Stavros sie an sich zog, merkte sie, dass er unter seinem Morgenmantel nichts anhatte. Als sich ihre Körper berührten, geriet Tina in Ekstase. Stavros nahm sie fest in die Arme, seine Hände streichelten sie und sein Mund küsste sie schmerzhaft und fordernd.

„Himmel, Tina, noch nie zuvor hat mich eine Frau so angezogen wie du, nein, noch nie in meinem Leben!" Seine ungestüme Leidenschaft riss sie mit, als er ihren Körper erneut an seinen presste. Einen Augenblick schienen ihre Gedanken wild durcheinanderzuwirblen und ihr Atem schien stillzustehen. Das Zimmer gegann um sie herum zu tanzen, als Stavros sie kraftvoll hochriss und mit schnellen Schritten zum Bett trug. Sein Morgenmantel fiel herunter, als er sich neben sie legte ...

Sehr viel später sagte Stavros, während er zärtlich ihre Brüste streichelte, „was tun wir nun, liebe Tina? Gehen wir auswärts essen?" Seine Stimme klang leicht belustigt und Tina lachte leise.

„Dann war das also die falsche Reihenfolge, Stavros?"

„Na und? Was tut das?", lachte auch er, „wenn wir heimkommen, können wir uns doch noch mal lieben."

„Wahrscheinlich werde ich dann aber zu müde dazu sein", sagte sie und imitierte ein Gähnen.

Das brachte ihr einen liebevollen Klaps ein. „Lügnerin", lachte Stavros. „Auf jeden Fall werde ich dich schon munter machen."

Tina kuschelte sich an ihn und kämmte mit den Fingern die dunklen Haare auf seiner Brust. „Willst du wirklich ausgehen?", flüsterte sie verführerisch.

„Ein Mann wird hungrig", erklärte er.

„Eine Frau auch", erwiderte sie doppeldeutig.

„Ich dachte schon, du würdest das nie zugeben."

Sie trug das weiße Samtkleid, das in der Taille gerafft war und beim Gehen aufregend schwang. Das Oberteil war tief ausgeschnitten und schulterfrei und gab Tinas braungebrannte Schultern frei. Ein Diamantclip schmückte ihr Haar; er passte zu der Halskette und den Ohrtropfen, die Stavros' Hochzeitsgeschenk für sie waren.

„Du siehst wunderbar aus", flüsterte er dicht an ihrem Ohr. „Ich bin stolz darauf, dich auszuführen."

Sie errötete leicht bei dem Kompliment und sah ihm strahlend in die Augen. Dieser Mann hatte wirklich Charme. Es schien fast unfassbar, dass er noch ein paar Stunden zuvor dreingeblickt hatte wie der leibhaftige Teufel, so hart und unnachgiebig wie in Stein gehauen. Jetzt war er ganz zuvorkommend, halb spöttisch, halb zärtlich. Und seine Lippen lagen sanft auf ihren, seine Hände zärtlich auf ihren nackten Schultern. Er ergriff das Cape, das auf einem Stuhl lag, und warf es ihr über die Schultern. Sie nahm ihre Handtasche und schenkte ihm ein gewinnendes Lächeln. Zusammen verließen sie die Wohnung.

Als sie zum Stadtzentrum fuhren, stand der Mond hoch über der goldenen Stadt. Die Akropolis in ihrer antiken Glorie schien inmitten der Sterne zu stehen.

Bald waren sie aber auch schon bei dem Restaurant angekommen. Stavros hatte telefonisch einen Tisch bestellt. Der Kellner kannte Stavros und behandelte ihn mit Ehrerbietung. Der Tisch war am Fenster, und man hatte von da einen herrlichen Blick auf die geschäftige Stadt, und darüber zeichneten sich die Tempel der Akropolis in klarer Silhouette vor dem griechischen Himmel ab. Tina seufzte zufrieden.

„Das klang gerade wie das zufriedene Schnurren eines Kätzchens, das gestreichelt wird", meinte er vielsagend, und Tina musste lachen.

Dann wandte sich Stavros dem Kellner zu, der mit der Weinkarte dastand. „Entschuldige, mein Liebes, aber die Karte muss ich genau studieren. Heute Abend brauchen wir etwas ganz Besonderes."

„Etwas Besonderes?", wiederholte sie, als der Kellner gegangen war. „Was ist so besonders an diesem Abend?"

„Unser erster Streit – und die herrliche Versöhnung! Übrigens, du hast eine ganz entzückende Art, rot zu werden." Er schaute sie über die Weinkarte hinweg an. „Habe ich dir das noch nie gesagt?"

„Such lieber den Wein aus, Stavros, der Kellner kommt gleich wieder her", sagte sie und deutete diskret mit dem Finger in die Richtung. „Er wartet, dass du den Wein bestellst, stattdessen stellst du Betrachtungen über mein Aussehen an."

Die dunklen Augen glitzerten, aber diesmal war es nur Scherz.

„Erinnere mich daran, dass ich dir zu Hause einen Klaps hinten drauf gebe – wegen Frechheit!"

Tina lachte, und dann suchte Stavros endlich den Wein aus.

6. KAPITEL

Die Insel Patmos tauchte durch einen Regenschleier auf und nahm nach und nach Gestalt an, als die Jacht graziös in den kleinen Hafen von Skala einlief.

Stavros' Mutter lebte in einem der alten Häuser von Chora – es war ein herrliches Haus mit Bögen und Balkonen und terrassenförmig angelegten Gärten, wo purpurroter Hibiskus mit Bougainvilleas um die Wette blühte. Obwohl es spät im Jahr war, blühten die Blumen immer noch, denn der Garten war durch dicke Zypressen und Lorbeerhecken geschützt. Hohe Pinien wuchsen auf den Hügeln nach Osten und Norden zu, während in einer anderen Richtung die Häuser sich bis zu dem alles überragenden Kloster aus dem elften Jahrhundert erstreckten, das dem heiligen Johannes gewidmet war, der hier in einer nahe gelegenen Grotte die Offenbarung empfangen und die Apokalypse geschrieben hatte.

Als Tina und Stavros beim Haus seiner Mutter ankamen, hatte der Regen aufgehört. Die Erde roch herrlich frisch, und die Säulen und Stufen hatten den strahlend sauberen Glanz von frisch gewaschenem Marmor.

„Wie schön", entfuhr es Tina, und sie hoffte nur, dass ihre Schwiegermutter zu dem herrlichen Besitz passte.

Stavros hatte Tina erzählt, dass seine Tante die Woche zuvor ins Krankenhaus gebracht worden war und eine Weile drinbleiben müsste. „Tante Sophia triffst du also nicht an", sagte er.

Im Stillen dachte Tina, dass sie mit einer seiner Verwandten auf einmal vielleicht genug zu tun haben würde. Stavros hatte ihr gesagt, dass seine Tante kein Englisch sprach und seine Mutter nur sehr wenig.

Die alte Dame saß in einem gewölbeähnlichen Salon, der sehr spärlich möbliert war mit einer Kommode und einem Tisch mit passenden Stühlen, einer Polstergarnitur in dunkelgrünem Samt und einem Sideboard, auf dem eine Reihe alter Ikonen aufgestellt war. Die Farbe war rissig und die Bilder waren fast unkenntlich. Zwei kleine Kerzen brannten an jedem Ende der Ikonenreihe, und ihre Flammen warfen ein fast unwirkliches Licht auf die am nächsten stehenden Ikonen.

Tina streckte ihrer Schwiegermutter die Hand entgegen und fühlte sich so fremd wie noch nie seit ihrer Heirat. Denn dies hier war wirklich ein griechisches Heim. Die Besitzerin war ganz in Schwarz gekleidet, und ihr Kleid reichte bis zum Boden. Das Gesicht war voller Falten, die Wangen so eingesunken, dass die Knochen hervortraten und durch das alte stumpfe Pergament der Haut schimmerten. Die Augen jedoch schienen lebendig, und sie blickten mit der gleichen Arroganz, wie Tina sie schon von Stavros kannte. Tina versuchte vergeblich, sich die Frau als junges Mädchen vorzustellen, aber Mrs. Christos war eine jener Frauen, die nie jung gewesen zu sein schien.

„Cherete", murmelte die alte Frau mit ihren runzligen Lippen, die nur noch einen schmalen Schlitz in ihrem Gesicht bildeten. „Ti kanete?" Und dann nach einer winzigen Pause: „Me enoite?"

Tina schaute Stavros verwirrt an.

„Mutter hat dich begrüßt und dann gefragt, wie es dir geht. Zum Schluss wollte sie wissen, ob du sie verstehst." Mit einem Lächeln wandte er sich an die alte Dame. „Aber du kannst doch Englisch sprechen, Mitera."

Die harten Augen bewegten sich nicht, als die Frau ihrem Sohn in Griechisch antwortete. Stavros runzelte die Stirn, und Tina kam zu dem Schluss, dass Mrs. Christos mit der Heirat ihres Sohnes nicht einverstanden war und daher kein einziges Wort in der Sprache ihrer Schwiegertochter zu sprechen gedachte.

Stavros machte eine hilflose Gebärde und sah Tina entschuldigend an. „Sag etwas in Englisch, Tina, ich werde es übersetzen. Außerdem ist es sicher, dass Mutter dich versteht, wenn du langsam sprichst." Tina nickte und sagte: „Ich freue mich sehr, Sie kennenzulernen, Mrs. –" Sie brach ab.

„Mitera", half Stavros aus. „Du musst sie als deine Mutter anreden."

Tina zog die Stirn kraus, senkte aber den Kopf, sodass weder Stavros noch seine Mutter es sehen konnten. Dann versuchte sie es noch einmal.

„Es ist mir ein großes Vergnügen, Sie kennenzulernen, Mitera. Ich hoffe, dass Sie gesund sind.“

Stavros übersetzte, was sie gesagt hatte, und Tina beobachtete das Gesicht ihrer Schwiegermutter genau. Aber es war unmöglich, aus diesen dunklen, reglosen Augen irgendeine Gefühlsregung ablesen zu können.

Jetzt sagte die Frau ruhig: „Ime kale, efcharisto – gut, danke.“

Hierfür brauchte Tina keine Übersetzung. Doch die harten Augen wichen nicht von ihr. Tina hatte das unangenehme Gefühl, gründlich erforscht und verworfen zu werden. Sie wünschte, sie hätte nicht ein so tief ausgeschnittenes ärmelloses Kleid an, auch wünschte sie, es wäre ein wenig länger. Aber Stavros hatte es ihr ausgesucht, und sie hatte es angezogen, um ihm eine Freude zu machen.

Er hatte etwas Autoritäres an sich, wenn es um die Kleider seiner Frau ging, und er befahl ihr förmlich, was sie anzuziehen hatte. Sie gehorchte gern, nicht nur, weil es bequemer war, sondern auch, weil Stavros einen ausgezeichneten Geschmack hatte und genau wusste, in was sie zu einem bestimmten Anlass am besten aussehen würde. Aber diesmal hatte er offenbar einen Fehler gemacht.

Eine Griechin in mittleren Jahren brachte Erfrischungen herein. Ihr Haar war wuschelig und hing im Rücken in zwei langen grauen Zöpfen herunter, die unten mit einem schwarzen Bändchen, das fast wie ein Schnürsenkel aussah, zusammengehalten wurden. Sie brachte schwarze Walnüsse, in dickem Sirup eingelegt, sodass die harten Schalen weich und essbar geworden waren. Ein Glas Wasser wurde zu diesen Walnüssen gereicht, die man einzeln mit einer langen Gabel herausholte, in das Wasser tauchte und dann aß. Tina, die das noch nie zuvor erlebt hatte, wartete einfach, was Stavros machte, und machte es ihm dann nach. Sie konnte ihm ansehen, dass er sich darüber amüsierte. Auf die Nüsse folgte Kaffee.

Tina war von dem Zimmer fasziniert und schaute sich um. Auf der Kommode war ein richtiges Durcheinander von allen möglichen Sachen, aber es waren auch ein paar hübsche Antiquitäten darunter. Die Bilder an den Wänden schienen wertvoll zu sein. Dennoch war dies im Vergleich zu Stavros' Villa, seiner Wohnung in Athen und der Jacht recht armselig.

Stavros erzählte ihr später, dass seine Mutter es abgelehnt hatte, nach dem Tod ihres Mannes etwas von seinem Geld anzurühren. Sie hatte ihr Haus verkauft und war zu ihrer Schwester gezogen.

„Es ist beinahe dürftig", sagte Tina später im Schlafzimmer, als sie die Möglichkeit hatten, allein miteinander zu sprechen. „es ist ganz und gar nicht das, was ich erwartet hatte. Das Haus ist natürlich wunderschön, aber die Möbel …"

„An solche Sachen sind alte Leute gewöhnt, Tina. Sie werden mit der Zeit völlig anspruchslos. Ich könnte zum Beispiel Mutter nie überreden, mit uns zu essen. Auch fühlt sie sich bei ihren seltenen Besuchen in Athen in meiner Wohnung höchst unbehaglich – und in der Villa ist es noch schlimmer."

Das leuchtete Tina ein.

„War sie denn schon auf deiner Jacht?", fragte sie.

Stavros lachte und schüttelte den Kopf. „Nein, noch nie."

„Aber sie kommt doch nach Athen?"

„Sehr selten. Es gibt eine regelmäßige Schiffsverbindung. Da fahren natürlich größere Schiffe."

„Und fliegt sie?"

„Du würdest meine Mutter um nichts in der Welt in ein Flugzeug bringen, es sei denn, mit Gewalt – und auch das wäre sicherlich nicht so einfach."

Tina schwieg eine Weile, dann meinte sie zögernd: „Sie mag mich nicht, Stavros."

Er schien einen kleinen Seufzer auszustoßen. „Wie ich dir schon sagte, hat sie einen Pick auf Engländer. Aber sie wird sich schon an dich gewöhnen. Nimm es nicht so schwer."

Lächelnd schüttelte Tina den Kopf. „Nein, sicher nicht, Stavros. Und nach dem, was du mir gesagt hattest, erwartete ich auch nicht, mit offenen Armen empfangen zu werden."

„Es tut mir leid, Kleines", sagte er und wechselte das Thema. Er würde sie am nächsten Tag zur Grotte der Apokalypse führen, versprach er. „Dies hier ist die heiligste Insel in der ganzen Ägäis", setzte er hinzu, „aber das weißt du vielleicht schon?"

Sie schüttelte den Kopf. „Nein, ich dachte, das sei Delos."

„Im Altertum war es Delos."

Tina freute sich natürlich sehr auf diesen Ausflug, aber zuerst war der Abend zu überstehen, und sie hatte das Gefühl, dass der schwierig werden würde.

Und sie hatte recht. Mrs. Christos lehnte es ab, auch nur ein Wort Englisch zu sprechen, und Stavros musste viel übersetzen. Tina bemühte sich freundlich zu sein, zu lächeln, die Frau ein wenig aus ihrer Reserve zu locken, aber diese saß abweisend und aufrecht wie eine alte Götterstatue in ihrem hohen Lehnstuhl.

Stavros' Mutter wirkte überwältigend, wie sie die alten knochigen Hände gefaltet im Schoß liegen hatte, während die Augen unbeweglich vor sich hin starrten. Ihre Figur war dünn und knochig, das Haar steckte unter einem Häubchen, aus dem sich nur ein paar Strähnen grauen Haares hervorstahlen. Selbst bei Tisch gab sie sich zurückhaltend und abweisend. Es kam Tina vor, als ob sie sich noch nicht einmal freute, ihren Sohn zu sehen.

Nach dem Essen ging Tina ein bisschen draußen herum, sie musste für eine Weile allein sein und außerdem Mutter und Sohn Gelegenheit geben, ein privates Gespräch zu führen.

Die Luft war kühl, aber nicht unangenehm, und Tina ging quer über die Gartenpfade bis zu einem Weg, der sich draußen vorbeiwand. Unten lag die See, und der sternenübersäte Himmel strahlte herab. Die Mauern des Klosters zeichneten sich deutlich im Mondlicht ab und schienen ewigen Frieden und eine einfache tiefe Größe auszustrahlen. Tina konnte sich den Einsiedler vorstellen, der das Kloster zum Andenken an den heiligen Johannes hier errichtet hatte. Sein Name war Christodoulos, ein frommer Mann, dem der byzantinische Kaiser Alesius Comnenus vor fast neunhundert Jahren die Insel geschenkt hatte.

Tina ging weiter, unter großen ausladenden Johannisbrotbäumen hindurch, und ließ die Blicke von der See zu den Gebirgsmassen gleiten, die vulkanischen Ursprungs waren und, obwohl sie nicht sehr hoch aufragten, doch etwas furchterregend wirkten. Unten streichelte das Mondlicht die kleinen Wellen und bewirkte so ein eigenartiges Lichtspiel über dem Wasser.

Tina kam sich neben all der Schönheit klein und unbedeutend vor. Irgendwie überkam sie eine tiefe Niedergeschlagenheit, aber sie versuchte sich einzureden, keinen Grund dazu zu haben. Sie hatte einen wunderbaren Mann, ein schönes Heim ... Vielleicht war es ganz einfach das Schweigen, das sie umgab, und das Alleinsein, dass sie sich so unglücklich fühlte.

Tina vermisste ihren Mann. Sie wollte, er wäre bei ihr, würde ihre Hand halten und sie ab und zu an sich ziehen und küssen und streicheln mit der ganzen Selbstverständlichkeit, die ihm als Ehemann zustand.

Tina kehrte um und lenkte ihre Schritte wieder auf das schmiedeeiserne Tor zu, durch das sie gekommen war. Die Zypressen, Palmen und Zitronenbäume wirkten im Mondlicht völlig anders, ihre äußeren Formen schienen sich verändert zu haben. Das Kloster wirkte weit entfernt, ja beinahe unwirklich. Sie ging durch das Tor und auf das Haus zu. Irgendwie war sie dennoch verwirrt, denn sie war zwar zurückgekommen, hatte aber eigentlich nicht den Wunsch, das Haus zu betreten. Sie hatte Angst vor Mrs. Christos mit ihrem starren Blick und dem dürren aufrechten Körper in den schwarzen Kleidern, dem dünnen Mund und den klauenförmigen Fingern. Es schien Tina rätselhaft, dass diese Frau einst ein Kind zur Welt gebracht hatte, das sich zu einem so gut aussehenden Mann wie Stavros entwickelt hatte.

Als Tina vor dem Haus stand, sah sie ein Fenster offen stehen und Licht auf den Rasen fallen. Sie konnte noch nicht genau erkennen, ob es wirklich ein Fenster oder vielleicht eine Tür zum Garten hinaus war, und ging darauf zu. Vielleicht konnte sie ungesehen ins Haus gelangen.

Es war ein Fenster, und Tina war im Begriff vorbeizugehen, als sie unwillkürlich stehen blieb. Die Stimme, die sie hörte, klang schrill vor Zorn, die Antwort darauf ruhig und bestimmt. Sie sprachen Griechisch, offensichtlich stritten sie heftig. Tinas Gesicht verzog sich schmerzlich, denn ihr Instinkt sagte ihr, dass sie der

Grund für diesen Streit war. Und dann hörte sie ein Wort heraus – Dora.

Sie hörte es noch mal, dieses Mal sprach Stavros es aus. Dann wieder ein griechischer Redeschwall, noch schriller von Seiten der Frau, und dann wieder der Name.

Dora!

Es war ganz klar, Stavros hätte Dora Vassilou heiraten sollen, zumindest nach Ansicht seiner Mutter.

Am nächsten Morgen war Tina allein mit ihrer Schwiegermutter. Stavros war zur Jacht hinuntergegangen, um etwas zu holen, das er vergessen hatte. Tina war im Garten und wartete auf Stavros, als Mrs. Christos sie hereinwinkte.

„Ich will sprechen. Kommen Sie zu mir."

Sie sprach Englisch und keineswegs schlecht.

Tinas Nerven schienen sich zu verkrampfen. „Gut, ich komme."

Tina ging zur Haustür und betrat das Haus durch die Diele. Mrs. Christos war vom Fenster zurückgetreten und saß wieder in ihrem hohen Lehnstuhl, aufrecht, die Hände vor sich im Schoß. So hatte sie gestern dagesessen, als ihr Sohn mit seiner Frau angekommen war.

„Sitzen – bitte."

Tina gehorchte und nahm auf dem Stuhl Platz, den ihr die Schwiegermutter mit einer leichten Kopfbewegung zugewiesen hatte.

„Was gibt's?", fragte Tina und bemühte sich, ruhig zu sein. Es gefiel ihr ganz und gar nicht, dass sie allein mit dieser Frau war.

„Mein Sohn – warum er Sie heiraten?" Die Feindseligkeit lag nicht nur in der Stimme, sondern im ganzen Gesichtsausdruck. Tina schauderte unwillkürlich.

„Nun – gewöhnlich gibt es nur einen Grund dafür, dass sich zwei Menschen heiraten", brachte sie schließlich hervor.

„Pah! Mein Sohn nix Liebe. Er nicht – kann nicht lieben – nicht englisches Mädchen. Griechische Frau liebt er. Jetzt diese Frau frei – ihr Mann gestorben!" Mrs. Christos bedachte Tina mit einem Blick, der abgrundtiefen Hass verriet.

Tina war totenblass geworden und hätte am liebsten die Hände auf die Ohren gepresst, um nichts mehr hören zu müssen. Stavros sollte Dora lieben. War das wahr? Es konnte wahr sein. Dora hatte schließlich auch gesagt, Stavros hätte sie, Tina, nur geheiratet, um seiner alten Flamme etwas anzutun.

„Er liebt diese Frau – Dora Vassilou“, ereiferte sich Mrs. Christos erneut und sah fragend zu ihrer Schwiegertochter hin. „Ne enoite?“

Tina nickte. „Ja, ich verstehe Sie.“

„Kala. Sie nicht kennen Stavros lange Zeit, bevor er Sie heiraten, oder?“

„Nicht sehr lange“, antwortete Tina und spähte durch das Fenster in der Hoffnung, dass Stavros kommen würde.

„Dora gute griechische Frau – wird viele Söhne bekommen.“ Mrs. Christos warf einen verächtlichen Blick auf Tinas schlanke Gestalt. „Englische Mädchen – sie nicht wollen haben viele Söhne für ihre Männer – nein.“

„Ich hoffe doch“, sagte Tina mit weißen Lippen, „dass ich meinem Mann Kinder schenken werde.“ Sie sprach sehr langsam und betonte jedes Wort.

Die Frau schnaubte verächtlich und spie die nächsten Worte fast aus. „Keine guten starken Söhne von schwacher – schwacher kleiner Kore.“

Tina wurde rot und stand auf. „Es tut mir leid, wenn Sie enttäuscht sind, Mrs. Christos“, erklärte sie kühl. „Aber Stavros hat mich geheiratet, und es ist zu spät, etwas dagegen zu unternehmen.“

„Nein, nicht zu spät“, schleuderte ihr die Schwiegermutter entgegen. „Ich werde sagen Stavros, er muss Scheidung von Ihnen haben. Das sehr leicht in Griechenland. Priester macht Scheidung für Spende an Kirche.“

Tina war aufgestanden und sah in die eingesunkenen alten Augen. Ruhig erklärte sie: „Ich würde mich nie mit einer Scheidung einverstanden erklären, selbst wenn Stavros sie verlangen sollte, Mrs. Christos.“ Sie fand es unmöglich, zu dieser Frau Mutter zu sagen. Sie mochte sie ganz und gar nicht und hoffte nur, Stavros würde sie nie wieder hierher bringen. „Und eines will ich Ihnen noch sagen, Mrs. Christos, selbst wenn es Sie enttäuschen sollte, es besteht keine Gefahr, dass Stavros sich von mir scheiden lässt!" Nicht, solange sie ihn körperlich so anzog, wie bisher, dachte sie lächelnd bei sich. Aber selbst wenn die Zeit kommen sollte, wo er ihrer müde war … nun, dieses Risiko hatte sie auf sich genommen. Es würde schon alles so kommen, wie es ihr bestimmt war.

„Stavros niemals wollen eine andere Frau als Dora. Er nur wütend, weil sie geheiratet einen anderen Mann – aber jetzt dieser andere Mann gestorben, und sie kann heiraten meinen Sohn, aber du – englische Schlampe."

Tina schaute sie ungläubig an. Dann wurde ihr klar, dass die Frau nicht die geringste Ahnung hatte, was das Wort bedeutete. So überging sie es und sagte nur: „Mrs. Christos, ich würde mir keine Hoffnung machen, dass Stavros sich von mir scheiden lässt. Wir sind sehr glücklich miteinander. Ich liebe ihn zärtlich und werde ihn immer lieben."

Ihre Stimme klang weich und aufrichtig, aber das machte keinen Eindruck auf die alte Frau, die nun die Augen zu den Ikonen gewandt hatte und sie mit einer Intensität anblickte, die fast beängstigend war. Es war etwas Unnatürliches an dem ganzen Gebaren dieser Frau.

„Wenn Sie mich jetzt entschuldigen wollen!" Tina neigte den Kopf und ging zur Tür. Dort wandte sie sich noch mal um. Mrs. Christos war aufgestanden und zu den Ikonen gegangen. Dort fing sie an, die Bilder nacheinander zu küssen. Tina schauerte, drehte den Türknopf herum und ging aus dem Zimmer.

In was für eine Familie hatte sie bloß hineingeheiratet! Äußerlich war Stavros ein sehr kultivierter, westlich orientierter Grieche. Was aber lag unter der glatten Oberfläche? Sicher hatte er viel von der Veranlagung seiner Mutter in sich.

Sie holte tief Luft, als sie endlich draußen im Garten war und Stavros mit langen wiegenden Schritten herankommen sah. Sie wusste, dass sie totenblass sein musste, dass ihr Herz raste und ihre Nerven zuckten.

Stavros blieb einen Meter vor ihr stehen und schaute sie beunruhigt an. „Was ist, Tina?", fragte er besorgt. „Fühlst du dich nicht wohl?"

Ihr Mund war ausgetrocknet, dennoch brachte sie die nächsten

Worte klar und deutlich hervor. „Mir fehlt nichts, Stavros. Hast du gefunden, was du suchtest?"

„Ja." Er sah sie an und hob ihr Gesicht zu sich empor. Sie bebte unter seiner Berührung, aber diesmal war es nicht die süße Ekstase, die sie sonst bei seinen Berührungen überkam. „Irgendetwas hat es doch gegeben, Kind. Was ist es?", fragte er wieder.

Einen Augenblick dachte sie daran, ihm alles zu erzählen, überlegte es sich dann aber anders. Es würde zu nichts führen, Mutter und Sohn gegeneinander aufzubringen.

„Nein, ehrlich, Stavros, es hat nichts gegeben", sagte sie mit gespielter Leichtigkeit. „Ich weiß wirklich nicht, wie du auf diese Frage kommst."

Tiefe Falten gruben sich in seine Stirn, aber dann glättete sie sich wieder, denn Tina hatte ihre Hand auf seine gelegt und lächelte zu ihm auf. An sich hatte sie vorgehabt, seine Hand von ihrem Kinn zu ziehen, traute sich aber plötzlich nicht. Und nun ergriff Stavros ihre Hand und verflocht seine Finger mit den ihren.

„Bist du fertig für unseren Ausflug?", fragte er. „Ich bringe nur eben noch etwas zu Mutter, dann komme ich sofort."

Tina stand stocksteif, als er sie verlassen hatte, ihr Mund war trocken, und ihre Nerven wollten sich nicht beruhigen. Dabei hatte sie sich so auf den Besuch der Grotte gefreut, aber jetzt wäre sie ihrem Mann am liebsten ausgewichen. Sie musste allein sein und über ihre Unbesonnenheit nachdenken, mit der sie sich so unvermittelt in die Ehe mit Stavros gestürzt hatte. Sie wusste so gut wie nichts von diesem dunklen Fremden, als sie ihn heiratete.

„Ich habe Angst vor ihm!" Zu ihrem eigenen Erstaunen hatte sie die Worte laut vor sich hin gesprochen. Jetzt ist Stavros ja in Ordnung, überlegte sie, aber was geschieht, wenn der Reiz unserer jungen Ehe verflogen ist?

Doch jetzt tauchte Stavros wieder auf. Tina ging neben ihm her, und kurze Zeit später waren sie bei der Grotte. Sie waren durch ein Gebiet von Öl- und Johannisbrotbäumen gegangen, wo saubere kleine Flachdachhäuschen in üppigen Blumengärten standen. In einem staubigen Feld stieß ein Esel seinen Klageruf aus, ein Mann mit einem Hund und einer kleinen Ziege war dahergekommen, hatte die Hand erhoben und „Kalimera“ gesagt. Und Stavros hatte lächelnd den Gruß zurückgegeben. „Kalimera!“

Die Grotte war gut erhalten. Stavros erzählte Tina, dass der heilige Johannes nach seiner Verbannung durch Domitian hier gelebt und die Visionen der Apokalypse gehabt und seinem Jünger die Bilder der Offenbarungen diktiert hätte, der alles aufschrieb und somit der Nachwelt überlieferte.

In den Tiefen der Grotte war eine Stufe, die, wie Stavros sagte, dem heiligen Johannes als Kopfkissen gedient haben sollte.

Nach der Grotte besichtigten sie das Kloster, das für Tina viel interessanter als die Grotte war, mit den herrlichen Fresken auf goldenem Hintergrund, den Ikonen in Silber und Gold, der Schatzkammer mit Kreuzen, Mitren und Kelchen und unbezahlbaren Manuskripten.

Stavros führte sie hinaus auf die Terrasse. Es war ein frischer, klarer Morgen, und die Aussicht war überwältigend. Die Insel Leros im Südosten, die kleinen Inselchen Arki und Lipsi im Osten, und nach Norden hin die beiden Hörner von Kap Kykale, die Insel Samos – Vorposten der kleinasiatischen Küste – und die gebirgigen Inseln von Ikaria bildeten das berückende Panorama.

„Es ist atemberaubend!“ Nach dem ruhigen Frieden, den das Kloster verströmt hatte, war Tina buchstäblich hingerissen von der bezaubernden Aussicht. „Noch nie habe ich so etwas hinreißend Schönes gesehen.“

„Kommst du oft nach Patmos?“, fragte Tina dann.

„Etwa viermal im Jahr.“

„Und muss ich jedes Mal mitkommen?“ Vergessen war plötzlich die herrliche Aussicht. Tina schreckte nur noch vor dem Gedanken zurück, ihre Schwiegermutter viermal im Jahr besuchen zu müssen.

„Nicht, wenn du nicht willst, mein Liebes.“

Tina sah rasch zu Stavros hin, verwundert, dass er so rücksichtsvoll war.

„Deine Mutter mag mich nicht, Stavros. Das ist es.“

„In dem Fall, Tina, brauchst du nicht mehr herzukommen.“

„Nie mehr?“ Jetzt tat es ihr wiederum leid, dass sie und seine Mutter sich so gar nicht näher gekommen waren.

„Das liegt einzig und allein bei dir. Ich werde dich jedes Mal fragen, ob du mitkommen willst, Liebes, dann kannst du dich entscheiden.“

„Das ... ist freundlich von dir“, flüsterte sie.

„Nicht freundlich, Tina“, verbesserte er sie, „nur vernünftig. Da du und Mutter euch nicht gerade gewogen seid, ist es am besten, wenn ihr euch nicht mehr begegnet.“

„Es ist trotzdem ein Jammer.“

Stavros sah sie neugierig an. „Das klingt, als ob es dir leidtäte, dass es so gekommen ist!“

„Es tut mir auch leid, Stavros, denn es ist nur natürlich, dass eine junge Frau auch die Zuneigung der Mutter ihres Mannes erringen möchte. Aber es scheint nichts zu machen zu sein.“

„Ich war zwar sehr enttäuscht, aber nicht überrascht“, fuhr Stavros fort. „Meine Mutter und ich standen uns nie sonderlich nahe. Sie ist eine eigenartige Frau, Tina, und sie braucht niemanden. Bei meiner Tante lebt sie auch nur um meiner Tante willen. Sie würde lieber ganz allein leben.“

„Aber das kann sie doch gar nicht, Stavros. Sie ist alt und bald auch nicht mehr in der Lage, für sich selbst zu sorgen. Und noch eine Frage – wie alt ist deine Tante eigentlich?“

„Sechsundsiebzig, vier Jahre älter als Mutter.“

„Oh! Wird sie ... ich meine, ist sie denn nicht auch ernsthaft krank?“

„Ja, und es würde mich wundern, wenn es eine Wende zum Guten gäbe.“

„Was wird dann mit deiner Mutter? Kommt sie zu uns?“

Stavros sah Tina mit einem eigentümlichen Blick an. „Würde dir das viel ausmachen?“

Unwillkürlich zögerte Tina. „Wahrscheinlich würde ich mich daran gewöhnen. Schließlich ist sie deine Mutter, und ich habe nicht das Recht, etwas dagegen einzuwenden –“

„Doch, das hast du, Tina“, fiel Stavros ihr ins Wort. „Es ist ebenso dein Heim wie meines. Und du würdest vor allem unter ihr zu leiden haben."

„Trotzdem gefällt mir der Gedanke, sie in ein Altersheim zu schicken, ganz und gar nicht", entgegnete Tina.

„Warten wir ab, was mit meiner Tante passiert", meinte Stavros. „Auf jeden Fall würde es Mutter wahrscheinlich ablehnen, zu uns zu kommen, solange sie sich selbst versorgen kann."

Seiner Stimme merkte Tina an, dass damit das Thema für ihn abgeschlossen war, und sie bewunderte erneut die Landschaft, die sich in der kurzen Zeit, die sie hier standen, verändert hatte. Wolken waren vor die Sonne gezogen und hatten alles in graue Schatten getaucht.

„Wir sollten zurückgehen", sagte Stavros und hakte sich bei Tina unter. „Es wird gleich regnen, fürchte ich."

Auch auf dem Rückweg dachte Tina über ihre Schwiegermutter nach, und sie fragte sich, was Stavros wohl sagen würde, wenn sie ihm die Szene von vorhin erzählte. Sicher wäre er wütend, das war klar. Was Tina aber viel mehr interessierte, war, ob er sie wirklich nur geheiratet hatte, um sich an Dora, seiner alten Liebe, gewissermaßen zu rächen. Doch es war nutzlos, darüber nachzugrübeln.

Sie liebte ihren Mann und wollte so viel Glück zusammen mit ihm erleben, wie sie nur konnte. Die Zukunft mochte Kummer und Enttäuschung bringen, jetzt aber zählte nur die Gegenwart, und sie hatte die Absicht, sie voll auszuschöpfen.

Jetzt aber griff Stavros nach ihrer Hand, und jeder andere Gedanke trat vor der übermächtigen Freude, die sie erfüllte, in den Hintergrund. Sie sah zu ihm auf, und ihre glänzenden Augen verrieten ihm ihre Liebe.

Er blickte ihr ins Gesicht, und sie lächelten sich an. Kein Mensch war in der Nähe, und die Olivenbäume wirkten dunkler als zuvor. Weich sagte Tina: „Küss mich, Stavros." Und obwohl er leise und überrascht auflachte, blieb er stehen, nahm sie in die Arme und küsste sie lange und zärtlich.

7. KAPITEL

Drei Tage später waren sie wieder auf Kreta, und zwei Wochen lang verlief das Leben angenehm und sehr ruhig. Stavros blieb zu Hause. Um zu arbeiten, hielt er sich meist in dem geräumigen Studio auf, das etwas abseits von der Villa lag, in einem eigens dazugehörenden kleinen Garten, umgeben von Hecken und Bäumen.

Das Studio war völlig abgeschieden. Einmal hatte Stavros sie hineingeführt, und sie hatte benommen inmitten der geschmackvollen Einrichtung gestanden, mit den vielen übervollen Bücherregalen und den unbezahlbaren Gemälden an den Wänden.

Der Schreibtisch war massiv, eine Antiquität mit wunderbaren Messingintarsien, der Teppich war sehr weich und in einem Blaugrün gehalten, das genau zu den Vorhängen passte, die die großen Fenster umrahmten. Heitere Sonnenblenden waren von außen an den Fenstern befestigt, zusätzlich zu den Fensterläden, die überall angebracht waren. In den meisten Häusern mussten sie in der starken Sommerhitze geschlossen werden, auch wenn damit das Tageslicht ausgesperrt wurde. Die Villa war natürlich vollklimatisiert, sodass sich die Hitze und das Lichtproblem nicht stellte.

„Was für ein wunderbarer Platz, um zu arbeiten“, hatte sie gesagt. „Kein Wunder, dass du so gern hier bist, Stavros. Mir ginge es genauso, wenn ich zu arbeiten hätte. Ich glaube, ich wollte gar nicht mehr nach Athen zurückgehen.“

Und Stavros hatte gelächelt und sie daran erinnert, dass sie sich nie kennengelernt hätten, wenn er nicht zu einer ganz bestimmten Zeit in Athen gewesen wäre …

Die Morgendämmerung in all ihrer Pracht zog sich über den griechischen Himmel. Tina stand vom Bett auf, schlüpfte in ein Negligé und warf einen zärtlichen Blick auf den Mann, dessen dunkler Kopf sich von dem schneeweißen Kissen abhob. Sein entspanntes Gesicht wirkte fast so sanft wie das eines Kindes.

Impulsiv beugte sie sich zu ihm herunter und küsste ihn auf

den Mund. Er regte sich, murmelte etwas vor sich hin und lag wieder ganz still. Lächelnd ging Tina zum Fenster hinüber. Die Vorhänge waren ein wenig offen, sie zog sie ganz zurück und stieß einen glücklichen Seufzer aus. Die Morgendämmerung war einfach herrlich.

Es war wie zum Anbeginn der Welt, als aus dem Nebel der Schöpfung die purpurfarbene Masse der Berge heraustrat und Gestalt annahm. Die See war perlmuttfarben, der Himmel gelb und bernsteinfarben und rotgold. Die Erde in ihrer langsamen Bewegung drehte sich nun zur Sonne, deren Strahlen die Welt in Flammen zu setzen schienen. Und dann, während Tina noch zusah, wurden alle Formen und Farben deutlich und die Übergänge verschwanden, die Hügel wirkten wie in Gold getaucht. Unten in einem winzigen Tal hob sich der Turm einer Kirche strahlend weiß von dem zarten Grün und Braun der Hügel ab.

„Bist du wach?" Bei Stavros' Stimme drehte sie sich um, ein Lächeln auf den Lippen.

„Ja. Es ist wunderbar … Es war noch viel wunderbarer, aber du hast es verpasst."

„Was habe ich verpasst?" Er setzte sich auf und rieb sich langsam die Augen.

„Du siehst richtig lieb aus mit deinem verwühlten Haar!"

„Gib mir doch bitte einen Kamm. Man sollte sich beim Aufwachen zuallererst kämmen – aus Selbstachtung und um die Achtung des Partners nicht zu verlieren."

Tina brachte ihm den Kamm. Stavros nahm sie beim Handgelenk und zog sie zu sich hinunter, sodass sie quer über ihn zu liegen kam.

„Und du siehst wie ein kleines Mädchen aus, mit deinen verwühlten Haaren", neckte er sie.

„Musst du heute den ganzen Tag arbeiten?", fragte sie.

„Leider ja." Er kämmte sich.

Tina rutschte auf ihre Seite des Bettes hinüber und kauerte sich auf das Kissen. „Macht es dir etwas aus, wenn ich nach Jeraklion fahre? Ich möchte Schuhe kaufen und ein paar andere Dinge."

„Ob es mir etwas ausmacht?“, wiederholte er stirnrunzelnd. „Was für eine Frage. Warum denn?“

„Ich dachte nur, ich sollte dich fragen.“

Gleich nach dem Frühstück fuhr sie los. Sie steuerte das Auto selbst. In Jeraklion angekommen, parkte sie in der Nähe des Cornarou-Platzes und schlenderte auf die Läden zu. Die Stadt quoll über vor Leben, Straßenverkehr, Menschen und Lärm. Das alles war so anders als die Ruhe, die ihr Heim umgab, aber sie genoss die Abwechslung und interessierte sich für alles, was um sie herum vorging. Junge Mädchen in kurzen Kleidern und hohen Schuhen trippelten eilig einher und überholten ältere Frauen, die schwarz oder zumindest dunkel gekleidet sich langsamer fortbewegten, das sonnenverbrannte Gesicht voller Falten, die Augen trübe und halbgeschlossen, als ob sie es leid seien zu leben.

„Wir im Westen wissen ja gar nicht, wie glücklich wir dran sind“, murmelte Tina vor sich hin. Während sie weiterschlenderte, bot sich ihr jetzt ein anderes Bild. Ein junges, sehr modern gekleidetes Mädchen hing besitzergreifend am Arm eines herausgeputzten jungen Mannes. Ihnen folgte der krasse Gegensatz: ein Schäfer im Vraga und schweren Stiefeln, das matte dunkle Haar bis auf die Augen herunterhängend, seine dunkel gekleidete Frau in respektvollem Abstand hinter ihm her, den Kopf so tief gesenkt, dass das Kinn auf dem Kragen ihrer Jacke auflag.

Tina wurde vom Mitleid ergriffen. Was hatte das Leben dieser Frau jahraus, jahrein gebracht? Niedergeschlagenheit überkam Tina. Sie beschloss, in ein Café zu gehen und Kaffee zu trinken. Gerade hatte sie ihn bestellt, als eine sanfte Stimme neben ihr sagte: „So treffen wir uns also wieder …“

Doras Augen hatten sich zu Schlitzen verengt und glitzerten recht giftig. Ihre Stimme jedoch war honigsüß, als sie fragte, ob sie sich zu Tina setzen dürfte.

Tina nickte und dachte, dass es schon Pech war, dass sie ausgerechnet in dieses Café gegangen war, nachdem es so viele andere Lokale in Jeraklion gab.

„Ja, natürlich.“

Dora setzte sich und klatschte befehlend in die Hände, um einen Kellner herbeizurufen. Sie bestellte Kaffee und Kuchen, dann lehnte sie sich zurück und fixierte Tina.

„Stavros ist nicht bei Ihnen?“, fragte sie sanft.

„Nein, er hat zu arbeiten.“ Tina hatte wirklich nicht den Wunsch, besonders höflich zu sein, aber es gab keinen Grund für unhöfliches Benehmen.

„Ihr Verhältnis zu Stavros ist mir ein Rätsel“, sagte Dora geradeheraus. „Er und ich waren praktisch zu einer Übereinkunft gelangt. Dann ging er auf Geschäftsreise nach England ...“

Ihre Worte verloren sich in einem lastenden Schweigen und ihr giftiger Blick traf genau Tinas dunkle Augen unter den dichten Wimpern.

Dora war schön, stellte Tina fest. Ihr Blick ging von den Augen zu der klaren breiten Stirn, der makellosen Haut, den klassischen Gesichtszügen und dem langen, dunklen Haar, das wie Seide glänzte.

„Er lernte Sie also in England kennen“, fuhr Dora fort, „und obwohl ich verstehen kann, dass er Sie begehrte – denn Stavros ist dafür bekannt, dass es ihm ein gewisser Frauentyp besonders angetan hat –, verstehe ich nicht, dass er Sie geheiratet hat.“ Sie machte eine Pause.

Aber Tina antwortete nicht. Dora mochte weiterreden, solange es ihr Spaß machte, sie jedenfalls war fest entschlossen, sich nicht aus der Reserve locken zu lassen.

„Stavros hatte einen Pick auf mich“, sprach Dora weiter, es war fast ein Selbstgespräch, „und er sagte auch mal, dass er mich eines Tages strafen würde ... aber musste er deshalb gleich Sie, eine Engländerin, heiraten, wo er doch wusste, dass seine Mutter Engländer nicht leiden kann?“

Wieder eine bedeutungsvolle Pause, und wieder entgegnete Tina nichts. „Ich könnte durchaus verstehen, wenn er Sie gebeten hätte, seine Geliebte zu werden.“ Doras Blicke, die bis jetzt auf dem von Efeu umschlungenen Bambusgitter geruht hatten, glitten jetzt wieder über Tinas Figur. „Geliebte ... Es hätte besser zu ihm gepasst, wenn er darauf bestanden hätte, dass Sie seine Geliebte würden, nicht mehr."

Jetzt verlor Tina die Geduld. Sie wurde rot, diesmal vor Zorn. „Sie scheinen es als unverrückbare Tatsache hinzunehmen, dass Stavros mich hätte zwingen können, seine Geliebte zu werden, wie Sie es zu nennen pflegen, oder?"

„Stellen Sie sich nicht an, als ob Sie das Wort Geliebte noch nie gehört hätten!", fauchte Dora. „Sie haben sich eben selbst verraten. Also hat Stavros Ihnen einen solchen Antrag gemacht."

Das war eine Feststellung, und Tina bestritt sie nicht. Ihre Gedanken waren in Aufruhr. Sie konnte zwar Dora ganz und gar nicht ausstehen, aber irgendwie tat ihr die Frau leid. Der Gedanke gefiel ihr zwar nicht, aber sie konnte es sich nicht anders vorstellen, als dass Stavros Dora hatte hoffen lassen, er würde sie eines Tages heiraten, sobald er sich ausgetobt hätte. Plötzlich tat es Tina leid, dass Stavros so einen Ruf hatte. Vorher war es ihr gleichgültig gewesen, denn sie vertraute darauf, dass er sie nie mit einer anderen betrügen würde, solange sie zusammen waren.

Aber jetzt war sie nicht mehr so sicher, und die Zweifel schmerzten sie. Und in die Zweifel mischte sich wieder die Angst vor ihm, die Ungewissheit, wie es sein würde, wenn er sein wahres Gesicht zeigte. Sie wusste so wenig von ihm und seiner Natur. Ihre Angst wuchs, obwohl Tina verzweifelt versuchte, sie abzuschütteln. Und die Frau ihr gegenüber hatte diese Angst in ihr wieder geweckt. Tina hoffte jedoch, dass sie sich diesmal nicht so schnell würde verjagen lassen.

Dora sprach wieder und Tina hörte genau zu.

„Sie müssen es wirklich sehr geschickt angefangen haben. Er muss Sie so sehr begehrt haben, dass er Sie schließlich heiratete, als er anders nicht zur Ruhe kam." Wieder brach sie ab, und Tina schien es, als ob Doras Augen feucht wären. Tina empfand Mitleid mit ihr und verbiss sich die ärgerliche Antwort, die ihr auf der Zunge brannte.

Langsam fuhr Dora fort: „Stavros wird Ihnen nie treu sein. Seien Sie nicht närrisch und reden sich das nicht ein. Er kann es einfach nicht. Ich hatte mich damit abgefunden, dass er neben mir andere Frauen haben würde. Das war immer so, es liegt einfach in seiner Natur …" Wieder hielt sie inne, und wieder schoss ein giftiger Blick in Tinas Richtung. „Sie sollten wissen, wie er ist. Und Sie sollten auch wissen, dass er zahllose Frauen vor Ihnen gehabt hat. Seine Art, eine Frau glücklich zu machen, hat er durch lange Erfahrung erworben."

Tina stieg das Blut in die Wangen. Sie hätte Dora am liebsten geohrfeigt, aber zu ihrer Verwunderung war sie begierig, mehr zu erfahren.

Der Kellner kam mit Kaffee und Kuchen. Als er weg war, fuhr Dora fort: „Haben Sie Stavros' Mutter kennengelernt?"

„Ja, Stavros hat mich nach Patmos mitgenommen." Tina schenkte sich Kaffee ein und goss Milch dazu, dann nahm sie geistesabwesend den Löffel und rührte um.

„Seine Mutter wollte, dass er mich heiratet", erklärte Dora.

Tina sah sie an. „Sie haben also Ihre Chance gehabt, aber Sie wählten damals einen anderen. Ich kann mir vorstellen, dass Stavros das nicht so leicht verzeihen kann. Er ist zu stolz."

„Er hatte es mir verziehen, und es war seine Absicht, mich zu heiraten – bevor er nach England ging und Sie kennenlernte." Doras Nasenflügel bebten. Sie ließ den Zucker so ungeduldig in die Kaffeetasse fallen, dass der Kaffee auf das Tischtuch spritzte. „Macht es Ihnen nichts aus, dass er Sie nur geheiratet hat, weil er Sie nicht als Geliebte haben konnte?", fragte sie lüstern.

„Ich bin nicht gewillt, mich weiterhin mit Ihnen über meinen Mann zu unterhalten", antwortete Tina kühl.

„Aber es ist Ihnen doch hoffentlich klar, dass ich ein Verhältnis mit ihm hatte?"

Tina nickte. „Das habe ich vermutet." Dennoch – der Gedanke, dass die Frau ihr gegenüber Stavros' Liebe empfangen hatte, machte sie krank. Aber weshalb eigentlich?, fragte sie sich. Es war eine unbestreitbare Tatsache, dass er Dutzende von Frauen gehabt hatte. Tina war klar, dass dies sie nicht schmerzen durfte, weil sie jene Frauen nicht kannte und nie kennenlernen würde. Aber diese Frau ihr gegenüber kannte sie, sie konnte von ihren Erfahrungen mit Stavros sprechen und mit einem gewissen Stolz erklären, dass Stavros ihr Liebhaber gewesen war.

„Soviel mir bekannt ist, heiraten Griechen nie ihre Geliebte."

„Nein, normalerweise tun sie das auch nicht, aber bei Stavros und mir ist das anders. Wir waren lange Jahre einander verbunden vor meiner Heirat und seit ich verwitwet bin." Ihr Akzent klang bei den letzten Worten etwas ausgeprägter, aber in ihrer Stimme lag keine Bewegung, nicht der geringste Hinweis darauf, dass ihr der Tod ihres Mannes irgendwie naheging. Tina wusste, Dora war hart.

„Wie fanden Sie seine Mutter?", wollte Dora wissen. „Ich vermute, sie hat Sie recht feindselig empfangen."

„Eben sagte ich, dass ich nicht über meinen Mann sprechen will – das schließt seine Mutter mit ein."

„Sie hat sich Ihre Hochzeit sehr zu Herzen genommen", fuhr Dora fort und überging Tinas Protest. „Sie haben eine Entfremdung zwischen Mutter und Sohn bewirkt. Sie braucht ihn, er ist ihr einziges Kind. Ist Ihnen das klar?"

Worauf wollte die Frau eigentlich hinaus?, fragte sich Tina. Was hatte sie im Sinn? Sie musste doch wissen, dass Stavros und seine Mutter sich nicht sonderlich nahestanden.

„Sie mag mich nicht, aber ich glaube nicht, dass dies ihr Verhältnis zu ihrem Sohn berührt." Tina nahm einen Schluck Kaffee, verzog das Gesicht, setzte die Tasse ab und griff nach dem Zucker.

„Am Ende wird Stavros doch zu mir kommen", war Doras honigsüße Antwort, und Tina empfand ihre Angst so wirklich, dass es sie fast physisch schmerzte, Stavros zu verlieren, an diese Frau ... Die Furcht, die sie vor Stavros hatte, schien daneben unbedeutend.

„Er wollte Sie nur als Geliebte fürs Bett", fuhr Dora fort, „und das beweist, dass er Ihnen nie treu sein wird. Denn wenn Sie seine Geliebte geworden wären, hätte er eines Tages genug von Ihnen gehabt, das brauche ich Ihnen wohl nicht zu erzählen."

Nein, wirklich nicht, dachte Tina. Stavros hatte das Gleiche gesagt, aber mit anderen Worten. Sie trank ihren Kaffee aus und sah sich nach dem Kellner um, um zu bezahlen. Und wieder klang Doras weiche Stimme an ihr Ohr.

„Er hat Sie nur geheiratet, weil er Sie anders nicht bekommen konnte.“ Das war eine Feststellung, und Tina nickte automatisch. Triumphierend fuhr Dora fort: „Es war die einfachste Art, sich zu holen, was er wollte, und es passt so gut zu ihm. Er wird keine Sekunde zögern, Sie hinauszuwerfen, wenn Sie und die Ehebande ihn langweilen.“

Tina war in ihren Stuhl zurückgesunken und sah Dora zu, wie sie ihren Kaffee trank. Die dunklen Augen strahlten, als ob die ganze Niedergeschlagenheit und Bitterkeit von ihr genommen war. Sie hatte es fertiggebracht, sich selbst zu beweisen, dass Stavros Tina nur deshalb geheiratet hatte, weil sie ihn körperlich anzog – und das stimmte natürlich. Und nun schien sie sich aufs Warten einzurichten, in dem festen Vertrauen, dass Stavros eines Tages zu ihr zurückkommen würde.

Endlich erhob sich Tina, ihre Augen waren trüb, und Tränen der Angst und ihrer dahinschwindenden Hoffnung liefen über ihre Wangen.

Ja, jetzt war ihr mit aller Deutlichkeit klar, dass es falsch war, zu hoffen, ihr Mann würde sie eines Tages lieben. Doras Offenbarung erschütterte sie, denn sie hatte im Grunde niemals daran geglaubt, dass Stavros sie lieben könnte. Der Traum war einfach zu schön gewesen, um wahr zu sein. Selbst in den optimistischsten Augenblicken hatte sie immer nur gehofft, dass sie ihren Mann durch die körperliche Anziehung, die sie zweifellos auf ihn ausübte, für immer halten könnte. Jetzt aber ging ihr auf, dass dieser Traum eines Tages wie eine Seifenblase zerplatzen musste. Scheidung sei einfach, hatte Stavros’ Mutter gesagt. Und Tina wusste, dass das leider wahr war, denn ihre Tante hatte ihr immer schon gesagt, wie einfach in Griechenland eine Ehe getrennt werden konnte.

Der Kellner kam schließlich, Tina zahlte, nickte Dora kurz zu und verließ eilig das Lokal. Sie wünschte nur, sie hätte dieses Hotelrestaurant niemals betreten.

Stavros wollte wissen, was sie gekauft hatte. Sie zeigte ihm die Bluse und einen Rock und ein paar bestickte Taschentücher. Sie war sehr still, ihre Gedanken waren noch immer bei ihrem Gespräch mit Dora. Sie hatte ein Vertrauen in die Zukunft, das nach Tinas Ansicht nicht unberechtigt war. Eines Tages würde Stavros zu Dora gehen und sie zur Frau begehren. Und Dora würde ihn heiraten und ihm jene Söhne schenken, von denen seine Mutter gesprochen hatte.

Sehr viel später fragte Stavros leicht verwundert: „Was ist denn, Tina? Du bist so still, seit du zurückgekommen bist."

„Nichts, was soll denn sein?" In ihrer Stimme aber klangen Trotz und leichte Feindseligkeit. „Sicher hast du nichts dagegen, wenn ich still bin, wenn mir danach ist."

Stavros fragte verwundert: „Warum bist du denn plötzlich so empfindlich? Ich habe doch nur gefragt, weil du mir keinen sehr glücklichen Eindruck machst."

„Ich bin glücklich, danke", fauchte Tina.

Sie ließ ihn stehen und ging hinauf in ihr gemeinsames Schlafzimmer. Aber nachdem sie Minuten ruhelos auf- und abgewandert war, lief sie hinaus in den Garten, ließ die Villa und das dazugehörende Gelände hinter sich und ging weiter zu den schweigenden einsamen Hügeln. Nur ein Esel und ein paar Ziegen waren dort zu finden und eine Eidechse, die lang ausgestreckt auf einem sonnenwarmen Stein ruhte. Tina setzte sich, und die Echse schoss blitzschnell davon.

Die Luft roch nach Pinien, die Erde nach frisch gefallenem Regen. Die Johannisbrot-, Öl- und Zitronenbäume schwankten leicht unter der sachten Liebkosung der Brise, die von den Pinienhügeln herunterwehte. Der Himmel war blau wie ein Saphir und die Sonne, die sich immer mehr den Bergrücken zuneigte, war blassgelb und angenehm warm – ganz anders als damals, als Tina im heißesten Teil des Jahres nach Griechenland gekommen war.

Sie stand auf und ging widerwillig auf die Villa zu. Sie hatte ja keinen anderen Zufluchtsort. Es war schmerzlich, so zu empfinden und ohne innere Bewegung an die Gegenwart ihres Mannes denken zu müssen. Der Gedanke, mit ihm zu schlafen, widerstrebte ihr, und dies erschütterte sie zutiefst. Langsam ging sie den Weg zurück und versuchte sich verzweifelt einzureden, dass dies vorbeigehen würde. Es half nichts.

Tatsache war, dass sie ihren Mann nicht mehr als Liebhaber begehrte. Aber es war klar, dass er erneut auf ihr verändertes Wesen zu sprechen kommen würde. Beim Abendessen sagte sie kaum etwas. Wenn er eine Frage stellte, antwortete sie einsilbig. Sie war kurz, fast feindselig mit ihm. Verschiedene Male sah sie, wie er die Augen zusammenkniff und die Lippen aufeinanderpresste, und seine ganze Haltung warnte sie, nicht so weiterzumachen. Sie ignorierte es. Sie konnte nur an das denken, was seine Mutter gesagt und was Dora erzählt hatte. Und dazu kam ihre Angst vor dem Mann, den sie geheiratet hatte, ohne ihn genau zu kennen.

Oh ja, sie hatte gewusst, welch ein Ruf ihn in Bezug auf Frauen umgab, aber das hatte sie erstaunlicherweise nicht geängstigt … erst als andere, seine Mutter und seine alte Flamme das in Worte fassten, begann sie darüber nachzudenken.

Sie legte sich nicht die Frage vor, ob sie ihn noch liebte. Sie hatte immer gewusst, dass es nur einen einzigen Mann in ihrem Leben geben würde. Stavros war dieser Mann, und sie würde ihn bis zu ihrem Tod lieben, aber das bedeutete nicht, dass sie immer seine willige Sklavin sein würde, die Sklavin seiner Leidenschaften und der Begierden, mit denen sie ihn hielt.

Wie üblich erwachte Tina, als die Sonne ins Zimmer schien … aber an diesem Morgen war etwas anders. Stavros war nicht da, lag nicht wie sonst nackt neben ihr. Er hatte im anderen Zimmer geschlafen, damit sie ihre Laune, wie er es nannte, überwinden konnte. Nach dem schweigsamen Abendessen hatte sie erklärt, dass sie müde sei und es gern sehen würde, wenn er irgendwo anders schlafen würde.

Einen Augenblick lang hatte er sie ungläubig angesehen. Aber dann war er zornig geworden. Er hatte kategorisch erklärt, dass ihr Schlafzimmer auch seines sei und dass er die Absicht hätte, darin zu schlafen. Es gab Streit, Tränen, Zorn und eisige Verachtung. Schließlich war Stavros in ein anderes Zimmer gegangen, und die Tür knallte hinter ihm zu. Und obwohl sich Tina aufs Bett warf und sich schier die Seele aus dem Leib weinte, war sie doch erleichtert, dass die Tür zwischen den beiden Zimmern zu war.

Das Frühstück war ein einsames Mahl. Stavros hatte schon gefrühstückt und war bereits in seinem Studio an der Arbeit. Was sollte sie tun? Das Leben schien gar keine erfreulichen Seiten mehr zu bieten ... und insgeheim stellte Tina sich ihre völlig Einsamkeit vor, falls Stavros die Scheidung einreichen würde.

Das Mittagessen verlief ebenso schweigsam, kaum ein Wort wurde zwischen ihnen gewechselt, auch beim Abendessen war es nicht anders. Tina ging sofort nach dem Nachtessen ins Bett, und sehr viel später hörte sie ihren Mann in seinem Zimmer rumoren. Dann war völlige Ruhe.

Dies ging fast eine Woche so weiter. Aber eines Abends, als Tina eben im Begriff war, in ihr Zimmer zu gehen, sah Stavros auf. Sein Gesicht war so grimmig und arrogant, dass sie instinktiv wusste, dass jetzt eine Wende bevorstand.

„Du brauchst nicht zu gehen", sagte er heiser. „Setz dich. Ich will endlich wissen, was das alles zu bedeuten hat."

Tina schüttelte den Kopf. Sie wusste kaum, was sie sagen sollte. Es widerstrebte ihr, von seiner Mutter zu sprechen. Und es widerstrebte ihr noch mehr von ihrer Begegnung mit Dora zu berichten. Sie konnte nur eins tun, sie musste irgendeine Ausrede für ihr verändertes Benehmen erfinden.

Sie stand ihm totenblass gegenüber, denn sie hatte es verschmäht, auf dem ihr zugewiesenen Stuhl Platz zu nehmen.

„Stavros, ich habe den Eindruck, dass ich dich nicht hätte heiraten dürfen, nachdem ich genau wusste, dass du mich nicht liebst. Die Umstände, deine Mutter und so vieles andere waren gegen mich, gegen jedes klare und logische Denken."

Schweigen. Er sah sie an wie jemand, der gerade einen Schlag vor den Kopf bekommen hatte und gerade im Begriff war, das Bewusstsein wiederzuerlangen.

„Willst du damit sagen“, fragte er endlich mit gefährlich ruhiger Stimme, „dass es dir leid tut, mich geheiratet zu haben?“

Sie nickte, unterstützt von der kühlen Gelassenheit, mit der sie die Situation in der Hand hatte.

„Ja, gerade das will ich sagen“, erwiderte sie. Und obwohl sie genau wusste, dass sie log, wusste sie auch, dass es bei der Lage der Dinge wesentlich besser gewesen wäre, wenn sie seinen Heiratsantrag ebenso abgelehnt hätte wie sein Angebot, seine Geliebte zu werden.

Seine dunklen Augen verengten sich zu Schlitzen, das Gesicht verzog sich. „Und was ist passiert, was hat diese Veränderung bewirkt?“, fragte er und hielt nur mit großer Mühe an sich.

„Ich habe nachgedacht, das ist alles.“ Sie zuckte leicht mit den Schultern und wollte sich abwenden, aber da packte er ihr Handgelenk mit so hartem Griff, dass sie einen Schmerzensschrei ausstieß. Ihr Herz begann schneller zu klopfen und ihr Puls raste. Die alte Angst war wieder da. Dennoch spielte sie ihm Gelassenheit vor und hoffte, ihn damit zu täuschen zu können, denn sie wollte ihn um keinen Preis fühlen lassen, dass sie sich vor ihm fürchtete.

„So, nachgedacht hast du?“, fauchte er, das Gesicht dicht vor ihrem. „Nun, da kannst du gleich noch mal anfangen damit. Es mag dir vielleicht leidtun, dass du mich geheiratet hast, aber bei Gott, du bist mit mir verheiratet, und du wirst diese Tatsache nicht vergessen.“

Sein Gesicht war weiß vor Zorn, und sie fragte sich, ob er wohl vergessen hatte, dass sie ihn liebte. Aber sie hatte es ihm ja nie gesagt, jedenfalls nicht mit Worten. Sie hatte lediglich gedacht, er würde durch ihr ganzes Verhalten ihm gegenüber von selbst darauf kommen. Aber vielleicht hatte er sich gar nicht zu solchen Gedanken verstiegen, sondern nur gedacht, dass sie, ebenso wie er, lediglich zärtlich und liebevoll war, weil auch er sie körperlich anzog.

„Wenn das heißen soll, dass ich mit dir schlafen muss, dann kannst du anfangen, darüber nachzudenken“, erklärte sie kühl. Denn sie hatte inzwischen keine Lust mehr, mit ihm ins Bett zu gehen. Sie hatte über Dora nachgedacht, die seine Geliebte gewesen war und die sicher eines Tages seine Frau werden würde. Ja, Dora stand zwischen ihnen, eine Schranke, die einfach nicht niederzureißen war.

Stavros umklammerte ihr Handgelenk fester, und Tina stiegen Tränen in die Augen. Aber sie gab keinen Laut von sich, und einen Augenblick später ließ Stavros sie auch schon los.

„Du bist sehr arrogant, Tina", sagte er. Diesmal hatte er seine Stimme mehr in der Gewalt, und sein Gesicht wirkte nicht mehr so verkrampft. „Das passt nicht zu dir. Aber da ist etwas, das ich nicht verstehe, etwas, das du vor mir verbirgst." Er sah ihr fest in die Augen und einen langen Augenblick herrschte völliges Schweigen. Sie sah zu ihm auf, ihr Körper zitterte, und ihre Gedanken konnten nicht von dem Bild loskommen, das ihn erst als Doras Liebhaber und dann als ihren Mann zeigte. „Ich werde dich dazu bringen, mir zu sagen, was los ist, Tina. Ein Mädchen wie du ändert seine Ansicht nicht innerhalb von ein paar Stunden."

„Es waren nicht nur Stunden", erwiderte sie. „Aber wie ich schon sagte, habe ich nachgedacht, und ich hätte nie einwilligen dürfen, dich zu heiraten, Stavros, nachdem ich genau wusste, dass du keine Liebe für mich empfindest."

Sie sah immer noch in seine harten Augen, und ihr Herz schlug wie rasend. Was wünschte sie sich eigentlich? Sollte er ihr jetzt sagen, dass er sie zwar ohne Liebe geheiratet hatte, dass er sie jetzt aber so liebte, wie nur ein Mann eine Frau lieben kann?

„Und was möchtest du nun unternehmen?", fragte er mit eisigem Sarkasmus. „Willst du die Scheidung … und eine Abfindung?"

Ihre schönen Augen schienen Feuer zu sprühen. „Ich habe dich nicht wegen deines Geldes geheiratet, das weißt du ganz genau."

„Ich weiß überhaupt nichts. Ich bin in der Tat dabei, mir einzureden, dass mein Geld dich gelockt hat und sonst gar nichts."

Tina fühlte sich plötzlich zum Umfallen müde. Und es war ihr auf einmal gleichgültig, was er von ihr dachte. Fast gehässig sagte sie: „Und wenn? Das ist keineswegs verwerflicher als dein Grund, mich zu heiraten, oder?"

„Nur, dass ich ehrlich genug war, dir zu sagen, warum ich dich heiraten wollte."

„Und ich erwartete, dass du intelligent genug seist, zu erraten, warum ich dich geheiratet habe."

Seine dunklen Augen blitzten. „Also gibst du zu, dass dich mein Geld gereizt hat?"

„Das habe ich zwar nicht gesagt, aber wenn dir der Gedanke gefällt, macht es mir auch nichts mehr aus."

Stavros machte einen Schritt auf sie zu und streckte die Hand aus, sie trat einen Schritt zurück, denn sie wusste, dass seine Berührung ihr Übelkeit verursachen würde. Sie sah, wie die Röte in seine Wangen stieg und hörte den tiefen, kehligen Laut, der sich seiner Brust entrang.

Tinas Beine wurden weich, und sie fürchtete, sie würden unter ihr zusammenbrechen. Stavros' Gesicht war vor Wut verzerrt, als er langsam auf sie zu kam. Ihr Herz tat einen raschen Schlag. Dann brachte die Furcht wieder ihre Kräfte zurück, gerade genug, um zur offenen Tür zu fliehen und sie ihm hastig vor der Nase zuzuschlagen. Die Angst gab ihren Füßen Flügel, sie erreichte ihr Zimmer und warf die Tür hinter sich zu. Dann drehte sie den Schlüssel um. Sie lauschte. Ihr Herz hämmerte immer noch schmerzhaft gegen ihre Rippen. Nichts. Vielleicht war er fortgegangen ... Vielleicht war er zu Dora gegangen ...

Es war beinahe Mitternacht, als Tina aufhorchte und Stavros das andere Zimmer betreten hörte. Sie hörte, wie er hin und her ging, hörte das Wasser rauschen und wusste, dass er duschte. Sie war voller Spannung, doch dann verebbten die Geräusche. Fast enttäuscht wälzte sie sich lange schlaflos; erst die frühen Morgenstunden brachten ihr etwas Ruhe.

8. KAPITEL

Am nächsten Tag erfuhr Tina, dass sie zu einer Hochzeit eingeladen waren, die in vierzehn Tagen stattfinden sollte.

„Wir gehen zu einer Hochzeit?"

Stavros nickte. „Ja, Julias Base. Sie hat früher als Hausmädchen bei mir gearbeitet. Die Hochzeit soll Ende des nächsten Monats sein, und die Braut wird sicher mich und meine junge Frau einladen."

„Ist es üblich, dass ein Hausmädchen dich zu ihrer Hochzeit einlädt?", fragte Tina erstaunt.

„Schau nicht so verblüfft drein, Liebes. Hier in Kreta haben wir nicht die gleichen Vorstellungen von Standesunterschieden wie bei euch oder an anderen Stellen in Griechenland."

Tina sah Stavros von der Seite an und erinnerte sich daran, wie hochnäsig und arrogant er manchmal wirken konnte. Und jetzt erklärte er ihr, dass es keineswegs unter seiner Würde sei, an der Hochzeit einer seiner früheren Hausangestellten teilzunehmen. Stavros war und blieb ihr ein Rätsel, das sie wohl nie verstehen würde.

„So sehr gern möchte ich da gar nicht hingehen", sagte sie zu Stavros, der sie im Speisezimmer suchte. Er hatte schon früher gefrühstückt.

„Dennoch wirst du hingehen." Sein Ton war sanft, aber unbeugsam. „Ich fahre von Freitag bis Dienstag nach Athen. Du kannst mitkommen und dir ein neues Kleid für diesen Anlass kaufen." Er machte eine erwartungsvolle Pause.

Tina sagte: „Ich habe nicht den Wunsch, mit dir nach Athen zu gehen, Stavros."

„Du wirst mitkommen, weil es mein Wunsch ist", gab er ruhig zur Antwort. Wieder folgte eine Pause, aber diesmal sagte Tina nichts darauf, und Stavros fuhr fort: „Ich denke, ich habe dir schon einmal gesagt, dass ich jetzt, da ich verheiratet bin, öfter mal Gäste einladen will. Ich werde in Athen ein Abendessen für ein paar Gesellschafter meiner Firma geben. Und ich rechne damit, dass du dich so benimmst, wie man es von einer Jungvermählten erwartet."

Jetzt wandte sie sich um und warf ihm einen scharfen Blick zu. „Du erwartest hoffentlich nicht, dass ich dabei auf verliebt mime?“

„Das ist deine Idee, sieh, dass du sie durchführst.“

„Das ist unmöglich.“

Er kam und baute sich vor ihr auf, eine große furchteinflößende Gestalt. „Ich rate dir eins, Tina, gewöhne dich daran, mir zu gehorchen. Du hast einen Griechen geheiratet und nicht einen von deinen rückgratlosen Landsleuten, die euch in ihrer Verblendung die Gleichberechtigung gegeben haben.“

Nach dem Frühstück ging Tina in ihr Zimmer und weinte hemmungslos. Ihr Leben war ein einziges Chaos, und sie hatte das dumpfe Gefühl, dass sie es selbst dahinein getrieben hatte. Irgendwie hätte sie diese ganze Streiterei mit ihrem Mann vermeiden können. Aber die schreckliche Angst, die nach den Unterredungen mit seiner Mutter und mit Dora in ihr aufgestiegen war, schien jeden klaren Gedanken in ihr ausgelöscht zu haben. Und die Wut, die Stavros am vergangenen Abend gezeigt hatte, war nur ein Beweis mehr, dass ihre Ängste keineswegs Einbildung waren. Tina wusste auch, dass von nun an ihre eigene Angst vor ihm nur noch wachsen würde, so lange, bis sie sich gezwungen sah, ihn zu verlassen. Vielleicht, dachte sie, wäre es besser, gleich zu gehen. Es gab keine Hoffnung, kein Licht mehr in ihrem Leben.

Auf dem Flug nach Athen sprachen sie kaum. Orestes, der Mann, der in Stavros' Wohnung in Athen arbeitete, hatte auf Stavros' Voranmeldung hin alles vorbereitet. Tina konnte Orestes nicht ausstehen. Er hatte etwas Schmieriges an sich. Seine widerlichen Blicke glitten über ihre Beine, ihre Hüften, ihren Busen. Sie hasste seine lüsternen Blicke. Am meisten aber ärgerte es sie, dass Stavros das alles offenbar überhaupt nicht bemerkte.

„Ich muss sofort in mein Büro“, erklärte Stavros etwa zehn Minuten nach ihrer Ankunft in der Wohnung. „Ich komme rechtzeitig zum Abendessen zurück. Wir essen auswärts.“

„Deine Freunde kommen am Montagabend, nicht wahr?“

Er nickte. „Eigentlich sind es nicht gerade Freunde, eher Geschäftsverbindungen.“

„Und wie viele kommen?“ Sie waren im Schlafzimmer, und die Vorhänge waren zurückgezogen, sodass die Akropolis zu ihnen herüberstrahlte, ihre Tempel hoben sich scharf gegen den saphirblauen Himmel ab. Tinas Blicke richteten sich auf die Straße, wo Menschen geschäftig hin und her eilten, manche paarweise, die Arme umeinander geschlungen. Sie drehte sich um und sah fragend den großen dunklen Griechen an, den sie geheiratet hatte.

„Vier. Davos und Lefki Flouro und Elias und Palayia Mariakis.“

„Sind sie jung?“

„In den Dreißigern. Davos ist vielleicht ein bisschen älter – so um die Vierzig.“

„Und Orestes kümmert sich um alles?“

„Natürlich. Er ist sehr tüchtig.“

Nach kurzem Zögern fragte sie. „Magst du ihn?“

„Ihn mögen?“, wunderte sich Stavros. „Ich verstehe nicht, was du meinst.“

„Ich mag ihn nicht, das ist alles.“

Hämisch lächelnd meinte Stavros: „Gibt es überhaupt einen Griechen, den du magst?“

Tina wurde rot. „Ich glaube nicht, dass ich eine besondere Abneigung gegen die Griechen an den Tag gelegt habe.“

„Du magst meine Mutter nicht, mich nicht und Orestes …“

„Deine Mutter mag mich nicht“, fiel Tina ein. „Ich bin nach Patmos mitgefahren mit dem festen Vorsatz, mich mit ihr anzufreunden, obwohl du mich gewarnt hattest, dass sie Engländerinnen nicht mag.“ Ihre Augen funkelten, als sie ihn ansah. „Sie wollte, dass du eine Griechin heiratest. Es ist eine schwere Enttäuschung für sie, dass du mich genommen hast.“

Forschend schaute er sie an. „Hat Mutter etwas zu dir gesagt?“

Sie brachte es fertig, ohne Zögern zu sagen: „Du selbst hast mir gesagt, dass sie enttäuscht sei.“

Stavros nickte, als ob ihn ihre Antwort zufriedengestellt hätte. „Ich muss gehen. Hast du genug Geld bei dir?“

„Ja.“

„Morgen gebe ich dir mehr, damit du dir ein Kleid kaufen kannst.“

Einen Augenblick dachte er nach. „Du hast doch etwas Besonderes für die Einladung morgen Abend dabei?"

„Natürlich, ich habe ein paar Abendkleider."

Stavros ging und ließ Tina allein mit Orestes zurück, und sie beschloss, die Wohnung sofort zu verlassen und nicht eher zurückzukehren, bevor sie genau wusste, dass ihr Mann wieder zu Hause war.

„Gehen Sie aus, Mrs. Stavros?" Das Lächeln verwandelte sich in ein Grinsen.

Der erste Mensch, den Tina auf der Akropolis traf, war Bill. Sie sah ihn erstaunt an und fragte dann geradeheraus: „Sind Sie denn nicht nach Hause gefahren?"

Lachend erklärte Bill, dass er hier eine gute Stellung gefunden hätte. „Ein Riesenglück. So fuhr ich nach Hause, packte ein paar Sachen zusammen, kündigte und flog wieder hierher zurück. Seitdem bin ich hier." Er brach ab und ließ seine Blicke bewundernd über ihre Figur und das feine Wollkostüm gleiten.

„Wo arbeiten Sie?", fragte Tina interessiert. Natürlich erinnerte sie sich an die Wut, die in Stavros gefahren war, als sie einen Tag mit Bill verbracht hatte, und dass sie die Verabredung für den folgenden Tag absagen musste. Bill hatte es sehr gut aufgenommen. Sie hatte ihm zwar den wahren Grund nicht gesagt und auch nicht gelogen, sondern nur gesagt, dass es ihr leid täte, aber sie könnte die Verabredung nicht einhalten, sie hätte etwas anderes zu tun.

„Ich arbeite bei einer Bank", sagte er und erklärte, er hätte eine Anzeige in der Zeitung gelesen und sich stehenden Fußes dem Bankdirektor vorgestellt.

„Die Anzeige war in der Times, die man ja hier auch zu kaufen bekommt", fuhr er fort. „Sie wollten jemanden, der Englisch und Französisch spricht. Sie fragten mich, ob ich bereit sei, Griechisch zu lernen, und als ich Ja sagte, stellten sie mich ein."

„Griechisch ist eine schwere Sprache", bemerkte Tina.

„Ich habe auf dem Gymnasium Altgriechisch gelernt."

„Oh, das ist sicher eine gute Grundlage." Sie standen vor dem

Erechtheion. Vorläufig waren sie allein, obwohl schon eine Touristengruppe langsam in ihre Richtung kam. „Aber Neugriechisch ist doch sehr verschieden."

Bill nickte zustimmend. „Aber es ist der Mühe wert", erklärte er begeistert. Dann nach einer Pause: „Sind Sie heute wieder allein, ist Ihr Mann geschäftlich aufgehalten?"

„Ja, ich sehe ihn heute Abend. Arbeiten Sie heute nicht?"

Er wies auf die Uhr. „Jetzt sind die Banken zu."

„Ja, natürlich."

„Kommen Sie auf einen Drink mit mir?", fragte er.

Tina zögerte einen Augenblick. Aber sie wollte nicht, dass die Angst vor Stavros sie so vollständig beherrschte, dass sie die Gesellschaft anderer Männer meiden musste. Es war nett, mit einem Engländer zu sprechen, sie würde die kurze Unterbrechung und ein Gespräch mit ihm sehr genießen. So lächelte sie und meinte, ja, sie würde gern eine Erfrischung mit ihm einnehmen.

Sie gingen zum Verfassungsplatz und setzten sich an einen Tisch unter den Bäumen. Es war angenehm kühl, aber nicht kalt. Bill bestellte eine Kanne Tee und Sandwiches. Er schien sich zu freuen, Tina wiederzusehen. Tina fragte, ob er schon Freunde in Athen hätte.

„Ja, zwei junge Griechen. Beide arbeiten bei der Bank. Offenbar haben sie großes Glück gehabt. Denn sie sagten, ohne die modernen Ansichten ihrer Eltern hätten sie noch jahrelang nicht heiraten können."

„Ja, und sie hätten sich wie Sklaven schinden müssen, um ihren Schwestern eine Aussteuer zu beschaffen", warf Tina ein. „Haben Sie je so etwas Verrücktes wie dieses Aussteuersystem gehört?"

„Das gibt's nicht nur hier, Tina. Aber ich nehme doch an, dass Sie keine Aussteuer gebraucht haben", setzte er lachend hinzu.

„Mein Mann ist nicht so. Er hätte auch keine Aussteuer gefordert, wenn er eine Griechin geheiratet hätte."

„Ja, manche Griechen sind sehr dagegen, aber eingefahrene Gebräuche sterben schwer."

„Das sagt mein Mann auch."

Bill schwieg. Der Kellner kam mit dem Tee und den Sandwiches. Bill bezahlte, und der Mann bedankte sich in Englisch für das Trinkgeld.

„Haben Sie keine Freundin in England?", fragte Tina.

„Nichts Ernsthaftes." Er sah ihr geradewegs ins Gesicht. „Ich hoffe, Sie halten mich nicht für zudringlich. Aber was hat Sie veranlasst, einen Griechen zu heiraten?"

Tina wurde auf entzückende Weise rot. „Es gibt doch eigentlich nur einen Grund fürs Heiraten", meinte sie.

„Meistens ja. Aber manchmal sind es auch andere Gründe."

Tina fragte ihn nicht, was er damit meinte. Es war besser, das Thema zu wechseln. So fragte sie ihn, ob er viel reisen wollte, nachdem er nun in Griechenland sei. „Es gibt so viele wunderschöne Inseln", fuhr sie fort. „Ich glaube, es gibt mehr als hundertdreißig bewohnte Inseln, zusammen müssen es etwa zweitausend sein."

Bill nahm ein neues Sandwich und nickte. „Ich werde bestimmt reisen. Ich möchte Santorin besuchen und noch mal Kreta – oh, es gibt so vieles, was ich sehen möchte."

Tina sagte nichts, sie blickte auf einen Schwammverkäufer, der auf ihren Tisch zusteuerte. „Ich lebe auf Kreta", meinte sie schließlich.

„Ja, das sagten Sie schon." Bill zögerte einen Augenblick. „Und Sie haben diese Wohnung in Athen. Sind Sie oft hier?"

„Nein, nicht sehr oft. Die Villa auf Kreta ist viel schöner."

„Ruhiger vor allem."

Tina nickte. Der Schwammverkäufer war jetzt an ihrem Tisch. Tina öffnete ihre Handtasche, der Mann tat ihr leid.

„Wollen Sie wirklich einen Schwamm kaufen?", lachte Bill.

„Eigentlich nicht, aber ich muss es tun, sonst habe ich ein schlechtes Gewissen." Sie lachte und holte das Geld hervor. „Danke, efaristo poli."

„Efaristo" Der Mann schien sich über das abgeschlossene Geschäft zu freuen und steuerte optimistisch auf einen anderen Tisch zu.

„Er hätte Ihnen eine Tüte geben sollen", meinte Bill. „Hier, ich habe eine Plastiktüte in der Tasche. Eigentlich wollte ich etwas einkaufen, aber das kann warten bis morgen. Es war viel schöner, die

Zeit hier mit Ihnen zu verbringen."

Tina sah zu ihm hinüber. In Bills Stimme lag unverkennbar Bewunderung, und auch in seinen großen offenen Augen. „Ja", sagte sie und nahm gern den Plastikbeutel, „es ist sehr nett."

Er sah ihr zu, wie sie den Schwamm verstaute und fragte: „Wie lange sind Sie diesmal in Athen?"

„Bis Dienstag."

„Sicher ist Ihr Mann ständig beschäftigt?"

Sie nickte und fühlte sich schuldig und sorglos zugleich. Sie wollte sich von Stavros nicht alles verbieten lassen. „Ja, normalerweise arbeitet er den ganzen Tag."

„Morgen bin ich den ganzen Tag frei. Muss Ihr Mann arbeiten?"

„Sehr wahrscheinlich."

Es folgte eine lange Pause, aber Tina wusste genau, was jetzt kommen würde.

„Könnten wir uns nicht treffen und den Tag gemeinsam verbringen?", fragte Bill.

Ohne zu zögern sagte sie, „ja, das können wir. Haben Sie Telefon, sodass ich Sie anrufen kann, wenn etwas dazwischenkommt?"

Bill schüttelte den Kopf. „Ich habe eine Wohnung in einem kleinen Hotel am Kotzia-Platz", sagte er. „Die Gäste dürfen das Telefon nicht benutzen."

„Noch nicht einmal, wenn Sie angerufen werden?"

„Nein, die Wirtin ist eine komische Alte. Sie spricht kaum ein Wort Englisch und ihr Sohn auch nicht."

„Und trotzdem hat sie ein Hotel?"

„Sie hat meistens griechische Gäste. Touristen würden dort ganz gewiss nicht wohnen wollen."

„Können Sie nicht woanders hingehen?"

„Später. Ich sehe mich schon nach etwas um, besonders wohl fühle ich mich dort ja auch nicht. Es ist ein altes Viertel mit billigen Läden und Kinos, in denen man sich Flöhe einhandelt. Und eine Menge Faulenzer und Prostituierte scheinen sich auf dem kleinen Platz in der Nähe ein Stelldichein zu geben. Es ist keine schöne Gegend, aber sie hat doch etwas Faszinierendes an sich."

Tina fragte sich, was wohl ihr Mann sagen würde, wenn er wüsste, dass sie ihre Zeit mit jemandem verbrachte, der an einem solchen Ort wohnte. Aber diesmal würde er es nicht erfahren. Wenn sie sich morgen trafen, würde sie zusehen, dass sie aus Athen herauskamen.

Ein Händler kam heran und bot Postkarten und Pistazien feil und wieder gab Tina Geld für Dinge aus, die sie gar nicht wollte. Bill lachte nicht mehr, sondern bedachte sie mit einem eigentümlichen Blick, als sie ein halbes Dutzend Postkarten kaufte.

„Sie sind nett", sagte er unerwartet, und Tina lächelte bei dem Kompliment. Sie sah auf die Uhr und stellte fest, dass sie noch mehr als eine halbe Stunde Zeit hatte, bis sie nach Hause gehen musste. Und als Bill einen Bummel durch die Läden vorschlug, stimmte sie zu und betete im Stillen, dass sie nicht auf Stavros stoßen würden. Er hatte ihr gesagt, wohin er gehen würde, und Tina wusste, dass es ganz am anderen Ende der Stadt lag.

Aber zu ihrem großen Entsetzen sah sie Dora auf sich zukommen. Sie wandte sich schnell ab und betrachtete interessiert ein Schaufenster, das Männerschuhe ausgestellt hatte. Bill wandte sich mit ihr um. Mit klopfendem Herzen wartete Tina, dass Dora vorbeigehen oder sie ansprechen würde. Wenn sie doch nur vorbeigehen wollte. Aber das war vergebliche Hoffnung. Schon sagte Dora honigsüß neben ihr „Tina – hallo! Sie hier um diese Zeit? Wo ist Stavros? Wollen Sie mich nicht Ihrem Freund vorstellen?"

Tina wandte sich um und bemühte sich, kühl zu bleiben, als sie die beiden miteinander bekannt machte. Dora schnurrte wie ein Kätzchen und schien fest entschlossen, nicht weiterzugehen. Offenbar wollte sie Tina gründlich in Verlegenheit bringen. Plötzlich aber entschuldigte sich Bill, er hatte einen seiner Freunde entdeckt.

„Verzeihen Sie, aber ich muss ihn geschwind etwas fragen. Ich bin gleich wieder zurück."

Aber für Tina war er entschieden zu lange weg. Schon fragte Dora mit falscher Freundlichkeit „Weiß Stavros denn, dass Sie einen Freund haben – einen englischen Freund?"

„Bill ist nicht mein Freund", fauchte Tina. Ihr Herz schlug noch immer zum Zerspringen, und sie war ganz sicher, dass Dora sobald als möglich Stavros unterrichten würde, dass seine Frau mit Bill in Athen herumspazierte.

„Nun, es kommt mir – doch vor, als ob Sie sehr befreundet seien", bemerkte Dora, ihre dunklen Augen blickten spöttisch. „Natürlich, es ist ja auch nur zu verständlich, dass Sie gern mit einem Landsmann zusammen sind. Wo haben Sie ihn kennengelernt?"

Tinas Augen schienen Funken zu sprühen. „Sie wissen, ich war schon oft in Athen – übrigens geht es Sie nichts an."

Dora zog mit gespielter Entrüstung die Brauen hoch. „Es besteht überhaupt keine Veranlassung, so wütend zu werden, ich habe lediglich eine höfliche Frage gestellt."

„Dann, bitte, stellen Sie keine höflichen Fragen mehr, denn ich habe nicht die Absicht, sie zu beantworten." Tina hielt verzweifelt nach Bill Ausschau. Warum hatte er sie nur mit dieser Frau allein gelassen?

Aber nun ließ Dora alle Höflichkeit fallen und meinte, „ich frage mich nur, was Stavros sagen wird, wenn er erfährt, dass Sie Ihre Zeit mit einem anderen Mann verbringen?"

Bleich und innerlich zitternd fragte Tina: „Haben Sie die Absicht, es ihm zu sagen?" Dann erst ging ihr auf, dass sie einen Fehler gemacht hatte. Sie hätte sich betont sorglos geben sollen und versuchen, Dora zu überzeugen, dass es Stavros überhaupt nichts ausmachte, dass sie, Tina, einen Begleiter gefunden hatte.

„Falls ich ihn zufällig treffen sollte, könnte es schon sein, dass ich etwas erwähne", höhnte Dora. „Ich selbst habe erlebt, wie er vor Eifersucht gekocht hat, als ich nur das geringste Interesse an einem anderen Mann zeigte."

Tina gab keine Antwort, obwohl sie ihr hätte sagen können, dass ihr geringstes Interesse immerhin zur Heirat mit jenem anderen Mann geführt hatte. Stavros musste außer sich gewesen sein vor Eifersucht.

Zu Tinas Erleichterung kam Bill jetzt zurück. Dora schien ihren

Triumph zu genießen. Sie sah Tina direkt in die Augen und murmelte zwischen den Zähnen hindurch: „Auf Wiedersehen. Und viel Spaß. Grüßen Sie Stavros schön von mir."

„Wer war das?", fragte Bill höflich, als Dora gegangen war.

Tina schluckte. Plötzlich bereute sie es bitter, den Nachmittag mit Bill verbracht zu haben. Und in ihre Furcht mischte sich Ärger, denn es war nicht recht, dass sie nicht einfach ein paar harmlose Stunden mit jemandem verbringen konnte. Sie tat wirklich nichts Unrechtes, aber ihr Mann würde es anders ansehen. Daran hatte sie keine Zweifel.

„Sie ist eine Freundin meines Mannes", erwiderte sie so beiläufig wie möglich.

„Eine Schönheit", war Bills Kommentar.

Eine halbe Stunde später trennten sich ihre Wege, nachdem sie sich für den nächsten Tag verabredet hatten. Sie wollten einen kleinen Ausflug auf die Insel Salamis machen.

Orestes war da, aber Stavros war noch nicht zurück.

Bevor Tina ins Schlafzimmer gehen konnte, kam Orestes mit jenem lauernden Blick, den Tina so hasste, auf sie zu.

„Kyria Dora vor einer halben Stunde hier gewesen", sagte er. „Sie wollen Mr. Stavros sprechen, aber er noch nicht zurück." Er hüstelte. „Kyria Dora sagen, hat Sie mit englischem Mann sehen. Sehr befreundet, nicht wahr?"

In Tina stieg Zorn hoch. Empört erwiderte sie: „Das geht Sie überhaupt nichts an."

„Wirklich, Mrs. Stavros ..." Das schiefe Lächeln wurde zu einem hämischen Grinsen. „Er sehr scharf – ja? Griechische Männer immer scharf ..." Den Rest brachte er nicht mehr heraus. Tina war nicht mehr in der Lage, sich zu beherrschen, und gab ihm eine schallende Ohrfeige.

Ungläubig starrte Orestes sie an. Das Blut stieg ihm ins Gesicht, nicht von der Ohrfeige, sondern vor Wut. Es sah aus, als ob er sich auf Tina stürzen wollte.

„Gehen Sie mir aus dem Weg", fauchte sie. „Und in Zukunft vergessen Sie nicht, wen Sie vor sich haben!"

In ihrem Schlafzimmer ließ Tina sich aufs Bett sinken, jeder einzelne Nerv an ihr bebte. Es lag nicht in ihrer Natur, so zu einem Dienstboten zu sprechen. Und in der Villa war sie sehr beliebt, weil sie den Angestellten gegenüber eine sehr nette Art hatte. Aber Orestes gegenüber hatte sie immer ein ungutes Gefühl gehabt. Er war klein und gedrungen und hatte etwas Undurchsichtiges an sich. Sie fragte sich, warum ihr Mann ihn angestellt hatte. Immerhin war er ein guter und gewissenhafter Arbeiter, vielleicht war das Grund genug.

Zu Tinas Erleichterung dauerte es eine Weile, bis ihr Mann nach Hause kam. Also musste die Spur, die die Ohrfeige im Gesicht des Dieners zurückgelassen hatte, etwas vergangen sein. Aber etwas in der verschlagenen Art des Mannes ließ Tina fürchten, dass er Stavros auf der Stelle mitteilen würde, dass sie mit einem anderen Mann gesehen worden war. Aber da hatte sie sich offenbar umsonst Sorgen gemacht. Blieb also nur noch Dora. Sie würde sicher einen Weg finden, Stavros von Bill zu berichten. Einen flüchtigen Augenblick lang dachte Tina daran, es ihm selbst zu sagen, hatte aber zu große Angst vor seinem Wutausbruch.

„Du hast also das Kleid nicht gekauft?“, fragte Stavros, als sie einander im Restaurant gegenübersaßen.

„Nein, ich kaufe es Montag.“

„Schieb es nicht zu lange hinaus. Kaufe es lieber morgen.“

„Ich habe Montag noch Zeit genug.“

„Wie du meinst. Was hast du heute unternommen?“

„Oh, nicht viel. Ich bin zur Akropolis hinaufgegangen.“

„Die scheint dich anzuziehen. Jedes Mal, wenn wir nach Athen kommen, gehst du dort hinauf.“

„Ja, sie zieht mich an“, räumte Tina ein. „Ich könnte jeden Tag meines Lebens dort hingehen. Man findet Frieden dort, ganz gleich, ob Scharen von Touristen unterwegs sind. Man spürt die Gegenwart der Geister der Vergangenheit …“ Sie brach ab, denn sie wollte keine Unterhaltung mit Stavros anfangen, sondern nur ruhig dasitzen und denken.

Die ersten beiden Gänge waren bereits vorbei, als Tina sah, wie

Stavros' Gesichtsausdruck sich plötzlich veränderte. Sie wandte den Kopf und verschüttete ihren Wein, als sie sah, wer Stavros' Aufmerksamkeit gefesselt hatte.

Dora! Wieso kam sie gerade hierher in das Restaurant, in dem sie mit Stavros zu Abend aß. Das war kein Zufall. Und plötzlich erinnerte sie sich, wie Stavros beim Verlassen der Wohnung über die Schulter zu Orestes gesagt hatte: „Wir sind im Dawn Palace, falls ich aus irgendeinem Grund gebraucht werden sollte."

Hatte Orestes Dora berichtet, wo sie zu finden wären? Sicher, es konnte gar nicht anders sein.

„Dora." Stavros stand auf, seine Blicke glitten forschend über das Gesicht seiner Frau, offenbar um zu sehen, wie sie Doras plötzliches Auftauchen aufnahm. Aber aus Tinas Gesicht ließ sich keine Gefühlsregung ablesen. Stavros biss die Lippen zusammen ... offenbar hatte er die Absicht, Dora an ihren Tisch zu bitten, um Tina zu ärgern.

„Du bist allein, Dora? Komm, setz dich zu uns." Stavros winkte den Kellner heran und bestellte ein drittes Gedeck, komplimentierte Dora auf seinen eigenen Stuhl und setzte sich auf einen, der sofort herbeigetragen wurde. Tina, blass bis an die Lippen, wartete resigniert auf das, was nun kommen würde, und Stavros umgab Dora mit der größten Aufmerksamkeit.

Tina hatte ihn seit ihrem Streit mit kühler Reserviertheit behandelt, und er schien im Begriff, es ihr heimzuzahlen. In Tina stieg eine Eifersucht hoch, die sie fast körperlich schmerzte, aber dennoch brachte sie es fertig, fast unbeteiligt dreinzusehen.

Dora und Stavros plauderten und bezogen Tina nicht in ihre Unterhaltung ein. Es war ganz klar, dass Dora verwirrt war, denn sie wusste ja nicht, dass es zwischen Tina und Stavros zu einer Entfremdung gekommen war.

Als sich Dora endlich an Tina wandte, fragte sie sanft und unschuldvoll: „Haben Sie Stavros gesagt, dass wir uns heute Nachmittag getroffen haben?"

Tina warf ihr einen eisigen Blick zu. „Nein, ich hatte nicht den Eindruck, dass das so wichtig war."

Stavros sah Tina verblüfft an. „Ihr habt euch getroffen? Warum hast du mir das nicht erzählt?"

Tina zuckte leicht die Schultern und sah Dora unverwandt an. Sollte die Frau Katz und Maus mit ihr spielen wollen?

„Vergiss nicht, du bist sehr spät nach Hause gekommen", erinnerte Tina ihren Mann. „Wir hatten nicht viel Zeit, um uns zu unterhalten."

„Tina hatte übrigens einen reizenden jungen Mann bei sich … nicht wahr, Tina?", bemerkte Dora honigsüß. Sie hatte vorher energisch erklärt, sie hätte kaum Hunger und hatte gleich mit dem dritten Gang angefangen. Jetzt, nachdem sie ihren Pfeil abgeschossen hatte, konzentrierte sie sich ganz auf das Essen. Also kein Katz-und-Maus-Spiel. Dora war für den direkten Weg und konnte es offenbar gar nicht erwarten, zu sehen, was sie mit ihren Worten angerichtet hatte. Stavros warf Tina einen durchdringenden Blick zu, aber sobald Dora wieder aufblickte, lächelte er und meinte interessiert: „Ein junger Mann, Liebes? Jemand, den ich kenne?"

Eins wurde Tina sofort klar. Stavros hatte nicht die Absicht, Dora irgendeine Genugtuung für ihre Zuträgerei zu geben. Nun, das sprach auf jeden Fall für ihn. Tina ging auf seinen Ton ein und antwortete leichthin.

„Nein, Stavros, es war ein junger Engländer, den ich früher einmal getroffen habe." Sie machte eine Pause … und zitterte innerlich, denn der Blick seiner Augen verhieß ihr Strafe, sobald sie allein waren. Tina schluckte, aber der Kloß, den die Angst in ihrer Kehle gebildet hatte, wollte nicht weichen und sie brachte es nur mit Mühe fertig, ihre Stimme klar und fest klingen zu lassen, als sie sagte, „er war damals im Urlaub hier, aber jetzt hat er eine Stelle bei einer Bank gefunden und lebt hier."

Tinas Blick glitt zu Dora hinüber. Ihr Gesicht gab ihre ganzen Gefühle preis. Es war ganz klar, dass sie das Scheitern ihrer boshaften Absicht, Zwietracht zwischen Stavros und Tina zu säen, aus der Fassung brachte.

„Ach, dieser junge Mann? Hieß er nicht Bill?" Wieder lächelte Stavros und schaute interessiert drein. Niemand, dachte Tina, gar niemand würde auch nur im Entferntesten ahnen, dass er unter der polierten Oberfläche vor Wut kochte und sich überlegte, was er seiner Frau bei ihrer Rückkehr in die Wohnung antun könnte. „Er arbeitet also jetzt in Athen? Das freut mich für ihn. Vielleicht sollten wir ihn einmal zum Essen einladen?"

Mit blassen Lippen sagte sie: „Ja, Stavros, es wäre wirklich nett, wenn wir ihn einmal zum Abendessen einladen könnten. Er kennt bis jetzt nicht viele Leute, gerade erst zwei Kollegen, mit denen er sich angefreundet hat."

Dora saß ruhig da und aß. Eine Falte stand senkrecht zwischen ihren Augen und jedes Mal, wenn sie gerade nicht kaute, kniff sie den Mund zusammen. Stavros sah zu ihr hin, und Tina fing diesen Blick auf. Das Einzige, was er ausdrückte, war Mitleid.

Im Gegensatz zu seiner üblichen Gepflogenheit, Tina zu einem letzten Drink in die Bar zu führen, erklärte Stavros nach dem Essen, er sei müde und wollte bald nach Hause. Er rief für Dora ein Taxi heran und dann eins für sich und Tina. Unterwegs setzte Tina ein paarmal zum Sprechen an, brachte aber keinen Ton heraus. Stavros war einfach überwältigend, wie er dasaß und grimmig vor sich hinsah, so grimmig, wie sie ihn noch nie erlebt hatte. Was hatte er mit ihr vor? Wenn sie bloß einen Funken Verstand gehabt hätte, hätte sie es ablehnen müssen, in das Auto zu steigen, und besser die Nacht im Hotel verbracht. Aber der Gedanke erwies sich sofort als absurd, erstens hatte sie keine Nachtsachen dabei, und zweitens hätte Stavros da wohl kaum mitgemacht.

Als sie fast zu Hause waren, fragte Stavros: „Was denkst du, Tina?"

Eine Weile schwieg sie, dann sagte sie mit einer hohl klingenden Stimme, die das härteste Herz zum Schmelzen bringen musste. „Ich habe – ich habe Angst vor dir, Stavros."

Stavros antwortete nicht, er wandte noch nicht einmal den Kopf. Sie fragte sich, ob er es überhaupt gehört hatte, schließlich waren ihre Worte nur ein Flüstern gewesen.

9. KAPITEL

Trotz ihrer Angst war Tina fähig, ihm tapfer gegenüberzutreten, als sie eine Viertelstunde später mit ihm allein im Schlafzimmer war. Sofort nach ihrer Rückkehr hatte Stavros Orestes befohlen zu gehen und bei seiner Schwester zu schlafen, die in der Nähe wohnte. Die Blicke des Dieners waren von Stavros' zu Tinas Gesicht geglitten, danach verbargen die halbgeschlossenen Lider mit den dichten Wimpern jeden Ausdruck. Tina war eines klar, wenn sie nur ein paar Minuten Zeit hätte, würde sie hinter das Geheimnis kommen, wie Dora plötzlich im Dawn Palace auftauchen konnte.

„So also kümmerst du dich um meine Anweisungen und triffst dich wieder mit diesem Bill?" Stavros stand dicht vor Tina, die ihren Mantel abgelegt hatte und nun in dem eleganten Abendkleid vor ihm stand. Sie sah zu ihm auf, ihr ganzer Körper bebte. „Es war dir doch hoffentlich klar, dass meine Reaktion auf diese Mitteilung reines Theater war?"

Tina nickte und fuhr sich mit der Zunge über die trockenen Lippen. „Ja – und ich – ich danke dir, dass du mir die Demütigung vor dieser – dieser Kreatur erspart hast." Diese Worte schossen in aufsteigendem Ärger aus ihr heraus. „Sie hatte nicht die Genugtuung, die sie erwartet hatte."

Stavros' Augen funkelten. Dora interessierte ihn überhaupt nicht, sondern nur der Ungehorsam seiner Frau. Tina spürte, dass er vor Wut kochte.

„Hat dieser Bursche gewusst, dass du hier in Athen bist?", fragte er. „Hast du mit ihm korrespondiert?" Seine Stimme klang sanft, aber eine unverkennbare Drohung lag darin. Tina tat einen Schritt zurück und legte eine zitternde Hand auf ihr Herz, weil es zum Zerspringen schlug.

„Nein – nein, Stavros, er und ich haben nicht miteinander korrespondiert! Wir haben uns ganz zufällig heute Nachmittag getroffen und ..."

„Lüg mich nicht an." Seine bis jetzt zurückgehaltene Wut brach hervor, er schoss quer durchs Zimmer, packte Tina am Arm und riss sie heftig an sich, um sie im nächsten Augenblick zu schütteln. „Ich sollte dich wie eine Griechin behandeln ..." Die Tränen flossen ungehindert ihre aschgrauen Wangen herunter.

„Du sagtest, es täte dir leid, dass du mich geheiratet hast, aber bei Gott, ich werde dafür sorgen, dass du es nicht vergisst, dass du mit mir verheiratet bist – und auch, dass es dir nie wieder einfällt, dich über die Autorität deines Mannes hinwegzusetzen. Weißt du, was dir blühen würde, wenn du mit einem Kreter verheiratet wärst?"

Tina schauderte und brach wieder in Tränen aus.

„Du bekämst die Peitsche, bis du dich nicht mehr rühren könntest. Und dieser Engländer bekäme ein Messer zwischen die Rippen – das würde passieren, wenn du einen Kreter geheiratet hättest."

Er hielt sie immer noch fest, und seine Finger gruben sich schmerzhaft in ihr Fleisch.

Durch das Schluchzen hindurch, das ihren ganzen Körper erschütterte, sagte sie: „Lass mich los. Du hast mich genug gestraft."

„Wirst du diesen Mann wiedersehen?", fragte er zwischen den Zähnen hindurch.

Tina war im Begriff, den Kopf zu schütteln, dann fing sie sich plötzlich. Eine Auflehnung ergriff sie und fegte ihre Panik hinweg. Sie hob den Kopf, ein trotziges Funkeln in den Augen. „Ja, das werde ich. Wir werden den Tag morgen miteinander verbringen und nach Salamis fahren. Ich lasse mich nicht von dir tyrannisieren, von einem Barbaren, der keine Ahnung hat, wie man eine Frau behandelt. Ich werde ihn sehen, wann immer ich will, jetzt, da er in Griechenland lebt, und du kannst nichts dagegen unternehmen. Gar nichts."

Auf ihre Worte folgte ein schreckliches Schweigen. Sie sah in Stavros' feindseliges Gesicht, und ihr Mut sank wieder.

„Du meinst also, ich könnte nichts dagegen tun?"

Noch nie hatte Tina so einen drohenden Ton in seiner Stimme gehört.

Sie spürte, dass sie jetzt davonlaufen musste, jetzt auf der Stelle, weil sie später nicht mehr die Kraft dazu haben würde.

Aber als Tina zur Tür lief, kam Leben in Stavros. Innerhalb von Sekunden war sie in einer so wilden Umklammerung gefangen, dass ihr beinahe die Sinne dahinschwanden. Sie trommelte mit den Fäusten gegen Stavros' Brust und versuchte, sich aus der Umklammerung zu befreien. Der Saum ihres Kleides geriet irgendwie unter Stavros' Füße. Ein erneuter Versuch, sich freizukämpfen, hatte zur Folge, dass die Druckknöpfe, die die Schulterträger hielten, aufsprangen. Ihr hübsches Kleid rutschte, fiel zu Boden und Tina stand plötzlich nur noch in Slip und BH da.

Stavros sah verblüfft erst auf das Kleid, das zu seinen Füßen lag, und dann auf ihren halbnackten Körper. Als sie seinen Gesichtsausdruck sah, sank ihr Herz. Konnte es sein, dass sie in dieser Situation lächerlich aussah? Verwirrt machte sie keinen Versuch mehr, sich zu befreien, als er sie gleich darauf besitzergreifend an sich riss und ihren leisen Überraschungsschrei mit dem Druck seiner Lippen erstickte.

„Du gehörst mir“ Verstehst du? Und wenn du diesen anderen Mann nur noch einmal ansiehst, dann bring ich dich um!“

Dass sie spürte, wie ihr Körper auf seinen Angriff reagierte, steigerte ihre Verwirrung nur noch weiter. Er schien einen ganz anderen Willen zu haben als sie selbst, schien jetzt von Stavros' Leidenschaft nur aufgeweckt und herausgefordert zu sein. Seine Hand glitt an ihrer Hüfte entlang und zog sie an sich, hinterließ eine feurige Spur. Obwohl sie versuchte, die Flamme ihrer eigenen Leidenschaft zu ersticken, gelang es ihr nicht. Seine Hand tastete sich weiter, die ungezügelte Leidenschaft in ihm war nicht zu verkennen. Er hungerte nach ihr – hatte er sie denn so lange schon nicht mehr begehrt?

Er riss sie vom Boden hoch und trug sie quer durch das Zimmer. Eine kurze Bewegung seines Ellbogens löschte das Licht. Vielleicht war das ja ein ganz einfacher, bequemer Weg, ihre Auseinandersetzung vorläufig zu beenden, dachte sie, aber sie wusste, sie würde sich für diese Nacht schämen. Doch das waren auch ihre letzten zusammenhängenden Gedanken an diesem Abend.

Stavros blieb am nächsten Tag zu Hause und Tina konnte nur an Bill denken, der wartete und sich fragen würde, warum sie die Verabredung nicht einhielt. Endlich fragte sie Stavros: „Hast du etwas dagegen, wenn ich ein Stückchen spazieren gehe?"

Seine dunklen Augen funkelten gefährlich. „Und warum willst du ausgehen?"

„Bill wartet."

„Dann lass ihn warten."

„Das ist nicht fair." Sie machte eine Pause und wartete darauf, dass er etwas sagte. „Wir haben uns rein zufällig getroffen, auch wenn du das Gegenteil annimmst."

„Aber heute hättet ihr euch nicht rein zufällig getroffen." Er sprach ruhig, aber in seiner Stimme schwang etwas, das Tina hätte auffallen müssen, wenn ihre Gedanken nicht bei Bill gewesen wären.

„Kann ich denn nicht gehen und ihm sagen, dass ich nicht kommen kann?"

„Nein, das kannst du nicht."

Forschend sah sie ihn an. „Du hast Angst, ich könnte nicht mehr zurückkommen?"

Es dauerte eine halbe Ewigkeit, bis er antwortete: „Und, würdest du zurückkommen?"

Sie war ehrlich genug zu sagen: „Ich weiß nicht, Stavros. Du und ich, wir sind so verschieden. Als ich sagte, ich hätte Angst vor dir, war es mir ernst damit ..." Sie brach ab. Stavros zog die Stirn in Falten, als er plötzlich Tränen in ihren Augen stehen sah.

Er sah ihr direkt in die Augen.

„Und was hat das alles ausgelöst, Tina?", fragte er weich.

Tinas Lippen zitterten. Einen Augenblick dachte sie, sie müsste ihm alles sagen – von seiner Mutter und Dora und auch von Orestes. Und sie wollte ihm von ihren Ängsten berichten und warum sie immer weiter wuchsen. Ihre Gedanken glitten weiter. Sie wusste, sie durfte ihm gar nichts erzählen, er würde wütend sein auf seine Mutter, Erklärungen von Orestes fordern. Es war nicht der Mühe wert, all das heraufzubeschwören.

„Tina, ich habe dich etwas gefragt!"

Sie nickte, als seine Stimme jetzt an ihr Ohr drang.

„Ich nehme an, es war meine Schuld", räumte sie ein und war selbst überrascht über ihr Bekenntnis.

„Du hast entdeckt, dass du mich nicht mehr haben willst – zumindest das habe ich daraus entnommen."

Sie sagte, er hätte recht. „Ehe ohne Liebe kann zu nichts führen." Und als Stavros schwieg, fuhr sie fort: „Unsere Ehe ist lediglich auf körperlicher Anziehung begründet, und das ist kein ausreichendes Fundament für eine erfolgreiche Beziehung. Aber davon ganz abgesehen – wir beide sind zu verschieden, um je zu einer Einigung zu kommen."

„Du meinst, Ost und West passen nicht zusammen?"

„Ja, genau das wollte ich sagen."

„Du und ich passten zu Anfang ganz prächtig zusammen", erinnerte er sie. „Du begehrtest mich genauso, wie ich dich begehrte. Irgendetwas hat die Veränderung in dir bewirkt, aber ich kann noch nicht einmal ahnen, was es ist." Er sah sie an und alle Härte und Arroganz war aus seinen dunklen Augen gewichen. „Willst du es mir nicht sagen, Tina?"

Sie schüttelte den Kopf. „Das bildest du dir nur ein", erklärte sie.

„Wenn du es sagst, Tina." Das war alles. Später erklärte er, sie würden am nächsten Morgen nach Kreta zurückfahren. Er hätte es sich mit der Einladung anders überlegt.

„Du sagst alles ab?", fragte sie ungläubig.

„Ja, ich rufe die Leute später an. Ich glaube nicht, dass es heute noch einen Flug gibt, sonst würden wir schon heute fliegen. Aber ich kann immerhin mal den Flughafen anrufen."

„Du hast Angst, ich könnte dir davonlaufen?", fragte Tina.

Zu ihrer Überraschung nickte er. „Ich gehe kein Risiko ein. In deiner derzeitigen Gemütsverfassung könntest du etwas tun, was dir später leidtäte."

„Und das wäre?"

„Dir von diesem Engländer helfen zu lassen, zurück nach Hause, nach England, zu kommen."

„Ich brauche niemanden, der mir hilft, Stavros. Und wenn, dann wären meine Verwandten hier die nächsten dazu."

Er schaute sie nachdenklich an: „Du magst diesen Mann. Ich spüre das, also ist es sehr wahrscheinlich, dass du dich an ihn wenden würdest."

„Ja, ich mag ihn ..." Sie brach ab. Stavros würde das doch nicht verstehen. Sie dachte an ihre Liebe zu Stavros und daran, dass sie ihn trotz allem, was er ihr angetan hatte, immer lieben würde.

Und ihre Liebe, ließ sich nicht am Sex messen und der Anziehung, die er bis vor Kurzem, ja peinlicherweise selbst in der letzten Nacht noch auf sie ausgeübt hatte. Der Maßstab für ihre Liebe waren die Gefühle, die sie für ihn hatte. Sie liebte ihn um seiner selbst willen ... sie liebte diesen Barbaren, obwohl sie genau wusste, dass sie nicht mit ihm leben konnte. Tief in ihrem Herzen wusste sie, dass sie sich trennen mussten. Es gab keine gemeinsame Zukunft für sie. Er war einfach zu anders als sie. Dazu kam, dass er sie nicht liebte.

Stavros schaffte es schließlich doch noch, zwei Plätze für den Flug am späten Nachmittag zu bekommen. Er ließ Tina die ganze Zeit nicht aus den Augen, obwohl sie ihm versicherte, dass sie zwar das Gefühl hatte, ihn verlassen zu müssen, es aber nicht sofort tun würde.

„Nie werde ich dir eine Chance geben, mich zu verlassen", erklärte er. „Wie ich dir vergangene Nacht sagte, gehörst du mir. Und du wirst bei mir bleiben – für immer."

Tina sagte nichts. Wenn die Zeit gekommen war, würde sie gehen. Stavros musste ab und zu nach Athen fliegen, dies wäre für sie die Gelegenheit, Kreta und Griechenland zu verlassen. Er würde sich schließlich scheiden lassen und Dora heiraten, dann wäre auch seine Mutter zufrieden.

Stavros schien ratlos zu sein, und mehrere Male fing Tina seinen nachdenklichen Blick auf. Schließlich sagte sie: „Komm, Stavros, machen wir einen Spaziergang." Sie fühlte sich zwar leer und verbraucht hinter ihrer Entschlossenheit, aber alles war besser, als herumzusitzen und sich nichts zu sagen zu haben. Stavros stimmte zu, und sie gingen hinaus.

Als sie aber die Straße betraten, fror Tina, und sie ging zurück, um sich einen wärmeren Mantel zu holen. Tina war schon halb durch die Diele, als sie Orestes' Stimme hörte. Er sprach ins Telefon, das in dem kleinen Raum stand, den Stavros ab und zu als Büro benutzte.

„Ja, es war großer Ärger im Haus. Kyrios Stavros war wütend. Sie sagten, Sie geben mir fünfhundert Drachmen, wenn ich Ihnen das Lokal sage ..." Er brach ab und seine Kinnlade klappte herunter, als Tina, die leise das Büro betreten hatte, plötzlich neben ihm stand. Bevor er weitersprechen konnte, hatte ihm Tina den Hörer aus der Hand geschlagen.

„Und nun", erklärte sie bestimmt, „können Sie mit mir weiterreden, Orestes!"

Er sah erst sie und dann den Hörer an. „Ich gerade Gemüse bestellen", wechselte er in sein gebrochenes Englisch zurück.

„Sie sprachen mit Kyria Dora", korrigierte ihn Tina. „Ich verstehe mehr Griechisch, als Sie denken, und ich will wissen, was hier gespielt wird." Innerlich zitterte sie, ihre Nerven hatten sich von der vergangenen Nacht noch nicht beruhigt, aber äußerlich wirkte sie nicht nur gelassen, sondern war auch sonst völlig Herrin der Lage. „Gestern Abend haben Sie Kyria Dora gesagt, wo mein Mann und ich zu finden sein würden."

„Ich gar nichts sagen."

„Gerade habe ich etwas von fünfhundert Drachmen gehört, die sie Ihnen für die Informationen zahlen will." Zu Tinas Befriedigung wurde Orestes' Gesicht grau, und seine Fäuste öffneten und schlossen sich nervös. „Ich kann Ihnen sagen, dass ich ohnehin ein Komplott zwischen Ihnen und Kyria Dora vermutete, weil es einfach unmöglich war, dass sie rein zufällig auftauchen konnte, obwohl nicht einmal mein Mann etwas ahnte. Aber ich wusste es und wusste auch, dass Kyria Dora Ihnen gesagt hat, dass sie mich mit einem Mann gesehen hatte. Warum hat sie Ihnen das erzählt?", wollte Tina wissen.

„Das – das weiß ich doch nicht."

Tinas Augen funkelten. „Überlegen Sie sich das noch einmal, Orestes", warnte sie ihn. „Sie wissen, dass ich dafür sorgen kann, dass Sie entlassen werden. Und ich weiß, dass Sie bei einer Aussteuer helfen müssen ..."

„Nein, nicht entlassen", flehte Orestes, „es ist grausam, entlassen zu werden!"

„Daran hätten Sie früher denken müssen."

„Fünfhundert Drachmen waren Versuchung – große Versuchung! Ich sie meinem Vater geben für Aussteuer."

„Warum erzählte Ihnen Kyria Dora, dass sie mich mit einem Bekannten gesehen hat?"

Orestes zögerte immer noch, aber zum Schluss sackte er zusammen. „Kyria Dora denken, ich es sagen Mr. Stavros."

„Und Sie erzählten es ihm, nicht?"

Wieder zögerte Orestes. „Wenn ich Ihnen alles sagen, Sie nicht Mr. Stavros erzählen? Sie mich nicht entlassen?"

Tina schüttelte arglos den Kopf. „Nein, ich werde es Mr. Stavros nicht erzählen."

„Ich – ich aber gern mit Ihnen Liebe machen ..." Orestes Augen glitzerten plötzlich.

„Was?"

„Ich – ich Sie mögen. Ich mögen Frauen mit blondes Haar und denken, Sie vielleicht scharf? Mr. Stavros auch scharf – haben viele Griechinnen! Und Engländerinnen mögen immer, morgens, mittags und abends, sagt man. Also ich denken, wenn Sie vielleicht scharf, dass ich ..."

„Orestes!" Stavros' Stimme hallte wie ein Donner dazwischen, und Tina warf sich herum. Jeder Rest Farbe war aus ihrem Gesicht gewichen, als sie den mordgierigen Ausdruck im Gesicht ihres Mannes sah. „Was zum Teufel redest du da, Orestes?"

Orestes Gesicht hatte die dumpfe Farbe von Holzasche angenommen. Er zitterte wie Espenlaub. „Ich ... ich denken, Sie spazieren gegangen und Mrs. Stavros wollten vielleicht nicht mitkommen, weil Mr. Stavros ..."

„Was hast du da eben geredet?", fuhr Stavros ihn noch einmal an und trat vor, als ob er dem Mann ins Gesicht schlagen wollte. „Los, antworte, bevor ich dir den Hals umdrehe!“

Orestes verzog kläglich das Gesicht, und Tina dachte, er würde losheulen, stattdessen aber begann er Griechisch zu sprechen.

„Sprich Englisch“, keuchte Stavros heiser, „und schnell!“

Orestes begann ganz von vorn, und obwohl es Tina klar war, dass ihr Mann schon lange vor seinem wütenden Ausbruch in Hörweite gestanden haben musste, genoss er aufmerksam jedes Wort, das sein Diener sagte.

„Ich Ihnen nicht sagen, dass Mrs. Stavros mit fremde Mann, weil ich denken, dass wenn ich ihr drohen, dann Sie mich lassen schlafen mit ihr …“ Weiter kam er nicht. Tina stieß einen erstickten Schrei aus bei dem gewaltigen Schlag, den Stavros seinem Diener ins Gesicht versetzte. Orestes Oberlippe platzte und blutete sofort.

„Weiter“, befahl Stavros und sein Körper bebte vor Zorn.

„Mrs. Stavros mir schlagen ins Gesicht.“

„Sie schlug dir ins Gesicht? Du hast ihr also bereits einen schmutzigen Antrag gemacht?“, tobte Stavros.

Tina griff ein und erklärte, was sich ereignet hatte. „Er ist nicht so weit gegangen, mir einen – einen solchen Antrag zu machen, Stavros“, schloss Tina die Schilderung des Vorgangs.

Stavros wandte sich wieder seinem Diener zu und befahl ihm, mit seiner Darstellung der Geschichte fortzufahren.

„Kyria Dora mich angerufen und fragen, ob ich Mr. Stavros gesagt, dass junger Engländer mit seiner Frau. Ich sagen Nein und Kyria Dora wütend und mich fragen, wo Sie finden. Ich sagen, wenn Sie mir geben fünfhundert Drachmen, ich ihr sagen, wo.“ Orestes machte eine Pause und duckte sich, denn er fürchtete einen weiteren Schlag der stahlharten Faust.

Es war zu erwarten, dass Stavros ihn auf der Stelle entlassen würde, aber zu Tinas Erstaunen gab er ihm noch seinen Lohn, nachdem sie ihn allerdings darum gebeten hatte.

„Es tut mir leid, dass das geschehen ist“, sagte Stavros, nachdem Orestes gegangen war. „Du hättest mir sagen müssen, Tina, dass er dich auf diese Weise bedroht hat.“

„Das spielt jetzt auch keine Rolle mehr."

„Ich weiß, dass Dora auf dich eifersüchtig ist, aber nie hätte ich auch nur vermutet, dass sie so weit gehen würde." Das klang so niedergeschlagen, dass sich Tina fragte, ob die Enttäuschung über Dora das bewirkt hatte.

Nach einer langen Weile hörte sie Stavros sagen: „Wahrscheinlich ändert das nichts zwischen uns?"

„Warum sollte es?"

„Eben – dafür gibt es überhaupt keinen Grund."

Die Hochzeit von Julias Base war eine typische Dorfhochzeit, viele der Gäste waren schon drei Tage zuvor gekommen und feierten unbeschwert und ausgelassen.

Als Tina und Stavros eintrafen, war die Stimmung auf dem Höhepunkt. Der Priester war gerade dabei, den Bräutigam zu rasieren, während die Brautjungfern das Bett schmückten, Bänder an die Bettpfosten banden und dabei vergnügt lachten. Schönes Linnen, Decken und Kissen wurden daraufgelegt. Dann wurde das Bett zusammengepackt und zum Aussteuerhaus der Braut gefahren, wo die Braut mithilfe einiger ihrer jungen Verwandten für die Hochzeitsfeier geschmückt und fertiggemacht wurde.

Aus den Lautsprechern plärrte Bouzouki – Musik, raues Gelächter kam von einer Gruppe von Männern, die sich schlüpfrige Witze erzählten. Es waren die Brautführer, die auf den Bräutigam warteten. Spanferkel brieten an langen Spießen, und in den Außenbacköfen buk das Brot. Die Sonne strahlte vom Himmel herunter, aber die Hochzeit sollte im Cafenion auf dem Platz stattfinden, weil es doch nicht mehr warm genug war, um sie im Freien zu feiern, in dem Obstgarten, der an das Haus der Braut anschloss. Bei wärmerem Wetter hätte man lange Tische unter den Zitronenbäumen aufgestellt.

In der Kirche schien alles in ein völliges Chaos einzumünden, die Gäste waren ständig dabei, das Brautpaar, den Priester und sich gegenseitig zu fotografieren.

„Das ist ja wie in einem Irrenhaus", bemerkte Tina und vergaß einen Augenblick lang, dass sie mit ihrem Mann auf dem Kriegsfuß stand. „Haben die Leute hier denn überhaupt keine Ehrfurcht vor der Kirche?"

Stavros lachte, und eine gewisse Melancholie überkam Tina, denn es schien ihr so lange her, seit sie sein heiteres, unbeschwertes Lachen gehört hatte.

„Nein, viel Respekt haben sie nicht", räumte Stavros ein. „Jeder scheint zu meinen, dass er den anderen übertönen muss. Und alle reden sie gleichzeitig."

„Man kann noch nicht einmal den Priester hören."

„Es scheint ihm nichts auszumachen."

„Aber das junge Paar sieht sehr glücklich aus."

„Normalerweise ist eine Hochzeit auch eine sehr glückliche Angelegenheit", bemerkte er.

Endlich verließen alle die Kirche, und das Fest begann. Aber das Brautpaar nahm nicht daran teil. Es tanzte, und währenddessen traten die Gäste allein oder zu zweit vor und hefteten ihnen Geldscheine an die Kleider.

„Da muss ja ein kleines Vermögen zusammenkommen", wunderte sich Tina.

„Gewöhnlich bekommen sie den Gegenwert von mehreren hundert Pfund."

„Und das kommt dann sofort auf die Seite für die Aussteuer der ersten Tochter?", meinte Tina.

„Wahrscheinlich."

„Vielleicht ist dieses veraltete System gestorben, bis das Mädchen heiratet."

Tina dachte an die Kinder, die sie hätte bekommen können, und wieder überfiel sie Traurigkeit. Das Leben mit Stavros war nicht mehr ein Leben in Angst, da er und sie seit ihrer Rückkehr aus Athen getrennte Schlafzimmer hatten. Doch die Tage schleppten sich lustlos dahin.

All das durfte jedoch jetzt keine Rolle mehr spielen. Wichtig war nur, dass sie, Tina, nicht mehr bereit war, so weiterzumachen. Sie wollte mehr, als Stavros zu geben bereit war. Sie wollte seine

Liebe. Aber obwohl sie entschlossen war, ihn zu verlassen, ließ sie sich einfach treiben, unfähig, irgendeinen klar umrissenen Plan zu schmieden. Dies konnte gutgehen, solange sie in der derzeitigen Form nebeneinanderher lebten.

„Du bist so still", stellte Stavros neben ihr fest, und Tina wandte den Kopf. Sie trank gerade Raki, den sie nicht besonders mochte, aber sie hatte gelernt, dass es eine Beleidigung war, etwas abzulehnen, das bei einem Fest gereicht wurde. Auf den Tischen waren Berge von Essen aufgefahren, Spanferkel, delikat geröstet, gebratenes Lamm und Hühner, saftige Wassermelonen, warmes Brot, knackiger grüner Salat und viele andere Delikatessen, bei denen einem das Wasser im Munde zusammenlief.

„Ich genieße das alles hier", antwortete Tina. „Gefällt und schmeckt es dir auch, Stavros?"

Er nickte, aber auf seiner Stirn zeigte sich eine Falte. Es schien, als würde er froh sein, wenn alles vorüber war.

Aber es wurde sehr spät, bis die ersten Gäste aufzubrechen begannen. Und als sie zu dem Platz kamen, wo sie den Wagen abgestellt hatten, stellte Stavros fest, dass er vollkommen verbarrikadiert war.

„Sieht aus, als ob wir hier noch länger bleiben müssten, als ich dachte", bemerkte er. Es klang zwar halbwegs munter, aber Tina hörte heraus, dass er müde und erschöpft war. Die übliche Arroganz hatte er schon lange abgelegt. Er behandelte Tina auch nicht mehr wie eine Untergebene, und alles Diktatorische, das er vor ihrem Besuch in Athen an sich gehabt hatte, schien er sich ebenfalls abgewöhnt zu haben.

„Ein paar Autos fahren jetzt weg", meinte Tina. Der Mond stand am Himmel, aber die Wolken verdunkelten ihn, und alle Autos machten ihre Scheinwerfer an. Die Situation war völlig ungeordnet – alles lachte und schrie durcheinander. Wagen fuhren an, Hupen wurden völlig unnötig betätigt, Kinder spielten Fangen über den ganzen Platz hinweg.

So ging das etwa eine Viertelstunde, und dann meinte Stavros, dass er es nun schaffen könnte, den Wagen hinauszumanövrieren.

Zwei andere Autos hatten sehr dicht neben seinem geparkt.

„Ein paar von den vorderen Autos sind jetzt weg, also müsste ich es schaffen“, meinte er. Aber es stellte sich heraus, dass die Tür zum Beifahrersitz nicht weit genug aufging, um Tina einsteigen zu lassen. Und anstatt zu tun, was ihr Stavros vorschlug, nämlich durch die Tür zum Fahrersitz einzusteigen und dann hinüberzurutschen, sagte sie, sie würde warten, bis er herausgefahren sei. Sie ging hinüber zu der Stelle, wo er herauskommen musste, wenn es ihm endlich gelang, den Wagen aus dem Wirrwarr hinauszubugsieren.

Sie gingen zwischen den Autos durch. Plötzlich schlug neben ihr eine Wagentür zu, und der Fahrer, der eine Chance sah, herauszukommen, schoss mit seinem Wagen nach vorn, bevor ihm ein anderer den Weg abschneiden konnte. Aber beim Zuschlagen der Tür hatte er Tinas Mantel eingeklemmt, und ehe sie es sich versah, wurde sie von dem anfahrenden Auto mitgerissen. Ein Schrei zerriss die Luft, als ein Kind sah, was passierte. Im gleichen Augenblick zerriss Tinas Mantel, und sie wurde zurückgeschleudert, gerade vor Stavros' Wagen. Bremsen quietschten, Schreie ertönten von allen Seiten, Menschen drängten heran und versperrten den Weg. Stavros arbeitete sich quer durch die Menge, hob Tina hoch und riss sie in seine Arme.

„Oh, mein Kopf!“, jammerte sie und ließ ihn an seine Schulter sinken.

Es vergingen mehrere Stunden, bis Tina im Krankenhaus von Jeraklion zu sich kam. Eine Schwester in Tracht stand neben ihrem Bett und legte ihr eine kühle Hand auf die Stirn. Die Erinnerung flutete zurück, und plötzlich begann Tina zu weinen.

Ein paar Sekunden, nachdem die Schwester das Zimmer verlassen hatte, kam ein Arzt. Es war ein stämmiger Grieche in mittleren Jahren. Er lächelte sie an und meinte: „Kein Grund zum Weinen, Mrs. Stavros. Sie haben wirklich sehr, sehr viel Glück gehabt.“

„Dann bin ich also nicht verletzt?“

„Ein wenig schon. Aber ohne die Geistesgegenwart Ihres Mannes und die unglaubliche Geschicklichkeit, mit der er es fertigbrachte, seinen Wagen herumzureißen, hätten Sie eine schwerwiegende Kopfverletzung davongetragen.“ Er fühlte kurz ihren Puls und sprach dann weiter. „Sie haben Ihrem Mann einen schönen Schrecken eingejagt. Er ist viel schlimmer dran als Sie.“

„Schlimmer dran als ich?“ Tina sah zu dem freundlichen Arzt auf. „Jetzt verstehe ich überhaupt nichts mehr.“

„Sie werden es gleich verstehen, wenn Sie ihn sehen. Ich schicke ihn herein.“

Stavros kam ins Zimmer, und als Tina in sein Gesicht blickte, hatte sie Mühe, ihn zu erkennen. Er schien um Jahre gealtert, sein Gesicht war tief eingefallen und faltig. Sogar seine Farbe hatte sich verändert, die schöne Bronzefarbe war einem schmutzigen matten Braun gewichen.

„Gott sei Dank, dass du wieder bei dir bist.“ Seine Stimme versagte und Tina sah, wie er krampfhaft schluckte.

„Der Arzt hatte mir zwar die ganze Zeit gesagt, dass es nichts Ernsthaftes sei, aber du wachtest einfach nicht wieder auf …“ Wieder brach er ab und schloss ein paar Sekunden die Augen. „Tina, meine einzige Liebe … ich dachte schon, ich hätte dich verloren. Als ich sah, was passierte, konnte ich nicht mehr klar denken, aber ich wusste, dass ich handeln musste …“ Zum dritten Mal brach er ab und schüttelte den Kopf, als ob er damit Ordnung in seine Gedanken bringen wollte.

Tina sagte weich und sehr verwundert, mit einem strahlenden Lächeln auf den blassen Lippen: „Du liebst mich wirklich?“

Stavros nickte, und wieder lächelte sie, und als sie sprach, klang stille Freude in ihrer Stimme mit. „Du willst sagen, dass du mich wirklich liebst – und ich habe es nicht gewusst …“ Sie schloss die Augen und holte tief Luft. „Oh, ich hätte dir schon lange sagen sollen, dass auch ich dich liebe, Stavros, Liebster!“

„Du liebst mich?“ Stavros schüttelte ungläubig den Kopf und legte seine Arme um ihre Schultern. „Ist das wahr?“

Tina hatte keine Möglichkeit mehr ihm zu antworten, denn der Arzt kam zurück und schickte Stavros aus dem Zimmer. Tina musste lächeln, denn er schlich so kleinlaut und vorsichtig davon, und das passte überhaupt nicht zu ihm.

„Wir müssen eine kleine Operation vornehmen“, sagte der Arzt ihr später. „Oh, nichts Aufregendes. In drei Tagen sind Sie wieder auf den Beinen und zu Hause …“

Und das stimmte. Stavros kam, um sie abzuholen und sah fast wieder aus wie der alte Stavros. Die eingefallenen Wangen waren verschwunden und seine alte Farbe war zurückgekehrt. Er hatte sie jeden Tag besucht und war immer während der ganzen Besuchszeit dageblieben. Alle Missverständnisse waren ausgeräumt, und Tina erfuhr, dass er sich schon ganz am Anfang ihrer Bekanntschaft in sie verliebt hatte, und es ihr auch bei verschiedenen Anlässen fast gesagt hätte, denn er war beinahe sicher, dass auch sie Liebe für ihn empfinden musste. Aber da er sich darüber nicht völlig im Klaren war, gestattete ihm sein Stolz nicht, seine Gefühle preiszugeben, und die Worte, nach denen sich Tina so gesehnt hatte, wurden nie ausgesprochen.

„Ich hatte wirklich nicht mehr die geringste Hoffnung“, bekannte sie und berichtete, dass sie als fast sicher angenommen hatte, er würde sich scheiden lassen und Dora heiraten.

„Scheiden lassen?“ Ein paar Sekunden lang kam die alte vertraute Arroganz wieder an die Oberfläche, sein Selbstbewusstsein zeigte sich in den dunklen hart blickenden Augen. Dann sah er sie fest an. „Nie, Tina, nie! Ich lasse dich nicht kampflos von mir gehen. Ich halte fest, was ich habe – vergiss das nie.“

„Nein, Stavros“, antwortete sie zitternd. Und er nahm sie in die Arme und küsste sie zärtlich auf die Lippen.

Am nächsten Tag verriet sich Tina, und so konnte sie nicht anders, als ihm von ihrer Unterredung mit seiner Mutter zu berichten.

Stavros wollte wütend werden, aber Tina beruhigte ihn wieder und erklärte ihm, dass seine Mutter als Griechin natürlich erwartet hatte, dass er eine Griechin heiraten würde, nachdem sie ohnehin etwas gegen Engländer hatte.

„Wahrscheinlich hast du recht“, räumte er mit einem kleinen Seufzer ein. „Ich hatte vor einiger Zeit tatsächlich allen Ernstes an eine Heirat mit Dora gedacht …“

„Du hast Dora also wirklich glauben lassen, dass du sie eines Tages heiraten würdest?“, fragte Tina und brach ab, aber es war zu spät.

Stavros runzelte die Stirn und wollte genau wissen, warum sie so etwas sagte. „Es stimmt zwar“, bekannte er freimütig, „aber woher konntest du das wissen?“

„Ich hatte auch ein Gespräch mit Dora …“ Jetzt musste sie ihm alles berichten.

„Und mit all dem hast du dich herumgeschlagen – und nie etwas davon verlauten lassen?“ Er schüttelte den Kopf.

„Es schien mir so sinnlos, Stavros.“

„Aber war es sinnlos, deine schreckliche Angst vor mir geheimzuhalten? Dumme, kleine Tina! Warte nur, wenn du wieder gesund bist …“ Er lächelte sie liebevoll an.

Er sagte noch viele gute Worte, als sie nach Tinas Rückkehr aus dem Krankenhaus in dem elegant eingerichteten Salon der Villa saßen. Es war jetzt drei Wochen vor Weihnachten, und das Wetter war kalt. Daher brannte im Kamin ein Feuer, und Stavros und Tina saßen eng aneinandergeschmiegt auf einem kleinen Diwan davor.

„Ich bin ja so glücklich, dass wir einander lieben“, murmelte sie, als sie sich mit einem zufriedenen Lächeln fester in seine Arme schmiegte. „Es hat anscheinend wirklich diesen Unfall geben müssen, damit wir zueinanderfinden konnten.“

Tina fühlte, wie ihn einen Augenblick lang die Kraft verließ und ein Zittern durch seinen Körper lief. „Wenn ich dich verloren hätte, Tina, mein Leben wäre zu Ende gewesen.“

Wieder wusste Tina, dass es Stavros ernst damit war. Und sie betete im Stillen, dass sie für viele lange Jahre beieinander sein und gemeinsam bis ans Ende gehen durften. Und irgendwie fühlte sie instinktiv, dass ihr Gebet erhört werden würde.

Die Abenddämmerung brach herein, und lange Schatten legten sich über die Gärten und die Hügel mit den Johannisbrotbäumen dahinter. Durch ein Fenster konnte man die See sehen. Sie lag da wie ein dunkler Spiegel, der sich bis ans Ende des Horizonts erstreckte und dort mit ihm vereinigte. Alles atmete Frieden, und hier vor ihnen knisterten die Scheite im offenen Kamin.

Tinas Herz quoll über, und sie dreht sich in den Armen ihres Mannes um, sodass sie ihm voll ins Gesicht sehen und die Liebe in seinen Augen erkennen konnte. Da hob sie ihm ihren Mund entgegen und bot ihm die Lippen zum Kuss.

– ENDE –

Helen Brooks

Verwechslungsspiel in Griechenland

Roman

MIRA®

1. KAPITEL

„Miss Quinton! Verdammt, ich weiß, dass Sie zu Hause sind! Wenn Sie mir nicht innerhalb von einer Minute aufmachen, schlage ich die Tür ein!"
Die raue Männerstimme verstummte, und jemand hämmerte so wild gegen die Wohnungstür, dass es Ria in den Ohren dröhnte. Zitternd stolperte sie in die kleine Diele. Die Tür bebte unter den Schlägen. Ein solcher Lärm um sechs Uhr morgens – die Nachbarn würden begeistert sein! Während Rias Abwesenheit hatte Poppy in ihrer Wohnung gewohnt, und bei der Rückkehr hatte Ria eine lange Liste mit Beschwerden der Nachbarn im Briefkasten vorgefunden. Und nun das!

„Gut, junge Frau!", rief der Mann draußen wütend, eben als Ria den Riegel zurückschob. „Ich habe Sie gewarnt!"

Ria öffnete. Eine riesige schwarze Gestalt kam auf sie zugeschossen und stieß so heftig mit ihr zusammen, dass Ria ein Stück zurückgeschleudert wurde und mit dumpfen Knall an die gegenüberliegende Wand prallte.

„Sie kleiner Dummkopf!"

Ria strich sich das dichte, seidige silberblonde Haar aus dem Gesicht. Vor ihr stand der Furcht erregendste Mann, der ihr je begegnet war, und betrachtete sie kalt. „Wieso reißen Sie so plötzlich die Tür auf? Steckt hinter Ihrem Puppengesicht denn gar kein Verstand?"

Die ungerechte Anschuldigung brachte sie schlagartig zu sich. „Was fällt Ihnen ein?", fuhr sie ihn hitzig an, und ihre Stimme klang erstaunlich fest. „Erst hämmern Sie wie ein Irrer gegen meine Wohnungstür, und dann fragen Sie, warum ich aufgemacht habe? Sie … Sie …"

„Mit Ihrem Spatzenhirn fällt Ihnen wohl kein passender Ausdruck ein? Sie sollten mich lieber fragen, wer ich bin. Oder ist Männerbesuch um diese Uhrzeit für Sie nichts Besonderes?" Aus stahlblauen Augen betrachtete er sie arrogant und abschätzend von oben bis unten.

Der warme, flauschige Bademantel, den Ria eilig übergestreift hatte, war aufgegangen, und unter dem hauchdünnen Nachthemd zeichneten sich deutlich ihre hohen vollen Brüste, die schlanke Taille und die schönen langen Beine ab. Rasch zog Ria den Gürtel wieder fest. „Es interessiert mich nicht, wer Sie sind!“, behauptete sie unsicher.

„Das wird sich bald ändern, Miss Quinton. Das verspreche ich Ihnen.“ Seine Stimme war leise und tief, hatte aber einen grausamen Unterton, der seine Worte wie eine Drohung klingen ließ. Es ging etwas Kraftvolles, männlich Wildes von ihm aus, und noch nie hatte Ria sich so vor einem Mann gefürchtet. Ihr Puls raste, und ihr Magen verkrampfte sich.

„Was wollen Sie von mir?“ Ängstlich sah sie an ihm vorbei zur geöffneten Tür.

Er schien ihre Absicht sofort zu erraten. „Alles zu seiner Zeit, meine Liebe.“ Mit dem Fuß stieß er die Tür zu, lehnte sich mit dem Rücken dagegen und verschränkte die Arme vor der Brust, scheinbar völlig entspannt. Seinem starken Akzent und der gebräunten Haut nach zu urteilen stammte er nicht aus England. Ria hatte keine Ahnung, wer er sein mochte und weshalb er so wütend auf sie war.

Angespannt stand sie ihm gegenüber, während er sie weiter in aller Ruhe betrachtete. „Nett. Sehr nett“, meinte er schließlich anerkennend, und als sie unwillkürlich errötete, lächelte er arrogant. „Achtzehn? Neunzehn?“

„Ich bin einundzwanzig. Obwohl Sie das nichts angeht.“

„Es geht mich sogar sehr viel an, mein cooles Kätzchen. Sie hätten Ihre Krallen nicht an einem Mitglied meiner Familie wetzen sollen. Jetzt geht mich alles an, was Sie betrifft. Wie oft Sie zwielichtige Nachtklubs besuchen, zum Beispiel. Ihr ganzer – bedauerlicher Lebenswandel …“

„Hören Sie zu!“, unterbrach sie ihn hitzig und richtete sich zornig auf. „Ich weiß nicht, wovon Sie reden, und ich will es auch nicht wissen. Sie sind mir völlig fremd! Glauben Sie, Sie könnten hier hereinplatzen, mich angreifen und beleidigen …“

Der Fremde kam einen Schritt auf sie zu. Sofort verstummte sie. Er schob sich jedoch nur verächtlich an ihr vorbei und betrat das kleine Wohnzimmer.

„Kommen Sie her, und setzen Sie sich“, sagte er leise, aber es klang wie ein Befehl. „Mit Frauen wie Ihnen streite ich nicht. Wir haben einiges zu besprechen, und so lange werden Sie Ihr hübsches Mundwerk im Zaum halten.“

„Es gibt nichts zu besprechen!“ Vorsichtig ging sie an ihm vorbei und ließ sich dankbar in einen Sessel sinken. Hätte sie doch nie die Tür geöffnet! Wie hatte sie nur so dumm sein können? Sonst war sie immer sehr vorsichtig. Wahrscheinlich war ich nach dem langen Flug einfach durcheinander, dachte sie bedrückt.

Ria war eben aus Amerika zurückgekehrt, wo sie die Arbeit an einem wichtigen Fotoauftrag koordiniert hatte. Sechs Wochen lang hatte sie hitzige Gemüter beschwichtigt, Termine festgelegt, Arbeitsmaterialien organisiert und dafür gesorgt, dass jeder zur richtigen Zeit am richtigen Ort war. Es war eine anstrengende, aber auch aufregende Zeit gewesen. Ria liebte ihre Arbeit als Assistentin des Chefs einer kleinen, aber exklusiven Fotomodellagentur. Sie war gestern spätabends auf dem Flughafen London-Heathrow gelandet und weit nach Mitternacht erst ins Bett gekommen.

Unter dichten Wimpern hervor beobachtete sie, wie der Fremde kurz in jedes Zimmer ihrer kleinen Wohnung schaute. „Wir scheinen allein zu sein“, meinte er schließlich ausdruckslos.

Wütend fuhr Ria auf. „Was hatten Sie denn erwartet?“

Er lachte spöttisch. „Darüber sprechen wir besser nicht, meine liebe Poppy. Ich darf Sie sicher Poppy nennen? Mit Ihnen kann man sich doch alles erlauben.“ Als sie widersprechen wollte, hob er gebieterisch eine Hand, und sein Gesichtsausdruck wurde hart und eisig. „Lassen Sie uns eins klarstellen. Ich bin nicht ‚hereingeplatzt‘, wie Sie es ausdrücken, ich habe Sie nicht angegriffen, und wenn Sie die Wahrheit beleidigend finden, dann sollten Sie einmal gründlich über Ihr hässliches, selbstsüchtiges Leben nachdenken.“

Endlich begann Ria zu begreifen. Dieser Verrückte hielt sie

für Poppy! Insgeheim stöhnte sie auf. Was hatte ihre schöne, aber flatterhafte und gedankenlose Cousine jetzt wieder angestellt? Sie hatte gleich geahnt, dass es wohl ein Fehler sein würde, während ihrer Abwesenheit Poppy die Wohnung zu überlassen. Aber diese konnte sehr hartnäckig sein, und Ria hatte ihr noch nie etwas abschlagen können.

Es gäbe da einen ganz außergewöhnlichen Mann, hatte Poppy Ria erzählt und sie aus samtweichen braunen Augen bittend angeschaut. Sie wolle nur ein wenig mit ihm allein sein, das wäre himmlisch. Poppy wohnte mit fünf anderen jungen Frauen zusammen in einem kleinen Haus – nicht eben der beste Nährboden für eine Romanze, wie Ria zugeben musste. Nach jedem Besuch dort fühlte sie sich wie nach einem Bombenangriff.

„Offensichtlich beginnen Sie zu begreifen." Überrascht sah Ria auf. „Ihr Gesicht ist erstaunlich ausdrucksvoll, meine Liebe. Ich habe Sie mir anders vorgestellt." Als sie den Fremden wütend anfunkelte, lachte er wieder. „Diesmal werden Sie für Ihre Fehler bezahlen. Das ist sicher eine ganz neue Erfahrung für Sie. Sie sollten dankbar sein."

„Bitte hören Sie mich an. Ich muss Ihnen erklären …"

„Ihre Ausflüchte interessieren mich nicht", unterbrach er sie ungeduldig und sah sie abfällig an. „Seien Sie still, und hören Sie mir genau zu. Ich werde es Ihnen nicht zwei Mal erklären." Offensichtlich war er gewohnt, dass man ihm gehorchte, und Ria war zu erschöpft, um sich länger zu wehren. Verwirrt zog sie die zierlichen Füße unter sich und kuschelte sich schutzsuchend tiefer in die Polster.

„Mein Name ist Dimitrios Koutsoupis", fuhr der Fremde ein wenig sanfter fort, den Blick auf Rias blasses Gesicht gerichtet. „Ich bin Nikos' Onkel." Als sie nicht reagierte, wurden seine Gesichtszüge härter. „Sie erinnern sich hoffentlich an Nikos?", fragte er sarkastisch.

Ria sah ihn nur stumm an. Unwillig schüttelte er den Kopf. „Nachdem Sie ihm gesagt hatten, zwischen Ihnen sei alles vorbei, ist er nach Griechenland zurückgereist. Seitdem arbeitet er nicht, isst nicht, schläft nicht. Können Sie sich überhaupt vorstellen, was Sie ihm angetan haben? Mussten Sie sich auf so brutale Art von ihm trennen, nachdem Sie ihn wochenlang an der Nase herumgeführt hatten? Hat es wenigstens Spaß gemacht? Was ist?", fuhr er sie plötzlich an. Ihre scheinbare Gleichgültigkeit schien ihn immer mehr zu reizen.

Ria wusste nicht, was sie antworten sollte. Schließlich zuckte sie die Schultern. Es wirkte lässiger, als sie beabsichtigt hatte.

„Einfach unbezahlbar!", stieß Dimitrios zwischen zusammengebissenen Zähnen hervor, drehte sich heftig um und trat ans Fenster, als könnte er Rias Anblick nicht länger ertragen. Mit dem Rücken zu Ria blieb er breitbeinig stehen, verschränkte die Arme und sah auf die inzwischen belebte Straße hinab. Seine angespannte Haltung verriet, wie wütend er war.

Ria saß bewegungslos da und versuchte trotz ihrer Kopfschmerzen, das Wenige, was sie erfahren hatte, zu einem logischen Ganzen zusammenzusetzen.

Es war offensichtlich, dass Poppy sich wieder einmal in ein Abenteuer eingelassen hatte. Es war nicht das erste Mal, dass Ria mit den Nachwehen dieser Abenteuer konfrontiert wurde: Abgewiesene Liebhaber riefen bei ihr an und bettelten, sie möge Poppy dazu bewegen, sich noch einmal bei ihnen zu melden. Manchmal wurde sie sogar vor der Haustür oder auf dem Weg zur Arbeit von mutlos und übernächtigt wirkenden jungen Männern angesprochen, die von ihr wissen wollten, was sie falsch gemacht hatten, und die sie um Hilfe baten.

Poppy beendete ihre Liebschaften immer unweigerlich mit einem glatten Schnitt, schnell, sauber und ohne zu zögern. In den letzten drei Jahren, seit sie nach London gezogen waren, hatte Ria oft mit ansehen müssen, welche verheerenden Folgen Poppys grausames Verhalten haben konnte. Obwohl Ria verstand, warum ihre Cousine sich nach Eroberung und Bewunderung sehnte, machte das Schauspiel sie jedes Mal krank.

Sie war so tief in Gedanken versunken, dass sie heftig zusammenfuhr, als Dimitrios sich plötzlich zu ihr umdrehte.

„Ich muss mich für mein Verhalten entschuldigen." Seine Stimme klang steif und förmlich, und sein Akzent war weniger ausgeprägt als zuvor. Anscheinend hatte er seine Gefühle jetzt unter Kontrolle. „Ich bin nicht hergekommen, um Ihnen die Meinung zu sagen. Was ich denke, spielt keine Rolle."

Er blieb vor ihr stehen und beobachtete sie. Seine athletische Figur, der tadellos geschnittene dunkle Anzug aus erstklassigem Stoff, die lässig gebundene rote Seidenkrawatte, das makellos weiße Hemd, all das verlieh ihm eine Aura von Macht und gebändigter Energie.

„Und warum sind Sie gekommen?", fragte Ria vorsichtig, als hätte sie es mit einem wilden Panther zu tun, der jeden Moment die Krallen zeigen und zum tödlichen Sprung ansetzen konnte.

„Ich brauche Ihre – Mitarbeit." Sie spürte, dass er das Wort mit Bedacht gewählt hatte. „Nikos' Mutter erholt sich beunruhigend langsam." Er unterbrach sich, weil Ria fragend die Augenbrauen hob. „Sie müssen wissen, worum es geht", ergänzte er eisig.

Ria schüttelte den Kopf. Verblüfft sah Dimitrios sie an. „Ich bitte nochmals um Entschuldigung. Nach allem, was Nikos mir über die intime Beziehung zwischen Ihnen erzählt hat, habe ich selbstverständlich angenommen, dass Sie über seine Familienverhältnisse Bescheid wissen. Wenn in meinem Land ein Mann und eine Frau sich Ringe schenken und einander Treue versprechen, haben sie keine Geheimnisse voreinander."

Ria war überrascht. Hinter dieser Geschichte steckte wohl doch mehr, als sie zunächst vermutet hatte. Sie kannte Poppy so gut wie sich selbst und wusste, dass intime Beziehungen bei dieser nicht an der Tagesordnung waren. Und was die Ringe betraf: schon der Gedanke war lächerlich.

Was hast du nur angestellt, du Dummkopf?, fragte Ria in Gedanken. Und wieso muss ich jetzt für dich das Eisen aus dem Feuer holen? Und was für ein Eisen!

„Nikos' Mutter, meine Schwester Christina, war schwer krank." Zerstreut fuhr Dimitrios sich mit der großen Hand durchs dichte Haar und verzog einen Moment lang schmerzlich das gebräunte Gesicht. „Sie leidet an einer Knochenkrankheit. Die Behandlung war zwar erfolgreich, aber Christina hat noch immer starke Schmerzen und kann sich nicht normal bewegen. Auch das wird sich mit der Zeit geben. Im Augenblick ist es für sie jedoch lebensnotwendig, dass sie nicht den Lebenswillen verliert. Unglücklicherweise verursachen die Medikamente, denen sie die Heilung verdankt, als Nebenwirkung akute Depressionen." Er hob beredt die Hände, und Ria nickte verständnisvoll.

„Als Nikos uns mitteilte, er habe sich in ein englisches Mädchen verliebt, war seine Mutter verständlicherweise zunächst gar nicht begeistert. Ihr wäre eine Griechin lieber gewesen. Doch heutzutage ist es üblich, dass junge Menschen selbst über ihr Schicksal entscheiden, auch wenn sie Fehler machen, die sie später bitter bereuen." Sein Tonfall machte Ria unmissverständlich klar, dass das auf sie gemünzt war.

„So … bedauerlich dieser Zwischenfall war, auf meine Schwester hatte er trotzdem eine sehr positive Wirkung. Sie wünscht sich sehnlichst, die Frau kennenzulernen, in die Nikos sich in so kurzer Zeit so leidenschaftlich verliebt hat. Sie will sich mit eigenen Augen davon überzeugen, dass seine Verlobte zu ihm passt und er mit ihr glücklich werden kann. Das hat ihr ein neues Interesse am Leben gegeben."

Verwirrt hörte Ria ihm zu. Poppy hatte sich doch offensichtlich wieder von diesem Nikos getrennt. Weshalb hatte dieser große, arrogante Grieche trotzdem die weite Reise nach England auf sich genommen?

„Christina kann es kaum erwarten, Sie kennenzulernen, und ich werde sie nicht enttäuschen."

Ria brauchte einen Moment, bis sie verstand, worauf er hinauswollte. Dann hob sie unvermittelt den Kopf. Ihre Blicke begegneten sich. „Richtig", sagte er ruhig und lächelte kalt. „Sie werden mich nach Griechenland begleiten. Und dort werden Sie meiner Schwester eine anständige, unverdorbene junge Frau vorspielen, die sich nichts Schöneres vorstellen kann, als Nikos unsagbar glücklich zu machen und ihm hübsche, zufriedene Kinder zu schenken."

„Sie sind verrückt!“, flüsterte Ria entsetzt. „Vollkommen verrückt!“

Seltsamerweise schien ihm ihre Reaktion zu gefallen. Er setzte sich Ria gegenüber, streckte leise seufzend die langen Beine aus, lehnte sich zurück und verschränkte die Hände hinter dem Kopf. „Wann Sie nach England zurückkehren dürfen, hängt natürlich davon ab, wie gut Sie Ihre Rolle spielen. Für jemand wie Sie wird das nicht ganz einfach sein“, fuhr er leise und boshaft fort, „aber Sie sind sicher eine begabte Schauspielerin. Betrachten Sie es als Herausforderung.“

Ria hätte nie gedacht, einen Mann so hassen zu können. Dabei hatte sie ihn vor einer Stunde noch gar nicht gekannt! Ihre Kopfschmerzen hatten sich zu einem dumpfen Pochen verstärkt, und ihr war übel. Ich muss diesem Irren endlich sagen, wer ich bin!, dachte sie benommen und stand auf. Plötzlich hatte sie das Gefühl, das Zimmer würde sich um sie drehen. Hastig setzte sie sich wieder. Aus ihrem Gesicht war alle Farbe gewichen, sodass es fast grau wirkte.

„Was ist denn nun los?“, hörte sie Dimitrios gereizt fragen. Dann wurde sie unerwartet sanft in die weichen Polster zurückgedrückt. „Zu viele Partys?“

Ria war zu schwach, ihm zu widersprechen. Erschöpft schloss sie die Augen und kämpfte gegen die Tränen an. Dieser Mann konnte nie ein Foto von Poppy gesehen haben. Rias Cousine war zwar genauso alt wie sie und auch etwa gleich groß, hatte aber flammendrote Locken und sanfte braune Augen. Ein größerer Gegensatz zu Rias kühler englischer Schönheit ließ sich kaum vorstellen.

Es wird diesem Tyrannen ganz recht geschehen, wenn er die falsche Frau mit nach Griechenland nimmt!, dachte sie unwillkürlich. Das würde seinem Ego einen heilsamen Stoß versetzen.

Sobald das Schwindelgefühl nachließ, öffnete Ria die Lider. Dimitrios hockte neben ihr. Sein finsteres Gesicht war nur wenige Zentimeter von ihrem entfernt. Er richtete sich schnell auf und sah schweigend mit einem seltsamen Ausdruck in den Augen auf sie herab.

„Bleiben Sie sitzen.“ Sein Befehlston brachte sie von Neuem auf.

Hilflos ballte sie die Hände zu Fäusten, während Dimitrios in der kleinen Küche verschwand. Gleich darauf hörte sie ihn Schranktüren öffnen und schließen.

Gleich darauf stand er wieder vor ihr und hielt ihr eine Tasse mit dampfendem starken Tee hin. „Hier. Für euch Engländer ist das doch ein Allheilmittel." Automatisch nahm Ria ihm die Tasse ab. „Es scheint Ihnen nicht gut zu gehen, aus was für Gründen auch immer." Vielsagend zuckte er die Schultern. „Das tut mir leid. Trotzdem, ich habe zwei Plätze für den Nachmittagsflug nach Griechenland reservieren lassen. Sie werden mich begleiten, und wenn ich Sie den ganzen Weg tragen muss."

„Ich komme nirgendwohin mit!" Ria nippte an dem heißen Tee und versuchte, ihre Gedanken zu ordnen.

„Das war keine Einladung."

„Was dann? Ein Befehl? Befehlen liegt Ihnen, nicht wahr? Wenn Sie glauben, Sie könnten mich einschüchtern, dann sind Sie an die Falsche geraten!" Und zwar gründlich, fügte sie im Stillen hinzu und sah trotzig zu ihm auf.

Er lächelte nur, aber dieses Lächeln ließ sie frösteln. Dann drückte er ihr zwei kleine weiße Tabletten in die Hand. „Nehmen Sie das ein."

Ria ließ sie fallen, als wären sie glühend heiß. „Was ist das?", fragte sie erschrocken. „Wo haben Sie das her? Was haben Sie mit mir vor?"

Ungeduldig seufzte er auf, als könnte er sich nur schwer beherrschen. „Aspirin aus dem Päckchen in Ihrem Küchenschrank, Sie Dummkopf! Ich bin zwar in viele Geschäfte verwickelt, aber Drogen und Sklavenhandel gehören zurzeit nicht dazu." Er hob die Tabletten auf und verschwand nach einem verächtlichen Blick auf Ria in der Küche. Sekunden später kam er zurück, die Tablettenschachtel in der Hand.

„Hier. Bedienen Sie sich. Und denken Sie daran, dass sie unter allen Umständen mitfliegen werden."

Seine tiefe, ruhige, klangvolle Stimme zerrte an Rias Nerven und jagte ihr einen Schauer über den Rücken. Ein Glück, dass sie Dimitrios nie wieder sehen würde! Seine männliche Ausstrahlung löste die seltsamsten Gefühle in ihr aus. Das konnte nicht nur an ihrer Müdigkeit liegen!

Direkt neben Ria klingelte das Telefon. Erschrocken fuhr sie zusammen und streckte rasch die Hand nach dem Hörer aus, bevor Dimitrios ihr zuvorkam. Gleichzeitig sah sie auf die Uhr. Erst sieben. Wer rief denn um diese Zeit schon an?

„Ria, bist du's? Oh, dem Himmel sei Dank, dass du endlich zurück bist!“ Poppy schluchzte auf. „Ich sitze schrecklich in der Tinte. Du musst mir helfen!“

Ria spürte nur zu deutlich, dass Dimitrios sie scharf beobachtete. Sie zwang sich, unbeschwert zu antworten. „Hallo, Sarah! Das konntest ja nur du sein. Soll ich dich wieder einmal zur Arbeit mitnehmen?“ Zugleich drehte sie sich im Sessel so um, dass Dimitrios ihr Gesicht nicht mehr sehen konnte. Trotzdem hatte sie das unbehagliche Gefühl, er würde ihre Gedanken lesen.

„Wer ist bei dir, Ria?“, flüsterte Poppy entsetzt.

Schlagartig fühlte Ria sich in die Vergangenheit zurückversetzt. Im Geist sah sie zwei Mädchen, die trotz Verbot an einer alten Kanalschleuse spielten. Sie kletterten auf das Schleusentor, das noch vom Sommerregen schlüpfrig war. Ein Kind rutschte aus und wäre ins Wasser und in den sicheren Tod gestürzt, hätte das andere es nicht festgehalten. Damals hatte Poppy sich genauso verängstigt angehört wie heute, doch sie hatte Ria festgehalten. Ria dachte nicht daran, sie jetzt diesem kalten Fremden auszuliefern. Was immer Poppy seinem Neffen angetan haben mochte, er hatte kein Recht, so viel von ihr zu verlangen.

„Tut mir leid, Sarah, ich kann jetzt nicht mit dir sprechen. Es geht mir nicht gut.“

„Was ist passiert?“, hauchte Poppy in den Telefonhörer.

„Ja, hoffentlich sehen wir uns bald. Ich muss jetzt Schluss machen. Nikos' Onkel ist aus Griechenland gekommen. Kannst du dir das vorstellen?“

Poppy blieb stumm. Offenbar konnte sie es sich nur zu gut vorstellen.

„Tschüss dann. Ruf später wieder an.“ Sie legte auf.

Dimitrios saß auf der Kante eines Sessels und beobachtete Ria mit ausdruckslosem Gesicht. „Okay?“

Ria nickte, obwohl sie gar nicht sicher war, was er meinte. Er hatte die Krawatte abgenommen und die obersten Hemdknöpfe geöffnet, sodass sie die dunklen gekräuselten Haare auf seiner Brust erkennen konnte. Der Anblick beunruhigte sie. Sie schluckte hörbar. „Das war Sarah“, erklärte sie überflüssigerweise.

Er nickte leicht, ohne den Blick von ihr abzuwenden. „Bis zur Abreise bleiben Ihnen genau fünf Stunden Zeit. Nutzen Sie sie gut. Falls Sie vorher noch einen Arzt aufsuchen müssen, werde ich mich darum kümmern. Sicher haben Sie auch sonst einiges zu erledigen. Sie werden längere Zeit verreist sein.“

„Das ist ja lächerlich!“ Erschrocken sprang sie auf. „Ich muss arbeiten! Sie können nicht einfach erwarten …“

„Doch, das kann ich.“ Dimitrios stand ebenfalls auf und sah sie hart an. „Sie werden ausnahmsweise einmal genau tun, was man Ihnen sagt.“

„Für wen halten Sie sich eigentlich?“

Er verzog den Mund zu einem kalten Lächeln. „Sie wissen, wer ich bin. Und ich weiß, was Sie sind. Fotomodell, nicht wahr? Ein sehr begehrtes, wie Nikos mir erzählt hat.“ So, wie er das sagte, klang es ausgesprochen angewidert. „Folglich müssen sie oft von einem Tag auf den anderen verreisen. Außerdem kümmert es mich nicht, was aus Ihrer Stelle wird. Mich interessiert nur meine Schwester.“

Ria war, als würde sie gegen eine Wand anrennen. „Bitte hören Sie mir zu. Sie …“

„Ja?“ Er zog eine Augenbraue hoch. Als Ria verstummte, fuhr er abfällig fort: „Ich versichere Ihnen, dass ich für alle Reisekosten aufkommen werde. Nun, das müsste doch so ganz nach Ihrem Geschmack sein. Oder soll ich Ihnen etwa auch noch den Verdienstausfall ersetzen? Wie viel verlangen Sie?“ Er nannte eine so hohe Summe, dass Ria ihn entsetzt ansah.

„Sie wollen mich bestechen. Mit was für Leuten verkehren Sie denn eigentlich?“

Seine Gesichtszüge wurden hart wie Granit. „Treiben Sie es nicht zu weit, Miss Quinton. Ich kann ein guter Freund sein, aber auch ein gefährlicher Gegner." Er kam langsam auf sie zu.

Seine männliche Ausstrahlung faszinierte sie. Ria fühlte sich von ihm magnetisch angezogen, doch zugleich machte er ihr Angst. Sie wollte zurückweichen, konnte sich aber nicht bewegen. „Kommen Sie mir nicht zu nahe."

„Sie wollen mir befehlen?" Seine Miene wirkte fast grausam.

Wütend erwiderte sie seinen Blick. „Und wenn ich nicht gehorche? Was machen Sie dann? Mich schlagen? Sind Sie einer von der Sorte? Brutal und ..."

„Wie können Sie es wagen, über mich zu urteilen! Ausgerechnet Sie." Mit einer einzigen geschmeidigen Bewegung zog er sie an sich und drängte sie gegen die Wand.

„Kleines Flittchen. Es wird Zeit, dass dir jemand Manieren beibringt." Er beugte sich über sie, sodass sie seinen warmen Atem auf dem Gesicht spürte. Entsetzt versuchte sie, sich aus seinem eisernen Griff zu befreien, und warf den Kopf von einer Seite zur anderen.

Er lachte heiser. „Zahme, unterwürfige Männer sind dir wohl lieber? Der arme Nikos! Kein Wunder, dass er nicht mit dir fertig geworden ist." Er küsste sie auf den Hals.

Außer sich vor Angst trat Ria nach ihm und wand sich in seinen muskulösen Armen, mit denen er sie so eng an sich drückte. Dimitrios seufzte verärgert auf und bog sie unbarmherzig weit nach hinten, bis sie sich an ihn klammern musste, um nicht das Gleichgewicht zu verlieren. Zugleich küsste er sie sinnlich und mit so viel Raffinesse, dass sie schließlich gegen ihren Willen die Lippen öffnete.

Rias Herz begann wie wild zu klopfen. Ihre Empfindungen erschreckten sie noch mehr als diese Umarmung. Sie hätte nie gedacht, dass ein Kuss so viel in ihr auslösen könnte. Bisher war sie höchstens einmal von einem guten Freund zum Abschied geküsst worden. Das hier war ganz etwas anderes, und die wilden Gefühle, die dabei in ihr erwachten, waren ihr völlig neu.

Verzweifelt trommelte sie mit ihren kleinen Fäusten gegen Dimitrios' Rücken, und als Dimitrios den Mund wieder zu ihrem Hals gleiten ließ, schluchzte sie auf. „Nicht! Bitte nicht!"

Zögernd hob er den Kopf und sah sie forschend an. „Das klingt fast, als würdest du es ernst meinen."

„Ja!" Sein kraftvoller Körper flößte ihr solche Angst ein, dass sie kaum ein Wort hervorbrachte.

Dimitrios schob sie auf Armeslänge von sich und sah ihr nachdenklich in die grauen Augen, in denen sich deutlich ihre Furcht spiegelte. „Und ich habe dich für erwachsen gehalten." Auf seinem Gesicht lag ein Ausdruck, den Ria nicht deuten konnte. „Man könnte meinen, dass du nicht ans Küssen gewöhnt bist."

„Sie haben mir wehgetan!", flüsterte sie und strich sich mit bebenden Fingern eine silbrig glänzende Haarsträhne aus der Stirn.

„Wirklich?", fragte er ungläubig. „Ich muss aus der Übung sein. Normalerweise reagieren die Frauen anders, wenn ich sie küsse."

Daran zweifelte sie keinen Augenblick. Nach dieser kurzen Umarmung begriff sie zum ersten Mal, was den Männern solche Macht über Frauen verlieh. Ihre Haut prickelte noch immer. Rasch trat sie einen Schritt zurück.

Dimitrios ließ sie los. Seine Augen funkelten. „Also, was ist?", fragte er scharf. „Soll ich für dich packen? Oder wirst du jetzt endlich vernünftig sein?"

Jetzt erst dachte Ria ernsthaft über seinen lächerlichen Vorschlag nach. Was konnte Dimitrios ihr schon anhaben? Sie war nicht Poppy. Natürlich würde er das bald herausfinden, aber wenn sie einwilligte, konnte sie ihrer Cousine zumindest eine Atempause verschaffen. Poppy wäre ihm nie gewachsen.

„Ich habe noch Urlaub zu bekommen", erklärte sie leise, und das stimmte tatsächlich. Im letzten Jahr hatte sie nur eine Woche frei genommen und bisher nie eine Gelegenheit gefunden, den restlichen Urlaub zu nehmen. Zurzeit hatte sie auch keine Verpflichtungen anderen gegenüber, und dank ihrer Amerikareise war ihr Pass noch gültig. Poppy konnte sie über die Agentur eine Nachricht zukommen lassen.

Zögernd hob sie den Kopf, sah Dimitrios fest an und nickte.
„Ich komme mit“, sagte sie steif. „Aber vergessen Sie nicht, dass ich Sie gewarnt habe. Sie machen einen Fehler.“
Ein Ausdruck wilden Triumphes huschte über seine harten Gesichtszüge. Worauf habe ich mich da nur eingelassen?, fragte Ria sich erschöpft.

2. KAPITEL

Erster Klasse zu fliegen war wundervoll bequem, und unter anderen Umständen hätte Ria die Reise von ganzem Herzen genossen. Heute konnte sie jedoch nur an das denken, was ihr bevorstand. Ihr Mund war wie ausgedörrt und ihre Handflächen feucht.

Gleich nach dem Start hatte Dimitrios sich entspannt zurückgelehnt und die Augen geschlossen. Als sie ihn jetzt von der Seite anschaute, bemerkte sie erschrocken, dass er nachdenklich ihr blasses Gesicht betrachtete.

„Ist das nicht unbequem?“, fragte er plötzlich.

„Was?“

„Diese Rühr-mich-nicht-an-Haltung.“

Verwirrt sah sie zu ihm auf. „Ich weiß nicht, was Sie ... du meinst.“ Es fiel ihr sichtlich schwer, ihn zu duzen. Aber spätestens in Gegenwart seiner Schwester würde sie es ja ohnehin tun müssen.

„Und das soll ich glauben?“ Sein Blick wurde durchdringend. „Ich hatte etwas anderes erwartet: eine temperamentvolle Frau, die stets ihren Willen durchsetzen will, mal mit Charme, mal mit weiblicher List. Und was finde ich stattdessen? Eine kühle, abweisende Schönheit.“ Abwägend schüttelte er den Kopf. „Das ist keine schlechte Taktik. Vielleicht war ich zu voreilig?“

Nervös versuchte Ria, seinem Blick standzuhalten. Seine Worte trafen beunruhigend genau auf Poppy zu. „Für deine Vermutungen kann ich nichts.“ Sie wandte sich ab.

Eine Stewardess brachte Ria das eisgekühlte Getränk, das sie bestellt hatte. Dankbar lächelte Ria ihr zu, doch die junge Frau schaute nicht sie, sondern Dimitrios an. Auf ihrem hübschen, sorgfältig zurechtgemachten Gesicht lag ein verlangender Ausdruck.

„Kann ich Ihnen auch etwas bringen, Sir?“

„Nein, danke“, erwiderte Dimitrios gleichgültig, lehnte sich wieder zurück und schloss die Augen. Entspannt wirkte sein Gesicht nicht mehr so abweisend und streng, sondern eher erschöpft. Wie alt mochte er sein? Dreißig? Fünfunddreißig? Es war schwer zu schätzen.

„Wenn du willst, schenke ich dir ein handsigniertes Foto von mir", sagte er plötzlich spöttisch, ohne die Augen zu öffnen. „Obwohl ich verstehen kann, dass dir das Original lieber ist."

Ria fuhr zusammen. „Du bist einfach ... einfach ..."

Er lachte boshaft. „Schon gut, ich habe begriffen, was du meinst. Du siehst immer noch ziemlich blass aus. Wieso versuchst du nicht zu schlafen?"

„Ich schlafe, wann es mir passt!" Ihre kindische Antwort brachte ihn erneut zum Lachen.

Ria lehnte sich zurück, krampfhaft bemüht, die Augen offen zu halten. In Wirklichkeit hätte sie Dimitrios' Rat gern befolgt. Ihr schmerzte der Kopf noch immer, und sie fühlte sich wie zerschlagen. Seit sie zugestimmt hatte, Dimitrios nach Griechenland zu begleiten, war sie keinen Augenblick zur Ruhe gekommen. Jetzt war sie selbst zum Schlafen zu müde.

„Hast du Verwandte?", fragte Dimitrios plötzlich im Plauderton.

Fast hätte sie den Kopf geschüttelt. Ihre Eltern und ihr kleiner Bruder waren bei einem schrecklichen Autounfall ums Leben gekommen, als sie, Ria, sieben Jahre alt gewesen war. Danach hatte der Bruder ihres Vaters sie bei sich aufgenommen, weil er nicht wollte, dass seine schwierige Tochter Poppy allein aufwuchs. Poppys Mutter war zwei Jahre vorher gestorben.

„Mein Vater lebt in Essex, und ich habe eine Cousine, die auch in London wohnt." Ihre Stimme zitterte leicht. Ria hasste es, lügen zu müssen.

„Ja, richtig. Nikos hat mir erzählt, dass du dich nicht gut mit deinem Vater verstehst. Warum nicht? Ist er dir zu autoritär?"

„So könnte man es ausdrücken."

„Der arme Mann."

„Woher willst du wissen, wessen Schuld es ist?", erwiderte sie scharf. „Du kennst ihn doch gar nicht." Ihr Onkel John war ein unzugänglicher Mann, der seine Nichte im Haus duldete, ohne sich im Mindesten für sie zu interessieren, und seine eigene Tochter mit geradezu grausamer Kälte behandelte. Kein Wunder, dass Poppy aus Sehnsucht nach Zuneigung die verrücktesten Dinge anstellte!

„Ich kenne dich, das genügt“, erklärte Dimitrios leise, aber bestimmt. „Es ist sehr bequem, wenn man anderen die Schuld an den eigenen Fehlern geben kann, und im Zweifelsfall muss eben der Vater herhalten.“

„Unsinn!“, widersprach sie hitzig, obwohl sie insgeheim zugeben musste, dass ein Körnchen Wahrheit in seinen Worten lag.

„Wirklich?“, fragte er gelangweilt. „Dann überzeug mich doch vom Gegenteil!“

Einen Augenblick betrachtete sie sein spöttisch und bitter wirkendes Gesicht. Dann ließ sie sich mutlos in den Sessel zurücksinken. „Ach, es ist sinnlos. Du würdest mir ja doch kein Wort glauben.“

„Wie klug von dir.“ Hilflos und wütend funkelte sie ihn an.

„Ich kenne unzählige Frauen wie dich“, fuhr er verächtlich fort. „Frauen, die von Kindheit an verwöhnt worden sind. Du bist keineswegs einmalig.“

Ria zwang sich, nicht darauf zu antworten, sonst hätte sie sich bestimmt verraten. Dieses Thema ging ihr einfach zu nahe. Sie konnte sich noch gut daran erinnern, wie sehr Poppy sich gefreut hatte, als sie, Ria, zu ihnen gezogen war. Trotz ihres unterschiedlichen Temperaments hatten sie sich sofort verstanden. Jede hatte bei der anderen die Zuneigung gefunden, die sie beide so dringend brauchten. Da sie in einem abgelegenen Haus auf dem Land aufwuchsen, hatten sie sonst kaum Freunde, doch solange sie zusammen sein konnten, störte sie das wenig. Gemeinsam machten sie die Wiesen und Wege der Umgebung unsicher, und in die kleine Dorfschule gingen sie nur, wenn es sich nicht vermeiden ließ. Sie waren unzertrennlich gewesen, zwei kleine, wilde Mädchen, eins mit langem, seidigem, vom Wind zerzaustem blondem Haar, das andere frech wie ein Lausbub mit kupferroten Locken und fröhlich blickenden braunen Augen. Bei der Erinnerung musste Ria lächeln, ohne zu ahnen, wie weich ihre Gesichtszüge dabei wurden.

Dimitrios hatte sie die ganze Zeit beobachtet. Jetzt hielt er unwillkürlich den Atem an. „Wem gilt denn das Lächeln?“, fragte er rau.

„Einem der vielen Dummköpfe, die auf dich hereingefallen sind?"

Verständnislos sah sie zu ihm auf.

„Wieso frage ich überhaupt?", stieß er wütend hervor. „Du machst mich krank, du kleine Betrügerin!"

Sein unerwarteter Angriff erschreckte sie so, dass sie erblasste. Nach einem letzten verächtlichen Blick schloss er wieder die Augen. Allmählich entspannte er sich, bis Ria ihn tief und regelmäßig atmen hörte. Er war eingeschlafen.

Ria wagte sich kaum zu bewegen, obwohl ihr jeder Muskel wehtat. Noch nie hatte sie sich so krank und allein gefühlt. Tränen traten ihr in die Augen und quollen unter den fest geschlossenen Lidern hervor. Was für ein elendes Durcheinander!, dachte sie verzweifelt und verbarg das Gesicht an der Sessellehne.

In genau diesem Augenblick umfasste Dimitrios sanft ihr Kinn, drehte ihren Kopf zu sich herum und trocknete ihr mit einem Taschentuch die Tränen. „Warum weinst du denn?"

Ria schluckte und versuchte sich zusammenzunehmen, doch vergeblich. Dimitrios zog sie dicht an sich, bis ihr Kopf an seiner breiten Brust lag. Etwas beschämt lehnte sie sich an ihn und lauschte dem ruhigen, rhythmischen Klopfen seines Herzens. Plötzlich fühlte sie sich warm und geborgen.

„Entspann dich, Kleines, schließ die verführerischen Augen ..." Seine leise Stimme hatte einen spöttischen Unterton, aber Ria achtete nicht darauf. Dimitrios' sinnliche Ausstrahlung, diese Mischung aus Kraft und Zärtlichkeit, nahm sie völlig gefangen.

„Armes Kindchen. Du bist ja ganz müde!" Seine sanften Worte besänftigten sie immer mehr. Sein Jackett duftete würzig nach Rasierwasser und leicht nach Zigarre. Ria spürte, wie sich das warme Gefühl in ihrem Bauch verstärkte. Plötzlich hätte sie Dimitrios am liebsten das Hemd aufgeknöpft und die Wange an seiner Brust gerieben. Ein Beben durchlief ihren Körper. Hastig setzte sie sich auf und lehnte sich zitternd im Sitz zurück.

Dimitrios sah sie kurz, aber durchdringend an, bevor er sich ebenfalls zurücklehnte und entspannt die Augen schloss. „Du steckst voller Überraschungen", sagte er trocken. „Ich hatte mich schon gefragt, wie lange du die Rolle der kühlen Schönheit noch durchhalten würdest."

Er hatte nur mit ihr gespielt! Wahrscheinlich machte es ihm Spaß, sie aus der Fassung zu bringen. „Ich hasse dich!", stieß sie hervor.

„Warum?", fragte er unbewegt, ohne die Augen zu öffnen. „Weil ich nicht auf deine Tricks hereinfalle? Du hast noch viel zu lernen, meine treulose kleine Sirene. Fordere mich lieber nicht heraus."

Es tat weh, so ungerecht beschuldigt zu werden, aber was sollte sie tun? Sie konnte ihm nicht erklären, dass sie und Poppy sich eben deshalb so gut verstanden, weil sie völlig unterschiedlich waren. Ria war von Natur aus ruhig und zurückhaltend, während Poppy Aufregung und Abenteuer liebte.

„Wie viel Urlaub räumt dir denn dein Chef ein?", fragte Dimitrios, als wäre nichts geschehen.

„So viel, wie ich brauche", antwortete sie kurz angebunden. Sofort öffnete er die Augen. „Wirklich? Du scheinst dich gut mit ihm zu verstehen."

Sein sanfter Tonfall täuschte sie nicht. „Was willst du damit sagen?"

„Warum fragst du? Hast du ein schlechtes Gewissen?" Er sah sie durchdringend an.

Unwillkürlich errötete sie. „Wir sind befreundet", erklärte sie abweisend, „das ist alles." Sie wollte nicht mit ihm über ihren Chef sprechen.

Julian Brand war ein großes Risiko eingegangen, als er ihr die Stelle als seine rechte Hand in der kleinen Firma angeboten hatte, statt sich für einen der erfahreneren Bewerber zu entscheiden. Damals hatten sie und Poppy als Mannequins für einen von Julians Konkurrenten gearbeitet. Im Grunde war Ria für diese Arbeit jedoch viel zu scheu. Wann immer sie den Laufsteg betreten musste, wäre sie am liebsten gestorben.

Julian musste gespürt haben, wie viel die Chance, diesem Leben zu entgehen, für sie bedeutete. „Ich gebe dir drei Monate Zeit, Schatz", hatte er lächelnd zu ihr gesagt, „wenn ich dann nicht von dir überzeugt bin, werfe ich dich wieder den Wölfen zum Fraß vor."

Trotz seines etwas weichlichen Äußeren war Julian ein kluger Geschäftsmann, und er hatte sich nicht in Ria getäuscht. Während des ersten halben Jahres arbeitete sie sechzehn Stunden am Tag, und alles, was ihr an Erfahrung fehlte, machte sie durch ihren Eifer wett. Nach drei Monaten hatte Julian ihr Gehalt verdoppelt, und heute, zwei Jahre später, war Ria für die schnell wachsende Firma unentbehrlich.

„Ist das einer dieser Freunde, mit denen du die Nächte durchtanzt?", bohrte Dimitrios nach.

„Schon möglich." Bei der Vorstellung, Julian könnte mit ihr oder einer anderen Frau die Nächte durchtanzen, musste Ria unwillkürlich lächeln. Von Zeit zu Zeit ging sie mit ihm und seinem Freund Kelvin essen. Ansonsten steckte sie ihre gesamte Energie in die Arbeit für seine Agentur. Sie machte sich nichts aus Liebschaften. Außerdem war ihr bisher noch kein Mann begegnet, den sie auch nur halbwegs aufregend fand. Einmal hatte Poppy ihr sogar vorgeworfen, sie sei frigide.

„Und wie kann sich ein anständiges Mädchen eine eigene Wohnung in London leisten? Die Miete muss unglaublich hoch sein."

„Ich zahle keine Miete", erwiderte sie, ohne nachzudenken. „Die Wohnung gehört mir."

Unvermittelt setzte er sich auf. „Ach, so ist das! Und ich mache mir Sorgen, ob du mit deinem Chef Schwierigkeiten bekommst!" Sein wütender Blick ließ sie frösteln. „Weiß Nikos von diesem … Abkommen?"

„Es gibt kein Abkommen!" Sie senkte den Kopf. „Wenn du es unbedingt wissen musst: Ich habe die Wohnung von einer Erbschaft gekauft. Obwohl ich dir keine Erklärung schuldig bin!"

„Erklärung!", stieß er so böse hervor, dass sie zusammenzuckte. „Für wie dumm hältst du mich eigentlich? Vielleicht hast du meinen jungen, naiven Neffen mit solchen Ausflüchten täuschen können, aber nicht mich! Seit Nikos' Vater gestorben ist, bin ich für ihn verantwortlich, und ich werde dafür sorgen, dass er sich nicht mit einer … einer …"

„Einer was?"

Dimitrios sah aus, als hätte er sie am liebsten geschlagen. „Du weißt ebenso gut wie ich, wie man solche Frauen nennt!" Zornig, aber auch hilflos schaute Ria ihn an. Sie konnte ihm doch nicht erzählen, dass sie die Wohnung von dem Geld gekauft hatte, das ihr Vater ihr hinterlassen hatte!

Während sie noch nach einer Antwort suchte, wandte Dimitrios sich angewidert ab und stand auf. „Es ist kaum zu glauben, dass sich hinter diesem unschuldigen Äußeren so viel Verworfenheit verbirgt. Ich habe dich unterschätzt – du hast doch nicht mehr viel zu lernen. Heute Morgen bin ich mir fast wie ein Lüstling vorgekommen." Er beugte sich über sie. „Beim nächsten Mal werde ich mich nicht mehr zurückhalten. Dann bekommst du, was du verdienst. Also nimm dich in Acht. Mich führst du nicht an der Nase herum!"

Das Flugzeug landete auf einem kleinen, schmutzigen Flugplatz in Griechenland. Müde und völlig erschöpft wankte Ria die Gangway hinunter. Im Freien war es schwül und heiß, und die Luft roch nach Benzin und Rauch. Direkt vor dem Flughafengebäude parkte ein schnittiger weißer Porsche. „Steig ein", befahl Dimitrios.

Nervös ließ sie sich auf den Beifahrersitz gleiten. Die schwarzen Polster dufteten nach echtem Leder. Dimitrios setzte sich ans Steuer und ließ den Motor an. Seine Miene wirkte starr.

„Wie weit ist es?"

„Das wirst du schon sehen."

Es wurde schnell dunkel, und bald funkelten Myriaden Sterne am samtschwarzen Himmel. Es war ein friedvoller Anblick, doch die Atmosphäre im Wagen blieb gespannt.

Wenige Kilometer vom Flughafen entfernt bog Dimitrios in eine schmale, holprige Straße ein, die immer tiefer in die Hügellandschaft hineinführte. Bald ging es stetig bergan. Nach einer Weile hielten sie auf dem Parkplatz einer kleinen Taverne am Straßenrand. Seufzend lehnte Dimitrios sich zurück, während Ria ihn wachsam beobachtete.

„Sieh mich nicht so an, als wollte ich dich auffressen!“, sagte er leise und rau. „Sicher kannst du eine Erfrischung brauchen.“

Er stieg aus, öffnete ihr die Tür und half ihr beim Aussteigen. Obwohl er sie nur leicht am Arm anfasste, spürte sie die Berührung am ganzen Körper.

Im kleinen Hof der Taverne standen verlassen einige Holzbänke und Tische und ein winziger verzierter Taubenschlag. Die Luft war wundervoll frisch. Dimitrios verschwand durch den Türbogen nach drinnen und kehrte mit zwei großen Gläsern voll eisgekühltem Fruchtsaft in den Händen zurück.

„Wie fühlst du dich?“ Prüfend betrachtete er Rias blasses Gesicht.

„Ich weiß nicht.“ Tatsächlich hätte sie am liebsten den Kopf auf die raue Tischplatte gelegt und geschlafen.

Er setzte sich ihr gegenüber und streckte die Beine aus, wobei er sorgfältig darauf achtete, dass er Ria nicht berührte. Ängstlich sah sie zu ihm auf. In dem schwachen Schein der Lampen traten seine klar geschnittenen Gesichtszüge noch deutlicher hervor. Ihre Blicke trafen sich.

„Du fürchtest dich vor mir. Warum?“ Er verzog ganz leicht den Mund. „Wegen unseres Gesprächs im Flugzeug? Ich war wohl doch zu hart. Ich weiß nicht, woher du das Geld für die Wohnung hattest – und ich will es auch nicht wissen“, ergänzte er, als sie ihn unterbrechen wollte. „Jedenfalls halte ich dich nicht für ein leichtes Mädchen. Lassen wir es dabei.“

„Warum glaubst du plötzlich nicht mehr, dass ich … so bin?“

„Weil ich in meinem Leben genug Liebschaften gehabt habe, um zu merken, wann ich es mit einer erfahrenen Kurtisane zu tun habe. Du bist bestimmt keine.“

Ria fiel ein, wie panisch sie auf seinen Kuss reagiert hatte, und errötete.

„Das zum Beispiel passiert Kurtisanen nie.“ Neckend strich er ihr mit einem Finger über die glühende Wange. Unwillkürlich versteifte sie sich und wich zurück.

Dimitrios lachte leise. „*Oreos, oreos*“, flüsterte er und sah sie seltsam bedauernd an.

Plötzlich wurde ihr bewusst, dass sie in dem Hof ganz allein waren. Nervös trank sie einen Schluck. „Was heißt das?", fragte sie erzwungen fröhlich, um die Spannung zwischen ihnen zu überspielen.

„*Oreos?* Na komm, meine Süße, das Wort musst du schon einmal gehört haben. Nikos hat dir doch bestimmt gesagt, wie schön du bist? Wie du mit deinen sanften Augen die Männer erst lockst, um sie dann zurückzuweisen, bis sie fast den Verstand verlieren, wie deine Lippen ..."

„Sei still!" Ihre Stimme bebte. „Bitte, Dimitrios."

„Das ist das erste Mal, dass du mich mit meinem Namen anredest", erwiderte er leise, fast zärtlich. „War es sehr schlimm?" Ria sprang so hastig auf, dass sie ihr Glas umstieß. Es rollte vom Tisch auf den steingepflasterten Boden und zersprang laut klirrend.

„Oh, das tut mir leid!" Unwillkürlich wich sie einen Schritt zurück, bis sie mit dem Rücken gegen die noch immer warme weiße Mauer der Taverne stieß.

Dimitrios stand langsam auf, ohne Ria aus den Augen zu lassen. „Warum hast du es denn so eilig, mein Täubchen?" Er blieb vor ihr stehen, legte ihr eine Hand unters Kinn und zwang sie, ihn anzuschauen. Den freien Arm legte er ihr besitzergreifend um die Taille.

„Du hörst es doch sicher gern, wie anziehend Männer dich finden, wie leicht es dir fällt, sie zu umgarnen." Er zog sie so eng an sich, dass sie den berauschenden Duft seiner warmen Haut einatmete. „Oder hast du etwas gegen mich?"

Er hielt sie jetzt so eisern fest, dass sie sich kaum noch bewegen konnte. „Du bestehst aus lauter Widersprüchen. Ist das alles nur ein Spiel? Stellst du dich scheu und naiv, um deine Verehrer noch mehr zu reizen? Das ist riskant, meine Süße. Aber auch verlockend. Sehr verlockend." Er ließ die Fingerspitzen über ihre Lippen gleiten.

„Bitte lass mich los." Wieder hatte sie dieses süße, ihr völlig unbekannte Gefühl im Magen, und als sie sich zu befreien versuchte, spürte sie, wie Dimitrios' Körper auf ihre Bewegungen reagierte.

Ganz langsam beugte Dimitrios sich über sie. Seine kühlen Lippen strichen über ihren Hals und ihre Ohren, und eine Welle der Erregung durchlief sie. Verzweifelt versuchte sie, ihre Gefühle zu unterdrücken, doch ihr Verlangen war zu stark, und noch während sie „bitte nicht!“, flüsterte, schmiegte sie sich unwillkürlich an Dimitrios.

Er stöhnte auf, streichelte ihr den Rücken und drückte sie sanft und rhythmisch an sich. Zugleich küsste er sie so wild und fordernd auf den Mund, dass sie alle Gegenwehr vergaß. Schmerzliches Sehnen erfasste sie und ließ sie alle Vorbehalte vergessen. Völlig überwältigt lag sie in Dimitrios' Armen.

Es dauerte einen Moment, bis Ria merkte, dass Dimitrios sie nicht mehr festhielt, sondern nur noch leicht stützte. Langsam hob er den Kopf und sah sie abschätzend und spöttisch an.

„Wirklich, sehr verlockend.“ Er ließ die Arme sinken und trat einen Schritt zurück. „Aber nicht ganz ungefährlich. Der arme Nikos.“

Ria war zu erschüttert, um zu antworten. Dabei bemerkte sie sehr wohl, wie beherrscht Dimitrios allem Anschein nach war, während sie kaum aufrecht stehen konnte.

„Du bist ein schlaues kleines Luder“, sagte er mehr zu sich als zu ihr. „Die kühle Schönheit lässt das Eis schmelzen, und jeder glaubt, es geschehe nur für ihn. Eine erstklassige Vorstellung, das muss man dir lassen.“

Er konnte nicht ahnen, dass jedes seiner Worte sie wie ein Schlag traf. Es war alles nur ein Test gewesen! Er dachte, sie würde auf jeden Mann so reagieren! Verstört sah sie ihm in die Augen und las dort nichts als eisige Verachtung. Seine Meinung von ihr stand längst fest.

Ohne jede Vorwarnung schlug Ria ihm mit aller Kraft ins Gesicht, sodass sein Kopf nach hinten gerissen wurde. Einen Moment, in dem Dimitrios Ria so überrascht anschaute, dass es unter anderen Umständen schon fast komisch gewirkt hätte, schien die Zeit stillzustehen. Doch als sich auf Dimitrios' Wange ein rotes Mal abzuzeichnen begann, wurde Ria bewusst, was sie getan hatte. Dimitrios funkelte sie hasserfüllt an. Am liebsten hätte sie sich irgendwo vor ihm verkrochen. Stattdessen ballte sie die Hände zu Fäusten und blieb stolz aufgerichtet vor ihm stehen.

„Bist du fertig?“, stieß er zwischen zusammengebissenen Zähnen hervor.

Plötzlich fühlte sie sich schrecklich allein. „Das hattest du verdient!“

„Wirklich?“, erwiderte er wütend, aber auch ehrlich überrascht. „Das verstehe, wer will.“

Er fasste nach der Hand, mit der sie zugeschlagen hatte, öffnete die Faust und legte die Handfläche flach gegen seine. Dann hob er die Hand an die Lippen und küsste sanft einen Finger nach dem anderen, ohne den Blick von Rias Gesicht abzuwenden. Sein Lächeln wirkte grausam.

„Wenn du das noch einmal tust, werde ich dafür sorgen, dass du es bitter bereuen wirst.“ Sein ruhiger Tonfall ließ die Worte noch drohender klingen.

Erschauernd zog sie die Hand zurück. „Ich hasse dich!“, sagte sie leise.

„Das hast du mir schon einmal gesagt.“ In seine Augen trat ein neuer Ausdruck, den Ria nicht deuten konnte. „Mir soll es recht sein.“

Er verschwand in der Taverne, kehrte aber augenblicklich zurück, fasste Ria grob am Arm und zog sie zum Auto, öffnete die Beifahrertür und stieß Ria auf den Beifahrersitz. Dann knallte er die Tür zu und ging um den Wagen zur Fahrerseite.

„Sitz still und sei ruhig. Ich will nicht mehr mit dir reden. Ich will dich nicht einmal mehr ansehen!“

Der Rest der Reise verlief in lastendem Schweigen. Inzwischen fühlte Ria sich so krank, dass sie ihre Umgebung kaum noch wahrnahm. Sie hatte seit achtundvierzig Stunden nicht mehr geschlafen, und ihre Auseinandersetzungen mit Dimitrios und die Sorge um Poppy hatten sie nervlich völlig mitgenommen.

Zusammengekauert saß sie im Wagen, bis Dimitrios von der Straße abbog. Sie fuhren durch ein offenes weiß gestrichenes Tor und über eine kiesbestreute Zufahrt auf einen großen gepflasterten Platz und hielten endlich vor einem riesigen weißen Haus, dessen Umrisse in der Dunkelheit kaum auszumachen waren. Lichter gingen an, und dunkle Gestalten kamen auf das Auto zu.

Ria wollte aussteigen, doch die Beine gaben unter ihr nach, und ihr wurde schwarz vor Augen.

„Komm schon!“, befahl Dimitrios leise. „Schluss mit dem Theater!“ Er fasste sie hart am Arm, aber Ria konnte nicht mehr gehorchen. Wie von weither hörte sie eine Frauenstimme laut und befehlend unverständliche Worte sagen. Jemand legte ihr sanft eine Hand auf die glühend heiße Stirn und zog sie schnell wieder fort. Ria wurde hochgehoben, grelles Licht drang schmerzhaft durch ihre geschlossenen Lider, dann wurde es dunkel, der Lärm hörte auf, sie wurde auf weiche Kissen gelegt und atmete kühle, frische Luft. Sofort sank sie in tiefen, traumlosen Schlaf.

3. KAPITEL

Ria erwachte von Hundegebell. Sie lag in einem großen, sonnendurchfluteten Zimmer. Weiße Spitzengardinen bewegten sich leicht im warmen Wind, und durch die offene Glastür drang warme, sommerlich duftende Luft herein.

Schläfrig bewegte Ria den Kopf auf dem Kissen. Ihre Umgebung verwirrte sie. Sie konnte sich nur undeutlich erinnern, was geschehen war.

„Geht es dir besser?“, fragte jemand leise und sanft in fast akzentfreiem Englisch. „Hab keine Angst.“

Ria drehte den Kopf zur Seite. In einem großen Korbsessel neben dem breiten Bett saß eine Frau mittleren Alters. Sie lächelte sie warm an und ergriff ihre Hand.

„Wo bin ich?“ Ria versuchte sich aufzusetzen, fühlte sich aber zu schwach. Dankbar ließ sie sich in die Kissen zurücksinken.

„Willkommen in unserem Haus, meine Liebe. Ich wünsche mir schon lange, dich kennenzulernen.“

„Sind Sie … bist du Christina?“, fragte Ria unsicher. Diese freundliche, warmherzige Frau war ganz anders als ihr heißblütiger, stolzer Bruder. Christinas blaue Augen blickten sanft, und ihr Gesicht war blass und von Schmerz gezeichnet. Dimitrios hatte nicht übertrieben. Die Krankheit hatte tiefe Spuren bei Christina hinterlassen, und dennoch war zu erkennen, dass sie einmal sehr schön gewesen war.

„Du warst völlig erschöpft, meine Liebe.“ Mit geübten Händen schüttelte Christina die Kissen auf. „Der Arzt meinte, dass du vor allem Schlaf brauchtest. Offenbar hatte er recht.“

„Wie lange habe ich denn geschlafen?“ Erst jetzt wurde Ria bewusst, dass sie eins ihrer dünnsten Nachthemden trug.

„Du bist vor sechsunddreißig Stunden mit Dimitrios angekommen.“ Christinas Stimme wurde eine Spur härter. „Wie mein sonst so kluger und vernünftiger Bruder übersehen konnte, in welchem Zustand du dich befunden hattest, ist mir völlig rätselhaft. Was war denn mit dir los?“

„Ich hatte zu viel gearbeitet", erwiderte Ria ausweichend.

„Hast du Dimitrios gesagt, dass du dich nicht wohl fühltest?" Christinas Blick wurde durchdringend, und mit einem Mal sah sie ihrem Bruder sehr ähnlich.

Als hätte Ria ihn in Gedanken heraufbeschworen, wurde in diesem Moment die Schlafzimmertür aus schwerer Eiche aufgestoßen, und Dimitrios kam herein. Ihm folgte ein ganzes Rudel Hunde, die laut bellend aufs Bett zustürzten.

Drei winzige Yorkshireterrier leckten Ria mit ihren kleinen rosigen Zungen das Gesicht ab, zwei Spaniels und ein kleiner Hund unbestimmbarer Rasse bellten um die Wette, während ein schöner schlanker Setter sich wohlerzogen vors Bett setzte und Pfötchen gab. Mitten im Zimmer, dicht vor ihrem Herrn, standen ruhig und würdevoll zwei riesige altenglische Schafshunde.

Empört stand Christina auf. „Dimitrios! Schick die Hunde hinaus!", rief sie über den Lärm hinweg. Schlagartig verstummte das Gebell, die Terrier sprangen vom Bett, und alle Hunde sahen traurig und flehend zu Christina auf.

Ria zog die Bettdecke bis zum Kinn hoch. Sie spürte Dimitrios' Gegenwart am ganzen Körper. Ohne es zu wollen, sah sie zu ihm auf, und als sie dem Blick seiner stahlblauen Augen begegnete, erschauerte sie. In dem hellen, sehr weiblich eingerichteten Zimmer wirkte Dimitrios noch männlicher, attraktiver und bedrohlicher.

Wie wird er toben, wenn er erfährt, dass ich ihn die ganze Zeit belogen habe!, dachte Ria ängstlich. Vorausgesetzt, er weiß es nicht schon.

„Guten Morgen", begrüßte er sie kühl wie immer. „Hast du dich gut erholt?"

„Ja, danke." Sie riss den Blick von ihm los. „Es tut mir leid, dass ich euch so viele Umstände mache. Ich kann mich an kaum etwas erinnern."

„Wirklich? Die Fahrt vom Flughafen hierher hast du doch bestimmt nicht vergessen. Wir haben unterwegs kurz Rast gemacht." Sein unverhohlener Sarkasmus veranlasste Ria, den Kopf zu heben, und als ihre Blicke sich wieder trafen, errötete sie schuldbewusst.

Er ließ sie nicht so leicht vergessen, wie mühelos er ihren Widerstand gebrochen hatte und dass sie seine Meinung über sie damit nur noch bestätigt hatte. Ihre rechte Handfläche prickelte, wie um Ria daran zu erinnern, dass sie es tatsächlich gewagt hatte, diesen Tyrannen aus Eis zu ohrfeigen.

„Alles vergessen? Merkwürdig, zu dem Zeitpunkt schienst du noch bei ganz klarem Verstand zu sein."

Beschämt senkte sie den Kopf, sodass ihr dichtes silberblondes Haar ihr Gesicht verbarg.

„Na, mach dir nichts daraus." Anscheinend hatte er plötzlich genug von dem Spiel. „Bei mir hat die Reise auch keinen tiefen Eindruck hinterlassen."

Christina sah von ihrem Bruder zu Ria. Sie schien die Spannung zwischen ihnen zu spüren.

In diesem Moment klopfte jemand schüchtern an die halb geöffnete Tür, und eine ältere, zierliche Frau trat ein. Sie trug ein Tablett, auf dem Brötchen, verschiedene Sorten Marmelade, frisch gepresster Orangensaft und Kaffee waren.

„Das ist unsere Haushälterin Rosa", stellte Christina sie vor. Rosa lächelte Ria schüchtern zu, stellte das Tablett auf einem Tisch ab und huschte wie ein erschrecktes Kaninchen wieder hinaus.

„Sie fürchtet sich vor Dimitrios", erklärte Christina entschuldigend. Dimitrios sah Ria über Christinas Schulter hinweg an, nickte ihr spöttisch zu, wandte sich ab und schnippte mit den Fingern, woraufhin ihm die Hunde zur Tür folgten.

„Wie merkwürdig", meinte Ria trocken.

Christina schaute sie noch einmal durchdringend an. Dann ging sie ebenfalls zur Tür, wobei sie sich schwer auf einen Spazierstock stützte. „Bis später, meine Liebe. Bitte fühl dich bei uns wie zu Hause. Wir werden alles tun, damit es dir bei uns gefällt."

Erst nachdem beide gegangen waren, merkte Ria, wie hungrig sie war. Sie aß alles, was Rosa ihr gebracht hatte, stand dann auf und sah sich im Zimmer um. Der Boden war mit einem weichen cremefarbenen Teppich bedeckt. Hinter einer Schiebetür entdeckte sie ein kleines Badezimmer, dessen eine Wand ein riesiger begehbarer Wandschrank einnahm. Darin hingen einsam Rias wenige Kleidungsstücke.

Sie kehrte ins Zimmer zurück, schob die Gardine vor der Glastür beiseite und trat auf den kleinen Balkon hinaus. Bei dem Anblick, der sich ihr bot, hielt sie staunend den Atem an.

Das Haus stand auf der Spitze eines Hügels, der direkt vor ihr steil zu einem kleinen, malerischen, verschlafen wirkenden Hafen abfiel. Dahinter klebten strahlend weiße Häuser an den felsigen Berghängen. Das Meer leuchtete türkisgrün, und darüber wölbte sich der wolkenlose Himmel. Links vom Hafen führte ein Mann einen beladenen Esel über einen steilen, verschlungenen Pfad auf ein kleines Dorf zu, wie seine Vorfahren es schon vor Jahrhunderten getan hatten.

„Ich kann es kaum glauben!“, flüsterte Ria vor sich hin. Barfuß ging sie über die sonnendurchwärmten Marmorfliesen zur Balkonbrüstung und lehnte sich darüber. Unter ihr erstreckte sich ein terrassenförmig angelegter Garten, in dem duftende Sträucher, exotische Blumen und Obstbäume um die Wette blühten. Hier und da standen niedrige Holztische und Stühle im Schatten der Bäume, und genau unter dem Balkon sonnten sich drei Katzen auf einer Steinveranda.

„Ein schöner Anblick“, hörte Ria plötzlich Dimitrios langsam sagen. Er stand dicht an der Mauer, die den Garten einfasste. Schlagartig wurde Ria bewusst, dass sie praktisch nichts an hatte. Als sie erschrocken zurückfuhr, lachte er leise auf. Fluchtartig verschwand sie nach drinnen. Sein spöttischer Tonfall hatte ihr einen Stich versetzt. Alles, was sie tat, schien ihn in seiner Meinung über sie zu bestärken.

Beim Duschen musste sie daran denken, wie verzweifelt Poppy sich am Telefon angehört hatte. Zwischen ihr und Dimitrios' Neffen musste mehr sein als eine flüchtige Affäre. Schuldbewusst fiel Ria ein, dass sie Christina gegenüber Nikos überhaupt nicht erwähnt hatte. Eine liebende Braut benahm sich anders! „Es ist aussichtslos!“, sagte sie bedrückt vor sich hin.

Sie wusch sich das Haar mit dem köstlich duftenden Shampoo, das sie im Bad gefunden hatte, wickelte sich in eins der großen flauschigen Badetücher und setzte sich auf den Balkon in die Sonne. Das lange dichte Haar lag ihr feucht in silbrig glänzenden Strähnen um die Schultern.

Die Luft war warm und erfüllt von hundert verschiedenen Düften. Sie schloss die Augen, weil das grelle Sonnenlicht sie blendete, entspannte sich langsam und fühlte sich wie in einer friedvollen Oase inmitten einer feindlichen Welt.

Der drohende Schatten war jetzt dicht hinter Ria. Sie durfte sich nicht umdrehen, sie musste immer weiterlaufen, doch ihre Beine waren bleischwer. Der Schatten kam näher, gleich würde er sie eingeholt haben, schon griff er nach ihr …

Zitternd und erhitzt wachte Ria auf. Direkt neben ihr stand eine dunkle Gestalt. Der Albtraum nahm Ria noch so gefangen, dass sie unwillkürlich aufschrie.

„Es ist alles in Ordnung", sagte Dimitrios beruhigend. „Du hast nur schlecht geträumt. Hab keine Angst."

Benommen sah Ria zu ihm auf, und in dem winzigen Augenblick, bevor sein Gesicht den gewohnten spöttischen Ausdruck annahm, entdeckte sie etwas völlig anderes in seinen Augen: Verlangen und eine Art bittere, verzweifelte Sehnsucht, die Ria noch mehr erschreckte als der Traum.

„Stellst du dich beim Sonnenbaden immer vor aller Welt zur Schau?" Dimitrios lehnte sich an die Balkonbrüstung und schaute über den Hafen hinweg aufs Meer.

Ria stand auf und zog das Badetuch enger um sich. „Ich habe mich nicht zur Schau gestellt! Außerdem ist niemand in der Nähe."

Ärgerlich drehte er sich um. „Und was bin ich? Ein Phantom?" Er ließ den Blick zu ihrem Badetuch hinabgleiten, und Ria hatte plötzlich das Gefühl, als würde sie nackt vor ihm stehen.

Unwillkürlich errötete sie. „Du zählst nicht!"

Einen Moment wirkte er ehrlich überrascht. Dann wurde seine Miene hart, und er kam langsam auf Ria zu. „Wirklich nicht?", fragte er täuschend sanft. „Das wollen wir doch einmal sehen."

Ria wich vor ihm zurück, doch zu spät. Er packte sie so hart an den Handgelenken, dass es schmerzte, und zog sie an sich. Als sie sich zu befreien versuchte, begann das Badetuch zu rutschen. Sofort blieb sie bewegungslos stehen. Warum nur hatte sie ihn so reizen müssen? Mit seiner breitschultrigen Figur nahm er ihr das Sonnenlicht.

„Habe ich dir nicht geraten, deine Krallen nicht an mir zu wetzen?" Er schüttelte sie leicht.

„Nicht, du tust mir weh!" Seine Nähe weckte die verrücktesten Gefühle in ihr. Wieder versuchte sie sich loszureißen und fühlte, wie das Badetuch noch tiefer rutschte und ihre entblößte Brustspitze sich an Dimitrios' Hemd rieb. Ein Schauer der Erregung überlief Rias Körper. „Bitte, Dimitrios!"

„Du hast es doch so gewollt, oder? Du wusstest genau, dass ich früher oder später nach dir suchen würde! Ich habe dich gewarnt."

In diesem Augenblick rutschte das Handtuch bis zu den Hüften. Dimitrios sah an Ria hinab, und sie spürte seinen Blick wie eine körperliche Berührung. Plötzlich stieß Dimitrios sie von sich und zog ihre Arme an den Handgelenken in die Höhe. Mit brennendem Blick beobachtete er, wie Rias Brüste sich strafften. „Jetzt wollen wir erst einmal sehen, was du zu bieten hast."

Seine kalten, harten Worte trafen sie wie ein Schlag, und noch nie hatte sie sich so tief gedemütigt gefühlt. Am liebsten wäre sie gestorben. So vor ihm stehen zu müssen …

Dimitrios hob den Blick zu ihrem kreideweißen Gesicht. „Sieh mich nicht so an!", flüsterte er plötzlich mit völlig veränderter Stimme, zog Ria leise fluchend an sich und legte ihr beschützend das Badetuch um die Schultern. Dabei zitterten seine Hände leicht.

Einen Moment blieben sie bewegungslos so stehen. Ria spürte, wie wild sein Herz schlug und wie heftig er atmete. „Was hast du nur aus mir gemacht?", flüsterte er, den Mund an ihrem Haar.

Aufschluchzend riss sie sich los. „Ich habe nichts getan! Es ist alles deine Schuld! Wieso lässt du mich nicht in Ruhe? Deinetwegen träume ich sogar schlecht!" Sie ließ sich in den Balkonsessel sinken und zog das Badetuch eng um sich.

Verständnislos sah Dimitrios sie an. „Ich weiß ja, dass Frauen ihre eigene Logik haben, aber das verstehe ich trotzdem nicht. Was habe ich mit deinem Albtraum zu tun?"

„Ich habe diesen Traum jahrelang nicht gehabt – bis du mich gezwungen hast, mit dir nach Griechenland zu kommen." Zu spät wurde ihr bewusst, dass sie ein gefährliches Thema angesprochen hatte.

„Dann hast du das früher oft geträumt? Warum? Was hat den Traum ausgelöst? Es muss einen Grund dafür geben."

Ria senkte den Kopf, sodass ihr Haar wie ein silbriger Schleier ihr Gesicht verdeckte. „Es gab einen Grund, ja." Sie stand auf und wollte ins Schlafzimmer gehen.

„Setz dich", befahl Dimitrios rau. „Erzähl mir mehr davon."

„Ich kann nicht." Ria fühlte sich keiner Auseinandersetzung mehr gewachsen. Und wie sollte sie Dimitrios erklären, dass der plötzliche Tod ihrer Eltern sie jahrelang im Schlaf verfolgt hatte? Dimitrios glaubte, ihr Vater lebe noch. „Bitte, Dimitrios."

„Doch, du kannst", erwiderte er unnachgiebig. „Ich will endlich wissen, was in dir vorgeht, Poppy. Manchmal kommt es mir so vor, als steckten zwei völlig verschiedene Menschen in dir."

„Ich muss in den Schatten. In der Sonne ist es zu heiß. Mir wird schwindelig. Bitte!"

Einen Moment sah er sie schweigend an, dann fasste er sie sanft am Arm und führte sie ins kühle Schlafzimmer. „Ich hatte vergessen, was für empfindliche Haut ihr Engländerinnen habt. Außerdem geht es dir nicht gut. Ich werde Rosa bitten, dir das Mittagessen hier zu servieren. Danach solltest du dich noch einmal ausruhen. Bis zum Abend hast du dich hoffentlich so weit erholt, dass du um acht Uhr mit uns essen kannst."

Während er sprach, ging er zur Tür. Dort drehte er sich noch einmal um. „Du wirst meinen Fragen nicht immer so leicht ausweichen können. Ich will Antworten hören, und zwar bald. Abwarten liegt mir nicht."

Mittags brachte die Haushälterin Ria eine leichte Mahlzeit aus kaltem Braten und Salat und eine sahnige, herbe Limonencreme. Nach dem Essen war Ria zu unruhig, um sich wieder hinzulegen. Also zog sie einen langen geblümten Rock und ein schlichtes weißes Top an, bürstete sich das Haar und band es zu einem Pferdeschwanz zurück, legte aber kein Make-up auf. Dann ging sie auf Entdeckungsreise.

Das Haus war überwältigend großzügig gebaut. Von den Zimmern im ersten Stock führte eine auf Hochglanz polierte Wendeltreppe aus Holz in ein großes Zimmer hinab, das die ganze Längsseite der Villa einnahm. An einer Wand standen mannshohe, schön bemalte Blumentöpfe, in denen die verschiedensten Farnsorten wuchsen. Die zarten Wedel, die sich sanft im Luftzug bewegten, bildeten ein verschlungenes Muster vor der weißen Wand.

Am anderen Ende des Zimmers führten Glastüren zum Garten hinaus. Dort lagen noch immer die Katzen und dösten in der Nachmittagssonne. Auf Rias Ankunft reagierten sie nur mit trägen Bewegungen der Schwänze.

„Ich wusste doch, dass du meinen Rat nicht befolgen würdest."

Dimitrios lag unter einem Orangenbaum. Zu seinen Füßen hatten sich die Hunde ausgestreckt. Er trug helle Shorts, aber sein Oberkörper war nackt.

Wie angewurzelt blieb Ria an der Terrassentür stehen. Sein schlanker, kraftvoller Körper schimmerte in der Sonne. Auf seiner breiten Brust kräuselte sich dichtes schwarzes Haar, das auf dem flachen, muskulösen Buch zu einer schmalen Linie auslief. Auf der sonnengebräunten Haut zeichnete sich weiß eine gezackte Narbe ab.

Dimitrios hatte ihren Blick bemerkt. „Ein Andenken an meine wilde Jugendzeit", erklärte er trocken. „Die Dame hatte zu erwähnen vergessen, dass sie verheiratet war, und eines Tages ist ihr Mann mit einem Dolch auf mich losgegangen."

Ria betrachtete ihn fasziniert. „Ich bin eben ein schlechter Mensch", ergänzte er spöttisch, „genau wie du."

Errötend sah sie fort und ging auf Dimitrios zu, wobei sie fast über eine der Katzen gestolpert wäre. Seine Geschichte hatte sie seltsam traurig gestimmt.

Dimitrios stand auf und ging zu einem Holztisch, auf dem eine halb volle Weinflasche und zwei Kristallgläser standen.

„Zwei Gläser?“ Suchend schaute sie sich um.

„Wie schon gesagt, ich wusste, dass du bald herunterkommen würdest.“ Er goss etwas von dem leichten, prickelnden Wein in ein Glas und reichte es ihr. Als er dabei unabsichtlich ihre Finger berührte, zuckte sie zusammen.

Seine Gesichtszüge verhärteten sich. „Keine Angst. Ich werde dich nicht hier im Garten vernaschen.“ Er setzte sich, lehnte sich lässig zurück und schloss die Augen.

„Ich weiß.“ Ihre Stimme klang rau. Ria räusperte sich. „Es tut mir leid.“ Was am Vormittag zwischen ihnen vorgefallen war, stand ihr noch zu deutlich vor Augen, als dass sie sich in seiner Gegenwart hätte entspannen können.

Als Mannequin hatte Ria oft Badesachen oder reichlich offenherzige Cocktailkleider vorführen müssen, und obwohl sie es ertragen hatte, da es mit zu ihrer Arbeit gehörte, war sie Julian noch heute dankbar, dass er sie irgendwann von dieser Tortur erlöst hatte. Die unverhüllte Lust in den Blicken der Männer hatte sie derartig erschreckt, dass sie sich noch mehr von ihrer Umwelt zurückgezogen hatte. Deshalb mochte sie Julian ja so sehr. Denn seine Freundschaft mit ihr war rein platonischer Art.

Sie setzte sich Dimitrios gegenüber und betrachtete ihn verstohlen. Es ärgerte sie, dass sie so stark auf ihn reagierte, wo sie doch sonst gegen Männer immun war. „Du hast ein schönes Zuhause.“ Zu ihrer Erleichterung klang ihre Stimme wieder fast normal.

„Ich weiß es zu schätzen.“ Er öffnete die Augen. „Wenn ich es nicht besser wüsste, würde ich glauben, dass du an die Gegenwart eines halb nackten Mannes nicht gewohnt bist.“

Ria fuhr zusammen und errötete schon wieder. Nachdenklich streckte Dimitrios eine Hand aus und streichelte ihr die Wange. „Das gefällt mir.“ Einen Moment lang verlor sein Gesicht den wachsamen Ausdruck. „Ich wusste gar nicht, dass es noch Frauen gibt, die erröten können."

Verlegen wandte Ria das Gesicht ab. Dimitrios berührte ihren Pferdeschwanz. „Gehört das mit zum Image?", fragte er kühl.

„Ich weiß nicht, was du meinst."

„Ach so", erwiderte er bissig. „Dir ist also völlig unklar, dass du mit der Frisur wie eine fünfzehnjährige, noch unberührte junge Frau aussiehst."

„Ich habe mein Haar hochgebunden, weil mir warm war!" Anscheinend konnte sie ihm nichts recht machen! „Woher willst du überhaupt wissen, ob ich noch unberührt bin?" Das hätte ich nicht sagen sollen!, dachte sie gleich darauf bedrückt. Ich fordere ihn ja geradezu heraus, mich weiter zu beleidigen.

Er antwortete nicht sofort, sondern trank einen Schluck Wein, beugte sich dann vor und sah ihr fest in die Augen. „Poppy, Nikos war bei seiner Rückkehr sehr verstört. Deshalb hat er mir … Dinge erzählt, die er normalerweise für sich behalten hätte."

„Ja?", fragte sie und machte sich auf Schlimmes gefasst.

Ungeduldig seufzte er auf. „Du machst es mir nicht leicht. Muss ich es wirklich aussprechen? Wieso hörst du nicht endlich auf, die reine Unschuld zu spielen? Allmählich geht es mir auf die Nerven."

Sie richtete sich stolz auf, konnte ihm aber nicht in die Augen sehen. Was würde sie über Poppy erfahren? „Sag mir, was er dir erzählt hat."

Dimitrios fluchte leise. „Wie sind wir überhaupt auf dieses Thema gekommen?"

„Was hat er dir erzählt?"

„Dass ihr miteinander geschlafen habt! Und dass es für ihn zwar das erste Mal gewesen sei, nicht aber für dich. Du hättest offen zugegeben, vor ihm schon andere Liebhaber gehabt zu haben."

Dimitrios' Worten folgte eisiges Schweigen.

„Wieso musstest du ihm einreden, die anderen Männer hätten dir nichts bedeutet, er sei die Liebe deines Lebens? Er war doch auch so verrückt nach dir. Er hätte alles hingenommen. Warum hast du behauptet, du würdest ihn heiraten; wo es für dich doch nur ein

Spiel war?" Seine Stimme bebte, und als Ria ihm in die Augen sah, las sie solchen Hass darin, dass sie erschrak. „Er ist völlig gebrochen, Poppy, und das ist deine Schuld. Der Himmel weiß, wo er jetzt steckt."

„Ist er denn nicht hier?"

„Natürlich nicht. Würden wir sonst hier sitzen und so miteinander reden?"

„Das wusste ich nicht", flüsterte sie.

„Du hättest fragen können. Seit heute Morgen warte ich darauf, dass du dich nach ihm erkundigst. Du hast nicht einmal seinen Namen erwähnt!"

„Hat er denn nicht gesagt, wo er hin will?", fragte sie überrascht und war sich plötzlich im Klaren, dass sie ihm endlich die Wahrheit sagen musste, sollte ihr die ganze Sache nicht entgleiten.

„Anscheinend hat er kurz nach meiner Abreise einen wichtigen Anruf bekommen. Kurz danach ist er jedenfalls auch verreist. Seiner Mutter hat er durch Rosa ausrichten lassen, dass er dringend etwas Geschäftliches zu erledigen habe."

„Glaubst du ihm nicht?", fragte Ria nervös, denn sie spürte Dimitrios' Misstrauen.

„Ich weiß nicht, was ich denken soll", erwiderte Dimitrios kühl. „Normalerweise lügt er nicht. Also wird er einen triftigen Grund für sein Verhalten haben."

„Du glaubst doch nicht, dass er irgendwelche Dummheiten machen wird?", fragte sie mit bebender Stimme.

„Natürlich nicht. Er ist schließlich Grieche." In seinen Augen sagte das offenbar alles. „Sicher wird er sich freuen, wenn er dich bei seiner Rückkehr hier vorfindet."

Etwas an seinem Tonfall ließ sie aufhorchen. „Er weiß doch wohl, dass du mich hergeholt hast?"

„Nicht direkt." Herausfordernd sah Dimitrios sie an. „Als Familienoberhaupt bin ich für das Wohlergehen aller Hausbewohner verantwortlich. Mein Neffe ist jung und ziemlich unbeherrscht. Ich wollte nicht mit ihm streiten, denn das hätte meine Schwester nur unnötig aufgeregt."

„Dann wollte Nikos also gar nicht, dass ich komme?"

„Ich wollte, dass du kommst", erklärte er schroff, und Ria spürte instinktiv, dass sie sich plötzlich auf gefährlichem Boden befand. „Das genügt. Wenn Nikos dich in der ihm vertrauten Umgebung sieht, wird er bald einsehen, dass du nicht zu ihm passt. In einigen Wochen werde ich Christina auf eine Kreuzfahrt mitnehmen. Bis wir wiederkommen, wirst du verschwunden sein, und Nikos wird seiner Mutter erklären, dass ihr euch in aller Freundschaft getrennt habt."

Dimitrios' anmaßender Tonfall ärgerte Ria so, dass sie sich unvermittelt aufsetzte. „Einen Augenblick. Wer gibt dir das Recht, so über uns zu verfügen? Zu entscheiden, was für uns alle am besten ist?"

„Nicht für uns alle", verbesserte er sie ruhig. „Nur für die Mitglieder meiner Familie. Du bist unwichtig."

Seine Worte verletzten sie mehr, als sie für möglich gehalten hätte, aber sie weckten auch erneut ihren Widerstand. Dimitrios beobachtete aufmerksam ihr Gesicht, und trotz seines entspannten Äußeren hatte sie das deutliche Gefühl, er warte nur auf eine Gelegenheit, sich auf sie zu stürzen, wie ein Tiger, der eine Beute belauert.

Langsam stand sie auf. „Der große Dimitrios. Du bist natürlich vollkommen, du machst nie einen Fehler wie wir armen einfachen Menschen. Weißt du was? Du tust mir leid! Innerlich bist du doch völlig verkümmert!"

„Nun ist es aber gut", sagte er leise, aber drohend.

Ria überhörte jedoch seinen drohenden Unterton. „Deine selbstgerechten Vorwürfe widern mich an! Nikos ist wenigstens fähig, einen Menschen zu lieben, im Gegensatz zu dir! Du bist doch völlig gefühlskalt! Ich wette, du hast noch nie im Leben jemand wirklich geliebt ..."

Weiter kam sie nicht. Dimitrios sprang auf, zog sie an sich und presste ihr eine Hand auf den Mund. „Sei still!" Seine Gesichtszüge waren wutverzerrt. „Wie kannst du es wagen, mich zu kritisieren. Du Flittchen willst mir etwas über Liebe erzählen? Sei froh, dass Christina im Haus ist und schläft, sonst würde ich dich jetzt auf der Stelle schlagen."

Zornig kämpfte sie gegen ihn an. Dimitrios nahm die Hand von ihrem Mund und funkelte Ria böse an. „Ich hätte dich nie herbringen dürfen. Du machst nichts als Ärger."

„Ich wollte nicht mit", erwiderte sie hitzig.

„Trotzdem, jetzt bist du hier", sagte er sanft, und sein Gesichtsausdruck wurde weich, um schon im nächsten Augenblick wieder abweisend zu werden.

„Wir müssen eben das Beste daraus machen. Du bist erfahren genug, um zu merken, wie du auf mich wirkst." Er drückte sie fest an sich. „Doch täusch dich nicht, meine Liebe. Ich empfinde nichts als Lust für dich. Ich will nur deinen Körper, mehr nicht." Er lächelte kalt. „Ich wäre nicht der erste Mann, der eine Frau nimmt, obwohl er sie verachtet."

Rias Beine zitterten so, dass sie kaum stehen konnte. Obwohl sie sich vor Dimitrios fürchtete, fühlte sie sich zugleich unwiderstehlich von ihm angezogen. Ihre widersprüchlichen Gefühle verwirrten sie immer mehr.

„Normalerweise verabscheue ich Frauen wie dich, aber du hast etwas Besonderes an dir." Er presste die Hüften gegen ihren Körper, und als sie sich erschrocken losriss, lächelte er wieder. „Also sei vorsichtig." Dann gab er sie frei, drehte sich langsam um und ließ sie einfach stehen.

4. KAPITEL

Ria setzte sich in einen Liegestuhl, der im Schatten der Bäume nicht weit von der Gartenmauer stand. Auf den flechtenbewachsenen Steinen der alten Mauer saßen kleine jadegrüne Eidechsen, die Ria neugierig beäugten, bevor sie in ihre Schlupflöcher huschten.

Im Garten war es warm und still. Nur hoch über sich hörte sie ein Flugzeug eintönig brummen. Ein Stück von ihr entfernt hatten die Hunde sich wieder zum Schlafen ausgestreckt. Es ging etwas Tröstliches von ihnen aus, und allmählich vergaß Ria den Schmerz, den Dimitrios ihr mit seinen Worten zugefügt hatte. Die Augenlider wurden ihr schwer, und schließlich schlief sie ein.

Als sie wieder erwachte, wurde es schon langsam dämmrig, und in den Bäumen über ihr stimmten die Vögel ihr Abendkonzert an.

Ria fühlte sich ausgeruht und hatte das Gefühl, wieder klar denken zu können. „Ich muss ihm die Wahrheit gestehen", sagte sie leise vor sich hin, doch ihr Herz zog sich schmerzhaft zusammen. „Ich muss fort."

Als sie kurz vor dem Abendessen in ihrem Zimmer Make-up auflegte, klopfte es plötzlich an der Tür, und Rias Herz begann wie wild zu schlagen.

„Herein!", rief sie.

Zu ihrer Erleichterung betrat Christina das Zimmer. Langsam und gebeugt kam sie auf Ria zu, die vor dem großen Toilettentisch aus Marmor saß.

„Ich bin leider keine gute Gastgeberin, meine Liebe", begann Christina entschuldigend. „Der Geist ist willig, aber das Fleisch ist schwach."

„Das macht doch nichts!", erwiderte Ria warm, sprang auf, schob den Sessel heran, der neben dem Bett stand, und half Christina beim Setzen. „Ich erwarte nicht, dass du ständig für mich da bist."

„Hat Dimitrios sich um dich gekümmert?" Bei der Frage sah Christina sie durchdringend an, und als Ria errötete, beugte sie sich langsam im Sessel vor.

„Ich denke, ich muss dir etwas über unsere Familie erzählen, meine Liebe, damit es nicht zu Missverständnissen kommt. Normalerweise rede ich nicht über unsere Privatangelegenheiten, deshalb musst du Geduld haben, falls ich etwas zusammenhanglos berichten sollte."

„Bitte, Christina, es ist nicht notwendig ..." Ria verstummte, weil Christina leicht den Kopf schüttelte.

„Du wirst dann vieles besser verstehen." Schwer atmend lehnte sie sich im Sessel zurück. „Ich habe bemerkt, dass du nicht gut mit meinem Bruder auskommst, Poppy. Ist er dir gegenüber feindselig eingestellt?"

Betroffen sah Ria auf. Offenbar war Christina nicht viel entgangen.

„Um dir sein Verhalten begreiflich zu machen, muss ich viele Jahre zurückgreifen. Unsere Mutter war Engländerin. Vielleicht ist dir aufgefallen, dass Englisch unsere zweite Muttersprache ist?"

Ria nickte. Das erklärte auch, warum sowohl Christina als auch Dimitrios blaue Augen hatten.

„Unsere Mutter ist bei Dimitrios' Geburt gestorben. Ich war damals schon zwanzig und jung verheiratet. Nachdem ich zur Welt gekommen war, hatte meine Mutter mehrere Fehlgeburten gehabt, und die Ärzte hatten ihr von einer weiteren Schwangerschaft abgeraten. Da mein Vater aber unbedingt einen Sohn wollte, hat sie es trotzdem weiter versucht." Christina verstummte, und ihre Stimme wurde hart. „Mein Vater konnte sehr arrogant sein. Zunächst wurde Dimitrios von einem Kindermädchen betreut, doch nachdem mein Vater bei einem Reitunfall ums Leben gekommen war, nahmen mein Mann und ich Dimitrios zu uns. Er war damals neun Monate alt. Da mein Bruder das Recht hatte, im Haus seines Vaters aufzuwachsen, haben wir unser Haus verkauft und sind hierher gezogen. Mein Mann war sehr gutherzig." Nachdenklich berührte sie den goldenen Ehering an ihrer Hand.

„Mit dem Kinderkriegen hatte ich ähnliche Schwierigkeiten wie meine Mutter, und lange Zeit sah es so aus, als würde Dimitrios das einzige Kind in diesem Haus bleiben. Erst als er fünfzehn war, wurde Nikos geboren. Es war eine wundervolle Zeit." Bei der Erinnerung daran leuchtete ihr Gesicht auf, und einen Moment glaubte Ria, die Christina von damals vor sich zu sehen: eine glückliche, zufriedene, liebende Frau.

„Meine Mutter hatte eine jüngere Schwester in England, deren Tochter im gleichen Alter wie Dimitrios ist. Einmal, Nikos war gerade sieben Jahre alt, hat das Mädchen uns im Sommer besucht. Sie hat sich sehr gut mit Dimitrios verstanden." Mit bebender Stimme fuhr Christina fort: „Ich werde mir immer Vorwürfe machen, dass ich nicht früher gemerkt habe, was vorging. Damals waren Andreas – mein Mann – und ich sehr mit dem Familienunternehmen beschäftigt, und Nikos brauchte auch viel Zuwendung, aber ich hätte es trotzdem sehen müssen. Als Andreas und ich eines Abends früher als angekündigt nach Hause kamen, fanden wir die beiden ... Wie soll ich es sagen? Sie waren wie Mann und Frau zusammen."

Ria war es, als hätte ihr jemand einen Schlag in den Magen versetzt. Zum ersten Mal im Leben war sie eifersüchtig. Was ist los mit mir?, dachte sie verzweifelt. Natürlich hat es Frauen in seinem Leben gegeben. Das hat er mir praktisch selbst gesagt! Und er bedeutet mir doch gar nichts! Aber tief in ihrem Innern meldete sich eine andere Stimme zu Wort. Belüg dich nicht, flüsterte sie. Du liebst ihn.

„Für meinen Mann war es ein schwerer Schock", fuhr Christina fort, ohne zu bemerken, wie tief ihre Worte Ria ins Herz getroffen hatten. „Es ist nicht recht, dass so etwas vor der Hochzeit geschieht. Und dann noch mit der eigenen Cousine! Einer jungen Frau, die als Gast in unserem Haus wohnte, für deren Wohlergehen wir verantwortlich waren! Es hat Andreas zutiefst erschüttert."

Christina unterbrach sich und wischte sich winzige Schweißperlen von der Oberlippe. Der Bericht verlangte ihr offensichtlich viel ab. „Dimitrios, der Caroline sehr liebte, hat sie sofort gebeten, seine Frau zu werden." Rias Magen krampfte sich zusammen. „Caroline lachte ihm jedoch ins Gesicht. Vor uns allen lachte sie ihn aus. Dann teilte sie uns mit, dass sie längst verlobt sei. Für sie war Dimitrios nichts als ein angenehmer Zeitvertreib gewesen."

Christina beugte sich ein wenig vor und ergriff Rias Hand. „Weißt du, in Griechenland lassen sich die Mädchen vor der Heirat nicht mit Männern ein. So etwas tut nur eine bestimmte Sorte Frau. Dass eine junge Frau aus guter Familie sich so verhalten konnte, war für Dimitrios unbegreiflich. Er hatte geglaubt, Caroline würde das Gleiche wie er empfinden. Er war noch jung und sehr naiv."

Ria atmete tief ein. Worauf wollte Christina hinaus? „Natürlich haben wir Caroline sofort nach Hause geschickt. Drei Tage später hatte mein Mann einen schweren Herzanfall und starb in meinen Armen." Christina verzog das Gesicht schmerzlich. „Dimitrios gab sich die Schuld daran. Später erklärte uns der Arzt, Andreas sei schon lange herzkrank gewesen und habe ohnehin jeden Tag sterben können. Trotzdem war Dimitrios fest davon überzeugt – und vielleicht ist er es immer noch –, dass der Schock Andreas umgebracht hat." Christina stand langsam auf, wobei sie sich schwer auf den Toilettentisch stützte.

„Du siehst Caroline sehr ähnlich, Poppy." Entsetzt sah Ria zu ihr auf. „Sie hat die gleiche ungewöhnliche Haarfarbe wie du und auch eine ähnliche Figur. Ihre Augen sind blau, und sie ist etwas größer als du, aber ansonsten könntet ihr Schwestern sein. Bei deiner Ankunft hat mir das im ersten Moment einen richtigen Schock versetzt."

Also das ist es!, dachte Ria. Sie hatte nie eine Chance gehabt! Wegen dieser längst vergangenen Tragödie hatte Dimitrios sie von Anfang an abgelehnt. Ihr Aussehen hatte ihn an Caroline erinnert, und die Art, wie Poppy Nikos behandelt hatte, hatte ihn noch in seiner Meinung bestärkt.

„Du musst das verstehen", fuhr Christina bittend fort. „Ich will nicht, dass das Verhältnis zwischen Nikos und dir darunter leidet. Wenn Dimitrios dich erst besser kennt, wird er bestimmt einsehen, dass du anders als Caroline bist. Er braucht einfach Zeit, sich an die Situation zu gewöhnen. Dimitrios ist sehr empfindsam."

„Ja, natürlich", erwiderte Ria zerstreut. In Gedanken war sie noch immer bei Christinas Geschichte.

Freundlich legte Christina ihr eine Hand auf die Schulter, und einen Moment lang war Ria dicht davor, ihr alles zu gestehen, doch etwas hielt sie davon ab. Was würde Dimitrios denken, wenn er erfuhr, dass sie ihn belogen hatte? Dass sie ihn zum Narren gehalten hatte wie damals Caroline? Würde er sie nicht noch mehr als bisher hassen? Bei der Vorstellung erschauerte sie vor Furcht. Sie musste entkommen, bevor er die Wahrheit herausfand!

„Aber ich liebe ihn doch!", sagte sie kaum hörbar, nachdem Christina gegangen war. „Wie kann ich einen Mann lieben, der mich hasst?" Sie fand keine Antwort darauf. Lange blieb sie reglos sitzen und betrachtete sich im Spiegel, während ihr Tränen über die Wangen liefen. Wäre sie doch nur hässlich und abstoßend zur Welt gekommen!

Beim Abendessen herrschte bedrückende Stimmung. Zu dritt saßen sie um einen riesigen Tisch aus poliertem Holz, und jeder schien in Gedanken vertieft. Ria brachte kaum einen Bissen von dem köstlichen Essen herunter. Ihre Kehle fühlte sich wie zugeschnürt an.

„Musst du etwa Diät halten?", fragte Dimitrios missbilligend. „Ich weiß, dass Mannequins auf ihre Figur achten müssen, aber wenn du so weitermachst, wirst du noch völlig vom Fleisch fallen!" Geringschätzig betrachtete er Rias schlanke Gestalt.

„Dimitrios!" Christina hatte bemerkt, wie verlegen sein Blick Ria machte.

„Nein", antwortete Ria rasch. „Ich bin einfach nicht hungrig. Trotzdem, es schmeckt wundervoll."

Rosa war wirklich eine hervorragende Köchin. Als Vorspeise gab es in Wein und Honig eingelegte Obstscheiben, dann folgte eine köstliche Reispfanne mit Garnelen, Krebsen und anderen Meeresfrüchten, dazu in dünne Scheiben geschnittenes braunes Knoblauchbrot und als dritten und vorletzten Gang frischen grünen Salat, Kartoffelbällchen in einem Mantel aus frischen Kräutern und Semmelbröseln und dazu saftigen Rinderbraten in Sahnesoße.

Um Rosa nicht zu sehr zu verletzen, aß Ria sogar etwas von dem süßen Nachtisch aus Sahne, Honig und Nüssen und trank dazu von dem fruchtigen Rotwein.

„Bitte servieren Sie den Kaffee im Garten, Rosa", ordnete

Christina am Schluss der Mahlzeit an. Dann stand sie mit Dimitrios' Hilfe auf und ging auf seinen Arm gestützt langsam auf die Veranda hinaus.

Zögernd folgte Ria ihnen. Sie beobachtete, wie sanft Dimitrios Christina in einen Sessel half, wie zärtlich er ihr eine Decke über die Knie ausbreitete und wie liebevoll er sie dabei anschaute. Plötzlich konnte sie die Vorstellung, unter seinem wachsamen Blick höflich Konversation treiben zu müssen, nicht mehr ertragen.

„Macht es dir etwas aus, wenn ich mich schon schlafen lege?", fragte sie Christina entschuldigend. „Ich habe Kopfschmerzen." Und tatsächlich verspürte sie ein schmerzhaftes Pochen im Hinterkopf, und die Augen brannten ihr.

„Natürlich nicht", begann Christina besorgt.

Doch Dimitrios fiel ihr sogleich ins Wort. „Dann brauchst du jetzt eine Tasse Kaffee, und an der frischen Luft werden deine Kopfschmerzen schon bald vergehen." Über Christinas Schulter hinweg sah er Ria drohend an.

„Meine Schwester findet, dass ich meine Pflichten als Gastgeber vernachlässige", fuhr er fort, während Ria noch unschlüssig auf der Schwelle der Terrassentür stand. „Sie hat vorgeschlagen, dass wir uns morgen gemeinsam die Gegend ansehen, falls dir danach ist." Er lächelte spöttisch, als wüsste er genau, was Ria von diesem Vorschlag halten würde.

Ria stöhnte insgeheim auf. Christina meinte es gut, aber für sie, Ria, würde der Tag zur Qual werden.

„Das wäre schön", stimmte sie ergeben zu und setzte sich bedrückt neben Christina, zu deren anderer Seite sich Dimitrios setzte. Sein weißes Hemd stand am Kragen offen, sodass Ria seine gebräunte Brust erkennen konnte, und die lässig geschnittene hellgraue Hose betonte seine kraftvolle Statur. Es ging eine solche Spannung von ihm aus, dass Ria fast erwartete, Funken zwischen ihnen überspringen zu sehen.

Etwa eine Stunde später stand Christina schwerfällig auf. In dem schwachen Licht wirkte sie müde und abgehärmt. „Nein, nein", protestierte sie, als Ria ihr ins Haus folgen wollte, „bleib noch und unterhalt dich mit Dimitrios. Ihr müsst euch besser kennenlernen.“ Verschwörerisch lächelte sie Ria zu.

Nachdem Christina gegangen war, streckte Dimitrios entspannt die langen Beine aus und verschränkte die Hände im Nacken. „Was soll ich dir morgen denn zeigen?“

Obwohl Ria seinen Gesichtsausdruck im Halbdunkel nicht erkennen konnte, hatte sie das Gefühl, dass Dimitrios mit ihr Katz und Maus spielte.

„Was immer du willst.“

„Wie fügsam“, bemerkte er trocken. „Hast du etwa beschlossen, nicht mehr gegen mich anzukämpfen?“

Sie atmete tief ein. „Ich möchte, dass wir Freunde werden.“

„Nur Freunde?“, fragte er misstrauisch.

„Nur Freunde.“

Plötzlich beugte er sich vor, legte ihr eine Hand unters Kinn, hob es an und sah ihr tief in die sanften grauen Augen. „Ich glaube fast, du meinst es ernst.“

Als sie daraufhin nickte, berührte er ihr offenes blondes Haar, nahm dann eine Strähne zwischen die Finger und betrachtete es. Auf seinem attraktiven Gesicht lag ein nachdenklicher Ausdruck.

„Diese Haarfarbe sieht man nicht oft“, meinte er wie zu sich selbst. „Es schimmert silbern wie der Mond.“

„Meine Mutter hatte die gleiche Haarfarbe“, erwiderte Ria gedankenlos, „und mein Bruder auch.“

„Dein Bruder?“ hakte er sofort nach. „Nikos hat gar nicht erwähnt, dass du einen hast.“

„Er ist tot!“, erklärte sie steif. Außer mit Poppy hatte sie noch nie mit einem Mensch über Simon gesprochen. „Er starb, als er noch ein Baby war.“

„Das tut mir leid. Bei einem Unfall?“

„Ja. Meine Mutter ist mit ihm ums Leben gekommen. Er war zwölf Monate alt.“

„Und du?“

„Ich war sieben.“

Es blieb lange still. Nur irgendwo im Buschwerk zirpte eine Zikade.

„Das muss sehr schlimm für dich gewesen sein.“ Noch nie hatte Dimitrios so zärtlich zu Ria gesprochen. Es erschütterte sie so, dass sie fast den Kopf auf den Tisch gelegt und wie ein Kind losgeheult hätte.

„Fand dein Vater es schwer, allein für ein kleines Mädchen sorgen zu müssen? Versteht ihr euch deshalb nicht?“

Ria zögerte zu antworten, war plötzlich wie erstarrt. Dimitrios bemerkte es, und seine Miene verhärtete sich. „Was ist?“

„Darüber möchte ich nicht sprechen.“ Sie wollte sich abwenden, doch Dimitrios hielt sie sanft, aber entschieden am Arm fest.

„Diesmal lasse ich mich nicht so leicht abspeisen, Poppy. Du wirst mir jetzt antworten.“

„Ich kann nicht!“, antwortete sie so verzweifelt, dass er sie erstaunt anschaute.

„Warum nicht? Weil du mich nicht magst? Oder kannst du mit niemandem darüber reden?“ Er sah sie durchdringend an, als wollte er ihr die Antwort gegen ihren Willen abringen.

„Und was ist mit dir?“ Unbewusst hatte sie sehr wohl erkannt, dass Angriff momentan die beste Verteidigung war.

„Mit mir?“, wiederholte er überrascht. „Wir reden nicht von mir.“

„Das sollten wir jetzt aber endlich tun!“, meinte sie mutig, ohne sich von seiner abweisenden Haltung einschüchtern zu lassen. „Warum bist du immer derart unzugänglich? Was hat dich so werden lassen?“

„Das genügt.“ Er stand heftig auf und ging zum Haus. „Ich gratuliere dir“, sagte er über die Schulter. „Du hast dich wieder einmal durchgesetzt und das Gespräch zu einem Ende gebracht.“

Nachdem er verschwunden war, kehrte Ria in ihr Zimmer zurück und zog sich aus. Erschöpft legte sie sich ins Bett, zog die kühle, weiche Decke über sich und barg das Gesicht in den Armen.

Wie hatte sich ihr Leben nur in so kurzer Zeit so grundlegend verändern können? Konnte Liebe tatsächlich so etwas mit einem machen? Brach sie einem das Herz und stürzte einen in Abgründe der Verzweiflung?

Irgendwann musste Ria erschöpft eingeschlafen sein, denn sie erwachte früh am nächsten Morgen, als Glockengeläut die Gläubigen zum Frühgebet rief. Es war noch dämmrig im Zimmer, und durch die offene Balkontür wehte ein kühler Wind herein, der erfrischend nach Meer duftete. Im Haus herrschte absolute Stille.

Plötzlich sehnte sich Ria danach, draußen die frische Morgenluft zu genießen. Rasch stand sie auf, zog eine weiße Hose und einen warmen Pullover an, bürstete sich das Haar, bis es wie flüssiges Silber glänzte, und ging leise nach unten.

Von den Hunden war nichts zu sehen. Ria ging in den Garten, atmete die süßen Düfte von Jasmin und Geißblatt ein und hörte den Vögeln zu, die den neuen Tag begrüßten. Der Himmel leuchtete rosa und malvenfarben, dann fielen die ersten Sonnenstrahlen in den Garten und ließen die Blüten von Hibiskus, Oleander und Geranien in Rosa, Purpur, Zinnober und Scharlachrot erglühen.

Weit draußen auf dem Meer entdeckte Ria eine Gruppe winziger Punkte: Fischerboote, die in den Hafen zurückkehrten. Eine Zeit lang schaute Ria ihnen zu, dann wurde sie wieder von dem tiefen Schmerz in ihrem Herzen überwältigt.

„Ein friedlicher Morgen, nicht wahr?"

Unvermittelt hob sie den Kopf und drehte sich um. Dimitrios stand von ihr ein Stück entfernt neben einer offenen Holztür, durch die er offenbar den Garten betreten hatte. Er deutete auf die zwei riesigen Körbe zu seinen Füßen. „Wir hatten heute Nacht viel Erfolg."

„Warst du fischen?", fragte Ria überrascht. Dimitrios' Kleidung war schmutzig und seine Haut salzverkrustet. Offenbar hatte er nicht nur zugeschaut. Zum ersten Mal, seit Ria ihn kannte, war er nicht makellos gekleidet, doch dadurch wirkte er eher noch attraktiver.

Die Hunde sprangen bellend auf Ria zu, bis Dimitrios scharf mit den Fingern schnippte. Dann ließen sie sich hechelnd unter den Bäumen ins Gras sinken.

„Überrascht dich das?", fragte er spöttisch. „Ich esse, trinke und schlafe auch, genau wie andere Männer."

Verlegen wandte sie den Blick ab. „Nicht alle Männer sind Fischer", antwortete sie steif.

Er lachte leicht. „Hier schon. Was glaubst du, wovon die Leute hier leben? Das Meer ist ihr Freund und ihr Gebieter."

Ria beobachtete, wie er sich die schweren Körbe auf die Schultern hob. Seine Muskeln spannten sich unter der Last. „Gehört dir ein Boot?"

„Die ganze Flotte." Als sie ihn verblüfft anschaute, fuhr er fort: „Mein Großvater väterlicherseits hat vor vielen Jahren in Koista eine Fischfabrik gebaut. Das erwies sich als gute Investition, der Betrieb wurde immer größer, und nach dem Tod meines Großvaters hat mein Vater mit dem Ertrag die unterschiedlichsten Unternehmungen finanziert. Er soll ein guter Geschäftsmann gewesen sein." Seine Miene war völlig ausdruckslos. „Heutzutage stammt der Großteil unseres Einkommens aus anderen Wirtschaftszweigen, aber die Fabrik ist immer noch in Betrieb. Die Männer hier sind sehr stolz auf ihren Beruf. In einer so kleinen, eng verflochtenen Gemeinschaft ist das sehr wichtig."

„Das kann ich mir vorstellen." Nikos' Familie musste viel reicher sein, als Ria geahnt hatte.

„Außerdem will ich nicht, dass meine Kinder ihre Herkunft vergessen."

„Deine Kinder?", wiederholte Ria mit unsicherer Stimme. Er lächelte leicht. „Das war nicht wörtlich gemeint. Bisher habe ich noch keine." Während er sprach, kam er langsam den Garten herauf. „Bitte geh doch in die Küche und sag Rosa, sie soll mir Kaffee und Brötchen in den Garten bringen. Ich bin zu hungrig, um vor dem Essen zu duschen. Falls du noch nicht gefrühstückt hast, kannst du mir gern Gesellschaft leisten."

Er verschwand in dem niedrigen Anbau, in dem die riesigen Gefriertruhen untergebracht waren. Gestern Abend hatte Christina Ria erklärt, dass sie sich die meisten Vorräte vierteljährlich liefern ließen, sodass sie für den täglichen Bedarf praktisch von Nachschub unabhängig waren.

Bis Dimitrios zurückkam, war das Frühstück fertig. Während Ria mit ihm heißen, süßen Kaffee trank und warme Brötchen aß, dachte sie traurig daran, dass man sie fast für ein jungverheiratetes Paar halten konnte, das gemeinsam den wundervollen Tag begann. Schon stand die Sonne hoch am azurblauen Himmel, und die Berge in der Ferne begannen im Dunst zu verschwimmen. Sanfter Wind strich Ria durchs Haar, das im hellen Licht wie Seide glänzte.

Was für ein schöner Tag!, dachte Ria und seufzte leise.

„Das klang, als wärst du auch besser fischen gefahren", bemerkte Dimitrios trocken. „Nichts klärt die Gedanken so gut wie eine Nacht auf See."

„Ich glaube nicht, dass das Parfum zu mir passen würde." Sie rümpfte leicht die Nase und deutete auf die Blut- und Schmutzflecken auf seinem Hemd.

„Eins zu Null für dich!" Lachend sah er sie an. „Danke, dass du mich so lange ertragen hast. Ich werde dich jetzt von meiner übel riechenden Gegenwart befreien, damit du die letzte Tasse Kaffee ungestört genießen kannst. Sollen wir in einer Stunde aufbrechen?" Er stand auf und streckte sich.

Obwohl Ria insgeheim die ganze Zeit gehofft hatte, dass Dimitrios auf seinen gestrigen Vorschlag zurückkommen würde, war sie doch überrascht. Aus großen grauen Augen sah sie ernst und fragend zu ihm auf.

„Ich verspreche dir, mich gut zu benehmen", fuhr er spöttisch fort. „Christina wäre enttäuscht, wenn wir nicht fahren. Sie möchte, dass du Griechenland besser kennenlernst."

Das klang so gelangweilt, dass es Ria einen Stich versetzte. Die Aussicht, einen ganzen Tag mit ihr zu verbringen, schien ihm überhaupt nicht zu gefallen. Und sie konnte ihm noch nicht einmal einen Vorwurf daraus machen. „Ich werde in einer Stunde fertig sein", sagte sie kühl.

„Nimm's nicht so schwer", riet er ihr bissig. „Nikos kommt bestimmt bald nach Hause. Er wird mit Freuden alles tun, was du von ihm verlangst."

„Ich will nichts von ihm."

„Bist du sicher?“ Durchdringend schaute er sie an. „Möchtest du die Beziehung zu ihm nicht doch wieder aufleben lassen, jetzt da du weißt, wie er lebt und was er dir alles bieten kann?“

Stolz hob sie den Kopf. „Völlig sicher. Ich bin keine Mitgiftjägerin. Wie reich oder arm Nikos ist, ändert nichts an meinem Entschluss.“ Ihr bestimmter Tonfall ließ keinen Zweifel zu.

„Und was hast du beschlossen?“ Obwohl seine Miene verschlossen war, spürte Ria, dass er gespannt auf ihre Antwort wartete.

„Selbst wenn Nikos der einzige Mann auf der Welt wäre, würde ich ihn nicht nehmen.“ Dimitrios zuckte leicht zusammen. „Es tut mir leid“, fuhr sie fort, „aber du hast mich gefragt.“

„Das habe ich in der Tat getan.“ Zu ihrer eigenen Überraschung lächelte er sie so freundlich an, dass ihr ganz warm ums Herz wurde. „Ich muss mich bei dir entschuldigen.“ Völlig verblüfft schaute sie ihn an. „Christina hat mir gestern Abend klar gemacht, was sie von meinem Benehmen hält.“

„Oh!“ Mehr brachte Ria nicht hervor.

„Ich habe mich in meinem Urteil wohl zu sehr durch die Vergangenheit beeinflussen lassen“, fuhr er steif fort. „Du und Nikos, ihr müsst eure Probleme ohne fremde Einmischung lösen. Schließlich ist er kein kleiner Junge mehr. Wahrscheinlich habt ihr beide Fehler gemacht.“ Es klang, als wollte er vor allem sich selbst überzeugen.

Mit einem Mal spürte sie, dass sie ihm sofort die Wahrheit sagen musste, dass sie sonst nie mehr den Mut dazu finden würde. „Dimitrios …“ Doch die Worte erstarben ihr auf den Lippen. Sie würde später mit ihm reden, nicht jetzt, da er sie zum ersten Mal so sanft anschaute.

Er hob eine Hand. „Trotzdem möchte ich Christina jede Aufregung ersparen. Deshalb erwarte ich von euch, dass ihr wenigstens einige Tage lang freundschaftlich unter einem Dach wohnt. Sobald Nikos wiederkommt, werde ich mit ihm sprechen. Es wird nicht leicht für ihn sein. Das musst du verstehen.“ Er betrachtete ihr Gesicht. „Du bist sehr schön.“

5. KAPITEL

Nach dem Frühstück unterhielt Ria sich eine Weile mit Christina, die erstaunlich ausgeruht wirkte, zog sich dann leichtere Sachen an und eilte wieder nach unten. Bei der Vorstellung, den ganzen Tag mit Dimitrios allein zu verbringen, wurde ihr ganz leicht ums Herz.

Er saß entspannt zurückgelehnt auf einem der breiten Sofas in dem großen Zimmer im Erdgeschoss. Beim Näherkommen erkannte Ria, dass er eingeschlafen war. Er atmete langsam und regelmäßig und sah erschöpft aus.

Lautlos schlich Ria zu ihm. Er trug Jeans und ein blaues Baumwollhemd, was ihn jünger aussehen ließ als die Anzüge, die sie bisher an ihm kannte. Sein Gesicht hatte den üblichen wachsamen Ausdruck verloren und wirkte weich und entspannt.

So sieht er aus, bevor er morgens aufwacht, dachte sie plötzlich. Wie von einer unwiderstehlichen Kraft angezogen, beugte sie sich über ihn, strich ihm eine schwarze Haarsträhne aus der Stirn und küsste ihn ganz leicht auf die Lippen.

Verschlafen öffnete er die Augen. Einen Moment sahen er und Ria sich schweigend und unbeweglich an, dann stöhnte er leise und gequält auf und zog sie in seine Arme, sodass sie auf seiner Brust zu liegen kam. Sanft und forschend küsste er sie auf den Mund, bis sie vor Erregung und Verlangen am ganzen Körper bebte.

„Du schmeckst süß wie Honig!“, flüsterte er heiser. Immer fordernder streichelte er sie, und ihr Körper antwortete darauf, wild und feurig. Dimitrios wollte sie! Er konnte es nicht verbergen.

„Um Himmels willen, was tue ich?“ Er setzte sich so unvermittelt auf, dass sie zurückgestoßen wurde und blass und bebend vor ihm hockte. „Sieh mich nicht so an!“ Zärtlich drückte er sie wieder an sich.

„Dimitrios?“, flüsterte sie, das Gesicht an seiner Brust.

Er richtete sich auf und schob Ria sanft fort. Schon nahm sein Gesicht den gewohnten harten Ausdruck an. „Zeit zum Aufbruch. Geh und frag Rosa, ob der Picknickkorb fertig ist.“

„Was habe ich denn falsch gemacht?“, fragte sie kaum hörbar.

Mit zitternden Fingern fuhr er sich durchs dichte Haar. „Nichts“, erwiderte er bitter. „Im Gegenteil, du hast alles viel zu richtig gemacht.“ Plötzlich hob er den Kopf. „Lass uns jetzt nicht weiter darüber sprechen. Erst musst du mit Nikos reden. Danach werden wir weitersehen.“

„Weitersehen?“ Fragend schaute sie zu ihm auf, ohne zu ahnen, dass all ihre Sehnsucht in diesem Blick lag.

Dimitrios betrachtete lange forschend ihr Gesicht, bevor er aufseufzte und sanft den Kopf schüttelte. „Wenn du mich so groß und unschuldsvoll ansiehst, weiß ich überhaupt nicht mehr, was ich denken soll: Wieso hast du dich nicht an Nikos gehalten? Dann wäre alles einfach gewesen. So habe ich es nicht gewollt.“ Unvermittelt stand er auf. „Geh und sag Rosa, dass sie sich beeilen soll.“

„Aber …“

Er fasste sie an den Händen und zog sie hoch. „Geh!“ Ria gehorchte.

Als Dimitrios ihr wenige Minuten später in die Küche folgte, war ihm von seinen Gefühlen nichts mehr anzumerken. Nachdem er sich bei Rosa ernst für ihre Mühe bedankt hatte, hob er den großen Picknickkorb auf die Schulter und befahl Ria, ihm zu folgen.

Durch eine Seitentür betraten sie einen gepflasterten Hof neben der Villa, auf dessen anderer Seite die Garagen standen. Darin entdeckte Ria außer dem weißen Porsche, mit dem sie angekommen waren, noch einen großen blauen Mercedes und einen gelben kleineren Sportwagen.

„Sind das alles deine Autos?“, fragte sie überwältigt, während sie auf einen grünen Landrover zugingen, der auf dem Hof geparkt war.

Dimitrios sah sie kurz von der Seite an. „Nicht alle. Den Mercedes fährt Christina, und der gelbe MG ist Nikos’ ganzer Stolz. Hat er dir nie von seiner Betsy vorgeschwärmt?“

„Nicht, dass ich wüsste“, erwiderte sie so unbefangen sie konnte.

„Kaum zu glauben. Wahrscheinlich hattet ihr Besseres zu tun, als euch über Autos zu unterhalten.“ Die Worte hatten einen beleidigenden Unterton. Offenbar war Dimitrios entschlossen, alle

Mauern zwischen ihnen wieder aufzurichten.

Ria wurde bald klar, warum Dimitrios den Landrover für den Ausflug gewählt hatte. Der Wagen eignete sich am besten für die bergige, felsige Küstenlandschaft, durch die sie fuhren.

Dimitrios zeigte sich wieder von einer anderen Seite, diesmal als der weltgewandte Gastgeber, der einer Besucherin die unterschiedlichen Gesichter seiner Heimat nahebringen möchte. Zunächst besichtigten sie die Ruinen eines alten Tempels. Verträumt wanderte Ria zwischen den Überresten umher und versuchte sich vorzustellen, wie die Menschen in dieser längst vergangenen Zeit gelebt hatten, bis Dimitrios ungeduldig wurde und sie in die Gegenwart zurückrief.

Er zeigte ihr kleine, aber liebevoll instand gehaltene und mit frischen Blumen geschmückte Kirchen, Windmühlen mit Flügeln aus Segeltuch, steile Straßen und enge Gassen, in denen grauhaarige schwarz gekleidete Frauen auf sauber geschrubbten Haustreppen saßen und handgeflochtene Körbe und wunderschön gestrickte Schals und Pullover feilboten.

Gegen Mittag parkten sie den Landrover in einer alten Stadt, schlenderten durch ein Gewirr schmaler Straßen und aßen in einer Taverne Schafskäse und frisches Knoblauchbrot. Dazu gab es einen trockenen Rotwein.

„Kokkinisto", erklärte Dimitrios Ria. Sie sagte es ihm nach. Ihre unbeholfene Aussprache brachte ihn zum Lachen, und er ließ sie den Namen mehrmals wiederholen, bis er zufrieden war. Plötzlich hätte sie ihn am liebsten an der Hand gefasst, um ihm und der Welt zu zeigen, dass sie zusammengehörten, doch ihr fehlte der Mut.

Spätnachmittags, als sie beide müde und verschwitzt waren, fuhr Dimitrios zu einem einsamen Strand und führte Ria dann zu Fuß zu einer winzigen, abgeschiedenen Bucht, die von der Straße aus nicht zu sehen war. „Das wollte ich dir noch zeigen. Es ist einer meiner Lieblingsplätze." Wachsam beobachtete er ihr Gesicht.

Mit leuchtenden Augen sah sie zu ihm auf. „Es ist wundervoll!", sagte sie warm. „So etwas Schönes findet man bestimmt nicht oft."

„Außer dir habe ich die Bucht nur einem anderen Menschen gezeigt." Er wandte sich ab, um die Vorräte aus dem Wagen zu holen.

Sie erreichten die Bucht durch einen winzigen Spalt in den Klippen. Auf drei Seiten waren sie von warmen, in vielen Stürmen rundgespülten Felsen umgeben. Der Sand war heiß und weich, und das Wasser leuchtete tiefblau. Verträumt sah Ria übers Meer bis zum Horizont. Sie hatte das Gefühl, mit Dimitrios allein auf der Welt zu sein.

„Kommst du mit schwimmen?"

Seine tiefe Stimme riss sie aus den Gedanken. „Oh!", stieß sie enttäuscht hervor. „Ich habe meinen Badeanzug nicht mitgenommen."

„Such dir einen davon aus, wenn du unbedingt etwas anziehen willst." Er ließ ihr ein Häuflein winziger Bikinis vor die Füße fallen. „Ich habe immer welche im Auto, zusammen mit Handtüchern und Decken. Nikos bringt oft Leute zum Baden mit."

„Und wo ist deine Badehose?", fragte sie naiv. Dann bemerkte sie das spöttische Funkeln in seinen Augen. Schnell kniete sie sich in den warmen Sand und betrachtete die Bikinis, als hinge ihr Leben davon ab, welchen sie nahm.

Als sie nach einer Weile den Kopf hob, stand Dimitrios wenige Meter von ihr entfernt am Wasser und zog sich unbefangen aus. Hemd und Unterhemd lagen schon neben ihm, und während sie ihn wie gebannt beobachtete, öffnete er den Gürtel, zog Jeans und Slip aus, drehte sich zu ihr um und winkte ihr zu. Errötend senkte sie den Kopf, woraufhin er leise und boshaft lachte.

Das macht er absichtlich!, dachte sie ärgerlich. Er will mich nur schockieren. Was ihm auch gelungen ist, wie sie sich eingestehen musste.

Sie kehrte ihm den Rücken zu, suchte einen nicht zu knapp geschnittenen Bikini aus, wickelte sich ein riesiges Badetuch um die Schultern und zog sich in seinem Schutz rasch um. Die schwarzen Stoffdreiecke bedeckten ihre vollen, hohen Brüste nur zum Teil, und das Höschen war an den Oberschenkeln hoch ausgeschnitten.

Nur zögernd ließ sie das Badetuch sinken. Sie kam sich immer noch sehr nackt vor. Nun, wenigstens konnte er nicht ihr die Schuld daran geben, dass der Bikini so knapp saß!

Als Ria verlegen den Strand hinunter zum Wasser ging, schwamm

Dimitrios bereits mit kraftvollen Zügen vom Ufer fort. Dann drehte er sich um und betrachtete Ria anerkennend.

„Ich kann mich an keine Frau erinnern, die darin so zum Anbeißen ausgesehen hat wie du!", rief er ihr neckend zu.

Um seinem Blick zu entgehen, rannte sie rasch ins Wasser. Erhitzt wie sie war, fühlte es sich im ersten Moment eisig kalt an, sodass sie erschrocken den Atem anhielt. Dann schwamm sie ebenfalls in die Bucht hinaus, tauchte unter einer Welle hindurch und kam dicht neben Dimitrios wieder an die Oberfläche.

Er lächelte leicht, sodass seine weißen Zähne im sonnengebräunten Gesicht aufblitzten. Auf seiner Haut glitzerten winzige Wassertropfen wie Kristalle. „Alles in Ordnung?"

Sie nickte nur und tauchte wieder. Unter Wasser flitzten kleine bunte Fische zwischen exotischen Wasserpflanzen umher. Als Ria das nächste Mal auftauchte, schwamm Dimitrios immer noch neben ihr.

„Eine richtige kleine Meerjungfrau."

Das Kompliment tat ihr geradezu lächerlich wohl, und sie lächelte ihn so strahlend an, dass er unwillkürlich die Augen zusammenkniff.

„Sei vorsichtig", spottete er. „Normal sterblichen Männern darfst du nie zu viel zumuten, und ich stehe schon den ganzen Tag unter Druck."

Ria verstand nicht genau, was er meinte, und wollte es eigentlich auch gar nicht wissen. Also tauchte sie wieder und schwamm weiter, bis sie sich körperlich angenehm erschöpft fühlte. Dann drehte sie sich auf den Rücken, ließ sich treiben und schaute zum klaren blauen Himmel hinauf.

So glücklich wie heute werde ich wohl nie wieder sein, dachte sie unwillkürlich. Der Gedanke ernüchterte sie. Mit einem Mal kam ihr die Zukunft kalt und ungewiss vor.

Ria fröstelte. Im gleichen Moment schoss ein stechender Schmerz durch ihr rechtes Bein. Erschrocken schnappte sie nach Luft und riss die Arme hoch. Sie ging unter, schluckte salziges Meerwasser, und während sie sich verzweifelt zur Oberfläche zurückkämpfte, durchzuckte der unerträgliche Schmerz sie von Neuem. Einmal schrie sie über Wasser durchdringend auf, dann sank sie schwer wie ein Stein nach unten.

In panischer Angst wollte sie Atem holen. Wieder drang ihr Salzwasser in Mund und Nase. In ihren Ohren dröhnte es. Das war der Tod! Sie würde ertrinken! In ihrer Verzweiflung rief sie in Gedanken nach ihrer Mutter und flehte um Hilfe. Sie wollte nicht sterben! Nicht jetzt und nicht so! Ihr wurde schwarz vor Augen, das Dröhnen wurde immer lauter, und etwas zog sie unaufhaltsam nach unten.

Als Ria wieder zu sich kam, hielten starke Arme sie umschlungen, und um sie war es hell. Hustend und spuckend rang sie nach Atem. Ihre Lungen taten ihr weh, und wieder fuhr das Stechen durch ihr Bein. Verzweifelt und blind vor Angst schlug sie um sich und kämpfte gegen Dimitrios an.

Einige Sekunden lang versuchte er vergeblich sie festzuhalten. Plötzlich schlug er ihr mit der flachen Hand hart ins Gesicht. „Halt still! Ich lasse dich nicht los“, befahl er ruhig und beherrscht. „Lass deinen Körper schlaff werden, damit ich dich ziehen kann, sonst ertrinken wir noch beide.“

Schluchzend klammerte sie sich an seinen Nacken. Dimitrios trat weiter Wasser und redete geduldig auf sie ein, bis sie sich etwas beruhigte und es zuließ, dass er sie auf den Rücken drehte und von hinten fasste.

„Ja, so ist es gut.“ Er schwamm langsam los. „Jetzt bist du gleich in Sicherheit. Es wird dir nichts geschehen.“ Mit kräftigen Bewegungen schwamm er jetzt zügig auf den Strand zu und zog Ria mühelos mit, während er immer wieder besänftigend auf sie einredete.

Sobald sie flaches Wasser erreicht hatten, hob er sie hoch und sah ihr besorgt in das kalkweiße Gesicht. Wieder zuckte sie zusammen, weil erneut Schmerz ihr Bein durchfuhr. „Ein Krampf?“, fragte Dimitrios kurz angebunden.

Ria nickte. Schnell trug er sie zur Decke, die ausgebreitet in der Sonne lag, setzte Ria darauf und wickelte sie darin ein. Dann kniete er sich neben sie und massierte ihr die Beine. Als sich die verkrampften Muskeln allmählich entspannten, brach Ria zu ihrem Schreck so heftig in Tränen aus, dass ihr das Wasser aus Augen, Nase und Mund lief.

„Ist ja gut, Kleines. Wein dich ruhig aus." Dimitrios nahm sie liebevoll in die Arme, drückte sie fest an seine feuchte Brust und wiegte sie sanft wie ein kleines Kind. Mit zärtlicher Stimme redete er leise und tröstend auf sie ein, erst auf Englisch, dann auf Griechisch, den Mund in ihr wirres, nach Salz schmeckendes Haar gepresst.

Wie lange Ria so an Dimitrios geschmiegt dasaß, hätte sie nicht sagen können. Langsam wurde ihr Schluchzen leiser, und sie begann sich des Schwächeanfalls zu schämen. Zugleich wurde ihr bewusst, dass Dimitrios sie immer noch fest umarmte und dass sein muskulöser Körper völlig nackt war. Ihre tränenfeuchte Wange lag an seiner breiten Brust, deren schwarze gekräuselten Haare sie kitzelten.

Zögernd senkte Ria die Arme, die sie ihm fest um den Nacken gelegt hatte. Sie spürte, wie er erschauerte, doch dann rollte er sich ganz plötzlich von ihr weg und blieb auf dem Bauch liegen.

„Geht es dir wieder besser?" Seine tiefe Stimme schwankte leicht.

Ria nickte scheu. Als er sich abgewandt hatte, hatte sie gesehen, wie sehr er sie begehrte. Der Anblick seiner männlichen Schönheit hatte sie tief erschüttert.

„Dann gehe ich mich jetzt abkühlen." Ohne sie anzuschauen, stand er mit einer einzigen geschmeidigen Bewegung auf, ging den Strand hinab und tauchte ins Meer.

Seufzend streckte Ria sich auf der Decke aus. Sie fühlte sich wie zerschlagen. Doch der Schmerz in ihrem Bein war kaum noch zu spüren, und die warmen Strahlen der Abendsonne taten ihren müden Gliedern wohl.

Sie erwachte aus leichtem Schlaf, als Dimitrios sich neben sie setzte. Er trug wieder Jeans und Hemd, nur seine Füße waren noch nackt.

„Komm, zieh dich an, du schamlose kleine Hexe!", befahl er unbeschwert. „Ich sterbe vor Hunger."

Während Ria unter dem Badetuch umständlich den nassen Bikini abstreifte und Rock und Top überzog, öffnete Dimitrios den Picknickkorb, nahm zwei Weingläser heraus und füllte sie mit Weißwein. Ria setzte sich zu ihm.

Er reichte ihr ein Glas. „Trink das. Du siehst aus, als könntest du es gebrauchen."

Erst jetzt wurde ihr bewusst, dass ihr Gesicht tränenverschmiert war und ihr Haar feucht und zerzaust. Verlegen versuchte sie es mit den Fingern zu glätten.

Dimitrios' Gesichtszüge wurden weich. „So war es nicht gemeint", sagte er zärtlich. „Du siehst genauso schön und hilflos aus wie immer."

Ernst erwiderte sie seinen Blick. „Ich habe dir noch gar nicht dafür gedankt, dass du mir das Leben gerettet hast. Ohne dich wäre ich ertrunken."

„Denk nicht mehr daran." Sanft streichelte er ihr den Arm. „Aber versprich mir, dass du nie allein schwimmen gehst. So etwas könnte dir noch einmal passieren."

Gehorsam nickte sie und trank durstig ihr Glas in einem Zug leer.

„Heh, nicht so schnell!", protestierte er überrascht. „Wenn ich gewusst hätte, dass du das halbe Meer austrinken würdest, hätte ich noch Mineralwasser mitgebracht. Komm, iss etwas. Ich werde ja kaum mit dir fertig, wenn du nüchtern bist, und erst angeheitert ..." Vielsagend hob er die Augenbrauen.

Ria merkte, dass sie sich wirklich wie ausgehungert fühlte. Zum Glück hatte Rosa ein wahres Festessen für sie vorbereitet. Es gab frische Krabben in Sahnesoße, kalten Braten, kleine Fleischpasteten und knackigen grünen Salat, dazu kleine, knusprige Knoblauchbrötchen, Käse und zum Nachtisch frisches Obst. Alles war in einer großen Kühlbox verpackt gewesen, sodass es auch jetzt noch angenehm kühl war.

Ein solches Picknick hatte Ria noch nie erlebt. Dimitrios und sie saßen einträchtig schweigend nebeneinander und aßen hungrig, bis nichts als leere Schüsseln übrig waren.

„Einfach himmlisch!" Dankbar wischte Ria sich mit einer schneeweißen Serviette die Lippen ab. Sie fühlte sich wie neugeboren. „Isst du immer so gut?"

„Natürlich", erwiderte er bestimmt, als hätte er ihre Bemerkung als Kritik aufgefasst. „Ich arbeite hart und kämpfe hart, und dafür erwarte ich vom Leben das Beste."

Stachlig wie ein Igel!, dachte Ria. „Anscheinend bekommst du es auch."

„In mancher Hinsicht." Er beugte sich vor, um ihr Wein nachzuschenken, und streckte sich dann lang aus, wobei er sorgfältig darauf zu achten schien, dass er Ria nicht berührte.

Warum konnte sie ihre Gefühle nicht ebenso gut im Zaum halten wie er? Wie eine große Katze lag er neben ihr, scheinbar völlig entspannt, die Augen geschlossen, um nicht von den goldenen Strahlen der untergehenden Sonne geblendet zu werden. Ria musste daran denken, wie seine Haut im hellen Licht geschimmert hatte. Die Pulsstelle an ihrem Hals begann zu pochen.

Energisch nahm sie sich zusammen, packte das Geschirr in den Korb zurück, stand auf und ging zum Wasser hinunter. Im letzten Tageslicht glänzte das Meer wie Kristall, und darüber wölbte sich der feurig glühende Himmel. Der Wind hatte aufgefrischt. „Das Land der Götter."

Ria fuhr zusammen, denn sie hatte Dimitrios nicht kommen hören. Er legte ihr ein Tuch um die Schultern.

Über ihnen segelte einsam eine Möwe im Wind. Ihr schriller Schrei übertönte das leise Rauschen der Wellen. „Er sucht nach seiner Gefährtin", sagte Dimitrios.

Ria drehte sich um. „Woher weißt du das?"

„Mir geht es wie ihm." Aus stahlblauen Augen sah er ihr lange und suchend in die Augen. „Sollen wir gehen?"

Ria fühlte sich seltsam enttäuscht, als hätte sie tief im Innern etwas anderes erwartet. „Wie du willst. Es war ein wundervoller Tag."

Als sie sich abwenden wollte, fasste er sie am Arm, zog sie zu sich herum und betrachtete grimmig ihr Gesicht. „Musstest du unbedingt mit ihnen schlafen?"

„Was?" Der Angriff traf sie völlig unvorbereitet.

„Wie viele waren es? Drei? Oder vier? Warum konntest du nicht abwarten? Wie kann jemand so unschuldig und zerbrechlich aussehen und sich trotzdem so benehmen?“

Ängstlich wich sie vor ihm zurück. „Dimitrios, bitte ...“

„Warum tust du das?“ Seine Stimme klang bitter und gequält, als würde er innerlich von einem schrecklichen Kampf zerrissen. „Wie soll ich glauben, was deine Augen und dein Körper zu versprechen scheinen? Nikos hast du auch das Gefühl gegeben, für dich sei er der einzige Mann auf der Welt. Woher weiß ich, dass du mich nicht nur benutzt, um dich von ihm zu befreien?“

„Du tust mir weh!“ Seine Finger bohrten sich schmerzhaft in ihre weichen Oberarme. Vergeblich versuchte Ria, sich loszureißen.

„Ich möchte dir wehtun.“ Er schüttelte sie leicht. „Ich möchte dich schütteln, bis du mir alles über dich erzählst. Es ist, als steckten zwei völlig verschiedene Frauen in dir: die eine scheu und unschuldig und die andere ...“ In seinen Augen glühte ein Feuer. „Wie soll ich erraten, welche echt ist?“

Erschüttert senkte sie den Kopf, sodass ihr dichtes blondes Haar ihr Gesicht vor ihm verbarg.

„Das verstehst du nicht ...“

Dimitrios schüttelte sie wieder. „Dann erklär es mir! Erzähl mir, wie du so geworden bist! Wie bringst du die Männer dazu zu vergessen, dass sie nicht die Ersten sind und auch nicht die Letzten sein werden? Sag es mir! Lass mich dich endlich verstehen!“ Seine letzten Worte klangen flehend.

„Nicht hier! Nicht jetzt.“ Nicht, solange sie ganz allein waren. Sie wollte, dass Christina in der Nähe war. Sie brauchte ihren Schutz, wenn Dimitrios herausfand, dass er zum zweiten Mal von einer jungen, silberblonden Engländerin betrogen worden war.

Dimitrios atmete schwer aus und ließ Ria los. „Ich muss verrückt sein!“, sagte er mehr zu sich als zu ihr. „Zu riskieren, dass der Blitz zwei Mal einschlägt ...“

Arrogant warf er den Kopf zurück und vergrub die Hände in den Taschen. Ria fühlte, wie wütend er war, ob auf sich oder auf sie, wusste sie nicht. „Was soll ich tun? Mich auf altbewährte Art von deinem Bann befreien? Oder lieber abwarten, ob Nikos das Rätsel für mich lösen kann?"

Vor Furcht wagte Ria sich kaum zu rühren. „Heute Morgen hast du gesagt …"

„Ja?" Seine Stimme klang wieder fast so kühl und spöttisch wie immer. „Was habe ich heute Morgen gesagt?"

„Dass du warten wolltest, bis Nikos nach Hause kommt, und wir dann weitersehen würden."

„Vorausgesetzt, ich möchte weitersehen!", erwiderte er scharf. „Zum ersten Mal im Leben weiß ich nicht, was ich will. Oder ich weiß es, aber es ist zu spät. Drei bis vier Männer zu spät. Ach, zum Teufel damit!" Er wandte sich ab und ging den Strand hinauf.

Während der Heimfahrt sprachen sie kaum ein Wort. Dimitrios' Miene wirkte völlig starr. Er fuhr schnell und wild, hatte den Wagen aber meisterhaft in der Gewalt. Ria saß zusammengekauert auf dem Beifahrersitz. Sie hätte gern die Zeit bis zu dem Morgen in ihrer Wohnung in London zurückgedreht und noch einmal von vorn angefangen.

Es wurde rasch dunkel, sodass von der Landschaft nur wenig zu erkennen war. Als sie sich der Villa näherten, bemerkte Ria, dass in allen Zimmern Licht brannte.

„Bitte keine Gäste!", murmelte Dimitrios grimmig vor sich hin, während der Wagen mit quietschenden Reifen vor dem Haus hielt. „Nicht heute Abend!"

Als er den Motor ausstellte, wurde die schwere verglaste Eingangstür aufgestoßen, und zwei Gestalten kamen Hand in Hand die Treppe herab auf den Landrover zugelaufen.

„Poppy!", rief Ria überrascht.

Ihr Ausruf ging jedoch unter, weil Dimitrios im gleichen Moment laut seinen Neffen begrüßte. Er sah Ria kurz besorgt von der Seite an, dann hatten die beiden anderen sie erreicht. Aufgeregt redeten sie durcheinander, die Hunde bellten wie verrückt, und im hell erleuchteten Hauseingang stand Christina, schwer auf ihren Stock gestützt. Sie sah aus, als wäre sie seit dem Vormittag um zehn Jahre gealtert.

Was nun folgte, sollte Ria nie mehr vergessen. Poppy und Nikos schienen anfangs überhaupt nicht zu merken, dass etwas nicht stimmte. Lachend und völlig zusammenhanglos gaben sie verworrene, schier endlose Erklärungen ab, bis Ria am liebsten geschrien hätte. Stumm und elend wie ein zum Tode verurteilter Verbrecher saß sie dicht neben Christina auf dem Sofa. Nur zu deutlich war sie sich der großen, schweigsamen Gestalt bewusst, die unbewegt auf der anderen Seite des Zimmers stand und unverwandt ihr Gesicht betrachtete.

Schließlich erstarb Poppys schrille Stimme, und es wurde völlig still im Raum. Sogar die Hunde gaben Ruhe.

„Du hinterhältige kleine Lügnerin!" Der Sturm brach mit solcher Gewalt über Ria herein, dass alle außer ihr erschrocken aufsprangen. Schweigend hatte Dimitrios den Raum durchquert und sich vor ihr aufgebaut, die Hände zu Fäusten geballt, die Lippen fest zusammengepresst, und seine dunklen Augen schienen Feuer zu sprühen.

„Wie konntest du mich so betrügen! Du hast von Anfang an nur gelogen!"

„Es tut mir leid!", flüsterte Ria. Vor Angst wagte sie den Blick kaum zu heben. Aus den Augenwinkeln nahm sie wahr, dass Christina sich schützend neben sie stellte.

„Es tut dir leid? Ist das alles?", fuhr er sie an. Dann überschüttete er sie mit einer Flut bitterster Beschimpfungen, und obwohl er bald in seine Muttersprache verfiel, war der Sinn seiner Worte nicht misszuverstehen.

„Ich habe noch nie einen Gast gebeten, mein Haus zu verlassen, aber jetzt tue ich es. Du wirst Griechenland mit dem nächsten Flugzeug verlassen!" Den letzten Satz sagte er so fest und kalt, als hätte er alle Gefühle verausgabt.

Endlich hob Ria das tränenüberströmte Gesicht, und als sie Dimitrios' hasserfülltem Blick begegnete, stockte ihr fast der Herzschlag. Warum hatte sie ihm nicht früher alles gestanden? Weshalb war sie nur ein solcher Feigling? Dass er die Wahrheit vor allen anderen erfahren hatte, machte es für ihn noch schlimmer.

Nach einem letzten verächtlichen Blick auf ihr Gesicht wandte er sich Nikos zu, der beschützend den Arm um die blasse, entsetzt wirkende Poppy gelegt hatte. „Ihr beiden kommt morgen um neun Uhr in mein Büro! Ihr habt mir einiges zu erklären. Ich hoffe nur, dass ihr es könnt."

Er drehte sich um und ging hinaus. Christina stöhnte leise auf und folgte ihm mit unsicheren Schritten. Auch sie hatte Tränen in den Augen.

Als Ria endlich in ihrem Zimmer allein war, setzte sie sich aufs Bett und betrachtete sich wie erstarrt im Spiegel. So verzweifelt hatte sie sich bisher erst einmal gefühlt, damals vor vielen Jahren, als ihre gesamte Familie mit einem Schlag ausgelöscht worden war. Ria erinnerte sich noch gut an die junge, freundliche Polizistin, die ihr die Nachricht von dem Unfall überbracht hatte, und daran, wie hartnäckig sie die Frau ausgefragt hatte, bis diese endlich zugeben musste, dass alle tot waren, am helllichten Tag durch einen betrunkenen Autofahrer ums Leben gekommen.

Damals hatte Ria sich geschworen, nie mehr jemand so sehr zu lieben, sich nie mehr so verletzen zu lassen. Und es war ihr gelungen, jahrelang hatte sie einsam und zurückgezogen gelebt, bis ein großer, dunkler, fremder Mann in ihr Leben eingebrochen war und all ihre Schutzmauern rücksichtslos niedergerissen hatte.

„Ich hasse ihn!", sagte sie zu dem totenblassen Mädchen im Spiegel. „Ich hasse ihn!" Doch es war nutzlos, sie konnte sich nicht belügen. Sie liebte ihn von ganzem Herzen. Und jetzt sollte sie abreisen und so weiterleben, als sei nichts geschehen? Wie sollte sie das ertragen?

Trotz der Wärme fröstelte sie plötzlich und verbarg das Gesicht in den zitternden Händen. Sie konnte den Anblick ihres Spiegelbilds nicht länger ertragen. Lange blieb sie so sitzen, während endlose, nutzlose Selbstvorwürfe sie quälten, bis sie sich schließlich erschöpft aufs Bett legte, eng zusammengekauert wie ein kleines, gehetztes Tier.

6. KAPITEL

Ria! Ria, mach auf!“ Immer wieder rief Poppy den Namen ihrer Cousine.

Ria erwachte. Zu ihrer Überraschung war es schon Morgen. Erschauernd dachte sie daran, wie katastrophal der gestrige Tag zu Ende gegangen war. Müde stand sie auf und ging zur Tür. In ihrer Verzweiflung musste sie gestern Abend abgeschlossen haben, ohne es zu bemerken.

Poppy hielt ein Tablett mit Kaffee und heißem Toast in den Händen. „Du siehst ja furchtbar aus!“, begrüßte sie Ria fröhlich, kam herein und stellte entschlossen das Tablett ab. Es standen zwei Tassen darauf.

Ria fühlte sich mit einem Mal wie erschlagen. Offenbar wollte Poppy sich mit ihr aussprechen, und ihren bohrenden Fragen war Ria heute Morgen nicht gewachsen. Taktgefühl und Rücksichtnahme waren noch nie Poppys Stärken gewesen.

„Was war denn hier los, um Himmels willen?“, fing Poppy dann auch gleich an. „So wütend hat Nikos seinen Onkel noch nie erlebt. Normalerweise soll Dimitrios immer ganz cool bleiben. Du musst ihm tüchtig unter die Haut gegangen sein.“

„Lass das, Poppy.“ Der unbeschwerte Tonfall ihrer Cousine ging Ria auf die Nerven. Selbst Poppy musste doch gemerkt haben, dass es sich hier nicht nur um ein unwichtiges Missverständnis handelte!

Nachdenklich betrachtete Poppy ihr blasses Gesicht. „Oh nein, Ria! Du hast dich doch nicht etwa in ihn verliebt?“, fragte sie ehrlich besorgt. „Du bist doch sonst so unnahbar!“

„Du sollst still sein!“

Poppy hörte nicht darauf. „Da hast du dir aber einen Brocken ausgesucht! An dem wirst du dir die Milchzähne ausbeißen. Der isst Frauen doch zum Frühstück! Und alle schwärmen sie für ihn. Nikos sagt, dass …“

„Noch ein Wort, und ich schlage dir ins Gesicht, Poppy!“, fuhr Ria wütend auf. „Du glaubst wohl, du kannst dir alles leisten? Wann wirst du endlich begreifen, dass du durch deine Worte und

Taten andere Menschen verletzen kannst? Und zwar sehr tief. Ich bin deinetwegen in diesen Schlamassel hineingeraten, und wenn du mir nichts als Spott und Geschwätz anzubieten hast, dann lass mich in Ruhe!“

„Ich habe …“

Aber Ria war noch nicht fertig. „Dimitrios hat mich ununterbrochen mit Fragen und Vorwürfe bombardiert, während ich keine Ahnung hatte, worum es ging! Mit deiner Hilfe habe ich ihn in jedem Vorurteil bestärkt, dass er jemals gegen Frauen hatte!“

„Ich habe dich nicht gebeten, dich für mich auszugeben!“ Trotzig warf Poppy das rote Haar zurück.

„Keine Sorge. Von nun an werde ich mich nicht mehr einmischen.“ Sie hätte wissen müssen, dass Poppy nur an sich denken würde.

„Bitte, lass uns nicht streiten!“, bat Poppy plötzlich mit veränderter Stimme. „Es tut mir ehrlich leid, dass ich dich in Schwierigkeiten gebracht habe. Ich habe dich doch lieb, Ria. Ich weiß, dass du mir helfen wolltest, und bin dir dafür dankbar. Wirklich.“

Ihrem flehenden Blick konnte Ria nicht widerstehen. Poppy und deren Vater waren die einzigen Verwandten, die sie noch besaß, und sie verdankte ihnen viel.

Sobald Poppy merkte, dass Ria weich wurde, fasste sie sie an der Hand und zog sie auf den Balkon hinaus. Ihre roten Locken leuchteten wie Feuer in der Sonne. „Komm, setz dich“, drängte Poppy. „Beim Essen werde ich dir alles erklären. Ich brauche eine Stärkung, bevor ich zu Dimitrios gehe.“

Ria atmete tief die frische Morgenluft ein. Es war noch sehr früh. Über dem Garten lag golden schimmernder Dunst, und aus der Küche, wo Rosa das Frühstück vorbereitete, wehte der Duft von warmem Brot und frisch gebrühtem Kaffee herauf. Plötzlich kam Ria die Zukunft nicht mehr so hoffnungslos vor. Sie hatte nur Poppy zu schützen versucht. Sicher würde Dimitrios das einsehen, wenn er Zeit zum Nachdenken gehabt hatte. Selbst wenn er ihr trotzdem nicht verzeihen konnte, würde er vielleicht wenigstens ihre Gründe verstehen.

Unwillkürlich richtete sie sich etwas auf und hob entschlossen das Kinn. Es war nun einmal geschehen. Wie es weiterging, lag bei ihm. Zumindest musste sie von nun an nicht mehr lügen oder sich verstellen.

Ria setzte sich Poppy gegenüber auf den Balkon und zog den Bademantel enger um sich. Der Morgen war noch frisch. „Seit wann kennst du Nikos?“

„Ach, schon ewig!“ Als Ria die Augenbrauen hob, lachte Poppy ein wenig verlegen. „Na, mir kommen vier Monate wie eine Ewigkeit vor. Du kennst mich ja.“

„Nur zu gut!“ Ria lachte nicht mit. Allzu leicht wollte sie es Poppy nicht machen.

„Er ist in Dimitrios’ Auftrag geschäftlich nach London gekommen.“ Beim Sprechen knabberte Poppy an einer Scheibe Toast. Ria hatte keinen Appetit, sondern trank nur eine Tasse heißen, süßen Kaffee. „Ich wusste sofort, dass er anders ist. Wirklich!“, beteuerte sie, als Ria sie ungläubig anschaute.

„Und wozu dann das ganze Theater?“, fragte Ria verwirrt. „Habt ihr euch gestritten und wieder versöhnt?“ Zum ersten Mal, seit Ria sie kannte, konnte Poppy ihr nicht in die Augen sehen. Schnell und anmutig stand sie auf, lehnte sich an die Balkonbrüstung und schaute in den Garten hinab.

„Das wird dir nicht gefallen!“, begann sie trotzig.

Beunruhigt betrachtete Ria Poppys schmalen Rücken. Was kam jetzt?

„Ich erwarte ein Kind von Nikos.“

Damit hatte Ria auf keinen Fall gerechnet. „Nein!“, rief sie entsetzt.

Wütend wie eine junge Tigerin fuhr Poppy zu ihr herum. Sie war schon immer hitzköpfig gewesen. „Setz dich bitte nicht aufs hohe Ross! Es reicht schon, dass wir es nachher dem Herrn des Hauses beichten müssen.“

Rias Gedanken überstürzten sich. Im Grunde hätte sie darauf gefasst sein müssen. In den letzten Tagen hatte sie viel über Poppy erfahren, wovon sie vorher nichts geahnt hatte.

„Es war nicht so geplant“, fuhr Poppy bedrückt fort. „Ich hätte vorsichtiger sein müssen. Schließlich kannte ich mich aus. Nikos ist ja so ein Unschuldslamm!"

„War!", verbesserte Ria ihre Cousine trocken.

„Aber er ist wirklich anders. Bei ihm habe ich mich nie gefragt, wohin das alles führt. Er ist einfach ... ach, ich kann das nicht erklären. Es war fantastisch."

Ria errötete schuldbewusst. Sie hatte wirklich kein Recht, ihrer Cousine Vorwürfe zu machen. Wenn Dimitrios sie berührte, vergaß sie auch alles andere. Hätte sie vernünftig sein können, wenn er sie geliebt hätte?

Vor Schmerz und Sehnsucht seufzte sie auf. „Warum bist du dann verschwunden?"

„Das war dumm, nicht wahr?" Verzagt ließ Poppy sich mit dem Rücken gegen die Balkonbrüstung sinken. „Als ich erfahren habe, dass ich schwanger bin, muss ich den Kopf verloren haben. Es machte mir Angst, mich so stark zu binden. Nikos hatte mich dazu überredet, mich mit ihm zu verloben, doch insgeheim hatte ich trotzdem das Gefühl, jederzeit weg zu können, wenn ich es gewollt hätte. Und dann das! Ein Kind!" Ihre Stimme bebte. „Ich musste eine Weile allein sein und darüber nachdenken, bevor ich mit irgendjemand darüber sprechen konnte."

„Hast du Nikos etwa nicht erzählt, dass du schwanger bist?", fragte Ria empört.

„Nein", gab Poppy widerstrebend zu. „Ich habe ihm gesagt, zwischen uns sei alles vorbei, und bin verschwunden. Eine Kollegin hat mich einige Tage bei sich wohnen lassen. Ich habe mir alles genau überlegt und beschlossen, das Kind zu behalten. Natürlich war mir klar, dass ich es Nikos erzählen musste. Also habe ich ihn hier angerufen, und er ist sofort nach England gekommen." Ihr Gesicht leuchtete auf. „Er war ganz begeistert! Ich konnte es kaum glauben. Ich liebe ihn, Ria."

„Wirklich?", fragte Ria scharf. „Bist du auch sicher? Das ist kein Spiel, Poppy! Hier geht es nicht nur um dich und Nikos, sondern auch um ein kleines Wesen, das völlig auf euch angewiesen sein wird. Wenn du Nikos nicht genug liebst, um dich ein Leben lang an ihn zu binden, dann solltest du das Kind lieber adoptieren lassen oder es allein aufziehen. Eine glückliche Kindheit ist wichtiger als Reichtum."

„Ich bin sicher!", erklärte Poppy schmollend.

„Gut, wenn das so ist, müsst ihr euch viel Mühe geben, dass es auch klappt. Eine Ehe ist nicht nur eitel Sonnenschein, Poppy. Du wirst schnell merken, dass hier vieles anders ist als bei uns, und Nikos ist an unsere Art zu leben nicht gewöhnt. Ihr werdet euch beide umstellen müssen."

„Wie ungeheuer weise." Beim Klang der tiefen, kalten Stimme drehten sich die beiden Mädchen abrupt um.

Dimitrios betrat den Balkon, setzte sich in einen der kleinen Sessel, schlug die Beine übereinander und verschränkte die Hände im Nacken. Sein weißes Hemd stand am Kragen offen, und das vom Duschen noch feuchte schwarze Haar hatte er glatt zurückgebürstet. Er wirkte unnahbar und bedrohlich.

„Willst du deine Cousine zum Bleiben überreden?" Er schaute von Ria zu Poppy.

Rias Herz klopfte wie wild. „Keineswegs." Sie sah ihm gerade ins Gesicht, ohne zu ahnen, wie zerbrechlich sie so blass, ohne Make-up und mit zerzaustem Haar wirkte.

„Es hörte sich aber ganz danach an."

„Wenn du die Gespräche anderer Leute belauschst, kannst du nicht erwarten, dass du alles richtig verstehst!", hörte sie sich zu ihrem eigenen Schreck sagen. Aus den Augenwinkeln nahm sie wahr, dass Poppy zunehmend nervöser wurde.

„Ach ja?" Er stand heftig auf, ohne den Blick von Rias Gesicht abzuwenden. „Ausgerechnet du willst mir Moral predigen? Findest du das nicht absurd?"

Plötzlich drehte er sich zu Poppy um. „In mein Büro! Sofort!", befahl er arrogant. „Nikos wartet schon."

Sichtlich erleichtert verschwand Poppy nach drinnen.

„Und du, mein kleines Irrlicht, bleibst hier, bis ich wieder komme!", fuhr Dimitrios gefährlich leise fort. „Diesmal wirst du meine Fragen beantworten, und wenn die Welt darüber untergeht!"

Stumm schaute Ria zu ihm auf. Trotz allem tat es gut, ihn zu sehen. In den langen, trostlosen Stunden, bevor sie erschöpft eingeschlafen war, hatte sie sich verzweifelt gefragt, ob er sie nach England zurückschicken würde, ohne noch einmal mit ihr gesprochen zu haben.

Er wandte sich zum Gehen. Als er an Ria vorbeikam, blieb er kurz stehen und ließ die Fingerspitze ganz leicht über die Haut unter ihren Augen gleiten, wo dunkle Schatten lagen. „Lügen haben eben kurze Beine." Die Worte klangen kalt und spöttisch, aber seine Berührung war seltsam zärtlich, und den Ausdruck seiner blauen Augen konnte Ria nicht deuten.

Nachdem Dimitrios gegangen war, badete Ria, wusch sich das Haar und erholte sich langsam von den Strapazen. Anschließend zog sie ein weißes Sonnenkleid an, trug etwas Maskara auf und setzte sich wieder auf den Balkon, um das Haar von der Sonne trocknen zu lassen. Sie hätte gern Christina besucht und ihr ihr Verhalten erklärt, wollte aber nicht riskieren, dass Dimitrios sie bei seiner Rückkehr nicht antraf.

Inzwischen war es heiß geworden, und der Duft der blühenden Sträucher im Garten hing schwer in der Luft. Auf dem Boden des Balkons dicht an der Hauswand standen Blumentöpfe, in denen leuchtend rote blühende Geranien wuchsen. Ria beobachtete einen kleinen vielfarbigen Käfer, der schwerfällig einen der Tontöpfe hinaufkroch. Plötzlich breitete er die Flügel aus und flog davon. „Du hast es gut!", flüsterte sie. „Du kannst einfach wegfliegen."

Wenige Augenblicke später spürte sie, dass Dimitrios gekommen war, obwohl er sich lautlos wie eine Raubkatze bewegte. Sie drehte sich um. Er stand an der Balkontür.

„Warum wohnst du allein?"

Seine Frage und noch mehr der ruhige Tonfall überraschte Ria so, dass sie keine Antwort fand. Sie hatte sich auf Vorwürfe und bitteren Spott gefasst gemacht.

„Du siehst mich an, als wollte ich dich umbringen", fuhr Dimitrios eine Spur schärfer fort. „Wieso antwortest du nicht?"

„Ich wollte einen Platz haben, der nur mir gehört", erwiderte sie nervös. „Meine Eltern hatten mir Geld hinterlassen, und mein Onkel fand, eine Wohnung in London sei eine gute Geldanlage."

„Das hat Poppy mir schon erklärt. Es tut mir leid, dass ich voreilig falsche Schlüsse gezogen habe. In meinen Augen musste es verdächtig wirken. Dein Verhältnis zu deinem Chef ist also rein beruflicher Natur?" Während er auf ihre Antwort wartete, beobachtete er forschend ihr Gesicht.

„Wir verstehen uns gut, das ist alles."

„Seid ihr befreundet?"

„Wir arbeiten eng zusammen." Trotzig erwiderte sie seinen Blick. „Er war sehr fair zu mir."

„Nett von ihm. Sehr großzügig scheint er allerdings nicht zu sein. Du musst von früh bis spät arbeiten und hast praktisch nie Zeit zum Ausgehen. Gefällt es dir wirklich, so zu leben?"

„Das hast du wohl auch von Poppy gehört?", fragte Ria ärgerlich. „Es stimmt, dass ich mich nicht gern für Geld halb nackt ausziehe, aber deshalb bin ich noch lange nicht verklemmt! Zufällig macht mir meine Arbeit nämlich Spaß. Ich weiß, sie ist anstrengend und nicht besonders aufregend, aber das stört mich nicht. Ich komme viel herum und lerne interessante Menschen kennen. Mehr will ich gar nicht." Mehr wollte ich bisher nicht, verbesserte sie sich im Stillen.

„Dann hast du es ja gut getroffen", bemerkte er kühl. „Nicht viele Menschen sind mit ihrem Schicksal so zufrieden."

„Ich dachte, du wolltest mit mir über Poppy und Nikos reden?", sagte sie schnell, bevor er ihre wahren Gefühle erriet.

„Wie kommst du darauf?"

„Na, das ist im Moment doch das Wichtigste, oder?" Ihre Stimme klang müde. „Nur darum geht es schließlich die ganze Zeit."

„Ach so. Nur darum geht es." Seine Miene wirkte seltsam starr. „Was erwartest du von mir? Soll ich den beiden auch noch gratulieren?"

Sein abfälliger Ton ärgerte sie. „Natürlich nicht! Sie haben sich dumm benommen, aber junge Menschen machen nun einmal Fehler. Das müsstest du doch am ehesten wissen."

Zu spät wurde ihr klar, dass sie das besser nicht gesagt hätte. Wie ein Raubvogel schoss er auf sie zu, fasste sie an den Handgelenken und zog sie grob auf die Füße. „Wer hat da aus der Schule geplaudert?", fragte er drohend. „Rede nicht von Dingen, von denen du nichts verstehst! Was weiß ein unerfahrenes kleines Ding wie du schon von der Liebe? Du lebst in einem Elfenbeinturm und denkst, alles sei ganz einfach. Im wirklichen Leben geht es anders zu!"

„Erzähl mir nichts über das wirkliche Leben!", stieß sie mit bebender Stimme hervor. Ohne es zu ahnen, hatte er sie an ihrer wundesten Stelle getroffen. „Ich weiß genug vom Leben! Ich weiß, dass ein Mann auf einen Schlag drei Menschen umbringen kann und dafür ganze drei Monate eingesperrt wird. Drei Monate!" Sie konnte sich nicht länger beherrschen. Alles, was sie so lange für sich behalten hatte, sprudelte aus ihr hervor. Ihre Stimme wurde immer lauter.

„Aber ich kann wenigstens noch an das Gute im Menschen glauben, im Gegensatz zu dir! Auch wenn die Welt noch so schlecht ist, es gibt immer wieder Menschen, die sich darüber erheben! Ich war oft kurz davor, den Kampf aufzugeben und so hart und verbittert zu werden wie du, aber ich habe es nicht getan! Es ist nicht leicht, Unrecht zu vergeben, doch wenn man sich in seinen Hass verrannt hat, schadet man am Ende nur sich selbst. Auf einen schlechten Menschen kommen hundert gute!"

Dimitrios hatte schweigend und unbewegt zugehört. Als Ria schließlich verstummte, fragte er böse: „Du denkst wohl, du wüsstest alles besser?"

„Nein", antwortete sie müde. Anscheinend drang nichts durch den Panzer, den er um sein Herz errichtet hatte. „Letztlich muss jeder auf seine Art mit dem Leben fertig werden."

„Dann tu mir den Gefallen, und kümmere dich in Zukunft um deine eigenen Angelegenheiten! Deine Theorien interessieren mich nicht. Ich kann nicht behaupten, dass du mir in deiner neuen Rolle besser gefällst. Wieweit du mit dem Zuckerpüppchen da unten unter einer Decke gesteckt hast, kann ich nicht beurteilen. Mich täuschst du jedenfalls nicht noch einmal."

„Dazu werde ich auch kaum Gelegenheit haben." Entmutigt wandte sie sich ab und betrachtete die Berge in der Ferne. „Ich werde euch alle so bald wie möglich in Ruhe lassen."

Da sie Dimitrios den Rücken zukehrte, bemerkte sie nicht, wie seine Miene sich verfinsterte und er hart die Lippen zusammenpresste. „Soll ich dafür sorgen, dass du mich nicht so schnell vergisst?" Er drehte sie zu sich herum und küsste sie wild und leidenschaftlich auf den Mund.

Als sie den vertrauten Duft seines Rasierwassers einatmete, zog sich ihr Magen schmerzlich zusammen. Verzweifelt begann sie sich zu wehren, nicht nur gegen Dimitrios, sondern auch gegen ihre eigenen Gefühle.

„Du kannst mir nicht widerstehen!", flüsterte er, den Mund an ihre Wange gepresst. „Was immer du von mir hältst, du willst mich, Ria!" Er drückte sie immer fester an sich, und Ria spürte, wie ihr Körper nachgab. Das Blut dröhnte ihr in den Ohren.

„Nicht! Lass mich los!", stieß sie hervor.

Langsam ließ er die kühlen Lippen ihren Hals hinabgleiten, küsste sie auf die wild pochende Pulsstelle, dann aufs Ohr und auf die geschlossenen Augen, und plötzlich wusste Ria, dass sie verloren war.

Seufzend schmiegte sie sich an ihn, und als er sie wieder fordernd auf den Mund küsste, gab sie sich hungrig seiner Umarmung hin. Sie spürte, wie seine Leidenschaft wuchs. Wellen der Erregung überliefen ihren Körper, bis sie kaum noch stehen konnte und sich haltsuchend an Dimitrios klammerte.

Ohne ihren Mund freizugeben, drängte er sie ins Zimmer und zum Bett und drückte sie nach hinten, sodass sie weich in die Kissen sank. Im gleichen Augenblick legte er sich neben sie. Sekundenlang schaute er sie wild triumphierend an, dann bedeckte er ihr Gesicht mit heißen Küssen und begann ihren Körper zu streicheln. Mit Händen und Lippen stimmte er sie auf sein Verlangen ein, sanft und geschickt wie ein erfahrener Musiker.

Nie gekannte Gefühle überfluteten Ria, bis sie kaum noch atmen konnte. Immer wieder schrie sie leise auf und bog sich Dimitrios entgegen. Einen Moment lang hielt er inne, als hätte ihre heftige Reaktion ihn überrascht, und sah ihr forschend in die Augen.

„Willst du immer noch abreisen?“, flüsterte er und verbarg die Lippen in ihrem weichen Haar. „Glaubst du, dass dir ein anderer Mann das Gleiche geben kann?“ Wissend streichelte er ihren Körper.

Vor Lust erbebte sie und warf wild den Kopf von einer Seite zur anderen. Sie hatte alles um sich vergessen, nur seine Hände und seine Lippen spielten noch eine Rolle. Das schmerzliche Verlangen in ihr wuchs und wuchs, bis sie es kaum noch ertragen konnte.

Wieder küsste er sie auf den Mund, diesmal unerträglich zärtlich, und drückte sie fest an seinen starken Körper. Mit den Lippen an Dimitrios' Mund flüsterte sie immer wieder seinen Namen.

Plötzlich löste er sich ein wenig von ihr und stützte sich auf einen Ellbogen. Enttäuscht stöhnte sie auf und öffnete benommen die Augen.

„Ria? Ich muss das wissen. Wäre ich wirklich der Erste?“ Seine Stimme schien von weither zu kommen. „Sag es mir!“

Ria nickte, ohne nachzudenken. Die Liebe zu ihm ließ sie alles andere vergessen.

„Aber woher soll ich wissen, dass es stimmt?“, stieß er gequält hervor. Fluchend stand er auf, atmete tief aus und ging geschmeidig wie eine Katze auf den Balkon hinaus.

Zunächst begriff Ria gar nicht, was geschehen war. Bewegungslos blieb sie auf dem zerwühlten Bett liegen, bis ihr schlagartig ihre Situation bewusst wurde. Hastig setzte sie sich auf und zog mit bebenden Händen die Kleidung zurecht.

Es war alles nur ein Test gewesen! Dimitrios hatte herausfinden wollen, ob Poppy die Wahrheit über sie erzählt hatte, ob sie wirklich keine Erfahrungen mit Männern hatte! Wieso hatte er darauf verzichtet, sich den eindeutigen Beweis geben zu lassen? Sie hätte ihn nicht daran gehindert! Bei dem Gedanken brannte ihr das Gesicht vor Scham.

Vielleicht war sie ihm zu unerfahren? Zu leicht zu erobern,

keine echte Herausforderung? Woher sollte sie wissen, was in diesem kalten Mann vorging? Noch nie hatte sie sich so gedemütigt gefühlt. Am liebsten wäre sie im Boden versunken. Sie hatte sich ihm aus Liebe hingegeben, und er hatte ihre Gefühle mit Füßen getreten. Wollte er sie so für ihre Lügen bestrafen? Das war ihm wahrlich gelungen! Und sie hatte ihm noch die Waffe dazu in die Hand gegeben!

Sie musste allen Mut zusammennehmen, um zu ihm zu gehen. Schließlich schob sie müde den Spitzenvorhang zur Seite und trat hoch erhobenen Hauptes auf den Balkon hinaus.

Sie hatte erwartet, kalte Freude und Verachtung auf Dimitrios' Gesicht zu lesen. Stattdessen wirkte er unsicher, fast traurig. Gleich darauf kehrte er ihr den Rücken zu.

„Es tut mir leid", sagte er mit ausdrucksloser Stimme. „Das war nicht geplant."

„Ich glaube dir nicht", erwiderte sie steif.

„Warum nicht?" Er drehte sich um und sah ihr fest in die Augen. „Denkst du, ich hätte es absichtlich getan, um mich an dir zu rächen?"

Das kam ihrem Verdacht so nahe, dass sie unwillkürlich errötete und sich so verriet.

Ungeduldig hob er seine schönen Hände. „Du scheinst eine ziemlich schlechte Meinung von mir zu haben. Ob du es glaubst oder nicht, ich bin hergekommen, weil ich dich endlich besser verstehen wollte. Ein aussichtsloses Unterfangen. Anscheinend bleibt mir keine andere Wahl, als Poppy in meine Familie aufzunehmen, und ich dachte, wenn wir beide ... uns nicht völlig im Zorn trennen, würde das vieles erleichtern." Mit dem Kopf deutete er zum Schlafzimmer hinüber. „Das da war ein dummer Fehler."

Ria schluckte krampfhaft. Ein Fehler! In diesem Moment hasste sie Dimitrios wirklich. „Ich kann dir nicht zustimmen."

„Meine Güte, Mädchen. Was ist denn schon dabei? Es ist doch gar nichts passiert. Bestimmt haben dich schon andere Männer leidenschaftlich umarmt." Bei den letzten Worten trat ein merkwürdig gespannter Ausdruck in seine Augen.

„Nein."

Er hob die Augenbrauen, und Ria hatte das Gefühl, als wäre dieses ganze Gespräch nur ein Spiel, eine Art Prüfung, deren Sinn sie nicht begriff. „Soll das heißen, dass du mit einundzwanzig – du bist doch einundzwanzig?" Sie nickte. „Dass du mit einundzwanzig immer noch niemand an dich herangelassen hast? Eine Schönheit wie du? Das kann ich nicht glauben."

„Was du glaubst, interessiert mich nicht. Ich bin dir keine Erklärung schuldig. Du bedeutest mir nichts." Die Worte sollten ihn treffen. Wenigstens einmal wollte sie ihn aus der Ruhe bringen. Zufrieden merkte sie, dass seine Augen zornig aufleuchteten.

„Es wird für uns beide das Beste sein, wenn du so bald wie möglich abreist", erklärte er kalt. „Du hast genug Unheil angerichtet. Das Letzte, was wir brauchen, ist ..." Als er den gequälten Ausdruck in ihren Augen bemerkte, unterbrach er sich und fluchte leise. „Hör auf damit!" Er packte sie an den Armen und schüttelte sie. „Du sollst mich nicht so ansehen!" Er stieß sie von sich, als hätte er sich verbrannt, und verschwand im Schlafzimmer.

Ria sah ihm nach, ohne sich zu rühren. Ich halte das nicht länger aus!, dachte sie. Er behandelt mich wie ein Spielzeug, das man je nach Laune aufnimmt und wieder fallen lässt. Ich muss fort.

Während des Vormittags kehrte Ria in Gedanken immer wieder zu ihrem Entschluss zurück. Sie verbrachte die Zeit allein. Nikos und Poppy waren nirgendwo zu finden. Christina hatte angeordnet, dass sie nicht gestört werden wollte, und Dimitrios schien spurlos verschwunden zu sein. Zumindest dafür war Ria dankbar.

Eine Zeit lang ging sie allein auf den Klippen spazieren und kehrte gegen Mittag ins Haus zurück. Rosa hatte eine leicht bekömmliche Mahlzeit vorbereitet. Ria aß auf ihrem Zimmer und legte sich anschließend aufs Bett, um sich auszuruhen.

Sie musste eingeschlafen sein, denn als sie aufwachte, war es schon Abend. Jemand klopfte leise an die Tür.

„Herein!" Blinzelnd setzte Ria sich auf.

Christina öffnete die Tür und kam zögernd herein. „Es tut mir leid, dass ich dich geweckt habe, meine Liebe.“ Es überraschte Ria, dass Christina überhaupt mit ihr sprach, noch dazu in so freundlichem Tonfall. „Ich habe auch fast den ganzen Tag geschlafen. Die Ereignisse von gestern haben mich mehr angestrengt, als ich zunächst wahrhaben wollte.“

Rasch stand Ria auf, fasste Christina an den kalten Händen und sah ihr ernst ins Gesicht. „Ich habe niemandem wehtun wollen! Das musst du mir glauben.“ Wenigstens Christina sollte ihre Gründe verstehen. „Ich wollte nur Poppy helfen. Dir kommt das sicher unglaublich dumm vor, aber mir ist nichts Besseres eingefallen.“

„Dimitrios hat mir schon erzählt, was sich in England zugetragen hat“, antwortete Christina missbilligend. „In meinen Augen ist er an allem Unheil schuld, auch wenn er sicher in bester Absicht so gehandelt hat. Ich verstehe ihn nicht. Vermutlich hat er dich ohne Vorwarnung überfallen und sozusagen unter Beschuss genommen?“ Ria nickte.

Verärgert schüttelte Christina den Kopf. „Manchmal erinnert er mich sehr an unseren Vater“, sagte sie leise und traurig. „Dabei ist er im Grunde kein harter Mensch, auch wenn er dir vielleicht so vorkommt. Irgendwo tief in ihm steckt immer noch der wirkliche Dimitrios. Das weiß ich genau.“

„Leider habe ich zu der Kammer in seinem Herzen keinen Schlüssel“, erwiderte Ria mutlos. „Mittlerweile hasst er mich fast.“

„Glaub das ja nicht!“ Christinas Augen leuchteten auf. „Wünschst du dir denn den Schlüssel?“

Obwohl Ria nicht mit der Frage gerechnet hatte, antwortete sie sofort und von ganzem Herzen. „Ja. Mehr als alles andere auf der Welt. Das darfst du ihm aber nicht verraten!“ Ängstlich fasste sie Christina am Arm. „Versprich mir, dass du es ihm nicht erzählst! Bitte Christina!“

„Ach, Ria. Was für ein Durcheinander!“

„Versprich es mir!“

„Gut, ich verspreche es.“ Christina sah Ria mitfühlend an. „Was bist du noch für ein Kind, meine Liebe. Deine Cousine kann viel besser auf sich aufpassen. Kaum zu glauben, dass ihr beide gleich alt seid.“

Als Ria errötete, wechselte Christina verständnisvoll das Thema. „Jedenfalls haben Dimitrios und ich heute Morgen lange miteinander geredet. Ich billige zwar nicht, was geschehen ist, doch es lässt sich nicht mehr ändern. Jetzt kommt es vor allem darauf an, dass mein Sohn und deine Cousine so schnell wie möglich heiraten."

Ria hatte erwartet, dass Christina entsetzt und empört reagieren würde. Stattdessen fand sie sich mit der Situation ab, als wäre das alles nichts Außergewöhnliches.

„Kannst du bis zur Hochzeit hierbleiben?"

Nein!, dachte Ria erschrocken. Sie konnte nicht länger mit Dimitrios unter einem Dach wohnen. „Das … das geht nicht. Ich muss nach Hause."

„Ich möchte dich nicht drängen, aber es gibt viel zu erledigen, und das in sehr kurzer Zeit." Christinas Stimme hatte plötzlich einen bittenden Unterton. „Wenn ich jemanden hätte, der mir dabei hilft, würde mir das eine große Last von den Schultern nehmen."

Erst jetzt fiel Ria ein, warum Dimitrios ursprünglich nach England gekommen war. Christina war krank. Natürlich würde sie mit den Vorbereitungen nicht allein fertig werden, und Ria wusste aus Erfahrung, dass von Poppy nicht viel Hilfe zu erwarten war. „Wie lange brauchst du mich denn?", fragte sie zögernd.

Christina lächelte dankbar. „Mit etwas Glück können wir in einem Monat so weit sein, oder spätestens in sechs Wochen." Ria nickte ergeben. Sie konnte Christina diese Bitte einfach nicht abschlagen.

7. KAPITEL

Beim Abendessen herrschte gedrückte Stimmung. Poppy hatte vom Weinen gerötete Augen, und weder sie noch Nikos sprachen viel. Dimitrios war schweigsam und verschlossen wie immer. Nur wenn er Christina anschaute, wurde sein Blick sanfter. Christina erklärte noch vor dem Kaffee, sie habe Kopfschmerzen, und ging auf ihr Zimmer.

Als Ria ihren Kaffee ausgetrunken hatte und aufstehen wollte, gab Dimitrios ihr ein Zeichen. „Ich muss mit dir sprechen. Komm einen Moment mit in den Garten." Gehorsam folgte sie ihm nach draußen, während Nikos und Poppy mürrisch vor ihren Tassen sitzen blieben.

„Für Christina war es ein größerer Schock, als sie zugibt", begann Dimitrios, sobald sie saßen. Es war schon dunkel, doch die Luft war noch warm. „Ich möchte nicht, dass sie sich bei den Hochzeitsvorbereitungen übernimmt und wieder krank wird. Würdest du hierbleiben und ihr helfen?"

Überrascht hob Ria den Kopf. „Hat sie es dir noch nicht erzählt?"

„Was?"

„Sie hat mich vorhin selbst gebeten, ihr zu helfen. Ich habe versprochen, so lange zu bleiben, wie sie mich braucht."

Seine Miene blieb unbewegt. „Ich danke dir." Es klang nicht sehr dankbar. „Soweit ich sehen kann, wird Poppy überhaupt keine Hilfe sein", fuhr er bissig fort.

Ria hatte das Gefühl, ihre Cousine verteidigen zu müssen, auch wenn sie insgeheim Dimitrios' Meinung war. „Poppy ist in Ordnung", behauptete sie unsicher. „Sie macht manchmal Dummheiten, aber sie hat ihr Herz auf dem richtigen Fleck, und ..."

„Ach, hat sie eins? Ich bin gespannt, wann sie es zeigen wird." Ria wollte antworten, doch er brachte sie mit einer Handbewegung zum Schweigen und rückte ein Stück näher. Rias Herz setzte einen Schlag aus. „Man kann auch zu loyal sein. Das müsstest du inzwischen eigentlich gelernt haben."

Wie gebannt sah Ria zu ihm auf.

„Wirst du dich an meiner Stelle um Christina kümmern?" Diesmal klang seine Stimme nicht befehlend, sondern bittend. Ria nickte heftig, ohne nachzudenken. Am liebsten hätte sie eine Hand ausgestreckt und Dimitrios' raue sonnengebräunte Wange gestreichelt.

Er strich ihr sanft über den Kopf hinunter zum Nacken und ließ nachdenklich ihr feines weiches Haar durch die Finger gleiten. Die Berührung ließ Ria erschauern.

„Wie süß du bist!", flüsterte er rau. Plötzlich wandte er sich ab und ließ die Hand sinken. „Jedenfalls wirst du eine Woche Ruhe vor mir haben."

„Warum?", fragte sie verwirrt.

„Ich muss geschäftlich ins Ausland. In den letzten beiden Wochen habe ich zu viel Zeit mit privaten Dingen vergeudet. Jetzt lässt sich die Reise nicht länger aufschieben." Er drehte sich wieder zu ihr um. „Wirst du mich vermissen?"

„Ja", antwortete sie einfach und senkte den Blick. Sie hatte Angst, sich zu verraten.

Forschend betrachtete er ihr Gesicht. „Wir haben noch einiges zu klären, du und ich. Das muss warten, bis ich wieder da bin. Fürs Erste mag das hier genügen."

Endlich tat er, worauf sie unbewusst die ganze Zeit gehofft hatte. Er beugte sich über sie und küsste sie warm auf die Lippen. Es war ein sanfter, zärtlicher, unerträglich süßer Kuss, ohne jede Leidenschaft, aber voll Verheißung. Er berührte Ria mehr als alles, was bisher zwischen ihnen geschehen war. Als Dimitrios sich wieder von ihr löste, bemerkte sie, dass er die Hände in den Taschen zu Fäusten geballt hatte, als müsste er sich an die Kandare nehmen.

„Ich möchte nicht, dass du dich vor mir fürchtest." Er sprach so leise, dass Ria ihn kaum verstand. Nachdenklich und leicht belustigt schüttelte er den Kopf. „Unschuld ist eine furchtbare Waffe."

Verständnislos sah sie zu ihm auf. Er strich ihr kurz über die Wange, stand dann auf und verschwand im Dunkeln. Gleich darauf hörte Ria ihn nach den Hunden pfeifen.

Ich werde ihn nie begreifen!, dachte sie mutlos. Mal schien er sie zu hassen, und im nächsten Moment … „Er begehrt mich, das ist alles“, flüsterte sie vor sich hin und versuchte, die aufkeimende Hoffnung in ihrem Herzen zu ersticken. Schließlich war er ein sinnlicher Mann, und wahrscheinlich konnte er jede Frau haben, die er wollte. Und das hieß, dass er in ihr, Ria, nur eine interessante Abwechslung sah. Vielleicht reizte sie ihn, weil sie seiner ersten Liebe ähnelte.

„Vergiss das nicht, Dummkopf!“, befahl sie sich leise mit tränenerstickter Stimme. „Du wärst nur eine von vielen Geliebten.“

Als Ria am nächsten Morgen müde das Esszimmer betrat, begrüßte Poppy sie laut und überschwänglich. „Hallo, Ria! Na, du Schlafmütze? Komm, frühstücke endlich. Wir sind fast fertig. Diese Seeluft macht mich ganz hungrig.“

Nikos, der neben Poppy saß, hatte ihr einen Arm um die Schulter gelegt und lächelte sie nachsichtig an.

Den Grund für Poppys Stimmungsumschwung sollte Ria sofort erfahren. „Dimitrios will uns ein Haus zeigen. Wir fahren gleich los. Wenn du willst, kannst du mitkommen.“

„Ein Haus?“, wiederholte Ria ungläubig.

„Ja, du Dummkopf. Vier Wände und ein Dach. Kapiert?“

„Könnt ihr euch denn das überhaupt leisten? Vielleicht solltet ihr lieber eine Wohnung …“

„Es ist ein Hochzeitsgeschenk!“, rief Dimitrios durch die offene Tür aus dem Nachbarzimmer.

Sie fuhren alle zusammen. Ria schaute Nikos an, der vielsagend die Schultern zuckte. „Hunde, die bellen, beißen nicht“, meinte er leise, jedoch nicht leise genug.

„Ich kann auch beißen, verlass dich darauf.“ Dimitrios erschien auf der Türschwelle. Er trug einen leichten grauen Anzug und ein weißes Hemd, und sein Gesicht war frisch rasiert.

Poppy stand auf. „Kommst du mit, Ria?“

Ria schüttelte den Kopf. Sie fühlte sich lächerlich ausgeschlossen. Die anderen hatten offenbar ohne sie fahren wollen.

„Natürlich kommt sie mit!“, antwortete Dimitrios so unfreundlich, dass Poppy errötete. „Was meinst du, auf wen ich die ganze Zeit warte? Aber erst muss sie frühstücken." Schmollend setzte Poppy sich wieder.

Die Fahrt im Landrover dauerte etwa eine halbe Stunde. Ria saß vorn neben Dimitrios, und obwohl sie sich auf die faszinierende Landschaft zu konzentrieren versuchte, war sie sich seiner Nähe nur zu deutlich bewusst. Nikos und Poppy saßen aneinandergeschmiegt auf dem Rücksitz. Von Zeit zu Zeit drangen Kichern oder leises Seufzen nach vorn.

Einmal begegnete Ria Dimitrios' Blick. „Soll ich Nikos bitten, dass er fährt?", fragte er, und als Ria unwillkürlich errötete, lachte er leise.

Schließlich kamen sie an würfelförmigen weißen Häusern vorbei, die in Grüppchen auf den Hängen der sonnenverbrannten braun-grünen Hügel standen. Hin und wieder erhaschte Ria einen Blick auf das ruhige türkisgrüne Meer und unverbaute weiße Strände. Die Wärme und die leuchtenden Farben taten ihr wohl. Zufrieden seufzte sie auf und streckte sich.

Dimitrios sah sie von der Seite an und lächelte warm und verständnisvoll. „Da freut man sich, dass man lebt, nicht wahr?"

Das Häuschen lag am Rand einer geschäftigen Kleinstadt inmitten eines kleinen, ummauerten Gartens. Durch ein großes Holztor betraten sie einen bezaubernden Hof. Der Boden war mit einem Mosaik aus winzigen Kieselsteinen ausgelegt, in der Mitte wuchs ein malerischer Feigenkaktus, und über der einen Hälfte wölbte sich ein Dach aus Wein- und Bougainvillearanken. Die alte Steinmauer war von blühenden, süß duftenden Sträuchern überwuchert.

Während Dimitrios die alte Holztür aufschloss, landeten zwei kleine Vögel flatternd auf einem Fensterbrett und beäugten die beiden Menschen neugierig. „Wie zwei Turteltauben", meinte Dimitrios zu Ria spöttisch und sah Nikos und Poppy nach, die gerade ins Haus gingen. „Sehr passend, findest du nicht?"

„Ich weiß nie, ob du etwas ernst meinst oder nicht." Sie wollte den anderen nach drinnen folgen.

Dimitrios hielt sie jedoch sanft zurück. „Soll ich es dir beibringen? Es würde bestimmt Spaß machen." Zufrieden beobachtete er, wie sie wieder errötete. „Ich fange gerade an zu glauben, dass das echt ist!" Er strich ihr mit dem Zeigefinger über die Wange und den Hals hinab bis zu der Stelle, wo unter der Haut ihr Puls klopfte.

„Bitte nicht!" Selbst seine Grausamkeit war leichter zu ertragen gewesen. Jede zärtliche Berührung machte Ria schmerzlich bewusst, dass ihr etwas verloren gegangen war, noch bevor sie es wirklich gefunden hatte.

Sofort trat er einen Schritt zurück, und seine Miene wurde hart. „Nettes kleines Haus, nicht wahr? Hier können sie ungestört streiten."

Die zynische Bemerkung verletzte sie, was er vermutlich beabsichtigt hatte. „Kann dich denn gar nichts rühren?", fragte sie traurig. „Auch wenn sie ab und zu Streit haben sollten, werden sie trotzdem glücklich sein. Wünschst du dir keine Frau, keine Kinder, mit denen du alles teilen kannst?"

Ganz kurz leuchtete etwas in seinen blauen Augen auf, dann schob er Ria vor sich ins Haus. „Komm, geh zu den anderen."

Poppy und Nikos waren von dem Haus begeistert. Es war erst vor Kurzem renoviert worden und besaß eine kleine, aber kompakte und modern ausgestattete Küche und ein schönes hellgekacheltes Bad. Eine schmale, steile Treppe führte zu zwei großen Schlafzimmern im ersten Stock, eins mit einem eingebauten Bett auf einer erhöhten Plattform. Vom Wohnzimmer im Erdgeschoss führten Glastüren in den kleinen Garten, wo Blumen und niedrige Sträucher in handbemalten Töpfen wuchsen. Insgesamt machte das Haus einen eleganten, aber auch fröhlichen Eindruck.

„Gefällt es euch?", fragte Dimitrios.

„Es ist wundervoll!", erklärte Poppy unsicher, und Nikos nickte bestätigend.

„Dann gehe ich jetzt die Einzelheiten klären." Dimitrios drehte sich um, verließ das Haus und ging über die staubige Straße auf eins der nahe gelegenen weißgestrichenen Häuser zu.

„Du hast seine Gefühle verletzt!", warf Nikos seiner Verlobten ungewöhnlich kühl vor.

„Sei nicht albern!" Hilfe suchend schaute Poppy Ria an. „Er hat gar keine Gefühle."

„Poppy!", fuhr Nikos sie an und sah plötzlich seinem Onkel sehr ähnlich. Poppys Augen füllten sich mit Tränen, doch Nikos bemerkte es nicht. Er war zur Tür gegangen und schaute seinem Onkel nach, der sich mit einer kleinen schwarz gekleideten alten Frau unterhielt. „Ihr wisst nichts über ihn. Er ist wie eine Auster. Die Schale ist hart, aber das Innere weich, und mitten drin ist eine Perle versteckt."

Poppy lachte ungläubig auf. „Na komm, Nikos. Wo war denn sein weiches Herz bei dem Gespräch gestern Vormittag? So wie er hat noch nie jemand mit mir geredet!"

„Dann wurde es vielleicht höchste Zeit!", rutschte es Ria unwillkürlich heraus. Wütend funkelte Poppy sie an.

Nikos drehte sich zu ihnen um. „Er tut so viel für die Menschen im Dorf!" Er wandte sich direkt an Ria. „Er hat eine Apotheke gebaut und bezahlt einen Arzt aus dem Krankenhaus in Marphos dafür, dass er dreimal pro Woche im Dorf Sprechstunde hält. In jedem Haus hat er ein Bad einbauen lassen …"

„Mich musst du nicht überzeugen", unterbrach Ria ihn sanft. „Ich bin nicht sein Feind."

Nikos schüttelte den Kopf. „Nein, hör mir zu. Ich möchte, dass du ihn verstehst."

Poppy schnaubte verächtlich. Nikos warf ihr einen vernichtenden Blick zu, fasste Ria am Arm und führte sie in den Hof hinaus. Durchs offene Tor beobachteten sie, wie Dimitrios hinter der alten Frau das weiße Haus betrat.

Nikos setzte sich neben Ria auf eine kleine Holzbank dicht an der Gartenmauer. „Weißt du, warum wir so viele Hunde haben?" Überrascht schaute Ria ihn an. Was hatten die Hunde damit zu tun?

„Sonst gibt es hier nur ein paar halb verhungerte Mischlinge. Griechische Familien halten nur selten Haustiere. Vor mehreren Jahren, als ich noch zur Schule ging, hat sich jedoch eine alte, exzentrische Französin hier in der Gegend niedergelassen. Sie hatte das ganze Haus voll Katzen und Hunde. Nach ihrem Tod haben ihre Verwandten das Haus verkauft, ohne sich um die Tiere zu kümmern. Sie sind verwildert und haben von Abfällen gelebt, bis einer der Hunde überfahren wurde. Dann hat mein Onkel davon erfahren. Er ist hingefahren, hat möglichst viele von den Tieren eingefangen und mit nach Hause genommen."

Lächelnd verzog Nikos das Gesicht. „Meine Mutter war außer sich. Allmählich hat sie sich jedoch an die Tiere gewöhnt. Jetzt beschwert sie sich höchstens, wenn eine der Katzen ihr eine tote Maus aufs Bett legt." Ria schauderte. „Einmal hat sie Dimitrios gefragt, warum er das getan habe. Weißt du, was er geantwortet hat? Dass man kein Lebewesen je verloren geben sollte."

Ria fand keine Antwort. Der Sinn dieser Worte berührte sie jedoch tief.

„Sie bricht dir gleich in Tränen aus."

Sie drehten sich um. Dimitrios stand am offenen Tor und wirkte alles andere als belustigt. Nikos beobachtete ihn sichtlich nervös. Dimitrios schien es zu bemerken, denn seine Miene entspannte sich etwas.

„Geh und erzählt deiner Liebsten, dass ich den Stein ins Rollen gebracht habe. In spätestens einem Monat wird alles erledigt sein. Die Frau, die hier nach dem Rechten sieht, meint, dass der Besitzer so schnell wie möglich verkaufen will."

„Danke, Dimitrios!", antwortete Nikos gedämpft. Seine Augen strahlten vor Freude.

Dimitrios ging zu ihm und umarmte ihn kurz. „Sieh zu, dass du glücklich wirst, Junge." Er schubste ihn aufs Haus zu. „Und beeilt euch ein wenig. Du musst mich bald zur Fabrik fahren."

Nachdem Nikos hineingegangen war, setzte Dimitrios sich neben Ria auf die Bank und schloss seufzend die Augen. Stille herrschte plötzlich. Aus dem Haus drang kein Laut zu ihnen, nur das Summen der Insekten war zu hören.

Unter den gesenkten Augenlidern hervor sah Ria ihn von der Seite an. Er hatte die Augen noch immer geschlossen, und seine

Gesichtszüge wirkten entspannt und sehr müde. Selbst in dem makellosen Anzug und den handgemachten Schuhen hatte er etwas von einem Banditen an sich.

„Bist du einverstanden?“, fragte er so unvermittelt, dass sie einen Moment lang befürchtete, er habe ihre Gedanken gelesen.

„Einverstanden?“

„Mit dem Haus“, erklärte er geduldig. „Gefällt es dir?“

„Es muss einem einfach gefallen!“, antwortete sie warm. „Es ist wundervoll. Du bist sehr großzügig zu den beiden, Dimitrios.“ Seit sie mit Nikos gesprochen hatte, spürte sie immer deutlicher die Aura von Einsamkeit, die Dimitrios ständig umgab.

„Ich bin nicht völlig herzlos.“ Er öffnete die Augen. „Das Glück meines Neffen bedeutet mir viel.“

„Und dein eigenes?“, wagte Ria zu fragen. „Denkst du jemals daran?“

„Vielleicht öfter als mir zusteht. Besonders in letzter Zeit.“ Unruhig verlagerte er das Gewicht auf der Bank, wobei sein kräftiger Oberschenkel leicht Rias Hüfte streifte. Sofort begann die Stelle zu prickeln.

Dimitrios drehte sich so, dass er Ria anschauen konnte. In seinen Augen lag der gleiche seltsam sehnsüchtige Ausdruck, den sie schon einmal bei ihm bemerkt hatte. „Du ahnst nicht, wie sehr Verbitterung einen Menschen verändert, Kleines. In dem, was du gestern zu mir gesagt hast, lag mehr Wahres, als dir bewusst war. Sie frisst einen innerlich auf, bis etwas für immer verloren geht. Unwiederbringlich. Jugend gehört zu Jugend.“ Ria spürte, dass sie den Faden verlor und ihr etwas Wichtiges entging. Dimitrios hörte sich so traurig an, und sie wusste nicht, wie sie ihm helfen konnte.

„Ich habe mich immer noch nicht für mein Verhalten bei Nikos’ und Poppys Ankunft entschuldigt. Ich hatte es vor, als ich gestern zu dir gekommen bin, und dann …“

Bei der Erinnerung, was dann geschehen war, wurde Ria flammend rot. „Du brauchst dich nicht zu entschuldigen“, antwortete sie schnell. „Ich hatte die Vorwürfe verdient. Außerdem habe ich sowieso nur die Hälfte verstanden.“

Einen Moment sah er ihr durchdringend in die Augen, dann lachte er erleichtert. „Soll das heißen, dass ich mich ganz umsonst so verausgabt habe?“

Sie wusste, dass er sie wieder necken wollte, doch das störte sie nicht. Wichtig war nur, dass er fröhlicher aussah. Ich liebe dich so!, dachte sie und senkte den Kopf so, dass das Haar ihr Gesicht verbarg. Vielleicht gab es doch noch Hoffnung? Ihre Liebe war stark genug für zwei.

„Bleib, wie du bist, Ria.“ Er küsste sie aufs Haar und stand auf. „Ich beginne gerade, an dich zu glauben.“

Während er zur Haustür ging, schaute er auf seine Armbanduhr. „Nikos!“ Seine Stimme klang plötzlich überhaupt nicht mehr sanft.

„Beweg dich, verdammt noch mal! Ich müsste längst da sein!“ Nach einer zehnminütigen Fahrt erreichten sie einen riesigen Fabrikkomplex, der von einem hohen Drahtzaun umgeben war und von Wachen mit Hunden gesichert wurde. Das Tor glitt vor dem Landrover auf. Dimitrios bremste so hart, dass der Wagen in einer Staubwolke zum Stehen kam, zog einen schwarzen Aktenkoffer unter dem Sitz hervor und sprang hinaus.

„Der Wagen gehört dir“, sagte er lächelnd zu Nikos. „Wenn alles gut geht, bin ich in einer Woche zurück.“ Er kam um den Wagen herum, und Ria befürchtete schon, er werde gehen, ohne sich von ihr zu verabschieden. An der Beifahrertür blieb er jedoch stehen.

„Steig einen Augenblick aus.“ Er reichte ihr eine Hand, half ihr von dem hohen Sitz herunter und führte sie hinter den Landrover, wo die Wachen sie nicht sehen konnten.

Fragend sah Ria zu ihm auf. Der Wind wehte ihr das Haar ins Gesicht. Sie reichte Dimitrios gerade bis zur Schulter.

„Ich werde eine Woche weg sein“, wiederholte er brüsk, während sie sich schweigend in die Augen sahen, dann bückte er sich, stellte den Aktenkoffer auf dem sandigen Boden ab und umarmte sie. „Ich habe kein Recht auf dich. Überhaupt kein Recht.“ Er küsste sie auf den Mund, erst sanft, dann, als sie die Lippen öffnete, immer inniger. Er hielt sie fest, aber sanft umschlungen, und sie nahm den berauschenden Duft seiner Haut war. Sie fühlte sich vollkommen sicher und geborgen.

Als sie sich auf die Zehenspitzen stellte, um ihm die Arme um den Nacken zu legen, hob er sie plötzlich hoch und drückte sie fest an sich. „Ich könnte dich auffressen!“, sagte er rau. „Weißt du überhaupt, was du mir antust?“

Nur ruhig Blut!, flüsterte eine Stimme in ihrem Innern. Sei vorsichtig, Mädchen. Erst vorgestern wollte er nichts mehr von dir wissen. Das ist mir egal!, antwortete Ria wild. Ich will nehmen, was er mir zu geben hat. Was kümmert mich die Zukunft?

Hinter ihnen hüstelte jemand diskret. Widerstrebend setzte Dimitrios Ria ab. „Pass gut auf Christina auf.“ Er hob den Aktenkoffer auf, küsste Ria auf die Wange und trat durchs Tor, ohne sich noch einmal umzuschauen.

Ria sah ihm lange nach. Ihre Kehle fühlte sich wie zugeschnürt an. Er hatte nichts versprochen, wahrscheinlich würde er es auch nie tun, und trotzdem wusste Ria ohne jeden Zweifel, dass sie bei ihm bleiben würde, bis er sie endgültig wegschickte.

Die nächsten Tage vergingen wie im Flug. Es gab viel zu tun, und nach zwei Tagen sah Christina schon so blass und schwach aus, dass Ria sich Sorgen zu machen begann. Sie hatte nicht vergessen, was sie Dimitrios versprochen hatte. Schließlich überredete sie Christina, von nun an im Bett zu bleiben. „Du kannst deine Anordnungen auch von dort aus geben“, erklärte sie ihr. „Außerdem brauchen wir jemand, der den Überblick behält.“

Nachdem für Christina gesorgt war, stürzte Ria sich förmlich in die Arbeit. Wenigstens konnte sie so den Schmerz über Dimitrios’ Abwesenheit betäuben. Wenn sie spätabends ins Bett sank, war sie zum Grübeln viel zu erschöpft.

Am dritten Tag rief Dimitrios am späten Nachmittag Christina an, während Ria gerade ausnahmsweise Pause machte und ein Glas Wein mit ihr trank. Die letzten Strahlen der Abendsonne tauchten das Zimmer in goldenes Licht.

Eine Zeit lang unterhielten die Geschwister sich auf Griechisch.

Einmal hörte Ria, wie Christina ihren Namen erwähnte. Gleich danach legte sie auf.

„Was habe ich nun wieder angestellt?", fragte Ria scherzhaft, aber auch besorgt.

Christina zuckte nur die Schultern und schien nicht antworten zu wollen.

„Hast du ihm erzählt, dass ich bei dir bin?" Als Christina widerstrebend nickte, zog sich Rias Herz schmerzlich zusammen. Er hatte also nicht eine Minute Zeit für sie erübrigen können. Wahrscheinlich dachte er kaum an sie. Aus den Augen, aus dem Sinn.

„Er war nicht allein, meine Liebe", versuchte Christina sie zu trösten. „Deshalb konnte er nicht frei sprechen."

Ria nickte und versuchte, sich zusammenzunehmen. Sie wollte nicht, dass Christina sich Sorgen um sie machte. „Er hat bestimmt sehr viel zu tun." Zu ihrer Überraschung klang ihre Stimme fast wie immer.

Erleichtert stimmte Christina ihr zu, und dann redeten sie nicht mehr darüber. Doch so sehr Ria den Vorfall zu vergessen suchte, eine Spur von Unsicherheit blieb.

Eine Woche nach Dimitrios' Abreise begann Poppy Schwierigkeiten zu machen. Die Schwangerschaft führte dazu, dass sie sich oft unwohl fühlte, und das ließ sie bissig und reizbar werden. Ria war mehr als einmal kurz davor, sie anzuschreien, und gegen Ende des Tages begann selbst Nikos die Geduld zu verlieren.

Vor dem Abendessen saßen sie alle auf der Veranda und tranken eisgekühlten Fruchtsaft. Nicht weit entfernt lagen die Hunde auf dem Boden. Seit Dimitrios verreist war, waren sie nur noch halb so munter wie sonst, und Ria konnte sie gut verstehen.

„Kommt, wir gehen mit den Hunden unten am Hafen spazieren", schlug Nikos vor. „Das wird uns allen gut tun."

„Geht nur", stimmte Christina zu. „Wir essen frühestens in einer Stunde."

Es dämmerte schon. Sie schlenderten am Meeresufer entlang, unterhielten sich gedämpft, hörten dem leisen Rauschen der Brandung zu, und Ria entspannte sich allmählich. In letzter Zeit war sie immer so nervös gewesen. Vielleicht wurde es besser, wenn Dimitrios wieder da war. Nikos und Poppy gingen Hand in Hand, und Ria beneidete sie um diese Vertrautheit. Wieder musste sie an Dimitrios denken, diesen großen, dunklen Fremden, den sie noch immer so wenig verstand.

Als sie langsam zur Villa zurückkehrten, hatte der Wind aufgefrischt, und am Himmel funkelten die ersten Sterne wie winzige Diamanten. Sie betraten das Grundstück durchs Gartentor. Nikos hatte gerade einen Scherz gemacht, der sie alle zum Lachen brachte. Plötzlich spitzten alle Hunde auf einmal die Ohren, fingen freudig zu bellen an und stürzten durch den Garten aufs Haus zu.

„Dimitrios ist wieder da“, meinte Nikos ruhig.

Ria klopfte das Herz bis zum Hals. Sie fühlte sich so nervös wie eine Fünfzehnjährige vor der ersten Verabredung mit einem Freund. Unwillkürlich blieb sie hinter Nikos und Poppy zurück.

Zuerst hörte sie ihn die Hunde für ihren Überschwang schelten. Dann erschien er an der Terrassentür. Den Arm hatte er um eine große, schlanke rothaarige Frau gelegt, deren engsitzendes schwarzes Kleid alles offenbarte, was sie zu zeigen hatte.

8. KAPITEL

Kristie!“, rief Nikos überrascht aus und lief aufs Haus zu. Poppy blieb stehen, sodass Ria sie einholte. Gemeinsam beobachteten sie, wie Nikos die Fremde trotz ihrer schrillen Proteste hochhob und im Kreis herumwirbelte.

„Wer ist denn das?“, flüsterte Poppy beeindruckt. „Sieh dir bloß das Haar an! Und die Schuhe!“

Trotz der Wärme wurde Ria plötzlich kalt. Die rothaarige Frau schien Dimitrios sehr gut zu kennen. Lächelnd sah er zu, wie Nikos sie zu ihm trug, während sie sich anmutig wehrte.

„Benimm dich, Nikos!“, riet er ihm lachend. „Mit Kristie ist nicht zu spaßen! Das müsstest du inzwischen eigentlich wissen.“

„Ach, du!“ Schmollend verzog Kristie den Mund, während Nikos sie an Dimitrios vorbei ins Haus trug.

Dieser blieb jedoch draußen stehen und schaute zu Ria und Poppy hinüber. „Kommt, ich stelle euch Kristie vor.“

Von drinnen hörte man schrilles Rufen. Poppy presste die Lippen zusammen, richtete sich auf und ging hinein. Als Ria ihr folgen wollte, legte Dimitrios ihr eine Hand auf den Arm und zwang sie, ihn anzusehen.

„Danke für alles, was du getan hast“, sagte er sanft. „Christina hat mir erzählt, dass du bis zum Umfallen gearbeitet hast.“

„Es gibt immer noch viel zu erledigen“, erwiderte Ria verwirrt. Sie hatte ganz vergessen, wie groß und wie überwältigend männlich er war.

„Wir haben Zeit genug.“ Er fasste ihren Arm fester und schien weitersprechen zu wollen.

„Dimitrios … Liebling!“ Kristies Stimme hatte einen ausgeprägten amerikanischen Akzent. „Du hast mich noch gar nicht deiner kleinen Freundin vorgestellt!“ Kristie trat wieder auf die Veranda hinaus. Im Licht der vielen kleinen Lampen, die den Garten erleuchteten, funkelten ihre Augen grün.

Dimitrios machte sie förmlich miteinander bekannt und zog sie dann beide ins Haus.

„Wie geht es Ihnen?", fragte Ria und lächelte verhalten.

„Oh, mir geht es wundervoll. Nicht wahr, Liebling?" Lachend drehte Kristie sich auf einem Bein zu Dimitrios um, sodass er sie in seinen Armen auffangen musste. „Sehen Sie?"

Ihr Blick stellte eine Herausforderung dar, die nur eine andere Frau verstand. Dimitrios schien nichts zu bemerken, denn er gab Kristie spielerisch einen Klaps auf den Po und schob sie sanft von sich.

„Benimm dich, du böses Weib, sonst bringe ich dir Manieren bei."

„Oh, ja! Bitte!"

Poppy hob angewidert die Augenbrauen, was Ria jedoch nur vorübergehend tröstete, denn Kristie schob jedem der Männer besitzergreifend eine Hand unter den Arm und ging mit ihnen ins Esszimmer. Ria und Poppy blieben allein zurück.

„Was ist denn das für eine alte Schachtel?", fragte Poppy bissig.

„Keine Ahnung!", erwiderte Ria bedrückt. Obwohl sie Poppys Beschreibung sehr treffend fand, musste sie zugeben, dass Kristie auf ihre Art atemberaubend schön war. Sie war älter, als Ria zunächst gedacht hatte, etwa Mitte dreißig, aber ihre blasse Haut war makellos, ihre grünen Augen leuchteten wie Smaragde, ihr langes rotes Haar war natürlich gewellt, und ihre Figur war üppig und vollkommen geformt.

Beim Sherry stellte sich heraus, dass Kristie eine entfernte Cousine war. „Sehr entfernt", betonte sie und schaute Dimitrios bedeutungsvoll an. „Wir haben uns erst vor einigen Jahren gefunden, nicht wahr, Liebling?" Sie saß dicht neben ihm, fast auf seinem Schoß, und strich ihm immer wieder neckend über den Arm. Ihre Hände waren mit Ringen überladen.

„Als ich während einer Geschäftsreise in Amerika war", bestätigte Dimitrios etwas unbehaglich. „Meine Tante hatte mich gebeten, mich mit Kristie in Verbindung zu setzen. Kristie ging es damals nicht gut."

Weshalb nicht, schien er nicht erklären zu wollen, doch Kristie kannte keine solchen Hemmungen. „Wir sind doch unter Freunden, Liebling!", säuselte sie und klimperte so übertrieben mit den

Wimpern, dass Poppy auflachte und das Gesicht an Rias Schulter verbarg.

„Ich wurde damals nämlich gerade geschieden", wandte Kristie sich direkt an Ria. „Es war schrecklich. Mein Exmann machte nichts als Schwierigkeiten. Ich brauchte dringend jemand, bei dem ich mich ausweinen konnte. Dimitrios hat mir sehr geholfen."

„Ich habe getan, was ich konnte", meinte Dimitrios geringschätzig.

„Und zwar sehr, sehr gut!" Die Anspielung war so unmissverständlich, dass alle verlegen hin und her rutschten und Dimitrios sie hastig bat, am Tisch Platz zu nehmen.

„Ich halte das nicht aus!", flüsterte Poppy Ria ins Ohr. Auch während des Essens stand Kristie im Mittelpunkt. Geschickt hatte sie das Gespräch auf alte Erinnerungen gebracht, sodass Ria und Poppy völlig ausgeschlossen waren. „Sie erinnert mich an einen Vampir aus einem alten Horrorfilm!"

„Den Männern scheint sie zu gefallen!", erwiderte Ria ratlos. Gerade lächelten sie wieder nachsichtig über einen von Kristies Scherzen. Es war offensichtlich, dass Kristie und Dimitrios nicht nur Freunde waren.

Als der Abend endlich vorbei war und sie alle am Fuß der Treppe standen und einander gute Nacht sagten, nahm Dimitrios Ria beiseite. „Ich habe Christina erlaubt, morgen aufzustehen, vorausgesetzt sie ist vorsichtig." Ria nickte zustimmend. „Es tut mir leid, Ria. Der Abend war nicht sehr unterhaltsam für dich, nicht wahr?"

„Das macht nichts", erwiderte sie kühl. Sie war entschlossen, sich nicht anmerken zu lassen, wie sehr seine Vertraulichkeiten mit Kristie sie verletzt hatten. „Ich bin schließlich nicht zum Vergnügen hier."

Sein Blick wurde etwas härter. „Kristie wird sich bald eingelebt haben", sagte er jedoch nur entschuldigend. „Heute Abend war sie leicht überdreht. Seit ihrem letzten Besuch sind einige Monate vergangen, deshalb hatten wir einiges nachzuholen."

„Ach so." Insgeheim fragte sie sich, wie es kam, dass dieser sonst so scharfsinnige Mann die feindselige Spannung zwischen ihr und

Kristie nicht bemerkt hatte.

In diesem Moment trat Kristie zu ihnen. „Gute Nacht, Ria", sagte sie leise und überfreundlich. „Ich bin so froh, dass wir uns kennengelernt haben. Wir müssen uns morgen einmal gründlich unterhalten."

„Gute Nacht, Kristie." Ria spürte, wie genau Kristie sie und Dimitrios beobachtete. „Ich fürchte, ich werde bis zum Abend mit Hochzeitsvorbereitungen beschäftigt sein. Wenn Sie wollen, können Sie mir gern helfen."

„Keine Sorge", antwortete Kristie unbeschwert. „Sicher kann ich Dimitrios dazu überreden, dass er sich einen Tag freinimmt und mir Gesellschaft leistet. Wozu hat man schließlich Geld, wenn man seinen Reichtum nie genießt?"

Entschieden schüttelte Dimitrios den Kopf. „Ausgeschlossen, Kristie. Ich war eine Woche verreist und muss viel aufarbeiten. Ria würde sich bestimmt über Hilfe freuen. – Das gilt auch für dich, Poppy. Du könntest endlich einmal etwas tun."

Poppy kehrte ihm schweigend den Rücken zu und stolzierte die Treppe hinauf. Kristie dagegen lächelte weiter, auch wenn es sie offenbar Mühe kostete. „Aber wir waren bisher nur die paar Stunden im Flugzeug zusammen!", bettelte sie. „Du hast dich letzte Woche kaum um mich gekümmert!"

„Es war eine Geschäftsreise, Kristie", erklärte Dimitrios geduldig. „Ich habe von sieben Uhr morgens bis spät in die Nacht gearbeitet. Ich hatte einfach keine Zeit."

„Schon gut, Liebling." Strahlend lächelnd gab sie plötzlich nach, schob ihre Hand unter seinen Arm und zog ihn zur Treppe. „Ich verzeihe dir, vorausgesetzt, du holst das Versäumte bald nach. Du musst doch auch einmal abschalten ..." Mit Unschuldsmiene drehte sie sich zu Ria um. „Ach, bitte richten Sie Rosa aus, dass ich noch ein Glas heiße Milch möchte, ja?"

Sie behandelt mich wie eine Hausangestellte, dachte Ria rebellisch. Trotzdem, Kristie hatte Stil, das musste man ihr einfach lassen. Sie manipulierte ihre Mitmenschen mit geradezu beneidenswerter Leichtigkeit.

Am nächsten Morgen erschien Kristie in einem fast unanständigen dünnen Negligé schön zurechtgemacht zum Frühstück, blieb, bis die Männer zur Arbeit gefahren waren, und ließ sich danach den ganzen Vormittag nicht mehr blicken. Die nächsten Tage verliefen genauso. Mittags aß Kristie manchmal mit Christina, danach schlenderte sie im Garten oder im Haus umher, las Zeitschriften und ließ sich von Rosa ein eisgekühltes Getränk nach dem anderen bringen. Immer war sie perfekt gekleidet, und ihre Frisur saß tadellos.

Nach der ersten Begegnung hatten Kristie und Poppy sich stillschweigend darauf geeinigt, sich gegenseitig zu ignorieren, aber aus irgendeinem Grund konnte Kristie Ria nicht in Frieden lassen. Kalt und boshaft beobachtete sie jede ihrer Bewegungen und machte ihr immer wieder angeblich hilfreiche Vorschläge, hinter denen sie jedes Mal eine Bosheit verbarg.

Die Abende waren für Ria am allerschwersten zu ertragen. Sobald Dimitrios nach Hause kam, klammerte Kristie sich an ihn und ließ ihn nicht mehr los. Von Zeit zu Zeit seufzte sie, als wäre sie völlig erschöpft, wobei sie Ria und Poppy trotzig anschaute, wie um ihren Widerspruch herauszufordern.

Ria ging Dimitrios immer mehr aus dem Weg. Abends zog sie sich gleich nach dem Essen auf ihr Zimmer zurück und kam morgens erst zum Frühstück herunter, wenn er schon zur Arbeit gefahren war. Sie wusste, dass sie damit Kristie direkt in die Hände spielte, konnte es aber nicht ändern.

Als Ria am vierten Abend nach Kristies Ankunft gerade ins Bett gehen wollte, klopfte es leise an der Tür. Ria dachte, es sei Rosa, denn Christina hatte darauf bestanden, dass die Haushälterin ihr jeden Abend ein Glas warme Milch brachte, weil Ria angeblich zu dünn wurde. Also zog sie nur einen kurzen Bademantel über, ging zur Tür und öffnete.

Draußen stand Dimitrios, die Hände arrogant in die Hüften gestemmt und die Lippen drohend zusammengepresst. „Ich muss mit dir sprechen." Er schob sich an Ria vorbei ins Zimmer, und dabei nahm sie einen Hauch von Kristies schwerem Parfum an ihm wahr.

„Also?“ Er wartete, bis Ria die Tür geschlossen hatte, verschränkte die Arme vor der Brust und sah Ria finster an. „Erzählst du mir freiwillig, was los ist, oder muss ich dich dazu zwingen?“

„Ich weiß gar nicht, wovon du sprichst“, behauptete Ria trotzig. Noch immer glaubte sie, Kristies Parfum einzuatmen.

„Wirklich nicht?“ Gereizt betrachtete er sie von oben bis unten. „Dann bilde ich mir das Ganze wohl ein?“ Als sie schwieg, wurde sein Blick noch härter. „Hör zu, meine Liebe, ich will wissen, warum du jedes Mal wie ein verschrecktes Kaninchen davonläufst, wenn du mich siehst, und ich gehe nicht, bevor du es mir gesagt hast!“ Während er den wenig schmeichelhaften Vergleich zog, funkelte Ria Dimitrios zornig an, gab aber weiter keine Antwort. „Kristie hat angedeutet, dass dir die Arbeit über den Kopf wächst. Stimmt das?“

„Nein! Sie soll ihre Meinung gefälligst für sich behalten!“

„Was soll denn das heißen?“ Er strich sich mit einer Hand durchs schwarze Haar. „Sie wollte dir doch nur helfen!“

„Das wäre das erste Mal!“ Sofort bereute sie, was sie gesagt hatte. Jetzt würde er sie auch noch für kleinlich halten.

„Ich will wissen, was mit dir los ist!“ Anscheinend war er mit seiner Geduld fast am Ende. „Vor meiner Abreise haben wir uns noch blendend verstanden, und jetzt …“

Blendend verstanden! Und sie hatte so viel Hoffnung an diese Zeit geknüpft! Es überwältigte sie fast, ihn so lässig davon sprechen zu hören. Lieber würde sie sterben, als ihm zu verraten, dass sie es nicht aushielt, ihn mit Kristie zu sehen. Diese Genugtuung wollte sie ihm nicht geben.

„Es geht mir ausgezeichnet“, erklärte sie abweisend. „Nur weil ich nicht jede Minute in deiner Nähe verbringen will, bin ich noch längst nicht krank! Du bist nämlich nicht unwiderstehlich, auch wenn du das zu glauben scheinst!“

„Das darf doch nicht wahr sein! Wer hat denn verlangt, dass du jede Minute mit mir verbringst?“

„Na, du bestimmt nicht!“, fuhr Ria ihn an. Sie wusste, dass sie Unsinn redete, doch es war ihr einerlei. „Und ich würde es auch gar nicht wollen!“

„Nein?“ Er presste grimmig die Lippen zusammen, und bevor sie es verhindern konnte, zog er sie an sich und küsste sie verlangend auf den Mund.

Im ersten Moment war Ria wie gelähmt, dann flammte heißer Zorn in ihr auf. Das ließ sie nicht noch einmal mit sich machen! Er dachte wohl, er könne sie tagelang vernachlässigen und sie würde ihm trotzdem dankbar um den Hals fallen, sobald er sich ihr gnädig wieder zuwandte?

Ohne Vorwarnung trat sie ihm gegen das Schienbein. Er zuckte zusammen, drückte sie aber nur noch fester an sich, und auch als sie sich in seinen Armen wand und ihm mit den Fäusten auf den muskulösen Rücken trommelte, ließ er sie nicht los. Sein Mund bekam einen grausamen Zug. Ria schmeckte Blut auf den Lippen.

Dass ihr Bademantel aufgegangen war, merkte sie erst, als Dimitrios sie rückwärts aufs Bett stieß. Schwer atmend kniete er über ihr, hielt ihre Arme über ihrem Kopf fest und betrachtete ihren nackten Körper.

Ria schloss die Augen, als könnte sie dadurch die Wirklichkeit aussperren. Tränen glitten unter den geschlossenen Lidern hervor und über die Wangen, doch Ria gab keinen Laut von sich. Sie wollte sich nicht noch mehr demütigen, indem sie Dimitrios anflehte, sie loszulassen.

Mehrere Sekunden verstrichen, dann hörte sie Dimitrios gequält aufstöhnen. Er ließ ihre Arme los. Sofort rollte sie sich schutzsuchend eng zusammen. Mit einem Finger berührte er ganz leicht ihr nasses Gesicht.

„Was machst du nur mit mir?“ Seine Stimme klang so verzerrt, dass Ria ihn kaum verstand. Er wickelte den Bademantel wieder um sie, zog sie hoch und drückte sie an seine Brust. Sein Herzschlag dröhnte ihr in den Ohren. Vor Scham und Angst blieb sie steif sitzen, und nach einer Weile stand er auf und betrachtete grimmig ihr blasses Gesicht und die bebenden, geschwollenen Lippen.

„Ich will dich nicht noch mehr beleidigen, indem ich dich um Vergebung bitte. Ich kann nur sagen, dass ich mein Verhalten tief bedaure. Es wird nie wieder geschehen, das verspreche ich dir. Falls du trotzdem das Gefühl hast, nach England zurückkehren zu müssen, werde ich dafür sorgen, dass du morgen abreisen kannst."

„Ich bleibe bis zur Hochzeit. Ich halte mein Wort", erwiderte sie, ohne die Augen zu öffnen.

Erst als sie hörte, wie die Tür ins Schloss fiel, hob Ria den Kopf. Sie war allein. Dort, wo in ihrem Herzen die Liebe zu ihm gewohnt hatte, spürte sie nichts als Leere. Sie würde ihm nie verzeihen. Nie.

Am nächsten Vormittag ging Ria mit Christina Listen von Bestellungen für das Hochzeitsfest durch. Obwohl es Ria trotz Make-up nicht gelungen war, ihre geschwollenen Lippen und die tiefen Schatten unter ihren Augen zu vertuschen, machte Christina zunächst keine Bemerkung dazu, sondern schaute Ria nur von Zeit zu Zeit besorgt an.

Beim Frühstück hatte Ria erfahren, dass Dimitrios in aller Frühe zu einer zweitägigen Reise auf eine der Inseln aufgebrochen war. Kristie begleitete ihn.

„Sie hat sich ganz plötzlich dazu entschlossen", hatte Nikos missbilligend erzählt, und Poppy hatte tröstend nach Rias Hand gegriffen.

Das Mitgefühl der beiden hatte ihr gutgetan, doch die Ereignisse der letzten Nacht hatten sie so erschüttert, dass sie kaum wahrnahm, was um sie vorging. Erst lange nachdem Dimitrios ihr Zimmer verlassen hatte, war ihr bewusst geworden, wie leblos und hoffnungslos seine Stimme bei den letzten Worten geklungen hatte. Sie stand vor den Scherben ihrer Wünsche und Träume und besaß nicht einmal mehr die Kraft zu trauern. Eine lähmende Betäubung hatte von ihr Besitz ergriffen, und Ria war dankbar dafür.

„Geteiltes Leid ist halbes Leid", meinte Christina, nachdem sie die letzte Liste durchgesprochen hatten.

Ria schaute sie nur stumm an. Sie wollte nicht mit Christina darüber sprechen. Der eisige Panzer um ihr Herz könnte schmelzen und der Schmerz zurückkehren.

„Na komm, Ria“, drängte Christina sanft. „Ich bin nicht blind, auch wenn ich die meiste Zeit in meinem Zimmer eingesperrt bin. Seit Kristies Ankunft bist du völlig verändert. Macht sie dir Schwierigkeiten?“

Ihr Mitgefühl war zu viel für Ria. Ihre Augen füllten sich mit Tränen. Sie sprang auf und wollte das Zimmer verlassen, doch Christina legte ihr tröstend einen Arm um die Schultern und führte sie auf den Balkon hinaus, wo Rosa ihnen ein zweites Frühstück serviert hatte.

Christina goss ihnen beiden Kaffee ein und zwang Ria, einige Schlucke zu trinken. „Gut, und jetzt lass uns der Sache auf den Grund gehen. Du darfst Kristie nicht zu ernst nehmen, Ria. Sie behandelt jede attraktive ungebundene Frau unter Sechzig so. Das hat nichts mit dir zu tun.“

„Christina, es liegt nicht nur an Kristie“, widersprach Ria bedrückt.

„An wem dann? An Dimitrios?“ Als Ria erschrocken aufsah, schüttelte Christina sanft den Kopf. „Drängt er dich zu sehr? Geduld war noch nie seine Stärke.“

„Ob er mich drängt?“

„Na, du weißt doch sicher, was er für dich empfindet?“, fragte Christina etwas ungeduldig. Dann schien sie zu erkennen, dass Ria wirklich nicht verstand, worauf sie hinauswollte. „Du weißt wirklich nicht, wie gern er dich hat? Hast du nie bemerkt, wie sich sein Gesichtsausdruck verändert, wann immer er dich anschaut?“ Nachdenklich sah sie Ria an. „Nein, anscheinend nicht.“

„Du irrst dich!“, antwortete Ria. „Sei Kristie hier ist, hat er sich nicht um mich gekümmert, und jetzt hat er sie sogar auf diese Reise mitgenommen. Manchmal glaube ich, dass er mich richtig hasst.“ Ihre Unterlippe begannen zu beben.

„Liebe und Hass sind eng miteinander verwandt. Man kann sie sehr leicht verwechseln.“

„Dimitrios liebt mich nicht“, widersprach Ria traurig. „Er findet mich nicht einmal besonders nett. Er fühlt sich körperlich zu mir hingezogen, weil ich Caroline ähnlich sehe, das ist alles. Wir streiten dauernd."

„Und du?" Christina beobachtete ihr Gesicht. „Was fühlst du?"

Ria sah ihr in die Augen, und der Wunsch, ihren geheimen Kummer mit jemand zu teilen, wurde überwältigend groß. „Ich liebe ihn." Es erschreckte sie, die Worte laut ausgesprochen zu hören. „Aber bitte sag es ihm nicht. Es würde ihn nur in Verlegenheit bringen. Ich möchte nicht, dass er mich bemitleidet."

„Ich werde es ihm bestimmt nicht verraten!", versicherte Christina streng. „Das wirst du selbst tun. Sobald er nach Hause kommt."

„Das kann ich nicht! Verstehst du das nicht, Christina? Er hat Kristie mit auf die Reise genommen, weil er mit ihr allein sein wollte. Benimmt sich so ein Mann, der eine andere liebt?"

„Woher willst du wissen, dass sie allein verreist sind? Hat Dimitrios dir das gesagt?"

„Nein", gab Ria unsicher zu. „Ich habe einfach vermutet ..."

„Hier wird ein bisschen viel vermutet, wenn du mich fragst. Das bringt immer Ärger mit sich, besonders wenn eine Frau wie Kristie im Spiel ist. Du musst mir glauben, Ria. Wenn Dimitrios Kristie wollte, hätte er sie schon vor Jahren haben können. Ich will nicht abstreiten, dass sie anfangs mehr als nur gute Freunde waren, aber Dimitrios hat bald das Interesse an ihr verloren. Leider gibt Kristie niemand so leicht her, den sie einmal besessen hat. Ich fürchte, das liegt in der Familie", ergänzte sie ironisch.

Zum ersten Mal schöpfte Ria etwas Hoffnung. „Ich habe versucht, ihn zu hassen", flüsterte sie heiser. „Es geht nicht. Selbst wenn er ..." Sie schüttelte den Kopf. „Ich liebe ihn trotzdem."

„Dann sag es ihm. Er ist sehr stolz, Ria, und er ist schon einmal tief verletzt worden. Er wird seine Gefühle nicht so ohne weiteres zeigen. Du musst ihm zu verstehen geben, was du für ihn empfindest."

„Ich weiß nicht, ob ich das kann."

Christina schaute sie lange und durchdringend an. „Das musst du selbst entscheiden. Es kommt einfach nur darauf an, wie sehr du ihn willst, nicht wahr?"

Der Tag erschien Ria endlos. Gegen Abend war sie so erschöpft, dass sie nicht mit den anderen aß, sondern sich in ihrem Zimmer ins Bett legte. Sofort fiel sie in tiefen, traumlosen Schlaf.

Am nächsten Morgen fühlte sie sich ausgeruht und kräftiger. Im Laufe des Tages wurde sie jedoch immer unruhiger und angespannter, bis sie sich kaum noch auf etwas konzentrieren konnte. Am späten Nachmittag brach sie schließlich allein zu einem langen Spaziergang auf. Auf dem Rückweg kam sie am Hafen vorbei, wo die bunt gestrichenen Fischerboote verlassen in der Abendsonne lagen, während sich die Schatten immer weiter über das stille Wasser ausbreiteten.

Ria kehrte durch den Garten zum Haus zurück. Die Luft duftete nach wilden Rosen und Geißblatt, und in einem der Baumwipfel sang einsam ein Vogel. Ria blieb stehen und lauschte ihm.

„Ich wusste doch, dass ich Sie hier finden würde", hörte sie in diesem Augenblick Kristie spöttisch sagen. Ria fuhr herum. Kristie kam lässig den Weg vom Haus herab. Ihre blasse Haut schimmerte in der Dämmerung.

„Ja?" Unwillkürlich hob Ria das Kinn und richtete sich stolz auf.

Kristie lächelte kühl. „Dimitrios hat mir erzählt, dass Sie gleich nach der Hochzeit abreisen werden. Wartet in England jemand auf Sie?"

Ria zuckte nur die Schultern. Kristies gespielt freundlicher Tonfall ging ihr auf die Nerven.

Kristie senkte den Blick, sodass Ria ihren Gesichtsausdruck nicht erkennen konnte, pflückte gedankenverloren eine kleine Blume, die in einer Ritze der alten Gartenmauer wuchs, und zerdrückte sie zwischen den Fingern. „Wissen Sie, ich habe nämlich eine Neuigkeit für Sie. Sie werden begeistert sein. Aber wenn Sie so schnell abreisen, erfahren Sie es vielleicht gar nicht. Zurzeit ist es eigentlich noch ein Geheimnis."

„Wieso erwähnen Sie es dann überhaupt?", fragte Ria steif und voll böser Vorahnungen.

Schmollend verzog Kristie die hübschen vollen Lippen. „Ich

weiß, es ist schrecklich von mir, aber ich muss es einfach jemand erzählen. Außerdem sollen Sie es nicht als Letzte erfahren. Schließlich gehören Sie ja bald praktisch mit zur Familie, nicht wahr?“ Sie lächelte Ria an, doch ihr Augenausdruck war eiskalt.

„Dimitrios will, dass wir mit der Ankündigung bis nach der Hochzeit warten. Er möchte dem jungen Paar nicht die Show stehlen.“

„Mit welcher Ankündigung?“ Es gelang Ria, ruhig zu sprechen, doch ihr Gesicht war totenblass geworden.

„Sie haben es bestimmt schon erraten.“ Kristie lachte leise. „Dimitrios hat mich heute gebeten, seine Frau zu werden.“

Ungläubig schaute Ria sie an. Doch bevor sie antworten konnte, hielt Kristie ihr eine kleine Schachtel hin und ließ den Deckel aufschnappen. Darin lag ein wundervoller Ring: ein riesiger Smaragd, umgeben von einem Kranz aus Diamanten. Wie erstarrt schaute Ria ihn an.

„Ist er nicht schön?“, fragte Kristie leise. „Natürlich weiß alle Welt längst, dass Dimitrios und ich eines Tages heiraten werden. Dimitrios wollte erst sein Unternehmen so weit ausbauen, dass er sich mehrere Jahre daraus zurückziehen und eine eigene Familie gründen kann. Heute haben wir beschlossen, dass wir nicht mehr länger warten wollen.“

Kristie hatte Ria scharf beobachtet. Was sie sah, schien sie zu befriedigen, denn sie steckte die Schachtel wieder in die Tasche ihrer Seidenjacke und wandte sich zum Gehen. „Aber nicht vergessen: Sie dürfen es niemand erzählen! Ich möchte Poppy nichts verderben.“ Auf hohen Absätzen trippelte sie über den unebenen Weg zum Haus zurück.

Nachdem sie gegangen war, ließ sich Ria halb blind auf einen Gartenstuhl sinken und schaute wie betäubt vor sich hin. Also hatte Christina sich doch geirrt! Ich hätte es gleich wissen müssen!, dachte Ria verzweifelt. Es war zu schön, um wahr zu sein. Was soll ein Mann wie Dimitrios mit einem kleinen Niemand wie mir?

Einen Augenblick war sie kurz davor, völlig in dem Abgrund zu versinken, den Kristies Worte aufgerissen hatten. Dann kam ihr der Stolz zu Hilfe. Irgendwie würde sie auch das überstehen. Sie würde lächeln, plaudern und so tun, als wäre nichts geschehen. In wenigen Tagen konnte sie nach England zurückkehren, und dort würden ihre Wunden irgendwann heilen. Früher war sie auch ohne Dimitrios zurechtgekommen. Das würde ihr wieder gelingen. Sie ließ sich nicht unterkriegen.

„Hallo, Ria."

Dimitrios' Stimme war tief und klangvoll wie immer, doch der Blick, mit dem er Ria anschaute, war völlig ausdruckslos. Sie hätte ebenso gut eine Fremde sein können. Es versetzte Rias Hoffnungen endgültig den Todesstoß.

Wie im Traum war sie durch den dunklen Garten und über die Veranda auf das hell erleuchtete Wohnzimmer zugegangen, wo die anderen saßen und vor dem Abendessen noch etwas tranken. Poppy hatte sie fröhlich begrüßt, doch Ria hatte nur für Dimitrios Augen gehabt. Er saß neben Kristie auf einem der Sofas. Sein Gesichtsausdruck wirkte verschlossen und kalt.

„Wie war die Reise? Nett?" Es fiel Ria schwer, sich nicht zu verraten, denn Kristie hatte sich besitzergreifend bei Dimitrios untergehakt und saß, dicht an ihn geschmiegt, wie eine zufriedene Katze da.

„Erfolgreich." Er beugte sich zu Kristie herab, die ihm etwas ins Ohr flüsterte. Auf der anderen Seite des Raums rutschten Nikos und Poppy unbehaglich auf ihren Plätzen umher. Zur allgemeinen Erleichterung kam in diesem Moment Christina herein, und sie setzten sich zum Essen.

„Dimitrios war nicht mit ihr allein weg", teilte Poppy Ria später mit, als sie gemeinsam die Treppe hinauf und zu ihren Zimmern gingen. „Nikos hat ihn gefragt. Dimitrios hat sie nur mitgenommen, weil sie einkaufen wollte. Er war die ganze Zeit mit zwei anderen Männern zusammen. Er hat nicht einmal im selben Hotel übernachtet wie sie, und …"

„Das spielt keine Rolle", unterbrach Ria ihre Cousine so ausdruckslos, dass Poppy verstummte. Dimitrios hatte sie während des ganzen Abends nur angeschaut, wenn es sich nicht vermeiden ließ, und dann hatte nichts, nicht einmal Verlangen, in seinem Blick gelegen.

Sobald Ria in ihrem Zimmer allein war, zog sie die Sandaletten aus und trat barfuß auf den warmen Steinboden des Balkons hinaus. Sie hatte heftige Kopfschmerzen und fühlte sich wie ausgelaugt. Das war der Preis dafür, dass sie den Abend so tapfer überstanden hatte. Nach einer Weile legte sie sich ermattet ins Bett, doch es dauerte endlose Stunden, bis sie endlich einschlief.

9. KAPITEL

Am nächsten Morgen bekam Kristie ein Telegramm, während sie alle beim Frühstück saßen. Beim Lesen presste sie die Lippen zusammen. „Verdammt!"

„Ärger?" Ohne großes Interesse ließ Dimitrios die Zeitung sinken.

Kristie lächelte ihn sanft an. „Mom hat wieder einmal einen Anfall, sonst nichts. Sie erwartet immer, dass ich alles stehen und liegen lasse, wenn sie nach mir ruft." Ihre Worte hatten einen so boshaften Unterton, dass Dimitrios erstaunt die Augenbrauen hob. Kristie errötete leicht und warf ihm einen wachsamen Blick zu.

„Ich wusste gar nicht, dass Joan krank ist", meinte Christina besorgt.

Kristie zerkrümelte ein kleines Brötchen zwischen den gepflegten Fingern. „Na, du kennst sie ja. Sie hat ständig etwas anderes. Letztes Mal war es eine Angina, und jetzt hat sich herausgestellt, dass eine ihrer Herzklappen nicht richtig arbeitet. Es ist nichts Schlimmes, aber sie erwartet …"

„Kristie!", fiel Christina ihr kalt ins Wort. „Seit ich deine Mutter kenne, hat sie nicht einmal über schlechte Gesundheit geklagt. Wenn sie dich braucht, wirst du mit dem nächsten Flugzeug abreisen. Bitte kümmere dich darum, Dimitrios."

Dimitrios lachte seine Schwester an und salutierte spöttisch. Kristies Gesicht war rot vor Zorn, sodass sie einen Moment lang fast hässlich aussah. Sie wollte protestieren, doch Dimitrios kam ihr zuvor. „Du wirst heute noch fliegen, Kristie." Sein Tonfall ließ keinen Widerspruch aufkommen, und Kristie wirkte plötzlich so geduckt, dass Ria beinahe Mitleid für sie empfand.

„Die ist erst einmal aus dem Verkehr gezogen", bemerkte Poppy zufrieden, als sie und Ria dem Auto nachschauten, in dem Nikos Kristie zum Flughafen brachte. „Alte Kuh!"

„Poppy!", rief Ria empört, musste aber fast lachen.

„Der Ausdruck ist nicht nach meinem Geschmack, aber mit dem Inhalt bin ich einverstanden", sagte Christina hinter ihnen trocken. Sie bat Ria, mit ihr auf die Veranda zu kommen, während sie Poppy mit kühlem, königlichem Nicken entließ. Bisher standen die Beziehungen zwischen Mutter und Schwiegertochter nicht zum Besten. Ria hoffte nur, dass sich das mit der Zeit bessern würde.

„Hast du mit Dimitrios gesprochen?“, fragte Christina, als sie wenig später draußen in der warmen Sonne saßen.

Müde schüttelte Ria den Kopf. „Nein. Ich habe mich dagegen entschieden.“

„Warum?“, fragte Christina überrascht.

Ria senkte den Blick. „Ich glaube nicht, dass es gut ginge.“

„Ach so.“

„Es würde zu viele Probleme geben. Ich fühle mich dem nicht gewachsen.“ Ria hasste es, Christina anlügen zu müssen, doch sie konnte ihr nicht von Dimitrios’ Verlobung erzählen. Das musste er selbst tun.

„Ich bin anderer Meinung, aber die Entscheidung liegt natürlich bei dir.“ Christinas Stimme klang so kühl, dass Rias Augen sich mit Tränen füllten.

„Bitte, Christina. Es hat sich nichts geändert, ich liebe ihn wirklich, aber ich kann einfach nicht …“

„Warum denn nicht?“ Als Christina merkte, wie unglücklich Ria aussah, wurde ihr Gesichtsausdruck weicher. Schützend legte sie ihr einen Arm um die Schultern. „Nein, schon gut. Ich werde nicht weiter fragen. Es tut mir leid, Ria. Ich hätte dich einfach gern in unsere Familie aufgenommen. Weißt du, ich mag dich sehr gern, und du würdest so gut zu meinem Bruder passen. Aber ich darf dich nicht drängen. Manchmal vergesse ich, wie jung du bist.“

Mit einem Spitzentaschentuch wischte sie Ria sanft die Tränen fort. „Wir werden nicht mehr darüber sprechen, meine Liebe, es sei denn, du möchtest es. Ich werde immer für dich da sein.“

„Ich danke dir.“ Ihre Freundlichkeit machte für Ria alles nur schlimmer. Gequält fragte sie sich, wie lange sie das noch durchhalten würde.

Nach Kristies Abreise entspannte sich die Atmosphäre in der Villa merklich. Nur wenn Dimitrios zu Hause war, wirkten alle nervös. Er kam abends gerade rechtzeitig zum Essen zurück, sprach während der ganzen Mahlzeit kein Wort und verschwand gleich anschließend in seinem Arbeitszimmer, wo er bis in die frühen Morgenstunden arbeitete. Sein gut aussehendes Gesicht wirkte starr und abgehärmt, seine Augen blickten eisig, und es ging etwas Finsteres von ihm aus, das Ria erschreckte.

Eines Morgens, etwa eine Woche vor dem Hochzeitstermin, saßen nur Ria, Poppy und Nikos auf der Veranda beim Frühstück. Christina frühstückte auf ihrem Zimmer, da sie sich nicht wohl fühlte, und Dimitrios hatte früh gegessen und war mit den Hunden spazieren gegangen.

Nikos aß eben den Rest eines köstlichen Fruchtsalats, den Rosa vorbereitet hatte. Plötzlich schlug er sich mit der Hand an die Stirn. „Das hätte ich fast vergessen, Poppy. Ich komme heute Abend erst spät nach Hause, also wartet nicht mit dem Essen auf uns."

„Warum?", fragte Poppy ungnädig. „Du bist auch so schon lange genug weg."

„Das lässt sich nicht ändern", versuchte Nikos sie zu besänftigen. „Nach unserer Hochzeit wird Dimitrios mir einen Monat freigeben. Außerdem wirst du immer tagsüber allein sein, weil ich arbeiten muss."

„Das ist etwas anderes, wie du ganz genau weißt." So leicht ließ Poppy sich nicht abspeisen. „Wieso kommst du heute Abend erst spät nach Hause?"

„Weil im Betrieb eine Feier stattfindet", erklärte Nikos unbehaglich. Anscheinend wusste er, dass die Antwort seiner hitzköpfigen Verlobten nicht gefallen würde. „Dimitrios arbeitet seit Monaten an einem Vertrag mit den Amerikanern. Jetzt haben sie eine Expertengruppe hergeschickt, die das Gelände sondieren soll. Wir haben beschlossen, für sie und unsere Angestellten samt Angehörigen eine Grillparty zu veranstalten. Amerikaner mögen so etwas", ergänzte er wenig überzeugend.

Empört sprang Poppy auf. „Du Mistkerl!" Ihre Augen funkelten. „Bin ich etwa keine Angehörige? Und Ria gehört zu mir! Wieso sind wir nicht auch eingeladen?"

„Weil ich Nikos gebeten hatte, die Party nicht zu erwähnen", unterbrach Dimitrios sie kalt. Er hatte gerade den Garten durch das kleine Tor betreten.

Bei seinem Anblick setzte Rias Herz einen Schlag aus. Sein Hemd stand am Hals offen, und seine Hose war feucht von der Gischt, sodass sich seine langen kräftigen Beine deutlich unter dem Stoff abzeichneten.

Dimitrios kam auf sie zu, ohne den Blick von Poppy abzuwenden. Sie ließ sich jedoch nicht einschüchtern. „Warum?" Trotzig warf sie den Kopf zurück. „Warum darf ich nicht mitkommen?"

„Nikos und ich gehen nicht auf die Party, um uns nett zu unterhalten, sondern um zu arbeiten, Poppy. Er wird keine Zeit haben, auf deine Launen einzugehen."

„Ich habe nicht verlangt, dass er sich um mich kümmert. Ich kann gut allein auf mich aufpassen!"

„Daran habe ich nie gezweifelt", erwiderte Dimitrios so verächtlich, dass Nikos aufsprang.

„Hör mal, Dimitrios ..."

Dieser fuhr zu ihm herum. „Du! Ich habe dir doch befohlen, ihr nichts davon zu erzählen. Wieso tust du nie, was man dir sagt?"

Die drei standen sich wie kampfbereite Soldaten gegenüber, während Ria entsetzt zuhörte. Insgeheim fragte sie sich, ob Dimitrios Poppy nicht eingeladen hatte, weil er sie, Ria, nicht dabeihaben wollte.

„Du brauchst keine Angst zu haben, dass ich Nikos belästige!", ging Poppy erneut zum Angriff über. „Ich werde den ganzen Abend kein Wort mit ihm sprechen. Ria wird mir Gesellschaft leisten. Wir können gegenseitig auf uns aufpassen." Flehend schaute sie Nikos an. „Bitte, Nikos. Ich bin ewig nicht mehr ausgegangen, und bald werde ich keine schicken Kleider mehr tragen können."

„Dimitrios?" Nikos drehte sich bittend zu ihm um.

Dimitrios fluchte leise. „Den Hundeblick kannst du dir bei mir sparen", sagte er kühl zu Poppy. „Ich bin immun dagegen. Komm mit, wenn du unbedingt willst, aber rechne nicht damit, dass du dich gut unterhältst. Und du wirst so lange bleiben, bis wir fertig sind, ob du müde bist oder nicht." Nach einem letzten wütenden

Blick auf Nikos verschwand er im Haus.

Gelassen setzte Poppy sich wieder. Sie sah fast aus, als hätte sie den Auftritt genossen. „Ich habe zwar schon höflichere Einladungen bekommen“, bemerkte sie zufrieden, „aber immerhin. Besser als gar nichts.“ Sie lächelte Ria kurz zu und sah dann unschuldig zu Nikos auf, der seinem Onkel immer noch verwirrt nachschaute.

Sie wird viel besser mit Dimitrios fertig als ich, dachte Ria fast neidisch.

„Du kommst doch mit, Ria?“, bat Poppy unvermittelt. Offenbar war ihr eingefallen, dass sie Ria noch gar nicht gefragt hatte, ob sie Lust dazu hatte.

„Jetzt kann ich wohl kaum noch ablehnen, oder?“, antwortete Ria trocken. Insgeheim bewunderte sie Poppy dafür, wie gut sie ihren Willen durchzusetzen verstand. Manchmal wünschte sie sich, ihrer Cousine in diesem Punkt etwas ähnlicher zu sein.

Zu der Grillparty zog Ria ein schwarzes Sonnenkleid aus Seide an, dessen engsitzende Taille und weitgeschnittener Rock ihre schlanke Figur betonten. Sie bürstete sich das Haar, bis es silbern glänzte, und ließ es offen über die Schultern fallen, wodurch ihre grauen Augen noch größer wirkten. Durch den vielen Sonnenschein hatte ihre glatte Haut eine goldbraune Farbe bekommen, sodass Ria an Make-up nur einen Hauch Lippenstift und etwas Maskara aufzutragen brauchte.

Poppy wartete am Fuß der Treppe auf sie. Sie trug ein limonenfarbenes Kleid und dazu passende Schuhe und sah jung und sehr hübsch aus. Als sie Ria erblickte, pfiff sie anerkennend.

„Wow! Du wirst sie alle umhauen, Baby!“

Bei ihrer Ankunft war die Party bereits in vollem Gang. Nikos stellte sie kurz einigen Gästen vor und verschwand dann im Gedränge, während Ria und Poppy etwas unsicher am Rand des Geschehens stehen blieben.

Auf dem Rasen hinter dem Bürogebäude der Fabrik waren etwa sechzig bis siebzig Erwachsene versammelt, außerdem unzählige Kinder jeden Alters, die sich geradezu vorbildlich benahmen. Es wurde rasch dunkel, und hundert kleine bunte Glaslaternen tauchten die Rasenflächen in warmes Licht. Poppy unterhielt sich bald mit einer hochschwangeren jungen Amerikanerin, während Ria tief in Gedanken etwas abseits stand.

„Ria! Schatz, bist du's wirklich?"

Überrascht sah Ria auf. Vor ihr stand ein großer blonder Amerikaner. „Frank!"

Er umarmte sie begeistert, hob sie hoch und wirbelte sie wie wild im Kreis herum, bis sie um Gnade bettelte.

„Was machst du denn hier?", fragten sie beide gleichzeitig und sanken sich lachend wieder in die Arme, ohne zu bemerken, dass sie über die Köpfe der anderen Gäste hinweg beobachtet wurden.

„Du siehst einfach hinreißend aus!" Franks attraktives Gesicht strahlte vor Freude. „Wo hast du dich die ganze Zeit versteckt?" Bewundernd betrachtete er sie von Kopf bis Fuß.

„Ich habe mich nicht versteckt! Ich bin mit Poppy hier. Sie ist mit Nikos verlobt. Die beiden werden in einigen Tagen heiraten, und so lange mache ich bei ihnen Urlaub. Kennst du Nikos?"

„Natürlich. Wir haben zwar meist mit seinem Onkel verhandelt, aber bei manchen Sitzungen war er auch dabei. Netter Junge." Das klang so gönnerhaft, dass Ria lächeln musste. Frank konnte nicht viel älter sein als Nikos. „Schade, dass wir uns nicht früher getroffen haben", fuhr Frank bedauernd fort. „Morgen fliegen wir wieder nach Hause."

Impulsiv küsste sie ihn leicht auf die Wange. Ria hatte Frank immer gemocht, und seine Freude über das Wiedersehen tat ihrem wunden Herzen wohl. Sie hatte ihn bei einer Werbeveranstaltung für Badeanzüge kennengelernt, kurz bevor sie die Arbeit als Mannequin aufgegeben hatte. Frank war von ihrer kühlen Schönheit sofort überwältigt gewesen. Er hatte bei jedem ihrer Auftritte zugeschaut und war ihr auch sonst auf Schritt und Tritt gefolgt, bis sie ihm schließlich sanft erklärt hatte, dass er nie mehr als ein Freund sein würde.

„Wann gehst du endlich wieder einmal mit mir aus?", fragte er auch jetzt ohne Umschweife.

Lächelnd und ein wenig traurig sah sie ihm in die Augen und legte ihm einen Finger auf die Lippen. „Nun fang nicht wieder damit an." Plötzlich wünschte sie sich, sie hätte sich in ihn verliebt statt in einen Mann, der ihre Gefühle ständig mit Füßen trat.

„Ich kann nicht anders!", antwortete er teils lachend, teils ernst, „ich könnte dich auffressen, du …"

„Nehmen Sie lieber etwas vom Grill, Frank, das dürfte Ihnen besser bekommen."

Sie fuhren herum. Dimitrios stand hinter ihnen, die Hände in den Taschen der maßgeschneiderten grauen Hose vergraben, und beobachtete sie kühl und ohne zu lächeln. „Ihr scheint euch gut zu kennen", fuhr er fort, und Ria spürte, dass er aus irgendeinem Grund sehr zornig war, auch wenn er äußerlich völlig entspannt wirkte.

„Und ob", bestätigte Frank leicht verwirrt. „Ria und ich sind alte Freunde." Lachend wandte er sich an alle. „Obwohl du bei unserer letzten Begegnung nicht so vollständig bekleidet warst!"

Seinen Worten folgte eisiges Schweigen. „Was soll das heißen?" Dimitrios' Augen blitzten verärgert auf. Noch nie hatte er so gefährlich ausgesehen. Einen Moment dachte Ria, er würde gleich zuschlagen. Frank schien dasselbe zu befürchten, denn er beobachtete Dimitrios wachsam wie ein Boxer den anderen.

„Dimitrios!" Ria stellte sich zwischen die beiden und hielt Dimitrios an den Armen fest. „Bitte, Dimitrios. Er hat es als Scherz gemeint!"

„Das war kein Scherz!", behauptete Dimitrios so scharf, dass die anderen Gäste sich neugierig umdrehten. Das Stimmengemurmel wurde leiser. Poppy stand nicht weit entfernt, und Ria hoffte nur, dass sie sich nicht auch noch einmischte.

„Sie haben recht", antwortete Frank ebenso grimmig. „Die Bemerkung war wohl etwas geschmacklos, aber da Sie Ria zu kennen scheinen, dachte ich, Sie würden wissen, was ich meine."

„Das war ein Irrtum. Erklären Sie es mir."

Während Frank noch unsicher zögerte und nach Worten suchte, begann Ria schnell und leise auf Dimitrios einzusprechen, ohne seine Arme loszulassen. „Wir haben uns vor zwei Jahren in England auf einer Modenschau kennengelernt. Damals habe ich Badeanzüge vorgeführt. Und als Frank das letzte Mal in London war, hat er mich eingeladen, einen Tag mit ihm und anderen am Swimmingpool eines Freundes zu verbringen. Dabei hatte ich einen der Badeanzüge an, die ich bei unserer ersten Begegnung vorgeführt hatte, und das fanden wir beide komisch. Mehr steckt nicht dahinter."

„Stimmt das?", fragte Dimitrios Frank.

„Ja", bestätigte Frank ebenso kurz angebunden. „Aber wenn Sie wissen wollen, ob ich mich für Ria interessiere, so kann ich das nur bejahen. Sogar sehr! Bisher hat sie meine Gefühle zwar nicht erwidert, doch ich werde es trotzdem weiter bei ihr versuchen."

Ria bewunderte seinen Mut. Frank war mindestens fünfzehn Zentimeter kleiner und etwa zehn Kilogramm leichter als Dimitrios, und dennoch ließ er sich nicht einschüchtern.

Eine Weile sahen sich die Männer schweigend in die Augen, wie Gegner in einem Duell. Plötzlich schien Dimitrios zu bemerken, dass sie beobachtet wurden, denn er entspannte sich, atmete tief ein und trat einen Schritt zurück. Ria ließ seine Arme los.

„Das steht Ihnen selbstverständlich frei", sagte er ruhig. „Wir kennen uns schon lange, Frank. Ich möchte mich nicht im Streit von Ihnen trennen."

Frank schaute ihn forschend an. „Einverstanden", erwiderte er trocken und reichte Dimitrios die Hand. Dimitrios ergriff sie.

„Damit hätte ich nicht mehr gerechnet", meinte Frank leise und wie zu sich selbst, und als Dimitrios rot wurde, lächelte er spöttisch. Dann wandte er sich an Ria. „Pass gut auf dich auf, Süße", sagte er sanft und bedauernd, drehte sich um und verschwand in der Menge.

Bevor Ria etwas sagen konnte, fasste Dimitrios sie am Arm und legte ihr einen Finger auf den Mund. „Ich werde dich jetzt zu einem Sessel bringen. Du wirst dich hinsetzen und nicht wieder aufstehen, und wenn der Himmel über dir einstürzt. Du wirst mit niemand, wirklich niemand von meinen Gästen mehr sprechen, sondern dich vollkommen still verhalten."

„Sei doch nicht so unvernünftig!", flüsterte Ria ihm wütend zu, während er sie wie eine Gefangene abführte. Die anderen Menschen machten ihnen Platz. „Ich habe nichts Schlimmes getan! Frank und ich haben uns zufällig getroffen. Ich wusste vorher nicht einmal, dass er in Griechenland ist! Wir haben uns nur unterhalten. Wieso musstest du deshalb ein solches Theater machen?“

„Bist du endlich fertig?“ Er hielt ihren Arm so fest, dass es schmerzte, und seine Stimme klang unterdrückt, als könnte er sich nur mühsam beherrschen. „Hast du nicht gemerkt, was für ein Schauspiel ihr meinen Angestellten geboten habt?“

Die ungerechte Anschuldigung verschlug Ria den Atem. Sie wollte stehen bleiben und widersprechen, doch Dimitrios packte noch fester zu. Seine Finger gruben sich in ihren Oberarm. „Du tust mir weh!“

„Das ist nichts im Vergleich zu dem, was ich gern tun würde.“ Er zog sie zum Rand der Rasenfläche, wo unter einer alten Zeder mehrere Gartenstühle standen und keine Leute waren. „Setz dich, und rühr dich nicht von der Stelle, bis ich wiederkomme. Hast du schon gegessen?“

„Wie bitte?“ Die Frage kam so überraschend, dass Ria dachte, sich verhört zu haben.

„Hast du schon gegessen?“, wiederholte er langsam und deutlich, als hätte er es mit einem widerspenstigen Kind zu tun. „Nein, ich habe noch nicht gegessen!“, antwortete sie im gleichen Tonfall.

Einen Moment lag fast so etwas wie Anerkennung in seinem Blick. „Treib es nicht zu weit!“ Er wandte sich zum Gehen. Als er wenig später zurückkehrte, war seine Miene zu Rias Erleichterung nicht mehr ganz so finster. Er trug ein Tablett, auf dem zwei mit Hühnchen, Beefsteak, Schinken, Salat und Röstkartoffeln beladene Teller, eine offene Flasche Wein und zwei Gläser standen.

„Iss das!“ Er breitete eine große Serviette auf Rias Schoß aus und reichte Ria einen der Teller und Besteck. Dann goss er Wein ein, stellte eins der Gläser neben sie auf den Boden, zog einen zweiten Stuhl heran und setzte sich so dicht neben sie, dass sie den würzigen Duft seines Rasierwassers wahrnahm. Sie waren praktisch allein. Ria spürte einen Kloß im Hals, sodass sie kaum essen konnte.

Hör auf damit, du Dummkopf!, ermahnte sie sich energisch. Er ist mit einer anderen verlobt!

Dimitrios schien das Essen gut zu schmecken. Entspannt beobachtete er eine Gruppe von Tänzern in traditionellen griechischen Kostümen, die in einiger Entfernung auf einer kleinen Bühne Volkstänze aufführten.

Nachdem Dimitrios und Ria alles aufgegessen hatten, blieben sie schweigend sitzen und tranken ab und zu von ihrem Wein. „Hast du immer noch Angst vor mir?“, fragte Dimitrios plötzlich. „Ich bin kein Ungeheuer, sondern ein ganz normaler Mann, der wie alle Menschen manchmal Fehler macht.“ In dem schwachen Licht wirkte sein Gesichtsausdruck jetzt sehr streng.

„Ich habe keine Angst vor dir!“, behauptete sie und hob stolz das Kinn.

Lächelnd beugte er sich vor. „Sehr überzeugend. Diesmal falle ich trotzdem nicht darauf herein. Eigentlich erstaunlich, wenn man bedenkt, wie sehr du mich schon getäuscht hast.“

„Du hast dir nie erklären lassen, warum ich so gehandelt habe. Interessieren dich meine Gründe gar nicht?“

„Schon möglich“, erwiderte er arrogant. „Ich habe gelernt, dass man sich in solchen Dingen am besten auf das eigene Urteil verlässt.“

„Oder Vorurteil.“ Sie wusste, dass sie mit ihrer Bemerkung einen Streit geradezu herausforderte, konnte ihren Ärger aber nicht mehr unterdrücken. „Manchmal glaube ich, du hast überhaupt kein Herz, was mich betrifft.“

„Sei vorsichtig“, warnte er sie sanft. „Ich könnte die Herausforderung annehmen, und das dürfte dir gar nicht gefallen.“ Er beugte sich so weit vor, dass sie seinen warmen Atem auf dem Gesicht spürte. „Ich weiß, dass ich mich neulich in deinem Zimmer unverzeihlich benommen habe, aber ich hatte gehofft, du würdest meine Entschuldigung trotzdem annehmen und den Vorfall vergessen.“

„Ich habe sie auch angenommen“, erwiderte Ria aufrichtig.

„Was ist es dann? Aus irgendeinem Grund bist du ungeheuer wütend auf mich. Seit ich aus Amerika zurück bin, lässt du mich nicht mehr an dich heran.“

„Vielleicht mag ich dich einfach nicht." Irgendwie musste sie ihn zum Schweigen bringen, bevor sie mit der Wahrheit herausplatzte: dass er ihr das Herz gebrochen hatte, dass sie über ihn und Kristie Bescheid wusste.

Er schien zu erstarren. „Schon möglich", gab er leise zu. „Wie können wir feststellen, ob es stimmt?"

Zu spät wurde ihr bewusst, dass sie zu weit gegangen war. Er zog sie grob aus dem Sessel und hinter den breiten Stamm der riesigen alten Zeder, sodass die anderen Gäste sie nicht sehen konnten. „So. Jetzt sag das Gleiche noch einmal", befahl er rau.

„Lass mich in Ruhe!" Ängstlich wich sie vor ihm zurück, bis sie die rissige Rinde des Stamms am nackten Rücken spürte. Wie ein finsterer Schatten ragte Dimitrios vor ihr auf.

„Du stellst meine Geduld auf eine harte Probe. Weißt du wirklich nicht, was du tust?" Sein Blick hatte nichts Weiches, nichts Zärtliches an sich.

„Bitte hör auf, Dimitrios." Vorsichtig legte sie ihm eine Hand auf die Wange. Ihre Finger bebten.

Seine Gesichtszüge entspannten sich, und ein seltsamer Ausdruck trat in seine Augen. „Was geschieht nur mit uns?", flüsterte er und schüttelte sehnsüchtig den Kopf. „Du gehst mir unter die Haut."

Seine sanften Worte berührten sie tief. Gegen seinen Zorn konnte sie ankämpfen, doch dieser verführerischen Zärtlichkeit war sie nicht gewachsen.

„Ich will dich", fuhr er selbstbewusster fort. „Das kann doch nicht falsch sein, oder?" Er zog sie an sich und küsste sie fordernd und verlangend auf den Mund.

Rias Körper reagierte sofort. Ohne es zu wollen, schmiegte sie sich an Dimitrios, während er die heißen Lippen über ihr Gesicht und ihren Hals gleiten ließ. Sobald er spürte, dass sie sich nicht wehrte, drehte er sich mit ihr um, bis er mit dem Rücken gegen den Baumstamm lehnte und sie nur noch mit den Armen festhielt. Schweratmend ließ er die Hände über ihren biegsamen Körper gleiten. „Mit deiner Art von Abneigung könnte ich leben", neckte er sie, und seine Augen hatten einen warmen Glanz.

Sie fühlte, wie er die Umarmung lockerte, als wollte er ihr absichtlich Gelegenheit geben, sich zu befreien, doch Ria brachte es nicht fertig, sich von ihm zu lösen.

„Weißt du eigentlich, was ich für dich empfinde?“, fragte er heiser.

Sie senkte den Kopf, sodass ihr Haar ihr Gesicht vor ihm verbarg. „Nicht genug“, antwortete sie mit bebender Stimme. Sie wollte mehr von ihm als nur verstohlene Umarmungen. Wenn sie sich ihm hingab, dann würde sie sich damit fürs ganze Leben an ihn binden, und dazu war er nicht mehr frei. Sie wollte ihn ganz, nicht nur seinen Körper.

Dimitrios schob sie etwas von sich. „Hör mir zu, Ria, ich muss dir etwas erklären. Etwas, das du wissen solltest.“

Ihr wurde kalt. Gleich würde er ihr von Kristie erzählen, und das konnte sie nicht ertragen. „Nein!“ Erschrocken wich sie zurück. „Ich will es nicht hören. Nichts, was du sagst, würde irgendetwas ändern. Es ist zu spät.“

„Ich verstehe“, antwortete er grimmig. „Dann habe ich mich also zum Narren gemacht.“

„Nein.“ Sie wollte ihn berühren, doch etwas in seinem Gesichtsausdruck hielt sie ab. „Das könntest du gar nicht.“

„Kein Mitleid, Ria“, warnte er sie kühl. „Ich war noch nie so kurz davor, eine Frau mit Gewalt zu nehmen. Geh jetzt zu den anderen zurück.“

Unsicher schaute sie zu ihm auf. „Dimitrios, du darfst nicht glauben …“

„Geh!“ Einen scheinbar endlosen Moment lang schauten sie sich schweigend in die Augen, dann schob Dimitrios sich grob an ihr vorbei und ging auf den erleuchteten Teil der Rasenfläche zu, ohne sich noch einmal umzudrehen.

Wenige Minuten, nachdem Ria zu den anderen Gästen zurückgekehrt war, gesellte Poppy sich zu ihr. Sie wirkte ungewöhnlich müde. „Wo um Himmels willen hast du dich versteckt?“, fragte sie besorgt. „Du siehst ja furchtbar aus. Was ist passiert?“

„Nichts“, erwiderte Ria ausdruckslos.

Poppy schnaubte verächtlich. „Nichts? Du verschwindest über eine Stunde lang mit unserem geschätzten Hausherrn, bei deiner Rückkehr machst du ein Gesicht wie eine Leiche, und es soll nichts passiert sein?“

„Bitte, Poppy.“ Mehr brachte Ria nicht heraus, und Poppy wurde klar, dass ihre Cousine kurz vor einem Zusammenbruch stand.

„Nikos hat uns ein Taxi bestellt“, erkläre sie sanft. „Ich wollte dir eigentlich sagen, dass du nicht mitkommen musst, aber vielleicht möchtest du ja?“

„Ja, gern.“

Erst als das Taxi vor der Villa anhielt und die Hunde im Haus wütend zu bellen begannen, kam Ria wieder halbwegs zu sich. Poppy schob sie durch die Haustür und in das stille Wohnzimmer, in dem eine einzelne Lampe brannte.

„Gut. Hier bleiben wir, bis du mir erzählt hast, was vor sich geht. Und wage es ja nicht, noch einmal ‚nichts‘ zu sagen!“

Ria setzte sich in einen Sessel und lehnte sich seufzend zurück. Einer der kleinen Hunde sprang auf ihren Schoß und rollte sich zusammen. Sein warmer Körper brachte ihr etwas Trost. Schweigend schaute sie zu Poppy auf.

„Du brauchst mich gar nicht so anzusehen! Ich will endlich wissen, was hier los ist. Das war vielleicht ein Abend! Erst veranstaltet Dimitrios extra eine Party für die Amerikaner, und dann fällt er praktisch über einen von ihnen her! Nikos ist fest davon überzeugt, dass sein Onkel verrückt geworden ist.“

„Das war doch nur Frank.“

„Und was hatte der arme Mann verbrochen?“, fragte Poppy ungeduldig.

„Eigentlich nichts“, erwiderte Ria müde.

„Wenn du das Wort noch einmal in den Mund nimmst, schreie ich“, erklärte Poppy bestimmt. „Ich begreife nicht, wie Dimitrios sich so aufführen konnte. Und dann funkelt er uns alle wütend an, als wäre schon unsere Anwesenheit ein Verbrechen, verschwindet über eine Stunde lang mit dir, und bei eurer Rückkehr seht ihr beide halb tot aus. Was steckt dahinter, Ria?"

„Es ist alles so ein Durcheinander", flüsterte Ria und schluchzte auf.

Poppy ergriff ihre Hand. „Ich weiß, dass ich nicht gerade eine vorbildliche Cousine bin, Ria, aber du hast nur mich, und ich bin auf jeden Fall auf deiner Seite", versicherte sie Ria ernsthaft. „Komm, erzähl es mir."

„Versprichst du mir, dass du mit niemandem darüber reden wirst?" Poppy nickte. Ria wandte das Gesicht ab. „Dimitrios wird Kristie heiraten."

Die Worte schienen im stillen Raum nachzuhallen. Dann atmete Poppy scharf aus. „Das glaube ich nicht."

„Es ist wahr."

„Wer hat dir das erzählt? Sie etwa?" Als Ria nickte, sprang Poppy auf und begann ungeduldig vor ihr auf und ab zu gehen. „Also ehrlich, Ria. Du bist so leichtgläubig, es ist kaum zu fassen. Sie ist doch seit Jahren hinter ihm her! Und jetzt, da er dir begegnet ist, hat sie weniger Chancen denn je. Nikos sagt, dass sein Onkel noch nie so auf eine Frau reagiert habe wie auf dich. Wenn selbst Nikos es merkt, kannst du sicher sein, dass Kristie es auch getan hat."

„Du verstehst das nicht", widersprach Ria traurig. „Es ist alles ganz anders. Dimitrios hat früher ein Mädchen gekannt. Caroline. Sie hat ihm das Herz gebrochen, und er hat ihr nie verziehen. Vielleicht liebt er sie sogar immer noch. Jedenfalls sieht sie genauso aus wie ich. Begreifst du jetzt? Er will mich nur, weil ich ihr ähnlich sehe, nicht weil er mich gern hat."

„So ein Blödsinn!", antwortete Poppy grob. „Dimitrios ist doch kein Schuljunge mehr! Wenn du glaubst, dass er dich nur wegen deines Äußeren anziehend findet, dann bist du dümmer, als ich dachte. Es tut mir leid, Ria", fuhr sie sanfter fort, als sie merkte, wie blass ihre Cousine war, „aber ich kann mir einfach nicht vorstellen, dass er Kristie heiraten will. Hast du ihn danach gefragt?"

Bedrückt schüttelte Ria den Kopf. „Wie sollte ich? Kristie hat es mir im Vertrauen erzählt. Nicht einmal Christina weiß etwas davon. Sie wollen mit der Ankündigung bis nach deiner Hochzeit warten. Außerdem hat Kristie mir ihren Verlobungsring gezeigt. Er muss ein halbes Vermögen gekostet haben."

Zum ersten Mal wirkte Poppy etwas verunsichert. Gleich darauf schüttelte sie jedoch entschieden den Kopf. „Dafür muss es eine Erklärung geben. Dimitrios würde sich nie von einer solchen hinterlistigen ... Vielleicht hat ihr jemand den Ring geliehen?"

„Jetzt redest du Unsinn", antwortete Ria sanft. „So etwas verleiht man nicht, dazu ist der Ring viel zu kostbar. Nein, Poppy. Sie passt viel besser zu ihm als ich."

Poppy betrachtete sie besorgt. „Du musst um ihn kämpfen, Ria. Du liebst ihn doch. Gib nicht einfach auf!"

„Ich bin nicht so zäh wie du. Und wofür sollte ich kämpfen? Er hat sich entschieden, und vielleicht ist es so für uns beide am besten."

„Erzähl mir doch nichts!", fuhr Poppy sie an. „Ich habe dich noch nie so verzweifelt erlebt, und ihn scheint diese angebliche Verlobung auch nicht gerade in Ekstase zu versetzen. Ihr seht beide todunglücklich aus."

„Lass es gut sein, Poppy. In wenigen Tagen reise ich ab, und zu Hause werde ich schon darüber hinwegkommen."

„Soll mich das etwa trösten?" Poppys Tonfall wurde flehend. „Lass mich ihn fragen, Ria. Ganz indirekt, ja? Ich könnte ..."

„Wenn du mit irgendjemand darüber sprichst, sind wir für alle Zeit geschiedene Leute, das verspreche ich dir." Ausnahmsweise versuchte Poppy nicht, sie umzustimmen. Ria stand auf und verließ langsam und müde wie eine alte Frau den Raum.

10. KAPITEL

Am nächsten Morgen kam Kristie zurück. Sie brachte Hochzeitsgeschenke mit, die Poppy so ungnädig annahm, dass Kristie sie scharf anschaute. „Kalte Füße?“, fragte sie boshaft.

„Nein!“, fuhr Poppy sie wütend an.

Kristie lachte leise und hob noch eins der unzähligen Päckchen auf, die ein schwitzender Taxifahrer zusammen mit dem Gepäck in die Halle geschleppt hatte. „Eine Kleinigkeit für Christina. Ist sie in ihrem Zimmer?“

„Ja, und die Männer sind bei der Arbeit“, antwortete Poppy bissig, und als Ria sie warnend anschaute, errötete sie.

„Und Sie sind bestimmt noch immer fleißig wie eine Ameise“, wandte Kristie sich an Ria. Diese erwiderte ihren Blick, ohne zu antworten.

„Was sind wir heute freundlich!“ Kristie drehte sich um und stolzierte auf die Treppe zu.

„Scher dich zum Teufel, Kristie!“, sagte Poppy leise.

Im Lauf des Tages merkte Ria, dass Kristie wieder jede ihrer Bewegungen beobachtete, bis Ria vor Anspannung fast geschrien hätte. Als sie am Nachmittag mehrere Listen überprüfte, schaute sie plötzlich auf und begegnete Kristies Blick.

„Sie hassen mich, nicht wahr?“, fragte Kristie so beiläufig, als würde sie um eine Tasse Kaffee bitten.

Der Angriff kam so plötzlich, dass sich Ria der Magen zusammenzog. „Warum sollte ich?“ Sie senkte den Kopf und betrachtete die Liste in ihrer Hand.

„Das wissen Sie genau“, erwiderte Kristie herablassend. „Wieso geben Sie nicht endlich auf und fliegen nach England zurück. Ich hatte nicht damit gerechnet, dass Sie bei meiner Ankunft immer noch hier sein würden.“

„Tut mir leid, dass ich Sie enttäuscht habe.“

Rias ruhiger, ausdrucksloser Tonfall schien Kristie noch mehr zu reizen. „Sie brauchen gar nicht zu glauben, dass ich Ihnen dieses unschuldige Gehabe abkaufe!" Sie stellte sich direkt vor Ria hin und schaute böse auf sie herab. „Damit können Sie vielleicht Dimitrios täuschen, aber nicht mich! Sie sind nichts als eine billige Mitgiftjägerin. Hier gibt es nichts mehr für Sie zu holen! Nach der Hochzeit werden Sie sowieso hinausgeworfen, also können Sie ebenso jetzt gleich Ihre Sachen packen und verschwinden."

„Ich reise ab, wann ich es für richtig halte", antwortete Ria mit klarer Stimme. Einen Moment sahen sie sich fest in die Augen, dann senkte Kristie den Blick. Ihre Gesichtszüge waren hassverzerrt.

„Ich habe schon Hunderte wie Sie kommen und gehen gesehen!", stieß sie hervor. „Sie halten höchstens ein oder zwei Monate durch, dann hat er genug von Ihnen. Er wird immer wieder zu mir zurückkehren, merken Sie sich das!"

„Ich werde überhaupt nicht ‚durchhalten'." Ruhig stand Ria auf und ging zur Treppe. „Dimitrios tut mir ehrlich leid, dass er eine Frau wie Sie bekommt", ergänzte sie leise, aber beherrscht.

„Sparen Sie sich Ihr Mitleid!", rief Kristie ihr triumphierend nach. „Sie werden es selbst brauchen, in den langen kalten Nächten, wenn Sie sich vorstellen, wie er mich liebt!"

Ria schaffte es gerade noch bis auf ihr Zimmer, bevor die Beine unter ihr nachgaben. Zitternd sank sie aufs Bett. Der boshafte Angriff hatte sie völlig erschöpft. Noch nie war ihr jemand mit so abgrundtiefem Hass begegnet. Vielleicht war es doch besser, wenn sie sofort abreiste. Kristie würde ihr das Leben bestimmt so schwer wie möglich machen.

Als Ria zum Abendessen nach unten ging, stand ihr Entschluss fest. Aus Stolz hatte sie sich mit ihrem Aussehen besonders viel Mühe gegeben. Das dichte silberblonde Haar hatte sie hoch gesteckt, sodass nur einige weiche Strähnen um ihren schlanken Hals fielen. Ihre Augen wirkten groß und dunkler als sonst.

Die anderen waren schon im Wohnzimmer versammelt. Wie üblich saß Kristie dicht an Dimitrios geschmiegt, hatte ihm eine Hand besitzergreifend auf den Arm gelegt und unterhielt sich mit ihm. Ihre Köpfe waren dicht beieinander. Auch diesmal versetzte der

Anblick Ria einen Stich.

Als sie die Treppe herunterkam, hob Dimitrios den Kopf und betrachtete sie langsam von Kopf bis Fuß. Seit der Grillparty hatten sie sich noch nicht wieder gesehen. „Einen Drink?“, fragte er leise.

„Danke. Einen trockenen Sherry, bitte.“ Dimitrios stand auf, um ihr den Wunsch zu erfüllen, und obwohl sie Kristie nicht direkt anschauen mochte, merkte sie genau, wie widerwillig sich diese von ihm löste. Anscheinend war es auch Christina aufgefallen, denn sie beobachtete Dimitrios voller Missbilligung. Ihre Miene wurde erst weicher, als er sich nicht wieder setzte, nachdem er Ria das Glas gebracht hatte, sondern neben Rias Sessel stehen blieb, bis Rosa zum Essen rief.

An diesem Abend war Rosas Kochkunst an Ria verschwendet. Für sie schmeckte alles wie Sägespäne, und sie wartete nur auf einen günstigen Augenblick, um den anderen ihren Entschluss mitzuteilen.

Die Gelegenheit ergab sich beim Nachtisch. Während einer Gesprächspause wandte sich Poppy Ria zu und legte ihr eine Hand auf den Arm.

„Kannst du morgen mit mir zu unserem Haus fahren? Ich möchte Gardinen aufhängen und noch einmal gründlich sauber machen. Es tut uns sicher beiden gut, wenn wir einen Tag von hier wegkommen.“ Bei den letzten Worten warf sie Kristie einen feindseligen Blick zu. Kristie lächelte verächtlich.

„Tut mir leid, Poppy.“ Rias Miene war ruhig und beherrscht, auch wenn ihre Stimme leicht zitterte. „Ich fliege morgen nach Hause. Ich bin lange genug verreist gewesen. Julian kann mir nicht unbegrenzt lange frei geben.“

Die Worte schlugen wie eine Bombe ein. Alle starrten Ria an, Christina tief besorgt und Poppy entsetzt, doch Ria schaute nur Dimitrios an. Er sprang so heftig auf, dass sein Stuhl krachend umfiel. „Was soll das heißen? Du hast mir versprochen, bis zur Hochzeit zu bleiben. Willst du dein Wort brechen?“

„Ich habe versprochen, so lange zu bleiben, bis alle Vorbereitungen erledigt sind", widersprach sie leise. „Jetzt ist es so weit. Ich möchte nach Hause."

Das Letzte sagte sie so flehend, dass es alle berührte. Selbst Kristie schaute einen Moment unbehaglich vor sich hin. Dimitrios stützte die Hände auf die Tischplatte und beugte sich wütend vor. „Du bleibst hier!" Er schien völlig vergessen zu haben, dass noch andere Menschen im Raum waren. „Ich lasse dich nicht fort."

„Ich reise ab", erwiderte sie ebenso fest, ohne seinem Blick auszuweichen.

Er kam um den Tisch herum, bis er vor ihr stand. „Steh auf", befahl er leise, aber drohend.

„Dimitrios!" Christina stand auf und stellte sich schützend neben Ria. „Lass sie in Frieden. Wenn sie nach Hause möchte, dann darf sie selbstverständlich fahren!"

Der Einwand schien ihn halbwegs zur Besinnung zu bringen. „Ich will nur allein mit ihr sprechen."

„Ich möchte nicht mit dir reden", antwortete Ria. Einen Moment lang spiegelte sich auf seinem Gesicht der gleiche Schmerz wider, der sie zerriss, dann wurde es hart wie Stein. Schweigend schaute er sie an.

„Und Christina?", fragte er endlich. „Glaubst du wirklich, dass sie am Hochzeitstag ohne dich auskommen wird?"

„Sonst würde ich nicht abreisen."

„Also gut." Es klang, als würde er ein Todesurteil verkünden. „Fahr nach England, Ria. Fahr nach England und verreck!"

„Dimitrios!"

Wütend fuhr er zu Christina herum. „Sie wird mein Haus nie wieder betreten! Denk daran, oder du wirst es bereuen!" Entgeistert schaute Christina ihn an. Er lächelte verzerrt, ging langsam zur Verandatür, schnippte mit den Fingern, um die Hunde zu rufen, und trat in den dunklen Garten hinaus. Kristie wollte ihm folgen, aber Christina rief sie scharf zurück. Schmollend ließ diese sich daraufhin wieder auf ihren Stuhl sinken. „Worüber regt ihr euch denn alle so auf? Sie fliegt doch nur einige Tage früher als geplant."

„Halten Sie den Mund!" Poppy war auch aufgestanden und hatte sich wie ein wütender Gnom vor Kristie aufgebaut. „Sie haben schon genug Unheil angerichtet."

„Poppy!", unterbrach Ria ihre Cousine bittend.

Forschend sah Kristie von ihr zu Poppy. „Ach, wie süß", spottete sie. „Blut ist dicker als Wasser, was?"

„Sie halten sich wohl für besonders schlau!" Gereizt schüttelte Poppy Nikos' Hand ab, die er ihr besänftigend auf den Arm gelegt hatte. „Na, diesmal waren Sie nicht schlau genug, Sie alte Hexe!"

„Poppy!", riefen Ria und Nikos wie aus einem Mund.

Plötzlich ließ Christina sich auf einen Stuhl sinken. Ihr Gesicht wurde grau, und auf ihrer Stirn standen Schweißperlen.

Sofort drehte sich alles um sie. Ria rieb ihr besorgt die kalten Hände, Nikos goss Brandy in ein Glas und hielt es seiner Mutter an die bleichen Lippen, und Poppy stand verschreckt daneben.

Nach einigen Minuten war der Schwächeanfall vorbei. Christina lächelte schwach. „Ich denke, wir sollten alle früh schlafen gehen." Sie schaute Ria an. „Darf ich dich noch um einen letzten Gefallen bitten, meine Liebe?"

Unsicher nickte Ria.

„Könntest du trotz allem morgen mit Poppy zum Haus fahren und ihr helfen, alles vorzubereiten? Das würde mich sehr beruhigen. Ich möchte nicht, dass Poppy in ihrem Zustand Gardinen aufhängt. Ich verspreche dir, dass ich persönlich für übermorgen einen Flug für dich buchen werde. Willst du das für mich tun, Ria?"

Ria nickte wieder. Sie war es Christina schuldig, ihr die Bitte zu erfüllen, auch wenn sie wusste, dass es ihr erst besser gehen würde, wenn sie dieses Haus und seinen Besitzer weit hinter sich gelassen hatte. „Noch einen Tag", stimmte sie ergeben zu.

Kristie seufzte laut auf und verließ den Raum. Christina lächelte sanft und schaute kurz Poppy an, bevor sie sich wieder an Ria wandte. „Nur noch einen Tag. Ich gebe dir mein Wort. Bis dahin wird alles erledigt sein."

Am nächsten Morgen fuhr Dimitrios zur Arbeit, bevor irgendjemand im Haus wach war. Nikos aß schnell und appetitlos und trieb Poppy und Ria unnachgiebig an. Offensichtlich war er von der Aussicht, den ganzen Tag mit seinem Onkel zusammenarbeiten zu müssen, alles andere als begeistert. Gerade als sie aufbrechen wollten, rief seine Mutter Poppy auf ihr Zimmer, um die Festvorbereitungen noch einmal mit ihr durchzusprechen, und hielt sie zehn Minuten dort fest.

„Ich dachte, das sei alles längst geklärt!", beschwerte Nikos sich, als Poppy zu ihm und Ria ins Auto stieg. „Wenn ich zu spät komme, bringt Dimitrios mich um."

„Das bezweifle ich", erwiderte Poppy unbekümmert. Ihr Gesicht war gerötet, und ihre Augen leuchteten. „Christina wird ihn nachher sowieso anrufen, um etwas mit ihm zu besprechen. Sie wird ihm erklären, dass wir dich aufgehalten haben."

Das Haus lag friedlich in der warmen Mittagssonne. Ria fand es noch genauso schön, wie sie es von ihrem ersten Besuch in Erinnerung hatte. Nikos riss die frisch gestrichenen Fenster auf, um den Farbgeruch hinauszulassen, riet Poppy und Ria, sich nicht zu überanstrengen, und fuhr wieder ab.

Nachdem Ria die hübschen geblümten Vorhänge aufgehängt hatte, half sie Poppy, die Möbel im Erdgeschoss richtig aufzustellen. Dimitrios hatte Poppy bei der Einrichtung großzügig freie Hand gelassen, und Poppy hatte das Geld mit vollen Händen ausgegeben. Gegen Nachmittag hatten sie das kleine Haus in ein gemütliches Heim verwandelt.

„Hat Onkel John dir schon mitgeteilt, ob er zur Hochzeit kommt?", fragte Ria beim Fensterputzen.

„Nein. Ich will ihn auch gar nicht dabeihaben", antwortete Poppy abfällig.

„Ach, komm, Poppy."

Poppy ließ sich jedoch nicht umstimmen. „Ich bin nicht wie du. Es liegt mir nicht, die andere Wange hinzuhalten. Er hat sich nie um mich gekümmert. Warum sollte er jetzt damit anfangen?"

Ria zuckte bedauernd die Schultern, sagte aber nichts mehr. An manche Dinge rührte man besser nicht.

Am späten Nachmittag sanken sie erschöpft in zwei Sessel in

dem kleinen Garten. Es war heiß und schwül, und der Himmel war bleiern: Bald würde es ein Gewitter geben.

Die Elektrizität in der Luft hatte immer eine merkwürdige Wirkung auf Ria. Sie bekam Kopfschmerzen und wurde nervös und gereizt. Diesmal war es besonders schlimm.

„Oh nein!", rief Poppy plötzlich aus. „Wir haben ja gar nichts zu trinken im Haus. Das hatte ich ganz vergessen. Hältst du es noch aus, bis Nikos uns abholt?"

„Ich könnte in die Stadt gehen und sehen, ob ich ein Geschäft finde, das geöffnet hat", schlug Ria vor. „Sicher kann ich irgendwo eine Flasche Limonade bekommen."

Als sie wenige Minuten später die Haustür hinter sich zuzog, hörte sie das erste ferne Donnern des nahenden Sturms. Die feuchte schwere Luft schien sie niederzudrücken. Ria überlief ein kalter Schauer.

„Sei nicht kindisch!", befahl sie sich laut und ging weiter.

An dem Tag, an dem ihre Eltern und ihr Bruder umgekommen waren, hatte es ein besonders heftiges Gewitter gegeben. Seitdem löste jeder Sturm panische Angst in ihr aus, so sehr sie sich auch klarzumachen versuchte, dass es nichts zu fürchten gab.

Sie musste ziemlich weit in die verschlafen wirkende Stadt hineingehen, bevor sie ein Geschäft fand, das geöffnet hatte. Der Himmel wurde schnell immer düsterer, und während sie den Laden wieder verließ, fielen die ersten großen Regentropfen.

Ria war nicht mehr weit von dem kleinen Haus entfernt, als der Sturm plötzlich mit aller Macht losbrach. Grelle Blitze zerrissen den düsteren Himmel, und der Donner explodierte wie eine Bombe, sodass der Boden unter Rias Füßen erzitterte. Regen peitschte ihr ins Gesicht und ließ ihre Augen brennen, sodass sie kaum noch etwas erkennen konnte. Stolpernd rannte sie los.

Der nächste Blitz flammte auf, scheinbar direkt über ihr. Die Flasche Limonade glitt ihr aus der Hand, ohne dass Ria es merkte. Sie presste die Hände gegen die Ohren und rannte los, mitten auf der Straße, die sich in einen Fluss verwandelt hatte.

Nur eine Kreuzung trennte Ria noch von dem Haus. Ganz

kurz sah sie eine dunkle Gestalt davor stehen und ihr etwas zurufen, dann krachte der nächste Donnerschlag, und Ria rannte auf die Querstraße hinaus.

Sie bemerkte den Lastwagen erst, als er sie fast schon erreicht hatte. Für den Bruchteil einer Sekunde schien die Zeit stillzustehen, und Ria sah, wie der Fahrer sie mit offenem Mund anstarrte. Im nächsten Moment flog sie wie eine Puppe durch die Luft, der Boden raste auf sie zu, Millionen Dolche stachen zu gleich in ihren Körper, dann sah sie nur noch rote Schleier, in ihren Ohren dröhnte es, und Regen prasselte auf ihr Gesicht.

Körperlose Stimmen riefen nach ihr, und die Schmerzen wurden immer stärker, bis sie kaum noch atmen konnte. Undeutlich spürte Ria, wie jemand mit kräftigen Händen sanft ihren Kopf umfasste und rau und verzweifelt ihren Namen rief, doch allmählich ließen der Lärm und die Schmerzen nach, und sie ließ sich erleichtert in die schwarze Leere fallen.

Im Krankenwagen kam sie einmal kurz zu sich. Sie fuhren rasend schnell, über ihnen heulte die Sirene, und jemand weinte. Eine zweite Person streichelte ihr sanft den Kopf und flüsterte ihren Namen. Dann wurden die Schmerzen zu stark, und sie wurde wieder bewusstlos.

Als sie das nächste Mal erwachte, waren die brennenden Schmerzen schwächer geworden, und sie glaubte, kühlen Wind auf den Wangen zu spüren. Sie wollte die Augen öffnen, doch die Lider waren viel zu schwer.

Neben sich hörte sie Rascheln, und etwas Kühles wurde ihr auf die heiße Stirn gelegt: „Ria?“ hörte sie eine tiefe Männerstimme flüstern. „Liebling, kämpf dagegen an, gib nicht auf. Ich liebe dich, mein Engel. Mach die Augen auf, Ria.“

Sie versuchte zu gehorchen, aber ihr Kopf schmerzte zu sehr, und sie flüchtete sich wieder in die Dunkelheit. Sie war so müde, so schrecklich müde.

Im Zimmer war es fast dunkel, nur auf dem Nachttisch brannte ein schwaches Licht. Ria fühlte sich immer noch schläfrig, und in ihrem Kopf pochte es, aber die bleierne Erschöpfung hatte nachgelassen, und sie erinnerte sich vage, dass auch die Kopfschmerzen schon viel schlimmer gewesen waren. Vorsichtig schaute sie sich um.

Sie lag in einem kleinen, klinisch sauberen Zimmer, in dem es stark nach Desinfektionsmitteln roch. Als sie sich aufsetzen wollte, merkte sie erschrocken, dass ihre Beine in einer riesigen Metallvorrichtung am Fußende des Bettes feststeckten. Ängstlich stöhnte sie.

„Schon gut, Liebes, beweg dich nicht. Es ist alles in Ordnung." Dimitrios kniete neben dem Bett nieder. Sein gebräuntes Gesicht war unrasiert und seine blauen Augen rot gerändert.

„Wo bin ich?", flüsterte sie verwirrt. Das Pochen in ihrem Kopf wurde stärker.

„Im Krankenhaus, Liebste." Seine Stimme bebte.

„Ach ja, der Sturm", murmelte sie und schlief ein.

Als sie die Augen wieder öffnete, wurde es draußen bereits hell. Dimitrios kniete noch immer neben ihr, den Kopf auf die weiße Bettdecke gelegt. Er schlief. Zum ersten Mal, seit Ria ihn kannte, war seine Kleidung unordentlich und zerdrückt, und auf dem Hemd entdeckte sie Flecken, die wie getrocknetes Blut aussahen.

Sobald sie sich bewegte, wachte er auf. „Ria?"

„Es tut mir so leid", flüsterte sie. „Ständig mache ich Ärger."

„Das muss dir angeboren sein." Er lächelte schwach. „Wie fühlst du dich?"

Sie erwiderte sein Lächeln. „Als wäre ich von einem Lastwagen überfahren worden."

Dimitrios lachte auf, doch es klang fast wie Schluchzen. „Ich dachte, ich hätte dich verloren." Ganz vorsichtig nahm er sie in die Arme, bedeckte ihr Gesicht mit federleichten Küssen und flüsterte immer wieder ihren Namen. „Ach, mein Liebling."

„Dimitrios?" Ria wollte sich von ihm lösen, um ihm ins Gesicht sehen zu können, doch ein stechender Schmerz durchzuckte ihre Brust. Unwillkürlich hielt sie den Atem an.

„Beweg dich nicht!", befahl Dimitrios rasch, und genau in diesem Augenblick wurde die Tür geöffnet, und ein nicht mehr junger, weiß gekleideter Arzt trat ans Bett.

„Hallo, junge Frau." Er war unverkennbar Engländer. Lächelnd beugte er sich über sie. In der Hand hielt er eine Injektionsspritze. „Sie werden jetzt noch einmal einschlafen, und wenn Sie wieder aufwachen, werden Sie sich wie neugeboren fühlen."

Während er ihr die Spritze gab, schloss Ria müde die Augen, obwohl sie gern noch hundert Fragen gestellt hätte. „Sie ist jetzt außer Gefahr, Mr. Koutsoupis", fuhr der Arzt leise fort. „Es wird Zeit, dass Sie meine Anordnungen befolgen und sich ausruhen. Wieso haben Sie mich aus England herfliegen lassen, wenn Sie jetzt nicht auf mich hören? Ich möchte nicht noch einen zweiten Patienten bekommen."

Dimitrios antwortete kurz und grob. Danach hörte Ria nichts mehr.

Goldenes Sonnenlicht fiel ins Zimmer, als Ria wieder erwachte. Sie war allein. Eine Weile blieb sie still liegen und versuchte, ihre Gedanken zu ordnen und die Tatsachen von den Träumen zu trennen.

„Das ist unmöglich", flüsterte sie vor sich hin. „Er kann nicht gesagt haben, dass er mich liebt."

Auf ihr Klingeln kam sofort eine zierliche dunkelhaarige Krankenschwester ins Zimmer. Sie hatte ein fröhliches, freundliches rundes Gesicht und war gern bereit, Ria einige Gedächtnishilfen zu geben.

„Als sie eingeliefert wurden, hat Mr. Koutsoupis das ganze Krankenhaus auf den Kopf gestellt", berichtete sie munter in ausgezeichnetem Englisch. „Er hat alle Welt angebrüllt, nichts war ihm gut genug, und er ist nicht einmal von Ihrer Seite gewichen, als Sie geröntgt wurden. Ihre Cousine hat vergeblich versucht, ihn zu beruhigen, obwohl auch sie sehr durcheinander war." Ria musste lächeln. Das sah Dimitrios ähnlich.

„Schließlich hat er beschlossen, dass hier niemand kompetent genug sei, um Sie richtig zu behandeln, und hat Dr. Nicholls aus

England hergeholt. Der Arzt ist weltweit der beste Fachmann für Kopfverletzungen."

Vorsichtig berührte Ria ihren Kopf.

„Es ist halb so schlimm", beruhigte die Schwester sie rasch. „Sie haben nur eine schwere Gehirnerschütterung und sind schon auf dem Weg der Besserung. Eine Zeit lang sah es allerdings ziemlich böse aus, solange niemand wusste, was mit Ihrem Kopf genau los war." Sie lächelte Ria warm an. „Jetzt müssen Sie nur noch mit einer gebrochenen Rippe und zwei gebrochenen Beinen fertig werden. Sie haben großes Glück gehabt. Es hätte viel schlimmer kommen können."

„Noch schlimmer?", fragte Ria ironisch. Ihr tat auch so jeder Knochen weh.

„Ich werde Ihnen jetzt etwas zu essen besorgen", schlug die Krankenschwester vor.

„Das ist nett von Ihnen, aber machen Sie sich bitte keine große Mühe", erwiderte Ria schnell. „Ich bin nicht sehr hungrig."

„Oh, wir haben Anweisung, uns bestens um Sie zu kümmern", erklärte die Schwester leicht bissig, lächelte dann aber warm, um den Worten den Stachel zu nehmen. „Mr. Koutsoupis hat uns alle in Angst und Schrecken versetzt." Ria erwiderte das Lächeln, aber die Gesichtszüge der jungen Frau erstarrten, als von der offenen Tür her Dimitrios kalt sagte: „Danke, Schwester, lassen Sie sich nicht aufhalten."

Die Krankenschwester verzog kurz das Gesicht, drehte sich um und ging aus dem Zimmer.

Dimitrios blieb dicht an der Tür stehen. Er war wieder tadellos gekleidet, doch die Erschöpfung war ihm deutlich anzusehen. Dunkle Ringe lagen unter seinen Augen.

„Hallo!", begrüßte Ria ihn scheu und senkte den Blick.

„Verzeihst du mir?", fragte er rau, ohne sich von der Stelle zu rühren. „Ich habe kein Recht, dich darum zu bitten, aber ich würde sogar vor dir niederknien, wenn das etwas nützt."

Erschrocken sah sie zu ihm auf. „Auf keinen Fall!"

Er stöhnte auf. „Ich war völlig blind." Er machte einen Schritt auf sie zu. „Ich muss mit dir reden, dir mein Verhalten erklären, und wenn ich dich berühre, kann ich es nicht."

„Ich verstehe schon", antwortete Ria leise. „Christina hat mir von Caroline erzählt, und ..."

„Nein, du verstehst es nicht!", stieß er zwischen zusammengebissenen Zähnen hervor. „Es stimmt, dass du mich bei unserer ersten Begegnung an Caroline erinnert hast, und was ich von Nikos erfahren hatte, schien zu beweisen, dass du ihr nicht nur äußerlich ähnlich warst." Er atmete tief ein. „Aber dein Verhalten passte nicht ins Bild. Ich wusste, dass Nikos mit seiner Freundin geschlafen hatte, und als ich dich umarmte, hast du so unschuldig reagiert, dass ich nicht wusste, was ich denken sollte."

Er wandte sich ab, trat ans Fenster und blieb mit dem Rücken zu Ria stehen. „An dem Nachmittag am Strand habe ich beschlossen, dass ich dich auf jeden Fall wollte. Ich wollte der Stimme meines Herzens vertrauen. Nur musste ich dich vorher mit Nikos sehen, um sicher zu sein, dass zwischen euch alles vorbei war. Als ich herausfand, dass du mich tagelang an der Nase herumgeführt hattest, dass meine Selbstquälerei ganz überflüssig gewesen war ..." Ratlos schüttelte er den Kopf. „Ich muss verrückt geworden sein."

Ria hatte Tränen in den Augen. „Es tut mir leid ..."

„Nein, lass mich ausreden. Es war alles meine Schuld, Ria. Ich wusste damals längst, wie lieb und süß und unschuldig du bist und dass ich dich bis ans Ende meiner Tage lieben würde. Nach der ersten Überraschung hast du mich nie mehr an Caroline erinnert. Du bist ganz anders als sie. Und trotzdem kam ich nicht davon los. Ich musste dich immer wieder auf die Probe stellen, obwohl ich merkte, wie sehr ich dich damit verletzte und dass ich jede Hoffnung, die ich auf dich hatte, zunichte machte."

Endlich drehte er sich zu ihr um. „Ich habe dich gebeten, Christina bei den Hochzeitsvorbereitungen zu helfen, weil ich es nicht ertragen hätte, dich gehen zu lassen. Ich wollte, dass du bei mir bleibst, und konnte zugleich nicht glauben, dass du mich jemals lieben und mir vertrauen würdest. Du hast dich mir immer wieder geschenkt, und ich habe dein Geschenk mit Füßen getreten ..."

„Sei still!“, flüsterte Ria mit Tränen in den Augen.

„Wie kannst du mich trotzdem wollen?“ Er blieb unbeweglich stehen. „Christina hat mir alles über Kristie erzählt. Poppy hat sich Christina am Morgen vor dem Unfall anvertraut. Kristie hat dich angelogen, Ria. Wir sind – waren Freunde, mehr nicht.“ Seine Stimme klang plötzlich hart. „Sie hat Christina gestanden, den Ring selbst gekauft zu haben. Christina hat mich sofort im Betrieb angerufen, aber ich war fort und bin erst am Nachmittag zurückgekommen. Nachdem sie mir alles erklärt hatte, bin ich sofort zu euch gefahren. Es war zu spät. Als ich sah, wie der Lastwagen dich erfasste …“

Er kam zu ihr, umarmte sie sanft und küsste sie verlangend. „Du kannst dir gar nicht vorstellen, wie oft ich mir das in den letzten Tagen gewünscht habe. Kannst du mir verzeihen, Ria?“

Er umfasste ihr Gesicht und schaute ihr zärtlich in die Augen. „Ich werde nie jemand so lieben wie dich. Ich möchte, dass du meine Frau wirst, dass du mir Kinder schenkst, dass wir zusammen alt werden.“

Glücklich zog sie ihn an sich. Nie hätte sie solche Worte von ihm erwartet. Dimitrios stöhnte leise, küsste sie wieder und ließ die Hände über ihren Körper gleiten.

Plötzlich richtete er sich auf. „Du hast mir noch nicht geantwortet.“ Seine Stimme bebte. „Willst du meine Frau werden?“

„Für immer“, flüsterte sie, „bis dass der Tod uns scheidet.“

Seine Augen leuchteten auf. „Dann sieh zu, dass du schnell gesund wirst, Geliebte. Abwarten liegt mir nicht.“

– ENDE –

Mather / Reid / Graham
Liebesreise nach Griechenland
Band-Nr. 15012
8,95 € (D)
ISBN: 978-3-89941-376-2
416 Seiten

Braun / Mather / Morgan
Liebesreise nach Mexiko
Band-Nr. 15026
8,95 € (D)
ISBN: 978-3-89941-514-8
384 Seiten

Langan / Weale / Darcy
Liebesreise nach Hawaii
Band-Nr. 15030
8,95 € (D)
ISBN: 978-3-89941-571-1
400 Seiten

Devine / Lamb / Fraser
Liebesreise nach Cornwall
Band-Nr. 15007
8,95 € (D)
ISBN: 978-3-89941-367-0
448 Seiten

Goodman / Stephens / McCallum
Liebesreise auf die Balearen
Band-Nr. 15025
8,95 € (D)
ISBN: 978-3-89941-513-1
416 Seiten

Mortimer / Ker / Peters
Liebesreise nach Mallorca
Band-Nr. 15008
8,95 € (D)
ISBN: 978-3-89941-368-7
400 Seiten

Wentworth / Field / Mayo
Liebesreise auf die
Kanarischen Inseln
Band-Nr. 15019
8,95 € (D)
ISBN: 978-3-89941-509-4
416 Seiten

Spencer / McMahon / Darcy
Liebesreise in die Karibik
Band-Nr. 15010
8,95 € (D)
ISBN: 978-3-89941-374-8
448 Seiten